EVEREST
1732

AHMET ÜMİT

Ahmet Ümit, 1960'ta Gaziantep'te doğdu. 1983'te Marmara Üniversitesi Kamu Yönetimi Bölümü'nü bitirdi. 1985-1986 yıllarında, Moskova'da, Sosyal Bilimler Akademisi'nde siyaset eğitimi gördü. Şiirleri, 1989 yılında *Sokağın Zulası* adıyla yayımlandı. 1992'de ilk öykü kitabı *Çıplak Ayaklıydı Gece* yayımlandı. Bunu *Bir Ses Böler Geceyi, Agatha'nın Anahtarı, Şeytan Ayrıntıda Gizlidir* adlı polisiye öykü kitapları izledi. Hem çocuklara hem büyüklere yönelik *Masal Masal İçinde* ve *Olmayan Ülke* kitapları ile farklı bir tarz denedi. 1996'da yazdığı ilk romanı *Sis ve Gece*, polisiye edebiyatta bir başyapıt olarak değerlendirildi. Bu romanın ardından *Kar Kokusu, Patasana* ve *Kukla* yayımlandı. Bu kitapları *Ninatta'nın Bileziği, İnsan Ruhunun Haritası, Aşk Köpekliktir, Beyoğlu Rapsodisi, Kavim, Bab-ı Esrar, İstanbul Hatırası, Sultanı Öldürmek, Beyoğlu'nun En Güzel Abisi* ve *Elveda Güzel Vatanım* adlı kitapları izledi. Ahmet Ümit'in, İsmail Gülgeç'le birlikte hazırladığı *Başkomser Nevzat-Çiçekçinin Ölümü* ve *Başkomser Nevzat-Tapınak Fahişeleri,* Aptülika (Abdülkadir Elçioğlu) ile birlikte hazırladığı *Başkomser Nevzat-Davulcu Davut'u Kim Öldürdü?* ve Bartu Bölükbaşı ile birlikte hazırladığı *Elveda Güzel Vatanım-İttihatçıların Yükselişi* adlı çizgi romanları da bulunmaktadır. Eserleri yirminin üzerinde yabancı dile çevrilmiştir. Yazarın tüm yapıtları Everest Yayınları tarafından yayımlanmaktadır.

www.ahmetumit.com
www.twitter.com/baskomsernevzat
www.instagram.com/baskomsernevzat
www.facebook.com/ahmetumitfanclub
www.facebook.com/yazarahmetumit

AHMET ÜMİT

KIRLANGIÇ
ÇIĞLIĞI

§

Yayın No 1732
Türkçe Edebiyat 675

Kırlangıç Çığlığı
Ahmet Ümit

Editör: Mehmet Said Aydın
Kapak tasarımı: Lom Creative
Sayfa tasarımı: Veysel Demirel

1. Basım: Mart 2018 (300.000 adet)

ISBN: 978 - 605 - 185 - 247 - 8
Sertifika No: 10905

Baskı ve Cilt: Melisa Matbaacılık
Matbaa Sertifika No: 12088
Çiftehavuzlar Yolu Acar Sanayi Sitesi No: 8
Bayrampaşa/İstanbul
Tel: (0212) 674 97 23 Faks: (0212) 674 97 29

EVEREST YAYINLARI
Ticarethane Sokak No: 15 Cağaloğlu/İSTANBUL
Tel: (0212) 513 34 20-21 Faks: (0212) 512 33 76
e-posta: info@everestyayinlari.com
www.everestyayinlari.com
www.twitter.com/everestkitap
www.facebook.com/everestyayinlari
www.instagram.com/everestyayinlari

Everest, Alfa Yayınları'nın tescilli markasıdır.

Kırlangıç Çığlığı'nı yazarken desteklerini esirgemeyen Alfa Yayın Grubu Genel Müdürü Vedat Bayrak'a, editörüm Mehmet Said Aydın'a, Kalem Ajans'ın sahibi Nermin Mollaoğlu'na, İlker Şahin'e, değerli bilim insanı Prof. Dr. İlhan Elmacı'ya, sevgili dostlarım Figen Bitirim'e, Kemal Koçak'a, Oral Esen'e, Ayhan Bozkurt'a, Erdinç Çekiç'e, Mert Orçun Özyurt'a, damadım Gürkan Gürak'a, kızım Gül Ümit Gürak'a ve eşim Vildan Ümit'e sonsuz teşekkürlerimi sunarım. Bu güzel insanların katkısı olmasa bu roman da olmazdı.

Acar gazeteci, edebiyat emekçisi,
sevgili arkadaşım Buket Aşçı Gürel'in aziz hatırasına...

Buket'e gerçek sevgiyi veren, vefakâr insan,
sevgili Serdar Gürel'e...

Vicdanını yitirmiş bir dünyadan başka nedir ki cehennem?

✳

Acıyı gördüm. Gözlerinin ortasında bir çiçek gibi büyüyen irisin önce ağır ağır büzülmesini, ardından çığlık gibi ansızın patlamasını gördüm. Titreyen dudakları, bal mumuna dönüşen yüzleri, çöken yanakları, irileşen elmacık kemiklerini, birer mağara gibi derinleşen göz çukurlarını, kurumuş ağızların içinde pelteleşen dilleri gördüm. Ve anladım ki benliğimizin farkına vardığımız an, acının pençesinde kıvrandığımız andır.

Çığlık değil, ürperiş değil, fısıltı da değil, evet, nereden geldiğini bilmediğim o vahşi iniltiyi kalbimin derinliklerinde duydum. Soluksuz kaldım, boğazım kupkuru, alnım ateşler içinde, tuhaf bir hülyaya kapılmışım gibi sürüklendim o dipsiz boşlukta. Hayatın en karanlık sırrıyla yüzleştim. Söylenmemiş, yazılmamış, görüntülenmemişti. Karanlığın her aşamasından geçtim, akan kanın sesini duydum, ölümün serinliğini damarlarımda hissettim. İnkâr etmiyorum, vahşetle yıkanan o saf hakikati sevdim. Bedenim gençleşti, ruhum arındı, benliğimden yeni bir benlik çıkardım. Yıllarca bana yoldaşlık etmiş korkunç anıların verdiği eziklikten bahsetmiyorum. Onlar çok gerilerde kaldı. Bir yılanın kabuk değiştirmesi gibi kurtuldum o utançtan. Bedenimi örseleyen o yara, arada bir sızlasa da daha güçlü kıldı beni. Çocuk düşlerimi lekeleyen o karabasanın, ömrümün en kıymetli fırsatı olduğunu anladım. Geçmişin kamburunu çoktan söküp attım sırtımdan. Artık, sadece bugün ilgilendiriyor beni. Manadan söz ediyorum, hayatı ölümle kutsamaktan, ruhu ızdırapla yüceltmekten, tanrıların önünde eğilmekten değil, onlarla aynı tahta oturmaktan. O benzersiz ürperişi, o derin korkuyu, kudretin sarhoş ettiği o serkeş ruhun kendi anlamını bulmasından söz ediyorum. İşte bu sebepten korkuyordum...

Korkuyordum. Çünkü insanın insanı öldürdüğü o ilk ânı gördüm, katilin zafer haykırışını, kurbanın korku çığlığını işittim. Ben de katil gibi haykırdım, kurban gibi korkuyla çığlık attım. Ve insanın bu halini sevdim. Başka hiçbir hakikat bu kadar tutkuyla sarsmadı bedenimi, başka hiçbir hakikat bu kadar derinden etkilemedi benliğimi. İşte bu yüzden korktum, yeniden başlamaktan, yeniden o görkemli tecrübeyi yaşamaktan korktum. Bu yüzden engelledim kendimi. Her an uyanmaya hazır o muhteşem dürtüyü bastırmak, insanlığın en masum haline, en saf doğasına dönmemek için yıllarca ihanet ettim kendime. Beni ben yapan o şahane mutsuzluğumu, ucuz sevinç kırıntılarıyla tedavi etmeye çalıştım, kadim duyguların yerine kolay olanları seçtim. Kendimle birlikte bütün dünyayı da kandırdım. Neredeyse başaracaktım ama bırakmadılar, benim adıma onlar öldürmeye başladılar. Üstelik hiç haz almadan, üstelik o benzersiz güzelliğin hakkını vermeden, o müthiş doyumu hissetmeden, karanlığın sırrına ermeden. İşte bu kabalığa, bu hoyratlığa, bu israfa daha fazla dayanamadım; evet, bu yüzden geri döndüm...

1
"Yine bir cinayet var Başkomserim!"

Işıklı yaz günlerimizi karabasana çevirecek cinayetler zinciri, Haziran ayının 2'nci günü başlamıştı. Üç gün aralıksız süren yağmurların ardından... Bütün kent yaz rehavetine kapılmışken... İnsanı canından bezdiren o sıcakların ilk günü...

Akşam Tatavla'nın bahçesindeydik. Her zamanki yerimizde, kadim çınarın gölgesine kurulmuş ahşap masalardan birinde oturuyorduk. Yaşlı ağacın kalın dallarını süsleyen iri yeşil yapraklarda ne bir esinti vardı, ne bir kıpırtı. Koca çınar, sanki ağaç değil de devasa bir heykelmiş gibi öylece kaskatı eğilmişti masamızın üzerine. Evgenia, belki serinletir diye, içerideki vantilatörü çıkarmıştı dışarıya. Ne gezer, küçük pervaneler belli belirsiz bir esinti oluştursa da adeta su içinde yaşıyormuşuz hissini veren o yoğun nem bırakmıyordu bir türlü yakamızı.

Evgenia'da kalmıştım; Allah'ın bildiğini kuldan niye saklayayım, hayattan çalınmış o güzel gecelerden biriydi. Sesler, kokular, şarkılar, elbette biraz da içkinin etkisiyle ama daha çok sevdiğim kadının varlığıyla dünyayı, hatta kendimi unutup sevda denen o büyülü evrende kaybolmuştum. Tatavla'yı ne zaman kapattık, evine ne zaman gittik hiçbirini hatırlamıyordum. Hatırladığım Evgenia'nın sıcak teninden yükselen o lavanta kokusu, gecenin karanlığında uçuşan o tatlı fısıltılar, iki insanın birbirinin bedeninde kaybolması, ardından derin, huzurlu bir uyku. Uyandığımda, güneş cüretkârca Evgenia'nın yüzünde, saçlarında geziniyordu. Dayanamadım ben de dokundum kumral saçlarına... Dokununca açtı gözlerini. Kendiliğinden gülümsedi solgun dudakları.

"Günaydın canım," dedi şefkat yüklü bir sesle. "Günaydın Nevzatakimu."

Uzanıp bir öpücük kondurdum dudaklarına.

"Günaydın Evgeniacım, günaydın canım..." Bakışlarım pencereye kaydı. "Vakit epeyce geçmiş. Gitsem iyi olacak."

"Hayatta olmaz!" dedi yatakta doğrularak. "Kahvaltı yapmadan bırakmam seni!"

Sanki çok yermişim gibi, birbirinden lezzetli yiyeceklerle donattı masayı. Tulumu, dillisi, örgülüsü, otlusu envai çeşit peynir... Yeşili, siyahı, kahverengisi, renk renk zeytin... Koyu kırmızı domatesler, tazecik biberler, Çengelköy'ün kıtır salatalıkları... Gül, çilek, kayısı, şeftali, portakal, turunç reçelleri... Evgenia'nın kendi elleriyle yaptığı reçeller... Herkesin bir takıntısı vardır ya, onunki de reçeldi. Ninesi Marika'dan kalan bir mirastı bu. Marika reçel yapmanın insan ruhuna iyi geldiğine inanırmış. Üstelik kadıncağız şeker hastasıymış, kendi elleriyle yaptığı reçelleri ağız tadıyla yiyemezmiş bile. Ama hiçbir zaman reçel yapmaktan da vazgeçmemiş.

"Onun için bir tür terapi gibiydi," diye anlatırdı Rum sevgilim. "Bir tür iyilik ayini."

O sebepten olsa gerek Marika öldükten sonra bu geleneği Evgenia üstlenmişti. Sanki reçel yapmayı bıraksa ninesine ihanet edecekmiş gibi hissediyordu. Yaptığı reçelleri yaz kış demeden, meyhanenin girişindeki raflarda sergilerdi. Kimse dokunamazdı renk renk kavanozlara, sadece çok sevdiği arkadaşlarına hediye ederdi.

"İyi insanlar tatmalı bu reçelleri... Sadece iyi insanlar varmalı bu kutsal yiyeceğin lezzetine."

Aslında iki göz yumurtayı mideye indirdikten sonra karnım iyice doymuştu ama turunç reçelinden tatmam için ısrar ediyordu Evgenia.

"Mersin'den gelen turunçların kabuğundan yaptım. Benim için özel toplandı bunlar. Enfes bir tadı var, kokusunu damağında hissedeceksin..."

Kırmak olmazdı, kehribar rengi turunç reçelini ekmeğime sürerken çaldı telefonum. Ekranda Ali'nin adını okuyunca anladım, yine vazife vaktiydi, yine birileri birilerini öldürmüştü. Yine cinayet mahalline gidilecek, delil bulmak için her yer santim santim taranacak, yine şahit peşinde koşulacak, yine zanlılar sorgulanacak, yine şüphelilerin peşine düşülecekti... Birden yorulduğumu hissettim. Ne kurbanın nasıl öldürüldüğünü merak ediyordum, ne de katilin kimliğini. Artık kan görmek istemiyordum, soğumaya yüz tutmuş bedenlere dokunmak ürkütüyordu beni. Yaşlanıyor muydum? Bu meslekten sıkılmaya mı başlamıştım yoksa? Hayır hayır, sıkıldığım filan yoktu, bu bıkkınlık hali, şu yapış yapış sıcağın etkisiydi sadece. Başımı kaldırınca Evgenia'nın su yeşili gözleriyle karşılaştım. Endişeli bir ifadeyle beni süzüyordu. Israrla çalmayı sürdüren telefonu boş verdim, biraz da içine düştüğüm ruh halinden kurtulmak için abartılı bir iştahla, turunç reçelli ekmeğimden kocaman bir ısırık aldım.

"Hımmm, enfes," diye mırıldandım çiğnerken. "Bu, Madam Sula'nın kabak reçelinden bile daha lezzetli..."

"Çok kötüsün Nevzat..." Öfkesini yenemedi, sol omzuma, sağ eliyle küçük bir darbe indirdi. "Çok kötüsün."

"Dur, dur," diye kaçtım minik yumruklarından. "Dur, kızdırmak için öyle dedim." Altın sarısı sıvının içinde ballaşmış turunç kabuklarını gösterdim. "Gerçekten enfes... Valla, bugüne kadar yediğim en lezzetli reçel. Kokusu, şekeri, hepsi kıvamında, ellerine sağlık..."

Gecenin yorgunluğunu taşıyan mahmur gözleri ışıldadı.

"Teşekkür ederim Nevzat, teşekkür ederim, afiyet olsun..."

İşte bu kadar kolaydı benim iyi kalpli sevgilimi mutlu etmek. Bir de münasebetsiz Ali bu kadar ısrarcı olmasa. Evet, yeniden aramaya başlamıştı. Evgenia dayanamadı.

"Açmayacak mısın? Belki önemlidir."

Cevap vermek yerine telefonun sesini kıstım, suratıma zevkten mest olmuş bir ifade yerleştirerek ağzımdaki lokmayı çiğnemeyi sürdürdüm. Ali de inadından vazgeçmişti zaten. Ancak kahvelerimizi bitirdikten, masanın toplanması için Evgenia'ya yardım ettikten sonra dönebildim yardımcıma.

"Yine bir cinayet var Başkomserim," diye müjdeyi verdi. "Kasımpaşa'da bir parktayız. Gelseniz iyi olur."

İyi olacağından emin değildim, ama elbette gidecektim... Evgenia'nın kahve bulaşığı, ılık dudaklarına minnettar bir öpücük yerleştirdikten sonra atladım bizim emektara. Sabah olmasına rağmen fırın gibi sıcaktı arabanın içi. Karşılıklı iki camı sonuna kadar indirdim. Kurtuluş Caddesi'nin gürültüsü doldu içeriye. Belki güzel bir şarkı bulurum umuduyla açtım radyoyu. Ne gezer, baygın bir kadın sesi, bir buzdolabı markasının reklamını yapıyordu ballandıra ballandıra... Daha fazla zaman yitirmeden bastım gaza.

2
"Çok erken tanışmışlar vahşetle..."

İstanbul sürprizlerle doludur. Bu park da öyleydi; beton yığınlarının ortasında bir vaha gibi ansızın çıkıvermişti karşıma. İronik olan, dar sokakların arasında renksiz, sıvasız binaların kıyısında kalmış bu güzelim parka bir ceset bırakılmış olmasıydı.

Benim emektarı Olay Yeri İnceleme'nin beyaz minibüsünün arkasına çektim. Kapıyı açar açmaz, cehennemî bir sıcağın içine düştüm. Asfalt, arabalar, kaldırım, kenardaki çöp kutusu, elektrik direği, demir çitler, parkın ahşap kapısı, her yer, her taraf cayır cayır yanıyordu. Çevik adımlarla kendimi parkın içine attım. İri gövdeli, uzun dallı, geniş yapraklı ağaçlar belki beni kurtarır diyordum, ama nafile. Gölgelerin de hiçbir faydası olmadı, güneşten kaçsam da vücudumun her gözeneğinden ter fışkırmaya devam ediyordu. Cebimden çıkardığım mendille alnımı, ensemi kurularken duydum sesi.

"Merhaba Başkomserim, hoş geldiniz..."

Birkaç adım önümde, genç bir çitlembik ağacının altında duruyordu yardımcım, sanki sıcaktan hiç etkilenmemiş gibi düzgün dişlerini göstererek sırıtıyordu kerata karşımda. Ben de gülümsemeye çalıştım...

"Merhaba Alicim, kolay gelsin... Nerede ceset?"

Elindeki cızırdayan telsizle, ağaçların ötesinde bir yeri işaret etti.

17

"Orada, çocukların oyun alanında." Parkın en kuytu köşesini gösteriyordu, caddeye en uzak olan noktayı. "Yukarıdan taşımış olmalılar. Gece vakti kimsecikler yoktur orada."

Bir yokuşun eteğine kurulan parkın hemen üstündeki dar yoldan söz ediyordu. Yaklaşırken sordum.

"Kim bulmuş?"

"İki çocuk... Sekiz dokuz yaşlarında." Cızırdayan telsizi bu defa yandaki binayı gösterdi. "Şu okulda okuyorlar... Teneffüste kaçamak yapıp parka gelmişler kaydırakta oynamak için. Cesedi görünce basmışlar çığlığı."

"Çok mu kötü görünüyor maktul?"

"Yok," dedi yardımcım. "O kadar kötü değil aslında... Ama ceset sonuçta... Kum havuzunda bir ölü..."

Çocukların yüzlerindeki dehşet geldi gözlerimin önüne.

"Çok erken tanışmışlar vahşetle..."

Ne söylediğimi anlamamıştı yardımcım.

"Efendim Başkomserim? Ne dediniz?"

"Yok, yok bir şey Ali." Yeniden parkın içine baktım. Bir ceviz ağacının gölgesine sığınmış, sıcaktan gözlerini açmaya üşenen biri simsiyah, öteki saman sarısı iki sokak köpeğinden başka canlı yoktu ortalıkta. "Peki, tanık filan... Var mı olayı gören kimse?"

Sanki bundan kendi sorumluymuş gibi bakışlarını kaçırdı.

"Hayır Başkomserim, kimse yok. Muhtemelen cinayet gece yarısı işlendi... O saatte kim olur ki parkta?"

"Araştırmakta fayda var Alicim. Belki ağaçların altında şarap içen akşamcılar filan vardır. Sen mahalleyi şöyle bir dolaş bakalım. Kahvelere, dükkânlara bir sor, dünden beri tuhaf bir olayla karşılaşmışlar mı? Ne bileyim, gece yarısı şüpheli birilerini görmüşler mi? Çığlık, bağırış çağırış, tuhaf bir ses duymuşlar mı?"

"Emredersiniz Başkomserim."

Yardımcım, az önce girdiğim ahşap kapıya yönelirken arkasından seslendim.

"İşin bitince cinayet mahallinde buluşalım..."

Hiçbir yararı olmamasına rağmen yine de ağaçların gölgesinden yürüyerek, parkın en kuytu köşesine, devasa bir kestane ağacının arkasındaki çocuklara ayrılan bölüme yöneldim. Güneşin altında cayır cayır yanan salıncaklar, tahterevalliler, küçük çocukların kendilerince akrobasi yapması için kurulmuş ipten bir köprü ve narçiçeği renginde bir kaydırak... İşte o kaydırağın zemine ulaştığı yerdeydi ceset. Adam, küskün bir çocuk gibi öylece oturmuştu kumun üzerine. Kaydıraktan sert bir iniş yapmış da kimse yardım etmediği için kalkamayıp öylece kalmış gibi. Kuzguni siyah saçları dar alnını kapatmıştı. Başının arkasında düğümlenmiş kırmızı kadifeden bir göz bağı hemen dikkat çekiyordu. Alnı öne düştüğü için tam olarak yüzünü göremiyordum. Ensesinden giren kurşun ağzından çıkmış olmalıydı. Göğsünden süzülen kan, beyaz gömleğini kızıla boyayarak, sarı kumların üzerine dökülmüş, anbean siyaha dönüşen küçük bir birikinti oluşturmuştu.

"Maktul burada öldürülmüş olmalı."

Zeynep'in sesini hemen tanıdım. Kafalarında boneleri, özel giysileriyle, kumların üzerinde çalışan Olay Yeri İnceleme'nin üç elemanının biraz gerisinde duruyordu. Hemen yanında dikilen Olay Yeri İnceleme'nin titiz komiseri Şefik'in iri gölgesine sığınmış gibiydi. İyi anlaştıkları söylenemezdi. Oysa ikisi de teşkilattaki birçok polisi kıskançlıktan çatlatacak kadar başarılıydı. Şefik kılı kırk yarardı; olay yerindeki hiçbir ayrıntıyı kaçırmazdı. Zeynep ise onun topladığı ayrıntıları birleştirerek cinayet mahallinin tam bir resmini çıkarır, olayın nasıl gerçekleştiğini gösterir, katilin haletiruhiyesini sunardı bize. O yüzden hep yeni bilgiler ister, sıkıştırır dururdu Olay Yeri İnceleme'nin şefini. Her gün birkaç kişinin öldürüldüğü bu şehirde işi başından aşkın olan Şefik de sıkılır, bunalır, her defasında şikâyete gelirdi.

"Ya Başkomserim, söyleyin şu kıza, başka işlerim de var benim. Günde beş kere aranır mı insan?"

İkisi de kıymetliydi, ikisi de bana lazımdı, ikisini de kırmamaya özen gösterirdim.

"Tamam Şefik, sen işine bak, ben konuşurum Zeynep'le," derdim ama hemen ardından eklerdim. "Fakat bizim işleri savsaklayayım deme sakın."

Bir kez daha yan yana gelmişlerdi işte, kum havuzundaki cesede bakarak tartışıyorlardı.

"Maktul burada öldürülmüş olmalı," diye tekrarladı Zeynep. "Yoksa bu kadar kan olmazdı."

Bu ihtimal kafasına yatmamış olmalı ki, kumda birbirine paralel olarak kaydırağa kadar uzanan iki çizgiyi gösterdi Şefik.

"Zannetmiyorum, bak kurban sürüklenerek getirilmiş buraya. İzleri görmüyor musun?"

Hiç tereddüt etmedi güzel kriminoloğumuz.

"Haklısın, sürüklenerek getirilmiş ama getirildiğinde yaşıyormuş. Burada öldürülmüş, birazdan kumların arasında hem kovanı, hem de çekirdeği bulur seninkiler."

"Peki, katilin ayak izleri?" diyerek ben de katıldım tartışmaya. "Nerede onlar? Burada bir yerlerde olmalıydı?"

Beni fark edince ikisi de toparlanmıştı, sorumu Zeynep yanıtladı.

"Silmiştir Başkomserim. Adam profesyonele benziyor." Kurbanın ensesini gösterdi. "Tek kurşunla vurulmuş. Muhtemelen de susturucu kullanılmış." Gözlerini kısarak caddeye baktı. "Yoksa ses duyulurdu. Gecenin bir yarısı da olsa bunu göze alamazdı..."

Tartışmaktan yorulmuş olan Şefik uzlaşmayı seçti.

"Eğer öyleyse, kurbanı bayıltmış olmalı, yoksa karşı koyardı."

Bakışlarım maktulün başına kaydı. Rengi kirli sarıya dönüşen yüzünde sağ kulağının alt yarısı yoktu.

"Evet, kurbanın sağ kulağının yarısını almış," diye onayladı Zeynep. "Başının bu bölümünde fazlaca kan yok, kulağı daha önce kesmiş olmalı. Yarayı ateşle dağlamış."

Olay giderek ilginç bir hal alıyordu ama hava o kadar bunaltıcıydı ki, kolunun tersiyle alnında biriken terleri silen Şefik konuyu değiştirdi.

"Sıcak, çok sıcak be, Başkomserim. Bataklıkta yaşıyoruz sanki..."

Güneş yükseldikçe daha da boğucu oluyordu park, nefesimiz kesilecek hale geliyor, dilimiz damağımız kuruyordu. Birilerinde su var mı diye etrafa bakınırken, altın sarısı kumların içinde pembe bir nesneye takıldı gözlerim. Kurbanın bacağının altında kalmıştı. Meraklandım, kum havuzuna biraz daha yaklaştım. Şefik konuşmayı sürdürüyordu.

"Sabahın bu saatinde bu kadar sıcaksa, öğle vakti ne olur kim bilir?"

Komiserin sözleri ilgimi dağıtıyor, düşünmemi engelliyordu.

"Bir dakika," dedim sertçe. "Bir dakika Şefik..."

Afalladı, ama onun da yüzünde alınganlıktan çok merak dolu bir ifade oluşmuştu. Zeynep de durumun farkına varmıştı.

"Ne var Başkomserim, ne gördünüz?"

Onu yanıtlamak yerine cesedi incelemekte olan polislerden zayıf olanına seslendim.

"Şu, pembe şey ne?"

"Bebek, Başkomserim, Barbie bebek," diye Şefik açıkladı. "Siz göresiniz diye orada bıraktım. Cinayet mahalli bozulmasın diye..."

Yeniden zayıf polise döndüm.

"Evladım, versene şu bebeği bana."

Plastik eldiven geçirilmiş sağ elinin baş ve işaret parmağıyla bebeği alıp bana uzattı. Cebimden çıkardığım mendille, uzattığı oyuncağı sol ayağından tuttum. Ve sözler adeta kendiliğinden döküldü dudaklarımdan.

"Aysun! Aysun'un oyuncağı bu!"

Herkes şaşkınlıkla bana bakıyordu. Kısa bir suskunluğun ardından hayret dolu bir sesle sordu Zeynep.

"Kızınızın mı? Ama nasıl olabilir?"

"Bilmiyorum," diye söylendim. "Bilmiyorum Zeynep."

Ne olup bittiğini anlamayan Şefik ve iki elemanı da ilgiyle bize bakıyorlardı. Onları umursayacak halim yoktu, sarı saçlı bebeği inceliyordum. Biraz daha yaklaştırdım Barbie'yi yüzüme. Sağ kolunda kırık görünmüyordu. Emin olmak için bir daha kontrol ettim, hayır yoktu. Derin bir nefes aldım.

"Yok... Yok, bu Aysun'unki değil. Onun bebeğinin kolu kırılmıştı, ben yapıştırmıştım."

Sevinmişti Zeynep.

"Demek ki rahmetli kızınızın bebeği değilmiş Başkomserim. Zaten nasıl olabilirdi ki?"

Şefik de rahatlamıştı, hiç gereği yokken tahminlerde bulunmaya başladı.

"Belki de oyuncağın cesetle ilgisi yoktur. Belki dün oynamaya gelen kızlardan biri unutmuştur. Ne de olsa çocuk parkı burası..."

Olabilirdi, nerdeyse ona hak verecektim ki, adamın iri kafasındaki saçlarda bir tuhaflık hissettim. Kılları oldukça kalındı, güneşin altında parıl parıl yanan bu siyahlık hiç doğal görünmüyordu. Evet, peruk takmıştı adam. Bu ayrıntıyı fark edince, nedense ilgim iyice arttı. Birkaç adım daha yaklaşıp adamın yüzünü görmeye çalıştım. Olmuyordu. O polisten yardım istedim yine.

"Evladım şu göz bağını çözsene, sonra da adamın başını kaldır bakalım!"

Hafif sıklet polis, büyük bir maharetle kadife kumaşı çözdü, sonra çenesinden tutarak maktulün başını yavaşça yukarı kaldırdı. İrkildim ama kendime hakim olmayı başardım. Nefesimi tutup, bir kez daha baktım. Bu kemerli burun, kalın kaşların altındaki derin göz çukurlarında donup kalmış kahverengi gözler, gamzeli sivri çene...

"Bu, o herif..." diye söyledim. "Bu, o alçak!"

Evet, oydu, biraz yaşlanmıştı ama hiç kuşkum yoktu, oydu. Neler olup bittiğini anlamayan Şefik ile Zeynep şaşkınlık içindeydi. Kurbanın yüzünü inceleyerek merakını gideremeyeceğini anlayan Zeynep dayanamayıp sordu.

"Kim? Kimden bahsediyorsunuz Başkomserim?"

İğrenç bir mahluk görmüş gibi kendiliğinden buruştu yüzüm.

"O herif... O herif işte... Yıllar önce kızımı taciz eden sapık."

3
"Bir rastlantı mıydı, yoksa bana verilmiş bir mesaj mı?"

✵

Seyrek gölgeli söğüt ağacının altında oturuyordum. Başucumda dikilen Ali, mahalleliyle sohbetinden eli boş dönmüştü. Kimse garip bir olayla karşılaşmamış, kimse şüpheli birini görmemişti. Zeynep'in söylediği gibi katil ya da katiller profesyonelce hareket etmişlerdi. Ama mutlaka bir açık verecekler, bizi onlara götürecek bir iz bırakacaklardı. Hep öyle olmuştu, bu davada da öyle olacaktı... Fakat az ötemizde malzemelerini toparlayan Olay Yeri İnceleme ekibi hiçbir ipucuna ulaşamamıştı. En azından ilk etapta bir delil bulamamıştı. Kolay kolay teslim olmayan Zeynep, hâlâ kum havuzunda kovanla mermi çekirdeğini aramayı sürdürüyordu. Bana gelince, güya Ali'nin anlattıklarını dinliyordum ama aklım, bu cinayetin kızımla bir alakası olabilir mi sorusuna takılıp kalmıştı. Aysun'u taciz eden bu adam, pembe giysili Barbie bebeğin cinayet mahallinde bırakılması bir rastlantı mıydı, yoksa bana verilmiş bir mesaj mı? Zihnim bu sorularla meşgulken gelmişti Savcı Nadir cinayet mahalline.

"Günaydın arkadaşlar," dedi otoriter bir sesle ama beni görünce gevşedi. "Oo Başkomserim, demek siz bakıyorsunuz bu dosyaya. Güzel, birlikte çalışacağız desenize."

Tıpkı bizim Ali gibi sıcaktan hiç etkilenmemiş görünüyordu; bir güreşçiyi andıran iri bedeni çevik, sesi dinçti. Uyuşukluğumdan sıyrılarak ayağa kalktım.

"Günaydın, günaydın sayın Savcım," diyerek elini sıktım. Amir, memur gibi değil, iki dost gibi ağır adımlarla, kuşluk vakti güneşinin cayır cayır yaktığı kum havuzuna yaklaştık. "Evet, kurban orada."

Nadir, sözlerimin devamını beklemeden, cesedi incelemek için havuza inmişti bile. Kenardaki çıkıntının üzerine tüneyerek anlatmayı sürdürdüm.

"Gördüğünüz gibi ensesinden tek kurşunla vurulmuş... Katil, maktulün sağ kulağının yarısını da almış. Bu, katilimizin parayla tutulan bir tetikçi olma ihtimalini güçlendiriyor. Cinayeti işlediğini kanıtlamak için de kurbandan bir parçayı, kiralayan kişiye götürmüş olabilir. Kurbanın başka bir yerden buraya taşınması kuvvetle muhtemel. Bayıltılarak getirilmiş olmalı. Nasıl bayıltıldığını otopsiden sonra anlarız. Katiller muhtemelen iki kişiydi, kim bilir belki de tek kişi. Kesin konuşmak için erken..."

Bunları anlatırken ikircime düştüğüm bir konu vardı; cinayetin kızımla ilgili olabileceğini Nadir'e söylemeli miydim, yoksa kendime mi saklamalıydım? Dürüst davranmak gerekirse, bu davaya bakmak istiyordum. Tatavla'da olayı ilk duyduğumda içimi saran isteksizlik çoktan kaybolmuştu. Tuhaf bir şekilde ilgimi çekiyordu bu cinayet. Belki kızımla bağlantısı bulunabileceğini düşündüğümden, ama başka bir nedeni daha vardı: Görkemli bir suçtu bu. Kurbanın profesyonelce öldürülmesi, olay yerinde oluşturulan mizansen... Mesleki bir önseziyle bu cinayeti bir tür meydan okuma olarak görüyor, bu kanlı, bu cüretkâr adeta küstahça davranışın bedelini ödetmek istiyordum. Öte yandan, bu olay gerçekten de benimle alakalıysa, ilgilenmem doğru değildi. O yüzden maktulün kızıma hediye ettiği bebekten söz etmem gerekirdi. Etik olan buydu fakat dosyanın elimden alınma ihtimali bu açıklamayı yapmaktan alıkoyuyordu beni. İşin tuhafı, bu konudan Şefik'in ve Zeynep'in de söz etmemesiydi. Ki Zeynep, yakışıklı savcıya cinayetle ilgili düşüncelerini ayrıntılarıyla açıklamakta hiçbir sakınca görmüyordu. Şefik de Zeynep'ten farklı değildi, kurbanın öldürülme şeklinden tutun da, cesedin nasıl taşınmış olacağına dair her ihtimali bir kez daha sayıp dökmüştü. Ama hiçbiri ne cesedin yanına bırakılan bebekle kızım arasındaki bağlantıdan, ne de benim maktulü tanıdığımdan bahsetmişti. Aramızda bu konuyu hiç konuşmasak da kararı bana bırakmışlardı.

Zihnimdeki bu sessiz fırtınadan habersiz olan genç savcı bir yandan anlatılanları dinliyor, bir yandan da ilgiyle kum havuzunu incelemeyi sürdürüyordu. Nadir'i tanırdım, birkaç davada birlikte çalışmıştık: İşine sıkı sıkıya bağlı, son zamanlarda pek rastlanmayan kanun adamlarından biriydi. Ama ne yalan söyleyeyim, bu boğucu sıcağın altında, cinayet yerini böyle özenle incelemesini ben bile biraz aşırı buluyordum. Belli ki aklından önemli bir şeyler geçiriyordu ama suskunluğu uzadıkça can sıkıcı bir sessizlik oluşmuştu.

"Adam, çocuk tacizcisiydi," diyerek ayağa kalktım. "Hüküm giymiş, ceza almış bir tacizci."

Hayretle söylendi.

"Öyle miymiş? Çocuk tacizcisi mi?"

"Öyle," dedim içimi çekerek. "Benim kızıma da tacizde bulunmuştu."

Sonunda itiraf etmiştim. Zaten nereye kadar saklayabilirdim ki bu bilgiyi? İyi de oldu, rahatladım ama Nadir'in bir kadınınki kadar güzel gözleri yerinden fırlayacakmış gibi şaşkınlıkla açıldı.

"Ne diyorsunuz Başkomserim! Sizin kızınıza mı?"

Usulca başımı salladım.

"Evet, benim ölen kızıma, yıllar önce... Aysun'umu kaybetmeden önce... Dahası da var, maktul şu pembe bebeğin benzerini hediye etmişti kızıma."

Şaşkınlığı büyüdü ama kendini çabuk toparladı. Önemli bir sorunun cevabını arıyormuş gibi bir süre daha süzdü artık sıcakta yavaştan şişmeye başlayan cesedi. Fakat aradığı yanıtı bulamamış olacak ki, yeniden bana çevirdi gözlerini.

"Ne diyorsunuz bu işe? Bütün bunların manası ne?"

Aslında hiç sakin değildim ama soğukkanlı görünmeye çalışarak kollarımı göğsümde kavuşturup, tahmin yürütmeye başladım.

"Muhtemelen kızı ya da yakını taciz edilen biri yapmıştır bu işi. O duyguyu ben de yaşadım çünkü. Allah kimsenin başına vermesin, insan çıldıracak gibi oluyor. Gözünüz hiçbir şey görmüyor. O kör öfkeyle, tacizciyi öldürebilirsiniz." Elimle kurbanı işaret ettim. "Fakat işin ilginç tarafı, bu olayda öfke yok. Tutku yok, kimse çılgınca hareket etmemiş. Ceset delik deşik değil, tek kurşunla bitirmişler adamın işini. Sakin, akıllıca ve büyük bir maharetle..." Yeniden savcıya döndüm. "Hatta mesaj da bırakmışlar. Evet, kurbanın bu parka bırakılması, gözlerinin kırmızı bir kumaşla bağlanması, enseye tek kurşun, kesilen sağ kulak, pembe giysili bebek. Şüphesiz, hepsinin bir anlamı var. Henüz manasını bilemesek de katil bir mesaj veriyor bize..."

"Ne olduğu belli değil mi Başkomserim?" Ali'ydi sözümü kesen. "Siz devlet olarak tacizcileri engelleyemiyorsunuz, o yüzden bu işi biz yaptık diyor adamlar."

Nadir, göz ucuyla şöyle bir süzdü yardımcımı, ama pek umursamadı.

"Bu olayın sizinle alakası ne Başkomserim?" diye sordu alnında boncuk boncuk biriken ter damlalarını cebinden çıkardığı gece mavisi bir mendille silerken. "Neden sizi karıştırıyorlar bu işe?"

Önemsenmeyen Ali'nin canı sıkılmıştı, benim yerime o cevap verecekti ki, Zeynep ikimizden de erken davrandı.

"Belki de alakası yoktur. Belki de sadece rastlantıdır. Tacizci, aynı bebeği başka bir kıza da hediye etmiş olabilir. Belki de adamın takıntısı pembe giysili Barbie bebeklerdir. Tacize uğrayan kızın babası adamı öldürmüş ve bebeği de yanına bırakmıştır."

Nadir'in gözlerindeki soru işaretleri kaybolmuyordu bir türlü; o da bizim gibi resmin tümünü görmeye çalışıyor ama parçaları yerine oturtamıyordu.

"Olabilir," diye söylendi nihayet. "Olabilir Zeynep Hanım, anlarız yakında." Bakışları yeniden kum havuzuna kaydı. "Enseden sıkılan tek kurşun, kırmızı kadifeden göz bağı, cinayet mahalli olarak seçilen bir çocuk parkı, pembe giysili bir bebek..." diye tekrarladı sözlerimi. "Haklısınız Başkomserim, bütün bunlar bize bir hikâye anlatıyor... Henüz tümünü bilmediğimiz bir hikâye. Umarım bir ayın değildir..." Derinden bir iç geçirdi. "Ama bu bir tetikçinin işinden çok, bir seri katil vakasına benziyor. Umarım yanılıyorumdur, umarım arkası gelmez ama soruşturmayı bu yönde derinleştirmekte fayda var." Bir an sustu, sonra güven dolu bir gülümsemeyle aydınlandı yüzü. "Endişeniz olmasın, bu olayın sizinle bağlantısı olsa da olmasa da bu davada birlikteyiz. Başkomser Nevzat'la çalışma fırsatını kaçıracak değilim..."

4
"Ama farklı bir seri katil..."

⚜

Akif Soykan... Maktulün adı buydu. Bugün cesedini bir çocuk parkındaki kum havuzunda bulduğumuz şu tacizci... Tanıdığımda çok daha gençti, yakışıklıydı ama saçları daha o zamandan dökülmüştü. Adamın yüzü gözlerimin önünde hâlâ. Yaşadıklarımı en ince ayrıntısına kadar kaydetmişim zihnime. Hafızam güçlü diye iddia etmiyorum, aksine son zamanlarda pek unutkan olmuştum. Akşam çıkardığım saatimi sabah nereye koyduğumu bile bulamıyordum. Ama bu olay o kadar etkilemiş ki beni, Akif Soykan'ı bütün ayrıntılarıyla hatırlıyordum. Temiz bir yüzü vardı; onu görenler çocuklara musallat olan hastalıklı biri olduğunu asla düşünmezdi. Düzgün bir Türkçeyle konuşuyordu, son derece kibardı, hatta fazla kibar... Onu ilk gördüğümde benim de aklımın ucundan geçmemişti sapık olabileceği. Aysun'un okulunun karşısındaki kırtasiyecide çalışıyordu...

Aysun ilkokul üçüncü sınıfa giderken başımıza gelmişti bu iğrenç olay. Durumu fark eden rahmetli karım Güzide olmuştu. Aysun'un okuldan, pembe giysili Barbie bir bebekle geldiğini görünce işkillenmiş, kızımıza bu oyuncağı nereden aldığını sormuştu. Aysun da, "Akif Abi verdi," deyince kuşkuları iyice artmış, olayı o akşam bana anlatmıştı. İlk duyduğumda çok önemsememiştim, Aysun cana yakın bir kızdı, kendisiyle konuşmak isteyenleri asla kırmazdı. Annesi defalarca uyarmasına rağmen, herkese hoş görünme huyundan hiç vazgeçmemişti. Bu halini çok iyi bildiğim için, belki de şu "Akif Abi", onu kız kardeşi gibi sevmiş, bir hediye vermek istemiştir diye düşünmüştüm. Ama Güzide o şaşmaz önsezisiyle işin içinde bir bit yeniği olduğunu anlamıştı.

"Niye canım, niye o adam, hiç tanımadığı bir kız çocuğuna hediye veriyormuş?" diye söylenmişti öfkeyle. "Olur mu öyle şey! Benim kızıma hediye vermek, onun ne haddine!"

Öfkesini biraz abartılı bulsam da itiraz etmemiştim karıma. Güzide bu kadarla da kalmamış, otoriter bir sesle emri vermişti.

"Yarın bu adama gitmelisin Nevzat... Ona gitmeli ve bu oyuncağı iade etmelisin."

Karım böyle söyleyince Aysun'un gözleri dolmuştu, belli ki bebeği sevmişti, belli ki kendinde kalmasını istiyordu. Güzide de fark etmişti kızımızın halini ve o pratik zekâsıyla anında bulmuştu orta yolu.

"O zaman, parasını veririz... Bebek de bizde kalır. Ama şu adamı uyar Nevzat, bir daha oyuncak filan hediye etmesin kimseye." Sonra da Aysun'un karşısına geçmiş "Biz alırız kızım sana ne istiyorsan. Başkalarından hediye kabul etmemelisin. Doğru değil..."

Aysun önce sessizce başını öne eğmiş, ardından her zaman yaptığı gibi gözlerini bana dikerek yardım istemişti. Ama bu kez olmazdı. Yumuşayan yüreğime taş basıp, "Annen haklı kızım," demiştim. "Tanımadığımız insanlardan hediye kabul etmemelisin. Biz alırız sana ne istiyorsan..."

İşin önemini kavrayan Aysun sarkan dudağını toplamış, nemli gözlerini kurulamış, daha fazla uzatmadan geçip oturmuştu ödevinin başına. Kızıma böyle söylememe rağmen bu hediye meselesinin altından bir çapanoğlu çıkacağını zannetmiyordum. Yine de ertesi sabah Güzide'nin isteğine uyarak kızımı ben götürmüştüm okula. Önce kırtasiye dükkânına uğramıştık, Aysun tezgâhın arkasındaki temiz yüzlü, iyi giyimli genci göstererek, "İşte Akif Abi bu," demişti.

Aysun'un yanında beni gören gencin beti benzi atmış ama bozuntuya vermemeye çalışmıştı. Oyuncağı tezgâhın üzerine koyarak, "Bu bebeği sen mi verdin kızıma?" diye sormuştum.

Masum bir gülümseme bürümüştü, etli kırmızı dudaklarını. Ardı ardına birkaç kez yutkunduktan sonra, "Ku... Ku...

Kusura bakmayın" diye kekelemişti. "Kızınız o kadar çok istiyordu ki bebeği, içimden geldi... Çocukları sevindirmek sevaptır diye düşündüm."

Samimi görünüyordu ama aldırmamıştım. "Bak Akif," diyerek ikaz etmiştim. "Ailesi yanında yokken, çocuklara hediye veremezsin..."

"Ama efendim," diyecek olmuştu, "Aması maması yok," diye lafı ağzına tıkamıştım. "Başın belaya girer. Anladın mı?"

Boynunu bükmüştü.

"Anladım efendim, anladım..." Teslim olmuş gibiydi, yine de içindekini dökmeden duramamıştı. "Ama inanın bana, kötü bir niyetim yoktu..."

"Bunun niyetle alakası yok Akif," diye kestirip atmıştım. "Seni tanımıyoruz, ne ben, ne de kızım. Sen de bizi tanımıyorsun. İyi niyetle yapmış olabilirsin ama yine de münasebetsiz bir davranış. Şimdi bu oyuncağın parasını alacaksın ve sadece benim kızıma değil, tanımadığın hiçbir çocuğa hediye filan vermeyeceksin!"

"Tamam efendim, nasıl isterseniz," diye mırıldanmıştı. O kadar ezik, o kadar üzgün bir hali vardı ki, pişman bile olmuştum çok sert davrandım diye. Belki de bu yüzden, oyuncağın parasını verdikten sonra elini sıkmıştım. Narin elleri kaybolmuştu avucumun içinde. Ne kadar soğuk diye geçirmiştim içimden, sanki bir ölünün eli. Korkmuştu delikanlı, hem de çok korkmuştu. Belki de özür niyetine birkaç lakırdı etmeliyim diye düşünürken bir bakışını yakalamıştım. Nefret dolu ışıltı, güneşte parlayıp sönen bir bıçak gibi yüzümü yalayıp geçmişti. Bir anlıktı, sonra kaybolmuştu... O kadar kısaydı ki, emin olamamış, belki de yanlış gördüm diye yorumlamıştım. Ama nedense o bakışı unutmamıştım, merkeze döner dönmez Asayiş Şube'den bizim Şaşı Münir'i aramış, Akif Soykan'ı araştırmasını istemiştim. Çok sürmeden birkaç saat sonra çıkmıştı gerçek ortaya. Henüz 25 yaşında olmasına rağmen, çocuklara taciz suçundan tam dört kez gözaltına alınmıştı. Hemen kırtasiye dükkânını basıp onu gözaltına almak geçmişti içimden. Ama neyle suçlayacaktım ki, kızıma bebek hediye etti diye onu içeri atamazdım. Yeniden Münir'i aramıştım. Olanı biteni anlatmış, bu sapığı izlemesini söylemiştim. Cevval polislerdendi Münir.

"Hiç merak etmeyin Nevzat Başkomserim, en kısa zamanda kıstırırız o alçağı."

Söylediği gibi de yapmıştı, iki haftaya kalmadan, başka bir kız çocuğunu kırtasiye dükkânında elle taciz ederken suçüstü yakaladılar Akif Soykan'ı.

Hepi topu bir kez görmüştüm bu çocuk tacizcisini, bir daha da karşılaşmamıştık. Ama bu olaydan üç yıl sonra gazetede onunla ilgili bir haber okumuştum. Sekiz yaşındaki bir kıza tacizden tutuklanmış, gönderildiği Tokat Hapishanesi'nde mahkûmların linç girişiminden ağır yaralı olarak kurtulmuştu. Cezasını tek kişilik hücrede çekeceği yazıyordu haberde. Cezasını çekmiş, yeniden insanların arasına katılmıştı demek. Ama birileri onu affetmemiş olmalıydı ki, ensesine tek kurşun sıkarak son vermişlerdi sefil hayatına. Buraya kadar hepsi normaldi. Su testisi su yolunda kırılır deyip geçebilirdik ama aklım pembe kıyafetli Barbie'ye takılmıştı. Hakikaten bir rastlantı mıydı bu, yoksa işin içine beni çekmek isteyen birileri mi vardı? Eğer öyleyse yakında çıkardı kokusu...

Masamda oturmuş bunları düşünürken, iki yardımcım apar topar odama daldı. Daha onları ilk gördüğümde, önemli bir bilgiye ulaştıklarını anlamıştım. Ali gergindi, Zeynep sakin görünüyordu ama kestane rengi gözlerindeki ışıltı ele veriyordu heyecanını. Kucağında tuttuğu mavi kaplı dosyayı masamın üzerine koyarken daha fazla kendini tutamadı.

"Körebe..." diyerek çıkardı ağzındaki baklayı. "Körebe uyanmış Başkomserim..."

"Körebe de kim? Ne uyanması Zeynep?"

"Seri katil... Nadir Bey haklıymış, bu bir seri katil vakası."

Ali de katıldı bu enteresan muhabbete.

"Evet Başkomserim, acayip bir katille karşı karşıyayız."

Korku yoktu sesinde, aksine sonunda dişine uygun rakip bulmuş bir savaşçının merakıyla konuşuyordu ama söylediklerinden hiçbir şey anlamamıştım.

"Yahu çocuklar, şu konuyu başından anlatsanıza. Niye böyle bölük pörçük konuşuyorsunuz!"

"Seri katil, Başkomserim," diye tekrarladı Zeynep gözlerini iyice açarak. "Körebe acımasız bir seri katil."

Ali, kızın ağzından kaptı lafı.

"Ama farklı bir seri katil Başkomserim... Çocuk tacizcilerini öldürüyor..." Caniye hayranlık duyuyor gibiydi. "Körebe denmesinin nedeni de, kurbanlarının gözlerini bağlaması. Sanki 'Bu alçakları öldüren ben değilim, taciz ettikleri çocukların ruhu,' demek istiyor. Kendini bir tür adalet dağıtıcısı gibi görüyor. E, pek haksız da sayılmaz."

Henüz katilin kimliğini bile tespit edememişken, yardımcım yorum yapmaya başlamıştı.

"Ne o Ali, adamın işlediği cinayeti onaylıyor gibisin?"

Duraksadı, çok iyi tanıdığım o kurnaz ışıkla aydınlandı gözleri.

"Yok Başkomserim, cinayeti filan onaylamıyorum da... Bu Körebe tuhaf bir adam. Belli ki, kötüleri ortadan kaldırmaya adamış kendini... Yani yakaladığımız katillere pek benzemiyor."

Belleğimde bir şeyler kıpırdadı. Gazeteler üst üste manşetler atıyor, televizyonlar bağırıyordu, "Artık Bir Seri Katilimiz Var!" diye. O sıralar Antalya'da bir zincirleme cinayet vakasına bakıyordum. O yüzden ayrıntıları bilmiyorum ama katile Körebe lakabını taktıklarını çok iyi hatırlıyordum. Bu cinayeti işleyen o seri katil miydi, işte ondan emin değildim.

"Nereden biliyorsun Alicim?" diyerek hevesini kursağında bıraktım. "Daha adamımızın, Körebe olduğundan bile emin değiliz. Akif Soykan'ın gözleri bağlı diye, katil adayını şıp diye bulduk mu sanıyorsunuz?"

Merakımı Zeynep giderdi.

"Sadece göz bağı değil Başkomserim, cinayetin işleniş tarzı da aynı. Kurbanlarını tek el ateş ederek ensesinden vuruyor, gözlerini kırmızı bir kumaşla bağlıyor, sağ kulaklarını kesiyor ve yanlarına bir oyuncak bırakıyor."

Yerinde duramayan Ali yine girdi araya.

"Üstelik, kurbanlarını ya okul bahçesine ya oyun parkına ya da lunapark gibi çocuklar için yapılmış mekânlara bırakıyor. Bu kadar benzerlik olur mu? Aha şuraya yazıyorum, katilimiz kesinlikle Körebe..."

Mümkündü ama çabuk karar vermemek gerekiyordu.

"Bu Körebe en son cinayetini ne zaman işlemiş?"

Koltuğa çöken Zeynep, masanın üzerine bıraktığı mavi dosyayı açtı.

"Hemen söylüyorum Başkomserim." İnce uzun parmakları bir kâğıdın üzerinde kaymaya başlamıştı. "İşte burada... 2012 yılının Haziran ayı. Evet, son cinayetini 2012 yılının 6

31

Haziran'ında işlemiş. Kaportacılık yapan Nuri Karlıdağ adında birini öldürmüş... Kurban tescilli çocuk tacizcisi... Üç erkek çocuğa tecavüz ettiği saptanmış. Bu suçları yüzünden ceza almış, hapis yatmış. Cesedi 6 Haziran'da Altunizade'de bir ilkokulun bahçesinde bulunmuş... Kurbanın yanında mor bir oyuncak kamyonet varmış. Kurban ensesinden vurularak öldürülmüş. Kırmızı kadifeden bir göz bağı varmış, sağ kulağının yarısı da kesikmiş. Cinayet mahallinde ne bir kovan bulunmuş, ne de mermi çekirdeği."

Bu kadar benzerlik şaşırtıcıydı. Ne yalan söylemeli, Körebe benim de ilgimi çekmeye başlamıştı.

"O tarihten sonra bir vukuatı yok mu?"

Dosyaya yeniden göz attı Zeynep.

"Hayır Başkomserim, ondan sonra sessizliğe gömülmüş. Mesleki tabirle uykuya yatmış. Ama yıllar sonra artık ne olduysa yeniden başlamış öldürmeye..."

"Ne olacak?" diye söylendi yardımcım dikildiği yerden. "Memlekette o kadar çok sapık türedi ki, adamcağız durumdan vazife çıkarmış..."

Bizim delibozuk sonunda katilleri savunacak noktaya kadar gelmişti ama şimdi onunla adalet üzerine tartışmaya girecek halim yoktu.

"Peki, bu Körebe, kaç kişiyi öldürmüş bugüne kadar? Biliyor muyuz kurbanlarının sayısını?"

Öteki önemli bilgiler gibi bunu da ezberlemişti Zeynep.

"12 kişi Başkomserim... Üstelik cinayetlerin hepsi 2012 yılında işlenmiş. Bu 12 sayısı önemli..."

Sustu, sözlerinin etkisini görmek ister gibi beni süzüyordu.

"Ne anlamı varmış bu 12 sayısının? Ne anlatıyormuş?"

Gizemli bir ışık geçti gözlerinden.

"Orasını tam olarak bilmiyoruz, yakında öğreniriz."

Evet, Körebe adında kocaman bir muamma duruyordu önümüzde. Kendini adalet savaşçısı zanneden bir manyak. Belki de yaralanmış ruhunu öldürerek iyileştirmeye çalışan bir çaresiz. Karanlık bir nokta kalmasın diye sordum.

"Ve 2012 yılı boyunca öldürdüğü 12 kişinin hepsi de çocuk tacizcisi öyle mi?".

Gözlerinin önüne dökülen saçlarını eliyle geriye attı Zeynep.

"Kesinlikle Başkomserim, hepsi çocuk tacizcisi. Hepsi bu suçtan tutuklanmış kişiler. Bir kısmı suçunu itiraf etmiş, ötekiler ise tacize uğrayan çocuklar tarafından teşhis edilmiş. Hepsi bu iğrenç suçu işledikleri için en az iki kez ceza almış."

"Ve Körebe, cinayetlerin hepsinde aynı rutini uygulamış." Kesin bir ifadeyle başını öne doğru salladı.

"Aynen öyle. Enseden tek kurşunla gelen ölüm, kırmızı kadifeden göz bağı, sağ kulağı kesildikten sonra çocukların bulunduğu mekâna bırakılan ceset ve bir oyuncak..."

"Ve 2012 senesinde öldürülen 12 tacizci," diye ekledi iştahla Ali. "Tabii bulamadığımız başka kurbanları yoksa. Belki başkalarını da..."

"Bence yoktur Alicim," diye kesti Zeynep sözünü. "Katil cinayetlerini saklamıyor ki, aksine kurbanlarını görmemizi istiyor, çocuk tacizcilerini cezalandırdığını bilmemizi istiyor. Adaleti yerine getirdiğine inanıyor. Ama daha da önemlisi, küçükken uğradığı bir tacizin ya da tecavüzün intikamını almaya çalışıyor. Sadece bedenini değil, ruhunu da paramparça eden bir tacizin intikamını... Belki şu 12 sayısı da bununla ilgilidir... 12 kere taciz edilmiş olabilir..."

"Yahut 12 kişi tarafından..." diye tahminde bulundum. Bu kadarını kaldıramadı kriminoloğumuz.

"Yok artık Başkomserim, 12 kişi, küçük bir çocuğa..."

Daha fenalarını görmüş, duymuştum ama bu tartışma bizi bir yere götürmeyecekti.

"Başka bir malumat yok mu adam hakkında? Körebe'nin kimliğine dair... Bir delil, bir görgü tanığı, bir iz..."

Umutsuzca söylendi Zeynep.

"Yok Başkomserim, adam hakikaten çok becerikli. 12 kişiyi tereyağından kıl çeker gibi öldürmüş. En küçük bir açık vermemiş, ne bir iz, ne bir tanık, ne de bir kanıt bırakmış geride. Bizim çalışma tarzımızı çok iyi biliyor. Belki de bizden biridir..."

Küçük bir kahkaha koyuverdi Ali.

"Bizim Şefik olmasın? Ne de olsa Olay Yeri İnceleme'nin komiseri adam."

Ne Zeynep, ne de ben güldük. Şaka yollu da olsa birlikte çalıştığımız insanları töhmet altında bırakacak konuşmalardan hiç hazzetmem.

"Kim ilgilenmiş bu dosyayla Zeynep?" diyerek mavi kaplı dosyaya yöneldim. "Beş yıl önce Körebe davasına bakan kimmiş?"

Dosyanın sayfalarını açtı Zeynep.

"Evet, burada... Başkomiser Zekai... Başkomiser Zekai Ovacık..."

Başkomiserin adını duyunca gülümsedim.

"Haa, bizim Tazı Zekai mi?"

İkisinin de yüzünde aynı yadırgayan ifade oluşmuştu.

"Benim suçum yok arkadaşlar, adamın lakabı bu. Çok iyi polisti, gerçekten çok iyiydi. Aldığı bütün cinayet dosyalarını çözerdi. Onun için Tazı diyorlardı ona. İyi avcı olduğu için." Duraksadım, bir kez daha mavi dosyaya baktım. "Ama bu vakada başarılı olamamış anlaşılan."

5
"Seri katiller için ritüel çok önemlidir!"

Pembe yaz güllerinin kokusu bütün bahçeyi sarmıştı. Eski başkomiser, yeni emekli polis, namı diğer Tazı Zekai'yi mütevazı evinin bahçesinde, uzun bacaklarının üzerine çökmüş, kuru toprağı havalandırırken buldum. Beni görünce, içten bir gülümseyişle doğruldu.

"Vay Nevzat! Vay Başkomserim!" Kollarını açtı, iri gövdesi bir dağa dönüştü. "Şükür kavuşturana. Hoş geldin yahu, en son ne zaman görüşmüştük?"

Sarmaş dolaş olduk.

"İki yıl olmuştur rahat," dedim elimle sırtına vururken. "Kokulu Katil vakasını çözmüştük birlikte... Hani şu Sarıyer'deki cinayetler..."

Ona tazı lakabının verilmesindeki önemli özelliklerinden biri olan düşük kulakları dikilir gibi oldu, kehribar gözleri ışıldadı.

"Haa, şu hemşirenin öldürdüğü yaşlı hanımlar... Kadın sağlam manyaktı ama değil mi? Kurbanlarını kokuyla yıkıyordu. Neydi o kullandığı kokunun adı... Fransızca bir şey..."

"Ô de Lancome," dedim güya Fransızca bir aksan kullanarak. "Piyasada zor bulunuyordu. Toplu sipariş vermişti de oradan yakalamıştık."

Gıptayla süzdü beni.

"Valla bravo Nevzat, ben dün yediğim yemeği hatırlamıyorum, senin hafıza zehir gibi."

"Yok be Zekai," dedim omuz silkerek. "Kokulu Katil davası orijinal bir iş olduğu için aklımdan çıkmamış..."

Gözlerini kısarak hatırlamaya çalıştı.

"Anneannesiyle ilgili bir sorunu vardı değil mi hemşirenin? Yatalak mıymış neymiş kadıncağız?"

"Doğru hatırlıyorsun. Küçük bir kızken, anneannesine bakmak zorunda kalmış. İhtiyar kadın tuvaletini tutamıyormuş, annesi de yatağı kızına temizletiyormuş. Yetmemiş kızının hemşire olması için ısrar etmiş... Belki başka travmalar da vardır. Neyse sonuçta kaldıramamış. Yıllar sonra yaşlı kadınları öldürmeye başlamış. Kurbanlarını öldürdükten sonra da anneannesinin kullandığı kokuyu üzerlerine boca ediyormuş..."

"Ayakta mı tutuyorsun Nevzat Bey'i?" diyen bir kadın sesiyle geriye döndük. İkindi güneşinin yumuşak ışığının altında duruyordu Celile Hanım. "Aşk olsun Zekai, böyle mi ağırlanır misafir?"

Suçlu suçlu gülen Zekai, pişkinliğe vurdu hemen.

"Ya dur Celile, adam yeni geldi, hasret gideriyoruz şurada..."

En az kocası kadar uzun, kocası kadar iri, devasa bir Boşnak kadını olan Celile'ye hiç makul gelmedi bu sözler. Zekai'ye, seninle ne yapacağım, manasında bir bakış attıktan sonra, bana döndü.

"Kusura bakmayın Nevzat Bey, sağ olsun bizim Zekai böyledir." Manolya ağacının altındaki masayı gösterdi. "Lütfen, lütfen şöyle geçin... Orası serin olur..."

Yıllar sonra her gün Zekai'yle evde kalmak canını sıkmış olmalıydı. Eminim Zekai de bayılmıyordu bu duruma, ama ne yapabilirdi ki, mecburen evde oturacak, en fazla kendini bahçeye atacak, toprakla, çiçekle oyalanacaktı. Ama itiraf edeyim, yine de iyi görmüştüm Zekai'yi. Ne bir moral bozukluğu, ne depresyon, ne gerginlik... Keşke ben de onun gibi rahat olabilsem emeklilik günlerimde diye geçirdim içimden. O zaman geldiğinde bakalım Evgenia nasıl tahammül edecek bana?

"Hadi Nevzatcım, hadi, geçelim şöyle," diye koluma giren Zekai, iri damarlı manolya ağacının altındaki ahşap masaya sürükledi beni. "Hadi gel, yoksa Celile rahat bırakmaz bizi."

Hiç sesimi çıkarmadan ahşap masanın ucundaki iskemleye yerleştim, sahiden de serindi burası. Dik apartmanları, dar sokakları aşan deniz kokulu bir rüzgâr mucize kabilinden ulaşıyordu çiçekli bahçeye.

"Kahve mi yapayım, soğuk limonatam var, ondan mı vereyim?"

Tombul kadınlardaki o yumuşaklık, o rahatlık sanki sesine de sinmiş gibiydi, yine de kibarlığı elden bırakmadım.

"Zahmet etmeseydiniz."

Alınmış gibi çatıldı kumral kaşları.

"Ne zahmeti Nevzat Bey, kırk yılın başı evimize gelmişsiniz..."

"Limonata içeyim o zaman."

Kocasını muzip bir ifadeyle süzdü.

"Ya siz Zekai Bey, siz ne içeceksiniz?"

Derin bir muhabbetle süzüyordu karısını emekli polis.

"E, ben de o meşhur limonatanızdan içeyim Celile Hanım, bu sıcakta kahve gitmez..."

Misafirperver ev sahibesi iri bedeninden beklenmeyen bir çeviklikle içeri girerken kocası da karşımdaki iskemleye yerleşti.

"Sahi Nevzat, hangi rüzgâr attı seni buraya? Kötü bir şey yok değil mi?"

Konunun mühim olduğunu anlamıştı. Seni özledim filan gibi lakırdıları bir yana bırakıp sadede geldim.

"Beş yıl önceki bir dava için geldim, sen bakıyormuşsun dosyaya..."

Müşkül bir durumla karşılaşmış gibi asıldı suratı, hatırlayamayıp mahcup olmaktan korkuyordu.

"Şu çocuk tacizcilerini öldüren katil," diye yardımcı oldum. "Lakabını senin taktığın adam."

Şaşkınlıkla söylendi.

"Körebe... Körebe mi? Yakalandı mı yoksa?"

Yıllarca peşine düştüğü katilin ele geçmiş olmasından sevinç mi duyuyordu, yoksa kendisi enseleyemediği için üzülüyor muydu belli değildi.

"Yok yok, yakalanmadı ama yeniden öldürmeye başladı."

Rahatlamıştı ama iskemlesine yaslanmadı, tuhaf bir ifadeyle baktı.

"Öldürmeye mi başladı?"

Sanki bu durumu garip bulmuştu.

"Öyle zannediyoruz. Bu sabah bir ceset bulduk. Körebe'nin bütün ritüelleri yerine getirilmiş."

Dirseklerini masaya dayayarak biraz daha yaklaştı bana.

"Hangi ritüeller?"

Gölgede kahverengiye dönüşen gözlerini yüzüme dikmişti, tek sözcüğü bile kaçırmamak için pürdikkat söyleyeceklerimi bekliyordu.

"Biliyorsun zaten, seçtiği kurban bir çocuk tacizcisi, ensesinden sıkılan tek kurşunla öldürülmüş, gözleri kırmızı kadifeden bir bağla kapatılmış..."

Daha fazla dayanamadı.

"Oyuncak da bırakılmış mıydı yanına?"

Başımı salladım.

"Bir Barbie bebek... Kurbanın sağ kulağının yarısını da almış..."

Emekliliğini yaşayan o sakin adam gitmiş, yerine cevval katil avcısı gelmişti. Ama hâlâ emin değildi, hâlâ kafasını kurcalayan önemli bir sorun vardı. Kendi kendine konuşur gibi sordu.

"Hangi aydayız, mayıs mı?"

"Haziran," diye düzelttim. "Bugün Haziran'ın 2'si."

"Haziran'ın 2'si..." diye tekrarladı düşünceli bir sesle. "2012 yılında da Haziran'ın 2'nci günü cinayet işlemişti..." Gözleri adeta sevinçle ışıldadı. "Evet, anlaşılan Körebe sahalara geri dönmüş."

Denizden esen rüzgâr aniden kesilivermişti, sıcakta güçlükle nefes alıyordum.

"Emin misin?"

Bir an tereddüde kapıldı, sorumu yanıtlamak yerine heyecanla sordu.

"Cesedi nerede buldunuz?"

Gömleğimin yakasını gevşetirken açıkladım.

"Kasımpaşa'da bir parkta, çocuk parkında..."

Gözlerini bir an bile yüzümden ayırmadan tahminde bulundu.

"Bir kaydırakta, kum havuzunun içinde..."

Şaşkınlıkla söylendim.

"Nereden biliyorsun?"

Berbat bir anıyı hatırlamış gibiydi.

"Beş yıl önce Haziran ayının 2'nci günü öldürdüğü ceset de kaydırakta bulunmuştu. Kurban, kaydıraktan kaymış da kalkamamış gibiydi, ayakları hâlâ kum havuzundaydı. Ayaklarının dibinde pembe giysili Barbie bir bebek vardı."

Vaziyet giderek ilginç bir hal alıyordu.

"O ceset de Kasımpaşa'ya mı bırakılmıştı?"

"Hayır, Cihangir'deki bir parka..." Kurnazca gülümsedi. "Körebe asla riske girmez. Bir kez kullandığı mekânı ikinci kez kullanmaz. 12 cinayette de bunu yapmadı, bundan sonra da yapacağını zannetmiyorum."

Adamı biraz abartıyordu.

"Ama kendi ritüelinden şaşmamış, en azından benzer mekânları kullanmış."

Sanki çok iyi tanıdığı birinden bahseder gibi tane tane açıklamaya başladı.

"Seri katiller için ritüel çok önemlidir, bizim Körebe için de öyle. Ondan vazgeçmesi mümkün değil, bir tür kartvizit, bir tür imza gibi... İkinci bir cinayet olursa, bir kreşe bırakacak." Bir an düşündü. "Ayın 4'ünde, evet, eğer yeni bir kurban olursa, ayın 4'ünde öldürecek, cesedi de bir kreşin bahçesine bırakacak... Beş yıl önce de aynısını yapmıştı çünkü. Haziran ayında öldürdüğü ikinci cesedi Firuzağa'da bir kreşin bahçesine bırakmıştı..."

Hiçbirimizin aklına gelmeyen bir öngörüde bulunuyordu. Ne yalan söylemeli takdir ettim ama bunu itiraf etmedim.

"Biz de öyle düşünmüştük," demekle yetindim. "Ayın dördünde kreşlerin etrafında tertibat alacağız ama ya öldürmezse?"

Gözleri tutkuyla kıpırdadı.

"Öldürecek Nevzat, başka ihtimal yok, öldürmek zorunda, çünkü çemberi tamamlamalı, ama..."

Bakışları yüzümde öylece kalmıştı.

"Ama," dedim merakla...

Oturduğu iskemlede sıkıntıyla kıpırdadı.

"Bir terslik var..." Görünmeyen bir tahtada, görünmeyen sayılarla hesap kitap yaptı. "Evet Nevzat bu işte bir terslik var. Şöyle ki, Körebe ilk cinayetini ocak ayında işlemişti. Haziran'ın 2'sinde değil, Ocak ayının 1'inde... Eğer yeniden öldürmeye başladıysa..."

"Ocak ayının 1'inde öldürmesi gerekirdi," diye tamamladım.

Bütün tadı kaçmıştı.

"Öyle olması gerekirdi. Öteki ritüeller tutmasına rağmen, tarih neden kayıyor?"

Mutsuz olmuş gibiydi.

"Belki yurt dışındaydı," diye akıl yürüttüm. "Belki hapis-teydi, o yüzden zamanında başlayamadı..."

Anlamıyorsun der gibiydi.

"Hayır, beklerdi, adamı çok iyi tanıyorum, sabırla önü-müzdeki seneyi beklerdi." Sıkıntıyla soludu. "Yok Nevzat, Körebe kendi çemberini bozmazdı..."

Söyledikleri doğruydu, yine de karşı çıkmak zorunda his-settim.

"İyi de karşımızdaki adam bir psikopat, bildiğin deli. Tu-tarsız davranması normal değil mi? Belki tarz değiştirmiştir..."

Nerdeyse sinirlenecekti.

"Yapmaz. Asla rutinini bozmaz. Rutinini bozacaksa cina-yet işlemez. Anlasana Nevzat, bu bir ayin. Bir seri katil için, kendi koyduğu dışında uyulması gereken kural yoktur. Kö-rebe bunu titizlikle yerine getiren katillerden biri. O yüz-den yakalayamadık ya. Asla kendini kaybetmiyor, asla acele etmiyor, asla hata yapmıyor. Kurbanlarını kılı kırk yararak seçiyor, büyük bir soğukkanlılıkla öldürüyor, bir sanatçı titiz-liğiyle cinayet mahallini düzenliyor ve geride tek bir iz bile bırakmıyor."

Acı çeker gibi konuşuyordu. Sanki hayatından hiç çıkma-mış birinden bahsediyordu, kalbini kıran bir sevgiliden, ve-fasız yakın bir akrabadan, ihanet eden bir dosttan... O zaman emin oldum, meslek hayatı boyunca uğraşıp da halledemedi-ği tek dava bu seri katilin işlediği cinayetlerdi.

"Körebe'nin ne kadar usta olduğunu biliyorum," dedim sakin bir tavırla. "Dosyadaki belgelere göz attım... Haklısın, işime yarayacak hiçbir bilgiye ulaşamadım. Onun için bura-ya geldim. Çünkü Körebe'yi senden daha iyi tanıyan kimse yok. Belki raporlara yazmadığın bir tahmin, belki aklını kur-calayan bir ayrıntı vardır."

Bakışlarını kaçırdı; evet, hiçbirimizin bilmediği bazı bilgi-lere sahipti fakat inkâr etti.

"Yok Nevzatcım, valla yok, ben de senin öğrendiklerin ka-darını biliyorum. Keşke yardım edebilsem, ama ne bulduy-sam, kiminle ne konuştuysam, hepsini dosyaya koydum."

Yalan söylüyordu, o yüzden lakırdıyı uzattı.

"Körebe tam bir profesyonel. Açık konuşmak gerekirse, polis olmasından bile kuşkulandım. Çünkü hiçbir ipucu bırakmıyordu. Ne bir ayak izi, ne parmak izi, ne saç teli, ne tükürük, ne ter, ne de bir görgü tanığı... Üstelik kurbanlarını halka açık yerlerde öldürmesine rağmen."

Ağzından kaçırır beklentisiyle konuyu eşelemek istedim.

"Belki de bir yardımcısı vardır..."

Bu çetrefil durum üzerine epeyce kafa yorduğu aşikârdı.

"Hayır, yardımcısı filan yok. Adam tek başına. Keşke iki kişi olsalardı, çünkü hata yapma ihtimalleri artardı. Biliyorsun, olay yerinde ne kadar fazla insan olursa o kadar fazla iz kalır. Yok Nevzat, adam tek başına hareket ediyor ve gerçekten çok iyi..."

"Belki ortağı da onun kadar iyidir," diyecek oldum, "Yok Nevzat, ortağı filan yok," diye kesti sözümü. "Bu adamın ortağı olması çok zor. Çocuk tacizcilerini öldüren birinin, geçmişinde utanç verici sırlar vardır, derin yaralar. Bunları başkalarıyla paylaşması kolay değil. Paylaşsa bile başkasının onu anlaması çok zor. Yok, eminim, adam tek başına hareket ediyor... Elbette bir taşıt kullanıyor. Ama hiç kimse görmedi. Ne rengini biliyoruz, ne markasını... Körebe çok akıllı bir katil, çok da becerikli..."

O kadar umutsuz konuşuyordu ki, canım sıkıldı.

"İyi de ne yapacağız, adamın peşine düşmeyecek miyiz?"

Sahte bir gülümsemeyle oyalamaya çalıştı.

"Olur mu tabii düşeceksin, ama sabretmek lazım. Beklemelisin, biraz bekle bakalım, neler olacak?"

Kendiliğinden yükseldi sesim.

"Yani birini daha öldürmesini mi bekleyeceğiz?"

Omuz silkti.

"Yapman gerekeni yapacaksın. Kreşlerin önünde tertibat alacaksın ve bekleyeceksin." Teslim olmuş gibi kollarını öne sarkıttı. "Biliyorum işin en zor kısmı budur, beklemek. Fakat başka çare yok, Körebe'nin birinin daha canını almasını, kurbanı bir mekâna bırakmasını, yani kendi rutinini uygulamasını beklemek gerekiyor. Belki o zaman bir açık verir. Başka bir ihtimal göremiyorum, onca yıl bu davayla uğraşmış ve hiçbir neticeye ulaşamamış biri olarak söylüyorum sana bunu..."

Neticeye ulaşamamış olabilirdi ama elinde bizden daha fazla bilgi olduğundan emindim. Evet, bunu açıkça hissediyordum. Kötü olan bunu benimle paylaşmak istememesiydi.

Şu anda bile gerçek düşüncelerini samimiyetle anlatmıyordu. Çünkü Zekai, Körebe dosyasını kapatmamıştı. Hâlâ o seri katilin izini sürüyordu. Mevzuata pek uygun değildi, fakat Zekai için polislik sadece bir meslek değil, hayatın ta kendisiydi. Aklımdan bunlar geçerken, elindeki tepside buğulu iki limonata bardağıyla göründü Celile Hanım. Büyük bir ustalıkla bardakları önümüze koyuverdi.

"Afiyet olsun."

Nane kokulu sarışın sıvı, kurumuş ağzımın içine tatlı bir serinlik vererek boğazımdan aşağıya akarken sordu ev sahibesi.

"Evgenia Hanım ne yapıyor? Sağlık ve afiyettedir inşallah..."

Onları Tatavla'da ağırlamıştık, pek sevmişti Evgenia'yı. Limonata bardağını masanın üzerine koyarken nezaketle yanıtladım sorusunu.

"Teşekkür ederim Celile Hanım, iyidir." O anda aklıma gelen yalanı söyleyiverdim. "Bir akşam yine Tatavla'ya bekliyor sizi. Buraya geleceğimi duyunca, 'Celile Hanım'la, Zekai Bey'i davet et,' dedi."

Yılların kurt polisi, bu ani davetten hiç memnun olmamıştı, sıkıntıyla süzmeye başladı beni ama Celile Hanım'ın hoşuna gitmişti.

"Aa geliriz tabii, ne güzel olur. Kaç zamandır dışarı çıkmıyorduk zaten." Tepki vermeyen kocasını dirseğiyle dürttü. "Öyle değil mi Zekai? Gideriz değil mi?"

Ne yapsın Zekai, yalandan memnun oldu.

"Tabii canım," dedi en az gülümsemesi kadar sahte bir samimiyetle. "Evgenia Hanım çağırır da gitmez miyiz?"

6
"Kabuk bağlayan yarayı kanatmanın manası yok..."

✳

Emektarı evin önüne park ederken koptu kıyamet! Başımı camdan dışarı uzattım ki ne göreyim, Bahtiyar, mahalleye dışarıdan gelen üç köpeği önüne katmış kovalıyor. Köpeklerden uzun, sarı tüylüsü bir an diklenecek oldu, anında altına aldı bizim sokak kabadayısı. Hiç şakası yok, geçirmiş dişlerini boğazına öldürecek zavallı hayvanı. Apar topar indim arabadan.

"Dur! Dur Bahtiyar! Yapma!" diye yetiştim.

Kimin seslendiğini anlayamadığı için dönüp bana da dişlerini gösterdi.

"Bahtiyar!" diye bağırdım. "Ne yapıyorsun Bahtiyar! Seni serseri!"

Beni tanıyınca duraksadı ama o kadar öfkelenmişti ki hemen sakinleşemedi, hırlamayı sürdürdü.

"Terbiyesiz seni," diye azarlamayı sürdürdüm. "Bana da mı dişlerini gösteriyorsun!"

Hırıltıları ağır ağır mırıltıya dönüştü, bunu fırsat bilen sarı tüylü köpekçik, kendini Bahtiyar'ın pençelerinden kurtarıp tabana kuvvet kaçmaya başladı. Bahtiyar da peşinden gidecek oldu. Ellerimi kaldırarak önüne geçtim.

"Bahtiyar hayır! Hayır, kal orada."

Ne yapacağını bilemedi, kararsızlıkla bir beni bir sıvışan rakibini süzdü ama sonunda emrime uydu; kuyruğunu kıstırıp sinirli adımlarla yürüdü.

"Hah işte böyle, yakışıyor mu sana öteki köpeklere saldırmak."

Sanki konuşacakmış gibi bakıyordu, sonra bunun boşa çabalamak olacağını anlamış olacak ki, vazgeçti, kaldırımdaki yemek kabında onu bekleyen iri kemiklere yöneldi.

"Haksızlık ediyorsunuz Başkomserim."

Başımı çevirince Arif Usta'nın kınayan gözleriyle karşılaştım.

"Bahtiyar'ın suçu yok. Öteki köpekler bulaştılar ona... Gözlerimle gördüm, o kendini savundu..."

"Öyle mi?" diyebildim sadece. "Ben de zannettim ki..."

Bakışlarım haksızlık ettiğim Bahtiyar'a kaydı, beni unutmuş gibiydi, iri bir kemiği ağzına almış dişlerinin arasında geveliyordu. Arif Usta'ya açıklama gereği hissettim.

"Ama bıraksam öldürecekti hayvanı..."

Hakkaniyetli adamdı Arif Usta, her zaman doğruları söylerdi.

"Asıl o üç köpek öldürecekti Bahtiyar'ı... Zavallım dükkândan getirdiğim kemikleri yiyordu. Üçü birden saldırdılar üzerine... Aniden, gözümün önünde... Kudurmuş gibiydiler..."

Sokağın sonunda kaybolmakta olan köpeklere baktı. "Yine de günahlarını almayayım, belki onlar da acıkmıştı, belki başka çareleri yoktu, ama kavgayı onlar başlattılar. Bizimki kendini savundu sadece... Savunmasa parçalardı o köpekler Bahtiyar'ı... Siz benden daha iyi bilirsiniz Başkomserim, bu dünya acımasız bir yer, insanlar için de köpekler için de, sesinizi çıkarmadınız mı alırlar ekmeğinizi elinizden."

Ne diyeceğimi bilemedim, Arif Usta da uzatmadı zaten.

"Neyse ben gideyim artık, hadi iyi akşamlar."

İyi akşamlar babında bir şeyler mırıldanacaktım ki birden durdu, döndü. "Ha Başkomserim, türlü pişirmiştim seversiniz. Hafif acılı... Sizin evde yemek yoktur şimdi, buyurun birlikte yiyelim. Yanına bir de soğuk cacık yaparız."

Hayır, lokantasına müşteri toplamıyordu, bir dostunu yemeğe davet ediyordu.

"Sağ ol Arif Usta, biraz bamyam var. Buyur gel, birlikte yiyelim, ikimize de yeter. Kavun da var, beyaz peynir filan, bir iki kadeh de parlatırız belki."

Sigaradan sararmış dişlerini göstererek gülümsedi.

"Başka zaman diyelim Başkomserim, yarınki yemeklerin hazırlıklarını yapmam lazım... Hadi size afiyet olsun."

Cömert lokantacımız uzaklaşırken, ben de mahallemizin vefâkar köpeğine yaklaştım.

"Kusura bakma Bahtiyar," dedim yumuşak bir sesle. "Kusura bakma oğlum, yanlış anlamışım. Ama yine de o köpeği öldürmene müsaade edemezdim."

Tarçın rengi gözlerinde ne bir dargınlık, ne de sitem vardı. Sanki "O kadar da mühim bir konu değil," der gibiydi.

Bahtiyar'ı sıcak Arnavut kaldırımının üzerindeki yemeğiyle başbaşa bırakıp evimden içeri girdiğimde o çok iyi bildiğim serinlik karşıladı beni. Akşam çökmesine rağmen hâlâ cayır cayır yanan sokaktan sonra kapının ardındaki bu serinliğin beni mutlu etmesi gerekirdi, ama aksine yoğun bir hüzün çöktü içime. Çok iyi bildiğim o serinlikten sonra, çok iyi bildiğim o hüzün... Bitmek bilmeyen bir yoksunluk, dinmek bilmeyen bir hasret, aradan geçen onca yıla rağmen arada bir kanayan o derin yara...

Her zaman kapılmıyordum bu duyguya elbette, acı ne kadar büyük olursa olsun, insan bir şekilde kanıksıyor, unutuyor. Kendime şaşarak ben de yaptım bunu. Hiç unutmam, unutamam dememe rağmen ağır ağır silindi bazı hatıralar, renkler soldu, sesler sönükleşti, kokular kaybolmaya başladı. Bazen karımla kızımın yüzünü gözümün önünde canlandırmaya çalışıyorum, olmuyor, ne yapsam bir türlü belirmiyorlar gözlerimin önünde. Tekrar tekrar fotoğraflarına bakmak zorunda kalıyorum. Neden böyle diye kendime kızıyorum, kendimi suçluyorum fakat hiçbir yararı olmuyor, ağır ağır siliniyor görüntüleri belleğimden...

Ama bugün Kasımpaşa'daki o parkta Aysun'un bebeğine benzeyen o oyuncağı gördükten, öldürülen adamın kim olduğunu anladıktan sonra her köşesi karımın kızımın anılarıyla dolu bu eve elimi kolumu sallayarak giremezdim. Evgenia'nın da defalarca uyardığı gibi, kabuk bağlayan yarayı kanatmanın manası yoktu ama, bugün o cinayet mahallinde gördüklerimden sonra emin olmam gereken konular vardı. Aradan geçen saatler şüphelerimi gidermemişti, aksine içimdeki endişe giderek artmıştı. Öldürülen o çocuk tacizcisinin, o ustalıkla işlenen cinayetin benimle bir alakası olabilir miydi? Kararlı adımlarla bodrum katına inen merdivenlere yöneldim. O kadar çok zaman olmuştu ki alt kata inmeyeli, her adım attığımda basamaklar acı çekiyormuş gibi inliyordu ayaklarımın altında.

Ahşap kapının kenarında, kendi ellerimle yaptığım küçük kutunun içindeydi anahtar. Kim bilir ne zamandır dokunulmamıştı... Tozlanmış, yer yer paslanmıştı. Takılmamasını umarak kilide soktum, çevirdim, bir kez daha, bir kez daha... Açıldı, yavaşça ittim kapının kanadını. Ağır, nemli bir koku çarptı burnuma. Işığın düğmesine dokundum, pırpır ettikten sonra yandı lamba. Hazin bir görüntüsü vardı bodrumun. Üst üste konulmuş kutular, kocaman ceviz sandığın üzerinde toz içinde bir gramofon, havalandırmanın orada eski abajurlar, güvelerin paramparça ettiği kocaman bir halı... Şu mukavva kutuların birinde olmalıydı Aysun'un oyuncakları. Evet, tek bir eşyasını bile atmaya gönlüm razı olmamıştı. Giysileri, kitapları, oyuncakları, kolyeleri, yüzükleri, saati, hepsi bu kutuların içindeydi. Hemen yanında da Güzide'nin eşyaları. Hiçbirine kıyamamıştım. Hiç kimseye verememiştim. Burası onların eviydi, bedenleri aramızdan ayrılsa bile eşyaları bu evde kalmalıydı.

Duvarın kenarına üç sıra halinde dizdiğim kutuların içindeydi Aysun'un eşyaları... Sanki taşınıyormuşuz da gittiğimiz evde kolayca bulabilelim diye kutuların üzerine yazmıştım teker teker içinde neler olduğunu. Bugün olsa yapamam. Güzide'yle Aysun'u kaybettiğim o korkunç günlerde acıyla, öfkeyle, kahırla yapmış olmalıyım... Canım yana yana, belki de bilhassa canım yansın diye... Karımla kızımın katillerini bulamamış olmanın verdiği suçluluk duygusu içinde kendimi cezalandırmak için... Aslında hatırlamıyordum, hiçbir şey hatırlamıyordum, aldığım ilaçlardan değil, hiç beklemediğim bir anda gelen bu kadar sert bir darbenin benliğimi allak bullak etmesinden. Belki de hepsini, her şeyi, her ayrıntıyı unutmak istediğimden.

Kutuları açmadan sanki anıları incitecekmişim gibi duraksadım. Nasıl da özene bezene yazmışım. "Aysun Oyuncaklar" diye. Alt satırında da "Mutfak seti, ev maketleri, legolar" yazıyor. Hayır, bu kutuda değildi Barbie, bir alttakinde olmalı. Alttaki "Aysun Bebekler" yazılı kutuda. Kutu silme bebek doluydu. Bayılırdı kızım bebeklere. Yüzlerce çeşit bebeği olsa yine bıkmazdı. Hepsinin ayrı ayrı adları vardı, ayrı ayrı hikâyeleri, hepsiyle ayrı bir ses tonuyla konuşurdu. Sanki canlılarmış gibi onlarla konuşurdu Aysun. Elbette onların ağzıyla da kendisine cevap verirdi. Başlarda Güzide'yle beni rahatsız etmişti bu durum. Ama psikologlar, "Sorun yok, kızınızın geniş bir hayal gücü var sadece," deyince rahatlamıştık. Biraz büyüyünce ilgisi azalmıştı zaten. Yine de odasından kaldırmamıştı bebekleri.

Kutuyu indirdim, kapağını açtım. Bir zamanlar Aysun için gerçek birer hazine olan bebekler, neden bizi burada unuttunuz, der gibi sitemle bakıyorlardı. Boğazımda bir yumruğun düğümlendiğini hissettim. Kendimi bırakmayacaktım. Öyle de yaptım, üstteki bebekleri kaldırarak, pembe giysili Barbie'yi bulmaya çalıştım. Ama yoktu, irili ufaklı, siyah saçlı, sarı saçlı, kumral, kızıl saçlı, rengârenk giysili bebeklerin arasında aradığım Barbie yoktu. Yoksa yanılmış mıydım, yoksa cinayet mahallindeki bebek, gerçekten de Aysun'un Barbie'si miydi? İyi de bu nasıl mümkün olabilirdi ki? Ne yani, katil evime girmiş, bodrumuma inmiş, bu kutudan bebeği mi almıştı? Hayır, hayır, bu mümkün değildi. Kendi kendimi böyle teskin etmeme rağmen, kalbimin hızla çarpmaya başladığını, terlediğimi hissediyordum. Kendimi kaybedip elime geçen oyuncakları umutsuzca savuruyordum sağa sola. Sonra duraksadım, derin derin nefes aldım. Ama bodrum o kadar nemli, o kadar ağır kokuyordu ki öksürmemek için kendimi zor tuttum. Belki de hemen çıkmalıydım buradan, ama bebeği bulmadan olmazdı. Yeniden daldım kutunun içine... İşte oradaydı, kutunun en altında, iri yarı kel bir bebeğin bacakları arasında. Rahatlayarak pembe giysili Barbie'yi elime aldım. Hemen sağ koluna baktım, şükür, çok şükür, tamir izi de oradaydı. Aysun'unki buydu. Küçük bebeği sevgiyle bağrıma bastırırken, gözyaşlarıma hakim olamadım.

"Bir rastlantı," dedim burnumu çekerken. "Bir rastlantıymış sadece."

7
"Bizden sakladığı bilgiler var."

✳

Güneşten önce sıcak uyandırdı beni. Kan ter içinde açtım gözlerimi, yatak sırılsıklamdı. Yastık kılıfını, çarşafı, çamaşırlarımı değiştirdim, yeniden yatağa uzandım ama uyumak ne mümkün. Sağa dön, sola dön... Pencereme düşen gün ışığıyla birlikte o ter dalgası yeniden başladı. Anlaşılan bugün sıcaklık daha da artacaktı, daha nemli, daha boğucu, daha katlanılmaz olacaktı. Belki de alt katta, kuzeye bakan küçük odada uyumalıydım. Ama üşendim inmeye, dahası uykum kaçmıştı. Kalktım, banyo yaptım, soğuk su iyi geldi, biraz ferahladım, tıraş oldum, giyindim. Merdivenlere yöneliyordum ki, çiçekler aklıma geldi. Bakışlarım Güzide'nin fotoğrafına kaydı. "Yine mi unuttun Nevzat!" Evet, yine unutmuştum. Sürahiyi kapıp lavaboya koşturdum. Saksıların sıralandığı küçük balkona geldiğimde menekşelerin kurumaya yüz tuttuğunu gördüm. Güzide yerine, "Ah Nevzat, ah!" diye kendi kendime söylenerek ılık suyu çiçeklerin saksısına dökmeye başladım. Kuru toprak sünger gibi çekti suyu. Yok, bu defa da kurtaracaktım menekşeleri ama bu kaçıncıydı, artık daha özenli olmalıydım. Sardunyalar daha arsızdı, sanki sıcağa inat pembe pembe, kırmızı kırmızı, mor mor açmışlardı. Onları da bir güzel suladım, kurumuş yapraklarını tek tek topladım. Genzi yakan o enfes koku kapladı ortalığı. Kendimi daha iyi hissettim. Karımın fotoğrafına bakarak gülümsedim. "Tamam Güzidecim hallettik, bu defa da kurumayacaklar." Aşağı inince dün akşam bodrumdan çıkarıp masanın üzerine bıraktığım Aysun'un pembe giysili Barbie'sini aldım, kendimi sokağa attım.

Kapının önünde belli belirsiz bir esinti vardı ama zerre etki etmiyordu görünmez bir duvar gibi şehrin üzerine çöken sıcak neme. Etrafa şöyle bir göz attım, Bahtiyar görünmüyordu. Muhtemelen Haliç'in kenarına inmişti, serin bir köşe bulurum umuduyla. Birkaç kez Balıkçı Mahmut'un barakasının orada görmüştüm. Yaz kış eserdi orası, belki yine oraya sermiştir postu. Daha fazla beklemeden emektara atlayıp merkezin yolunu tuttum.

Merkeze ulaşınca, hiç zaman kaybetmeden delillerin bulunduğu odaya yöneldim. Aptalca biliyorum, ama Aysun'un oyuncağını elimde tutmama rağmen, hâlâ içimi kemiren o kuşkuyu yenememiştim. Sanki iki bebeği karşılaştırırsam bu cinayetin benimle, ölen kızımla bir alakası bulunmadığından emin olacaktım. Onlarca delil torbasının arasında olmasına rağmen pembe giysili oyuncağı bulmakta zorluk çekmedim. Evet, oradaydı, masanın en önünde. Şeffaf bir poşetin içinden, tıpkı elimdeki oyuncak gibi tuhaf bir ızdırapla bana bakıyordu. Yaklaştım, bebeği elime aldım. Aysun'un Barbie'siyle yan yana tuttum. Aslında iki bebek birbirinden oldukça farklıydı. Kızımın bebeğinin elbisesi kırmızıya çalan bir pembeydi, cinayet yerinde bırakılan Barbie'ninki ise maviye çalan bir pembe... Üstelik dün bulduğumuz bebek, birkaç santim daha uzundu evden getirdiğimden. Artık emindim; katil bana bir mesaj vermiyordu. Zeynep'in söylediği gibi bu bir rastlantıydı. Yeniden öldürmeye başlayan Körebe daha önceki rutinini tekrar ederek bir kez daha bir oyuncak bırakmıştı cinayet mahalline... O oyuncak da şansıma Aysun'umun Barbie'sine benzer bir bebek çıkmıştı. Hepsi buydu.

Rahatlayarak ayrıldım delil odasından, o anda görür gibi oldum Zeynep'le Ali'yi. İki gölge halinde aktılar gözümün önünden. Adımlarımı açarak peşlerinden yürüdüm. Koridorun sonundaki Ali'nin odasına gelince yanılmadığımı anladım. Oradaydılar, bizim haytanın masasına çökmüş, gençlere özgü iştahla poğaçalarından ilk ısırıkları almak üzereydiler. Beni görünce apar topar ayaklandılar.

"Oturun, oturun." Kokuları odayı tutmuş poğaçaları gösterdim. "Afiyet olsun."

Yorgun yüzü ışıdı Ali'nin.

"Buyurun Başkomserim, hepimize yetecek kadar var."

Masanın üzerine serilmiş kese kâğıdının içinde nar gibi kızarmış poğaçalar, hadi ne duruyorsunuz bizi yesenize, der gibiydi.

"Ee bir çay da bana söyle o zaman," diyerek Zeynep'in karşısındaki iskemleye çöktüm. Yardımcım, saygıyla kendi çayını uzattı.

"Siz başlayın Başkomserim, ben yenisini alırım."

İtiraz etmeme fırsat vermeden, zıpkın gibi fırladı koridora. İnce belli çay bardağını önüme çektim.

"Hayırdır Zeynep, böyle sabahın köründe ne işiniz var burada?"

Oturduğu iskemlede toparlandı.

"Bütün gece parktaydık Başkomserim... Şu mermiyi aradık. Maktulü öldüren kurşunu... Ama ne kovanı bulabildik, ne de çekirdeğini. Abartısız söylüyorum, havuzdaki bütün kumları elekten geçirdik, yok..."

Çok önemli bir durumdan bahsediyordu, eğer kovanla çekirdeği bulabilselerdi, bu son cinayeti Körebe'nin işlemediği yönündeki tahminimiz kuvvetlenebilirdi. Bulunmadığına göre elimizdeki olağan şüpheli beş yıl önce cinayetlerine son veren o seri katildi.

"Adamın rutini devam ediyor desene," diye söylendim.

Uykusuzluktan kanlanmış kestane rengi gözlerini iki kez kırptı.

"Öyle görünüyor ama önemli bir fark var."

"Neymiş o?"

"Tarihler Başkomserim." Uyku mahmurluğundan kurtulmuş gibi gür çıkıyordu sesi. "Körebe'nin ilk cinayeti işlediği tarihle, bu son cinayetin tarihi birbirini tutmuyor. Eğer Körebe yeniden öldürmeye başladıysa, bu yılki ilk cinayetini 1 Ocak'ta işlemeliydi."

Aferin Zeynep diye geçirdim içimden, demek o da yakalamıştı Zekai'nin tespit ettiği bu önemli ayrıntıyı.

"Aynen öyle," diye destekledim. "Tarihler tutmuyor."

Masanın üzerinde ye beni dercesine bakan poğaçalardan birini alırken sordu.

"Siz ne diyorsunuz Başkomserim? Sizce katil Körebe mi?"
Aldığım poğaça elimde öylece kalmıştım.

"Bilmiyorum Zeynep, karşımızda bir ruh hastası var. Zekai inatla, adam rutinini bozmaz diyor ama bilinmez ki."

Kriminoloğumuz da önündeki poğaçaya uzanırken kendi fikrini açıkladı.

"Belki de kafamızı karıştırmak için böyle davranıyordur. Adamın ritüeli olabilir, ama yakalanmak da istemeyecektir. Belki de bu yüzden son cinayetin tarihini değiştirmiştir."

Poğaçamdan bir ısırık aldım, ağzımdaki lokmayı yuttuktan sonra, "Gerçi," dedim, "beş yıl önce 2 Haziran'da yaptığı gibi kurbanı yine bir çocuk bahçesine bırakmakta hiçbir sakınca görmedi, bir kaydırağın dibine..."

Zeynep'in poğaçası hâlâ elinde duruyordu.

"Orası öyle, öteki alışkanlıklarını da eksiksiz yerine getirdi. Dahası hazirandaki ikinci cinayetini ayın dördünde işlemiş, ritüeline sadık kalırsa, yarın birini daha öldürmesi gerekiyor."

Anlaşılan dün gece Ali'yle bu meseleye epeyce kafa yormuşlardı.

"Aynen öyle, bu da bize önemli bir fırsat sağlayabilir. Eğer Körebe rutinine sadık kalırsa bir şansımız olabilir."

Anlamamıştı, poğaçamdan ikinci bir ısırık almayı erteleyerek açıkladım.

"Kurbanını bırakacağı yerden bahsediyorum Zeynepcim, beş yıl önce 4 Haziran'da kurbanını bir kreşe bırakmıştı..."

Kestane rengi gözleri ışıldadı.

"O zaman İstanbul'daki bütün kreşleri gözetim altında tutmalıyız."

İkinci ısırığımı almadan önce açıkladım kararımı.

"Evet, bu gece bütün birimleri alarma geçireceğiz. Birazdan çıkarım İsmet Müdür'ün yanına..."

Zeynep hâlâ elinde tutuyordu poğaçasını.

"Hadi yesene," dedim kıtır kıtır hamur ağzımın içinde dağılırken. "Ne bekliyorsun?"

Sanki sözlerimi duymamış gibi dalgınlaşmıştı.

"Ya Körebe değilse? Ya gerçekten de biri onu taklit ediyorsa?" Heyecanla kıpırdandı gözleri. "Öyle ya Başkomserim, eğer seri katiller hakkındaki teori doğruysa, bu adamlar rutinlerini kolay kolay değiştirmez. Üstelik aradan beş yıl geçtikten sonra yeniden öldürmeye başlayan bir seri katilden bahsediyoruz. Adam, herkesin onu hatırlamasını istemez mi?"

Zeynep de Zekai'nin sözlerini tekrarlıyordu ama emekli polis kadar ısrarcı değildi. Onu rahatlatmak istedim, çünkü her iki olasılıkta da yapacaklarımız fazla değişmiyordu.

"Evet, ihtimallerden biri de bu. Ama katil başka biri olsa bile bizim etüt etmemiz gereken kişi yine de Körebe..."

"Başka biri olsa bile mi?" Elinde çay bardağıyla içeri giren Ali'ydi soran. "Katil başka biri mi diyorsunuz?"

"Yok Alicim sadece fikir yürütüyoruz."

Buğusu tüten çay bardağını masaya koyarken dudak büktü.

"Saçma, adam bütün işaretlerini bırakmış cinayet mahalline, daha neyini tartışıyoruz ki? Her şey kabak gibi ortada."

Zeynep sıkıntıyla başını sallayıp sonunda poğaçasından bir ısırık aldı. Bu tavrı Ali'nin gözünden kaçmamıştı.

"Senin fikrin mi yoksa?" diye şaşkınlıkla söylendi. "Akşam öyle demiyordun?"

Tartışmalarını istemiyordum.

"Bu fikrin asıl sahibi Zekai... Dün öğleden sonra Zekai'ye uğradım. Ama o da emin değil..."

İskemlesine çökerken gülümsedi Ali.

"Şu Tazı lakaplı başkomiser mi?"

"Tazı Zekai. Dosyadaki bütün ayrıntıları bilen tek kişi o. Ama ne yazık ki Zekai de 'Elimde hiçbir bilgi yok,' dedi. En küçük bir ipucuna bile sahip değilmiş."

Anlamak istercesine bakıyordu Zeynep.

"Ona inanmadınız mı?"

Çay bardağına uzanırken açıkladım.

"İnanmadım, yalan söylüyor. Bizden sakladığı bilgiler var. Dosyada hiç yer almamış bilgiler..." İkisi de hayrete düşmüştü. "Ee hadi ne duruyorsunuz yesenize poğaçalarınızı. Hadi, hadi hem yiyip hem konuşalım, afiyet olsun!"

Çayımdan kocaman bir yudum alırken, onlar da poğaçalarını yemeye koyuldular, ama Ali'nin aklı az önce söylediklerime takılmıştı. Nitekim ağzındaki lokmayı yuttuktan sonra, "Niye saklasın ki bilgileri?" diye sordu. "Neden Körebe'yi korumak istesin?"

Çay bardağımı masaya bıraktım.

"Korumak istemiyor Alicim, kendisi tutuklamak istiyor. Yıllarca peşinden koştuğu seri katili başkasının yakalamasını istemiyor. Bilmiyorum, belki de başkasına güvenmiyor. Bu zor işi sadece kendisinin yapabileceğine inanıyor."

Afalladı, hayatı ve insanları yeterince tanımayan saf yardımcım.

"Allah Allah, ne cins adamlar var ya şu dünyada!"

"Öyle deme evladım, gerçekten işinin ehli bir polisti Zekai. Çözemediği cinayet vakası yok. Körebe'yi yakalayamamış olmayı kendine yediremiyor..."

Her zamanki düz mantığıyla en kolay yolu önerdi Ali.

"Keşke, açıkça sorsaydınız Başkomserim, belki anlatırdı."

"Hayır anlatmazdı, inkâr ederdi. İyi tanırım Zekai'yi dik kafalıdır, bildiğinden dönmez." Poğaçamın kalanını yeniden elime aldım. "Yani arkadaşlar, Zekai'nin kapısını bir kez daha çalacağız. Belki de gerek kalmayacak o bize gelecek. Vicdanlı adamdır çünkü.... Neyse... Sen, şu Körebe'nin öldürdüğü kurbanların yakınlarına uğra. Geçmişi eşelemekte fayda var. Belki seri katil hakkında raporlara geçmeyen bazı ayrıntılara ulaşırız. Sor bakalım, bugünlerde Zekai onlarla irtibat kurmuş mu?"

"Emredersiniz Başkomserim, zaten Zeynep hepsinin listesini çıkarmıştı, bugün halletmeye çalışırım."

"Şahane." Zeynep'e döndüm. "Biz de şu Akif Soykan'ın yakınlarıyla görüşelim, eminim onların da anlatacakları vardır."

Umutsuzca boynunu büktü kriminoloğumuz.

"Akif Soykan'ın hiç yakını yok ki Başkomserim. Kurban, kimsesizler yurdunda yetişmiş."

Kendisi de Çocuk Esirgeme Kurumu yurtlarında büyüyen Ali'nin ilgisini çekmişti bu ayrıntı.

"Hangi yurtmuş bu? İstanbul dışında mı?"

Görevini eksiksiz yapan birinin rahatlığıyla onayladı kriminoloğumuz.

"Çanakkale'de... Yurt on yıl önce kapanmış, ama şanslıyız, o zamanlar yurt müdürü olan Hicabi Bey artık İstanbul'da yaşıyor. Emekli olmuş. Zeytinburnu'nda bir apartmanda oturuyor. Dün telefonla konuştum, hemen tanıdı. Üzüldü Akif'in öldüğüne. 'Her türlü yardımı yapmaya hazırım,' dedi."

Bize gereken de böyle biriydi. Poşette kalan poğaçaları gösterdim...

"Hadi o zaman, siz yemeğinizi bitirin, ben de İsmet Müdür'le konuşayım da kreşlerin etrafında tertibat alsınlar..."

8
"Çocuklarımın hepsi birer pırlantadır."

Çok değil yirmi yıl önce, bahçelerinde envai çeşit ağaçların yükseldiği tek katlı gecekondulardan oluşan fakir ama sevimli bir semtti Zeytinburnu. Şimdi ise üst üste, yan yana yığılmış gibi duran, birbirinin benzeri, iğrenç binalarla kaplı, engebeli bir beton tarlası... Maktulün büyüdüğü yurdun müdürü Hicabi İnce'nin dairesi devlet eliyle yaptırılan o çirkin apartmanlardan birinin dördüncü katındaydı. Asansör arızalı olduğu için dar merdivenleri tırmanmaya başladık. Kapıların önüne konulmuş ayakkabılar, çocuk sesleri, bu sıcakta iyice çekilmez hale gelen yemek kokuları... Henüz İstanbullu olamamış ama bundan da en küçük bir rahatsızlık duymayan kim bilir Anadolu'nun hangi yöresinden kopup gelmiş, adına metropol denilen, binalardan oluşan bu acımasız cangılda tutunmaya çalışan insanlar.

Kulağı kapıda bizi bekliyor olmalıydı Hicabi Bey. Daha ilk çalışımızda açıldı kapı. Hava sıcak olmasına rağmen kahverengi bir takım elbise giymişti, hardal rengi bir gömlek, koyu kahve bir kravat... Bu görüşmeyi önemsediği belliydi. Yüzünün en çarpıcı yeri gözleriydi; tuhaf bir çekingenlikle süzülmüş iri, siyah gözler... Durgunluk çok sürmedi, ince dudaklarındaki gülümseme bütün yüzüne yayıldı, gözleri ışıldadı.

"Zeynep Hanım, değil mi? Siz de Başkomser Nevzat olmalısınız?" Kibarca yana çekilerek yol verdi. "Buyurun efendim, buyurun, hoş geldiniz..."

Kriminoloğumuz önde, ben arkada girdik içeriye. Evi oldukça düzenli, mobilyaları pek kaliteli olmasa da zevkliydi. Hicabi'den başka kimse yoktu. Aklıma gelen soruyu Zeynep dile getirdi.

"Yalnız mı yaşıyorsunuz?"

Belli belirsiz bir hüzün kapladı yüzünü.

"Evet, tek başımayım. Olmadı Zeynep Hanım, vazife gereği hep Anadolu'daydım. Şehir şehir dolaşırken evlilik sorununu halledemedim." Bana bakarak gülümsedi. "Bir iki deneme olmadı değil Nevzat Bey, kısmet değilmiş, netice alamadık. Şimdi de yaş kemale erdi. Hiç öyle bakmayın Zeynep Hanım, bu sene altmış beşi devirdik. Bu saatten sonra kim ister benim gibi yaşlı bir adamı?"

Kendine haksızlık ediyordu, elliden fazla göstermiyordu, sevimliydi, nazikti, belli ki ağzı laf da yapıyordu. Kırlaşmış şakakları, güneşte yanmış kumral teni, biçimli kaşlarının altından buğulu bakan siyah gözleriyle Yeşilçam'ın eski aktörlerini andırıyor, sol yanağındaki derin yara izi yüzüne dramatik bir anlam katıyordu. Evet, belki zamanı biraz geçmiş bir aktördü ama kadınlar severdi böyle adamları. Bilhassa zamanı geçtiği için severlerdi. Ama ne ben ne Zeynep bu konuya girmek istedik. Ev sahibimiz de üstelemedi zaten, demir döküm bir sobanın hemen yanındaki yeşil divanı gösterdi.

"Buyurun efendim, buyurun, şöyle geçin lütfen."

Sobaya baktığımı görünce yüzüne sevimli bir ifade yerleştirerek açıkladı.

"Aile yadigârı, çok anısı var. O yüzden hiçbir yerde bırakamadım. Gittiğim her yere götürdüm. Binada doğalgaz var aslında ama buraya da getirdim babamdan kalan tek eşyayı, gönlüm razı olmuyor atmaya."

"Anlıyorum Hicabi Bey," diye onayladım. "Ben de kıyamam anısı olan eşyaları gözden çıkarmaya."

Yan yana oturduk Zeynep'le. Hiç rahat değildi divan, arkaya yaslanmakta buldum çareyi. Bütün geceyi uykusuz geçirmiş olmasına rağmen Zeynep halinden memnun görünüyordu. Lafı hiç dolandırmadım.

"Konuşmayı kabul ettiğiniz için teşekkür ederiz Hicabi Bey. Zeynep'in telefonda anlattığı gibi Akif Soykan cinayetini soruşturuyoruz..."

Sahici bir üzüntü vardı adamın yüzünde.

"İnanılır gibi değil... Çok sarsıldım duyunca..." Daha fazla devam edemedi. Yanaklarından yaşlar süzülmeye başladı. "Affedersiniz, affedersiniz..." Ceketinin cebinden bir mendil çıkardı, hafif bir parfüm kokusu yayıldı ortalığa. Yanaklarını kuruladı. "Aklıma gelince kötü oluyorum..." Mendili düzenli bir şekilde katladı, yeniden cebine koydu. "İyi bir çocuktu, çok iyi bir çocuktu... Sessiz, sakin, kimseye bulaşmaz, kimseyle kavga etmezdi. Ne istemişler ki zavallıdan?"

Akif'in çocuk tacizcisi olduğunu bilmemesi mümkün müydü?

"Onunla nasıl karşılaşmıştınız?" diyerek konuya girdim. Öğrencisini suçlamaya başladığımız anda savunmaya geçeceğinden emindim. Hatta bildiklerini saklamaya bile çalışabilirdi. "Akif, sizin yurda geldiğinde yaşı oldukça küçük olmalı..."

Gözleri hülyalandı.

"Küçüktü, küçüktü ya... Dokuz yaşındaydı. Sevimliydi, çok da zeki bir çocuktu. Anne babası bir trafik kazasında ölmüştü. İki amcası vardı Ezine'de... Ama fakirlerdi, kendi çocuklarına bakacak durumları yoktu. Büyük amcası getirmişti yurda. Zühtü müydü neydi adı? Öteki amca hiç uğramadı. Zühtü de bir yıl kadar geldi gitti, sonra onun da ayağı kesildi. Hep öyle olur zaten..." Derinden bir iç geçirdi. "Anaları da babaları da bendim o çocukların..."

Konuyu dağıtmaya başlamıştı.

"Akif kaç yıl kaldı yurtta?"

Hesaplamaya bile gerek duymadı.

"Liseyi bitirene kadar... Hiç sınıfta kalmadı, bir tek zayıf bile getirmedi karnesinde. Dedim ya çok zekiydi, çok da çalışkan... Çok güzel hikâyeler yazardı. Yazar olacağını düşünürdüm. Bir edebiyat öğretmeni vardı. Talat Bey, evet Talat Kızılçay... Allah razı olsun, özel olarak alakadar oluyordu çocukla... İki kızı vardı, onlardan ayrı tutmuyordu Akif'i... Hediye olarak kitaplar verirdi, kalemler filan. Bayramlarda da ayakkabı, giysi alırdı..."

Zeynep'le göz göze geldik. İkimizin de aklında aynı pis ihtimal vardı.

"Akif sever miydi Talat Bey'i?" diye sordu alçak sesle kriminoloğumuz.

O da benim gibi, Akif'in küçükken cinsel saldırıya uğradığını düşünüyordu. Çocuğa gerektiğinden fazla ilgi gösteren Talat Kızılçay'ı duyunca, aklına bu öğretmenin tacizci olabileceği ihtimali gelmişti. Ama Hicabi Bey bizimle aynı kanıda değildi. "Severdi tabii," dedi yüzüne masum bir gülümseme yerleştirerek. "Niye sevmesin. Benden sonra Akif'le ilgilenen tek kişi oydu. Çok iyi bir insandı Talat. Tanıdığım en iyi öğretmen diyebilirim. Gerçi sonu korkunç oldu. İnanılır gibi değil ama o güzel adamı, karısı, evet karısı bıçaklayarak öldürdü... Öğrencilerini kıskanmış diyorlar. Ruh sağlığı iyi değildi kadının... Zaten akıl hastanesine kapattılar... Kızlarına ne oldu bilmiyorum artık..."

"Peki," diyerek söze karıştım yeniden. "Liseye kadar yanımdaydı Akif dediniz, sonra görüşmediniz mi?"

Alınmış gibi kıstı gözlerini.

"Aşk olsun Nevzat Bey, görüşmez miyiz? Çocuklarını öylece sokağa salacak adam hali var mı bende?" Eliyle kese kâğıdı rengindeki duvarı gösterdi. Duvar bir düzineden fazla çerçeveyle kaplanmıştı. Çerçevelerin içinde solmaya yüz tutmuş fotoğraflar vardı. Bazıları mezuniyet sırasında çekilmişti, bazıları düğün töreninde, yeni doğan bebeğini kucağına almış genç bir adam bile vardı. "Onlar benim evlatlarım, çocukları da torunlarım. Hepsiyle yazışırım, telefonla görüşürüm. Şimdi şu internet çıktı, oradan yazışalım diyorlar da ben beceremiyorum..."

"Ya Akif Soykan," diye kestim sözünü. "Onunla da irtibatınız sürüyor muydu?"

Yüzü gölgelendi.

"Onu anlatıyordum ya... Elbette sürüyordu. En son iki ay önce aramıştı. Aynı dönemden Semih diye bir çocuk vardı, onun düğünü için para topluyordu... Ee, biz çocuklarımızı çok vefalı yetiştirdik. Hep birbirlerine destek olurlar."

Daha fazla sabredemeyen kriminoloğumuz sonunda baklayı ağzından çıkardı.

"Akif'i bu kadar iyi tanıyorsanız, çocuk tacizcisi olduğunu da biliyorsunuz demektir."

Hicabi Bey'in açık kumral kaşları çatıldı, yüzünden önce bir şaşkınlık, sonra bir öfke bulutu geçti.

"Ne! Ne! Siz neden bahsediyorsunuz Zeynep Hanım?"

Bizim kızın geri adım atmaya hiç niyeti yoktu.

"Deminden beri övüp durduğunuz Akif Soykan'ın hasta ruhlu biri olduğundan bahsediyorum. Çocuk tacizcisiymiş.

Hakkında açılmış davalar var. Bu suçtan hapiste bile yatmış. Siz bunları duymadınız mı?"

Adamın suratı kireç gibi oldu.

"Nasıl? Hayır, hayır bir yanlışlık olmalı. İlk kez sizden duyuyorum..." Paniklemiş gibiydi. "İsim benzerliği olmalı. Başka bir Akif Soykan'dır. Benim çocuğum öyle biri olamaz."

Samimi görünüyordu ama hakikat de ortadaydı. Ya öğrencilerimle ilgileniyorum, bağımız hiç kopmuyor derken abartıyordu ya da düpedüz yalan söylüyordu.

"Ne yazık ki bir yanlışlık yok Hicabi Bey," dedim soğuk bir sesle. "Öldürülen Akif Soykan sizin tanıdığınız şahıs. Ve gerçekten de bir çocuk tacizcisi... Cinayet nedeni de muhtemelen bu sapkınlığıyla alakalı..."

Kara gözleri hayretten iri iri açılmıştı, kendine gelmesini bekleyecek halim yoktu.

"Ne yazık ki durum bu. Size şunu sormak istiyorum: O yıllarda, yani çocukluk yahut ilk gençlik döneminde Akif'in öyle bir şikâyeti oldu mu? Taciz olayı filan... Mesela şu Talat Bey... İyi bir öğretmendi diyorsunuz, biz de adamın günahını almak istemeyiz tabii. Ama olanı biteni anlamak istiyoruz... Akif'in katilini bulmak için..."

Oturduğu yerde dizlerini birleştirdi, sağ elinin işaret parmağıyla boşluğu kesip attı.

"Yanılıyorsunuz! Söylediğiniz her şey yanlış. Ne Akif söylediğiniz gibi bir çocuktur ne de Talat Bey öyle bir insan..." Çenesi titremeye başlamıştı. "Hem... Hem benim yönettiğim yurtta böyle biri barınamaz. Hayır, benim çocuklarımın hepsi birer pırlantadır." O nazik ev sahibi gitmiş, yerine her an kavgaya hazır bir adam gelmişti. Sesini biraz daha yükseltti. "Nevzat Bey, büyük bir yanılgı içindesiniz. Akif'e haksızlık ediyorsunuz. Benim yetiştirdiğim bir çocuk asla böylesi hisler taşımaz, böylesi iğrenç davranışlarda bulunamaz. Hayır efendim, kimse beni buna inandıramaz."

Adam hayal dünyasında yaşıyordu. Kendisi mükemmel biriydi, elbette yetiştirdiği çocuklar da öyle olacaktı. Çok iyi tanırdım bu türden insanları, başarısızlıkla, kötülükle, en küçük bir olumsuzlukla bile yüzleşmek istemezlerdi. Hatta olumsuzluğun var olduğunu da kabul etmezlerdi. Kendileri iyi oldukları zaman bütün dünyanın da iyi olacağını zannederlerdi. Üstelik hayat sürekli olarak onları düzeltmesine rağmen vazgeçmezlerdi bu aptalca iyimserliklerinden.

"Yani Hicabi Bey," diye araya girdi Zeynep. "Yurdunuzda, çocuklara yönelik hiçbir cinsel istismar olayı yaşanmadı mı?" Gözleri nefretle bakıyordu.

"Benimle nasıl böyle konuşabilirsiniz?" diye bağırdı. "Ne cüretle bana bu soruyu sorabilirsiniz?"

Zeynep'in üzerine saldıracak gibiydi.

"Sakin olun!" diye uyardım. "Lütfen sakin olun Hicabi Bey. Karşınızda bir kadın var. Sesinizi yükseltmeyin. Sizin gibi bir beyefendiye yakışmıyor."

Böyle bir tepki beklemiyor olacak ki derin bir şaşkınlık belirdi yüzünde.

"Ama açıkça suçluyor... İtham ediyor... İftira atıyor..." Zeynep'e döndü yeniden. "Hayır efendim, benim dönemimde bizim yurtta böylesi iğrenç olaylar vuku bulmadı. İnanmıyorsanız, genel müdürlüğümüze gider, yazılmış şikâyet dilekçesi var mı kontrol edersiniz..." O kadar çok öfkelenmişti ki, ne yapacağını bilemeden sağına soluna bakındı... "Hem... Hem kusura bakmayın ama artık sorularınızı yanıtlamak istemiyorum. Lütfen evimi terk ediniz... Evet efendim, ikiniz birden... Konuşmamız bitmiştir... Lütfen, lütfen beni yalnız bırakınız..."

9
"Sipsi İsmail sahip çıkmış cenazeye."

＊

Bir süreliğine unuttuğumuz o nemli sıcak, apartman kapısından çıkınca inatçı bir sıkıntı gibi yeniden çöktü üstümüze. Allahtan benim emektarı gölgelik bir yere park etmiştim. Zeynep suskun, adeta kırgın bir halde öylece oturuyordu yanımdaki koltukta. Uykusuzluğun verdiği huzursuzlukla olacak, çok etkilenmişti adamın nobranlığından. Koridoru geçerken, merdivenlerden inerken tek sözcük çıkmamıştı ağzından. Şimdi, arabayı çalıştırmamı beklerken de bakışları, küçük bahçede oynayan iki kızla bir oğlan çocuğuna takılmış, sessizce bekliyordu. Aldırmamasını söyleyecektim ki çalan telefonum izin vermedi. Bizim haytaydı, ee, kambersiz düğün olur mu?

"Evet Alicim, seni dinliyorum," diyerek açtım telefonu. Sevgilisinin adını duymak bile yetmişti Zeynep'in az önceki durgunluğundan sıyrılması için. Esmer Juliet'imizin dudaklarında beliren gülümsemeyi görmezden gelerek telefondaki Romeo'ya kulak verdim.

"Maktulün cenazesi yarın öğle namazında kalkacakmış Başkomserim. Edirnekapı'daki Mihrimah Sultan Camisi'nden... Otopsi bitmiş, Zeynep raporu alabilirmiş."

Merak ettiğim konu bu değildi ama sormadan da edemedim.

"Belediye mi kaldıracakmış cenazeyi? Malum Akif'in bir yakını filan yok ya..."

"Ben de onu diyecektim Başkomserim, Sipsi İsmail sahip çıkmış cenazeye."

İşte bu, hiç beklenmedik bir haberdi.

"Bildiğimiz Sipsi İsmail mi? Şu mafya bozuntusu..."

"Ta kendisi Başkomserim, sabahtan beri morgun kapısını aşındırıyormuş adamları..."

Sipsi İsmail son birkaç yıldır ortalığı kasıp kavuran kıyıcı bir çetenin reisiydi. Haraç, arazi gaspı, haksız ihale gibi kanun dışı işlere bulaştığını biliyordum. Küçükçekmece'de bir barda üç kişinin hayatını kaybetmesiyle sonuçlanan bir cinayete de karışmıştı adı. Sayısız kere gözaltına alınmıştı ama suçu adamları üstlendiği için yakayı hep sıyırmıştı. Küçükçekmece'deki olayda ben sorgulamıştım Sipsi'yi. Soğukkanlı, alçağın biriydi ama tuhaf bir tutarlılığı vardı. Kendi koyduğu kuralları asla çiğnemiyordu. Karşımda hiç yılışmadı, hep dik durdu, eğilmedi, bükülmedi. Sipsi'nin bir tacizciyle birlikte anılmaktan hoşlanacağını hiç sanmıyordum.

"Maktulle ne alakası varmış o zibidinin?"

"Bilmiyorum Başkomserim, ben de çok şaşırdım duyunca. Akif, onun çetesinde miydi acaba?"

Dün sabah gördüğüm ceset değil de yıllar önce karşılaştığım genç adamın yüzü canlandı gözlerimin önünde. Öyle çeteye filan katılacak biri değildi Akif. Ancak savunmasız küçük çocukları taciz edebilecek kadar cesarete sahip, zayıf karakterli biriydi.

"Zannetmiyorum Alicim," dedim ama daha laf ağzımdan çıkar çıkmaz tereddüde düştüm. "Emin olmak zor yine de... Belki de haklısın, belki de çetede bir görevi vardı Akif'in."

Hevesle atıldı yardımcım.

"İsterseniz hemen alayım Sipsi'yi. Direkt sorguya çekelim herifi."

Eminim yapardı, ne pahasına olursa olsun, yakasından sürükleyerek getirirdi Sipsi'yi merkeze ama, adam hakikati anlatır mıydı, orası meçhuldü.

"Yok, yok Ali, biraz bekleyelim. Yarın cenazede konuşuruz Sipsi'yle. Sen ne yaptın? Körebe'nin öldürdüğü maktullerin yakınlarından malumat toplayabildin mi?"

"Az önce birinin babasıyla konuştum. Kamil Çotuk diye bir adam. 2012 yılının ocak ayında öldürülen Harun Çotuk'un babası. Dindar, temiz bir adam. Yahut öyle görünüyor. Ama olaydan çok etkilenmiş. Beş yıl sonra bile ezilip büzülüyordu karşımda. Oğlunun öldürülmesinden değil, tacizci olarak anılmasından rahatsızdı. Zaten oğlunu savunmaya filan da kalkmadı. Belli ki tacizci olduğunu biliyormuş. Ama katilinin kim olabileceği hakkında hiçbir fikri yok. Aslına bakarsanız pek umrunda da değildi katilin kim olduğu. Daha çok oğlunun öteki dünyada başına gelecekleri dert ediyordu. 'İnşallah kefaretini ödemiştir Harun,' dedi dua eder gibi. 'İnşallah, yüce rabbim onu affetmiştir.' Belki de oğlunun öldürülmüş olmasına bile seviniyordu. Günahlarının cezasını bu dünyada çektiyse, öteki dünyada cehennemden kurtulur diye... Neyse, lafı uzatmayayım Başkomserim, bu Kamil denen adam katil hakkında değil ama Zekai Amirimiz hakkında önemli bir malumat verdi. Haklıymışsınız, Zekai Amirim, bu davayı soruşturuyormuş hâlâ. Birkaç ay önce Kamil Çotuk'u bir kez daha ziyaret etmiş... Emekli olduğunu da söylememiş..."

İşte beklediğim haber buydu.

"Neler sormuş Zekai?"

"Benim sorduklarımı: Oğlunun tehdit alıp almadığını... Bir düşmanı olup olmadığını... Katil hakkında bilgisi olup olmadığını... Kamil Çotuk da hiçbir şey bilmediğini söyleyince, biraz sinirlenmiş. 'Benden bilgi saklamayın,' diye uyarmış. 'Oğlunuzun katilini bulmak istemiyor musunuz? Size sadece ben yardım edebilirim' demiş. Ama adamın en küçük bir bilgisi yok ki anlatsın. Yine de yılmamış Zekai Amirim, telefonunu bırakmış, 'Bir bilgiye ulaşırsanız, mutlaka beni arayın,' demiş."

Tam düşündüğüm gibiydi, Zekai'nin gönlü emekli olmaya razı değildi, yarıda kalan bu dosyayı kapatmadan da köşesine çekilmeyecekti. Huzura erişmesi için Körebe'yi yakalaması gerekiyordu. Onu kınamıyordum, dahası anlıyordum. Tek sorun bizimle işbirliğine gitmemesiydi, bu, soruşturmamızı olumsuz yönde etkileyebilirdi. Belki onu gayriresmî olarak soruşturmanın içine sokarsam anlaşabilirdik. Mevzuata aykırıydı ama katili yakalayacaksak, bunun ne kıymetiharbiyesi vardı ki. Fakat bizim Zekai buna razı olur muydu, orası şüpheliydi.

"Anlaşıldı Alicim," dedim yardımcıma. "Sen maktullerin akrabalarıyla görüşmelerini sürdür, biz son kurbanın evine uğrayacağız. Akşamüzeri görüşürüz."

Telefonu kapatırken Zeynep'in endişeyle beni süzdüğünü fark ettim. Arabanın boğucu havasını bir nebze azaltmak için kapıyı açmıştı. Yine de alnında boncuk boncuk terlerin birikmesine engel olamamıştı.

"Biz de mi öyle olacağız?" diye sordu.

Neden bahsettiğini anlamadım.

"Nasıl olacağız?"

"Zekai Amir gibi... Hâlâ davayla ilgileniyormuş değil mi?"

Ali'nin söylediklerini duymasa da meseleyi anlamıştı zeki kızımız. Telefonumu cebime koyarken onayladım.

"Evet, hâlâ Körebe'nin peşindeymiş. Belli ki seri katili yakalamadan rahat etmeyecek... Soruşturma için sıkıntı yaratabilir tabii."

Yorgun yüzündeki merak kaybolmamıştı.

"Bizim için sıkıntı yaratmasından söz etmiyorum Başkomserim. Zekai Amirin yaşadığı hayattan söz ediyorum. Mesleğe bu kadar bağlı olmak doğru mu?"

Küçük bir kahkaha koyuverdim.

"Keşke mesleğe bağlılık olsaydı Zeynepcim, bu çok daha ağır bir durum. Bu, meslek dışında başka bir hayatının olmaması... Ama ne diyebiliriz ki, adam yıllardır böyle yaşamış, böyle mutlu olmuş. Hadi işin bitti denince bırakıp gidemiyor işte..."

"Biz de mi öyle olacağız?" diye yineledi, ama bu kez sesi adamakıllı hüzünlüydü. Zekai'ye mi üzülüyordu, yoksa aynı kaderi paylaşacak olma ihtimalimize mi, anlamak zordu. Kendisi bir yana evleneceği adam da polisti, hem de mesleğine âşık bir polis. Ya Ali de Zekai gibi olursa ki, bu ihtimal kuvvetle muhtemeldi, böyle biriyle evlenmek, çocuk yapmak ne kadar akıllıca olurdu? Belki de Ali'nin değil kendisinin Zekai gibi olacağını düşünüyordu: Aklını katillerle bozmuş bir kriminolog. Sanki işe yararmış gibi teselli etmeye kalktım. İşe yararmış gibi diyorum, çünkü Zekai'den pek de farkı olmayan bir polisin tesellisi olacaktı bu.

"Orasını bilmiyorum Zeynepcim, ama bunun o kadar da kötü bir duygu olduğunu zannetmiyorum. Teşkilatta adım başı rastladığımız, 'Gözlerimi kaparım vazifemi yaparım,' zihniyetindeki adamlardan bin kat daha iyidir Zekai gibi olmak. Dünyayla, hayatla, kendiyle derdi olan insanlar iyidir. Hem merak etme, eninde sonunda Zekai de anlayacak vaziyeti. Boşa kürek çektiğini fark edecek." Kontak anahtarına uzanırken noktaladım. "Evet, Zekai de toparlayacak kendini, bildiklerini anlatacak, işi bize devredecek..."

10

"Ruhları yok bunların, hepsi arzularının peşinde koşan aşağılık herifler..."

※

Maktulün dairesi Eyüp'te, takati çoktan tükenmiş kâgir binaların birinin bodrum katındaydı. Güneşin altında gümüşten levhalara dönüşüp gözlerimizi kamaştıran Arnavut kaldırımlarını çiğneyerek miadını çoktan doldurmuş binanın kapısından içeri girince, İstanbul'da kıyıya yakın semtlerde oturanların çok iyi tanıdığı o küf kokusu çarptı burnumuza. Aldırmadım, dışarıdaki cehennemî sıcaktan sonra apartmanın görece serinliği ilaç gibi gelmişti. Zeynep de benim gibi hissediyor olmalı ki yorgun yüzünde halinden memnun bir ifadeyle apartmanın içini incelemeye başlamıştı. Ne zamandır boya, badana görmemiş duvarlara sinen o ağır rutubet kokusunu ciğerlerimize çekerek yıpranmış basamaklardan inerken bodrumdan gelen seslerle irkildik. Aşağıdaki tek dairede sadece Akif Soykan kalıyordu. Kim olabilir dercesine bakan Zeynep'e, cevap vermek yerine elimi silahıma yakın tutarak temkinli adımlarla basamakları inmeye başladım. Birkaç basamak sonra dairenin kapısına ulaşmıştık. Yine duraksadık, çünkü kapı aralıktı. Elimi belimdeki silaha biraz daha yakın tutarak kapıyı sessizce iteledim.

"Ne bu şimdi?" diyen bir ses çalındı kulağıma. "Niye bu çerçevelerin içi bomboş? Ne anlatmak istemiş bu herif?"

Sofada ayaklarımızın altında gıcırdayan zemin tahtalarından içeri girdiğimizi anlamış olmalı ki birden susmuştu. Salonun kapısını geçerken yüz yüze geldik.

"Başkomserim!" diye hayretle söylendi karşımdaki adam. "Başkomserim siz misiniz?"

Şaşı Münir duruyordu burnumun dibinde. Evet, bir zamanlar Asayiş Şube Müdürlüğü'nün cevval komiser yardımcısı, şimdi Komiser Münir olarak görev yapıyordu. Yüzündeki endişe anında dağıldı, ona şaşı lakabını kazandıran şehla gözleri tatlı bir ışıkla aydınlandı.

"N'apıyorsun burada Münir?"

"N'apacaz Başkomserim, tacizcinin peşindeyiz..." Bunları söylerken bakışları Zeynep'e takılmıştı. Öyle böyle değil, resmen gözleriyle yiyecek kızı. Kendine gelmesi için otoriter bir sesle ikaz ettim.

"Akif Soykan'ın öldüğünü bilmiyor musun?"

Zeynep'in güzelliğinden o kadar etkilenmişti ki, niye sinirlendiğimi bile anlamadı, ama lütfedip bana döndü.

"Biliyorum, biliyorum... O yüzden buradayız..." Kafasını toplamakta güçlük çekiyordu. "Şey, yanlış anlamayın Başkomserim, sizin davanıza bulaşmak gibi bir derdim yok. Sadece çocukları bu sapıklardan korumaya çalışıyoruz... İşte o yüzden, bunlar öldükten sonra da onların peşini bırakmıyoruz. Kimlerle arkadaş, hangi internet sitelerini takip ediyor, başka tacizcilerle bağlantıları var mı diye." Şehla gözleri yine kriminoloğumuza kaymıştı. "Siz de katilin peşindesiniz tabii. Nasıl bir ipucu filan bulabildiniz mi bari?"

"Kime soruyorsun?" dedim sert bir sesle.

Anında hizaya geldi köftehor.

"Ne! Ne dediniz Başkomserim?"

"Kime soruyorsun Münir, bir gözün ben de bir gözün Zeynep'te! Sahiden şaşı olacaksın be oğlum!"

Bizim kız sessizce gülerken Münir'in üç günlük bir sakalla çevrili kumral suratı kıpkırmızı oldu.

"Yok, yok Başkomserim olur mu öyle şey!" diye geveleme ye başladı. "Kusura bakmayın yani... Hanımefendiyi bir yerlerden gözüm ısırıyor da o yüzden..."

"Hanımefendi kriminoloğumuz, aynı zamanda benim elim ayağım. Ali'nin de sözlüsü... Komiser Ali'yi hatırlıyorsun değil mi?"

Bir an Zeynep'e baktım, kaşlarının hafifçe çatıldığını, gözlerini huzursuzca kaçırdığını gördüm. Sözlerim onu mutsuz etmişti. Sanırım, ben kendimi korurum siz niye müdahale ediyorsunuz, diyordu.

"Neyse, neyse Münir, hadi sadede gelelim. Şu Akif Soykan adındaki şahıs... Adamın sizde özel bir dosyası var değil mi?"

Konunun değişmesine Münir de sevinmişti.

"Elbette var," dedi rahatlayarak. "Hem de çok ayrıntılı bir dosya." Duraksadı. "Hatırlıyorsunuz, bu adam, rahmetli kızınızı taciz edecekti..."

Üzüntüyle başımı salladım.

"Hatırlıyorum Münir, hepsini hatırlıyorum."

Öfkeyle söylendi.

"Zaten insan nasıl unutabilir ki böyle bir şeyi. Evet, Başkomserim bu adamlar alçak. Hatta alçağın önde gideni... Öldürüldü diye yaptığı kötülükleri unutmamız gerekmiyor. Evet, Akif Soykan adındaki bu sapığı hapisten çıktıktan sonra da izlemeye almıştık. Şahsa özgü bir uygulama değil, çocuk tacizcilerinin hiçbirini öyle başıboş bırakmıyoruz. Bırakmıyoruz dedimse, her saat, her dakika, her davranışını kontrol etmekten bahsetmiyorum. Çalıştığı işyerini öğreniriz, kaldığı yerin adresini tespit ederiz. Ona çaktırmadan işyerindeki yöneticileriyle, mahalledeki komşularıyla konuşuruz yine sapıklık yapıyor mu, diye. Aslında son iki yıldır bir vukuatı olmamıştı Akif Soykan'ın. En azından bize yansıyan bir taciz vakası olmadı. Sanırım daha önceki günahları için öldürüldü. Yani katil eski defterleri kurcalayan biri..."

Tacizciler konusunda uzman olduğu için fikrini öğrenmek istedim.

"Cinayet mahallinde bir bebek bulduk... Akif Soykan'ın kızıma verdiği Barbie'nin bir benzeri.... Maktulün gözleri de kırmızı kadifeden bir bağla kapatılmış, sağ kulağının..."

Sözlerimi bitirmeme izin vermedi.

"Körebe?" dedi genizden gelen bir sesle. "Körebe geri döndü desenize." Duraksadı, şehla gözleri ağır ağır yüzümde gezindi. "Ama bu olayın sizinle ne ilgisi var? Yoksa, yoksa, bu bir meydan okuma mı?" Yine sustu, sonra hayranlıkla söylendi. "Vay, Körebe hedef büyütmüş. Sizin şahsınızda hepimize posta koyuyor, bütün polis teşkilatına."

Hiç böyle düşünmemiştim, Körebe'nin bana meydan okuması için bir neden yoktu. Ama Münir'in seri katilimiz hakkında benden daha fazla malumatı olduğu kesindi.

"Şu Körebe'yi anlatsana biraz."

Ne Zeynep'in güzelliği kalmıştı aklında, ne de az önce benden yediği fırça, dudaklarını yalayarak girişti söze.

67

"Aslında adam gerçek bir kahraman. Bizim yapamadığımızı o yapıyor. Bu sorunu kökten hallediyor. Ne taciz kalıyor ortalıkta ne de tacizci..."

Açıkça cinayeti övmek, tam da Münir'in söylediği gibi katili kahraman olarak görmekti. Ama tartışmaya kalkmadım.

"Kim bu Körebe?" diye sordum basitçe.

Umursamaz bir tavırla omuz silkti.

"Ne bileyim Başkomserim, benim davam değil ki, cinayet bürosu araştırdı Körebe'yi. Ama dediğim gibi adam çok sıkı, en küçük bir iz bile bulamadılar."

"Öyle olmuş, bulamamışlar, fakat sen tacize uğrayanları da tanırsın, ne diyorsun Körebe de küçükken saldırıya uğramış olabilir mi?"

Bir anda ciddileşti.

"Olabilir, çok karşılaştık böyle vakalarla. Hatta kimileri küçükken tecavüze uğradığı için büyüyünce o sapıklığı kendisi de yapıyor. Ama Körebe'nin kimseyi taciz ettiğini zannetmiyorum, öyle biri değil o. Belki de bir yakını tacize uğramıştır. Oğlu, kızı, belki kardeşi. Bu ihtimali de gözden uzak tutmayın derim." Sıkıntıyla sakalını kaşıdı. "Bu taciz olayı öyle berbat bir iş ki Başkomserim, sadece kurbanı değil yakınlarının da hayatını alt üst ediyor. Evet, tacize uğrayan şahıs bu travmadan kurtulmak için başkasına acı çektirmeyi seçebilir. Adamın zaten içinde de varsa, bu iş, onu rahatlatıyor..."

"Ama bir süreliğine," diye kesti sözünü Zeynep. "Sonra travması yeniden uyanıyor, yeniden acı çektirmesi yahut öldürmesi gerekiyor."

Az önce işittiği azardan olacak, "Aynen öyle Zeynep Hanım," dedi kibar, adeta çekingen bir tavırla. "Körebe de böyle biri olmalı. 2012 yılında 12 kişiyi öldürdü. Demek ki 12 tacizcinin ölümü ancak beş yıl rahatlatabildi onu. Bakın yeniden öldürmeye başlamış. Ama ben de sizin gibiyim, bu seri katille ilgili elimde hiçbir belge ya da bilgi yok."

Samimi görünüyordu, ama bu tespitlerinin doğru olduğu anlamına gelmezdi. Yine de bize yararlı bilgiler verebilirdi.

"Peki, maktule dönelim. Sence, Akif Soykan küçükken cinsel tacize uğramış olabilir mi?"

Sanki bu konunun uzmanıymış gibi güvenle açıkladı.

"Şart değil Başkomserim. Cinsel tacize uğrayanlar da var aralarında, uğramayanlar da. Mazeret bulmaya çalışmak tacizcileri haklı gösterir."

Kim bilir ne korkunç olaylarla karşılaşmıştı. Bu tür adamlardan nefret etmesini anlayabiliyordum ama bu duyguyu işine karıştırmasa iyi olurdu. Kapısında durduğumuz salonu gösterdim.

"Araştırdınız mı evi? Var mı işimize yarayacak bir şeyler?"

"Var, var Başkomserim... Körebe'yi bulmanıza yaramaz ama öldürülen sapığın ruh halini gösterecek epeyce malzeme var." Kenara çekilerek yol verdi. "Gelin kendi gözlerinizle görün."

Salona girer girmez anladım ne demek isteğini. Bütün duvarlar masmaviydi, kopkoyu, nerdeyse laciverde yakın bir mavi. Pencereler ise bordo renkli perdelerle kapatılmıştı.

"Ne karanlık ruhu varmış," diye fısıldadı Zeynep. "Ne kadar kötü renkler bunlar."

Dört duvarın dördüne de sarı yaldızlı, ahşap çerçeveler asılmıştı ama içlerinde ne bir resim vardı, ne de fotoğraf. Sadece bembeyaz kartonlar. Ne sevinç, ne acı, ne de üzüntü; hiç yaşanmamış, belki de hiç yaşanmayacak anları simgeleyen bembeyaz kartonlar. Karşımdaki geniş duvarda asılı olan çerçeveye yaklaştım, sağdan, soldan, alttan üstten incelemeye başladım.

"Hiç zahmet etmeyin Başkomserim, kontrol ettik, özel ışıkla da inceledik; ne bir yazı, ne bir mesaj, ne de bir çizim var."

Münir konuşmasını sürdürürken köşede ahşaptan yapılma küçük bir kitaplık gördüm. Duvardaki çerçeveler gibi yaldızlı bir sarıyla boyanmıştı ve kitapların hepsi mavi bir kâğıtla kaplanmıştı, duvarların rengiyle aynı olan mavi kâğıtlarla. Herif sağlam manyakmış deyip geçmek işin kolayına kaçmak olurdu, önemli olan bu yaldızlı sarının, bu acı mavinin, bu çerçevelenmiş bembeyaz kâğıtların manasını çözebilmekti.

"Ne tür şeyler okuyormuş acaba?" diyen Zeynep mavi kâğıtla ciltlenmiş kitaplardan birini çekti. Kitabın kapağını açtı, sayfaları karıştırırken, "Boş, bomboş," diye söylendi şaşkınlıkla. "Bu sayfalarda yazı filan yok. Acayip bir durum, adam kurban olmasa aradığımız seri katil bu diyeceğim."

Kitaplardan birini de ben aldım, açtım, üzerine tek harf yazılmamış, tek bir çizik bile atılmamış sayfalar belirdi. Bunlar kitap değil, kullanılmamış defterlerdi. Emekli yurt müdürü Hicabi Bey'in sözlerini hatırladım. Akif'in çok güzel hikâyeler yazdığını söylemişti. Yazacağı hikâyeler için mi hazırlamıştı bu defterleri? Yok canım, öyle olsa bir ya da iki tane olurdu, oysa kitaplıkta kapakları mavi bir ciltle kaplanmış içi bomboş en az elli defter vardı.

"Belki de henüz yazılmamış kitaplar," diyen Münir'in sözleriyle dağıldı düşüncelerim. "Belki de Akif Soykan yaptığı alçaklıkları yazmak istiyordu, küçük çocuklara yaptığı şerefsizlikleri. Ama cesaret edip yazamadı."

Elindeki defteri kitaplığa yerleştirirken fikrini söyledi Zeynep.

"Keşke yazsaydı, çok işimize yarardı."

Ne öfke vardı sesinde, ne de nefret.

"Ne işimize yarayacak Zeynep Hanım? Gerçeği anlatmazdı ki, olayları çarpıtır, kendini masum göstermeye çalışırdı."

Buz gibi bir bakış attı kriminoloğumuz.

"Hiç zannetmiyorum, Akif kendi durumundan rahatsızmış. Bu boş çerçeveler, bu defterler adamın acı çektiğini gösteriyor. Belki de yazsaydı yahut yazabilseydi vazgeçerdi çocukları taciz etmekten. Kendisine yapılanlarla, kendisinin yaptıklarıyla yüzleşmiş olurdu. Belki affederdi kendini, belki kurbanlarından af dilerdi."

Elbette katılmıyordu Münir bu görüşlere.

"Öyle kolay kolay vazgeçmez bu adamlar," diye söylendi. "Tedavi olmak isteseler bile kurtulamazlar bu hastalıktan. Zavallı, savunmasız çocukların hayatlarını mahvetmeyi sürdürürler." Konuştukça sinirleniyordu. "Bilmiyorum, belki tek çare hadım etmek bunları. Ama hangisi yanaşır ki o işe..."

"Belki de yanaşırlar." Adeta azarlarcasına çıkmıştı Zeynep'in sesi. "Sapık da olsa, çocuk tacizcisi de olsa karşımızda bir insan var. Sizin gibi, bizim gibi onun da bir ruhu var. Belki onlar da pişmanlık duyuyorlardır. Bu işin nedenini anlamak lazım. Nedenini anlamadan, onları nasıl engelleyebiliriz ki?"

Anlat anlat heyecanlı oluyor, havalarındaydı Münir. Ama hiç aldırmadan sürdürdü sözlerini kriminoloğumuz.

"Eğer olaya böyle yaklaşmazsak, sorunun kaynağına da inemeyiz. Nasıl ki tek tek katilleri yakalayarak cinayetleri önleyemezsek, çocuk tacizcilerini öldürerek de bu işi çözemeyiz. Akif Soykan mutlu bir insan değildi. Belli ki başka bir hayatın hayalini kuruyordu. Tertemiz, dokunulmamış, örselenmemiş bedenlerden ve ruhlardan oluşan bir hayat." Eliyle duvardaki boş çerçeveleri gösterdi. "Tıpkı bu bembeyaz resimler gibi, tıpkı o mavi ciltle kaplanmış defterlerdeki henüz kirletilmemiş sayfalar gibi... Böyle yaşamayı o seçmemişti ama engel de olamıyordu kendine."

"Hiçbir zaman da olamaz," diye kestirip attı Münir. "Deminden beri anlatıyorum Zeynep Hanım... Ruhları filan yok bunların, hepsi arzularının peşinde koşan aşağılık herifler..."

Bıraksam tartışma uzayıp gidecekti, "Belki de bu sayfalarda yazılar görüyordu Akif," diyerek araya girdim. "Neden olmasın, belki de bizim bomboş gördüğümüz bu sayfalarda romanlar, şiirler, öyküler okuyordu. Elbette kendi kurduğu hikâyeler. Ama kimsenin okumasını istemiyordu. O yüzden öyle bomboş bıraktı." Bir kez daha salona göz attım. "Baksanıza şuraya, sanki bir film seti gibi. Belki de yaptıklarının yahut kendisine yapılanların etkisinden ancak böyle sıyrılabiliyordu."

"Olabilir Başkomserim," diye Zeynep onayladı beni. "Biz de bir roman okuduğumuzda kendi dertlerimizi, sıkıntılarımızı unutmaz mıyız? Muhtemelen Akif Soykan da bu hayata ancak böyle katlanabiliyordu."

Alaycı ama acımasız bir sesle tartışmaya son noktayı koydu Münir.

"O zaman bizim Körebe büyük kıyak yapmış adama. Son vermiş bu sapığın katlanamadığı o berbat hayata."

11
"Bu sıcak hayra alamet değil Başkomserim!"

※

Bütün umudumuz akşamdaydı, güneş çekilince belki sıcaklık azalır, denizden bir yel eser, bu boğucu hava dağılır diyorduk. Ne gezer, bir nebze olsun azalmadığı gibi nem de iyice arttı. Gitgide laciverde dönüşen bulutsuz gökyüzünün altında, Dolmabahçe Sarayı'nın önündeki kafede oturuyorduk. Arada bir geçmekte olan vapurların yarattığı dalgalar olmasa durgun bir göl gibi kıpırtısızdı deniz. Kafedeki bütün masalar doluydu, bir parça serinlik umuduyla kendilerini kıyıya atmıştı insanlar. Biz de merkeze gitmeyi göze alamamış, Ali'yle burada buluşmuştuk. Zeynep yüzünü yıkamak için lavaboya gitmişti, biz de sessizce oturuyorduk masada. Yaptığı görüşmelerden bir sonuç çıkmayan yardımcım sözlü rapor vermeyi bırakmış, bakışlarını kızıllaşan sulara dikerek dalıp gitmişti.

"Volkan gibi..." dedi tuhaf bir sesle. "Sanki yanıyor... Birazdan kaynayacak, etrafa taşacak. Kıyıları eritip hepimizi, bütün İstanbul'u yakacak." Dudaklarımdaki alaycı gülümsemeye aldırmadan inatla savundu düşüncelerini. "İnanmıyorsunuz ama bu sıcak hayra alamet değil Başkomserim, bu hava öldürecek hepimizi!"

Yaka bağır açık, saçları dağınık, zor nefes alıyormuş gibi ağzı aralıktı. Benim diyen mafya bozuntularını, bileğine sağlam kopukları mum gibi hizaya sokan bizim delibozuk bile sonunda sıcak karşısında dize gelmiş, pes etmişti.

"Abartma Ali, kimse ölmeyecek, birkaç güne kalmaz geçer. Başkomserine güven, bugün değilse yarın bir rüzgâr çıkar, şehir serinler, her şey normale döner. Bize de 'Ne sıcaktı yahu!' diye anlatacağımız bir hikâye çıkar..." Kıpırtısız denizi gösterdim. "Şimdi kızıla kesen bu sular var ya, 1954 senesinde buzlarla kaplanmış. Yok, deniz donmamış Karadeniz'den dev buzullar gelmiş. Rahmetli babam anlatırdı. Millet eğlence olsun diye buzulların üstünde dolaşırmış, seke seke karşı yakaya geçermiş. İşte sen de yıllar sonra çocuklarına anlatacaksın bu olağanüstü haziran ayını..."

Zoraki güldü.

"Umarım anlatacak fırsatım olur."

Dün geceden uykusuzdu, boğucu hava sinirlerini alt üst etmişti.

'Tabii olacak, diyorum sana çok sürmez. Bak geçenlerde üç gün yağmur yağdı ya, aslında o fırtına genellikle Haziran'ın 1'inde başlardı, şirazesi şaştı, birkaç gün erken geldi bu sene... Sıcaklar da o sebepten olmalı. Tamam, biraz abarttı ama bugün, yarın çeker gider."

Alnındaki teri elinin tersiyle silerken söylendi.

"Verdiğiniz malumat güzel de Başkomserim, bu sıcak pek gideceğe benzemiyor. Kıyamet mi yaklaştı ne?"

Bir kahkaha koyuverdim.

"Kocakarılar gibi konuşmaya başladın be evladım."

Bizim hayta da güldü.

"Ne bileyim, hiç böyle şey görmedim. Sanki cehennemde yaşıyoruz ya..." Önümdeki tavşankanı çayı gösterdi. "Bu sıcakta nasıl içiyorsunuz bu çayı, onu da anlamadım ya..."

Sakin ama kararlı bir sesle açıkladım.

"Çay iyidir Alicim, harareti alır..."

"Ne harareti alacak Başkomserim, şuraya oturduk oturalı iki şişe buz gibi su içtim bana mısın demedi, siz ise inadına kaynar çayı içiyorsunuz..."

Çayın harareti azaltması üzerine kısa bir söylev çekmeye hazırlanıyordum ki Evgenia'dan gelen telefon engel oldu.

"Alo, alo, Evgenia..."

Ruhuma huzur veren o mahmur ses çınladı kulaklarımda.

"Merhaba Nevzat! Haber çıkmayınca merak ettim. Nasılsın, kötü bir şey yok değil mi?"

Beş yıl önce 12 kişiyi öldüren bir seri katilin yeniden cinayetlere başlamasını saymazsak, kötü bir olay yok diyemeyeceğim için, "İyiyim, iyiyim," dedim güven veren bir sesle. "Halletmem gereken bir evrak işi vardı da o yüzden arayamadım. Sen nasılsın?"

"Bende de bir sıkıntı yok. Yok da..." Duraksadı. Hayır, bir terslik vardı. "Ben iyiyim de şu Suriyeli mülteciler..."

Haberleri filan dinlemiş olmalıydı, ama bunun için beni aramazdı ki. Kendini kötü hissediyordu anlaşılan.

"Evet, durumları içler acısı," diye onayladım. "Ne olacak bu insanların hali ben de bilmiyorum."

"Yok, bizim Medeni'den bahsediyorum. Başlarında büyük bir bela var."

"Medeni de kim?"

"Hay Allah!" dedi şaşkınlıkla. "Doğru ya, sen onları görmedin. Medeni'yle ailesi Feriköy'deki göçmen kampında kalıyor. Bazı günler misafir oluyorlar bana. Bu akşam da gelecekler. Büyük bir sıkıntıları var. O yüzden aradım seni. Onlarla konuşman lazım. Bu akşam sen de gelsene..."

Sesi endişeliydi, öyle kolay kolay yardım istemezdi benden, çağırıyorsa önemli demekti, ama işi mavraya vurdum.

"Ne demek efendim, meyhanecilerin kraliçesi Evgenia çağıracak biz de gitmeyeceğiz olur mu öyle şey! Kısa bir toplantımız var, biter bitmez yanınızdayım."

Nefes alışından sessizce güldüğünü anladım ama şakama katılmadı.

"Teşekkür ederim Nevzat," dedi sadece. "Hadi bekliyorum."

İlk kez meraklandım, neydi acaba onu bu kadar endişelendiren?

"Bu ne hal Alicim!" diyerek aramıza dönen Zeynep'in sesiyle koptu düşüncelerim. Sözlüsüne bakarak kaşlarını çattı. "İyice dağılmışsın..."

Oturduğu iskemlede toparlanarak gömleğinin iki düğmesini ilikledi.

"Yok ya, ne dağılması? Günün yorgunluğu... Konuştuğum şahıslar da canımı sıktı biraz. Bunaldım işte..." Terli ensesini kaşıdı. "Az önce de söylediğim gibi Başkomserim, şahısların hiçbiri katilin kim olduğunu bilmiyor. Şüphelendikleri tek kişi bile yok. Öğleden sonra dört kişiyle görüştüm. 2012 yılında öldürülen dört tacizcinin yakınları. Hepsi de konunun yeniden açılmasından rahatsız oldu. Üç kurbanın da babası nerdeyse aynı cümleyi kurdu. 'Biz olanı biteni unuttuk, davamızı Allah'a havale ettik,' dediler. Halbuki oğullarının katillerini yakalamaktan söz ediyordum. Sadece 2012 yılının 2 Haziran'ında öldürülen İlker Bahtçı adlı maktulün annesi olan Sennur Hanım, 'Oğlumun katilini bulacak mısınız?' diye umutlandı. 'Lütfen bulun o alçağı. Oğluma iftira ettiler, İlker'imi suçsuz yere lekelediler. Bu cani de onu öldürdü. Bulun o canavarı, herkes hakikati öğrensin!' dedi. Sadece o kadın bana yardım etmek istedi ama ne yazık ki onun da bildiği hiçbir şey yoktu."

Çayımdan bir yudum aldım.

"Kurbanların hepsi çocuk tacizcisiydi, nasıl düşmanları olmaz? Tacize uğrayan çocukların yakınları nasıl rahat bırakırlar ki onları?"

Sıkıntıyla iç geçirdi yardımcım.

"Orasını bilmiyorum Başkomserim, kurbanların dosyalarını da inceledim. Taciz ettikleri çocukların yakınları tarafından hiç saldırıya uğramamışlar... Atıldıkları hapishanelerde bazı olaylar olmuş, ikisini eşek sudan gelinceye kadar dövmüş öteki mahkûmlar. Birini de bıçaklamışlar, hepsi bu."

"Evet," diye erkek arkadaşını onayladı Zeynep. "Hapishanede uğradığı saldırıyı saymazsak, Akif Soykan da dışarıda kimseden tehdit almamış. Onun da dosyasında şikâyet dilekçesi filan yoktu."

Tıkanan trafikteki taşıt gürültülerini bastırmak için sesimi yükseltmek zorunda kaldım.

"Tacizciler şikâyet etmekten çekinmiş olmasın? Düşünsenize, bu adamlar lanetli gibi. Herkes onlara pislik gözüyle bakıyor. Birileri onları tehdit etse bile polise gidemeyebilirler. Aynı durum aileleri için de geçerli. Akrabalarının çocuk tacizcisi olmaları onları da lekeliyor. Tacizcinin annesi, babası, abisi, ablası olmak kolay değil. Ali'nin de söylediği gibi bu davanın yeniden açılmasından utanç duyuyorlardır. Konu kapansın, olanlar unutulsun istiyorlar. O yüzden açıklama yapmaktan kaçınıyor olabilirler. Hem yapsalar ne olacak, yakınları ölmüş zaten. Belki de çoğu iyi oldu, bu sapık hepimizin adını lekeliyordu diye düşünüyordur."

Önündeki buğulanmış şişeye uzanırken onayladı Zeynep.

"Olabilir Başkomserim." Şişedeki suyu bardağa döktü. "Maktul yakınlarından bir fayda yok gibi görünüyor. Belki Zekai Amirimizi sıkıştırmak işe yarayabilir."

Çayımın son yudumunu içtim.

"Evet, Zekai'yle yeniden konuşacağım," dedim bardağı masanın üzerine koyarken. "Ama biraz daha malumat toplamalıyız, ona elim boş gitmek istemiyorum."

Serinlemesine yardımcı olabilirmiş gibi içtiği suyun bardağını hâlâ elinde tutan Zeynep'e döndüm.

"Senden 2012 yılına dönmeni istiyorum. Biliyorum, bazı cinayetlerin tarihlerini, kurbanların sayılarını verdin ama hepsini istiyorum. İlk kurbandan son cinayete kadar... Sadece polis soruşturmalarını değil, o günün basını ne yazmış, kim ne demiş, yorumlar nasılmış, tümünü öğrenmeliyiz. Gözden kaçan noktalar, atlanmış bir ifade, önemsenmemiş bir delil... Bu davaya dair ne kadar malumat varsa, hepsi lazım. Başka türlü Körebe'nin rutinini anlayamayız."

Bu sıcakta neden çay içtiğime hâlâ akıl sır erdiremeyen Ali, masanın üzerine koyduğum bardağa yadırgayan gözlerle bakarak söylendi.

"Zaten biliyoruz Başkomserim, adam saklamıyor ki."

"Hayır, Alicim bilmiyoruz," dedim kesin bir dille. "Bildiğimiz, kurbanların gözlerini bağlayıp enselerinden vurarak öldürdüğü, sağ kulaklarını keserek, çocukların bulunduğu mekânlara bıraktığı, yanlarına da birer oyuncak koyduğu... Ben cinayet tarihlerinden bahsediyorum. Sayılar bize neler söylüyor? Bunun anlamını öğrenmeliyiz. Körebe, 2012 yılında 12 kişiyi öldürmüş. Cinayet tarihleriyle, cesetlerin bırakıldığı mekânlar arasındaki tüm bağlantıları istiyorum. Maktullerin ilişkisinin olduğu bir kişi yahut bir kurum veya bir organizasyon var mı? Bütün bunları bilmek zorundayız." Bir an sustum. "Bütün bunları öğrendiğimizde bile katil hakkında önemli bir bilgiye ulaşamayabiliriz, ama denemek zorundayız. Bu iş epeyce çetrefilli arkadaşlar, sizden iki kat daha uyanık olmanızı rica ediyorum, iki kat dikkatli."

Heyecanla kıpırdandı Zeynep.

"Anlıyorum Başkomserim, hiç merak etmeyin, en kısa sürede öğrenirim istediğiniz bilgileri..."

Güvenle baktım ikisine de.

"Sadece bilgi değil, yorum da istiyorum. Körebe'nin kişiliğine dair tahlillere ihtiyacımız var. Ne kadar yetenekli olursa olsun bütün katiller hata yapar. Körebe de yapmıştır, muhtemelen biz farkında değiliz. Yapmadıysa bile yapacaktır. Neler gördük, neler yaşadık bu meslekte. Şeytanın bile aklına gelmeyecek cinayet planları, en usta polisiye yazarlarına taş çıkartacak kusursuz entrikalar ama aynı zamanda göz göre göre yapılan hatalar, o zeki katillerden hiç beklenmeyecek aptallıklar... Şunu unutmayın arkadaşlar, hayat her zaman katilin aleyhine çalışır. Mutlaka bir açık verir, hiç istemese de ipuçları bırakır, yeter ki biz onları görmesini bilelim."

12
"Kayboldu, Fahhar kayboldu. Bir sabah evden çıktı, bir daha dönmedi."

※

Daha Tatavla'nın kapısından girer girmez, mutfakta pişen yemeklerin iştah açan kokuları karşıladı beni. Bir de rahmetli Müzeyyen Abla'nın o samimi sesi. "Bir ihtimal daha var, o da ölmek mi dersin..." Yine buruk bir mutluluk duygusu, yine derinlerde uyanan o mahcubiyet. Evet mahcubiyet, neden derseniz bilmiyorum. Belki de yeryüzünde bu kadar acı varken, kendini mutlu hissetmenin verdiği suçluluk duygusu. İtiraf etmeliyim ki, bu meyhaneye her adım attığımda başka bir ülkeye gelmiş gibi, başka bir dünyanın kapısından içeri girmiş gibi hissederim. Vahşetin, öldürmenin, yok etmenin olmadığı bir dünya... Şefkatin, sevginin, alabildiğine hoşgörünün olduğu bir ülke... Biliyorum, hakikat değil, biliyorum bir yanılgı ama hoş bir yanılgı. Ve bütün bu kepazeliklere rağmen hayatın hâlâ güzel olduğunu, Müzeyyen Abla'nın söylediği şarkının aksine, son ihtimalin ölmek olmadığını anlatan bir yanılgı.

"Nevzat, Nevzatcım," diyen Evgenia'nın sesiyle dağıldı düşüncelerim. Başımı çevirince, onun yemyeşil gözleriyle karşılaştım. "Deminden beri sesleniyorum duymuyorsun, ne bu dalgınlık?" Sahte bir sitemle kaldırdı kaşlarını. "Kimi düşünüyordun öyle derin derin?"

Kocaman gülümsedim.

"Kimi olacak, elbette seni düşünüyordum."

Yalandan somurttu.

"Hadi canım, hadi, ayaküzeri gönlümü alıyorsun."

Ayıp olmasa oracıkta sarılacaktım mis gibi lavanta kokan bedenine.

"Yalan değil Evgenia," demekle yetindim. "Valla değil, özledim seni..."

Biz, yaşını başını almış iki aptal âşık birbirimize sarılmak üzereyken, "Evgenia, Evgenia..." diyen cılız bir ses duydum.

Başımı çevirince, siyah saçları rüzgârda uçuşan bir kız çocuğuyla karşılaştım. Ama kızdan çok elindeki oyuncak çekti ilgimi. Bu, Barbie bir bebekti. Ne kadere inanırım ne de doğaüstü güçlere, ama cinayet mahallinden sonra Evgenia'nın meyhanesinde de Barbie bebekle karşılaşmak, ne yalan söyleyeyim ürkütmüştü beni.

"Bebek, o bebeği nereden buldun?"

Kendiliğinden dökülmüştü sözler ağzımdan. Küçük kız ne söylediğimi anlamamış, kaşlarını çatarak karşısındaki bu kaba adama bakıyordu.

"Ben aldım," diyerek araya girdi Evgenia. Elbette tavrımı yadırgamıştı. "O bebeği ben aldım. Ne oldu ki Nevzat?"

Sesindeki eleştirel ton hissedilmeyecek gibi değildi.

"Bir şey olmadı, özür dilerim, öylesine sordum."

İnanmamıştı, ama üstelemedi, kıza döndü.

"Evet Azezcim, söyle canım, ne istiyorsun? Neden kalktın sofradan?"

Beş ya da altı yaşındaydı Azez. Esmer, dünya tatlısı bir kız... Sağ elindeki bebeğini bağrına bastırıp şöyle bir sallandı durduğu yerde.

"Su," diye söylendi cılız bir sesle. "Su yok..."

Eğilip kocaman bir öpücük kondurdu Evgenia, kızın zayıf yanağına.

"Tamam canım, tamam güzelim, sen masaya git, hemen geliyor su..."

Azez sarı elbisesinin eteklerini uçuşturarak bahçenin köşesine kurulmuş büyükçe masaya koştururken, "Suriyeli," diye açıkladı Evgenia. Sesinde belli belirsiz bir sitem vardı. "Suriyeli o zavallı çocuklardan biri... Ne oldu Nevzat niye öyle sinirlendin? Yoksa hırsız mı zannettin çocuğu?"

Eh, bütün bu sözleri hak etmiştim.

"Yok, yok öyle değil. Kucağındaki oyuncağı, başka bir bebekle karıştırdım. Dün cinayet mahallinde bulduğumuz bir oyuncakla. Bebeği görünce, bir an irkildim, kendimi kaybettim. Gerçekten özür dilerim. O küçük kızı hırsız diye suçlamak aklımın ucundan bile geçmezdi."

Anlayışlı bir gülümseme yayıldı güzel ama durgun yüzüne.

"Biliyorum Nevzat, biliyorum yapmazsın..." Bakışları Azez'in gittiği masaya kaydı. On, on beş kişiydiler, kadınlarda derin bir hüzün vardı, erkeklerde eziklik, çocuklar ise inadına neşeliydiler, gülüşüp oynaşıyorlardı masanın etrafında. "Çok kötü durumdalar," diye mırıldandı. "Çok çaresizler, telefonda da söylediğim gibi onları zaman zaman buraya davet ediyorum. Feriköy'de Göçmen Barındırma Merkezi'nde yaşıyorlar..." Derinden bir iç geçirdi. "Dur, su götüreyim de geliyorum." Birkaç adım attı, hatırlamış gibi telaşla döndü. "Hay Allah, sen de ayakta kaldın... Her zamanki masayı hazırlattım, akasyanın altına, oraya geçsene..."

"Tamam, tamam Evgenia, beni dert etme, sen işine bak."

Yaşlı akasya ağacının altına kurulmuş masamıza yürürken, Azez'e takıldı gözlerim. Heyecanla bir şeyler anlatıyordu, kendisi gibi esmer bir oğlana. Aysun'umu hatırladım, kumraldı kızım, biraz daha büyüktü Azez'den. Ama o da bu yaşlarda böyleydi, yerinde duramaz oradan oraya koştururdu. Bıcır bıcırdı, durmadan sorular sorar, cevabını almadan bir başkasına geçerdi. İçim sızladı, daha fazla bakamadım o rüzgâr saçlı Suriyeli kıza. Benim için hazırlanan masada her zamanki yerime oturdum, sandalyemin sırtını akasya ağacının yorgun bedenine dayadım. Mezelerin arasında hadi daha ne duruyorsun dercesine bakan rakı şişesine uzandım. Rakıyı kar beyazına çeviren suyu dökerken duydum Evgenia'nın sesini.

"Lütfen çekinmeyin," diyordu. "Burası eviniz sayılır, ne isteğiniz varsa lütfen söyleyin."

Misafirleri ise sanki karşılarında bir azize varmış gibi hayranlık ve minnetle bakıyorlardı. Rakımdan ilk yudumumu alırken, masanın başında oturan erkeklerin en yaşlı olanı kalktı ayağa; inceydi, uzundu, kuru bir dal gibi eğilmişti bedeni. Konuşmaya başladı, ama sesi o kadar cılızdı ki, ne söylediğini anlayamıyordum. Teşekkür ediyor olmalıydı; çünkü

Evgenia'nın yanaklarını al basmıştı. Benim mütevazı sevgilim ne zaman biri onu övecek olsa, mahcubiyetten yerin dibine geçerdi. Konuşma uzayınca, başka bir muhabbetin döndüğünü anladım, zaten Evgenia da adamı dinledikten sonra, beni göstererek, "Merak etme, şimdi Nevzat'a anlatırız, o halleder," dedi. Nitekim rakımdan ikinci yudumu almadan masamın başında dikilmişlerdi bile.

"Nevzatcım, seni Medeni Bey'le tanıştırayım."

Evgenia'nın yanındaki ince uzun adam, ürkek gözlerle beni süzüyordu.

"Merhaba," diyerek elimi uzattım. "Memnun oldum."

Hoş bir esmerliği vardı, toprak rengi gözleri derin bir anlam katıyordu uzun yüzüne.

"Ben de memnun oldum," diyerek eğildi önümde. Parmakları o kadar cılızdı ki, canını yakmaktan korkarcasına belli belirsiz sıkmakla yetindim elini.

"Buyurun," diyerek karşımdaki iskemleyi gösterdim. "Buyurun, şöyle oturun."

Boynunu büktü.

"Yok, rahatsız etmeyeyim."

Bir parça aksanı vardı ama Türkçeyi düzgün konuşuyordu.

"Ne rahatsızlığı Medeni Bey," diye nazikçe çıkıştı Evgenia. "Nevzat bu yüzden burada, sizinle konuşmak için geldi."

Çekingen bir tavırla sandalyeye yerleşti yaşlı adam, Evgenia da yanına oturdu. Kısa bir sessizlik oldu. Konuşmayı başlatmak bana kaldı.

"Suriye'den gelmişsiniz öyle mi?"

"Evet Halep'ten geldik," diye canlandı. "Ben tercümandım, Türkçe tercümanı... Ankara'da okudum, Hacettepe'de... Türkiye'den gelen devlet adamlarına, iş adamlarına çeviri yapıyordum. Küçük kardeşim Edhem, Lazkiye'de yaşıyordu. Kızım Adeviye de orada evlenmişti. Hasretlik vardı ama hayatımız güzeldi... Sonra savaş çıktı, her şey mahvoldu. Ne ev kaldı, ne bark, ne de aile... Kızım, kardeşim, karısı ve oğlu bir patlamada öldü... Hepsi aynı evdeydi. Hepsini aynı bomba öldürdü..." Gözleri dolmuştu, iki damla yaş uzun kirpiklerinin ucunda titremeye başlamıştı. "Neyse, kendi hikâyemle canınızı sıkmayayım, nihayet güç bela kendimizi Türkiye'ye attık..."

Ortam gerilmişti, yumuşatmak için, "Hoş geldiniz," dedim şefkat dolu bir sesle. "Burada mutlu musunuz? Her şey yolunda mı?"

Kararsızdı, hakikati söylesem mi, söylemesem mi diye tereddüt eder gibiydi.

"Mutluyuz, mutluyuz... Daha doğrusu mutluyduk. Ama Fahhar'ı kaybettik..."

Ne demek istediğini anlamadım.

"Fahhar?"

"Fahhar, ölen kardeşim Edhem'nin ikinci oğlu. Annesiyle babası ölünce yanımıza aldık. Benden sonra ailenin tek erkeği."

Az ileride koşuşturan küçük kızı işaret ettim.

"Azez'in kardeşi mi?"

Medeni'nin neşeyi yitirmiş gözleri Azez'e çevrildi.

"Evet, abisi Fahhar daha büyüktür Azez'den."

Medeni'nin anlattıklarını dinleyen Evgenia, "Ne kadar doğru yapmışsınız yeğenlerinize sahip çıkmakla." Sesi hayranlık doluydu. "Eli öpülecek insansınız Medeni Bey... Gerçekten büyük insansınız."

Yaşlı adamın kamburlaşmış sırtı iyice eğildi.

"Estağfurullah, biz değil, büyük olan Allah'tır. O ne derse biz onu yaparız."

Konu dağılmaya başlamıştı, "Fahhar'dan bahsediyordunuz, ne oldu Fahhar'a?"

Ardı ardına yutkundu.

"Kayboldu, Fahhar kayboldu. Bir sabah evden çıktı, bir daha dönmedi."

Daha fazla sürdüremedi, ağlamaya başladı. Evgenia'yla göz göze geldik, ikimiz de konuşacak cesareti bulamıyorduk. Adamcağızı kendi haline bıraktık, bir süre sessizce gözyaşı döktü, çok sürmedi burnunu çekerek başını doğrulttu.

"Kusura bakmayın... Ah bu çaresizlik, ah bu gariplik, ne zavallı bir mahlukmuş şu insanoğlu..."

Su dolu bardağı uzattım.

"İçin, iyi gelir."

"Sağ olun," dedi minnetle. "Çok sağ olun."

Islak gözlerini derisi kurumuş elinin tersiyle silerken yeniden başladı anlatmaya.

"Üç gün... Üç gün önce kayboldu Fahhar."

Hepsi bu kadar, yine sustu.

"Hiç mi haber almadınız?"

"Hiç, hiç haber alamadık. Daha on üç yaşında... Çok akıllı çocuktur, çok da terbiyeli. Şişli'de bir pastanede iş bulmuştu. Bir aydır orada çalışıyordu. İşe diye çıktı, bir daha gelmedi."

"Çalıştığı yere gittiniz mi? Onlar ne diyor?"

Alınmıştı, ilk kez sesi yüksek çıktı.

"Gitmez miyim? Daha ilk akşam gittim. Patronuna durumu anlattım. Adam çok şaşırdı. Çünkü Fahhar o sabah, ben hastayım diyerek izin almış, eve gideceğini söylemiş. Ama gelmedi, ne o akşam, ne de sonraki iki gece."

"Polise haber verdiniz mi?"

Yüzündeki alınganlık, yerini açık bir öfkeye bıraktı.

"Elbette verdim. Beni dinlediler, ifademi aldılar, 'Bir gelişme olursa ararız,' dediler. Ama bir gün geçti aramadılar, iki gün geçti aramadılar. Yine karakola gittim. 'Merak etmeyin, araştırıyoruz,' dediler ama hiçbir netice çıkmadı. Ne yapacağımızı bilemiyoruz. İnsanlarla konuşmaya çalışıyoruz, inanmıyorlar, kendimizi acındırarak, para koparmaya çalıştığımızı zannediyorlar... Halbuki biz çocuğumuzun derdindeyiz..."

Şikâyetleri hakkında söyleyecek sözüm yoktu, o yüzden asıl meseleye yoğunlaştım.

"Fahhar'ın arkadaşlarıyla konuştunuz mu? Belki İstanbul dışına çıkmıştır. Ne bileyim, Yunanistan'a filan kaçmış olmasın?"

Avurtları çıkmış yüzü iyice küçüldü.

"Yok, Fahhar öyle bir iş yapmaz. Gidecek olsa mutlaka bize haber verirdi. Kaygı içindeyiz, Allah rızası için bize yardım edin."

Adamcağız gözyaşlarına boğulmuştu yine.

"Tamam Medeni Bey, tamam," diyerek yatıştırmaya çalıştım. "Üzmeyin kendinizi, belki de hiç aklımıza gelmeyen bir yerlere gitmiştir, ne bileyim bir arkadaşının ailesinin yanındadır. Ama anlarız, hatta durun hemen arayalım arkadaşları." Telefonumu çıkardım, bizim Münir'in numarasını tuşladım. Telefon kapı duvardı. Medeni'ye döndüm. "Kapalı. Sabah bir daha ararım. Bir sonuç alır, almaz size bildireceğim."

Medeni öpmek için elime uzandı, güçlükle çektim. Teşekkür ederek, omuzları çökmüş bir halde, ailesinin bulunduğu masaya döndü.

"Fahhar'ı bulmalısın," dedi Evgenia. Gözleri nemlenmişti ama sesi kararlıydı. "Medeni'nin yeğenini bulmalısın. Nereye gider ki o yaşta bir çocuk?"

O kadar çok yanıtı vardı ki bu sorunun, ama itiraf etmeliyim ki, hepsi kötü ihtimallerdi. O yüzden, yanıtlamak yerine, "Merak etme Evgenia," dedim güven veren bir sesle. "Merak etme, o çocuğu bulacağım. Sana söz, öyle ya da böyle bu olayı mutlaka aydınlığa kavuşturacağım."

13
"Gömülmemiş ölü çocuklar mezarlığı..."

※

Gecenin bir yarısı evimin kapısında Bahtiyar karşıladı beni. Boğucu sıcağa aldırmadan uzandığı kaldırımdan kalkmış, bana kuyruk sallıyordu. Arabadan ininince tembel ama kararlı adımlarla yanıma geldi, teklifsizce bacaklarıma sürtündü. Başını okşadım, tüyleri yumuşacıktı.

"Merhaba Bahtiyar? Nasılsın oğlum?"

Cevap yerine, kafasıyla dostça itti beni. Dünkü olayı çoktan unutmuştu, yine iki kadim arkadaşa dönüşmüştük. İri gövdesiyle ayaklarıma dolaştı, galiba oyun istiyordu ama havamda değildim.

"Bu akşam çok yorgunum Bahtiyar, başka zaman oynarız."

Üstelemedi, eh, madem öyle der gibi baktı, sonra kaldırımın üzerine boylu boyunca serildi yeniden. Anlayışlı dostumu, serinlemek için gece yarılarına kadar balkonlarında oturan komşularımızın gitgide boğuklaşan konuşmalarıyla birlikte sokakta bırakıp açtım kapıyı.

İçeriye girince, o tanıdık tıkırtı çalındı kulağıma. Bakışlarım ahşap merdivenin altındaki baba yadigârı saate kaydı, 00:37'yi gösteriyordu. Çok kalmamıştım Evgenia'nın yanında. Medeni ile konuşmamızın ardından ikimizin de keyfi kaçmıştı. Ne rakının tadı kalmıştı, ne mezelerin lezzeti. Dahası kendimi yorgun hissediyordum, hem de çok yorgun. Evgenia da görüyordu halimi ama kalmam için ısrar etti, kibarca reddettim, yine de kendi elleriyle pişirdiği kahveyi içirmeden kalkmama izin vermedi.

Üst kata çıkan merdivenlere yürürken yorgunluğum ikiye katlanmıştı, basamakları tırmanmak için ayaklarımı kaldırmakta bile güçlük çekiyordum. Hemen yatağa uzanmak, saatlerce, belki günlerce uyumak istiyordum. Ama bunun mümkün olmadığını biliyordum. Evet, istekle yatağa uzanacak, belki birkaç dakika kestirecek ama sonra dipdiri açacaktım gözlerimi. Hep olduğu gibi günün muhasebesini yapacaktı zihnim kendi kendine. Kurbanların yüzleri geçecekti birer birer gözlerimin önünden, henüz kim olduğunu bilmediğim katili düşünecektim. Neden öldürdüğünü, ne yapmak istediğini anlamaya çalışacaktım. Elbette hiçbir sonuca ulaşamayacak, öylece dönüp duracaktım yatağımda... Böyle olacağını bildiğimden hemen gitmedim yatağa, banyoya geçip duş aldım. İyi geldi soğuk su, serinledim, hem bedenim, hem zihnim canlandı. Ama hava o kadar sıcaktı ki banyodan yatak odasına gidinceye kadar yeniden ter içinde kaldım. Işığı açmadım, sokak lambasının aydınlığı odadaki her eşyayı, her ayrıntıyı görmeme yetiyordu. Başucumdaki komodinin üzerinde duran sürahiden, doldurduğum bardaktaki suyun yarısını içtikten sonra öylece yatağa uzandım. Gözlerimi tavandan sarkan sönmüş lambaya dikerek, Körebe'yi düşünmeye başladım. Neden kendi rutinini bozmuştu, neden cinayet tarihleri öncekilerle uyumlu değildi? Yoksa Zekai'nin kuşkulandığı gibi son cinayeti işleyen başkaları mıydı? Bunu söylemek için çok erkendi. Beklememiz gerekiyordu, evet, tatsız bir durumdu ama katilin yeniden öldürmesini beklemekten başka çaremiz yoktu. Körebe ya da bir başkası, katil de bizim gibi insandı. O da herkes gibi hata yapacaktı. Onu kusursuz biri olarak görmenin hiçbir mantığı yoktu.

Eğer bu cinayeti işleyen kişi ya da kişilerin Körebe'yle alakası yoksa, amaçları neydi? Ne yapmak istiyorlardı? Körebe'ye özenen taklitçiler miydi? Olabilirdi, insan tuhaf bir varlıktı, seri katillere özenerek, onun yaptıklarını taklit etmeye çalışan birtakım manyaklar çıkabilirdi. Belki de bambaşka bir amaç peşindeydiler. O zaman Körebe ne diyecekti bu işe? Taklitçilerinden rahatsızlık mı duyacaktı, yoksa onu örnek almaları hoşuna mı gidecekti? Şahsi kanaatim, Körebe'nin bu işten pek hoşlanmayacağı yönündeydi. Eğer öyleyse, taklitçileriyle bir hesaplaşmaya girebilirdi. Riskli bir işti. Ama öтekilerin kendi şöhretinden yararlanmasından, kendi adına birilerini öldürmesinden rahatsız olabilirdi. Birilerinin, haksızca mirasına el koyması gibi bir davranıştı bu. Tabii bütün bunlardan Körebe'nin haberi yoksa. Öyle ya, belki de bu son cinayeti organize eden bizzat seri katilimizin kendisiydi. Belki de kendi elleriyle değil, kendisine ölesiye bağlı müritleri aracılığıyla cinayet işlemeye karar vermişti. Bir psikopatın aklından neler geçtiğini kim bilebilir ki?

Beynimde sorular çoğalırken, göz kapaklarımın kendiliğinden kapandığını fark ettim. Aslında bütün bu soruları bir yerlere not alsam iyi olacaktı, ama öyle bir ağırlık çökmüştü ki üzerime, yerimden kıpırdayamadım bile, sadece duvara doğru dönüp, yorgun bedenimin sol tarafına yattım. O anda karşıdaki duvardan bakan Aysun'umun loş ışıkta bile açık seçik görebildiğim fotoğrafıyla karşılaştım. İri gözlerini yüzüme dikmişti, "Ne yapıyorsun baba?" der gibi bakıyordu. "Bizim ölümümüze neden olduğun yetmezmiş gibi, şimdi de kendini mi öldürteceksin?" Göz kapaklarımı indirdim, kızımın haklı uyarısını duymazdan geldim. Böylece gerçeklerden kaçmak istedim, ama ölülerden öyle kolayca kurtulamazsınız. Uykunun o yumuşak, o sımsıkı örtüsü bile koruyamaz sizi.

Ne kadar sürdü bilmiyorum ama o tuhaf karanlıktan geçince gördüm ağaçlıklı alanı; önce Aysun'un mezarlığı zannettim. Aysun'la karım Güzide'nin uyuduğu o huzur dolu son istirahatgâh. Ama ahşap kapısından girince burasının daha önce hiç görmediğim küçük bir koru olduğunu anladım. Keskin bir incir kokusu çarptı burnuma. Sadece incir değil, ceviz, erik, akasya, çitlembik, ladin, çınar, meşe, kestane ağaçları... Her yer ağaçlarla kaplıydı... Yeşilin çeşitli tonlarında, birbirinden farklı ama hepsi genç, hepsi sağlıklı, hepsi gümrah ağaçlar. Dalları öyle sık, yaprakları öyle büyüktü ki gökyüzünü görmek nerdeyse imkânsızdı. Gümüş rengi, toprak rengi, bal rengi, kahverengi gövdelerinin arasından uzanan 12 patika yol vardı... 12 yol. Evet, 12 sayısı bir kez daha çıkmıştı karşıma. 12 yol, genişçe bir meydana açılıyordu. Meydanda bir çocuk bahçesi vardı. Salıncaklar, kaydıraklar, tahterevalliler, küçük köprüler, küçük evler hepsi ahşaptı. Hatta kum havuzunu çevrelen çitler bile ahşaptan yapılmıştı.

Ama nedense insanda kasvet duygusu uyandırıyordu bu güzel park. Nedenini anlamakta gecikmedim, tek bir çocuk bile yoktu ortalıkta. Ne koşuşturan bir kız, ne afacan bir oğlan, ne de neşeyle çınlayan sesler. Kaydıraklar, salıncaklar, tahterevalliler, kum havuzu, çocukları eğlendirmek için konulmuş ne varsa, hepsinin üzerine çöken bu iflah olmaz mahzunluk, insansızlıktandı. Sadece insan sesi değil, ne bir kuş cıvıltısı, ne dallarda gezinen sincapların gürültüsü, ne yapraklara dokunan rüzgârın uğultusu... Çıt çıkmıyordu koca meydandan. Ben ki, şehrin kalabalığından, gürültüsünden sıkılıp, kendimi kırlara, sessiz köşelere atmaktan zevk alırdım ama şimdi bu ıssız yeşilliğin ortasında, içimde büyüyen o tuhaf ürküntüyle öylece kalakalmıştım.

İşte o anda gördüm çocuğu. Yeşil parkı kahverengi bir örümcek ağı gibi saran, 12 toprak yolun üçüncüsünden koşarak çıktı; hayır koşarak değil, adeta uçarak. Ağaçların arasından rüzgâr gibi geçiyordu çocuk ama sevinçli değildi. Aksine mutsuzdu, tedirgindi, korkmuştu. Yüzünü görmüyordum ama hareketlerinden anlıyordum, panik içindeydi... Bedenini kasmış, birinden kurtulmak istercesine, can havliyle, belki de canı yana yana koşuyordu. Çelimsizdi, kötü giyimliydi, emin olamıyordum ama on yaşlarında olmalıydı. Esmer mi, kumral mı, sarışın mı seçemiyordum.

Niye korkuyor, kimden kaçıyor diye düşünürken gördüm adamı. Bej rengi bir pardösü vardı üzerinde, duruşu, boyu posu, sanki onu bir yerlerden hatırlar gibiydim ama çıkaramıyordum. Belli ki çocuğun peşindeydi. Belli ki bu koşturmaca epeydir sürüyordu. Belli ki çocuğu bir anlığına kaybetmişti, çıktığı meydanda telaşla sağa sola bakınıyordu. Nasıl fark etti, nereden anladı bilmiyorum ama az önce çocuğun girdiği yola yöneldi. Çocuk gibi o da koşmuyor, adeta uçuyordu. Ayaklarının yere bastığını göremiyordum, hızlıydı, kovaladığı çocuktan bile daha hızlıydı. Kurtuluş yoktu, eninde sonunda küçük avını yakalayacaktı.

"Dur!" diye bağırdım. "Dur, bekle!"

Ama sesim, ağaçların kalın gövdelerine, gümrah dallarına, iri yapraklarına çarpıp geri döndü.

"Dur! Dur, bekle!"

Adam, sanki beni duymamış gibi, az önce çocuğun girdiği toprak yolda kayboldu. Onları yakalamam mümkün değildi, ama tuhaf şey, birkaç adım atınca ikisinin de koştuğu yol, boylu boyunca çıkıverdi karşıma. Hatta daha da fazlası belirdi gözlerimin önünde; sarı bir yılan gibi üç kere kıvrılan patikanın kırmızı tuğladan bir duvarın dibinde sona erdiğini gördüm.

"Eyvah," dedim korkuyla. "Eyvah, adam çocuğu yakalayacak."

Nefesimi toplayıp, bütün gücümle duvara koşmaya başladım. Adam, çocuğu yakalamadan onlara ulaşmalıydım. Güya mesafe kısaydı ama koştukça tuğla duvar benden uzaklaşıyordu. Ceviz, ladin, çınar, meşe, kestane, söğüt ağaçları birbiri ardınca yanımdan akıyor fakat nedense bir türlü duvara ulaşamıyordum.

"Neler oluyor böyle?" diye söylenirken ayağım bir şeye takıldı, yüzükoyun yıkıldım yere. Toprak ne kadar da yumuşaktı. Toparlanmaya çalıştım, doğrulmak istedim, birilerinin tenine dokundum. Baktım, küçücük bir bacak. Evet, ölü bir çocuğun bacağını tutuyordum. Yüzü gümüş gibi solgun, bedeni buz kesmiş ölü bir çocuğun katılaşmış bacağı vardı elimde. Dehşet içindeydim, o anda gördüm korkunç manzarayı. Onlarca, belki yüzlerce ceset vardı etrafımda. Her yer ölü çocukların bedenleriyle doluydu. O gümrah ağaçlar, kahverengi gövdeleri, kalın dalları, kocaman yaprakları her yer, her şey ölü çocuklarla kaplıydı. Burası açık bir mezarlıktı; gömülmemiş, ölü çocuklar mezarlığı. Tepeden tırnağa bir ürperti kapladı her yanımı, ama bu korkudan çabuk kurtuldum. Kaçan çocuğu hatırladım, hiç değilse onu kurtarmalıydım, hiç değilse onun ölmesine izin vermemeliydim. İşte oradaydı, sarı patikanın üzerinde. Çok şükür yakalanmamıştı, çok şükür o adamın elinden kurtulmayı başarmıştı. Az sonra ağaçların gölgesinden çıkacak, az sonra benimle karşılaşacaktı, az sonra onu kucaklayacak, peşindeki alçaktan kurtaracaktım. Çocuğu o katilin eline bırakmayacaktım. Ötekileri öldürmüştü ama bu çocuğu kurtaracaktım. Üzerine bastığım çelimsiz bedenlerin ayaklarımın altında yumuşakça ezilmesine aldırmadan sarı patikaya yürüdüm, o anda çıktı çocuk ağaçların gölgesinden. Onu görünce olduğum yerde kalakaldım. Bana doğru koşan çocuk, öz kızım Aysun'dan başkası değildi. Bana doğru koşuyordu, ama ne "İmdat!" diye bağırıyor, ne de "Beni kurtar baba!" diyordu. Onu kucaklamak, yeryüzündeki bütün kötülüklerden korumak istedim. Karşı karşıya kalmıştık, ama tuhaftır yüzünde beni fark ettiğine dair en küçük bir belirti yoktu. "Aysun! Aysun kızım!" diye seslendim. Duymamış gibiydi, paniklemiş halde bana doğru koşmayı sürdürdü. Kollarımı açarak ona sarılmak istedim ama sevgili kızım içimden geçip gitti. Evet, kızım, tıpkı bir hayalet gibi bedenimi delip geçti.

Daha şaşkınlığımı atlatamadan adamı gördüm, ağaçların arasındaydı. Kızımı kovalayan pislik herif, belki de bütün bu çocukları öldüren canavar koşarak geliyordu üzerime. Elimi belime attım, tabancamı çıkardım, namluya mermi sürdüm, öfkemi içime hapsedip nefesimi tuttum, adamın ağaçların arasından çıkmasını bekledim. Ama bir türlü görünmüyordu namussuz herif. Nereye gitmişti bu alçak! Beni fark etmiş olmalıydı. Gücü çocuklara yettiği için de korkup saklanmıştı bir yerlere. Fakat artık onu kimse elimden alamazdı. Silahımı sımsıkı tutarak, onu kaybettiğim ağaçlara yöneliyordum ki, birinin nefesini ensemde hissettim.

"Beni mi vuracaksın Nevzat?" diye fısıldadı tanıdık bir ses. "Beni mi öldüreceksin?"

Hızla döndüm ve öylece kalakaldım. Karşımda o çok iyi tanıdığım yüz vardı, parçalanmış ruhunu hâlâ inatla taşımayı sürdüren o yorgun beden. Korkunç bir çığlık yükseldi boğazımdan. Bezgin gülümsemesiyle yüzüme bakan o adam, benden başkası değildi...

Korkuyla açtım gözlerimi, o gümrah ağaçlıklı koru, o çelimsiz cesetler, o gömülmemiş ölü çocuklar mezarlığı hızla kayboldu, kendimi terden sırılsıklam yatağımda buldum.

"Rüyaymış," diye söylendim. "Of Allah'ım, rüyaymış." Ama başımı çevirince Aysun'umun iri gözleriyle karşılaştım yeniden. "Ne yapıyorsun baba?" der gibi bakıyordu hâlâ. "Bizim ölümümüze neden olduğun yetmezmiş gibi, şimdi de kendini mi öldürteceksin?"

14
"Alçaklıkların en rezili siyasi alçaklıktır."

"Fahhar el Kutubi... Fahhar el Kutubi," diye mırıldanarak bilgisayarına bakıyordu Münir. "Şişli'de çalışıyormuş dediniz değil mi Başkomserim?"

Ancak sabah ulaşabilmiştim Münir'e. Dün verdiği numara kişisel telefonuna aitmiş, akşamları kapatıyormuş. O yüzden geç dönmüş. Kayıp Suriyeli çocuğu anlattım.

"Müsaitseniz atlayıp gelin Başkomserim, birlikte bakalım," dedi.

Yarım saat sonra gösterişsiz odasında, üzeri evraklarla dolu masasının karşısındaki koltuğa yerleşmiş kahvemi yudumluyordum.

"Amcasının ismi Medeni'ydi değil mi?" diye sordu Münir, şehla gözleri hâlâ ekrandaydı ama sesi umutlu çıkıyordu. Galiba sonunda bulmuştu.

"Evet, evet Medeni..." dedim aceleyle. "Benden yardım isteyen de o."

Sağ elinin orta parmağıyla masaya vurdu.

"Tamam, işte burada."

Rahatlamıştı, koltuğunu geri itti.

"Ne yalan söyleyeyim, size mahcup olacağımızı zannetmiştim Başkomserim. O kadar çok kayıp çocuk var ki... Suriyelilerden bahsediyorum. Allah sizi inandırsın her gün dilekçe yağıyor. Hangi biriyle uğraşacağımızı şaşırdık. Sizi buraya kadar yormamın sebebi de bu. Olanı biteni kendi gözünüzle görün diye. Sizden saklayacak değilim, bazı kayıp dilekçelerinin işleme konulmadığı bile oluyor. Ama sizin çocuğunki öyle değil." Yeniden bilgisayara yaklaştı. "Fahhar el Kutubi, tam üç gündür kayıpmış. Ama bir gün önce rapor edilmiş. Amcası dilekçe vermiş..."

Bir yanlışlık olmalıydı.

"Bir dakika, bir dakika, Medeni dün mü başvurmuş?"

Münir gözlerini kısarak ekrandaki dilekçeyi bir kez daha kontrol etti.

"Evet, burada yazıyor 3 Haziran Cuma günü, saat 10:13'te dilekçesi işleme konulmuş. Niye, ne oldu ki Başkomserim?"

Medeni tarihleri mi karıştırmıştı yoksa bizimkiler mi kayıtta bir yanlışlık yapmışlardı, neyse zaten çok da önemli değildi.

"Yok, yok bir şey. Sen çocuktan haber ver."

Ne diyeceğini bilemedi, bıkkın bakışları yine ekrana kaydı.

"Aslında fazla bir malumat yok. Çocuk Şişli'de bir pastanede çalışıyormuş. Türkiye çapında zincirleri olan, bilindik bir pastane. Ama o akşam işten dönmemiş..."

Kahvemden bir yudum aldıktan sonra, "Bunları biliyorum zaten Münir," dedim sıkıntıyla. "Amcası Medeni anlattı. Asıl bundan sonrası mühim. Siz ne yaptınız, onu merak ediyorum. Fahhar hakkında bir bilgiye ulaşabildiniz mi? En son kiminle görüşmüş, işten çıkarken yanında kim varmış?"

Mahcubiyet ümitsizlik karışımı bir çekingenlikle bakıyordu.

"Yok, burada öyle bir kayıt yok."

Derinden bir iç geçirerek masanın sağ tarafındaki telefona uzandı, numarayı tuşladı.

"Şimdi anlarız Başkomserim... Alo, alo Recai, buraya gelsene... Hadi çabuk bekliyorum..."

Telefonu kapatırken yine izahata başladı.

"Recai, kayıp Suriyeli çocuklara bakıyor. Allah yardımcısı olsun, onun yerinde olmak istemezdim doğrusu." Tekerlekli koltuğunu bilgisayardan uzaklaştırdı. Yine karşı karşıyaydık. "İşin aslı şu Başkomserim. Başa çıkamıyoruz. İtiraf etmemiz lazım, elimizden hiçbir şey gelmiyor. Kaç yıllık polisim ben böyle bir felaket görmedim. Önce kontrol edebiliyorduk, sokaktakileri topluyor, sığınma evlerine yerleştiriyorduk. Fakat o kadar çoğaldılar ki, ne yapacağımızı şaşırdık. Tek tek hırsızlık olayları başladı, üç beş kuruş için. Gerçekten ekmek bulamayan Suriyeliler var. Yakında gasba da başlarlar. Kendi çetelerini de kurarlar. Büyük bela Başkomserim, çok büyük bela. Hele çocukların durumu bir felaket. Kimilerini ölü olarak buluyoruz, kimileri çalışmak için bir yere gidiyor, kimileri fuhuş çetelerinin eline geçiyor... Kadınların hali derseniz ayrı bir kepazelik." Tiksintiyle yüzünü buruşturdu. "Aklınıza gelebilecek her türlü rezalet, her türlü iğrençlik... Ne zaman bu dosyalara bakacak olsam insanlığımdan utanıyorum..." Sanki birinin bizi duymasından çekiniyormuş gibi sesini kısarak söylendi. "Biz niye bulaştık bu Suriye davasına Başkomserim? İnsani yardım tamam, ama sanki savaşın tarafıymış gibi davrandık. Niye? Ne işimiz vardı bizim Suriye'de?"

Aynı soru benim de kafamı kurcalıyordu, ben de tıpkı Münir kadar çaresiz hissediyordum kendimi, en az onun kadar şaşkın ve öfkeli.

"Alçaklıkların en rezili siyasi alçaklıktır Münircim," dedim kendimi tutmaya çalışarak. "Buna bir de mezhep ve dini karıştırırsan, bildiğin şerefsizlik çıkar ortaya... İşte şu anda onu yaşıyoruz. Üstelik bunun bedelini, bütün millet ödüyor... Bari zavallı Suriyelilere yardım edebilsek. Onu da yapamıyoruz. Sus, sus, daha fazla konuşturma beni..."

O anda vuruldu kapı, sonra hafifçe aralandı, kızıl saçlı, tombul yanaklı gençten bir memur girdi içeriye.

"Gel, gel Recai, ne oldu şu kayıp çocuk? Fahhar el Kutubi... Üç gün önce kaybolmuş..."

Recai önce yadırgayan gözlerle süzdü beni; etkili, yetkili biri olduğumu düşünmüş olacak ki, hazır ol vaziyetine geçerek sordu.

"Hangi Fahhar Amirim?"

Şimdi sinirlenecek diye geçirdim içimden, yapmadı Münir.

"Şu Şişli'deki Suriyeli çocuk..."

Alnı kırıştı Recai'nin.

"Şu dilencilik yapan kız mı? Hani kamyonet çarpmış..."

Dayanamayıp patladı Münir.

"Ne kamyoneti Recai, kayıp diyorum, kayıp..."

Genç polis yutkundu.

"Tamam komiserim, o kız da kayıp, güya hastaneye götürmüşler bir daha haber alınamamış..."

"Yahu Recai, çocuğun ismi Fahhar," diye kesti sözünü. "Fahhar kız ismi mi? Hani pastanede çalışan çocuk, akşam eve gelmemiş..."

"Ha evet, evet, şu çocuk..." Bir adım daha yaklaştı bize. Yaklaşırken yine çekingen bir bakış atmayı da ihmal etmedi bana. "Şimdi hatırladım, bizzat ben gittim pastaneye, herkesle konuştum. Aslında işe gitmiş amirim ama kasığında bir sancı başlamış. Sancı o kadar güçlüymüş ki yerinde duramıyormuş çocuk. Yanına birini verip Etfal Hastanesi'ne göndermişler. Ama hastanede sıra varmış, beraber gittikleri çocuk, onu bırakıp dükkâna dönmüş. İşte ondan sonra kaybolmuş Fahhar..."

Suratı biraz daha asıldı Münir'in.

"Ee sen gitmedin mi hastaneye? Sormadın mı bu çocuğa ne oldu diye?"

"Gitmez miyim Amirim, tabii gittim. O gün işbaşında olan doktorlarla, hemşirelerle, hatta acildeki hastabakıcılarla bile konuştum. Ama hepsi de ağız birliği etmiş gibi, öyle bir çocuk görmedik diyorlar. Hastane kayıtlarını da kontrol ettim, Fahhar'ın adı yok."

Eliyle önündeki bilgisayarı işaret etti Münir, "Neden anlattıkların burada yazmıyor?"

Tombul yanakları iyice kızardı.

"Vakit bulamadım Amirim. Siz, şu Suriyeli ikiz kızları kapatan adamla ilgilenmemi söylemiştiniz. Hani Tahtakale'de halat satan Abdürrahim adındaki şahıs. Hani Başakşehir'deki evine baskın yaptık... Muta nikâhı yaptım diye herif bizi eve sokmak istemedi, zorla girdik ya içeri. Üç gündür onunla uğraşıyorum. Valla günde iki saat uykuyla duruyorum amirim. Biliyorsunuz elimizdeki memur sayısı yetersiz. Bize yeni eleman lazım..."

Ne diyeceğini bilemedi Münir, görüyorsunuz vaziyeti, dercesine bana bir göz attıktan sonra, "Anlaşıldı Recai, anlaşıldı," diye söylendi. "Ama muta nikâhı işi bitti, sen artık bu kayıp Fahhar dosyasıyla ilgilen..."

Belli ki elinde başka işler de vardı genç polisin, "Fakat Amirim..." diyecek oldu.

"Mazeret filan yok Recai, ne diyorsam onu yap. Tekrar hastaneye git. Onların kameraları filan vardır, bak bakalım bu

Fahhar denen çocuk, gerçekten hastaneye gitmiş mi?" Durdu, sert sert baktı. "Oyalanmak filan yok ha, hemen gidiyorsun, hemen. Öğleden sonra netice istiyorum. Anlaşıldı mı?"

Yine hazır ol konumuna geçti genç polis.

"Emredersiniz Amirim..."

Bütün bunların sebebi sen olmalısın mendebur adam dercesine, bana tek kelime söylemeden çıktı odadan.

"Çok bunalmış," diye takıldım Münir'e. "Biraz daha zorlasaydın isyan edecekti."

Bakışları Recai'nin çıktığı kapıya gitti, geldi.

"Haksız mı Başkomserim?" diye söylendi sesini kısarak. "Geçenlerdeki şu olayı duymuşsunuzdur... Abdürrahim adındaki bir şerefsiz, iki Suriyeli kızı satın alıyor. Kızlar daha on dört yaşında. İstanbul'un göbeğinde iki kız, esir gibi yirmi bin dolara satılıyor. Aile çaresiz, geride üç küçük çocuk daha var. Bu parayla öteki çocukları kurtaracak. Komşular ihbar etti, olaya el koyduk. Herifi içeri attık. Sen misin kanunu uygulayan, her gün biri arıyor. Emniyet mensupları, idareciler neyse de parti başkanları aramaya başladı yahu. Olur mu böyle kepazelik..."

"Tehdit mi ediyorlar?"

Öfkeyle soludu.

"Güya tehdit değil. Abdürrahim iyi adammış. Kötü bir niyeti yokmuş. Kızları sokağa düşmekten kurtarmış. Ama bu heriflerin beni araması bile yanlış. Böyle iş olur mu yahu!"

Ne yazık ki oluyordu, kendisinden olmayanlara yaşam hakkı tanımayan idarelerde önce polis teşkilatı kirlenirdi.

"Canını sıkma," diye teselli etmeye kalktım. "Yapacak bir şey yok."

"Yok, Nevzat Başkomserim, gerçekten yapacak bir şey yok. Hiç değilse işimizi yapmamıza izin verseler. İşte Recai'yi gördünüz, parçalanıyor çocuk. Suriyeli göçmenlerden sonra bize destek lazım. Kaç kere konuştum, dilekçe yazdım. Yok, hiçbir cevap yok. Neyse, kendi dertlerimle sizin de canınızı sıktım. Ama merak etmeyin, bu Fahhar olayını mutlaka aydınlığa kavuştururuz..."

Münir'e güvenim tamdı, öyle ya da böyle mutlaka bir sonuç alırdı. Kalkmaya hazırlanıyordum ki, "Sizin dava nasıl gidiyor?" diye sordu. "Akif Soykan cinayeti... Bir sonuç alabildiniz mi?"

Şu tuhaf seri katil, onun da ilgisini çekmeyi sürdürüyordu.

"Henüz bir gelişme yok, araştırmaya devam ediyoruz," diyordum ki, telefonum çalmaya başladı. Arayan yardımcımdı.

"Efendim Ali?"

"Bir ceset daha bulunmuş Başkomserim..."

Körebe yine sokağa inmişti anlaşılan.

"Kreşte mi?"

"Hayır, Çocuk Müzesi'nde... Seri katil bizi yanılttı Başkomserim, ikinci kurbanını Tophane'deki Çocuk Müzesi'ne bırakmış..."

15

"Bizden çıkmaz öyle ilginç katiller...."

❋

Duvarları koyu yeşile boyanmış, tek katlı bir binaydı Tophane'deki Çocuk Müzesi. Meraklı kalabalığın arasından sıyrılıp bahçe kapısını geçince gördüm kurbanı; güdük çam ağaçlarının gölgelerinin belli belirsiz düştüğü kuru otların üzerinde yüzükoyun yatıyordu. Sağ ayağındaki kahverengi deri sandalet neredeyse çıkmak üzereydi. Buna değil de sandaletin küçük olmasına şaştım. Maktulün ayakları küçüktü, nerdeyse bir çocuk ayağı kadar küçük. Bu kez bir çocuğu mu öldürmüşlerdi yoksa? Yaklaşınca fikrim değişti, kurban zayıftı, enikonu çelimsizdi ama yetişkin biriydi. Yandan yüzünü görünce emin oldum, en az kırklarında olmalıydı. Elleri de ayakları gibi tuhaf biçimde küçüktü, o kadar iğreti duruyorlardı ki, başka birine ait gibiydiler. Ali'nin telefonda söylediği gibi ensesinden vurulmuştu. Kurşunun girdiği delikten yayılan kızıllık bütün boynunu kaplamıştı. Gözleri kırmızı kadifeden bir kumaşla kapatılmıştı, sağ avucunda altın rengi oyuncak bir Volkswagen minibüs vardı ve sağ kulağının yarısı yoktu. Maktulün başını kaldırarak yerde bir şeyler arayan, Olay Yeri İnceleme'nin amiri Şefik, "Çekirdek yine yok Başkomserim," diyerek umutsuzca söylendi. Demek geldiğimi fark etmişti. Alacağım cevabı bilmeme rağmen yine de sormadan duramadım.

"Ya kovan?"

"O da yok!"

Yere bırakılmış işaretlerin üzerine basmamaya özen göstererek Şefik'e yaklaştım, gölgem üzerine düşünce, maktulün başını avuçlarının arasından saygıyla yere bırakıp bana döndü. "Kasımpaşa'daki cinayeti işleyen katilin marifeti. Tıpa tıp aynı vaka. Enseden tek kurşun, kırmızı kadifeden göz bağı, kesilen sağ kulak, olay yerine bırakılan oyuncak." Sıkıntıyla soluyarak ayağa kalktı, gölgemden kurtulduğu için gözleri kamaştı. Heyecansız, hatta bıkkın bir sesle söylendi. "Bu da Körebe'nin işi Başkomserim. Psikopat yine öldürmüş."

O kadar emin olma der gibi bakınca, "Tabii biri kopya cinayetler işlemiyorsa," diyerek sıkıntıyla gülümsedi. "Ama bizden çıkmaz öyle ilginç katiller... Hepsi bu..."

Ne oluyordu bu bizim ekibe yahu? Hepsinde seri katillere bir ilgi, bir alaka, bir özenti, bir merak... Utanmasalar akıl verecekler adamlara daha mükemmel cinayet işlesinler diye.

"Daha ne olsun Şefik?" diye söylendim. İstemediğim halde sert çıkmıştı sesim. "Körebe dediğin cani, şu ana kadar 12 kişiyi öldürdü, eğer bu son iki cinayet de onun işiyse on dört... Ve beş yıl boyunca işe yarar tek bir malumat bile edinememişiz adam hakkında. Ne bir delil, ne bir iz, ne bir işaret... Profilini bile çıkaramadık herifin... Daha ne kadar ilginç olabilir bir katil?"

Keyfi kaçmıştı.

"Yok Başkomserim, bence abartacak bir tarafı yok bu herifin. Bizden öncekiler gerektiği gibi ilgilenmemişler hepsi bu. Ama dosya artık emin ellerde. Şu ana kadar hangi katil sıyrıldı avucumuzdan? Körebe de paçayı kurtaramayacak. Ee, işin içinde siz de varsınız... Hiç itiraz etmeyin... Kiminle, neyine isterse iddiaya girerim. En fazla iki hafta sonra Körebe'yi içeri atarsınız..."

Yalakalık yapmıyordu, öyle bir adam değildi, hakikaten inanıyordu söylediklerine fakat bu defa yanılıyordu, bu defa işimiz gerçekten de zordu.

"Abartma, abartma," diye uyardım. "Hadi, bırak beni övmeyi de işine bak."

Dudak büktü.

"Abartmıyorum Başkomserim, hiç abartmıyorum, Körebe ya da her ne zıkkımsa, Türk değil mi bu katil?"

Canım sıkılmaya başlamıştı.

"Yahu Şefik, katilin Türk'ü Amerikalısı mı olur? Hepsi psikopat işte. Amerikan dizilerine bu kadar kaptırma kendini. Onların çoğu palavra evladım, yazarların fantezileri. Amerika'da da adım başı seri katile rastlanmıyor..."

Omuz silkti.

"Yine de onlardaki zeki katil sayısı bizden fazladır. Ted Bundy'yi düşünün Başkomserim. Adam, kızıl saçlı kadınları öldürmüş. Annesine benziyorlar diye. Tam otuz kadın... Üstelik bunlar onun itiraf ettikleri. Eminim kurbanları daha fazladır. Bunca yıllık polissiniz, sizi hayretler içinde bırakacak kaç tane böyle cinayet çözdünüz? Kaç tane acayip vakayla karşılaştınız?"

Çaresizce başımı salladım.

"Her cinayet acayiptir Şefik. Bir insanın, öteki insanı öldürmesinden daha tuhaf bir durum olabilir mi? İlla katilin, psikopatlığın doruğuna mı çıkması lazım? İlla insan öldüren canavarın süper zeki mi olması lazım? Hem zeki olsa ne olur? Altı üstü bir katil. Benim gözümde bütün katiller zavallıdır. Onlarda takdir edilecek bir yan yok." Sinirlenmeye başladığımı anlayan Şefik cevap vermedi ama kendimi tutamayıp soktum lafı. "Sen, zeki katilleri öveceğine, işini doğru dürüst yap. Bak şerit bile koymamışsınız şuraya..."

Sahiden de cinayet mahallini kapatmayı unutmuşlardı, açığı yakalanınca suratı kıpkırmızı oldu. Delil arayan üç polisten en zayıf olanına bağırdı.

"Cesur, niye bant çekmediniz oğlum buraya?"

Yerdeki ayak izlerinin kalıplarını çıkarmaya çalışan Cesur, çok da iplemedi Şefik'i.

"Geliyor Amirim, arabada kalmamış, Necip merkezden almaya gitti..."

"Ne demek kalmamış ya," diye azarlayacak oldu,

"Hadi, hadi Şefik," diye susturdum. "Rica etsem, kurbanın kafasını bir daha kaldırır mısın?"

Şaşırmış gibiydi.

"Yoksa bu da mı tanıdık?"

"Yüzünü görmedim ki evladım, nereden bileyim?"

Şefik bir kez daha çenesinden tutarak kaldırdı, yüzü toz toprak içinde kalmış kurbanın başını. Kırmızı kadifeden bandı çıkardı. Önce özenle biçimlendirilmiş kaşları ilgimi çekti, sürmeli kirpiklerinin arasında donmuş yeşil gözleri hiçbir ipucu vermiyordu. Ama dudakları sanki dolguyla kalınlaştırılmış gibi yapay duruyordu. Bir kadınınki gibi bakımlı bir yüzü vardı. Bakışlarım toprağa kaydı.

"Neden yerde kan yok?"

Anlamamıştı Olay Yeri İnceleme'nin amiri.

"Kan Şefik, kan? Neden yerde kan yok? Burada öldürülmüş olsaydı, tıpkı Kasımpaşa'daki cinayet gibi daha fazla kan olması gerekirdi."

Sağ eli kurbanın çenesinin altında öylece kalmıştı Şefik. Neden sonra bir açıklama yapabildi.

"Bu da Körebe'nin başka bir rutini demek ki. Adam bir kurbanını cinayet mahallinde öldürmüş, öteki kurbanını ise başka yerde öldürüp buraya taşımış..."

Bu kadar basit olduğunu zannetmiyordum.

"Adı neymiş maktulün? Üzerinden bir kimlik çıktı değil mi?"

"Ferit Selcim... Kurbanın adı bu Başkomserim..." Şefik değildi konuşan, başımı çevirince, elinde notlarla karşımda dikilen Zeynep'i gördüm. "Namıdiğer Cicili Ferit.. Bu maktul de çocuk tacizinden sabıkalı... Ama sadece erkek çocuklara tacizde bulunuyormuş..."

Kriminoloğumuzu görmek hoşuma gitmişti.

"Dur, dur Zeynepcim, bu ne hız kızım? Ne zaman öğrendin sen bütün bunları?"

Övgü dolu sözlerim, onu utandırmış, Şefik'in canını sıkmıştı. Olay Yeri İnceleme'nin komiseri maktulün elindeki oyuncak Volkswagen'i incelemeye yönelirken, Zeynep mahcup olmuş bir halde açıklamaya başladı.

"Ali aradığında merkezdeydim, maktulün kimliğini bildirince ben de araştırdım."

"Valla bravo..." Başımla elindeki notları işaret ettim. "Başka ne biliyoruz?"

Kestane rengi gözleri önündeki kâğıda kaydı.

"Üç kere tutuklanmış tacizden. Değişik dönemlerde hapiste kalmış. İki kere bıçaklanmış, bir keresinde linç edilmekten zor kurtulmuş."

Cicili Ferit'in pahalı elbiseleri ilgimi çekti.

"Ne iş yapıyormuş bu adamcağız?"

Kurbanın giysilerine göz atarken açıkladı Zeynep.

"Terziymiş Başkomserim, Haute Couture tabir edilen, kişiye özel lüks giysiler dikiyormuş. Bir zamanlar çok ünlüymüş, Nişantaşı'nda atölyesi varmış. İstanbul sosyetesine elbise dikermiş, fakat tacizci olduğu açığa çıkınca müşterileri kesilmiş. Şimdi başka terziler için evinde elbise dikiyormuş. Kendi adını kullanmadan."

Kasımpaşa'daki maktulle arasındaki ortak nokta çocuk taciziydi. Elbette ölümlerine neden olan ortak sapkınlık da buydu. Yeniden Zeynep'e döndüm.

"Ali nerede?"

"Buradayım Başkomserim..."

Müzenin kapısında dikiliyordu bizim delişmen polis. Yanında, koyu esmer tenine kar beyazı bir atlet giymiş, nerdeyse cüce sayılabilecek kadar kısa boylu bir adam vardı. Sırıtarak müjdeyi verdi yardımcım.

"Bir şahidimiz var."

Cinayet mahallindeki herkesi heyecanlandırmıştı bu haber ama Olay Yeri İnceleme ekibinin konuşacaklarımızı duymasında bir yarar yoktu.

"Orada bekleyin geliyorum."

Zeynep'le birlikte müzenin kapısına yaklaştık. Ali kendisinden en az yirmi santim daha kısa olan adamı gösterdi.

"Veyis olayı görmüş Başkomserim. Ama dizi film çekiliyor zannetmiş..."

Daha ben sormadan, makineli tüfek hızıyla anlatmaya başladı Veyis.

"Evet, filmciler zannettim, her gün sabaha kadar çalışıyorlardı... Millet sıkılıyordu onlardan. Mahvettiler mahalleyi. Gece boyunca gündüz gibi aydınlık oluyordu sokaklar, patırtı, gürültü, bağrış, çağrış... Yine onlar geldi diye düşündüm."

Sağ elimi kaldırdım.

"Yavaş Veyis Bey, yavaş. Olanı biteni en başından anlatır mısın? Ama sakin sakin... Vaktimiz var, hiçbir ayrıntıyı atlama lütfen..."

Bir ceylan kadar güzel gözlerini açtı kapadı kısa boylu adam.

"Anlatayım Başkomserim. Ben müzenin gece bekçisiyim. Büyük sorumluluk, her gün onlarca çocuk geliyor buraya." Binanın pencerelerine baktı. "Şimdi yoklar tabii, bugün pazar. Ama ne olur ne olmaz, siz, benden daha iyi biliyorsunuz devir kötü..."

"Hadi, hadi Veyis uzatma," diye uyardı Ali. "Mevzuya gel artık."

"Emredersiniz Komiserim. Malumunuz dün gece çok sıcaktı... Uyuyamadım, sağa dön, sola dön, kalktım. O sırada pencerenin önünden geçen birini gördüm. İşte, tam bu kapının önünde. Fakat Ali Komiserim'e izah ettiğim gibi dizi çekiliyor zannettim."

"Müzenin bahçesinde mi çekiliyor bu dizi?"

Kurumuş bir dal parçasını andıran eliyle sokağı gösterdi.

"Yok, bütün mahallede çekiliyor. Bizim kel muhtar, film şirketiyle anlaşmış. Alacağı parayla da güya şu ilerideki parkın düzenlenmesini yapacakmış. Ama millet işin içinde başka iş var diyor ya neyse... Bu diziciler, bizi canımızdan bezdirdiler. Geçen akşam da bizim binadan elektrik aldılar ama sigortayı attırdılar, ben de kavga ettim onlarla.... İşte dün gece de adamı görünce yine dizi çekiliyor zannettim. Meğerse gelen herif katilmiş..."

İçimde uyanmaya başlayan heyecanı bastırmaya çalıştım.

"Yüzünü gördün mü?"

Tadı kaçmıştı, başını yavaşça geri attı.

"Görmedim. Dizicilerle aramız bozuk olduğu için, şeytan görsün suratlarını dedim, o yüzden gitmedim yanlarına. Ama iri bir adamdı, güçlü kuvvetli biri..."

Nihayet bir tanığa ulaşmıştık.

"Adam tek miydi?"

Kararsız kalmıştı.

"Ben tek kişi gördüm, ama minibüste başkaları da olabilir..."

"Ne minibüsü?"

"Söylemedim mi? Bir de minibüs vardı. Tam şurada duruyordu. Belki minibüsün şoförü de vardır, ama ben görmedim..."

Adamı ilgiyle dinleyen Zeynep de katıldı konuşmaya.

"Minibüsle mi gittiler?"

Pürüzsüz esmer alnındaki ter damlalarını eliyle sildi.

"Onu da görmedim ama motor sesini duydum. Herhalde minibüsle gitmişlerdir..."

Zeynep vazgeçmedi.

"Peki plakası, minibüsün plakasını gördün mü?"

Suçlu suçlu gözlerini kaçırdı.

"Yok, yok be polis abla, görmedim maalesef..."

"O zaman markasını da bilmiyorsun?"

Bedenine göre hayli uzun olan kollarını açtı.

"Yok, bilmiyorum, ama pencereden rengini gördüm sadece... Evet, siyah bir minibüstü." Duraksadı, ondan da emin değildi. "Belki de lacivertti, yok yok griydi, yani koyu renkti..."

16
"Akif'i ben öldürmedim. O benim arkadaşımdı..."

✳

Müezzinin yanık sesi, Mihrimah Sultan Camii'nin karşısındaki tarihî surlarda yankılanırken ucu ucuna yetiştik cenaze namazına. Sadece caminin çatısındaki kurşun kaplamalar değil, hamur gibi yumuşayan siyah asfalttan, yaprakları kavrulmuş akasya ağaçlarına, esnafın dükkânının önüne attığı sandalyelerden, surların çürümekte olan taşlarına kadar öğle güneşinin altında cehennem gibi yanıyordu küçük meydan. Üç koyu renk Mercedes, biri gri, öteki mavi iki BMW, lacivert bir Audi ve markasını bilemediğim bir cip vardı. Bu pahalı arabaların arasında güç bela yer bularak indik benim fakir Renault'umdan. Manidar bir bakışla arabaları süzen Ali neşeyle söylendi.

"Ooo anlaşılan Sipsi İsmail'in tayfası tam kadro burada. Epey eğleneceğiz Başkomserim."

Mendilimle alnımdaki ter damlacıklarını kurularken, "Lüzumsuz yere kavga etmek yok Ali," diyordum ki, Hicabi İnce'yi gördüm. Dün bizi evinden kovan yurt müdürünü. Üzerinde siyah yas giysileri vardı ama sanki cenazeden daha önemli bir işi varmış gibi aceleyle çıkmıştı dışarı. Yok, acelesi varmış gibi değil, panik içinde tabanları yağlamış düpedüz kaçıyordu. Ardından iki şahıs daha fırladı caminin kapısından. İkisi de sırım gibi, ikisinin de sırtında siyah takım elbise, ikisi de yurt müdürü kadar hızlı...

"Bunlar kim ya?"

"Kim olacak Sipsi'nin çakalları. Hadi Ali," diye hızlandım. "Hadi, sen arkadaki iki herifi durdur, ben de öndekini yakalayayım."

Sanki bunu söylememi bekliyormuşçasına ok gibi atıldı bizim serdengeçti, takım elbiseli zibidilerin üzerine. Ben de Hicabi'nin önünü kesmek için, sıcaktan hamura dönüşmüş asfalta bata çıka küçük parkın içine daldım. Aslına bakarsanız, onu yakalamam bir hayli zordu, yaşından beklenmeyen bir çeviklikle koşuyordu yurt müdürü ama bir şanssızlık oldu. Muhtemelen akşam parkta piyizlenen sarhoşların attığı bir kavun kabuğuna bastı, ayakları öne giderken bedeni geriye doğru kaydı, ellerini yana açarak denge bulmayı denese de başaramadı, büyük bir gürültüyle sırtüstü düştü yere. Adımlarımı açarak dikildim tepesine. İşaret parmağımı suratına sallayarak çıkıştım.

"Nereye kaçıyorsun!"

Karşısında beni gören Hicabi'nin yüzüne bir sevinç dalgası yayıldı. Sanki dün beni evinden kovan o değilmiş gibi neşeyle şakıdı düştüğü yerden.

"Başkomserim, Nevzat Başkomserim, siz miydiniz? Ben de sandım ki..." Başını kaldırıp caminin kapısına baktı. Ali'nin, iki külhanbeyini durdurduğunu görünce iyice keyiflendi. "O bey de sizin arkadaşınız herhalde."

Sorusunu cevaplamak yerine elimi uzattım.

"Kim bu peşinizdeki adamlar? Ne istiyorlar sizden?"

Elimi tutup doğrulurken açıkladı.

"Bilmiyorum, birden üstüme saldırdılar. Görüyorsunuz ikisi de zıpkın gibi delikanlı. Utanç verici ama ne yapabilirdim, çareyi kaçmakta buldum."

Dünkü kibirden, gururdan eser yoktu sesinde.

"Kim bu adamlar?" diye yineledim. "Tanımıyorsanız niye düşsünler peşinize?"

Ürkek bakışlarını kaçırdı.

"Valla bilmiyorum Başkomserim," diyerek yalanını tekrarlarken, birden sustu, yüzünü heyecan kapladı. "Bakın, bakın arkadaşınız kavga ediyor..."

Gösterdiği yöne dönünce, Ali'nin iri hergelelerden birinin suratının ortasına kafayı yerleştirdiğini gördüm. Delikanlının burnundan fışkıran kan üzerine sıçramasın diye yardımcım geri çekilirken, bu kez öteki saldırdı üzerine. Ama bizim kaldırım şövalyesi, zarif bir hareketle yana çekilip çenesinin sağına okkalı bir kroşe yerleştiriverdi. Kemiğin çıkardığı sesi ta buradan duydum. Genç adam sola savrulurken, az önce suratının ortasına kafayı yiyen eleman, burnundan akan kana aldırmadan yeniden atılmıştı Ali'nin üzerine. Boş bulundu bizimki, ikisi birden yere yuvarlandılar. Çenesine aldığı darbenin etkisiyle sersemleyen yeni yetme kendini toparlamaya çalışıyordu.

Beti benzi atmış vaziyette kavgayı izleyen yurt müdürüne seslendim.

"Sakın bir yere kıpırdama."

Sonra, artık bir dövüş ringine dönen caminin önündeki kaldırıma koşmaya başladım. Bir yandan da bağırıyordum.

"Durun, durun polis!"

Fakat dinleyen kim, bizim dövüş horozu, yüzü artık kandan görünmeyen oğlanı altına almış sağlı sollu yumruklarla eksik kalan eserini tamamlamaya çalışıyordu. Ayaktaki ise hafifçe sallansa da kendini toplamış, yerdekilere müdahale etmek için etraflarında dönüyordu, nitekim boş yanını görür görmez Ali'nin sağ böğrüne sıkı bir tekme indirdi. Yardımcım acıyla suratını buruşturarak sola doğru sendeledi, ama çabuk kendine geldi, adamın ikinci tekmesini havada yakaladı. Rakibinden böyle bir hareket beklemeyen serseri ayakta daha fazla duramayıp yere yığıldı. Fakat yumuşak düşmüştü; o anda gördüm, sağ elini beline attı, silahını çıkardı.

"Şimdi siktim ananı," diyerek namluyu yardımcıma doğrulttu. "Hadi şimdi konuş bakalım."

Ali çok iyi tanıdığım bir bakış fırlattı namluya. Eyvah, şimdi tutacak tabancayı, dememe kalmadı, uzanıp tuttu adamın silahını namlusundan.

"Sık lan," dedi öfkeyle. "Sıkmazsan ben sikecem senin ananı."

Genç haydutun suratındaki kararlılık kısa sürede tereddüde dönüşmüştü ama hâlâ silahın kabzasını tutmayı sürdürüyordu. Tam o anda yetiştim, ben de tabancamı çekip şakağına dayadım.

"Bırak, bırak çabuk o silahı..."

İrkildi ama tabancasını bırakmadı, işte o zaman korktum, istemeden de olsa parmağı tetiğe dokunsa Ali'nin yaralanması, hem de bu mesafeden ölümcül bir şekilde yaralanması işten bile değildi. Silahımın namlusuyla genç mafyozonun terli şakağını dürttüm, yeniden ikaz edecekken başka biri benden önce bağırdı.

"Bırak lan Arda, bırak o tabancayı."

Başımı çevirince Sipsi İsmail'in sıcaktan kıpkırmızı olmuş suratını gördüm. Caminin kapısında dikilmiş öfkeyle adamlarına bakıyordu.

"Ulan, sapığı kaçırdınız, Başkomser Nevzat'la mı kavga ediyorsunuz? Bak hâlâ öylece duruyor. Bırak lan, bırak o silahı..."

Anında bıraktı tabancayı Arda, ama bu yeterli değildi.

"Yat, yat, çabuk yere..." diye bağırdım.

Arda bir halı gibi yüzükoyun serildi sıcak kaldırımın üzerine. Ali de yediği yumruklardan iyice serseme dönmüş olan, öteki kopuğun iman tahtasından kalktı. Kalkar kalkmaz da, "Senin adamların mı lan, bu itler?" diye bağırdı Sipsi'ye.

İtlerin sahibi, bu sözlere alınmış gibi boynunu büktü.

"Ayıp oluyor ama Ali Komiserim, öyle lanlı lunlu konuşmalar."

Hiç aldırmadan, kendisinden bir baş daha uzun, iki beden daha büyük Sipsi'nin üzerine yürüdü bizim cengâver.

"Kes lan, senden mi öğreneceğim nasıl konuşacağımı?"

Müdahale etmesem, Sipsi İsmail'in biçimsiz suratının da kan revan içinde kalması an meselesiydi.

"Tamam Ali, tamam, ben hallederim. Gel şu herifin başında dur sen."

O kadar öfkelenmişti ki, herifin başında duramadı yardımcım, Sipsi'nin iri burnunun dibine kadar sokuldu.

"Ali," diye bağırdım otoriter bir sesle. "Ali, kime diyorum."

Durdu, ama gözlerini mafya reisinden ayırmadı.

"Emredersiniz Başkomserim, geliyorum."

Sipsi'nin çipil gözleri ise, Ali'nin başının üzerinden küçük parka kaymıştı.

"Bakın, bakın, biz birbirimizle uğraşırken nasıl kaçıyor lavuk..."

Gerçekten de tabanları yağlayan yurt müdürü, tarihî kapının içinde kaybolmuştu bile...

"Kaç bakalım şerefsiz, kaç," diye nefretle tısladı Sipsi. "Eninde sonunda yaptıklarının hesabını soracağım senden..."

Ortalıkta sağlam bir hikâye olduğunu o anda sezinledim.

"Kalkın, kalkın," diye ikaz ettim yerdeki iki külhanbeyini. "Hadi toparlanın artık..."

Ali de Sipsi'yi bırakıp az önce kendisine silah doğrultan Arda'nın yanına geldi.

"Silahının ruhsatı var mı lan?"

"Var," dedi Arda toza bulanan ceketini silkelerken. "Yav kusura bakmayın komiserim, ben polis olduğunuzu bilseydim..."

"Kıvırma lan yavşak. Yürekli ol biraz. Tamam dövüştük işte. Yalnız o ruhsatı göreyim..."

Ali de vaziyeti anlamış, Sipsi'nin bize anlatacaklarının bu genç haşaratları dize getirmekten çok daha kıymetli olabileceğini fark etmişti. Ağır adımlarla Sipsi'ye yaklaştım, baharatlı ağır bir parfüm sürmüştü. Sıcak havada koku iyice baygın bir hal alıyordu. Aramızdaki buzların erimesine sevinen mafya reisi, bu durumdan hiç rahatsız değildi. Aksine dudaklarına eğlenceli bir gülümseme yerleştirmiş, suratı kan revan içinde kalan adamına bakıyordu.

"Lan oğlum Serkan, her kavgada sopa yemesen olmaz mı yav?"

Serkan, sadık bir köpek gibi boynunu büktü, ne yapalım abi dercesine kanlı dişlerini göstererek gülümsedi.

Küçük bir kahkaha attı Sipsi.

"Bu arkadaş her arbedede pataklanır Başkomserim..." Sönen kahkahası sırıtmaya dönüştü. "Gerçi iyi olmuş, niye bulaşıyorsunuz devletin polisine. Hem de Başkomser Nevzat'a..."

Fazla laubali olmaya başlamıştı.

"Uzatma İsmail," diye tersledim. "Nedir bu iş? Niye kovalıyordunuz Hicabi'yi?"

Birden ciddileşti.

"Şerefsizin teki Başkomserim. Utanmadan bir de Akif'in cenazesine gelmiş..."

Arda'nın uzattığı ruhsata göz atmakta olan Ali, bakışlarını Sipsi'ye çevirdi.

"Niye adama hakaret ediyorsun ya, ne yaptı bu Hicabi sana?"

Sipsi nefretle süzdü Ali'yi, ters bir şey söyleyecekti, araya girdim.

"Sahi İsmail, nerden tanıyorsun bu Hicabi'yi?"

Öfkesini yuttu, sıkıntıyla kalın boynunu oynattı.

"Akif sebebiyle tanıyorum Başkomserim. Onun yurdunda müdürmüş bu karakteri bozuk...."

Anında atıldı Ali.

"Akif'i nereden tanıyorsun?"

Alaycı bir ifadeyle ışıdı suratı.

"Hiç heveslenme Komiserim, bu işi bana yıkamazsın..."

Bizim kopilin neşesi yerine gelmeye başlamıştı.

"Hangi işi Sipsi, neden bahsediyorsun oğlum?"

"Anlamazlığa vurma şimdi, Akif'i ben öldürmedim. O benim arkadaşımdı..."

Kurnazca gözünü kırptı yardımcım.

"Nereden arkadaşın oluyormuş?"

Bu kez gözlerini kaçırmadı Sipsi, aksine meydan okurcasına dikildi Ali'nin karşısına.

"Hapishaneden, Tokat'ta birlikte yattık. Öteki mahkûmlar şişleyecekti bunu, geldi yardım istedi. Kol kanat gerdik, o da bize sadık bir arkadaş oldu."

"Ne zamandan beri çocuk tacizcileri, sadık arkadaşın oluyor İsmail?"

Okkalı bir tokat yemiş gibi sarsıldı ama hiç saklamadı, yenilgiyi kabullenmiş birinin açık sözlülüğüyle kabul etti hatasını.

"Haklısın Başkomserim, ne desen haklısın. Ama söz vermişti Akif, ekmek Kur'an üzerine yemin etmişti. 'Yapmayacağım,' demişti, biz de inandık."

Yalan söylüyordu, Akif gibi birine sahip çıkması için daha esaslı nedenleri olması gerekiyordu. Kışkırtmak için üstüne gittim.

"Ama yeminini bozdu. Hem de defalarca... Bunu bilmiyor muydun?"

Geniş omuzlarını silkti, mavi mi, gri mi olduğuna karar veremediğim gözlerini kıstı.

"Biliyordum, vazgeçmesi için elimden geleni de yaptım. Valla, ağzına sıçtım bunun. Dövdüm, sövdüm, silahı çıkarıp kafasına dayadım. Bir keresinde ayağından bile vurdum. Yok, faydası olmadı. Kendi de farkındaydı yediği bokun. 'Hadım ettireceğim kendimi,' dedi bir hafta önce karşılaştığımızda. Evet, bir hafta önce yanıma geldi. 'Bir doktor bul bana dedi, kestireceğim valla.' Anlaşmıştık, cerrah bakmaya bile başlamıştık. Ama geç kaldık. Adamın biri dürdü defterini. Katiline de kızamıyorum. Eminim hak etmiştir Akif."

Zihnimi kurcalayan sorunun cevabını almış değildim.

"Madem Akif'in tacizci olduğunu biliyordun neden sürdürüyordun onunla ahbaplığını?"

Gözlerini merhametle kıstı.

"Uzun hikâye Başkomserim, Tokat'ta, hapisteyken, çocukluk hikâyesini anlatmıştı. Kimsesizmiş bu, yurtta büyümüş. Çanakkale'nin orada bir yerde... Dünyadan haberi yok bunun... Nasıl olsun sabi çocuk... Baba yerine koyuyor bu labunyayı."

Kederli, öfkeli, kahır yüklüydü sesi.

"Labunya dediğin Hicabi mi?" diye birden araya girdi yardımcım. "Yurt müdüründen mi bahsediyorsun?"

Suratı gerilmiş, sesi tuhaf bir tınıya dönüşmüştü.

"Ta kendisi, o götveren... Bir de utanmadan cenazesine geliyor Akif'in..."

Nedendir bilmem, merakı artıyordu yardımcımın.

"Bu Hicabi'nin başka adı var mı?"

Gözlerini kısarak hatırlamaya çalıştı Sipsi.

"Soyadı İnce ama bir adı daha var, evet Emir. Yurttayken Emir Bey dedirtiyormuş çocuklara."

"Emin misin?" diye atıldı Ali. "Hicabi'nin ikinci adı Emir mi?"

Yardımcımın ilgisi Sipsi'yi bunaltmıştı.

"Eminim tabii, adam o zamanlar Emir ismini kullanıyormuş. H. Emir İnce."

Bu malumat da yetmemişti bizimkine.

"Sol yüzünde bir yara izi de var mı?"

"Evet, derin bir yara izi var suratında. Yoksa tanıyor musun bu şerefsizi?"

Soruyu yadırgamıştı Ali.

"Yok, yok nereden tanıyacağım? Ne işim olur benim o heriflerle?"

Kaldığı yerden sürdürdü İsmail.

"İşte bu sapık, kandırdığı çocukları hem kendi kullanıyor, hem de başkalarına peşkeş çekiyormuş..."

"Kime peşkeş çekmiş Akif'i?" diye kestim sözünü.

Kesik kesik soludu İsmail.

"Hicabi'yi düdükleyen biri varmış. Edebiyat öğretmeni mi ne?"

"Talat mı? Akif'e hediyeler alırmış..."

Gözünün önünde iğrenç bir nesne belirmiş gibi buruşturdu suratını.

"Evet, o orospu evladı. Başlarda birlikte takılıyormuş bu iki götlek. Affedersiniz Hicabi altta Talat üstte. Yetmemiş tabii Talat denen sapığa, 'Akif'i de getir yatağa,' demeye başlamış. 'Yoksa sen de gelme,' demiş. Hicabi denen tekerlek de dediğini yapmış o sapığın."

"Yurtta mı oluyor bütün bu olaylar?"

Öylece dökülmüştü bu sözcükler Ali'nin kanı çekilmiş dudaklarından.

"Yurtta, bir de bu şerefsizin kaldığı lojmanda... Kaç yıl kullanmışlar çocuğu böyle... Büyüyünce de Akif aynısını yapmaya başlamış küçük çocuklara. Kendi yaşında kadınlarla ilişkiye giremiyormuş çünkü... Ne kadınlarla, ne de erkeklerle... Çocukları taciz ediyormuş... Kız, erkek demeden... Ağlaya ağlaya anlattı hepsini... O zaman acıdım işte. Yoksa barındırır mıyım böylelerini yanımda. Keserdim gırtlağını, atardım leşini hapishane boşluğuna... Ama o çocuk hali gitmiyordu gözümün önünden..."

Öylece kalakalmıştık Ali'yle ben. Bizden ses seda çıkmayınca Sipsi açıkladı.

"İşte Hicabi denen o şerefsizi, Akif'in tabutunun başında görünce dayanamadım, bir tane patlattım ama dayanıklı herif, cemaat de araya girince fırsatını bulup kaçtı." Ali'nin dövdüğü adamlarını gösterdi. "Arda ile Serkan o yüzden koştular peşinden. Yakalasaydık, anasından emdiği sütü burnundan getirecektim şerefsiz evladının, ama puşt şansı var herifte, biz birbirimize düşerken, yine sıyrıldı aradan..."

17
"Ey cemaat, musalla taşındaki şu merhumu nasıl bilirdiniz?"

※

Öğle namazı bitmiş, cemaat musalla taşının üzerinde sessizlik içinde bekleyen tabutun önünde dizilmeye başlamıştı. Cemaat dediğime bakmayın, küçük bir topluluk vardı güneşli avluda. Sipsi İsmail'in hatırına cenazeye gelen on beş yirmi kişilik takım elbiseli kopuk tayfasının dışında Akif'in tek yakını yoktu. Sadece yurt müdürü Hicabi, o da sıkıyı görünce kaçıp gitmişti zaten. Sipsi'nin anlattıkları doğruysa, cenazeye gelmiş olması da tuhaftı. Demek ki, olan bitenden dolayı hiç suçlamıyordu kendini, en küçük bir vicdan azabı bile duymuyordu. Belki de bu konuyu Akif Soykan'la konuşmuştu. Belki de eski öğrencisi çoktan affetmişti onu. Ama artık bunun hiçbir kıymetiharbiyesi yoktu. Kendi elleriyle, azgın bir sapığın önüne attığı o çocuk olanları unutmuş olsa da, insanlık hiçbir zaman affetmeyecekti bu alçağı. Camiden çıkan beş altı kişi de katıldı tabutun önünde sıralananların arasına. Akif'in kim olduğunu bilseler bunu yaparlar mıydı, emin değildim. Allah rızası için namaza duracaklardı, kim olduğunu bilmedikleri bu ölü için. Sundurmanın gölgesine sığınıp cenazeye katılanları incelemeye başladım. Ali ise avlunun ortasındaki şadırvanda, az önce kavga ettiği Arda ve Serkan'la birlikte toza bulanmış giysilerini temizliyor, elini yüzünü yıkıyordu. Ama sanki üzerine bir durgunluk çökmüştü, bakışı, hareketleri yavaşlamış gibiydi.

Aslında öğreneceğimizi öğrenmiştik ama Körebe'ye dair elimizde o kadar az malumat vardı ki, belki beklenmedik bir gelişme olur, belki biri ortaya çıkar, yeni bir bilgiye, bir ipucuna ulaşırız umuduyla cenaze namazına kalmıştık. Sipsi İsmail ile nerdeyse hepsinin kafası kazınmış adamlarının iri bedenlerinin arasından yarım yamalak görünen tabuta bakarken, Münir'in çocuk tacizcilerini öldüren Körebe için söylediklerini hatırladım. "Tek tek temizliyor bu şerefsizleri. Hem de hiçbir iz bırakmadan. Kısa yoldan tahtalıköye yolluyor pislikleri." Sipsi İsmail'in anlattıklarını dinleseydi belki fikrini değiştirebilirdi. Bu cehennemî sıcağın altında, şu tabutta yatan soğuk ceset de bir zamanlar masum bir çocuktu. Talih ona kötü davranmış, çekip almıştı annesini babasını elinden, koruması gereken akrabalar onu terk etmiş, toplum sahip çıkmamıştı. Bırakın sahip çıkmayı, umursamamışlar, aldırmamışlar, nihayet istismar etmişlerdi; sadece bedenini değil, ruhunu da kirletmişlerdi. Toplum diyorum ya, aslında hiçbir anlamı yok bu kelimenin. Akif'i biz koruyamamıştık, biz, bu ülkenin insanları. Akif de psikolojik olarak sakatlanmış, kendisine yapılanı başkalarına yaparak bir tür canavara dönüşmüştü. Şu tabutta, az sonra sonsuza kadar uyuyacağı mezara götürülmeyi bekleyen ceset, kalbi atarken, damarlarında sıcak kan dolaşırken, başka çocukların bedenini ve ruhunu kirletmek için can atıyordu. Bundan zevk alıyordu. İlginç olan Sipsi İsmail'in söyledikleriydi. Anlattıklarında son derece samimiydi mafya reisi, ama hikâyesi eksikti. Adım gibi emindim, tıpkı bizim Zekai gibi, o da gerçekleri saklıyordu.

Ali bileklerinden akan suları kurutmak için kollarını sallayarak yanıma geldiği anda yankılandı avluda imamın sesi.

"Ey cemaat, musalla taşındaki şu merhumu nasıl bilirdiniz?"

İmam ince, uzun, aydınlık bakışlı bir adamdı. Sandukanın hemen gerisinde ayakta duruyordu. Boğucu sıcağın altında, başındaki sarığa rağmen bu görevi defalarca yapmış olmanın kazandırdığı o huzuru kaybetmemişti. Keder yoktu sesinde, umutsuzluk da yoktu, hepimizin başına gelecek kadim sonu anlayışla karşılayan birinin metanetiyle konuşuyordu.

"Allah aşkına söyleyin, merhum iyi bir mümin miydi, iyi bir Müslüman mıydı, iyi bir insan mıydı?"

Karşısındaki cemaatten yine ses çıkmadı. İmamın sakin yüzüne belli belirsiz bir şaşkınlık çöktü. Neler oluyor dercesine, saflardaki insanları süzdü, fakat bir kanıya varamadı. Sanki cesedi görebilirmiş, sanki görse o sessiz beden olanı biteni anlatabilirmiş gibi bakışları tabutu taradı. Elbette yine hiçbir şey anlayamadı. Çaresizce cemaate döndü. "Size söylüyorum ey müminler, Akif Soykan adındaki merhumu nasıl bilirdiniz?"

Ön sıradan birinin sesi yükseldi.

"İyi bilmezdik!"

Konuşan Sipsi İsmail'di. Avludaki bütün başlar anında mafya reisine çevrildi.

"İyi bilmezdik," diye tekrarladı cüretkâr bir sesle. "Çünkü kötüydü, çünkü tacizciydi, küçük çocuklara sarkıntılık yapardı. Suçluydu, sapıktı, günahkârdı."

Bir çırpıda bunları söyledi ve sustu Sipsi. Avluyu kesif bir sessizlik kaplamıştı. Cemaatten bazıları şaşkınlıkla birbirine bakıyor, bazıları başlarını öne eğmiş öylece bekliyordu. İmam da ne diyeceğini bilemeden kalakalmıştı, sanki Sipsi'nin sözlerini duymamış gibi, sanki kimse merhumu suçlamamış gibi rahat bir tavırla saflardaki insanlara seslendi.

"Ey müminler, ey Müslümanlar, sizlere soruyorum, musalla taşındaki şu sandukada yatan merhuma hakkınızı helal ediyor musunuz?"

Cemaatten yine tık çıkmadı, söze başlayan yine Sipsi oldu.

"Ediyoruz," dedi mafya şefi gür bir sesle. "Evet, hakkımızı helal ediyoruz." Bir an soluklandı, ardından sanki imam sormuş gibi açıklamaya başladı. "Çünkü o da bir kurbandı. Evet, ruhunu sapıklık denen o şeytana satmıştı ama bunu isteyerek yapmadı. Daha büyük günahkârların oyuncağı olmuştu. Vazgeçmek istiyor ama bırakamıyordu, hastalanmıştı, kendini iyileştiremiyordu, çaresizdi, düştüğü bataklıktan çıkamıyordu. Ben, arkadaşı olarak hakkımı helal ediyorum, niyaz ederim ki yüce Allah da affetsin..."

İmamın şaşkınlığı geçmeye başlamış, bir tür hayranlıkla bakmıştı konuşmasını bitiren adama.

"Ya siz," dedi sıradaki insanlara dönerek. "Siz ey cemaat, hakkınızı helal ediyor musunuz?"

"Ediyoruz," sesi yükseldi saflardan. "Hakkımızı helal ediyoruz, Allah günahlarını affetsin."

Ali hayretten fal taşı gibi açılmış gözlerle izliyordu olan biteni. İmam, âdet olduğu üzere cenaze namazının nasıl kılınacağını cemaate açıklarken, yardımcım bana döndü, hayranlıkla mırıldandı.

"Fena herif değilmiş bu Sipsi. Yanlış mı tanıdık Başkomserim biz bu elemanı?"

Yine acele karar veriyordu tez canlı yardımcım.

"Kendi ruhunu temizliyor Alicim. Aynı zamanda adamlarına neden Akif'i desteklediğini açıklıyor. Bir tür vicdan ve ahlak gösterisi. Bayılır bu adamlar böyle hareketlere. Biraz abartıyor tabii. Belki de bilhassa abartıyor, çünkü önemli bir sır saklıyor. Zeynep'e söyleyelim de Sipsi'yle, Akif Soykan arasındaki ilişkiyi araştırsın. Hapishaneden önce tanışıyor olmaları muhtemel. Hicabi'ye bu kadar öfke duyduğuna göre, belki Sipsi de aynı yurtta kalıyordu."

Kafası karışmıştı Ali'nin.

"Yurtta mı? Sipsi de kimsesiz bir çocuk muydu diyorsunuz?"

"Olabilir. Eğer tahminimiz doğru çıkarsa, yani çocukluk arkadaşıysalar, Sipsi'nin Akif'e yardım etmesinin nedenini de bulmuş oluruz."

Nedense mahzunlaşmıştı Ali.

"Haklısınız Başkomserim, hatta isterseniz Zeynep yerine ben araştırayım bu işi. Bizim yurttan Nedim bakanlıkta önemli bir göreve geldi. Hangi yurtta, hangi yıl, ne olaylar olmuş bütün kaydını döker bize..."

"Tamam, hemen ara Nedim'i, hem Akif Soykan'ı sor, hem de şu Hicabi denen yurt müdürünü." Bakışlarım cenaze namazına duran mafya reisine kaydı. "Tabii Sipsi İsmail'i de atlama..."

O anda münasebetsizce çalmaya başladı telefonum. Cebimden çıkardım, ekranda bizim emekli polisin adı yazıyordu. Heyecanlanmadım desem yalan olur. Beklediğimden erken aramıştı Tazı Zekai. Aceleyle cemaatten uzaklaşarak açtım.

"Alo, alo, evet Zekai..."

"Yine öldürmüş değil mi?"

Damdan düşer gibi girmişti konuya.

"Sana da iyi günler Zekai," diye takıldım. "İnsan önce bir selam verir yahu!"

"Kusura bakma Nevzat, televizyonda haberleri izleyince heyecanlandım birden."

Mahcup çıkmıştı sesi ama çok sürmedi, "Sahi söylenenler doğru mu?" diye atıldı. "Körebe'nin işi mi?"

Ketum davranmak istedim.

"Orası belli değil."

Elbette yılmadı, eşelemeyi sürdürdü.

"Kreşe mi bırakmış?"

Sakince açıkladım.

"Hayır, çocuk müzesine..."

"Çocuk müzesine mi?" Kısa bir sessizlik oldu. "3 Şubat 2012'de olduğu gibi... Evet beş yıl önce 3 Şubat'ta öldürdüğü Mertcan Turkal'ı Bostancı'daki Çocuk Müzesi'ne bırakmıştı... Tarihler yine tutmuyor ama, bence bu iki cinayet de Körebe'nin işi olabilir."

Fikrini değiştirmiş olması ilginçti.

"Geçen konuştuğumuzda öyle demiyordun."

"Demiyordum ama düşündüm de Körebe çok zeki bir katil, eğer kendi rutinini sürdürürse yakalanacağını biliyor. O yüzden cinayet tarihleriyle, mekânları değiştirmiş olabilir. Üstelik bunda bir sakınca da yok, çünkü imzası o kadar belirgin ki, olaya birazcık vâkıf olan herkes bu cinayetleri Körebe'nin işlediğini anlar."

Belki bir açık verir umuduyla kurcaladım.

"Son cinayette Körebe'nin imzası olduğunu nereden biliyorsun?"

"Hadi Nevzat, dalga mı geçiyorsun? Adam ensesinden vurulmuş, gözleri kırmızı bir kadifeyle bağlanmış, sağ kulağının yarısı alınmış, yanına altın rengi bir Volkswagen oyuncak bırakılmış..."

Bu kadar ayrıntıyı nasıl öğrenmişti?

"Kim diyor, kimden duydun bunları?" diye sordum öfkeyle. "Bizim memurlardan bilgi mi alıyorsun gizli gizli?"

"Yok yahu, ne memuru, şu televizyondaki kız anlattı haberlerde. Hani şu ufak tefek cevval bir adliye muhabiri vardı ya. Buket, bizim Buket... Onunla röportaj yapmışlar."

Tanırdım Buket'i, güzel bir kızdı, becerikli bir gazeteciydi, sinir bozacak kadar da ısrarcıydı. Bir davaya kafayı taktı mı, işin aslını öğrenene kadar peşinizi bırakmazdı.

"Ne anlatıyordu Buket?"

"Valla, biz dün ne konuştuysak hepsini tekrarladı. Fazlası var, eksiği yoktu. Onun da uzmanlık alanı Körebe... Seri katilimiz hakkında her şeyi biliyor. Beş yıl önceki 12 cinayeti kurbanların isimlerine, bırakıldıkları yerlere, yanlarına konulan oyuncaklara kadar hepsini tek tek anlattı. Dün de beni aradı, konu hakkında fikrimi almak istiyormuş. Ben de seninle konuşmasını salık verdim. Belki onunla konuşmak faydalı olabilir. Bizim kaçırdığımız bir ipucunu gösterebilir."

İyi fikirdi ama, bunu kabul etmek yerine Zekai'yi iğnelemeyi seçtim.

"Yıllarca bu dava üzerine çalışmış dostlarımız bize yardım etmezken, bir gazeteci niye yardım etsin?"

Duraksadı.

"Beni mi kastediyorsun?"

Sorusuna soruyla karşılık verdim.

"Başka kim olabilir?"

Elbette inkâra kalkışacaktı.

"Bildiklerimi anlattım ya..."

"Yapma Zekai, ikimiz de şunca yıldır bu mesleğin içindeyiz. Sen de çok iyi biliyorsun ki, söylemediklerin, söylediklerinden daha fazla."

Kısa bir sessizlik oldu.

"Söylemediklerimi söylersem, beni de ekibe dahil eder misin?" Cevabımı beklemeden adeta tutkuyla sürdürdü sözlerini. "Bak Nevzat, hiçbir beklentim yok, sadece Körebe denen bu herifin yakalanmasını istiyorum. Artık bu davanın sonuçlanması lazım..."

Tahmin ettiğim gibiydi, Körebe'yi tek başına yakalayamayacağını anlamış, bizimle işbirliği yapmaya karar vermişti. Madem öyleydi pazarlığı yüksekten açmakta yarar vardı.

"Bildiklerini anlat, ben de seni davaya katmak için elimden geleni yapayım..."

Sözlerim yeterli gelmemişti, yine bir suskunluk oldu, kabul etmeyeceğini zannettim ama beni yanılttı.

"Peki Nevzat," dedi sonunda. "Peki, sana güveniyorum. Ne biliyorsam anlatacağım, beni bu davanın dışında tutmayacağını biliyorum."

Ben bile kendimden o kadar emin değilken bu kadar güven duyması rahatsız ediciydi ama aldırmadım, anlatacakları çok daha önemliydi.

"Buluşalım o zaman, kaybedecek tek bir dakikamız bile yok."

Hevesle atıldı.

"Tamam, buluşalım, Taksim civarındayım, istersen merkeze geleyim."

Muhabbet istediğim kıvama gelmişti, memnuniyetle noktaladım konuşmamızı.

"Anlaştık, bir saat sonra Gayrettepe'de bekliyorum..."

18
"Koyu renk bir minibüs..."

Cinayet büronun karşısındaki aydınlık sokağın köşesinde, Gayrettepe'deki o kadim çınar ağaçlarından belki de sonuncusunun koyu gölgesindeki ahşap masalardan birinde bulduk Zekai'yi. Erken gelmiş, merkezde bizi bulamayınca, Zeynep'e hep oturduğumuz Sığınak adındaki bu kafede bekleyeceğini söylemişti. Kafenin taş basamaklarını çıktığımızı görünce ağır ağır ayağa kalktı. O devasa gövdesinin aksine gözlerinde çocuksu bir heyecan vardı. Evinin bahçesindeki güllerin bakımını yapan o rehavet içindeki adam gitmiş, cinayet büronun gayretli amiri gelmişti yerine.

"Merhaba Nevzat," vazifeye yeni başlamış bir polis gibi hevesle sıktı elimi. "Erken gelmişim galiba."

"Yok, biz geciktik biraz. Malum İstanbul trafiği." Büyük bir alakayla Zekai'yi inceleyen yardımcımı işaret ettim. "Ali Komiser'le tanış."

Samimi bir gülümseme takınarak, elini yardımcıma uzattı. "Memnun oldum Ali Kardeş."

Ali Kardeş de sevmiş olmalıydı ki bu yaşını başını almış meslektaşını, hararetle sıktı kendisine uzatılan eli.

"Ben de memnun oldum Başkomiserim."

Masadaki boş iskemleleri gösterdi Zekai.

"Ee, buyurun oturun."

Zekai'nin karşısına geçtim, Ali de sağ yanımdaki iskemleye yerleşti.

"Ne içersiniz?"

Yanıtımızı bile beklemeden, siparişimizi alacak garsonu aradı ama bulamadı.

"Nereye kayboldu bu adam yahu?"

"Gelir, gelir," dedim dostça eline dokunarak. "Çarkçı Sabri ekâbirdir biraz, ağırdan alır ama eninde sonunda gelir. Hem sen misafirsin, karışma, biz hallederiz o konuyu."

"Peki, öyle olsun." Bir an sustu sonra, iri kehribar gözlerini yüzüme dikerek sordu: "Ee Nevzat, şu ikinci kurban kimmiş?"

Sesindeki heyecan fark edilmeyecek gibi değildi.

"Ferit Selcim diye biri," dedim önemsemez bir tavırla. "Cicili Ferit diye bilinirmiş sosyetede. Daha önce duymuş muydun ismini?"

"Yok," dedi. "Duymadım."

Ayrıntıya girmek farz olmuştu.

"Adam, terziymiş, Haute Couture denilen kişiye özel elbiselerden dikiyormuş. Epeyce de maharetliymiş ama sabıkalı bir tacizci. Erkek çocuklara musallat oluyormuş."

Suratını ekşiterek iskemlesine yaslandı.

"Ben de bunu merak ediyordum, çünkü haberlerde kurbanın tacizci olduğundan bahsedilmiyordu." Sanki sözlerinin etkisini artırmak istiyormuş gibi bir an sustu, sonra yeniden başladı. "14 cinayet, Cicili Ferit'le birlikte Körebe'nin katlettiği kurban sayısı 14'e çıkmış oluyor." Sanki bize anlatmıyordu da sesli düşünüyordu. "Kurban sayısını 24'e mi çıkarmayı düşünüyor acaba, yoksa 18'de mi kalacak?"

Anlamadığımı fark edince, "2012 senesinde 12 kişi öldürmüştü," diye çok iyi bildiği bir hesabı bir kez daha yapmaya başladı. "Bu yıl da 12 kişi öldürürse 24 cinayet işlemiş olur. Ama bir sorun var Nevzat. Geçen gün de konuşmuştuk, Körebe, beş yıl önce ilk cinayetini haziranda değil ocakta işlemişti. Evet, 2012'nin Ocak ayında üç çocuk tacizcisini katletmişti. Oysa bu yıl, altı ay sonra öldürmeye başladı, yani daha şimdiden dokuz cinayet eksik. Bu yıl 12'yi tamamlaması çok zor."

Anlamak için değil, Zekai'yi konuşturmak için sordu Ali.

"12 kişi öldürmesi şart mı?"

Soru nerdeyse canını sıkmıştı emekli polisin.

"Şart, 12 sayısı çok önemli, Körebe için bir anlamı var."

"Neymiş bu anlam?" diye girdim araya. "Ne diyorsun Zekai, nedir bu iş?"

Yılgınlık kapladı yüzünü.

"Bilmiyorum Nevzat, çok kafa patlattım bu konu üzerine ama manasını çözemedim. Fakat haklısın 12 sayısının kesinlikle bir anlamı var. Sadece 2012 yılında öldürdüğü için değil, sadece 12 kişiyi öldürdüğü için de değil, öldürdüğü aylardaki günlerinin toplamı bile 12 olduğu için."

Kafamın karıştığını anlamıştı.

"Şöyle ki," diyerek masanın üzerindeki kahverengi el çantasına uzandı, içinden bir not defteri çıkardı. Defteri açınca, 2012 yılındaki ayların ve günlerin sıralandığı bir çizelge belirdi gözlerimizin önünde. "Bakın, bunlar Körebe'nin cinayet işlediği tarihler. Görüyor musunuz?"

Çizelgenin üzerinde ocak, şubat, mart ve haziran aylarının ilk haftalarının bazı günleri kırmızı kalemle işaretlenmişti.

"İlk cinayetini Ocak ayının 1'nde işliyor, üç gün bekliyor dördünde bir daha öldürüyor, üç gün daha bekliyor, ayın yedisinde yeniden kan döküyor. Üç kurban alarak ocak ayının kanlı hasadını kapatmış oluyor. Şimdi cinayet işlenen günleri toplayalım: ayın biri, dördü ve yedisi, toplamı ne yapıyor?"

Sustu, cevabı bize bırakmıştı.

"12," diye homurdandı Ali. Önemli bir sorunla karşılaşmış gibi pürüzsüz alnı kırışmıştı. "Haziran ayında cinayet işlenen günlerin sayısı da mı 12?"

Konusuna hakim bir öğretmen gibi sevecen açıkladı.

"Sadece haziranda değil Ali Komiserim." İri boğumlu işaret parmağıyla çizelgeye vurdu. "Şubat ve mart ayında da cinayet işlenen günleri toplayınca 12 yapıyor. Ayrıca ocak birinci ay, şubat ikinci, mart üçüncü, haziran ise altıncı ay, bunların toplamı da 12... Evet, katilimiz hep 12 sayısını vurguluyor." Bana döndü. "Şüphesiz ki 12 sayısının bir anlamı var Nevzat. Hem de çok derin bir anlamı var. Eğer bunu çözebilirsek, soruşturmada epeyce yol alırız."

Hâlâ ketum davranıyordu.

"Neden fikrini söylemiyorsun Zekai? Kaç yıldır bu işe kafa yoruyorsun, bir kanaate erişmiş olmalısın."

Sağ eli, geniş çenesini kavradı.

"Aslında bir fikrim var... Emin olmak zor tabii ama 12 sayısı bence, Körebe'nin tacize uğradığı saati, günü, ayı gösteriyor... Belki saat 12'ydi, belki 12'nci gündü, belki 12'nci aydı... Belki de 12'nci ayın, 12'nci gününde, saat 12'de tecavüze uğramıştı..."

Bu kadarı biraz fazlaydı, bir seri katil için cinayet işlediği tarih önemli olabilirdi ama bir tacizcinin bu ayrıntıya dikkat edeceğini hiç sanmıyordum. Körebe'yle uğraşmak Zekai'yi fazla karmaşık düşünmeye yöneltmiş olmalıydı. Yanılmış olabileceğini söylemek üzereydim ki, Ali izin vermedi.

"Körebe'nin tacize uğradığından emin misiniz?"

Kararlılıkla bakıyordu emekli polis.

"Eminim... Eminim Ali Komiserim. Elinde ne var dersen, hiçbir şey yok. Ne bir kanıt, ne bir bilgi, ama Körebe'nin tacize uğradığından adım gibi eminim. Muhtemelen küçükken olmuştur bu iş..."

Körebe'nin tacize uğraması kuvvetle muhtemel olsa da sadece bir ihtimaldi. Zekai bu kadar emin olduğuna göre belki de bu konuda daha fazla malumata sahipti.

"Acele etmeyelim," diyerek onu konuşturmak istedim. "Körebe'nin tacize uğramış olması sadece bir varsayım. Belki de bir yakını tacize uğramıştır ya da toplumu böylesi sapıklardan temizlemeyi kendine iş edinen biridir."

Kesin bir tavırla başını salladı Zekai.

"Hayır, bence bizzat Körebe tacize uğradı. Başka türlüsü olamaz. Kırmızı kadifeden göz bağı, oyuncak, kesilen kulak hepsi birer sembol, hepsi bize bir tecrübeyi anlatıyor, pis bir tecrübeyi, utanç verici bir tecrübeyi..."

"Ne tecrübesiymiş o?"

Başımızı çevirince Savcı Nadir'le karşılaştım, Zeynep'in bir adım gerisinde durmuştu, güneş gözlüklerinin üzerinden samimi bir bakışla bizi süzüyordu.

"Oo merhaba sayın Savcım!" diye ayağa kalktım. "Bu ne güzel sürpriz böyle!"

Uzattığım eli sıktı.

"İsmet Müdür'e iade-i ziyarete gelmiştim, çıkarken Zeynep Hanım'la karşılaştık, sizi sordum, sağ olsun aldı getirdi beni..." Zekai'ye döndü, elini dostça uzattı. "Kusura bakmayın Başkomiserim, lafınızı böldüm ama merak ettim hakikaten ne tecrübesiymiş bu?"

Telaşla ayağa kalkan emekli başkomiser de savcının uzattığı eli havada bırakmadı ama yüzünde suçüstü yakalanmış birinin tatlı şapşallığı okunuyordu. Fakat asıl görülmeye değer manzara, Ali'nin suratıydı. Adeta öfkeyle bakıyordu savcıya. Belli ki Nadir'in sevdiği kadının yakınında olmasından rahatsız olmuştu. Ama şimdi onun kıskançlığıyla uğraşacak halim yoktu. Misafirimizi masamıza davet ettim.

"Buyurun, buyurun Savcı Bey şöyle oturun."

Hemen geri çekildi Nadir, Zeynep'in omzuna usulca dokundu.

"Lütfen, önce hanımlar."

Sıcaktan yanakları al al olan Zeynep'in üzerine bir güzellik gelmişti ki sormayın gitsin. Ali'nin kıskançlığının farkında değilmiş gibi, Nadir'in önerisiyle hiç nazlanmadan geçip oturdu iskemleye. Nezaketi de elden bırakmadı elbette.

"Teşekkür ederim Nadir Bey."

Nadir Bey ise çevik bir hareketle yan masadaki iskemleyi çekerek, Ali'yle benim arama yerleşti. Otururken de yardımcıma göz kırptı.

"Siz nasılsınız Komiserim?"

"İyiyim," dedi Ali sıkıntılı bir sesle. Ters ters Zeynep'e bakarak, tekrarladı. "Nasıl olalım iyiyiz."

Savcı anlamadı bizimkinin düşmanlığını ya da anlamazlıktan geldi; etrafını gözleriyle şöyle bir taradı.

"Ne güzel yermiş burası... Beton yığının arasında bir vaha..." Gözleri bize gölgelik eden asırlık ağaca takıldı. "Ne kadar görkemli bir çınar, nasıl da açmış dallarını, sanki biz insanlara kol kanat geriyor. Belli ki 15, 20 sene önce daha çok çınar vardı burada. Artık hiçbiri yok..."

"Var da ne oluyor," diye homurdandı Ali. "Güya gölgede oturuyoruz, şu sıcağa baksanıza..."

Nadir şöyle bir süzdü, dik dik konuşan Ali'yi ama umursamadı, Zekai'ye döndü.

"Sahi Başkomiserim, ne tecrübesiymiş o anlattığınız?"

Zekai şaşırmış gibiydi.

"Beni tanıyor musunuz?"

Samimi bir hayranlıkla bakıyordu savcı.

"Aşk olsun, sizi kim tanımaz? Teşkilatın efsane isimlerindensiniz."

Çocuk gibi kızardı yüzü Zekai'nin.

"Yok, estağfurullah, ne demek..." Kurtuluşu, topu bana atmakta buldu. "Efsane Nevzat'tır. Biz hasbelkader işimizi yaptık... Şimdi de emekliliğin tadını çıkartıyoruz. Tecrübe derken de öylesine konuşuyorduk..."

Nadir'in bakışları Zekai'nin yüzünde kalmıştı.

"Düşünüyorum da aslında bu davada bize yardım edebilirsiniz." Bu soruşturmayı kimin yürüttüğünü hatırlamış olacak ki, bana döndü. "Ne diyorsunuz Nevzat Başkomserim, emekli olmadan önce Körebe dosyasıyla Zekai Başkomiserim ilgileniyormuş..."

Saklamanın yararı yoktu.

"Biliyorum. O yüzden buluştuk zaten..."

Şaşırdı mı yoksa şaşırmış gibi mi yaptı anlamak zordu, yeniden kriminoloğumuza döndü.

"İyi ki gelmişiz buraya Zeynep Hanım, yoksa gelişmelerden haberimiz olmayacaktı."

Hayır, sitem yoktu sesinde, belli belirsiz bir serzeniş vardı sadece. Ama Ali'nin suratı öfkeden kıpkırmızı olmuş, sıkıntıdan her yanını ter basmıştı. Bir münasebetsizlik yapmasa bari diye geçirirken Zekai damdan düşer gibi girdi konuya.

"Size yardım edebilirim sayın Savcım. Gerçekten yardım edebilirim. Körebe'yi yakalamaya ne kadar faydası olur bilmiyorum ama elimden geleni yaparım."

Son cümle bir umutsuzluk rüzgârı estirdi masada.

"Bu kadar zor mu?" diye sordu Nadir. "Gerçekten bu Körebe, o kadar... O kadar..." Doğru sözcüğü bulamamıştı.

"O kadar usta," diye yardımcı oldu Zekai. "Becerikli, güçlü, hızlı ve acımasız. Hepsinden kötüsü, çalışma tarzımızı çok iyi biliyor... O yüzden yakalayamıyoruz..."

Genç savcı gerilmişti.

"Yani teşkilattan biri mi diyorsunuz?"

"Niye olmasın?" diye söylendi Ali. "Biz tacizcileri yakalıyoruz, mahkeme salıveriyor. Artık bunlardan sıkılmış bir polis yapmış olabilir."

Hiç istemediğim halde, sırf yalnız kalmasın diye yardımcımı onayladım.

"Ali haklı, Körebe bizden biri olabilir. Emin olmak zor tabii. Belki de bizimle hiç alakası yoktur, sadece bu işleri çok iyi etüt etmiş birisidir...."

"Adam gerçekten profesyonel," diyerek Zeynep de katıldı konuşmaya. "Çok da soğukkanlı. Geride ne bir iz bırakıyor, ne de ipucu. Şu ana kadar işe yarar hiçbir bilgiye ulaşamadık."

"Aslında birkaç şey var." Utangaç bir tavırla boynunu büktü eski polis. "Evet, size açıklamadığım bazı bilgiler var."

Nadir, devletin savcısı olduğunu hatırlamış olmalı ki biraz da otoriter bir sesle sordu.

"Niye sakladınız ki bilgileri?"

"Soruşturmanın selameti için. Bakın deminden beri Körebe'nin içimizden biri olabileceğini konuşuyoruz. Eğer bildiklerimi dosyaya koysaydım, seri katilimizin de haberi olabilirdi bunlardan..."

Nadir'in bakışları yumuşadı.

"Anlıyorum, neymiş bu bilgiler? Artık söyleyeceksiniz değil mi?"

Masaya doğru eğildi Zekai, sanki başkalarının duymasından çekiniyormuş gibiydi.

"Bir minibüs, Körebe bir minibüs kullanıyor. Kurbanlarını bu minibüsle taşıyor olay mahalline. Ama bu minibüsün ne rengini biliyoruz ne de markasını..."

"Koyu renk bir minibüs," diye açıkladı yardımcım. "Bu sabah cinayet mahallinde bir görgü tanığı söyledi, katil, koyu renk bir minibüs kullanıyormuş. Siyah ya da lacivert... Ama ne markasını görmüş, ne de kullanan kişiyi..."

Umutsuzca söylendi Savcı.

"Bilgi dediğinizin hepsi bu mu?"

Yeniden masaya eğildi Zekai.

"Barkodlar," diye fısıldadı çok önemli bir sır açıklıyormuş gibi. "Oyuncakların barkodları..."

Bu kez sabırsız davranan Zeynep oldu.

"Evet, Kasımpaşa'daki Barbie bebeğin barkodunu aldık," dedi aceleyle. "Araştırmaya da başladık. Yakında buluruz satıldığı dükkânı, Çocuk Müzesi'nin bahçesine bırakılan sarı Volkswagen'in barkodunu da inceliyoruz..."

Zekai'nin kafasına yatmamıştı.

"Barkodların üzerinde sayılar var mıydı?"

Bu kadar ısrarı anlamsız bulmuştu Zeynep.

"Tabii, numaralar var..."

"Hayır, kızım," dedi emekli meslektaşım. "Başka sayılardan bahsediyorum..."

Kriminoloğumuzun yerine savcı izah etti.

"Yok, Kasımpaşa'da bulunan Barbie'nin üzerinde o numaralardan yoktu..."

"Var," diye diretti Zeynep. "Kendi gözlerimle gördüm. Sayılar olduğu gibi duruyor. Yakında satıldığı yeri buluruz..."

Nadir huzursuzca kıpırdandı.

"Bulsanız ne olacak, adam bu kadar profesyonelse kredi kartını kullanmamıştır."

Savcıya gıcık ya, inatlaştı bizim Ali.

"Belki dükkânın kamerası vardır. Oradan tespit ederiz katili..."

Genç kanun adamını ilgiyle dinleyen Zekai'nin yüzünde soğuk ama manidar bir ifade belirmişti.

"Yoktur Ali kardeşim. Emin ol yoktur, Körebe öyle kolay kolay tongaya düşmez..."

19
"Seri katillerin cinayetleri bir tür
ibadet gibidir."

✳

Duvardaki mantar panoda boş yer kalmamıştı. İlk göze çarpan yan yana sıralanmış 12 kurbanın fotoğraflarıydı. Beş yıl önce Körebe tarafından katledilen bu kişilerin 12'si de sabıkalı tacizciydi. Gövdeleri çoktan toprağa karışmış bu adamların solgun fotoğraflarına bakarken nefret ve acıma karışımı bir duyguya kapıldım. Yaptıklarını affetmem mümkün değildi ama bu durum, onları anlamamamı gerektirmezdi. Üstelik bu iğrenç davranışlarının nedenini bulursak, belki de onları daha kolay engelleyebilirdik. Tabii, çocukları taciz etmenin mantıkla açıklanabilecek bir nedeni varsa. Ki, fotoğrafları yan yana sıralanan kurbanların pek de seçilmeyen gözlerinden bunu anlamak imkânsızdı. Araya boşluk bırakıp son iki maktulün fotoğraflarını da iğnelemişti Zeynep: Bu gece öldürülen Ferit Selcim ile iki gün önce öldürülen Akif Soykan... Hemen altlarında cinayet mahalline bırakılan 14 oyuncağın resimleri yer alıyordu. Mor bir kamyonet, yeşil bir kaplumbağa, kahverengi tüylü bir ayıcık, sarı bir tren, beyaz bir gemi, mavi bir uçak, turkuvaz bir tır, gümüş rengi bir kovboy tabancası, siyah beyaz bir balina, pembe burunlu bir Pinokyo, kızıl renkli bir kartal, yaldıza batırılmış ahşap bir kılıç, Barbie bir bebek, son olarak altın rengi bir Volkswagen... Numune olsun diye kırmızı kadifeden bir göz bağıyla, sağ kulağı kesilmiş bir kafanın fotoğrafı da eklenmişti panoya. Bütün bu ayrıntı denizinin tam ortasında ise kocaman bir 12 sayısı göze çarpıyordu ve yanında kocaman bir soru işareti. "Belki de dinsel bir göndermedir?" Elindeki cetvelle 12 sayısını gösteriyordu kriminoloğumuz. "Biliyorsunuz birçok dinde 12 sayısı kutsaldır. Kadim kültürlerin çoğunda ayın ve güneşin 12 noktadan geçtiği varsayılırmış. Ayrıca 12 kuzey, 12 güney yıldızından söz edilir..."

Dışarıdaki sıcaktan sonra arada bir cızırdayan klimanın yarattığı serinlik serseme çevirmişti beni. Yine de bu ilginç sohbete katılmaktan geri duramadım.

"Yahudilerin 12 kavmini de ekleyebilirsin Zeynepcim. Her ne kadar bu konu tartışmalı olsa bile 12 kavim de önemlidir. Tevrat'ta da sık sık 12 sayısından bahsederler."

Tuhaf bir ışıltı kaplamıştı kriminoloğumuzun koyu renk gözlerini.

"Haklısınız Başkomserim... İsa Peygamber ve 12 havarisini de unutmayalım. Sonra 12 İmam da var. Hazreti Muhammed'den 12 İmam'a kadar uzanan ehlibeyt..." Kısık bir sesle yineledi. "Katil gerçekten de dinsel bir gönderme yapıyor olabilir."

Deminden beri küskün bir suratla iskemlesinde oturan Ali, "Ne alakası var yaa!" diye söylendi. "Nereden çıkarıyorsun bu dinî konuları? Körebe denilen herif, tek tek çocuk tacizcilerini temizliyor hepsi bu. İşin içine din, ilahiyat karıştırmaya ne gerek var?"

Gerektiğinden yüksek çıkmıştı sesi, belli ki canı fena halde sıkkındı, belli ki kavga için bahane arıyordu. Nitekim Zeynep'in de kaşları çatıldı, sevgilisine cevap verecekti ki, "Niye öyle düşünüyorsun?" diyerek yardımcımın sözlerini ben karşıladım. "Pekâlâ dinsel bir neden olabilir. Körebe, belki kutsal kitaplarda okuduğu bir şeylere dayanarak öldürüyordur. Belki de kendini tanrının bir askeri olarak görüyordur. Azrail'in hizmetkârı, bir tür ilahi adalet dağıtıcısı..."

"Başkomserim haklı," diye atıldı Zeynep. Makul görünmeye çalışıyordu ama onun da sesindeki gerilim hissedilmeyecek gibi değildi. Sevgilisinin neye kızdığını anlamasa da kaba davranışı onu da sinirlendirmişti. "Seri katillerde kutsallık meselesi önemlidir. Kendilerini tanrının yerine koyanlara çok sık rastlanmıştır. Öyle ya, yaşayan birinin canını alıyor. Bu, tanrısal bir yetkidir. Kurbanlarının canıyla birlikte ruhlarını aldıklarını iddia eden seri katiller bile var. Elbette ruhlarını aldıkları kişiler, yoldan çıkmış sapıklardır. Katil, günahkâr ruhları toplayarak, onlara yeniden cennetin yolunu açmaktadır. Bizim Körebe de, hem kendini, hem de kurbanlarının ruhunu kurtarmak istiyorsa, dinden daha iyi bir yöntem bulamaz."

Kabul etmedi Ali. İncinmişti, başkasını incitmeden rahatlamayacaktı. Orada olmama rağmen ters ters konuşmaktan çekinmedi.

"Saçma! Çok mantıksız. Öyle olsaydı, Körebe, cinayet mahalline dinî semboller bırakırdı. Ne beş yıl önceki cinayetlerde ne de bu son ikisinde var öyle simgeler... Ne Hıristiyanlık, ne İslamiyet ne de öteki dinlerden bir işaret var. Adam, tacizcilere takmış sadece."

Söyledikleri makul sayılırdı ama doğru mantık yürüttüğü için karşı çıkmıyordu Zeynep'e, kızgınlığının asıl nedeni Savcı Nadir'di. Dozunda olursa kıskançlık, bir ilişkiyi canlandırabilirdi fakat fazlası saygıyı zedelerdi. Ne yazık ki Ali o yolda ilerliyordu. Bu da ilişki için bir felaket demekti.

"Aslına bakarsanız benim aklımı kurcalayan başka bir soru var," diyerek konuyu dağıtmak istedim. "Bambaşka bir ihtimalden bahsediyorum."

İkisinin yüzündeki gerginlik yerini meraka bıraktı, hiç duraksamadan sürdürdüm.

"Zekai Başkomiserin, katilin rutini hakkında söylediklerini hatırlıyor musunuz? Son iki cinayet, beş yıl önceki cinayetlerin sırasını tutmuyor. Seri katiller için rutin bir tür ayin ya da ibadet gibidir. Tıpkı günde beş vakit namaz kılmak gibi yahut Hıristiyanların pazar günleri kiliseye gitmesi gibi... Ama son cinayetler bu rutine uymuyor..."

Omuz silkti Ali.

"Zekai Amirim, Körebe yakalanmamak için böyle yapıyor, dedi ya."

Sonunda düşüncesini dağıtmayı başarmıştım.

"Ya yanılıyorsa?"

Sustum. İkisi de gözlerini yüzüme dikmiş, ne demek istediğimi anlamaya çalışıyorlardı.

"Ya gerçekten de katil Körebe değilse, ya birileri onu taklit ediyorsa?"

Sıkıntıyla kafasını kaşıdı Ali.

"İyi de Başkomserim, adamın kullandığı minibüs bile aynı..."

Zeynep'in cevabı gecikmedi.

"Aynı minibüs olduğunu nereden çıkardın Ali? Katillerin kullandığı minibüsün ne markası belli, ne de rengi..."

"Ama ortada bir minibüs var değil mi?" Hâlâ dargın bir sesle konuşuyordu Ali. "Bu da rastlantı olamaz ya..." Bana döndü. "Yok Başkomserim, bence bu cinayetlerin hepsini aynı adam işledi. Körebe rutinini değiştirerek kafamızı karıştırıp ilgiyi üzerinden uzaklaştırmak istiyor. Olamaz mı? Allah'ın emri değil ya adamın yaptıkları. Niye hep aynısını tekrarlasın?"

İtiraz yine Zeynep'ten geldi.

"Körebe, seri katil olmasaydı bu dediğin mümkündü ama bu adamların farklı bir mantığı var. Asla öfkeye kapılarak cinayet işlemiyorlar. Öldürecekleri kişiyi aylar öncesinden seçiyorlar, nasıl, nerede öldüreceklerine çok önceden karar veriyorlar. Öldürmek onlar için bir varolma biçimi. Dolayısıyla kurbanının canını almakla yetinmiyorlar. Tıpkı sanatçı gibi bir başyapıt hazırlıyorlar. Sonunda da kendi imzalarını atıyorlar. Anlasana Alicim, bu onların tatmin olma biçimi. Tatmin olmayacaksa niye cinayet işlesin?"

"İyi de en büyük tatmini öldürürken yaşamıyor mu bu herif? Cinayet mahalline bıraktığı ıvır zıvırların hepsi ayrıntı." Kendisini onaylamadığımı anlayınca duraksar gibi oldu. "Biliyorum Başkomserim, şeytan ayrıntıda gizlidir diyeceksiniz ama asıl amaç tacizciyi öldürmek. Öyle değil mi? Körebe de bunu yapmaya devam ediyor, yakalanmamak için de rutinini değiştiriyor işte."

Derdini anlatamamanın verdiği çaresizlikle iç geçirdi Zeynep.

"Keşke bu kadar basit olsa. Tekrar gibi olacak ama anlaşılması için bir kez daha anlatmak zorundayım. Bu Körebe denen şahıs, muhtemelen küçükken tacize uğramıştır ama zamanla bu travmayı unutmuştur, ancak yıllar sonra benzer bir olayla karşılaşınca bir bilinç yarılması yaşayarak arınma ihtiyacı hissetmiştir. Seri katil lisanında arınmanın bir tek yöntemi vardır; o da öldürmek."

Kabul etmek istemiyordu Ali, zeytinyağı gibi üste çıkmaya çalıştı.

"Ben de onu diyorum ya..."

"İzin ver de lafımı bitireyim," diyerek sürdürdü kriminoloğumuz. "Başkomserimin de söylediği gibi seri katillerin cinayetleri bir tür ibadet gibidir. Nasıl ki inanmış bir kişi mensup olduğu dinin ibadetini kendi kafasına göre yapamazsa, seri katil de kendi ayininin kurallarını bozamaz. Cinayet işleyiş biçimi, öldürme zamanı, olay yerine bıraktığı işaretler, onun imzasından öte, bir tür bildiri gibidir. Hiç öyle inanmamış gözlerle bakma Ali, seri katiller kendilerini böyle açıklarlar. Kişisel bir manifesto da diyebiliriz. Bir tür başkaldırı olarak da değerlendirebiliriz. Kendisini anlamayan, kendisini anlatamadığı, vicdanı katılaşmış, merhametini yitirmiş, duyarsız insanlığa ben buradayım, beni fark edin demenin en etkili yöntemi. Elbette çok acımasız, elbette çok vahşi, insanlık dışı bir yöntem. Ama adamların tarzı bu. O yüzden seri katil diyoruz ya. Öldürerek var oluyor adamlar."

Zeynep'in bir akademisyen edasıyla verdiği bu kısa konferans Ali'yi iyice zıvanadan çıkartacak, tartışmayı uzatacak diye korktum, ama yapmadı, sadece dalgın bir tavırla sordu.

"Yani bu iki cinayet kesinlikle Körebe'nin işi değil mi diyorsun? Emin misin bundan?"

Sesi yumuşamıştı, sanki bir anda onu avucuna alan gerginlikten kurtulmuş gibiydi. Sanki benim kafam karışık, ama sen evet diyorsan, ben de kabul edeceğim, der gibiydi. Bizim dik başlı serserinin bu hali Zeynep'i de etkiledi.

"Eminim demek çok zor Alicim. Ama bugüne kadar edinilen deneyimlerden çıkardığım bu. Tabii yanılma ihtimalim de var."

"Yanılma ihtimalin zayıf," diyerek açıktan destek verdim. "Demin de söylediğim gibi son iki cinayeti işleyen katille, Körebe'nin ritüelleri birbirine uymuyor."

Gözleri bir noktada sabitlendi yardımcımın.

"Peki, kim öldürdü o zaman bu adamları? Körebe'ye özenen biri mi?"

"Mümkün Ali, mümkün ama başka bir nedeni de olabilir. Acele karar vermemekte yarar var."

İnatla tekrarladı.

"Acele etmemekte yarar var da Başkomserim, adam öldürmeye devam edecek..."

Sakin sakin baktım yüzüne.

"Biz de delil toplamaya, ipucu bulmaya, açık vermesini beklemeye devam edeceğiz. Başka çaremiz var mı?"

"Yok Başkomserim, başka çaremiz yok." Eliyle çenesini sıvazladı. "O zaman son kurbanlara yoğunlaşsak... Son iki maktulün taciz ettiği çocukları bulsak... Belki de o çocuklardan birinin ebeveyni işlemiştir cinayetleri."

İhtimal dahilindeydi ama o zaman neden iki tacizciyi birden öldürmüştü?

"Öldürülen iki kişinin, aynı çocuğa tacizde bulunmuş olabileceğini mi söylüyorsun?"

Zeynep'ti soran; o da benimle aynı mevzuya takılmıştı.

"Biliyorum zor gibi görünüyor," diye söylendi bizimki. "Ama imkânsız değil. Mesela maktullerin ikisi de tacize uğrayan çocuklarla aynı mekânda bulunuyor olabilirler. Ne bileyim bir okul, bir kreş, spor salonu... Bilemiyorum tabii, araştırmak lazım..."

Haklıydı, etüt etmekte fayda vardı.

"O zaman bu iş sende Alicim," diyerek tartışmanın ilk kararını vermiş oldum. "Kurbanların dosyalarına bir göz at bakalım ne çıkacak..."

"Emredersiniz Başkomserim, hemen ilgileneceğim."

"Bir başka konuyu daha araştırmamız gerek," diyerek bana döndü Zeynep. "Körebe'nin bizden biri olma ihtimalinden bahsediyorum Başkomserim. Adam, bizim çalışma tarzımızı bilmekle kalmıyor, öldürdüğü tacizcilerin dosyalarına da rahatça ulaşabiliyor. Aksi takdirde, kurbanlarını doğru seçemezdi. Öldürdüğü kişilerin hiçbirinde yanılmadı, hepsini tacizcilerden seçti."

Bu, başından beri aklımda olan ama şimdilik dillendirmeyi pek düşünmediğim bir ihtimaldi. Ketum davranmamın nedeni, meslektaşlarımı koruma kaygısı değil, listemizde suçlayacak polis olmamasıydı. Bu dosyada kuşku uyandıran tek polis bizim Tazı Zekai'ydi. Ama onu Körebe olmakla suçlamak, öküz altında buzağı aramak demekti.

"İlla polis olması da gerekmez Zeynepcim," diye düşüncemizi genişlettim. "Dosyaya bakan savcı, hakim ya da avukatlardan biri de olabilir. Hatta adliye muhabirlerinden biri... Ama haklısın bu konuyu da etüt etmekte yarar var."

Başımı çevirince Ali'nin hınzır bakışlarıyla karşılaştım.

"Şu savcıyı da araştıralım o zaman. Nadir'i diyorum, o da davanın içinde değil mi?"

Kriminoloğumuzun cevap verip yeni bir tartışmanın alevlenmesine engel olmak için, "Nadir bu davaya yeni atandı," diye savundum savcıyı. "Yani o da bizim gibi yeni sahip oldu bu bilgilere..."

Gevrek gevrek güldü bizim serseri.

"Ne olur, ne olmaz diye söylüyorum Başkomserim, hani kimseyi atlamayalım da..."

Zeynep bu konuda konuşmayı manasız bulduğundan gergin bir gülümsemeyle elindeki cetveli, mantar panonun kenarına bıraktı. İşte telefonum o anda çalmaya başladı. Bizim Münir arıyordu. Kaybolan Suriyeli çocuktan bir haber almış olmalıydı. Aceleyle açtım.

"Alo, Münir, ne haber?"

"Haberler kötü Başkomserim, Fahhar'ın cesedini bulduk... Ahırkapı'da sahile vurmuş... Ailesinin teşhis etmesi gerekiyor..."

20
"Çocuğun böbreğini çaldılar."

Medeni'nin çenesinin titrediğini gördüğümde hiç şüphem kalmamıştı, metal masada yatan kıvırcık saçlı, esmer çocuk Fahhar'dı. Ağır formol kokusunun her yana sindiği fayanslarla kaplı geniş salona girdiğinden beri üzerindeki tedirginliği atamayan yaşlı adamın beli iyice bükülmüştü.

"Evet," dedi titreyen bir sesle. "Evet, bu Fahhar, bizim bahtı kara yeğenimiz..."

Yanımda dikilen Münir soran gözlerini adama dikti.

"Emin misiniz Medeni Bey, maktul gerçekten de yeğeniniz mi?"

Yangında kavrulmuş bir ağacın kuru dalını andıran sağ elini, yüzü kireç gibi bembeyaz olan çocuğa uzattı.

"Eminim," dedi ihtiyar adam fısıltıyla. "Eminim, bu Fahhar."

Kendini kaybedecek, şimdi hüngür hüngür ağlamaya başlayacak sandım, yapmadı. Çocuğun cesedine dokunmak üzere uzattığı elini geri çekti.

"Nasıl? Nasıl olmuş bu iş?"

Sesi hâlâ üzüntülüydü ama acı hakikati çok çabuk kabullenmiş olması beni şaşırtmıştı. Tatavla'da ilk konuştuğumuzda, henüz Fahhar'ın akıbeti belli değilken sanki daha üzgün gibiydi.

"Boğulmuş," dedi sakin bir sesle Münir. "Denize düşmüş, çıkamamış..."

Medeni'nin yüzündeki sükûnet bozuldu.

"Yok, yok Fahhar çok iyi yüzerdi. Onu öldürdüler, Fahhar'ı öldürdüler," diye bağırmaya başladı. Birden cesedin üzerindeki beyaz örtüyü çekip aldı. Örtüyü çekince, on üç yaşındaki çocuğun çırılçıplak bedeni gözümüzün önüne seriliverdi. "Öldürdüler yeğenimi öldürdüler," diye tekrarlayan Medeni, telaşla çocuğun bedenini incelemeye başladı. Ölünün gövdesinde ne taze bir yara vardı, ne de metal sedyede kan birikintisi. Ama Medeni'nin aklına yatmadı, cesedi yana çevirip sırtını görmek istedi. Odaya girdiğimizden beri hep bir adım gerimizde saygıyla bekleyen, kafası bedenine iki numara büyük gelen, sıska morg görevlisi dayanamayıp müdahale etti.

"Ne yapıyorsunuz beyefendi, durun, ne yapıyorsunuz?"

Ama durmadı Medeni, cılız kollarından beklenmeyen bir güçle, zavallı çocuğu yan çevirinceye kadar uğraştı. Çocuğu yan çevirip sırtında da hiçbir yara izi göremeyince durdu. Bir an öylece kaldı, sonra yaptığı hatayı anlamış gibi, "Özür dilerim," dedi utangaç bir sesle. "Özür dilerim Başkomserim, sanmıştım ki…"

Morg görevlisi daha fazla konuşmasına izin vermedi.

"Merhumu rahat bırakın artık!" diyerek Medeni'yi itti, sonra çocuğun bedenini örtmeye kalktı bu kez Münir engel oldu.

"Bir dakika, bir dakika bekle."

"Ama amirim," diye itiraz edecek oldu adam.

"Bekle," diye sertçe yineledi Münir. "Bekle dedik sana."

İri kafası mahzunca yana yatan görevli öylece kalakaldı. Münir, cesedi hafifçe kaldırdı, belinin üst tarafında bir noktayı incelemeye başladı. Meraklanmıştım, ben de meslektaşımın incelediği bölgeye çevirdim bakışlarımı. Aylar öncesinden kapanmış bir yara izi vardı. Cerrah oldukça maharetli olmalıydı, hemen fark edilmiyordu ama yakından bakınca yara izi açıkça görülüyordu. Çocuğun cesedini bırakan Münir, gergin gözlerle bizi izleyen koca başlı görevliye döndü.

"Tamam birader, tamam artık üstünü örtebilirsin."

Sessizce, beyaz kumaşı cesedin üzerine çekti görevli.

"O ne yarasıydı?" diyerek Medeni'ye döndü meslektaşım. "Ameliyat filan mı olmuştu Fahhar?"

Afallamıştı yaşlı adam.

"Ameliyat, evet, evet, ameliyat olmuştu."

Buz gibi bir ifadeyle yeniden sordu.

"Ne ameliyatı?"

"Böbrek, böbrek ameliyatı," sözleri döküldü adamın ağzından. "Böbreği çalışmıyordu..."

Konuyu didiklemeyi sürdürdü meslektaşım.

"Nakil mi yaptılar?"

Medeni duraksadı, nemli gözlerini kaçırdı, aceleyle konuştu.

"Evet, evet böbrek nakli yaptılar..."

Vazgeçmedi bizimki.

"Nerede yaptılar?"

Adam panikler gibi oldu ama çabuk toparladı.

"Bir sene önce Gaziantep'te ama hangi hastane olduğunu bilmiyorum. Bir ara Fahhar'la birbirimizi kaybetmiştik. Biz Kilis'te kalmıştık, o Gaziantep'e gitmişti. İşe o sırada ameliyat olmuş. Küçüklüğünden beri böbreklerinde hastalık vardı zaten. Affedersiniz, işerken kan gelirdi filan." Sustu, derin bir nefes aldı. "Bununla ne ilgisi var? Yoksa gerçekten de öldürdüler mi Fahhar'ı?"

Beni şaşırtan o sözler döküldü Münir'in dudaklarından...

"Olabilir, Fahhar'ı öldürüp denize atmış olabilirler."

Oysa telefonda konuştuğumuzda olayın kesinlikle kaza olduğunu söylemişti; morga ilk geldiğimde de en küçük bir şüphe duymadan olanı biteni anlatmıştı. Kaza olduğundan emindi çünkü olayı gören Suriyeli başka bir çocuk vardı. Fahhar'ın Lazkiye'den arkadaşı Muhtar. O gün ikisi birlikte işi kırarak yüzmeye gitmişlerdi. Fahhar'ın hastalığı tatlı bir yalandı, işten kaytarmak için uydurmuştu. Hastane yerine iki kafadar Samatya kıyılarına gitmişlerdi. Öğleden sonra Muhtar işine dönmüş ama Fahhar orada kalmıştı. Bu sabah Muhtar, arkadaşının çalıştığı pastaneye uğramış, Fahhar'ın kaybolduğunu öğrenince korkmuş durumu babasına anlatmış, birlikte karakola gitmişlerdi. Olay Münir'e intikal edince, tecrübeli komiser anlatılanlarla yetinmemiş, Muhtar'ın yüzdük dediği bölgeye iki memur yollamıştı. Olay yerine giden memurlar, Fahhar'ın kayalıklarda giysilerini bulmuşlardı. Suriyeli çocuk, denizde boğulmuş olmalıydı. Bunları Münir anlatmıştı ama şimdi aniden fikir değiştirerek, Fahhar'ın öldürülmüş olabileceğini söylüyordu. İşin tuhafı, Medeni'nin bu açıklamayı benim kadar yadırgamamasıydı.

"Kim, kimler öldürmüş olabilir Fahhar'ı?"

"Bilmiyorum," dedi Münir gözlerini adama dikerek. "Siz söyleyeceksiniz, bir düşmanınız var mıydı? Yahut Fahhar'a yönelik hesapları olan birileri..."

Bizim komiserin aklından geçenleri anlamak zordu, ama Medeni'ye dair kuşkuları olduğu kesindi. Anında geri çekildi yaşlı adam.

"Yok Amirim, düşmanımız filan yoktu. Kimin hesabı olur ki Fahhar'la? Kendi halinde zavallı bir çocuktu. Biz kendi halinde insanlarız." Nemli gözleri üzeri örtülü cesede kaydı yine. "Ne bahtsız çocukmuş, önce anne babasını kaybetti, şimdi de kendi..."

Elleriyle yüzünü kapayarak ağlamaya başladı. Yaşlı adamın acısıyla hiç ilgilenmedi Münir, duyarsız bir tavırla bana döndü.

"Otopsi yapılması lazım. Hem nasıl öldüğünü belgelemiş oluruz, hem de..." Medeni'ye bir göz attı. "Hem de bazı tereddütlerim var, onları gidermiş oluruz..."

"Ne tereddüdü?"

Hayır, ben değildim, Medeni'ydi soran. Bir anda ellerini yüzünden çekmiş kaygıyla Münir'e bakıyordu. Umursamaz bir sesle konuştu komiser.

"Size bunları söyleyemem otopsi sonuçları gelsin, anlarız..."

Yardım dilercesine bana baktı yaşlı adam.

"Fahhar'ın bedenini parçalayacak mısınız yani?"

Her ne kadar Münir'e çok güvensem de neler olup bittiğinden emin değildim.

"Durun, hemen üzülmeyin," dedim anlayışlı tavırla. "Siz dışarıda bekleyin, Münir Komiserim'le bir konuşalım. Durumu size açıklarım..."

Bir an kararsız bakışlarla beni süzen yaşlı adam, çaresizce kapıya yöneldi. Medeni kapıdan çıkarken, Münir kısık bir sesle sordu.

"Bu adama ne kadar güveniyorsunuz?"

"Çok tanımıyorum aslında, niye sordun?"

Derinden bir iç geçirdi.

"Şimdi Başkomserim şöyle bir durum var. Suriyeli göçmenler üzerinden organ kaçakçılığı yapılıyor. Uluslararası bir şebeke, bu insanları kandırıyor, her organ için ayrı bir piyasa kurmuşlar. İşin boyutları da epeyce büyük. Basına fazla yansımasa da çok yaygın bir olay bu." Başıyla üzeri örtülü cesedi gösterdi. "Siz de duydunuz, çocuk ameliyat olmuş."

"Öyle, böbrek nakli yapmışlar..."

Dudaklarından alaycı bir ifade geçti.

"İnandınız mı?"

Böyle eveleyip gevelemesi canımı sıkmaya başlamıştı.

"Niye inanmayayım? Adam niye yalan söylesin?"

Sakince anlatmaya başladı.

"Yalan söylüyor demedim ama sizce de bir tuhaflık yok mu? Düşünsenize Suriyeli göçmen bir çocuğa böbrek nakli yapılacak. Sağlıklı olanlara yardım etmiyorlar, hasta olan bir çocuğa bu kadar özen gösterecekler... Yok Başkomserim, bence çocuğun böbreğini çaldılar."

Sözleri o kadar kötücül, o kadar suçlayıcıydı ki, sesim kendiliğinden yükseldi.

"Öyle olsa bile, Medeni'yle ne ilgisi var? Söyledi adamcağız, ameliyat, çocuk yanlarında değilken olmuş."

"Bakın Başkomserim," dedi alıngan bir sesle. "Bu davayla uğraşmamı siz istediniz. Ben de elimdeki dosyaları bıraktım bu işle meşgul olmaya başladım. Eğer fikrime ihtiyacınız yoksa, bırakın ben kendi işime bakayım."

Yerden göğe kadar haklıydı.

"Özür dilerim Münir. Çocuk çok küçük. Bu morglara da oldum olası alışamadım. Kusura bakma, bu davayla ilgilendiğin için çok teşekkür ederim. Evet, şimdi seni dinliyorum..."

Kalender bir ifade belirdi yorgun yüzünde.

"Özür dilemenize gerek yok Başkomserim ama siz de gördünüz. Adam cesedin her tarafını nasıl da kontrol etti. Nasıl telaşlıydı. Belli ki çocuğun organının çalınmasından şüphelendi. Hatta Fahhar'ın bu sebepten öldürülmüş olabileceğini bile söyledi. Bu da benim biraz kafamı karıştırdı. Hâlâ çocuğun boğulmuş olabileceğini düşünüyorum ama yanılıyor da olabilirim, o yüzden otopsi yapılmalı."

Onu anlamaya başlamıştım, ama Medeni'nin çaresiz, benden yardım dileyen yüzü geldi gözlerimin önüne, dayanamayıp sordum.

"Yani öz yeğeninin böbreğini, bu adam mı sattı diyorsun?"

Boynunu içine çekti.

"O kadarını bilemem. Ama bu Suriyeli çocukların başına gelenleri duysaydınız, eminim siz de benim gibi arafta kalırdınız. Parasızlık insana her türlü kepazeliği yaptırabilir. Bırakın yeğenini, kendi öz çocuğunun organlarını satışa çıkaran bir sürü aile gördüm. Bu hakikati öğrenmenin ne faydası var diyorsanız o başka. Ama ölüm nedenini öğrenmek için bile Fahhar'a otopsi yapılması lazım. Zaten savcı da isteyecektir."

21
"Allah'tan gelene ne denir Nevzat Bey?"

O akşam Evgenia'nın meyhanesinde bir sürpriz bekliyordu beni. Oysa endişeler içinde girmiştim Tatavla'nın kapısından. Evgenia'ya çocuğun öldüğünü nasıl söyleyeceğim kaygısı değildi, onu zaten biliyordu, telefonda söylemiştim. Duyar duymaz, "Eyvah!" demişti. "Eyvah! Zavallı çocuk!" Sonra sessizce ağlamaya başlamıştı, içini çeke çeke. Öylece kalmıştım telefonun öteki ucunda, neden sonra, "zavallı çocuk..." diye tekrarlamıştı boğuk bir sesle. "Galiba kötü kader diye bir şey var Nevzat. Galiba bazı insanlar gerçekten bahtsız doğuyorlar..."

Hepsi bu kadardı söylediklerinin, zaten ne vardı ki söyleyecek? Aslında bu akşam Tatavla'ya gitmeyi de düşünmüyordum. Ama Evgenia'nın sesi o kadar kederliydi ki, onu yalnız bırakmaya gönlüm razı olmamıştı. Kurtuluş'a gitmeye karar verince Medeni'yi de almıştım arabaya. Hatta meyhaneye de davet etmiştim ama gelmek istememişti.

"Kötü haberi karıma söylemem lazım," demişti sakin bir halde. "Meraktan öldü. Hiç değilse neticeyi öğrensin... Ağlar, dövünür ama sonunda kabul eder..."

Yan gözle yaşlı adama bakmıştım. Pek de üzgün görünmüyordu, aksine rahatlamış gibi bir hali vardı. İnsanları yargılamayı sevmem, ama daha dün benden yardım isteyen o yıkılmış adam gitmiş, yerine olanı biteni metanetle karşılayan bir adam gelmişti. Büyük felaketlere uğrayan insanların büyük acıları kanıksadıklarını okumuştum. Belki Medeni de aynı ruh halindeydi. İç savaşta o kadar çok yakınını kaybetmişti ki, artık bu beklenmedik ölümler ona sıradan geliyordu. Ama kendisini kınadığım hissine kapılmış olacak ki, "Allah'tan gelene ne denir Nevzat Bey?" diye açıklamıştı. "Hayır da şer de ondan gelir, şüphesiz ki, hepsinin bir sebebi var..."

İyi ki sığınacak bir tanrı vardı her zaman, yoksa nasıl başa çıkardık bu hayatla? Sesimi çıkarmadan emektarın gazına basmıştım. Akşam trafiği nedeniyle uzun süren yolculuğumuz boyunca, içimden konuşmak gelmemişti, yaşlı adamın da benden pek farkı yoktu. Feriköy'deki Göçmen Barındırma Merkezi'ne gidinceye kadar oturduğu koltukta öylece büzülüp kalmıştı. Arabadan inerken, "Cenazeyi bize ne zaman verirler?" diye sormuştu sadece. Bilmiyordum ama "Merak etmeyin o iş uzun sürmez," demiştim. Buruk bir gülümsemeyle başını sallamıştı.

"Sağ olun Nevzat Bey," diyerek yeniden elime uzanmıştı, güç bela kurtarmıştım kendimi bu abartılı saygı gösterisinden. Sonra emektarın kapısını yavaşça kapatıp kampa yönelmişti. Öylece bakmıştım Medeni'nin arkasından, incecik bedenini güçlükle taşıyan ayaklarını sürükleyerek göçmen kampının o ruhsuz odalarından birinde kendisini bekleyen yaşlı karısına doğru yürüyüp gitmişti. Ben de direksiyonu Kurtuluş'a çevirip sevgilimin meyhanesinin yolunu tutmuştum.

Tatavla'nın koridorundan geçerken neşeli gülüşmeler çalındı kulağıma. Oysa daha müşteriler gelmemişti, mutfaktan çatal kaşık sesleri duyuluyordu, bir de sürahiden dökülen su sesi gibi çınlayan o gülüşmeler. Kimdi bunlar? Sıcağın bütün ağırlığıyla çöktüğü bahçeye girer girmez, pırpır eden sarı lambaların altında, ağaçların arasında koşuşturan iki kişiyi görünce kayboldu merakım. Önce Evgenia'yı seçtim, ardından şu Suriyeli küçük kızı. Medeni'nin yeğeni Azez adındaki çocuğu. Nasıl da neşe içinde koşturuyorlardı. Sadece küçük kız değil, Evgenia da kendini tümüyle oyuna kaptırmıştı. Bahçedeki tek incir ağacının gövdesine sığınmış, Azez'in kendisini bulmasını bekliyordu. Yaklaştığımı fark etmedi bile. Omzuna dokununca irkildi.

"Ne, yakaladın mı beni?" diye neşeyle söylendi ama dönüp karşısında beni görünce şaşkınlık içinde kaldı. "Nevzat!

Nevzat sen misin? Ne zaman geldin?" Duraksadı. Medeni gibi o da yanlış anladı; bu neşeli halini yadırgadığımı zannetti.

"Azez'i aldım, çünkü Fahhar'ın öldüğünü bilsin istemedim. Medeni'nin karısına söylemedim. Bir bahane uydurdum..."

"İyi yapmışsın," dedim yanağına bir öpücük kondurmadan önce. "İyi yapmışsın Evgeniacım."

Dayanamadı, kollarıma atıldı, başını göğsüme gömdü nerdeyse ağlayacaktı.

"Yapma Evgenia, yapma canım! Yoksa Azez'i buraya getirmenin bir anlamı kalmayacak..."

Uzaklaştı, nemli gözlerini masumca kırptı. Bir şeyler söyleyecekti ki, kırmızı elbisesinin içinde koyu renk bir çiçeği andıran Azez yanımızda bitiverdi.

"Ebe, ebelendin," diye dokundu sevgilime. "Evgenia ebelendin!"

Şöyle bir baktı kıza Evgenia, ardından kucaklayıp yanaklarına coşkuyla öpücükler kondurmaya başladı.

"Senin ebelendinini yerim ben..."

Bir anda kurtulmuştu üzüntüsünden. Sevinmem gerekirdi ama bir burukluk vardı içimde. Ne hissettiğimi tam olarak açıklayamasam da kesinlikle mutluluk değildi bu. Kıskançlık mı, yadırgamak mı, küçücük bir kız da olsa, sevdiğim kadını bir başkasıyla paylaşmaya razı olmamak mı? Kötüydü, itiraf etmem gerekirse tatsız, pis bir duyguydu. Aklımdan geçenlerden habersiz olan yavrucak, yanaklarını Evgenia'nın öpücüklerinden kurtarıp bana döndü.

"Ben kazandım, ben kazandım..." Minicik parmaklarıyla üç işareti yaptı. "Tam bu kadar kazandım."

Hazırlıksız yakalanmıştım.

"Aferin..." lafı döküldü dudaklarımdan ama o kadar samimiyetten yoksun, o kadar ölgün çıkmıştı ki sesim, tekrarlamak zorunda hissettim. "Aferin Azez, aferin sana..."

Aklı fikri kızda olan Evgenia anlamamıştı halimi. Yalancıktan üzülmüş gibi yaptı.

"Maalesef hep Azez kazanıyor Nevzatçım. Ne yapacağımı şaşırdım valla, nereye saklanırsam saklanayım, hemen buluyor beni..."

"Buluyorum onu," diye onayladı Suriyeli kız. "Her seferinde buluyorum Evgenia'yı. Hadi, bir daha oynayalım..."

Yorulmuştu sevgilim.

"Biraz ara verelim Azezcim. Hem Nevzat amcanla konuşacaklarım var." Kızı kucağından indirdi. "Hadi sen, şimdi, içeri git, İhsan amcaya masayı hazırlamasını söyle. Hem belki yardıma ihtiyacı vardır."

Hiç memnun olmamıştı küçük kız, ama itiraz da etmedi. "Tamam," dedi incecik dudaklarında tazecik bir gülümsemeyle. "Tamam, İhsan amcaya gidiyorum." Çırpı bacaklarını sürükleyerek, binaya yürürken, bir süre öylece durup onu seyrettik.

"Azez'i ben büyüteceğim."

Önce anlamadım ne söylediğini.

"Efendim?"

"Azez'i yanıma alacağım Nevzat."

Hayır, sormuyordu, kendinden emin, kararını bildiriyordu.

"Ne, ne yapacaksın?"

En küçük bir tereddüde bile kapılmadı.

"Evlat edineceğim, Azez benim kızım olacak..."

Az önce aklımdan geçenleri bilse herhalde anında terk ederdi beni. Ne diyecektim şimdi? Zaten konuşmama izin vermedi, anlatmak için yanıp tutuşuyordu.

"Acele ettiğimi zannediyorsun ama etmiyorum, Fahhar'ın ölüm haberini aldığımdan beri bunu düşünüyorum." Yeşil gözlerini yüzüme dikti. "Belki de çok daha önce başlamıştım düşünmeye ama farkında değildim. Azez'i ilk gördüğüm andan beri sevdim. Bir bağ oluştu aramızda..." Sessiz kalışım canını sıkmaya başlamıştı. "Lütfen itiraz etme Nevzat, bu karardan dönüş yok, öyle ya da böyle bu çocuğu evlat edineceğim."

Yalandan güldüm, hiç öyle düşünmesem de, "Niye itiraz edeyim Evgenia," dedim anlayışlı adam rolüne bürünerek. "Seni ancak tebrik edebilirim. Doğru karar vermişsin. Evet, Azez'i evlat edinmelisin. Hiç değilse bir çocuğu kurtarmış oluruz..."

Sözlerime inanan Evgenia'nın yüzündeki endişe bulutları anında dağılıverdi, sevinçle atıldı kollarıma.

"Ah Nevzat, ah Nevzatakimu, bu yüzden seviyorum seni... Dünyanın en güzel yürekli adamı olduğun için."

Güzel yürekli filan değildim, yalancının tekiydim. Hem yalancı hem de ne hissettiğini söyleyemeyecek kadar korkak... Ama sımsıkı sarıldım Evgenia'ya, ona destek olmak için değil, aksine onun bana yardım etmesi için. İçimdeki bu berbat duygudan beni kurtarması, beni makul biri yapması için.

"Güzel olan sensin," dedim af dileyen bir sesle. "Kalbi de, yüzü de güzel olan sensin."

Duygulanmıştı, daha fazla tutamadı kendini, birden ağlamaya başladı.

"Biz sadece birini kurtaracağız, öteki çocuklar ne olacak Nevzat? Her gün Suriyeli çocuklar ölüyor. Belki ölümden daha kötü işler geliyor başlarına. Ne olacak bu böyle?"

İyi olacak, hepsi geçecek, dünya bir kardeşlik bahçesine dönüşecek, hepimiz mutluluk içinde yaşayacağız, demeyi çok isterdim ama artık yalan söylemeyi kendime yediremiyordum.

"Eskiden nasılsa, yine öyle olacak," diye söylendim. "Ama korkarım hiç iyi olmayacak. Eskiden de berbat bir yerdi dünya, eskiden de rezildi insanlar, şimdi de öyle. Belki daha da fena. Karamsar konuşuyorum belki, ama geleceğe güvenimi yitirdim Evgenia. O kadar çok hayal kırıklığına uğradım ki, artık umut etmek istemiyorum. En saf, en masum sandığımız kişiler bile binbir hesap içinde. Hem de kirli, kanlı hesaplar. En fenasına hazır olmak lazım. O zaman daha az mutsuz oluruz..."

Işıklı yüzü gölgelendi.

"Niye öyle konuştun? Yoksa bildiğin bir şey mi var? Yoksa Azez'i bana vermezler mi? Medeni sorun mu çıkartır?"

Küçük kıza o kadar yoğunlaşmıştı ki, ne söylesem ona bağlayacaktı. Omzuna dokundum.

"Yok, onu kastetmedim..." Ama sözcükler ağzımdan dökülürken, Münir'in morgda söylediklerini hatırladım. "Parasızlık insana her türlü kepazeliği yaptırabilir. Bırak yeğenini, kendi öz çocuğunun organlarını satışa çıkaran bir sürü aile gördüm." Üstelik bu sözleri doğrudan Medeni'yi kastederek söylemişti ama bunları Evgenia ile paylaşmanın bir yararı yoktu.

"Medeni'nin sorun çıkaracağını zannetmiyorum. Karısının da kendisinin de bir ayağı çukurda. Aksine mutlu olmaları gerekir Azez'i evlat edinmenden. Ama yasalara bir göz atmak lazım."

Yeşil gözlerindeki tedirginlik kaybolmadı.

144

"Yasalar önemli değil Nevzat, adamın razı olması lazım. Fahhar'ı da kaybettiler, ya Azez'i biz büyütmek istiyoruz derlerse?"

Omuzlarımı silktim.

"Zannetmem, adamcağız karnını doyurmakta zorlanıyor. Azez'i nasıl büyütecek?"

Sözlerim, neşesini yerine getirmedi.

"Ne bileyim, çok seviyorlar Azez'i, vermek istemeyebilirler..."

Yeniden üzülmesini istemedim.

"Ben konuşurum Medeni'yle. Makul bir adama benziyor. Garanti de veririz..."

Yatışmadı Evgenia, "Yok Nevzat," dedi başını sallayarak. "Benim konuşmam daha doğru olur. Sonuçta Azez'i evlat edinecek olan benim."

Sanki neler düşündüğümü biliyordu. Anlamış mıydı yoksa yaşadığım tereddüdü? Yüzümün düştüğünü görünce, şefkatle yanağıma dokundu.

"Yanlış anlama Nevzat, her zaman senin desteğine ihtiyacım olacak, sensiz Azez'i büyütmem zor ama Medeni ile ben konuşsam daha iyi olur."

O karmaşık ruh halim suratıma yansımasın diye kocaman bir iyimserlik yerleştirdim dudaklarıma, kocaman ve yalandan bir iyimserlik...

"İyi o zaman, Medeni ile sen konuş, ama Azez'i birlikte büyüteceğiz."

Rahatlamıştı Evgenia, sevinçle koluma girdi.

"Tabii, birlikte büyüteceğiz." Birkaç adım atmıştı ki, durdu, aniden hatırlamış gibi sordu. "Senin için zor olacak mı?" Kolumdan çıkmış, gözlerini yüzüme dikmişti. "Aysun'dan sonra, Azez, kızını hatırlatıp, seni mutsuz eder mi?"

Bu kadın kesinlikle içimi okuyordu, ama hemen inkâr ettim.

"Olur mu öyle şey? Aysun'u hiç unutmadım ki hatırlatsın. Her zaman onunla birlikteyim. Azez'e gelince, o küçük kızın hayatımızda olması beni mutlu eder." Bu kez ben girdim koluna ve yalanımı sürdürdüm. "Kız çocuğu büyütmek şahane bir duygudur. Bak göreceksin..."

Sözlerimi kapıdan fırlayan Azez'in neşeli sesi böldü.

"Her şey hazırmış, İhsan amca, masayı nereye kuralım diyor."

O anda acı bir hatıra uyandı zihnimde. Tıpkı böyle bir yaz akşamı... Bu kadar değil ama yine de sıcak bir haziran günü. Güneş batmamış daha, radyoda neşeli bir şarkı. Mutfaktan yükselen enfes kokular. Balat'taki evimiz... Güzide yemeği hazırlamış, kızım Aysun neşe içinde odanın kapısından sesleniyor.

"Babacığım, babacığım hadi, yemek hazır!"

Birden Tatavla'nın bahçesinde kalakaldım, bütün bedenim denetimimden çıkmış gibiydi. Aslında Evgenia'yla birlikte yürümek, Azez'in saçlarını okşamak, mezelerle donatılacak o masanın başına neşeyle olmasa bile huzurla oturmak istiyordum ama yapamıyordum. Nasıl bir duyguysa bu, aklımı, bedenimi olduğu gibi ele geçirmişti. İşin en korkunç tarafı ise Evgenia'nın neler hissettiğimi anlayacak olmasıydı. İzah edemezdim bunu ona? Hayır, kendimi toparlamalı, gerektiği gibi davranmalıydım. Ama ne yaparsam yapayım boşuna, bedenim beni dinlemiyordu artık, Allahtan Evgenia beni bırakmış, Azez'e yürümeye başlamıştı. Fakat çok sürmeyecek, az sonra fark edecekti bendeki tuhaflığı. İşte o anda yetişti imdadıma Zeynep'in telefonu.

"Alo, alo Zeynep! Evet, kızım söyle, seni dinliyorum..."

"Kötü bir şey oldu Başkomserim," dedi sıkıntılı bir sesle. "Ali'nin başı belada..."

İşin gücün yoksa bir de bu serseriyle uğraş şimdi.

"Yine ne yapmış?" diye öfkeyle söylendim.

Ardı ardına yutkundu Zeynep.

"Hicabi İnce'nin cesedinin başında yakalamışlar, elinde cinayet silahı varmış..."

Sesi titremeye başlamıştı.

"Ne, ne diyorsun kızım? Hicabi ölmüş mü?"

Derinden bir iç geçirdi telefonun öteki ucunda.

"Ölmüş, bu akşam evinde bıçaklanmış. Olay yerine giden ekipler Ali'yi yakalamışlar dairesinde. Bir an önce gelseniz iyi olacak Başkomserim..."

22
"Belki de beni hiç savunmamalıydınız."

Kapıdan girince o kesif koku çarptı burnuma. Küçük salonda canlı, cansız ne varsa hepsinin kokusunun akan kana sinmesiyle oluşan o bunaltıcı hava. Buna bir de sıcak eklenince iyice dayanılmaz hale gelmişti içerisi. Bir çürümüş çiçeklerde vardır bu dayanılmaz koku, bir de kurumakta olan kanda. Bakışlarım, avize ile aydınlanan salonu taradı. Maktul işte oradaydı, kese kâğıdı rengindeki duvarın önünde. Hicabi'nin dehşet içinde donmuş gözleri, bu eve ilk geldiğimizde "Onlar benim evlatlarım," dediği yurttaki çocukların mutluluk fotoğraflarına takılı kalmıştı. Bedeninin üst bölümü adeta koyu kırmızı bir pelteyle kaplanmıştı; artık rengini tahmin etmenin imkânsız olduğu kısa kollu gömleği bıçak yaralarıyla delik deşikti. Hiç kuşkusuz bu bir öfke cinayetiydi. Katil ya da katiller Hicabi'nin canını almakla tatmin olmamış, bütün bedenini parçalamak istemişlerdi.

"İyi akşamlar Başkomserim."

Başımı çevirince yüzüme belli belirsiz bir tütün kokusu çarptı. Asayişten Komiser Ercü duruyordu karşımda. Namı diğer Piç Ercü. Yükselmek için yapmayacağı iş yoktu. Aslında başarılı bir polisti, ama vicdansızdı, çok vicdansız. Yukarıya yaranmak için elinden gelen her türlü yalakalığı yapan, emrindeki polisleri ise acımasızca ezen... Yükselmesine engel olduğu için birlikte çalıştığı iki komiseri harcamıştı. Hiç

sevmezdim, o da beni sevmezdi. Ne beni, ne de ekibimi...
Bilhassa Ali'ye düşmandı. Altı ay kadar önce Suadiye'de iki
ceset bulunmuştu. Ünlü bir işadamının oğluyla, kız arkadaşı
şakaklarına birer kurşun sıkılarak Ferrari bir arabanın içine
bırakılmıştı. Olay, bizim büroyu ilgilendiriyordu ama katili
yakalamanın şöhretine şöhret katacağını düşünen Ercü, uya-
nıklık yaparak soruşturmaya müdahil olmak istemişti. Du-
rumu fark eden Ali, elbette buna izin vermemişti. Aralarında
büyük bir tartışma çıkmıştı, amirleriyle ilişkilerinin iyi olma-
sına güvenen kirli polis yardımcıma silah çekecek kadar işi
ileriye götürmüştü. Bizimki durur mu, Ercü'nin tabancasını
elinden almakla kalmamış, bir güzel de sopa çekmişti adam-
larının gözünün önünde. Silahını da iade etmemiş, bana ge-
tirmişti. Hiç unutmam o günü. "Ağzının payını verdim şe-
refsizin," demişti Ali. Ben de kızmıştım, niye küfrediyorsun
diye. Bizim serseri tatlı tatlı sırıtmış. "Küfretmiyorum, haki-
kati söylüyorum Başkomserim," demişti. İşte o şaibeli polis,
bu gece eline büyük bir koz geçirmiş, neşeyle karşımda dikili-
yordu. Sigaradan sararmış küçük, keskin dişlerini göstererek
arsız arsız sırıttı.

"Tam zamanında geldiniz." İri kafasıyla salonun sağ tara-
fını işaret etti. "Sizinkiler sıkılmıştı beklemekten."

O yöne bakınca yeşil renkli koltuğa çökmüş Ali'yle yanın-
da çaresizce dikilen Zeynep'i gördüm ama aldırmazmış gibi
davrandım.

"İyi akşamlar Ercü Komiser," dedim otoriter bir sesle.
"Hayrola, ne işiniz var burada?"

Afalladı, ama çok sürmedi hemen toparladı kendini.

"Ne işimiz olacak Başkomserim? Görmüyor musunuz ada-
mı delik deşik etmişler? Komşular hırsız var diye ihbar et-
miş, telsizden anons geçildi, biz de vazife icabı intikal ettik."
Dudaklarına kinayeli bir ifade yerleştirdi. "Şu işe bakın ki,
yardımcınızı bulduk cesedin başında. Hem de elinde cinayet
silahıyla..."

En küçük bir heyecan belirtisi bile göstermedim.

"Başka kimi bulacaktınız ki, bu davaya biz bakıyoruz..."

İncecik tüylerden oluşan şekilsiz kaşları alnına doğru yük-
seldi.

"Hangi davaya?"

Sesi biraz yüksek çıkmıştı, pis kokulu nefesi yüzümü ya-
ladı.

"Biraz uzaklaş Ercü," diyerek işaret parmağımla göğsünden ittim. "Ağzımın içine gireceksin."

Cenabet suratı kıpkırmızı oldu, hiç duraksamadan terslemeyi sürdürdüm.

"Hâlâ burnumun dibinde dikiliyorsun yahu, hiç değilse yüzüme karşı nefes verme." Ne diyeceğini beklemeden, yardımcılarıma yöneldim. Geldiğimi gören Ali oturduğu koltuktan kalkmış, suçlu bir çocuk gibi yüzü yerde, elleri önünde bekliyordu. Onu hiç böyle görmemiştim. Belli ki bu defa fena çuvallamış, baltayı taşa vurmuştu. Nasıl bir belaya soktun başını evladım, diyemezdim, önce onu şu suratsız komiserden kurtarmalıydım. Ama suratsız komiser gitmeme izin vermedi.

"Bir dakika, bir dakika..."

Döndüm, şaşırmış gibi homurdandım.

"Ne oldu, yine ne var?"

Komiserin yanındaki üç üniformalı polis de endişeyle izliyordu aramızdaki gergin konuşmayı.

"Anlamadınız galiba Başkomserim." Sesi daha cesur çıkıyordu, meydan okur gibiydi. "Sizin Ali'yi cesedin yanında bulduk, elinde kanlı bir bıçakla..."

"Asıl sen anlamıyorsun," diye çemkirdim. "Maktul bizim incelediğimiz davadaki tanıklardan biriydi. Ali, onu sorgulamak için gelmişti buraya..."

Bir bana, bir yardımcıma baktı.

"Ama Ali Komiser öyle söylemedi, dut yemiş bülbül gibi oturuyor akşamdan beri karşımızda."

Söylediklerinde haklıydı, eğer öyle olmasaydı Ali çoktan canına okumuştu bu leş kargasının. Onun yerine ben yaptım.

"Yahu sen çocuk musun Ercü? Kendi davamızdan niye bahsedelim sana?"

Kararlı davranışım kafasını karıştırıyordu yine de hemen indirmedi yelkenleri.

"İyi de, az kalsın gözaltına alacaktık Ali Komiser'i."

Sahte bir öfke yerleştirdim yüzüme.

"Senin öyle bir yetkin yok."

Bu kez kendiliğinden bir adım geriledi.

"Ama, ama Başkomserim..."

"Ne aması yahu, anlamıyor musun kardeşim, sen nasıl vazife başındaysan, Ali de vazife başında. İşini yapan bir polisi nasıl gözaltına alırsın?"

Sözlerim etkisini gösteriyordu; o kendinden emin havası dağıldı, fakat hâlâ kuyruğu dik tutmaya çalışıyordu.

"Siz de olsaydınız aynısını yapardınız Başkomserim. Nereden bilelim Ali Komiser'in bu davayla ilgilendiğini? İhbar alıp geliyoruz, cesedin başında onu buluyoruz. Meslektaşımız diye nezaket gösteriyoruz, insan gibi soruyoruz, tenezzül edip cevap bile vermiyor..."

Doğru söylüyordu, başka zaman olsa, hiç tereddüt etmeden onu desteklerdim, ama şimdi işin aslını astarını öğrenmeden Ali'yi onlara teslim edemezdim.

"İyi yapıyor," diye söylendim yalancı öfkemin dozunu biraz daha artırarak. "Ali'nin sorumluluğunda olan bir mahalde bulunuyorsunuz. Bir de size hesap mı verecek?" Bir şeyler söylemeye hazırlanıyordu ki, "Uzatmayalım artık Ercü, hadi siz de toparlanın artık," diye kestirip attım. "Tüm sorumluluk bana ait." Elimle öteki polisleri gösterdim. "Bu kadar adam cinayet mahalline zarar veriyor." Zeynep'e döndüm. "Olay Yeri İnceleme nerede?"

"Yoldalarmış Başkomserim," dedi rahatlamış bir sesle. "Şefik'le az önce konuştum, geliyorlar."

"Sen inceledin mi maktulü? Bir şeyler var mı?"

Sıkıntıyla iç geçirdi.

"Sağ elinin tırnakları arasında deri parçacıkları olabilir. Olabilir diyorum, maktulün elleri kendi kanına bulanmış. Laboratuvarda incelemek lazım. Eğer başka deri parçaları bulursak, kurban, katil ya da katillerle mücadele etmiş demektir. Aslında doğru dürüst çalışamadım çünkü Ercü Komiser incelememe izin vermedi."

"Nasıl?" Hırsla Ercü'ye döndüm. "Hangi yetkiyle benim komiserimi engelliyorsun?"

Yutkundu işgüzar polis.

"Özür dilerim Başkomserim ama Ali Komiser'i şüpheli..."

"Bak hâlâ şüpheli diyor! Yahu kardeşim sen artık boşaltsana benim cinayet mahallimi. Sizi alakadar etmeyen bir soruşturmada ne işiniz var? Hadi, hadi Ercü, artık kendi vazifenize bakın..."

Bir terslik olduğunu sezinlemişti Ercü, o nedenle cinayet mahallini bırakıp gitmeyi kendine yediremiyordu.

"Ama bu olayı amirlerime anlatacağım..." diyecek oldu.

"Hiç durma," diye çıkıştım. "Hatta bir tutanak hazırla, hemen imzalayayım...."

Blöfüm işe yaramıştı.

"Estağfurullah Başkomserim," diyerek alttan aldı. "Öyle şeylere gerek yok da, vazifemizi doğru yapalım diye..."

Sözünü tamamlamasına yine izin vermedim.

"Uzatıyorsun Ercü, aklına yatmayan bir husus varsa, hiç durma rapor yaz, bunu yapmaktan acizsen, sözlü olarak bildir, sıkıntısı olan gelip benimle konuşsun. Hadi ama, hadi artık topla adamlarını, burada yapacak çok işimiz var..."

"Tamam Başkomserim, tamam," diye pes etti sonunda ama laf sokmadan da edemedi. "Madem bu davaya siz bakıyorsunuz, katili de siz bulursunuz artık."

"Merak etme Ercü, merak etme kardeşim, öyle yapacağız zaten, hadi size iyi vazifeler..."

Genç komiser, adamlarını da alıp cinayet mahallinden çıkınca, Ali'nin gözlerinin içine bakarak sordum.

"Evet, anlat bakalım evlat, neler oldu burada?"

Yılgın gözlerini kaçırdı.

"Geldiğimde Hicabi ölmüştü," dedi mekanik bir sesle. "İçerde kimse yoktu..."

Sustu, yine o ezgin haline büründü.

"Eee, ne yani hepsi bu kadar mı?"

Mahcup bir ifade belirdi yüzünde.

"Başınıza iş açtığım için özür dilerim Başkomserim." Sesi hiç güven vermiyordu. "Belki de beni hiç savunmamalıydınız."

Neler söylüyordu bu çocuk?

"Niye, niye seni savunmayacakmışım? Hicabi'yle konuşmak için gelmedin mi buraya?"

Bir kez daha bakışlarını kaçırdı. Bütün kötü ihtimalleri kovmak istiyordum zihnimden, biraz da bu nedenle, belki yardımcı olur diye Zeynep'e döndüm. Ama onun da benden farkı yoktu. Derin bir kuşkuyla bize bakıyordu.

"Ali, sana soruyorum, neden geldin buraya?"

Yalan da olsa, beni inandırmasını umuyor, zihnimde gitgide berraklaşan o korkunç ihtimalden uzaklaşmak istiyordum, fakat yapmadı.

"Belki de beni vazifeden almalısınız," diyerek aksine endişelerimi daha da artırdı. "Yoksa sizin de başınızı belaya sokacağım."

Zeynep'in sabrı taşmıştı.

"Ne diyorsun Ali ya! Yeter, bilmece gibi konuştuğun. Eve gidiyorum diye ayrıldın, ne oldu, niye buraya geldin?"

Sıkıntıyla ofladı Ali.

"Üzerime gelme Zeynep, ne diyorsam o..."

Serseri bir de azarlıyordu kızı.

"Üzerime gelme ne demek Ali!" diye ben girdim araya. "Merak ediyoruz ne yaptığını, bundan daha doğal ne olabilir? Bize bir açıklama borçlusun. Ne yapıyordun Hicabi'nin evinde? Buraya gelmeni gerektirecek bir durum yoktu. Sana kurbanların dosyalarına bakmanı söylemiştim." O anda hatırladım. "Ha evet, bir de çocuk yurtlarına bakan arkadaşınla konuşacaktın. Sipsi İsmail hakkında..." Endişeyle yüzüne baktım. "Yoksa o arkadaşın, yurt müdürü hakkında önemli bir bilgi mi verdi?"

Sarsılır gibi olmuştu ama tek söz çıkmadı ağzından, kendi haline bırakmadım elbette.

"Yoksa maktulü tanıyor muydun?"

Suskunluğunu inatla koruyordu, Zeynep yine dayanamadı.

"Neden susuyorsun Ali? Neden anlatmıyorsun?"

"Yeter!" diye bağırdı yardımcım. "Yeter ya, beni rahat bırakın."

Yumruk yaptığı sağ elini havaya kaldırmıştı.

"Ali ne yapıyorsun?" diye araya girdim. Göz göze geldik, çılgın gibiydi. Yumruğu hâlâ havadaydı, bir an şimdi suratıma indirecek diye geçirdim içimden ama yapmadı, derin bir nefes aldı, sonra kapıya yöneldi.

"Ali! Ali dur!" diye seslendi arkasından Zeynep.

Dinlemedi. İkimizi de umursamadan, adeta kaçarcasına çıktı kapıdan. Öylece bakakaldık arkasından.

"Ali yapmış olabilir mi Başkomserim?" dedi neden sonra Zeynep.

"Neyi yapmış olabilir mi?"

Derin bir endişe kaplamıştı yüzünü, nemli gözleri duvarın dibinde yatmakta olan cesede kaydı.

"Biliyorsunuz işte."

Bir an Ali'nin öfke dolu yüzü, çılgın gözleri belirdi zihnimde, hemen kovdum bu görüntüyü, Zeynep'e döndüm. Emin olduğum için değil, ama emin olmaya ihtiyacım olduğu için kararlılıkla yardımcımı savundum.

"Hayır, bunu Ali yapmış olamaz."

23

"Herkesten daha zayıftım çünkü herkesten fazla yaralanmıştım."

✳

Eve geldiğimde banyo yapacak takati bile bulamamıştım kendimde. Korkunç bir gündü, cinayetle başlamış, cinayetle bitmişti. Bedenen de ruhen de bitik haldeydim. Odaya girer girmez öylece atmıştım kendimi yatağa. Dalmış olmalıyım, ne kadar uyuduğumu bilmiyorum, belki birkaç saat, belki sadece bir an, sonra Zeynep'in sözleriyle gözlerimi açtım.

"Ali yapmış olabilir mi Başkomserim?"

Ses o kadar yakından geliyordu ki, Zeynep başucumda dikiliyor sandım. Şaşkınlıkla bakındım etrafa, elbette ne Zeynep vardı odada, ne de sesi. Fakat o soru, habis bir tümör gibi beynimi kemirmeyi sürdürüyordu.

Tedirginlik içinde doğruldum yataktan. Gözlerim loş karanlığa alışırken, bir kez daha çınladı aynı soru kulaklarımda: "Ali yapmış olabilir mi Başkomserim?"

Hicabi Emir İnce'yi kim bilir kaç bıçak darbesiyle delik deşik eden katil, yardımcım olabilir miydi? Ali'nin o ezgin hali geldi gözlerimin önüne, utanç içinde başını eğmesi, ardından çıldırmış gibi çekip gitmesi. Neden anlatmamıştı bize olan bitenleri? Neden, ben yapmadım dememişti? "Geldiğimde Hicabi ölmüştü," demişti sadece. Kendini savunmamıştı bile. Hatta "Beni vazifeden almalısınız," demişti. Ali'nin yapacağı işler değildi bunlar. Bir terslik vardı, şüphe uyandıran bir terslik. Gerçekten de Hicabi'yi öldürmüş olabilir miydi? Sonunda ben de dile getirmiştim işte cinayet mahalline girdiğimden beri aklımı kemiren o kötü ihtimali. İyi de Ali bunu niye yapsın? Daha bu soruyu sormadan, zihnimde sıralanmaya başladı yanıtlar. Çünkü yurt müdürünü tanıyordu. Yahut Ali, Akif Soykan'la ilgili görüşmeye gitti, Hicabi ters konuştu Ali de... Hayır, deli doluydu ama o kadar ileri gitmezdi. Yapmazdı, belki adamın ağzını burnunu kırar ama öldürmezdi. Ki, yurt müdürü öyle Ali'ye diklenecek bir adam değildi. Bu öğlen Sipsi'nin adamlarından nasıl da kaçıyordu. Sahi, Ali caminin önünde niye tanımamıştı Hicabi'yi? Çünkü arkadaki iki serseriye takılmıştı. Doğru dürüst görmemişti adamı. Kavga yatıştığında ise yurt müdürü kaybolmuştu ortalıktan. Belki de Ali'yi tanıdığı için kaçmıştır. Tanımanın ötesinde bir ilişkileri olmalıydı... İlişkileri... Ya Hicabi, bizim Ali'nin büyüdüğü yurtlardan birinde yöneticiyse? Yüzünde yara izi var mıydı, diye sormadı mı? Nasıl yani, Hicabi denen alçak Ali'ye de mi? Hayır, hayır, bunu düşünmek bile iğrençti. Ama bütün ihtimalleri gözden geçirmeden nasıl ulaşacaktık hakikate? Zeynep bile çekinmeden sormamış mıydı?

"Ali yapmış olabilir mi Başkomserim?"

Nerden bilebilirdim? Dünya o kadar berbat bir yer oldu ki, insanlar o kadar acımasızlaştı ki, Ali bile öldürmekte bulmuş olabilir çareyi. Belki onun yerinde ben olsaydım... Belki de... Yok, yok, ben öldüremezdim, Ali de öldürmemiştir. Evet, bir açıklaması vardır mutlaka öyle tuhaf davranmasının. Peki, neden anlatmadı bize? Anlatacaktır, çok sürmez bugün yarın döker içini. Ali bu, benim Alim saklayamaz içindekini. Bana anlatmasa Zeynep'e anlatacaktır. Mutlaka vardır bir nedeni. Evet, eninde sonunda bu sorun da çözülecektir. Bir de şu sıcak olmasa...

Sıkıntıyla kalktım yataktan. Elim ışığa uzandı, son anda vazgeçtim, karanlıkken de yeterince çirkindi dünya. Sanki dışarıda tatlı bir esinti varmış, sanki o güçlü yel bütün bu rezillikleri sürükleyip götürecekmiş gibi pencerenin önüne geldim. Elimi pervaza dayayıp pencereden başımı uzattım. Lambanın ölgün ışığında iyice hüzünlü görünüyordu mahalle. Ama ne rüzgâr vardı sokakta, ne de küçücük bir esinti. Sadece yıldızsız, nemli bir gece. Beli çoktan bükülmüş evlerin yan yana sıralandığı bu eski sokak, kaç bin yıldan arta kalan bu kutsal semt, içten içe kıpırdanan bu kadim şehir, ürkütücü bir sessizlik içindeydi. Haliç'ten geçen teknelerden bile çıt çıkmıyordu. Mahalledeki bütün evlerin ışıkları sönmüştü. Sahiden uyuyor muydu bu insanlar? Belki de nemli yataklarında dönüp duruyorlardı. Bir çocuk ağlaması duyar gibi oldum, bir kız çocuğunun kesik kesik çıkan sesi... Kulak kesildim, yanılmıştım, ses seda yoktu koca mahallede, sessizce geri çekildim, pencerenin önündeki koltuğa oturdum.

Gitgide büyüyen bir karamsarlık vardı içimde, olanca gücüyle yüreğime çöken bir ağırlık. Kalp krizi mi geçirecektim ne? Yok, sadece hayatın farkına varıyordum bir kez daha. Hepsi buydu. Eskiden de çok iyimser bir adam değildim ama hiç değilse mücadele edebilecek bir kararlılığa sahiptim. İnancım olmasa bile inadım vardı. Ölmeyi beceremiyorsam, küçük de olsa anlamlı işler yapmalıyım diyebiliyordum. Galiba o duyguyu yitirmeye başlamıştım. İçimdeki umut ağır ağır ölüyordu. İşin kötüsü bana ayakta kalma, direnme gücünü kazandıran insanları da yitiriyordum. Önce Evgenia, ardından Ali...

Yeniden o kız çocuğunun ağlamasını duyar gibi oldum. Bir kez daha kulak kesildim, ağlayan çocuk filan yoktu sokakta. Ama Evgenia'nın kalbinde bir çocuk vardı. O rüzgâr saçlı kız, Suriyeli Azez. Belki de sevgilimin benden ebediyen kopmasına neden olacak kız. Niye kopsun ki Evgenia benden? Yakında bencil bir herif olduğumu anlayacak çünkü. Küçücük bir çocuğun hayatının kurtarılmasını, kendi acılarını bahane ederek engellemeye çalışan bir alçak olduğumu fark edecek... Hayır, hayır, o kadar da değil, kendime haksızlık yapıyordum. Tıpkı Ali'ye yaptığım gibi kendimi de acımasızca mahkûm ediyordum. Evgenia, "Bu kızı evlat edinmek," istiyorum dediği zaman niye bozuldum öyleyse? Niye öylece kalakaldım? O dünya tatlısı kızı niye nefretle süzdüm? Nefretle değil, sadece kafam karıştı. Kafam hep karışıyor zaten. Güzide'den sonra Evgenia'yı kabul ederken de öyle olmuştu. Ne çekti kadıncağız, şu aptal duygusallığımdan... Hiç de aptalca değil, çok doğruydu yaptığım, bir insanın yerine ötekini kolayca koyamazsın. Çok kıymet verdiğin birileri hayatından koparılınca, onun acısını, sancısını, yasını yeterince tutmadan başka birine sarılamazsın. Bu, hem kaybettiğin insana hem de kendine yapacağın en büyük saygısızlık olur. Bunu yapamazdım, aklım kabul etse bile gönlüm kabul etmezdi.

Bugün Tatavla'da olan da buydu. Asla o küçük kıza karşı nefret hissetmedim, öfke duymadım, sadece yadırgadım, Aysun'umun yerine, onu koyabilme fikri tedirgin etti beni. Etmemesi gerekirdi, ama kendime engel olamadım. Sanki kızımı bu kez de ben öldürüyormuşum gibi geldi. Saçma ama böyle hissettim. Belki de hazırlıksız yakalanmıştım. Evgenia çok doğru bir iş yapıyordu ama keşke daha önceden benimle konuşsaydı. Düşüncesini bana açsaydı, beni hazırlasaydı. Sanırım olduğumdan daha iyi biri zannediyor beni, daha olgun, daha güçlü. Ama değildim, herkes gibiydim, belki herkesten daha zayıftım, çünkü herkesten fazla yaralanmıştım. Ama ne olursa olsun, bu duyguyu yenmek zorundaydım. Evgenia'yı yalnız bırakamazdım... Ne Evgenia'yı ne de o Suriyeli rüzgâr saçlı Azez'i.

Bir daha duydum ağlayan kız çocuğunun sesini. Zihnim bana oyun oynuyordu galiba. Hayır, gerçekten bir çocuk ağlıyordu. Daha önce doğru duymuştum, bir kız çocuğuydu ağlayan. Şimdi daha belirgin olarak işitiyordum, yan komşulardan geliyordu ses.

"Anne, anne korkuyorum..." diyordu çocuk. Şoför Tahsin'in kızı olmalıydı. Nergis. İri mavi gözleri boncuk boncuk bakan, büklüm büklüm sarı saçlı, dünya tatlısı bir kız. Üç ay kadar önce başlamıştı konuşmaya. Bazı sözcükleri tam söyleyemese de bıcır bıcır anlatıyordu bütün derdini. Neden korktuysa yavrucak artık gece yarısı. Evet, annesinin sesini de duydum işte.

"Geçti güzelim," diyordu. "Geçti bir tanem, işte geldim. Korkacak bir şey yok."

Çok şey vardı aslında korkacak. Ama annen yanındaysa... Bir kez daha anladım, Azez'e nasıl bir kötülük yapmak üzere olduğumu. Hayır, o kızı evlat edinecek, bağrımıza basacak, içimde büyüyen o yanlış hislere inat sevgiyle büyütecektik. Evet, başka ihtimal yoktu. Hiç değilse bir insanı kurtarmış olurduk. Böyle düşününce, bu karara varınca kendimi daha iyi hissetmeye başladım. O sırada çalmaya başladı telefonum. Ekranda Zeynep'in adı yazıyordu. Telaşla açtım.

"Rahatsız ediyorum Başkomserim ama zanlıları bulmuş olabiliriz."

Heyecanla, bir çırpıda sıralamıştı sözcükleri... Körebe'den mi söz ediyordu, yoksa başka birilerinden mi?

"Hangi zanlılar Zeynep, kimi bulmuş olabiliriz?"

"Hicabi İnce'yi öldürenleri Başkomserim."

Uykusunda mı konuşuyordu bu kız?

"Sen neredesin Zeynepcim?"

Hiç tereddüt etmeden yanıtladı.

"Merkezdeyim Başkomserim, mobese kameralarının kayıtlarını aldım, iki zanlı var."

Utandım, kendimi evimin güvenli duvarlarının arkasına atmışken, Zeynep bütün gece sokak kameralarında zanlıları aramıştı. Galiba işe yarar görüntülere de ulaşmıştı. Vakit sabahın bilmem kaçı olmasına rağmen nasıl da dinç çıkıyordu sesi.

"Bu habere sevindim Zeynepcim," dedim ben de yorgunluğumdan sıyrılarak. "Hemen geliyorum..."

24
"Boş yere ağlıyorsun, o böyle bir şey yapmaz."
❋

Görür görmez teşhis ettim adamları; Hicabi İnce'nin apartmanının bahçesine girerken yakalanmışlardı sokak kamerasına. Aslında görüntüler bozuktu ama sırtlarındaki siyah takım elbiseleri, burnundaki bandajıyla Serkan'ı ve yanındaki çakalı nerede olsa tanırdım. Bahçe kapısından sakin adımlarla içeri giren iki kopuk, dün öğlen vakti bizim Ali'den sopa yiyen iki serseriden başkası değildi.

"Sipsi'nin adamları," diye mırıldanarak, ekrandaki iki mafyozoyu gösterdim. "Şu öndeki Arda, suratı yaralı olan da Serkan..."

Zeynep'in yüzündeki son endişe bulutları da dağıldı.

"Evet Başkomserim, Arda Kırkıntı ile Serkan Asmaz... İkisinin de dosyası bir hayli kabarık. Cinayetten gasba, silahlı çatışmadan adam kaçırmaya kadar ne ararsanız var. Evet, ikisi de Sipsi İsmail'in yakın adamı. Büyük olasılıkla bunlar işledi cinayeti."

Aynı kanıdaydım ama resmin tümünü görmeden olmazdı. Büyük ihtimal diyerek adamları katil ilan etmek başımıza iş açardı, cinayeti kimin işlediğinden emin olmamız gerekiyordu. Aslında Zeynep de böyle düşünür, böyle davranırdı, ama söz konusu Ali olunca, mantığın yerini kolayca duygu alıvermişti. Yine de onu kırmamaya özen gösterdim.

"Büyük ihtimalle," diyerek onayladım. "Bıraksak bu ikisi dün caminin önünde alacaklardı adamın canını ama..."

Eline ateş değmiş gibi irkildi Zeynep. Neden "Ama" diyordum ki? Her sözcükten bir anlam çıkarıyordu. Hiç oralı olmadım, kafamı kurcalayan soruya geçtim.

"Bu herifler ne zaman çıkıyor dışarı?"

Kafası o kadar karışmıştı ki hemen kavrayamadı.

"Efendim Başkomserim?"

Ekranı işaret ettim.

"Zanlıların içeri girdiklerini gördük, ne zaman dışarı çıkıyorlar?"

Gergin bir halde bilgisayara döndü.

"Evet, tamam, anladım."

Mouse'u kullanarak, görüntüyü ileri sarmaya başladı, ekranda şekilsiz renkler uçuştu.

"İşte, işte buradalar, otuz yedi dakika sonra yeniden yakalanıyorlar kameraya."

Görüntüler netleşti; Arda ile Serkan bir kez daha belirdi ekranda. Bu kez Serkan öne geçmişti ama ikisinin de hiç acelesi yoktu. Heyecanlı ya da tedirgin de değildiler. Az önce birini bıçakla delik deşik etmiş katillere hiç ama hiç benzemiyorlardı.

"Ne kadar da sakinler," diye söylenmekten kendimi alamadım. "Sanki tanıdıkları birini ziyaretten dönen iki dost..."

Zeynep'in yorgun yüzü iyice gölgelendi, yine yanlış anlamıştı beni, sözüm ona aklımı çelmeye çalıştı.

"Adamlar psikopat, Başkomserim. Kim bilir kaçıncı cinayetleri bu? Dosyalarını bir görseniz... İkisi de suç makinesi. Öyle alışkınlar bu işlere. Hem otuz yedi dakika bir adamı bıçaklayarak öldürmek için yeterli süre değil mi? Cesedin başında oturup keyifle sigaralarını tüttürmüş bile olabilirler."

Zeynep anlatırken, Ali'nin ne kadar şanslı biri olduğunu fark ettim. Bu kız ne kadar çok seviyordu bizim deli oğlanı. Bir erkek için gerçek hazine bu olmalıydı. Bir kadın tarafından böylesine sevilmek. Ben de biliyordum bu duyguyu. Rahmetli Güzide ve Evgenia tattırmıştı bana.

"Öyle değil mi Başkomserim?" diyen Zeynep'in sesi dağıttı düşüncelerimi. "Bu alçaklar, birini öldürdükten sonra açık verecek insanlara benziyorlar mı?"

"Benzemiyorlar," dedim onu daha fazla telaşlandırmamak için. "Haklısın, adam öldürmek onlar için çocuk oyuncağı olmalı, hele Hicabi gibi savunmasız birini. Ama merak ettiğim başka bir husus var. Bizim Ali ne zaman görünüyor kamerada?"

Böyle bir soru beklemiyordu.

"Nasıl Başkomserim?"

Elimi şefkatle omzuna koydum.

"Ali diyorum Zeynepcim, onun da görüntüleri var değil mi kamerada?"

Kuşkuyla gölgelendi yüzü, ne yapmak istiyordum? Neden kabul etmiyordum ama uzatmadı, endişeyle bilgisayara döndü, mouse'una dokundu.

"Tabii, tabii var."

Yine aktı görüntüler.

"Ali, zanlılardan on dakika sonra giriyor apartmana."

Sözcükler kendiliğinden döküldü ağzımdan.

"On dakika mı?"

"Evet, o kadar kısa. Yani biraz daha önce gelse karşılaşacaklarmış. Bakın, burada."

Ekranda beliren Ali'yi incelemeye başladım; hızla giriyordu bahçeye, gözlerini seçmek mümkün değil ama kararlıydı, epeyce de gergin. Bu halini biliyordum, kavgaya başlamadan önce böyle kasılırdı bizim serseri. Boynu hafifçe içeri çekik, gözleri ileride, yumrukları sıkılı... Girdiği gibi hızla ayrılıyordu ekrandan.

"Ya sonra," diye fısıldadım. "Sonra çıkıyor mu evden?"

Tuhaf bir soru sormuşum gibi duraksadı Zeynep.

"Hayır, niye çıksın ki?"

Anlayışla gülümsedim.

"Bilmiyorum Zeynep, öğrenmek için soruyorum. Başka bir zanlı olsa bu soruyu sormaz mıyız? Belki çıkmış, sonra yeniden dönmüştür. Ali'nin masum olduğunu kanıtlamak için bunları bilmemiz gerekmez mi?"

Yüzü kızardı, bilgisayarın ekranına döndü.

"Anladım Başkomserim, haklısınız. Ama Ali bir daha çıkmıyor evden. Yirmi dokuz dakika sonra Ercü Komiser ve adamları geliyor. Bakın, o görüntüler de mevcut..."

Yine mouse'a uzanacakken, bir kez daha omzuna dokundum.

"Boş ver, orada bir kuşku yok..."

Bu defa başını değil, döner koltuğunu bana çevirdi.

"Nerede kuşku var?"

Akları kanlanmaya başlamış gözlerinde alıngan bir ifade belirmişti, neden hâlâ Ali'yi suçluyorsunuz, dercesine bakıyordu. Masanın öteki ucundaki koltuğu çektim, karşısına oturdum.

"Ali'yi gözden çıkardığımı mı zannediyorsun Zeynepcim?"

Müşfik bir baba gibi yumuşak bir tonda konuşmuştum.

"Hayır," dedi gözleri nemlenerek. "Hayır, bizi asla terk etmezsiniz."

O kadar çok seviyordu ki bizim serseriyi, kaderini öylesine birleştirmişti ki onunla, artık kendini ayrı biri olarak görmüyordu.

Uzanıp ellerine dokundum, buz gibiydi.

"Asla terk etmem kızım... Fakat Ali'yi kurtaracaksak, geride tartışmalı tek bir iz bile kalmamalı. Ercü, bu işin peşini bırakmaz. Adam, bizden hiç hoşlanmıyor, Ali'nin yeminli düşmanı. Dün akşam bizden ayrılır ayrılmaz sözlü raporunu vermiştir birlikte rakı içtiği amirlerine. Onun eline fırsat vermemeliyiz, dahası işin aslını öğrenmemiz gerek. Senin de bildiğin gibi bu olayda bazı karanlık noktalar var."

Yine savunmaya geçti.

"Ali, yurt müdürünü görmeye niye gitti diyorsunuz? Hem de bizden habersiz. Bu konu benim de aklımı kurcaladı tabii. Belki son anda aklına bir fikir gelmiştir. Bizimle konuşmanın da zaman kaybı olacağını düşünmüştür. Ali'yi biliyorsunuz, canı tezdir, hemen harekete geçer. Ne zaman, ne yapacağı belli olmaz."

Sakince başımı salladım.

"Aynen söylediğin gibi cereyan etmiş olabilir olaylar. Hatta Hicabi'yi önceden tanıyor da olabilir. Belki de bunu öğrenince yurt müdürüyle konuşmak istedi. Bize haber verecek zaman da bulamadı. Fakat cesedi bulunca neden bize haber vermedi? Bugüne kadar hiçbir davada böyle davranmadı. Olay yerine varır varmaz, ilk beni arardı. Bunu yapmadı. Aksine cesedin başında yarım saat kadar bekledi? Niye?"

Cevap veremedi Zeynep, aklından pek çok ihtimal geçiyordu ama hiçbirini sevdiği adama konduramıyordu. Açıkçası ben de ne diyeceğimi bilmiyordum. Hâlâ canını dişine takmış sıcağı yenmeye çalışan soğutucunun gürültüsünden başka ses duyulmuyordu odada.

"Ve neden bize hiçbir şey açıklamadı," diye söylendi dakikalar sonra. Sevdiği adamı savunmaktan vazgeçmemişti fakat aklını kurcalayan ihtimal onu rahat bırakmıyordu "Ben de bunların farkındayım Başkomserim, ama Ali'nin birini öldürmesi fikri beni korkutuyor. Yapmaz biliyorum ancak o yurtlarda ne oldu, neler yaşandı bilmiyoruz. Birkaç kez sordum, hep kapattı konuyu, hep kaçtı bundan..."

Daha fazla dayanamayıp ağlamaya başladı. Kendime öfkelendim, kızın hayallerini yıktığım için ama eğer ortada bir hakikat varsa bunu gizleyemezdik.

"Ali yapmamıştır," dedim kararlılıkla. "Boş yere ağlıyorsun, o böyle bir şey yapmaz."

Burnunu çekti, zavallım nasıl da inanmak istiyordu sözlerime.

"Evet, karanlık noktalar var, evet Ali tuhaf davranıyor ama bunların bir açıklaması olmalı Zeynepcim. Eminim vardır."

Islak gözlerini iri iri açtı.

"Varsa, neden karşımıza geçip, Hicabi'yi ben öldürmedim demiyor?"

Gözyaşları sessizce iniyordu kızarmış yanaklarından. Uzanıp elimle sildim.

"Ağlama ama, ağlamanın ne faydası var. Kendini üzme, bu işi çözeceğiz." İnançla yineledim. "Sana söz, en kısa zamanda bu işi halledeceğim ama senin de yardım etmen lazım. Kendini koyverirsen olmaz."

Utanır gibi oldu, başını geri çekti, bu kez kendi elleriyle gözyaşlarını kurulamaya başladı.

"Özür dilerim Başkomserim, kendimi daha fazla tutamadım..." Toparlanmaya çalışıyordu ama başaramadı. "Bir an inanıyorum Ali'nin cinayet işlemeyeceğine, o zaman rahatlıyorum. Başka bir neden olmalı, Ali, adamı niye öldürsün, diyorum. Fakat çok sürmüyor. Sizin söylediğiniz çelişkiler, karanlıkta kalan noktalar aklıma geliyor. O zaman, neden, neden Ali, 'Ben geldiğimde adam ölmüştü,' demiyor."

Sonunda Zeynep'i teselli edecek bir fırsat çıkmıştı karşıma.

"Onu söyledi," diye atıldım. "Evet, Ali aynen şöyle dedi: 'Geldiğimde Hicabi ölmüştü.' Ardından da ekledi. 'İçerde kimse yoktu.' Hatırlamıyor musun Zeynepcim, kelimesi kelimesine tam olarak bu cümleyi kurdu."

Emin olamadı ama olmak istiyordu.

"Ben sizden uzaktaydım, duyamamış olabilirim. Öyle mi dedi gerçekten?"

Güven veren o tatlı gülümsememi takındım.

"Evet, aynen böyle söyledi. Diyorum sana, Ali yapmadı." Elimle ekranı gösterdim yeniden. "Büyük ihtimal Sipsi'nin iki çakalı öldürdü yurt müdürünü."

Umutla atıldı yeniden.

"Ali'yle bir konuşsanız... Yani Arda ile Serkan konusunu da anlatarak. Belki o zaman, cinayet mahallinde ne yaptığını itiraf eder."

Aynı umut dolu ses tonuyla cesaret verdim.

"Daha iyi bir fikrim var." Sağ elini, avucumun içine alarak usulca vurdum. "Merak etme, yarın akşama kalmaz bu sorunu çözmüş oluruz."

25
"Mobeselerde katil arıyordum."

Araf, zambak kokuyordu. Merkezde ikiz sorgu odasını gören ara mekâna bu ismi takmıştık. Penceresiz, ince, uzun, kompartıman gibi bir odaydı. İki yandaki camlardan, iki sorgu odası görünüyordu. Bizim camlardan izlediğimiz içerdeki zanlılar, kocaman bir aynaya baktıklarını zannederlerdi. Elbette yolu buraya sıkça düşenler, o aynanın arkasında her mimiklerini, her hareketlerini izleyen polislerin olduğunu çok iyi bilirlerdi. İşte bu iki aynanın arasındaydı araf. Emniyetin kadim personeli Yeter Hanım, bu sabah silmiş olmalıydı zambak kokulu bir temizleyiciyle. Zambak kokusu, Yeter'in takıntısı da buydu işte. Odalarımız, masalarımız, pencereler, hatta tuvaletler mis gibi zambak kokuyordu. Hepsi iyiydi de gerektiğinde bağırıp çağırdığımız, hatta kendimizi kaybedip zanlıya bir tokat aşk ettiğimiz sorgu odalarında bu güzel koku biraz tuhaf kaçıyordu. Birkaç kez üstü kapalı olarak Yeter ikaz edilmişse de, bir türlü bu takıntısından vazgeçememişti. İşinde o kadar başarılı, daha da önemlisi hepimizden daha kıdemli olduğu için, kimse cesaret edip uzaklaştıramıyordu da kadını.

O enfes zambak kokuları arasında sorgulayacaktık zanlılarımızı. Sipsi İsmail'i soldaki odaya almıştık, Serkan'ı sağdakine. İkinci zanlı Arda'yı Tophane'de kaldığı evde bulamamıştık. Ekipler alarmdaydı, çok sürmez onu da bulup getirirlerdi merkeze. Çünkü ne Sipsi'nin ne de adamlarının ortalıktan kaybolmak gibi bir niyetleri vardı. O kadar kendilerinden eminlerdi ki; Sipsi'yi yazıhane olarak kullandığı Şirinevler'in girişindeki oto galerisinde mükellef bir kahvaltı yaparken bulmuştuk, Serkan'ı ise Bahçeşehir'de kiraladığı dairesinde horul horul uyurken basmıştık. Elbette sürpriz olmamıştı Sipsi için gelişimiz, yine de şaşırmış gibi yapmıştı.

"Ne o Başkomserim, Akif'in cinayetini bize mi yıkmaya karar verdiniz?"

Hiç istifimi bozmamıştım, "Lüzum yok İsmail," demiştim. "Azmettirdiğin kanlı bir cinayet varken başkasını niye yıkalım üzerine?"

Dudaklarına iğreti bir gülümseme yerleştirmişti.

"Neymiş o cinayet?"

Cevap vermesem de olurdu ama vereceği tepkiyi öğrenmek istemiştim.

"Bilmezlikten gelme, sonunda öldürttün Hicabi'yi. Hem de ne öldürtme, mezbahaya dönmüş adamın evi."

"Ölmüş mü?" diye mırıldanmıştı. "Ne yalan söyleyeyim hiç üzülmedim. Bir pislik eksilmiş dünyadan ama benim bu işle alakam yok."

Merkezde bolca konuşacaktık, o yüzden uzatmamıştım.

"İyi o zaman gel gidelim de anlat nasıl öldürmediğini."

Hiç direnmemişti, bu cinayetten sana ekmek çıkmaz dercesine pis pis sırıtmıştı. "Hiç değilse şu çayımı bitirseydim, siz de bir acı kahvemi içerdiniz," diyerek kendince alay bile etmişti.

Sipsi'yle Serkan'ı gözaltına alırken Ali'yi çağırmamıştım. Bilhassa yapmıştım bunu, ama bu ikisini paketledikten sonra yardımcımı aramış, acele merkeze gelmesini söylemiştim. Neler olduğunu merak bile etmemişti.

"Emredersiniz Başkomserim," demişti resmi bir ses tonuyla. "Yarım saatte oradayım."

Muhtemelen görevden alınacağını bekliyordu, belki sorguya çekileceğini. O sebepten olsa gerek, tam zamanında geldi. Ne olacaksa olsun dercesine... Zeynep'e de uğramadan doğrudan arafta almıştı soluğu. Sevgilisiyle karşılaşmak ağır geliyordu anlaşılan. Omuzları çökmüştü, gözlerinin altında mor halkalar belirmişti. O da bizim gibi geceyi uykusuz geçirmiş olmalıydı. Belki de çağırmam onu rahatsız etmişti, ama bundan kaçamayacağını biliyordu. Ve gerçekle yüzleşmekten korkmayacak kadar cesurdu. Belki de sadece Zeynep'i görmeye hazır değildi, cesareti bu kadarına yetmiyordu. Ama karşılaşacaktı, başından beri bu tuhaf olayın içindeki o vefâkar kızı bunun dışında tutamazdım; Zeynep'i de çağırdım. Kriminoloğumuz arafa gelmeden önce, ikiz sorgu odasındaki ince uzun masalarda sakince sorgulanmayı bekleyen iki zanlıyı gösterdim.

"Sipsi ile Serkan'ı sorgulayacağız. Hicabi İnce'nin katil zanlıları olarak."

Ne bir sevinç belirdi yüzünde, ne de bir rahatlama.

"Tanık mı var?" diye sordu sadece. "Nasıl anladınız zanlı olduklarını?

"Kameraya yakalanmışlar. Sipsi değil, dün kavga ettiğin şu iki zibidi."

Düzgün alnı kırıştı.

"Ben de varım o kamerada." En küçük bir endişesi yoktu, kayıtsız bir sesle konuşuyordu. Ben de aynı kayıtsız tavırla başımı salladım.

"Sen de varsın."

Ne cinayet mahalline niye gittin diye sordum, ne de yirmi dokuz dakika ne yaptın orada diye sıkıştırdım. Tavrımı yadırgamıştı Ali ama ketumluğunu koruyarak konunun kapağını kaldırmadı. Fakat odaya giren Zeynep kendini tutamadı.

"Bütün akşam seni aradım, telefonunu neden açmadın?" diyerek payladı Ali'yi. Mümkün olsa, iki âşığı bırakıp kaçardım odadan ama bu uygunsuz olurdu, ne de olsa onların amiriydim.

"Şarjım bitmiş," diye açıkladı bizim delibozuk ama uydurduğu yalana kendisi de inanmıyordu ki, sesi cılız çıkmıştı.

Dün akşamdan beri onu kurtarmak için çırpınan Zeynep'i bu sözler iyice zıvanadan çıkardı.

"Doldursaydın o zaman, seni merak edeceğimi düşünmedin mi?"

Elleriyle başını kaşıyarak, dağınık saçlarını iyice dağıttı bizimki.

"Ya ne bileyim, unutmuşum. Keşke kalkıp gelseydin, evdeydim bütün gece."

Zeynep'in dudaklarının titrediğini gördüm, zavallım kendini tutamayıp ağlayacaktı. Yapmadı, yaşlar gözünde parıldadı ama akmadı.

"Daha eğlenceli işlerim vardı," dedi alıngan bir sesle. "Mobeselerde katil arıyordum. Bir arkadaşımı kurtarmak için... Tavsiye ederim çok eğlenceli oluyor..."

Tokat yemiş gibi sersemledi bizim serseri, ne diyeceğini bilemediği için de cevap veremedi ama Zeynep bir türlü yatışmıyordu.

"Hadi beni geçtim, ya Başkomserimizin sana ihtiyacı olsaydı, ki, zanlıları tespit ettikten sonra gerçekten de olabilirdi."

Ali'nin yüzü kıpkırmızı oldu.

"Özür dilerim Başkomserim, böyle olacağını bilseydim."

Bu konuyu şimdi tartışmak istemiyordum.

"Bunları sonra konuşuruz." Kriminoloğumuza döndüm. "Zeynepcim, Hicabi'nin tırnaklarının arasındaki deri parçacıklarından ve kandan bahsetmiştin. Onların DNA'sını tespit etmek lazım. Zanlılarla eşleştirmek için..."

Zeynep'in öfkesinden ben de nasibimi aldım.

"Yaptık Başkomserim. Siz zanlıları gözaltına alırken ben o işle uğraşıyordum, sonuçlarını alırız yakında."

En babacan halimi takınarak gülümsedim.

"Güzel, o zaman sen de dışarıdan sorguyu izle. Sonra birlikte değerlendiririz."

Sözümü tamamlarken çaldı telefonum. Buket arıyordu; şu cevval gazeteci. Eğer Zekai, dün "Seri katilimiz hakkında her şeyi biliyor. Beş yıl önceki 12 cinayetin kurbanlarının isimlerine, bırakıldıkları yerlere, yanlarına bırakılan oyuncaklara kadar hepsini tek tek anlattı," dememiş olsaydı açmazdım telefonumu. Belki bizim bilmediğimiz bir ipucuna ulaşmış olabilirdi.

"Alo," dedim gazeteci kızın minyon yüzünü gözlerimin önüne getirerek. "Alo, buyurun Buket Hanım."

Şaşkın bir sesle sordu.

"Telefonum sizde kayıtlı mıydı?"

İki yıl önce Akaretler'de Bahri adında eşcinsel bir gazeteci öldürülmüştü, Buket'in yakın arkadaşıydı, merkeze çağırmıştık, o günlerden kalmıştı numarası telefonumda. Elbette öyle söylemedim.

"Sizin gibi önemli bir gazeteci arkadaşımızın telefonu neden kayıtlı olmasın?"

Küçük bir kahkaha attı.

"Sanmıyorum, muhtemelen Zekai Amirim vermiştir. Dün sizden bahsettik telefonda."

Muhabbeti uzatmanın manası yoktu.

"Körebe dosyası değil mi?" diyerek sadede geldim. "Ne biliyorsunuz bu konu hakkında?"

Kısa bir sessizlik oldu.

"Onu da konuşmak isterim ama başka bir konu için aramıştım sizi. Aslında biraz tatsız bir konu. Yardımcınız hakkında. Komiser Ali Gürmen, sizinle çalışıyor değil mi?"

Bakışlarım karşımda dikilmekte olan bizim delikanlıya kaydı, konuşmam bitsin de Serkan'ın sorgusuna girelim diye bekliyordu.

"Ne olmuş ona?" diye sordum isim vermekten kaçınarak.

"Dün akşam Zeytinburnu'nda işlenen bir cinayete bulaşmış diyorlar... Şüpheli bir halde cinayet mahallinde bulunmuş... Saatlerce maktulün başında beklemiş diyorlar. Delilleri karartmış olabileceğini söylüyorlar..."

Öfkeyle sordum.

"Kim uyduruyor bunları?"

Sesim o kadar yüksek çıkmıştı ki, Zeynep'le Ali merakla beni izlemeye başladılar.

"Ne yazık ki bunu söyleyemem," dedi Buket. Anlayış bekleyen bir tını vardı sesinde. "Ama yazmadan önce size sormak istedim. Siz dürüst bir insansınız, yalan söylemezsiniz. Ben de yanlış haber yapmak istemem."

Elbette Piç Ercü'ydü bu haberi yayan. Hiç zaman kaybetmeden işe koyulmuştu demek. O kadar kin duyuyordu ki Ali'ye, sırf zarar vermek için gazetecileri aramakta tereddüt etmemişti. Anlaşılan yukarılarda birileri destekliyordu onu. Teşkilat içinde operasyon yapacaklardı demek, operasyon bile değil, belden aşağıya vuracaklardı. Kan beynime sıçradı ama kendimi tuttum. Buket'e sinirlenmenin, hele onu terslemenin Ercü'den başka kimseye yararı olmazdı. Derinden bir nefes aldım.

"Yanlış Buket Hanım, size yalan söylemişler. Ama isterseniz bu konuyu yüz yüze konuşalım. Saat 16:00'da Taksim Gezi Pastanesi'nde buluşalım mı?"

"Çok memnun olurum. Hem şu Körebe davasını da konuşuruz. Benim de size anlatacaklarım var."

Sevindim böyle söylediğine, demek ki benimle anlaşacaktı.

"Şahane olur. O zaman, görüşmek üzere..."

Telefonu kapattım, benden bir açıklama bekleyen yardımcılarıma döndüm.

"Hadi arkadaşlar," dedim hiç oralı olmadan. "Gidip şu herifleri itiraf ettirelim."

Saygıyla yana çekildi ikisi de. Aralarından geçerken, hâlâ Ali'ye öfkeyle bakan Zeynep'i bir kez daha uyardım.

"Gözünü ayırma heriflerin üzerinden, senin gözlemlerin bizim için çok önemli."

26
"Ulan çakal, Allah'ın adamını dün Allah'ın evinde öldürecektiniz be!"

❈

Sorgu odasını zambak kokusu basmıştı. İnce uzun masada oturan Serkan, bunun ne kadar farkındaydı kestirmek zordu, ama kapıdan içeri girdiğimi görünce, bandajlı burnunun gerisindeki kanlanmış yeşil gözleriyle beni izlemeye başladı. Korku yoktu yüzünde, telaşlanmadan, ürkmeden öylece bakıyordu, hatta şişmiş dudaklarını yayarak rahatça gülümseyecekti ki, bir adım geriden gelen bizim delibozuğu gördü. Gülümsemesi dudaklarında dondu, gözlerine bir endişe geldi oturdu. Ali'nin dikkatinden de kaçmamıştı Serkan'ın korkusu.

"Ne haber lan zurna?" diye nazikçe selamladı zanlıyı. "Bak, bandaj ne güzel yakışmış, arada gel sevabına süsleyeyim seni, yüzüne nur gelsin."

Anında girmişti bizim serseri eski havasına. Bu kez kızmadım ona, aksine sevindim suçlu psikolojisinden kurtulduğu için. Serkan ise içine düştüğü panik halinden çıkmak için olsa gerek yalakalığa başladı.

"Çok şakacısınız Komiserim."

Kaşları çatıldı Ali'nin, zanlının suratına indirecekmiş gibi sağ elini kaldırdı.

"Ne şakası lan, karşında devletin komiseri var, kendine gel."

Ürkerek başını geri attı Serkan.

"Korkma," dedi havada kalan elini yavaşça indiren Ali. "Daha o aşamaya gelmedik. Sorduklarımıza doğru dürüst cevap vermezsen geçeceğiz o etaba."

İskemleyi çekip Serkan'ın karşısına oturdum, Ali ise zanlının arkasına geçti. Bu durum Serkan'ı tedirgin etmeye yetti. Güya bana bakıyordu ama her an yardımcımdan bir darbe gelecekmiş gibi diken üzerinde oturuyordu. Elimdeki dosyayı masanın üzerine koyup güya okuyormuş gibi birkaç sayfasını karıştırdıktan sonra başımı kaldırdım.

"Bu ilk cinayetin mi Serkan?"

Yaralı suratını ele geçiren tedirginlik bütün bedenine yayıldı.

"Ne? Ne cinayeti, ben kimseyi öldürmedim! Bir yanlışınız var Başkomserim."

Üstelemek yerine, dosyaya uzandım, Hicabi İnce'nin vesikalık fotoğrafını aldım, zanlının burnuna doğru uzattım.

"Bu adamı öldürmedin mi?"

Kanlı gözlerini birkaç kez kırptı.

"Yok, yok, ben öldürmedim. Ne onu ne de bir başkasını öldürdüm."

Yeniden dosyaya uzandım, bu defa, dün cinayet mahallinde çekilen maktulün kanlar içindeki fotoğrafını aldım.

"Yani bu zavallı adamı, bu hale sen getirmedin mi?"

Öylesine bir göz attı fotoğrafa.

"Hayır, hayır ben yapmadım. Niye öldüreyim ki Allah'ın adamını..."

Ali'nin tokadı ensesinde patladı.

"Allah'ın adamıymış," diye bağırdı yardımcım. "Ulan çakal, Allah'ın adamını dün öğlen vakti Allah'ın evinde öldürecektiniz. Bir de inkâr ediyor!"

Tokatı yiyen Serkan öne savrulmuştu.

"Ah, ne vuruyorsun be! Avukatımı istiyorum."

Hiç istifimi bozmadan, dosyadan üçüncü bir fotoğraf aldım.

"Bu fotoğraf dün akşamüzeri sizi tespit eden kameradan... Mobeseler var ya, onlardan birine yakalanmışsınız." Bunu hiç beklemiyordu. Endişeyle inceledi uzattığım fotoğrafı. "Bak, Arda'yla birlikte maktulün bahçesine giriyorsunuz. Daha güneş batmamış. Alt köşede içeri giriş saatiniz yazıyor.

Gördün mü?" Cevap vermesini beklemeden, dördüncü fotoğrafı çıkardım. "Bak bu da evden çıkış anınız, tam otuz yedi dakika sonra... Otuz yedi dakika içeride kalmışsınız. Ne yaptınız otuz yedi dakika orada?"

Onun yerine Ali yanıtladı.

"Ne yapacaklar, adamı delik deşik ediyorlardı."

Serkan'ın yüzündeki panik görülmeye değerdi. Belli ki kameraya yakalanacakları hiç akıllarına gelmemişti. Bizim suç şebekeleri çoğunlukla böyledir, beline silah takmakla, elindeki bıçağı rakibine saplamakla, kuru cesaretle her işi halledebileceklerini zannederler. Suç biraz karmaşık bir hal alsın, hepsi çuvallamaya başlar. Yine öyle olmuştu, cinayet işlediklerini kimsenin görmediğinden emin olan Serkan, ortaya çıkan bu reddedilmez delil karşısında şapa oturmuş, ne yapacağını bilemiyordu.

"Cevap versene lan!" diye ikinci şaplağı yedi Ali'den. "Bu kaçıncı cinayetin?"

"Ah!"

Yine öne savruldu Serkan, ama toparlanırken aceleyle söylendi.

"Ben öldürmedim, ben kimseyi öldürmedim."

Sözcüklerin üzerine basa basa homurdandım.

"Arda öyle söylemiyor ama, sen deşmişsin yurt müdürünün karnını."

Muzip bir ifade yayıldı suratına.

"Boş atıp dolu tutmaya çalışıyorsunuz Başkomserim. Ben de Arda da kimseyi bıçaklamadık."

Ellerimi masanın üzerine koyarak, kanlanmış gözlerine baktım.

"Sizi yüzleştirince anlayacaksın boş mu atıyorum, dolu mu? Sen bıçaklamışsın Hicabi'yi hem de defalarca. Adam öldükten sonra bile durmamışsın. Bilmiyoruz tabii, bunlar arkadaşının söyledikleri."

Hiç tınmadı zırtapoz.

"Şaka yapmış Arda," dedi pis pis sırıtarak. "Kusura bakmayın ama sizinle eğlenmiş."

Sözünü bitirirken Ali bir tokat daha indirdi ensesine.

"Ciddi ol demedim mi lan ben sana!"

Ama bu defa tutturamamıştı yardımcım, öne bile savrulmadı Serkan. Yine bir "Ah!" çıktı ağzından sadece, hepsi o. Alaycılığını bile bozmamıştı.

"Ya niye vuruyorsun, ben değil Arda dalga geçmiş sizinle."

Yardımcım çevik bir hareketle öne geçti, güçlü pençeleriyle zanlıyı yakasından tutup havaya kaldırdı.

"Göstereceğim sana şimdi dalgayı."

Serkan'ın yüzü kirece kesmişti, "Ne, ne yapıyorsunuz Komiserim?"

Ali aldırmadı Serkan'ın sözlerine.

"Anlat lan şimdi. Bir insanın gözünün içine baka baka bıçaklamak nasıl oluyor? Hıı, söylesene lan, bıçak adamın karnını yararken, kanın üzerine sıçraması nasıl bir duygu? O sıcaklığı hissetmek..."

Bembeyaz bir bandajla kaplanmış iri burnunun gerisindeki gözlerinde büyüyen korkuya rağmen inkârı sürdürdü Serkan.

"Bilmiyorum Komiserim, hiç kimseyi bıçaklamadım. İsterseniz sabıka kayıtlarıma bakın. Tabancayla iki kişiyi vurdum ama bıçak işi yok bende. Sevmem bıçak kullanmayı."

"Bırak Ali," diye uyardım. "Oturt şunu iskemlesine de sorguya devam edelim."

Dediğime uydu yardımcım, zanlıyı bıraktı, Serkan boş bir çuval gibi yığıldı iskemlesine, Ali de eski yerine geçti. Zanlı kendine çekidüzen verirken buz gibi bir sesle sordum.

"Arda mı öldürdü?"

Hedefi on ikiden vurmuştum, yüzündeki alaycılık tuzla buz oldu ama zaman kazanmak için anlamazlıktan geldi.

"Kimi Arda mı öldürdü?"

Acımasız bir bakışla süzmeye başladım. Ama işe yaramadı.

"Ha Hicabi'yi mi diyorsunuz? Hayır, hayır Başkomserim o da öldürmedi. Biz kimseyi öldürmedik."

Enseye üçüncü tokat geliyordu, başını eğdi, yüzünü yana yatırarak Ali'yi görmeye çalıştı.

"Dur, dur vurma Komiserim, kabul adamın evine gittik ama biz çıkarken Hicabi sağdı."

Çözülüyor muydu ne? Onun açtığı koridordan ilerlemekte fayda vardı.

"Niye gittiniz Hicabi'nin evine?" diye atıldım. "Çay içmeye değil herhalde."

"Tehdit etmeye gittik. Evet, küçük çocuklara sarkıntılık yapmaması için gözünü korkutmaya gittik. Bir de Akif Soykan'ı kimin öldürdüğünü sormaya..."

"Size ne lan?" diye gürledi Ali. "Polis misiniz, size ne Akif'in katilinden?"

Ezberlenmiş bir cümleyi tekrar eder gibi mekanik bir sesle açıkladı.

"Arkadaşımızdı Akif, intikamını almak istedik."

Anında yerleştirdim lafı.

"Ama Hicabi, katilin adını söylemeyince çektiniz bıçakları..."

Anında inkâr etti.

"Hayır, elimizi bile sürmedik, sadece konuştuk. Biraz sert konuştuk. Küfür filan da ettik ama bir fiske bile vurmadık. Bizden sonra gelen birileri öldürmüştür adamı."

Başımı kaldırdım, yardımcımla göz göze geldik. Serkan'ın söyledikleri canını sıkmış olmalıydı. Nasıl sıkmasın, kendilerinden sonra eve gelen kişinin Ali olduğunu bilmemesine rağmen açıkça onu suçluyordu.

"Yalan söyleme lan," diyerek öncekilerden çok daha güçlü bir şaplak indirdi yardımcım. Bu defa tokat tam yerini bulmuştu, Serkan'ın kafası nerdeyse masaya çarpacak kadar öne savruldu. Kendini toparlayıp, yeniden başını kaldırdığında burnundan hafifçe kan sızmaya başlamıştı.

"Yeter Ali!" diye çıkıştım. "Tamam, bu kadar kâfi."

Neye uğradığını şaşırdı yardımcım, bir sorguda, zanlının huzurunda ilk kez azarlıyordum onu.

"Göz göre göre yalan söylüyor Başkomserim. Adamı delik deşik etmişler, şimdi de karşımıza geçmiş masumu oynuyor."

Ali'nin telaşlanması canımı sıkmıştı, Serkan ise bandajında büyüyen kızıllığa rağmen, sakin bir halde oturuyordu karşımızda.

"Gömleğinin kolunu sıyır," dedim bileklerini göstererek. "Kollarını görmek istiyorum."

Kol düğmelerini çözdü, ipeksi, siyah kumaşı yukarı çekti, hiç güneş görmemiş killi kolları çıktı ortaya.

"Şimdi, uzat masaya."

Avuçları yere gelecek şekilde iki kolunu uzattı. Zeynep'in söylediği türden tırnak ya da yara izi görünmüyordu.

"Çevir kollarını."

Bileklerini yukarı gelecek şekilde döndürdü. Hayır, iç tarafta da yara bere yoktu. Hicabi'nin kavga ettiği kişi Serkan değildi, en azından bunu anlamıştım. Bir kez daha yardımcıma çevirdim gözlerimi, hevesini yitirmiş gibiydi. Öylece dikiliyordu zanlının arkasında.

"Kim yolladı sizi Hicabi'nin evine?" diye yeniden başladım sorguya. "İsmail Abiniz mi?"

Gömleğinin kollarını indirirken durdu.

"Yok, İsmail Abi yollamadı. Ne ilgisi var, Akif bizim de arkadaşımızdı, kendimiz gittik o ırz düşmanının evine. Dediğim gibi katilini öğrenmeye. İsmail Abi konudan haberdar değil."

Daha fazla dayanamadı Ali.

"Uyduruyor Başkomserim, görmüyor musunuz, her açtığında yalan dökülüyor ağzından."

Yeni bir şaplak geleceğini sanan Serkan, çaresizce başını boynunun içine çekmişti.

"Tamam Ali," dedim sağ elimi havaya kaldırarak. "Tamam, anlarız birazdan ama önce sen sakin ol."

27
"Sen de bir zamanlar çocuktun!"

※

Sipsi İsmail'in bulunduğu sorgu odasına girerken, ne yalan söylemeli epeyce kaygılıydım. Ya Serkan'ın söyledikleri doğruysa? Ya gerçekten masumlarsa? Hicabi'yi sadece tehdit ettilerse? O zaman Ali'yi zanlılar listesinin ilk sırasına koymamız gerekecekti. Sorguyu camın öteki tarafından izleyen Zeynep de aynı endişeye kapılmış olacak ki, arafa çıkınca, karmakarışık bir yüz, soru dolu gözlerle bakmıştı bize. Ali ise dünden beri sergilediği tavrını sürdürmüş, hiçbir açıklama yapmadan benden gelecek talimatı beklemişti. Ben de şimdilik yorum yapmaktan kaçınmış, ne sözlerimle, ne de davranışlarımla herhangi bir imada bulunmuştum. Ama gitgide daha derin bir endişeye sürüklenmekten kendimi alamıyordum. Yurt müdürünün katili Ali olabilir miydi? Hayır, bu ihtimale inanmak istemiyordum. Fakat benim inanmak istemeyişim bu ihtimalin hakikat olmasını değiştirmezdi. Başka bir mesele olmalıydı. Eninde sonunda öğreneceğimiz pis bir mesele. İşte bu duygularla girdim, Sipsi'nin sorgusuna. Kullandığı o baharatlı parfüm kapalı odada kendini iyice belli etmiş, Yeter Hanım'ın zambak kokulu deterjanını bile bastırmıştı.

"Ne bu koku lan?" diye gürledi Ali içeri girer girmez. "Karı gibi kokuyorsun!"

Eskiden de böyle sinirliydi ama esprili tavırları öne çıkardı. Artık tümüyle öfkeli hale gelmişti, onu sorguya çağırmakla yanlış mı yaptım diye düşünmekten kendimi alamadım. Yardımcımın aksine Sipsi son derece sakindi. Sadece "Karı gibi kokuyorsun," derken yüzü düşmüş, ardından eski haline geri dönmüştü. Pişkin pişkin sırıttı.

"Bu sıcakta pis pis kokmak daha mı iyi Ali Komiserim?"

Anında çaktı lafı bizim dövüş horozu.

"Güzel kokmak iyi de, böyle piyasa malı gibi kokuyla yıkanmak erkek adama yakışıyor mu?"

Açıkça tahrik ediyordu İsmail'i. Ama vaziyeti anlayan çete reisi hiç oralı olmadı.

"Biraz kokular üzerine çalışmalısın Ali Komiserim, benimkinin kadınlarla bir alakası yok. Harbi erkek kokusu, istersen sana da yollayayım bir düzine, malum fazla mesai yapıyorsunuz şu sıralar. Terledikçe basarsın kokuyu."

Yardımcımın gerilen yüzü, bu işin sonunun kötü olacağını söylüyordu.

"Uzattın İsmail," diyerek araya girdim. "Bu kadarı kâfi."

Çipil gözleriyle, Ali'yi gösterdi.

"Adamınız başlattı Başkomserim."

"Kim başlattıysa başlattı, bu kadar gevezelik yeter."

Ses tonumdan Ali de anlamıştı bu muhabbetten hazzetmediğimi, sessiz kalarak, görevini yerine getirmek için Sipsi İsmail'in bir adım gerisine geçti. Ben de zanlının karşısındaki iskemleye yerleştikten sonra hiç acele etmeden dosyanın kapağını açtım. Sanki önemli bazı notlara bakıyormuş gibi dudaklarımı kıpırdatarak sessizce satırları okudum, ardından Sipsi'ye diktim gözlerimi.

"Evet İsmail, neden öldürttün Hicabi İnce'yi?"

Tıpkı Serkan gibi o da istifini hiç bozmadı.

"Ben, kimseyi öldürtmedim. Niye öldürteyim ki o labunyayı?"

Anlamak istercesine bir süre onu süzdükten sonra fikrimi açıkladım.

"Akif'in intikamını almak için olabilir mi? Yurt müdürünü suçluyordun dün. Suçlasan iyi, öldürmeleri için Serkan'la Arda'yı salmıştın adamın üzerine..."

"Kimseyi salmadım," diye yalan söyledi. "Onu, Akif'in tabutunun başında görünce kan beynime sıçramıştı. Kendimi kaybettim, herifin üzerine yürüdüm. Bizim çocuklar da durumdan vazife çıkarmışlar."

"Senin bu Hicabi'yle alıp veremediğin ne?"

Ali'nin sorusu bir an şaşırttı Sipsi'yi, ama yine çok sürmedi.

"Dün anlattım ya, Akif'in o hallere düşmesine sebep olmuştu. Yani, bir manada ölümünden de sorumlu diyebiliriz."

Tam zamanıydı, araya girdim.

"O yüzden mi adamı bıçaklattın, arkadaşının intikamını almak için?"

Bana döndü yeniden.

"Hayır, ben kimseyi bıçaklatmadım. İnkâr etmiyorum, Hicabi'nin öldürülmesine sevindim. Hatta anlattığınız gibi bıçakla delik deşik edilmesine çok memnun oldum. Çünkü ölümüne üzülünmeyecek adamlardandı. Onun gibi orospu çocukları olmasa hayat daha güzel olur."

Muhtemelen Ali de bu sözlere sonuna kadar katılırdı, ama Sipsi'ye dünyayı dar edecek ya, sertçe azarladı mafyozoyu.

"Küfürlü konuşma, ne soruyorsak ona cevap ver."

Geniş omuzlarını silkti Sipsi.

"Veriyoruz ya!"

"Vermiyorsun," diye gürledi Ali. "Sabahtan beri palavra sıkıyorsun. Dün de yalan söyledin, şimdi de yalan söylüyorsun."

Bir buzdağı kadar sağlam sükûnetini korumayı sürdürdü.

"Yalan söylüyorsam, ispat et, at beni hapse. Ama edemezsiniz, çünkü bu işle benim bir alakam yok."

Mobese kamerasından aldığım fotoğrafı gözüne soktum.

"O zaman adamlarının ne işi vardı Hicabi'nin evinde?"

Gri gözleri tıpkı Serkan'ınki gibi şaşkınlıkla açıldı.

"Evet, senin iki zekâ küpü mobeseye yakalanmış. Hem cinayeti işlemeden önce hem de işi bitirdikten sonra... Görüyor musun, nasıl da salına salına yürüyorlar?"

Ne diyeceğini bilemeden öylece kalmıştı ama sorguda o kadar tecrübeliydi ki çok sürmedi bu hali.

"Neden orada olduklarını bilmiyorum ama isterseniz sorar öğrenirim." Yine o pis gülümsemesini yerleştirdi nemrut suratına. "Size de söylememişler anlaşılan."

Sinirlerine hakim olamayan Ali iki adım atıp yanına geçti, gözleri alev alev yanıyordu, yumruklarını sıkmıştı, "Yanılıyorsun," dedi nefret dolu bir sesle. "Söylediler, hepsini anlattılar. Oraya ne için gittiklerini, aptallık yapıp Hicabi'yi konuşturmadan önce öldürdüklerini, bu yüzden aradıkları şeyi bulamadıklarına kadar hepsini anlattılar."

Neden bahsediyordu hiçbir fikrim yoktu, fakat Sipsi'nin suratındaki o iğrenç gülümseme kaybolduğuna göre doğru yolda olmalıydı. Nitekim baş mafyozo gergin bir sesle sordu.

"Neymiş o aradıkları şey?"

Ali gözlerini adamın yüzünden ayırmıyordu.

"Sen söyleyeceksin, ne arıyordunuz Hicabi'nin evinde?"

Bakışlarını kaçırdı Sipsi.

"Hiçbir şey, muhtemelen Arda ile Serkan camide olduğu gibi durumdan vazife çıkardılar. Adamı tehdit etmek için evine gittiler. Hicabi'yi öldürdüklerini de zannetmem. En fazla sözlü olarak tehdit etmişlerdir. Bir nebze olsun Akif'in intikamını alabilmek için."

Sözlerini bitirirken bana baktı. Ne tepki vereceğimi merak ediyordu. Ali'nin sorgusunu yarıda kesmek gibi bir niyetim yoktu, o yüzden sesimi çıkarmadım, bunun üzerine Sipsi yardımcıma döndü. O ukala gülümsemesini dudaklarına yerleştirerek kendince noktayı koydu.

"İşin aslı bu."

Tuhaftır, bizim sinir küpü ne kendini kaybetti, ne yaradana sığınıp herifin suratına bir tokat yerleştirdi.

"Hepsi bu değil Süslü İsmail!" dedi bir adım daha yaklaşarak. "Süslü İsmail"i üzerine basa basa söylemişti. "Sen de, ben de çok iyi biliyoruz ki, hepsi bu değil." Bir an durdu. "Süslü İsmail," diye yineledi, bana döndü. "Sipsi İsmail'den daha güzel değil mi Başkomserim?"

Forma girmişti serseri, ama daha önemlisi bu çirkin çete reisi hakkında bildiği önemli bir şey vardı.

"Kulağa hoş geliyor," diyerek oyununa katıldım. "Yatacağı koğuşta nasıl karşılanır bilmem ama Sipsi'den daha melodik olduğu bir gerçek."

İsmail'in suratı kırmızıdan siyaha dönüşüyordu.

"Orasını merak etmeyin Başkomserim," diye takılmayı sürdürdü Ali. "İsmail alışıktır koğuşta kendisine böyle seslenilmesine." Küçümseyen bir ifade takındı. "Değil mi lan Süslü? Böyle mi çağırıyordu Hicabi seni?"

İsmail'in geniş yüzü gerildi, kül rengi gözleri keskinleşti, çelik mavisine döndü.

"Ne, ne diyorsun sen be!"

Alaycı bir tavırla bir adım geri attı Ali.

"Yok, sinirlenmek yok Süslü, bak, deminden beri sakin sakin oturuyordun. O şahane gülümseyişine ne oldu? Sahi, Hicabi'ye de böyle tatlı tatlı mı gülüyordun?"

İsmail o kadar gerilmişti ki, şimdi ayağa fırlayıp yardımcıma saldıracak diye kaygılandım. Yapmadı, sadece derin derin soludu.

"Ne demek istediğini anlamadım."

"Anladın, anladın," dedi imalı bir sesle Ali. "Hadi itiraf et artık. Hicabi'ye duyduğun nefretin altında Akif'e yaptıkları yok, sana yaptıkları var."

Yardımcım kesinlikle önemli bir malumata ulaşmıştı. Bu, öyle sorguda zarf atma numarasına benzemiyordu.

"Hicabi gibi bir şerefsiz bana ne yapabilir ki? Onun gücü çocuklara yeter."

İlk kez merhamete benzer bir ifadeyle bakıyordu Ali, sanki İsmail'e acır gibiydi.

"Sen de bir zamanlar çocuktun," diye hatırlattı. "Sen de Hicabi'nin yönettiği yurtlardan birinde kaldın."

Mafya reisi gerildi, burun kapakları öfkeyle açılıp kapandı.

"Ben yurtta filan kalmadım," dedi güya umursamaz görünerek. "Yozgat'ta dedemin yanında büyüdüm."

Buruk bir ifade belirdi Ali'nin yüzünde.

"Yirmi küsur yıl öncesinden bahsediyorum İsmail! İnkâr etme, bunun bir faydası yok."

Telaşlanmıştı, galiba itibarını yitirmek üzere olduğu kafasına dank etmişti.

"İnkâr etmiyorum. İstediğin herkese sor. Yeğenlerim yaşıyor..."

"Gerek yok, Hicabi günlüğünde yazmış."

Bu sözler bardağı taşıran son damla oldu, İsmail öfkeyle ayağa kalkmaya çalıştı, Ali'nin çelik gibi elleri omuzundan yakalayıp onu yerine oturttu.

"Yapma İsmail, yapma kardeşim, kendini dövdürtme bana. Bunun sana hiçbir faydası olmaz."

Dev gibi cüssesine rağmen direnmedi sert adam, çöktü tekrar iskemlesine.

"İftira atma o zaman," dedi cılız bir tonla. "Ne günlükten haberim var benim, ne de Hicabi'nin neler yazdığından."

"İftira atmıyorum," dedi Ali. Sanki acı çeker gibi boğuk çıkıyordu sesi. "Hepsini biliyorsun İsmail. O ırz düşmanının, öteki çocuklar gibi sana da tacizde bulunduğunu, sonra da bunları günlüğüne yazdığını öğrendin. Muhtemelen Akif Soykan anlattı sana. Adamlarını da Akif'in intikamını almak için değil, o kara defteri bulmak için yolladın Hicabi'nin evine."

Elimde olmadan söylendim.

"Kara defter mi?"

"Evet Başkomserim, bu Hicabi denen sapık, Akif'in yazmaya cesaret edemediklerini yazmış. Çocuklara yaptığı bütün iğrençlikleri en ince ayrıntısına kadar kaydetmiş kara bir deftere. Özel olarak yaptırdığı kalınca bir defter. Simsiyah bir deriyle özene bezene ciltlenmiş. Siyah sayfalara yaldızlı beyaz bir kalemle yazmış kepazeliklerini. Çocuklara neler yaptıysa ve kendisine neler yapıldıysa, hepsini cüretkârca anlatmış."

İyi güzel de Ali nereden biliyordu bunları; İsmail'in yanında soramadım tabii. Yardımcım ise sürdürüyordu konuşmasını.

"Ne yazık ki seni de yazmış İsmail kardeş. Evet, oradan öğrendim sana Süslü İsmail dediğini... Dalga geçtiğim için kusura bakma ama bir cinayet soruşturmasının ortasındayız. Ve bize yalan söylemeye hakkın yok."

Omuzlarını Ali'nin ellerinden kurtaran İsmail, benim merhametime sığınmayı tercih etti.

"Yardımcınızın söyledikleri hakkında hiçbir fikrim yok Başkomserim. Kara defter midir, nedir, onu da bilmem. Hicabi denen o sapık herif uydurup uydurup yazmış..."

Ali bir daha sinirlenmedi, acıyarak bakıyordu İsmail'e.

"Bununla yüzleşmen lazım aslanım. Delikanlılık bunu gerektirir. O yurtta yaşananlarda senin hiçbir suçun yoktu. Akif'in ve öteki çocukların olmadığı gibi."

Ama İsmail bu meşum gerçekle yüzleşecek kadar cesur değildi, gözlerini kapayarak kararlı bir sesle kestirip attı.

"O yurtta bana bir şey olmadı. Bana kara leke sürmeye çalışan pezevenk de öldü gitti işte. Niye uzatıyorsunuz daha? Ne benim ne de adamlarımın bu cinayetle ilgisi var. Avukatımı istiyorum, o gelmeden de konuşmayacağım artık."

28
"Annen baban yoksa çocukluk korkunç bir şey..."

✹

"Hepimiz bunun peşindeydik."

Masanın üzerindeki siyah ciltli defteri gösteriyordu Ali. Rahatlamış gibiydi, hâlâ bir burukluk vardı üstünde ama kararlılıkla bakıyordu artık ela gözleri. Masamın önündeki koltuklardan sağ taraftakine oturmuştu, Zeynep tam karşısındaydı ama daha çok bana bakarak konuşuyordu.

"Evet Başkomserim, Serkan'la Arda da bunun için gelmişti eve, ama salaklar bulamamışlar. Halbuki gözlerinin önündeydi, demir döküm sobanın içine saklamıştı Hicabi. Gerçi bulsalar da sağ bırakmazlardı, mutlaka öldüreceklerdi onu. Az önce sorguda söylediğim gibi, yurtta taciz ettiği çocuklardan biriydi İsmail. Hicabi'nin yaşamasına izin veremezdi. O sapık herifin yazdığına göre, on bir yaşına kadar kullanmış çocuğu. Sadece onu değil, Körebe'nin öldürdüğü Akif ve daha başkalarını da." Duraksadı, derinden bir iç geçirdi. "Beni de taciz etmişti."

Bir an sustu. Gözleri bir boşluğa takılmış gibiydi. İçim cız etti, keşke bu kadar zorlamasaydım çocuğu diye geçirdim. Sonra o kötü ihtimal geldi aklıma, yoksa bu bir itiraf konuşması mıydı? Ali işlediği cinayeti mi açıklayacaktı? Hem merak hem kaygı içinde yardımcımın ne söyleyeceğini bekliyordum. Zeynep'in de benden farkı yoktu, derin bir endişeyle sevgilisinin ağzının içine bakıyordu. Odadaki sessizlik uzuyor, ama ne Ali söze başlıyor, ne cesaret edip Zeynep'le ben sorabiliyorduk. Neyse ki yardımcım sonunda başladı söze.

"Kimsesizlik korkunç bir şey Başkomserim. Annen baban yoksa çocukluk korkunç bir şey. Birileri sana ilgi göstersin istiyorsun, birileri seni sevsin istiyorsun, birileri seni takdir etsin. O insanın sana neden sevgi gösterdiğini anlayacak tecrüben yok. O gülen gözlerin, o tatlı sözlerin, şefkatli dokunuşların arkasında nasıl pis bir arzu yatıyor, bunu fark edecek tecrübeye sahip değilsin. Sana iyi davranan bir yetişkin hemencecik kazanıyor kalbini. Üstelik bu kişi kaldığın yurdun müdürüyse..." Adeta sitemkâr bir tonda konuşuyordu. "Bunu anlamanız çok zor. Zeynepcim ne sen anlayabilirsin bu duyguyu, ne de siz Başkomserim. Ama Hicabi denen o şerefsiz çok iyi anlamıştı. Çok iyi biliyordu kimsesiz çocukların neye ihtiyaç duyduklarını. Hepimize öyle yaklaştı zaten... Sınırsız bir şefkatle, büyük bir merhametle. Biz de, olmayan babamızın yerine koyduk onu. Hem annemizin hem babamızın... Gerçi annenizin babanızın olması nasıl bir duygudur onu bile bilmiyorduk çoğumuz ama yine de öyle hissediyorduk. Yurdun en tepesindeki adamın size iyi davranması hoşunuza gidiyordu. Öteki çocukların içinde en çok beni seviyor diye düşünüyordunuz. Çünkü ben akıllıyım, becerikliyim, usluyum. Böyle düşünüyorsunuz. İncinmiş, kırılmış kalbinizin en çok buna ihtiyacı var çünkü... Böyle olursanız, herkesin sizi seveceğine, herkesin sizi kabul edeceğine inanıyorsunuz."

Yine sustu, kirpiklerinde iki damla yaş titreyip duruyordu.

"Ali bunu anlatmak zorunda değilsin," dedim anlayışlı bir tavırla. "Hepimizin sırları var."

Derin bir acı belirdi genç yüzünde.

"Anlatmak zorundayım Başkomserim. Kendimi temize çıkarmak için değil, bununla yüzleşmek için. İkinizin de beni anlaması için."

Zeynep'in artık gizleyemediği bir endişeyle yardımcımı süzdüğünü fark ettim. O da benim gibi hâlâ Ali'nin katil olmasından korkuyordu.

"Yurttaki öteki çocuklar gibi ben de çok sevmiştim Emir Müdür'ü. Hicabi ismini kullanmıyordu, biz Emir Baba olarak biliyorduk onu. Herkese de adının Emir olduğunu söylüyordu. O yüzden Zeynepcim, sen Hicabi diye bir yurt müdüründen bahsedince bu sapık olduğunu anlamadım."

Biraz da konuşmayı bir itiraf ânının ağır havasından kurtarmak için sordum.

"Peki, caminin önünde Sipsi'nin adamları kovalarken de mi tanımadın Hicabi'yi?"

Masumca gözlerini kırptı.

"Onu görmedim ki doğru dürüst, ben arkadaki o iki çakala odaklanmıştım. Eğer kovaladıkları kişinin Emir Müdür olduğunu görseydim, ne yapardım bilmiyorum."

"Ne zaman anladın Hicabi'nin senin yurdundaki müdür olduğunu?"

Sonunda Zeynep de katılabilmişti konuşmaya, ama dili ağzında güçlükle dönüyormuş gibi ağır ağır dökülmüştü sözcükler dudaklarından.

"Camide anladım. Sipsi İsmail, Hicabi'nin sapıklıklarını sayıp dökerken. İsim farklıydı ama sanki bizim yurt müdürünü anlatıyordu. Yine de emin olamadım. İsmail'e, 'Bu Hicabi'nin başka adı var mı?' diye sordum. İkinci bir adı olduğunu, kendisini Emir diye çağırttığını söyleyince anladım bizim yurttaki alçak olduğunu."

"Bir de," diye hatırlattım. "Yüzünde yara izi var mı diye sordun?"

İlk kez gülümsedi Ali.

"Doğru, yara izini sordum. Olduğunu öğrenince de Hicabi'nin bizim yurdun müdürü Emir'den başkası olmadığından kesinlikle emin oldum." Zafer dolu bir ifade belirmişti yüzünde. "Herifin suratındaki o yara izi benim eserim. Çok az şeyle gurur duyarım ama o tacizcinin suratına o çıkmaz damgayı bastığım için her zaman kendimi iyi hissetmişimdir. Ama o da intikamını aldı tabii."

Zeynep'le ben kaygıyla Hicabi'nin nasıl bir intikam aldığını düşünüyorduk ama Ali sakince gülümsedi.

"Neyse, konuyu dağıtmayayım şimdi. On yaşındaydım ve bu ırz düşmanını hakiki bir baba gibi görüyordum. Bir akşam beni odasına çağırdı. Türkçem kötüydü, yazım kargacık burgacıktı. Güya bana ders verecekti. Yalanmış tabii. Hiç unutmam o akşamı. Ocak ayının sonlarıydı. Soğuk, karlı bir akşam. Kömür sobası gürül gürül yanıyordu içeride. Defteri sakladığı soba o zamanlar da yanında. Ama defter elindeydi.

'Bak Ali,' dedi. 'Sana da bundan bir tane alalım, ama beyazından... Ben günlük tutuyorum, sen de o deftere gün içinde yaşadıklarını yazarsın. Böylece yazın düzelir.' Hepsi bu kadar, sonra dersi filan unuttu. 'Gel şöyle masanın başına geçelim,' dedi. Masanın üzerindeki tabaklarda elma, portakal, fındık, fıstık, pestiller... İçki yok. Arkadaş ağzına alkol sürmez. Alkol kötülüklerin anasıymış. İçeri girince elbette amacının ne olduğunu anlamadım fakat suratında pis bir ifade vardı. Daha önce hiç fark etmediğim bir pırıltı. Beni masanın başına oturttu. Çerezlerden ikram etti, kendi eliyle portakal soydu. Hiç unutmam, bıçağı büyük bir ustalıkla kullanarak bir seferde bütün kabuğunu çıkardı. Büyülenmiş gibi izliyordum yaptığı gösteriyi. 'Keşke bu adam, babam olsa,' diyordum. 'Keşke burası bizim evimiz olsa.' Çok sürmedi bu düşüncem, çünkü Emir sandalyesini benim yanıma çekti. Önce eliyle saçlarımı okşadı, hoşuma gitti. Evet, hoşuma gitti, babanızın sizi sevmesi hoşunuza gitmez mi? Zaten hep yapardı, bütün çocukların başlarını okşardı, güya sevgiyle yanaklarımızdan makas alırdı, bazen uzanır bizi öperdi. Yine yaptı, sandalyesini benimkine dayadıktan sonra yanağımdan makas aldı, sonra eğilip yanağımdan öptü, ama geri çekilmedi. Dudaklarını suratıma yapıştırdı, ellerini bacaklarıma attı."

Zeynep'le benim yüzümüzdeki dehşeti görmüş olacak ki birden sustu Ali, ama çok sürmedi.

"Evet, utanç vericiydi, rezilceydi... İsterseniz anlatmam ama bu kötü anıdan, bu karabasandan kurtulmalıyım. Ancak size anlatabilirim. Ancak sizden böyle bir fedakârlık isteyebilirim. Sizden başka yakınım yok."

Deminden beri gözyaşları yanaklarından sessizce akan Zeynep uzanıp Ali'nin elini tuttu.

"Tabii bize anlatacaksın," dedi burnunu çekerek ama başka bir cümle kuramadığı için ardı ardına yineledi. "Tabii bize anlatacaksın... Tabii bize anlatacaksın..."

Sevgilisinin elini şefkatle sıktı yardımcım ama o da konuşamadı. Birinin bir şeyler söylemesi gerekiyordu; içimde kabaran o tuhaf duyguyu bastırarak, "Biz bir aileyiz evladım," dedim biraz da otoriter bir sesle. "Elbette bize anlatacaksın, başka kiminle konuşabilirsin ki?"

Zeynep'in elini bıraktı Ali.

"Korkunç bir geceydi," diyerek yeniden başladı gergin bir sesle anlatmaya. "Korkunç bir sıcak vardı odada. Sanki sadece sobanın içindeki kömürler değil, odadaki bütün eşyalar tutuşmuş yanıyordu. Terliyordu herif, alnından akan ter ağzından akan salyasına karışıyordu. Bilmiyorum, belki de böyle olmamıştı, ama böyle hatırlıyorum. Her an her dakika daha da cüretkârlaşıyordu sapık herif. Şaşkınlık ve utanç içindeydim. Kendimi nasıl koruyacağımı bilemiyordum. Yetişkin bir adamla nasıl başa çıkacaktım. 'Dur, dur Emir Baba yapma,' diyordum sadece. Ama sesim o kadar cılız çıkıyordu ki, adamın duyduğundan bile emin değildim. Ne olduysa elini apış arama atınca oldu, sağ elim adeta kendiliğinden uzandı, az önce kestane aldığımız kızgın maşaya. Yurt müdürü öyle kaptırmıştı ki kendini ne yaptığımı anlamadı bile. Maşayı kaptığım gibi geçirdim suratına. 'Ah!' diye uludu. 'Ah!' Aynı anda yüzünün sol tarafı kan içinde kaldı. Dehşetle ona bakıyordum. Elini yüzüne attı, kanı görünce korkuyla haykırdı. 'Piç, orospu çocuğu piç, ne yaptın lan bana?' Öfkeyle üzerime atıldı, maşa elimden düşmüştü, kendimi koruyamadım bile. Sille tokat ne gelirse vurmaya başladı, kendimi korumak için masanın altına girdim. Ama o kadar sinirlenmişti ki masayı çekti ve beni tekmelemeye başladı. Yerde dönüp duruyordum ama hiçbir işe yaramıyordu. En son burnuma bir tekme yediğimi hatırlıyorum, sonrası karanlık..." Yine sustu Ali, çünkü Zeynep'i görmüştü. Kızın yüzü sapsarıydı, gözleri şaşkınlıkla açılmış, dudakları aralanmıştı. Sanki bu iğrenç olay yıllar önce yaşanmamış, sanki hepimiz o meşum gecede, kömür sobasının sıcaklığıyla tutuşan o boğucu odadaymışız, sanki Ali gözlerimizin önünde tacize uğramış, ölesiye dayak yemişti.

"İyi ki o tekme burnuma gelmiş," diye teselli bulmaya çalıştı Ali. "Kâbus o anda sona erdi. Gözümü açtığımda revirde buldum kendimi. Her tarafım ağrıyordu ama umrumda bile değildi, namusumu koruduğumu düşünüyordum. O anda kana bulanan pantolonumu gördüm. Yoksa bu alçak herif bana tecavüz mü etmişti? Yeniden o utanç dalgası sardı bedenimi. Revirdeki hastabakıcı giysilerimi çıkardı, yüzümü gözümü sildi, beni yıkadı. Utancımdan başıma neler geldiğini sormuyordum kadına. 'Vah yavrum, vah,' diye söyleniyordu kadıncağız. 'Elleri kırılsın şerefsizlerin. Nasıl da acımadan vurmuşlar. Allahtan müdür bey yetişmiş. Onun da yüzü fena.' Bu sözleri duyunca adamın yalan söylediğini anladım. İtiraz edip olanı biteni anlatmak istedim. Ama küçücük çocuğa kim inanırdı? Endişe içinde bunları düşünürken, revirin kapısı açıldı, yüzü bandajlanmış bir halde sapık müdürümüz içeri girdi. Sanki bütün bunların sorumlusu kendisi değilmiş gibi şefkatle gülümsedi bana. 'Ah kuzucuğum, ah evladım geldin mi kendine,' diyerek yaklaştı. 'Korkma artık, hırsızlar kaçtı, korkma artık güvendesin.' O böyle söyleyince beni bir ağlama tuttu. Nasıl hıçkıra hıçkıra ağlıyorum. Sapık müdür, hemşireyi uzaklaştırmak için, 'Mutfağa git de sıcak süt getir,' dedi. Kadın çıkınca da, kaşlarını çatarak omuzlarımdan tuttu. 'Eğer anlatırsan, seni öldürürüm,' dedi. 'Bundan sonra sana karışmayacağım, ama bu olanlar aramızda kalacak. Anlaştık mı?' Benden cevap çıkmayınca, 'Sana söylüyorum anlaştık mı?' diye bir daha sarstı. Anlaştık diyemedim sadece başımı salladım. 'Unutma, biri duyarsa gebertirim seni. Gebertir, şu aşağıdaki derenin kenarına gömerim. Kimsenin de haberi olmaz.' Korkmuştum, kimseye bir şey söylemedim, zaten üç ay sonra da bu alçağın tayini çıktı, def olup gitti."

Yine sustu, derinden, çok derinden iç geçirdi.

"Ama çocuk aklımda o kuşku kalmıştı. Kendimi kaybettikten sonra, Emir bana bir kötülük yapmış mıydı? Hiçbir zaman da bu kuşkudan kurtulamadım. Ve kendi kendime söz verdim. Bir gün mutlaka bu Emir alçağını bulup, bana yaptıklarını ödetecektim. Dün camide Hicabi denen adamın Emir Müdür olduğunu öğrenince karmaşık duygular yaşadım. Yıllardır aradığım fırsat ayağıma gelmişti. Emir'i rahatlıkla öldürebilirdim, ama sonra bunun ne kadar yanlış bir hareket olacağını anladım. Ben artık bir çocuk değil, bir kanun adamıydım, cinayet işleyemezdim, işlememeliydim. Yine de Emir denen o ırz düşmanının bütün o yaptıklarından sonra böyle rahatça dolaşmasını içime sindiremiyordum. Bu yüzden onunla konuşmak istedim. En azından yaptığı iğrençliği yüzüne vurmalıydım... Bir de o akşam olanları öğrenmeliydim.

Yıllardır içimi kemiren o kuşkuyu gidermeliydim. Hicabi'nin evine bu yüzden gittim. Konuşmak için ama eve girdiğimde öldürülmüş olduğunu gördüm. Paramparça etmişti birileri sapık yurt müdürünü, eşyaları da oraya buraya saçmışlardı. Şaşkınlıktan çok büyük bir hayal kırıklığı yaşadım.

Birileri intikamımı elimden almıştı. Daha da kötüsü o akşam neler olup bittiğini hiçbir zaman öğrenemeyecektim, evden çıkıp gitmek üzereydim ki, dağınık eşyalara, açık çekmecelere gözüm takıldı. Katil ya da katiller evde arama yapmışlardı. Parçaları birleştirmeye başladım. Cinayeti Sipsi'nin adamlarının işlediğini anladım ama neyi aramışlardı? Jeton düştü, Emir'in siyah defterini hatırladım. Yoksa o defteri mi arıyorlardı? Emir'in günlük tuttuğunu biliyordum, belki benim öğrenmek istediğim hakikat de o defterde saklıydı. Bu kez ben araştırmaya başladım evin içini, çok geçmeden de buldum. Demir döküm sobada, kat kat naylona sarılmış bir kutunun içindeydi defteri. Açıp orada okumaya başladım, adam nerdeyse bütün yaptıklarını yazmıştı. Benimle ilgili bölüme gelmek üzereydim ki, siren sesleri duydum, pencereye gittim, Piç Ercü'nün geldiğini gördüm. Dairenin önüne çıktım, bir alt kata indim, siyah defteri su saatinin bulunduğu dolabın içine sakladım, sonra yeniden daireye döndüm. Çünkü binaya girerken mobeselerin beni çektiğini biliyordum. Sonra Ercü geldi, onlara hakikati söylemedim, sonra siz geldiniz, beni sıkıştırdınız, olanları anlatacak cesareti kendimde bulamadım. Sonrasını biliyorsunuz, kaçarcasına çıktım daireden ama binadan ayrılmadan önce aşağıya indim, siyah defteri aldım, gömleğimin altına sakladım. Eve gittim, okudum. Emir müdür bana dokunmamıştı! Ağzım burnum kan içinde kalıp bayılınca, öleceğimden korkmuş, hastabakıcıyı çağırmıştı. Ama bunu öğrenmek beni çok rahatlamadı. Tecavüze uğramasam bile o aşağılık herif beni taciz etmişti. Öldürülen birinden nefret etmemeliyiz, ama satırları okudukça, bu pislik herifin öteki çocuklara neler yaptığını öğrendikçe, Emir'in canını almanın ona yapılmış bir iyilik olduğunu düşünmeye başladım. Ve defterin ortalarına doğru o tanıdık isim çıktı karşıma. Sipsi İsmail. Gerçekten de çocuğa Süslü İsmail lakabını takmıştı. Körebe'nin öldürdüğü Akif Soykan gibi bizim mafya reisi İsmail'de bu sapığın tecavüzüne uğramıştı. Hem de defalarca..."

İçini döktüğünden midir, kendiyle yüzleştiğinden midir artık daha rahat konuşuyordu Ali, ama bu kez de Zeynep kesti sözünü.

"Neden? Neden yazmış yaptıklarını? Biri okusa büyük risk."

Sağ eliyle dağınık saçlarını iyice karıştırdı Ali.

"Ben de anlamadım. Bu defter adam için büyük tehlike, bildiğin delil."

"Yıllar sonrası için," diye fikir yürüttüm. "Artık çocukları taciz edemeyecek hale geldiğinde, bir zamanlar yaptıklarını okuyup yeniden aynı duyguları yaşamak için. Bir psikolog anlatmıştı, böyle bir tatmin biçimi de varmış. Adı üstünde adam sapık. Neyse Alicim geçti bunlar, artık sen de takma kafanı." Gülümsedim. "Biliyor musun, bir an senin katil olabileceğini düşünmüştüm."

O keskin ışık gelip oturdu gözlerine.

"Olabilirdim Başkomserim. Çok yaklaşmıştım o cinnet ânına. Hicabi'nin, o tacizci alçak olduğunu öğrendikten sonra büyük bir nefret uyanmıştı içimde. Çok yıkıcı bir duygu. Eğer Sipsi'nin adamlarından önce gitseydim, belki de ben öldürürdüm yurt müdürünü. Allahtan, daireye girdiğimde çoktan ölmüştü Emir."

"Ama bunu kanıtlamak zorundayız." Zeynep'ti konuşan. "Hem katillerin Arda ile Serkan olduğundan emin miyiz? Israrla inkâr ediyor Serkan. İsmail'in söylediklerini de duydunuz. Daha önemlisi Serkan'ın bileklerinde boğuşma izi yok."

Haklıydı, mobese kayıtları dışında elimizde hiçbir delil yoktu ama bütün işaretler Sipsi'nin çakallarını gösteriyordu. Biraz önce Serkan ile Sipsi'nin sorgusunda, her iki zanlının da samimi olmadığını hissetmiştim. Evet, Hicabi denen o sapığın katilleri Sipsi'nin adamlarıydı.

"Acele etme Zeynepcim," dedim umut dolu bir sesle. "Henüz Arda'yı yakalayamadık."

29
"Ben sadece haberini yaparım."

Gezi Pastanesi'nin bahçesinde bekliyordu Buket. Çağla yeşili şık bir gömlek vardı üzerinde, sıcaktan olsa gerek saçlarını at kuyruğu yaparak arkada toplamıştı. Kaldırıma yakın bir masada oturmuş sodasını yudumluyordu. Bahçeye girdiğimi görünce aceleyle yuttu ağzındaki sıvıyı, biraz telaş etmişti olacak ki nerdeyse öksürecekti. Gülümseyerek ayağa kalktı, saygıyla elini uzattı.

"Merhaba Başkomserim, hoş geldiniz."

Uzattığı eli sıktım, avucu soda bardağının serinliğini taşıyordu.

"Hoş bulduk Buket Hanım, kusura bakmayın geciktim."

"On dakika gecikme mi sayılır?" diye teselli etti. "İstanbul trafiğinde çok normal. Zaten millet bu sıcaklarda kafayı yemiş. Her kırmızı ışıkta bir kavga..."

Karşısındaki iskemleye yerleşirken sıkıntıyla söylendim.

"Sıcaklar fena. Siz gazetecisiniz Buket Hanım, bilirsiniz ne zaman serinleyecekmiş ortalık?"

Bunalmış bir halde boynunu büktü.

"Bu hafta da böyle diyor uzmanlar... Biraz daha sürecek anlaşılan." Bakışları garsona kaydı. "Ne içersiniz?"

"Soda güzel görünüyor. Ben de ondan alayım." Sözümü bitirmiştim ki telefonum çalmaya başladı. Cebimden çıkardım, ekranda Zekai'nin adı yazıyordu. "Özür dilerim Buket Hanım, şuna bakmam lazım," diyerek ayağa kalktım.

"Tabii, lütfen, ben de sodanızı söyleyeyim bu arada."

Bahçenin girişine yaklaşınca açtım telefonu.

"Alo Zekai, buyur, seni dinliyorum."

"Görüşmeliyiz Nevzat."

"Hayrola Zekai ne oldu?"

"Emin değilim ama Körebe'nin kimliğini tespit etmiş olabilirim."

Sesi heyecan içinde yüzüyordu.

"Kimmiş?"

Hemen yanıt vermedi.

"Yok, yok telefonda anlatılacak konu değil bu. Hem senin de fikrini almam lazım."

Önemli bir bulguya ulaştığı kesindi, ama tereddüdü olduğuna göre emin değildi.

"Tamam o zaman bana gel, emniyette buluşalım."

"Anlaştık, Celile pazara gitti, gelir gelmez çıkarım," dedi ama bir türlü rahatlayamıyordu. "Eğer tahmin ettiğim gibiyse, bu iş çözüldü Nevzat."

Körebe'nin yakalanması o kadar önemliydi ki onun için, sonunda bunun gerçekleşebileceği düşüncesi bile ayaklarını yerden kesmişti.

"İstersen telefonda da konuşabiliriz."

"Hayır, yüz yüze görüşmemiz lazım. Bir saat sonra sendeyim."

Masaya dönerken, Buket'in meraklı gözlerle beni süzdüğünü fark ettim.

"Dün geceki cinayetle mi ilgili?"

Telefonumu cebime koyup karşısındaki iskemleye yerleştim.

"Yok, başka bir konu. Biz de iş bitmez Buket Hanım. Neyse, aslında dün geceki cinayet o kadar karışık değil, bugün yarın yakalarız katili."

İnanmamış gibiydi.

"Ali Komiser'le alakası yok değil mi?"

Dudaklarıma alaycı bir gülümseme yerleştirip sakince arkama yaslandım.

"Benim yardımcım cinayet işlemez. Kim uydurduysa bu yalanı, sizi fena kandırmış."

Aynı alaycı tavırla yanıt verdi Buket.

"Bunu bize haber veren sizin gibi bir polis desem. Bir amir..."

"Hiç şaşırmam, adamın kim olduğunu da çok iyi biliyorum. Olay da bu zaten. Polisler arası rekabet. Biraz da yetki karmaşası..."

Neredeyse neşeli bir sesle karşı çıktı.

"Yapmayın, ABD mi burası? Federallerle yerel polis çatışsın..."

Hiç istifimi bozmadım.

"Öyle demeyin, bizde de olur öyle çatışmalar. Bürolar arası anlaşmazlık diyelim. Ortada bir cinayet varsa buna biz bakarız. Dün akşamki olayda asayiştekiler işe burunlarını sokmuşlar. Aceleyle olay yerine intikal etmişler. Ali Komiser'le karşılaşınca da anlaşmazlığa düşmüşler. Aslında sorun çıkmazdı. Fakat asayişten gelen ekibin başındaki amirle, Ali arasında eskiden gelen bir husumet var. Olmaması gereken bir durum ama olmuş. Cinayet mahallinde tartışmışlar, sonra ben müdahil olunca sorun çözüldü. Sizi arayan her kimse, problem çıksın istiyor anlaşılan. O yüzden Ali Komiser'e iftira atıyor..."

Gözlerini yüzüme dikmişti; gerçeği mi söylüyordum, yoksa onu atlatmaya mı çalışıyordum.

"Ali Komiser masum diyorsunuz yani."

Kestirip attım.

"Yardımcıma her türlü kefil olurum."

Soda bardağına uzanırken, "Anlıyorum," dedi ikna olmuş bir sesle. "Siz öyle diyorsanız, öyledir."

Üstüne basa basa tekrarladım.

"Öyle."

Buket sodasından bir yudum daha alırken konuyu değiştirmek istedim.

"Bırakalım şimdi bu anlamsız konuları da, şu Körebe'yi konuşalım. Sahi ne biliyorsunuz, onun hakkında?"

Soda bardağını masanın üzerine koydu.

"Muhtemelen sizden daha fazlasını değil."

Yenilmiş gibi boynumu büktüm.

"İtiraf etmek gerekirse, bizde fazla bilgi yok. Beş yıldır Körebe'nin kimliğini tespit edemedik. Sadece işlediği cinayetlerle ilgili malumata sahibiz. Siz de biliyorsunuz adamın ritüellerini, enseden tek kurşun, çocuklarla alakalı mekânlara bırakılan cesetler, kırmızı kadifeden göz bağı, maktulün sağ kulağının kesilip alınması, bir de şu oyuncaklar..."

Gözleriyle şöyle bir tarttı beni.

"Hepsi bu kadar mı? Gerçekten işe yarar hiçbir bilgi yok mu elinizde?"

Koyu renk minibüsten söz edemezdim.

"Yok, hepsi bu kadar. Sahi siz, bu konuya nereden merak sardınız?"

Hoş bir anıyı hatırlamış gibi tatlı bir ses tonuyla anlatmaya başladı.

"Yaptığım ilk haberdi. Körebe'nin ilk cinayetinden bahsediyorum. Ocak ayıydı, ama güneşli, adeta bahardan kalma bir gün. Beşiktaş'ta bir ilkokulun bahçesinde bulunmuştu ceset. Metin Abi'yle gitmiştik cinayet mahalline. Metin Abi, gazetenin kadim fotoğrafçısı. Kötü olmuştum okulun kapısında cesedi görünce, bakmak istememiş, oradan kaçmak istemiştim. Metin Abi, 'Kızım bu işi yapacaksan daha cesur olmalısın,' demişti. 'Yoksa sana ekmek yok adliye muhabirliğinde.' O öyle deyince kendimi zorlamış, yaklaşmıştım cesede. O zamanlar Zekai Başkomiser bakıyordu davaya. Metin Abi'yle tanışırlarmış. O rica etti Zekai Başkomiserim'den. Cinayet mahalline yaklaşmama izin verdi. Beni en çok etkileyen maktulün başındaki o kırmızı kadife olmuştu. Önce kan zannetmiştim, sonra anladım göz bağı olduğunu. Cesedin iki bacağının arasına konulan yeşil kaplumbağayı da canlı zannetmiştim. Metin Abi söylemişti oyuncak olduğunu. Maktulün sağ kulağının kesik olduğunu anlamamıştım bile, ancak üçüncü cinayetten sonra öğrenecektim, katilin kurbanlarından böyle bir hediye aldığını..."

Garson, sodamı getirince, sustu. Önümdeki buğulu şişeye uzanırken sordum.

"İkinci cinayete de siz mi gittiniz?"

"Ben gittim ama rastlantıyla. Zaten üç gün sonraydı. Aslında Cavit Abi'nin gitmesi lazımdı. Belki tanırsınız, yılların adliye muhabiri Ceset Cavit..."

Elbette tanıyordum, ben mesleğe başladığım sene o da adliye muhabiri olmuştu. Şu alaylı gazetecilerden. Hiç kötülüğünü görmedim, elimden geldiğince bilgi verirdim, o da iyi şeyler yazardı bizim için. Nur içinde yatsın, matrak adamdı. Genç bir gazeteciyken iddia üzerine morga gidip bir geceyi cesetlerle geçirmiş, oradan kazanmıştı bu lakabı.

"Altı ay önce öldü değil mi?" dedim üzüntüyle. "Kalp krizi galiba?"

"Beyin kanaması," diye düzeltti Buket. "Çok kiloluydu biliyorsunuz. Tansiyon, şeker ne ararsanız vardı. Ee, sıkı içiciydi ama iyi adamdı, ustamdı benim, çok şey öğrendim ondan. Neyse, Allah rahmet eylesin, o gün Cavit Abi nezle olmuş, yorgan döşek yatıyor evde. İş bana kaldı. Ama o kadar toyum ki, bu iki cinayet arasında bağ olduğunu anlamaktan bile acizim. Metin Abi uyardı. 'Katil aynı galiba Buket, baksana kızım, bunun da gözünü o kırmızı kadifeyle bağlamış. Bak bir de oyuncak tren bırakmış meftanın yanına.' İşte o zaman anlamaya başladım bunun sıradan bir cinayet vakası olmadığını. Hemen Zekai Amir'in ensesinde bittim. 'Bu cinayetleri bir seri katil mi işliyor?' diye sordum. 'Ya kızım, durduk yere seri katil filan diye iş çıkarma başımıza,' diye tersledi. 'Manyağın biri insanları öldürüyor işte.' Böyle söyledi ama o da hiç emin değildi sözlerinin doğruluğundan. Nitekim katil Ocak ayının 7'sinde, bir kişiyi daha öldürdü. Üç cinayette de benzerlikler vardı. Bütün İstanbul polisi alarma geçmişti. İki gün sonra işlenecek dördüncü bir cinayetten korkuluyordu ama olmadı. Cinayetler kesildi; ne sekizinde, ne onunda ne de on ikisinde katil elini kana buladı. Hepsi bu diye düşündük, galiba Zekai Amirim de aynı kanıdaydı. Ocak ayının 20'sinde konuştum onunla. Rahatlamış görünüyordu ama katili bulacağından da emindi. 'Eninde sonunda yakalarız o manyağı,' diyordu. Ama yakalayamadı, aradan tam bir ay geçti. Şubat ayının 2'sinde yeniden çıktı sahneye. Evet, artık ona bir ad takmıştık: Körebe. Kumkapı'da bir lunaparka bırakılmıştı ceset. Hiçbir tereddüde yer bırakmayacak şekilde bütün ritüeller yerine getirilmişti. Zekai Amirim'in yüzündeki o tuhaf ifadeyi hiçbir zaman unutamam. Zorlu bir avın peşine düşen avcının hırslı bakışları değildi, zeki bir rakiple karşılaşan satranç oyuncusunun bu işin altından nasıl kalkarım arayışıydı. Büyük bir merak, derin bir öfke, bir parça da şaşkınlık ama yılgınlık yoktu. Hatta ablak yüzü yepyeni bir heyecanla gençleşmiş gibiydi. Fakat ocak ayındaki üç cinayette olduğu gibi bu sonuncusunda da, ne bir kanıt, ne bir ipucu, ne de bir tanık vardı. O öğleden sonra gazetede haberi yazarken, 'Korkarım cinayetler devam edecek,' diye not düşmüştüm. Ama bu kadar çabuk olacağını hiç zannetmiyordum. Ertesi gün bir ceset daha bulundu Bostancı'da çocuk müzesinin bahçesinde. Körebe öldürmeye doymuyordu. Zekai Amirim'in kısık bir sesle söylendiğini duydum cesedin başında: 'İyi, iyi öldür bakalım. Ne kadar sık öldürürsen, o kadar çok hata yaparsın,' Kendi kendine mırıldanıyordu ama aslında kimliği hakkında en küçük bir bilgi sahibi olmadığı o seri katille konuşuyordu. Muhtemelen de boş konuşmuyordu. Yılların getirdiği tecrübeye dayanarak katilin yakında bir açık vereceğini umuyordu. Ama umduğu gibi olmadı. Körebe öldürmeye devam etti, yeni bir ceset daha bulundu. Bu defa kurbanını Ayvansaray'daki Çocuk Esirgeme Yurdu'nun önüne bırakmıştı. Yine en küçük bir açık yoktu."

Bu cevval gazeteci gerçekten işimize yarayabilirdi, hevesle sordum.

"Artık hep siz mi gidiyordunuz Körebe cinayetlerine?"

Sodasından bir yudum daha aldıktan sonra o sevimli gülümsemesini takınarak yanıtladı.

"Cinayetlerin hepsine ben gittim. Cavit Abi fedakârlık yaptı, olayı bana bıraktı. 'Kızım bu büyük olay,' dedi. 'Buradan sana çok ekmek çıkar. Ben bu davaya bulaşmayacağım, ama sakın işi bok etme.' Bilirsiniz, biraz ağzı bozuktu rahmetlinin."

Sessizce güldüm.

"Biraz mı, ne diyorsunuz Buket Hanım, adam küfürsüz konuşmazdı. Ama ne yalan söyleyeyim yakışırdı ağzına... Peki bu katil hakkında Cavit'le hiç konuştunuz mu? O ne diyordu bu işe."

Genç zihnini çok zorlamadı.

"Evet, konuştuk, hem de birkaç kez. Ama katilin kim olduğunu değil, benim bu habere nasıl yaklaşmam gerektiğini söyledi. 'Kendini kaptırma,' diye uyardı. 'Eğitimli bir manyak, seri katilcilik oynuyor. Çok öne çıkma, sana da bulaşabilir.' Uyarısını ciddiye almadım tabii. Hatta keşke Körebe benimle irtibat kursa diye geçirdim içimden. Elbette yapmadı."

Buket'in Körebe konusundaki fikirlerini merak ediyordum; yıllardır bu haberle ilgilenen bir gazetecinin görüşleri faydalı olabilirdi.

"Sizce de öyle mi? Körebe, seri katillere özenen eğitimli bir manyak mı?"

Nefes dahi almadan açıkladı.

"Hayır, bence gerçekten acı çeken biri. Gerçekten tacize, belki de tecavüze uğramış biri. Hem de defalarca. Profesyonelce davranmasının başka bir nedeni olmalı. O kadarını bilemeyeceğim ama 12 kişiyi gözünü kırpmadan, hiçbir pişmanlık göstermeden, büyük bir soğukkanlılıkla öldürmek çok derin bir nefreti gösterir. Yarası soğumasına rağmen bir türlü geçmek bilmeyen bir nefreti. Körebe çok yıkıcı bir olay yaşamış olmalı. Bunlar özenti cinayetleri değil. Zaten o yüzden ocak ayında öldürdüğü üç kişi onun içindeki ateşi söndürmedi. Şubat ayında da kan dökmeyi sürdürdü. Büyük bir soğukkanlılıkla, büyük bir titizlikle, büyük bir maharetle. Ve yine hiçbir ipucu bırakmadan."

"Hâlâ hiçbir ipucu bırakmıyor," diye dert yandım. "Bu arada, katilin ritüelleri hakkında fikir yürütmüyor muydunuz? Neden cesetleri belli yerlere bırakıyor, kırmızı göz bağı, oyuncaklar, kesilen kulaklar filan..."

"Yürütüyorduk elbette, ama daha önemli bir sonuca ulaşmıştık. Bir sayıya. Daha doğrusu Körebe için önemli olan bir sayıya. Evet, Körebe'nin hem ocak, hem şubat aylarında öldürdüğü günlerin toplamının 12 olduğunu tespit ettik. Şöyle ki ocak ayının 1'inde, 4'ünde ve 7'sinde öldürmüştü, şubat ayının ise 2'sinde, 3'ünde ve 7'sinde kan dökmüştü. Her iki ayda da öldürdüğü günleri toplarsak 12 sayısını buluyorduk. Zekai Amirim'e bu 12 sayısından bahsettim. 'Yok öyle bir şey,' diye geçiştirdi. "Böyle esrarengiz sayılar filan yazıp katili sevindirmeyin. Altı üstü adi bir katil." Ama öyle değildi, bunu da en iyi Zekai Amirim biliyordu. Zorlamadım, bu bilgiyi yazmadım."

İlgisini kaybetmiş gibi anlatıyordu, işin aslını öğrenmek istedim.

"Ama sonuçta siz bir gazetecisiniz Buket Hanım, haberi kovalamayı sürdürdünüz herhalde."

Hınzırca ışıdı çocuk gözleri.

"Sürdürdüm tabii. Seri katiller üzerine okumaya başladım. FBI raporları, seri katillerin hayat hikâyeleri, romanlar ne varsa yalayıp yutuyordum. Okuduğum kitaplardaki seri katillerle bizim Körebe'yi kıyaslıyor, onların işlediği cinayetlerle bizimkinin cinayetlerini karşılaştırıyordum. Bazı sonuçlar çıkardım. Körebe, muhtemelen tacize uğramış biriydi, bu yüzden sapıkları kurban seçiyordu. Cinayet mahalline oyuncak bırakması, yaşadığı tacizin çocukken yaşandığını gösteriyordu. Kurbanlarının gözünü kapatmasının da bir nedeni olmalıydı. Belki körebe oynarken tacize uğramıştı. Ama öldürdüğü insanların neden sağ kulağının yarısını aldığına dair hiçbir fikrim yoktu. Bir de şu 12 sayısının manasını çözememiştim. Bu arada Körebe sanatını icra etmeyi sürdürüyordu. Mart ayında yine çıktı sahneye. Yine üç kişiyi öldürdü, yine 12 sayısıyla bizi başbaşa bıraktı. Baharın başlangıç ayının birinde, üçünde ve sekizinde öldürdü, topladığınız zaman yine 12 sayısına ulaştık. Fakat bu sayı dışında basın olarak ulaştığımız hiçbir bilgi yoktu. Önce Zekai Başkomiserimin öğrendiklerini bizden sakladığını zannettim ama sonra onun da elinde hiçbir ipucu olmadığını anladım. Merak ve korkuyla nisan ayını bekledik, Körebe'nin yeniden cinayet işleyeceğini düşünüyorduk, yapmadı. Ne nisan ayında ne de mayısta kan döktü. Zekai Amirim gibi ben de şaşkındım. Ne olmuştu da Körebe silahını kılıfına sokmuştu? Ama bu çok sürmeyecek, 2012 yılının Haziran ayında katilimiz yeniden cinayet işleyecekti. Haziran ayının 2'sinde, 4'ünde ve 6'sında yeniden öldürdü. Yine büyük bir maharetle, yine arkasında en küçük bir iz bırakmadan. Böylece öldürdüğü dört ayın toplamını aldığımızda da aynı sayıya ulaştık; 12. Evet, birinci ayda, ikinci ayda, üçüncü ayda ve altıncı ayda öldürmüştü. Toplamı 12 yapıyordu. Bunu fark edince Körebe'nin bir daha öldürmeyeceğini anladım; çünkü 12 sayısını tamamlamıştı. Bu tahminimi Zekai Amirim'e söyledim. 'Bilmiyorum Buket,' dedi. 'Haklı olabilirsin ama gerçekten bilmiyorum.' Haklı olduğum anlaşıldı. Haziran ayının 6'sından sonra, yani 12 tacizciyi öldürdükten sonra bir daha elini kana bulamadı Körebe..."

Sustu, soru dolu gözlerle bakıyordu. Onun sorusunu ben dile getirdim.

"Ta ki, bu yılın haziranına kadar!"

Sanki bir sır söyleyecekmiş gibi masanın üzerinden bana eğildi ama sadece söylediklerimi tekrarladı.

"Ta ki, bu yılın haziran ayına kadar!" İkimiz de susmuş öylece birbirimize bakıyorduk. "Ama saçmaydı Başkomserim, gerçekten çok saçmaydı. Son iki cinayet, Körebe'nin matematiğiyle hiç uyuşmuyor. Bana sorarsanız, Körebe 2012 yılında işini bitirdi, hadi FBI analizcilerinin deyimiyle konuşalım, eserini tamamladı. Bunu anlamak için 12 sayısının önemini anlamak lazım. Nedenini bilmesek de, 2012 yılında işlenen cinayetlerde hep 12 sayısına vurgu yapıyordu. 2017 yılının altıncı ayında iki kişiyi öldürmesi bu ritüeli bozuyor..."

Daha önce tartıştığımız konuya değiniyordu.

"Biraz erken karar vermiyor musunuz? Henüz iki kişi öldürdü, belki de bu yıl 17 kişi öldürecek."

Belli belirsiz bir şaşkınlık yaşadı, ama çok sürmedi.

"Zannetmem Başkomserim, bence Körebe için önemli sayı 12'dir, 17'nin hiçbir manası yok. Eğer öldürecekse, tıpkı beş yıl önce olduğu gibi ayın altısında öldürecek." Kendi kendine konuşur gibi inançla açıkladı. "Hayır, Körebe, kendi ritüelini bozmaz. Bir seri katil kendi imzasından vazgeçmez. Tersini düşünmek mantıksız olur."

Üstelemedim, öteki ihtimale geçtim.

"Diyelim ki haklısınız, diyelim ki katil Körebe değil, kim o zaman?"

Kahkahayı koyverdi, o kadar güçlü çıkmıştı ki sesi bahçede oturanların bir kısmı dönüp bize baktılar. Hiç oralı olmadı cevval gazeteci.

"Nerden bileyim Başkomserim. Ben, sadece izlediğim bir davadan çıkardığım sonuçları aktardım." Eliyle sağ kulak memesini gösterdi. "Rahmetli Cavit Abi'nin sözleri kulağıma küpedir. Ben sadece bir gazeteciyim. Katili bulmak benim işim değil, sizin işiniz. Ben sadece haberini yaparım. Sahi haber demişken, eminim elinizde önemli bilgiler vardır. Hayır, şimdi istemiyorum, ama zamanı geldiğinde ilk bana söylerseniz minnettar olurum."

30
"Aşk, dünyanın en büyük hazinesidir."

"İstanbul cinayetler şehridir Nevzat!" Bu saptama emekli meslektaşım Zekai'ye aitti. Gerçekten de bu şehirde her gün birileri öldürülürdü ama böyle tuhaf vakaların ardı ardına sıralanması öyle çok sık rastlanan bir durum değildir. Tıpkı ortalığı yakıp kavuran şu nemli sıcak gibi son dört günde olağanüstü olaylar hiç hız kesmeden birbirine eklenmeyi sürdürüyordu. Kafamda bu düşünceyle girdim emniyetin bahçesine. Emektarımı yaşlı erik ağacının altına park ederken gördüm Arda'yı. Takım elbisesi yoktu üzerinde, terden arkası sırılsıklam olmuş gri bir gömlek giymişti, mavi bir pantolon, beyaz ayakkabılar. Üniformalı iki polis memurunun arasında güvenli adımlarla, adeta kibirle yürüyordu. Sipsi İsmail'i takdir etmek gerekiyordu, elemanlarını gayet iyi yetiştirmişti. Aceleyle emektardan inerek peşlerinden seğirttim. Onlara yetişmeye çalışırken kim bilir hangi evin daracık balkonunda boy veren bir yaseminin baygın kokusu çalındı burnuma. Aldırmadım, aklım Hicabi'nin katil zanlısıyla meşgulken güzel kokularla uğraşacak halim yoktu. Emniyetin merdivenlerinde yakaladım, iki polisle Arda'yı.

"Bir dakika, bir dakika," diye seslendim arkalarından. "Bir dakika bekleyin!"

Üçü birden durdu. Üçü birden döndü. Üçü de görür görmez tanıdı beni.

"Buyurun Başkomserim," dedi Arda'nın sağ yanındaki yüzü sivilceli polis. "Ne emretmiştiniz?"

Polisin sorusunu yanıtlamak yerine hızlı adımlarla Sipsi'nin çakalına yaklaştım.

"Demek sonunda yakayı ele verdin Arda Efendi," dedim sıcaktan mayışmış gözlerine bakarak. "Nerelerde saklanıyordun, anlat bakalım."

Küstah küstah sırıttı.

"Sevgilimin evindeydim Başkomserim." Başıyla memurları işaret etti. "İsterseniz onlara sorun. Ataşehir'den aldılar beni."

Sivilceli memur, başıyla onayladı.

"Neslihan adında bir kadının evinden aldık Başkomserim. Kadın, Arda'nın nişanlısı olduğunu söylüyor."

"Anlaşıldı," diyerek zanlıya döndüm. "Ellerini uzat Arda." Anlamadı mı, anlamazlığa mı vurdu, emin olamadım. Gömleğinin kollarını işaret ederek tekrarladım. "Hadi, uzat ellerini."

Şaşkınlıkla kekeledi.

"Ne, ne diyorsunuz Başkomserim?"

Bu defa daha sert bir sesle tekrarladım.

"Aç şu bileklerini, aç, sıyır sıyırın şunun gömleğini."

Arda hâlâ şaşkınlıkla bakarken, iki polis gri gömleğin kollarını sıvamaya başlamışlardı bile. Aradığımız oradaydı. Zanlının kollarının iç tarafı tırmıkla çizilmiş gibi yara içindeydi. Ali'nin üzerindeki bütün şüpheleri ortadan kaldıracak kanıt buydu işte. Derinden bir oh çektim. Yardımcıma inansam da aklımda hep bir kuşku vardı. Bu yara izleri, o berbat şüpheden kurtaracaktı beni. Şimdi seni ele geçirdim dercesine süzdüm Arda'yı.

"Ne?" diye savunmaya geçti genç zibidi. "Ne olmuş, bu sabah otoparkta kavga ettim. İnanmazsanız sorun. Ataşehir'de, Marmara Kafe'nin yanındaki otopark. Üç kişi birden saldırdı üzerime."

"Sipsi İsmail'in çalıştırdığı otoparktan mı bahsediyorsun?" Karşı çıkmasına fırsat vermeden sürdürdüm sözlerimi. "Hiç çeneni yorma Arda. Yarın sabah çıkar foyan ortaya. Artık DNA testi diye bir zımbırtı var." Kollarındaki yarayı gösterdim. "Deri artıkların, öldürdüğün Hicabi'nin tırnakları arasında." Sessizce güldüm. "Tabii sorguda sen yine de inkâr et. Böylece iyi halden de yararlanamazsın mahkemede."

İri, kara gözlerinde ilk kez yenilgiyi gördüm, ama teslim olmadı.

"Yanlış yapıyorsunuz Başkomserim," diye diretti. "Ben kimseyi öldürmedim."

Hiç uzatmadım. Yüzü sivilceli polise döndüm.

"Tamam arkadaşlar, götürün şunu nezarethaneye."

Kendimden emin halim iyice ürkütmüştü Arda'yı.

"Valla ben öldürmedim Başkomserim," diye yalvarmaya başladı. "Neyin üzerine isterseniz yemin ederim, valla ben öldürmedim."

Aldırmadan basamakları tırmanmaya başladım. Kapıdan içeri girerken hâlâ sesleniyordu arkamdan.

"Büyük yanlış yapıyorsunuz, annemle zina yapmış olayım ki ben öldürmedim."

Binanın içi dışarıdan daha serindi, biraz rahatladım. Önce Zeynep'in odasına girdim yoktu, masası boştu, koridora çıkınca yardımcımla burun buruna geldim. Durgun görünüyordu.

"Cinayet mahalline gitti Başkomserim. Zeytinburnu'na. Hicabi'nin banyosunda luminol testi yapacakmış. Katillerin ellerini, yüzlerini yıkamış olmaları gerekiyor... O kadar kanı nasıl temizlediler? Mobese kayıtlarında, zanlıların elbiselerinde lekeler gördük, onları inceleteceğiz... Serkan'ın evinde dün giydiği takım elbiseyi bulamadık. Muhtemelen imha etmişlerdir..."

Kendini işe kaptırmış böyle ayrıntılı bilgiler vermesine rağmen durgun görünüyordu.

"Bu olay yakında aydınlığa kavuşur Alicim, öteki herif de yakalandı."

Gözleri ışır gibi oldu.

"Arda mı?"

"Az önce getirdiler merkeze. Üstelik her iki kolu da yara içinde. Hicabi'nin marifeti olmalı. Yarın Zeynep söyler hakikati."

Yüzüne bir rahatlama yayıldı.

"Cinayet çözülüyor desenize..."

"Öyle," dedim elimle omzuna dokunarak. "Bu iş bitiyor. Yeniden şu Körebe'ye yoğunlaşmamız lazım."

Sevinmişti Ali ama yine de o durgun halinden çıkamamıştı. Yoksa tedirgin olmasını gerektirecek başka bir sorun mu vardı?

"Ne oldu Ali?" diye söylendim. "Neyin var senin?"

İnkâr etmeye kalkıştı.

"Yok, yok bir şeyim Başkomserim, ben iyiyim."

Değildi, iyice sinirlenmiştim.

"Ali ne yapıyorsun sen?" Sesim biraz yüksek çıktı ama aldırmadım. "Bırak artık gizli kapaklı işler çevirmeyi. Canın sıkkın belli ki... Anlat ne oldu!"

"İki ayrı gazeteden aradılar. Hicabi'nin öldürülmesiyle alakam olup olmadığını sordular..."

Yoksa Buket arkamdan iş mi çeviriyordu?

"Arayanlar kim, adlarını aldın mı?"

"*Hürriyet*'ten arayan herifin adı Rafet'ti, *Milliyet*'ten arayanınki ise Erol... Birileri onlara Hicabi'yi benim öldürmüş olabileceğimi fısıldamış. Biliyorsunuz tabii kim olduğunu..."

Buket'in günahını almıştım.

"Kim olursa olsun, biz kendimizden eminiz. Takma artık kafanı bunlara. Yarın tümüyle temize çıkacaksın işte."

Öfkeyle soludu.

"Temize çıkacağım da şeytan diyor git şu Ercü'nün..."

"Sakın ha! İşte o zaman bir çuval inciri berbat edersin. Bu iş bitti Ali, kendine gel. Ercü'ye bulaşmak yok. Ben onu hallederim. Sen de unut artık bu konuyu."

Sıkıntıyla, iç geçirdi. Sözüm ona sakinleşmeye çalışıyordu.

"Başka bir konu daha var Başkomserim."

Hayırdır inşallah diye geçirdim içimden, bugün Ali'de sürpriz bitmiyordu.

"Neymiş o konu?"

Bakışlarını kaçırdı, koridorun sonundan bize doğru gelen iki polise baktı.

"Sizin odada anlatsam olur mu?"

Merakım depreşiyordu.

"Olur tabii," dedim odama yönelirken. "Hadi, gidelim o zaman."

Odamın içi fırın gibiydi. Hiç hazzetmesem de takırdayan soğutucuya muhtaç olmuştuk yine. İşin şaşırtıcı tarafı, geçen gün sıcaktan dert yanan Ali'nin hiç oralı olmamasıydı. Aklını kurcalayan her neyse, boğucu havayı unutturmuştu ona. Masamın önündeki iki koltuktan soldakine çöktü, alt dudağını çiğneyerek oturmamı bekledi. Ceketimi çıkarıp astıktan sonra karşısına geçtim.

"Evet, anlat bakalım, neymiş şu mesele?"

Sağ eliyle gayrıihtiyari ağzını kapattı; sanırım nasıl başlayacağını düşünüyordu.

"Zeynep," diyebildi nihayet. "Zeynep bugün anlattıklarımı nasıl karşıladı sizce?"

İçim rahatladı, ne yalan söyleyeyim aklımın bir köşesinde hâlâ yardımcımın Hicabi'yi öldürme ihtimali sancıyıp duruyordu.

"Allah iyiliğini versin Ali," diye çıkıştım. "Bu muydu derdin?"

İflah olmaz bir tedirginlik ele geçirmişti yakışıklı yüzünü.

"Acaba yanlış mı anladı beni?"

Ah benim maço evladım, gene lüzumsuz bir konuya takmıştı aklını.

"Niye yanlış anlasın Alicim, gayet açık bir şekilde anlattın. Benim zihnimde soru işareti kalmadıysa, onunkinde de kalmamıştır."

Kâfi gelmedi sözlerim.

"Bilmiyorum ki Başkomserim, kadınlar bu tür olaylara nasıl tepki verir?"

"Ne tepki verecek Alicim, kız sana âşık, başına ne gelirse gelsin, seni bağrına basar. Muhtemelen eskisinden daha çok sevgi gösterecektir sana..."

Belli belirsiz gülümsedi.

"Öyle yaptı, odasına gittiğimde daha önce hiç yapmadığı gibi sarıldı bana. Yani şeyle..." Uygun kelimeyi bulamadı, yardımcı oldum.

"Şefkatle, büyük bir şefkatle..."

Sevinçle söylendi.

"Evet, yani bir kız arkadaştan, bir sevgiliden çok bir..." Yine kelimeyi bulamadı. Yine hatırlattım.

"Bir anne gibi..."

Buruk bir sesle mırıldandı.

"Bir anne gibi olmalı... Annemiz olmadı ki bilelim Başkomserim o duyguyu."

Gözlerim doldu, aramızda masa olmasa kalkıp sarılacaktım serseriye, "Anla Ali, anla artık, bu kız seni çok seviyor," demekle yetindim. "Kadınlar, ama sahiden seven kadınlar, erkeğin güçlü olmasıyla ilgilenmezler. Seni severler, çünkü yüreklerinde bir yere dokunmuşsundur. Bunu farkına varmadan yaptıysan daha çok severler. Çünkü samimi olduğunu anlarlar. Zeynep de seni böyle seviyor. Çünkü sen de farkına varmadan etkiledin onu."

Yüzü kıpkırmızı olmuştu.

"O da beni etkiledi Başkomserim," diye geveledi utangaç serseri. "Karşılıklı yani."

"Güzel olan da bu ya... Bulmuşsunuz birbirinizi, kıymetini bilin evladım. Aşk, dünyanın en büyük hazinesidir Alicim, ama gerekli özeni göstermezsen, rüzgârda bir serap gibi dağılır gider. O yüzden aklını abuk sabuk konulara takıp..."

Yine çalmaya başlamıştı telefonum; Zekai'ydi arayan.

"Pardon Alicim, dur şuna bir bakayım." Telefonun tuşuna bastım. "Alo Zekai, geldin mi?"

Ama emekli meslektaşımın gür sesi değil, ağlayan bir kadın cevap verdi.

"Alo Nevzat... Nevzat Bey, vurdular... Vurdular onu."

Kadının sesi tanıdıktı ama çıkaramamıştım ilk anda.

"Anlamadım hanımefendi, kim, kimi vurdular?"

"Öldü Nevzat Bey, onu öldürdüler."

Kadın sanki söylediklerimi duymamış gibi feryat ediyordu. Yatıştırmaya çalıştım.

"Lütfen sakin olun hanımefendi. Lütfen tek tek anlatın. Siz kimsiniz?"

Kadıncağız yatışacak gibi değildi.

"Benim Nevzat Bey, ben Celile... Zekai'yi vurdular..."

Önce anlayamadım.

"Ne? Ne diyorsunuz?" diye sordum. İşte tam o anda acı gerçek dank etti kafama. "Zekai! Zekai'yi mi vurdular?" Zaten bildiğim cevabı beklemeden şaşkınlıkla söylendim. "Nasıl, nasıl ya, daha bir saat önce konuştuk, bana gelecekti!"

"Bilmiyorum, bilmiyorum," diye söylendi Celile. "Eve geldiğimde kanlar içinde buldum. Allah'ım, Allah'ım nedir bu başımıza gelenler..."

Daha fazla konuşamadı kadıncağız.

"Tamam, tamam Celile Hanım hemen geliyorum..." diyerek telefonu kapattım. Şaşkınlıkla bakan Ali'ye döndüm.

"Zekai, bizim Zekai'yi öldürmüşler."

31
"Ne mesajı Başkomserim?"

❊

Mütevazı evinin bahçesinde sırt üstü yatıyordu Zekai'nin cansız bedeni. Ampullerin ışığında renkleri kırmızıya dönüşen pembe yaz güllerinin altına düşmüştü. Çenesinden giren kurşun yüzünün alt tarafını bozmuştu. Sol gözü olduğu gibi mosmordu, patlayan kaşından süzülen kan dudaklarının kenarına kadar ulaşmış, orada kurumuştu. Ama başının etrafında göllenen kan başının arkasından geliyordu. Kurşun, kafatasını parçalayarak dışarı çıkmıştı. Bütün ölülerin hazin bir hali vardır, ama Zekai çok daha trajik görünüyordu. Kaybetmişti, belki de mesleğinde çözemediği tek dava sonunda canına da mal olmuştu. Anlamlı bir şekilde öldü diye teselli bulabilirdim, gerçekten de son yıllarda hayatını adadığı bir dava yüzünden ölmüştü. Pes etmeden, mücadele ederken... Ama değer miydi? İşte bundan hiç emin değildim, emin olduğum bir husus vardı ki, onun yerinde olsaydım ben de aynısını yapardım. Her iyi polis aynı yolu izlerdi. Bakışlarım, Zekai'nin cansız bedenine kaydı. Eğer yaşıyor olsaydı, eminim şöyle derdi. "Ne yapıyorsun Nevzat, duygusallığa kapılacak sıra mı şimdi? Ölen kişi arkadaşımız olabilir ama yapmamız gereken bir vazife var." Ben de kendimi toparlayıp, arkadaşımın cesedi incelemeye başladım.

Zekai'nin patlayan kaşı, yüzündeki morluk, öteki kurbanlarının aksine Körebe'yle mücadele ettiğini gösteriyordu, ne yazık ki başarılı olduğu söylenemezdi. Bundan çıkan sonuç, Körebe'nin sağlam bir herif olmasıydı. Zekai oldukça kalıplı biri sayılırdı, pek genç olmasa da öyle kuru gürültüye pabuç bırakacak adamlardan değildi. Katil, onu kolaylıkla alt ettiyse, gerçekten de kavga etmeyi çok iyi biliyor demekti. Zaten Zekai'nin ölüm nedeni de yüzüne aldığı sert darbeler değildi.

Kararsızca Zekai'nin etrafında dönen Ali'ye, zemini gösterdim.

"Etrafı bir araştıralım bakalım, kurşunu bulabilecek miyiz?"

"Anladım," diyen yardımcım diz üstü çökerken ben de eğilerek toprağı incelemeye başladım. Dakikalar süren küçük araştırmamız hiçbir sonuç vermedi.

"Körebe'nin kullandığı silahın bizde kaydı olmalı," diyerek incelemeyi sonuçlandırdım. "Yoksa çekirdeği de kovanı da yanında götürmezdi."

"Körebe mi? Zekai Amirim'i Körebe mi öldürdü?"

Doğrulurken açıkladım.

"Kesinlikle o öldürdü."

Kendimden emin konuşmama rağmen bu ihtimal hiç aklına yatmadı.

"İyi ama Zekai Amirim'in gözünde ne kadife bir bağ var, ne yanına bırakılmış bir oyuncak, ne de sağ kulağı kesilmiş..."

"Çünkü Zekai çocuk tacizcisi değildi," diye kestim sözünü. "Zaten Körebe de bu amaçla öldürmedi. Zekai onun kim olduğunu bulmuştu, seri katil bu defa kendini tatmin için değil, yakalanmamak için öldürdü."

Merakı derinleşti.

"Zekai Amirim," dedi boğuk bir sesle. "Körebe'nin kim olduğunu bulmuş muydu?"

Gerçeği saklamanın manası yoktu.

"Evet bulmuştu, henüz emin değildi, ama ölümüyle bunu kanıtladı. Körebe'nin kim olduğunu kesinlikle biliyordu. O yüzden öldürüldü."

Ali'nin şaşkınlığı geçer gibi olmuştu, yeniden bana döndü.

"Telefonda Celile Hanım'la konuşurken, Zekai Amirim'in size geleceğini söylediniz. Körebe'nin kimliğini mi açıklayacaktı?" Sessiz kalınca kendi kendine sürdürdü. "Vay be, demek Körebe'nin kim olduğunu da bulmuştu." Gıptayla bakıyordu. "Belki de mutlu ölmüştür Başkomserim. Başarısız olduğu son davayı da çözdüğü için." Gözleri nemlenmişti. "Evet, kesinlikle mutlu ölmüştür, Körebe'nin kim olduğunu tespit ettiği için..." Durumu fark etmiş olacak ki birden toparlandı. "Peki, biz nasıl öğreneceğiz Körebe'nin kim olduğunu?"

Çaresizce ellerimi yana açtım.

"Deminden beri ben de bunu düşünüyorum. Sanırım öğrenemeyeceğiz."

Sinirli sinirli kıpırdandı ayaklarının üzerinde, eliyle saçlarını karıştırdı. Bu kadar yaklaşmışken fırsatı kaçırmamızı kabul edemiyordu.

"Bir yere yazmıştır belki. Ne bileyim, bilgisayarında filan vardır mutlaka. Belki birine anlatmıştır."

Fırsatı kaçırmış birinin pişmanlığı içinde söylendim.

"Ne yazık ki kimseye anlatmadı Ali. Çünkü önce bana anlatacaktı. Keşke ısrar etseydim telefonda söylemesi için. Ama konuşmak istemedi. Bilgisayarı olduğunu da zannetmiyorum. Zekai eski usul polislerdendi. Yine de Celile Hanım'a soralım, evi araştıralım. Sanmıyorum ama belki de bir yerlerde, bir not defteri buluruz. Asıl önemlisi, dünden beri konuştuğu kişileri tespit etmek. Kimi aramış, kiminle buluşmuş... Belki oralardan bir ipucu yakalarız."

Küçük bahçede yankılanan o tanıdık sesle kesildi sözlerim.

"Vay be, demek Zekai Amirim'i vurmuşlar. Demek onun cesedinin de incelemesini biz yapacakmışız!"

Başımızı çevirince, üzerinde giysileri, elinde çantasıyla Şefik'i gördüm. Bugüne kadar tanımadığı insanların öldürüldüğü cinayet mahallini büyük bir titizlikle didik didik inceleyen soğukkanlı komiser derinden sarsılmış, öylece dikiliyordu bahçenin girişinde. Bizi fark edince daha fena oldu. Buraya niçin geldiğini, görevini filan unutup elindeki çantayı bıraktı, ayaklarını sürükleyerek yaklaştı.

"Demek doğruymuş, gerçekten de Zekai Amirim'i öldürmüşler!"

Sarılmamı, kendisini teselli etmemi bekliyordu, yapabilirdim ama bu davranışım, daha iyi hissetmesini sağlamayacaktı. Aksine iyice dağılacak, ne olay yerini inceleyebilecek, ne gereken notları alabilecekti.

"Tamam Şefik," dedim otoriter bir sesle. "Tamam kardeşim, biraz sakin ol. Vazife başındayız. Ben de çok üzgünüm ama önce işimizi yapalım, yas için yeterince vaktimiz olacak."

Suratına tokat yemiş gibi sarsıldı. Sitemle baktı yüzüme. Nasıl bu kadar kalpsiz olabiliyordum? Hiç üstüme alınmadım. "Hadi Şefikcim, hadi güzel kardeşim, bak, adamların seni bekliyor. Hadi emrini ver de başlasınlar çalışmaya."

Alınmıştı, hem de çok alınmıştı ama boyun eğdi.

"Emredersiniz," dedi kırgın bir sesle. "Emredersiniz derhal başlıyoruz çalışmaya."

Ali'ye döndüm, o da şaşkınlık içindeydi, o sevecen Başkomseri nasıl bu kadar katı olabiliyordu? Şimdi ona izahat verecek halde değildim.

"Hadi, biz de içeri girelim de etrafı araştıralım."

Hiç itiraz etmeden izledi beni. Bir yatak odası, biri küçük öteki büyük iki oturma odası ve salondan oluşuyordu ev. İki oturma odasını ben araştırdım, ötekiler Ali'ye kaldı. Tahmin ettiğim gibi bilgisayar filan yoktu, işin ilginci ne bir not defteri, ne başka bir ipucu bulabildik. Beş yıldır Körebe'nin peşinde olan Zekai'nin tek bir not bile almamış olması normal değildi. Adım gibi emindim ki, emniyetteki dosyanın aynısından Zekai'de de vardı. Üstelik o dosyada, bizdekilerden çok daha fazla bilgi ve belge bulunuyordu. Ama neredeydi o dosya? Belki de katil almıştı. Zekai'yi öldürdükten sonra evde kendisiyle ilgili ne varsa hepsini toplamış götürmüştü. Öğrenmek kolaydı, Celile Hanım'a sorsak gerçeği anlatırdı bize. Birazdan onunla da konuşmam gerekecekti zaten. Sinir krizi geçirdiği için komşuya götürmüştü yakınları. Oturma odasındaki küçük kitaplığı incelemeyi bitirmiştim ki, kapıda göründü Ali.

"Yok Başkomserim, aradığım yerlerde Körebe'yle ya da başka bir davayla ilgili hiçbir evrak yok."

Yardımcıma doğru yöneldim.

"Burada da yok Alicim, hadi şu dış kapıya bir göz atalım. Bakalım zorlanmış mı?"

Ne kilit kurcalanmış, ne kapı zorlanmıştı. Katil, kapıyı çalarak girmiş olmalıydı. Bu durumda katili içeriye Zekai almıştı.

"Garip değil mi?" diye söylendi Ali. "Zekai Amirim, Körebe'nin kimliğini tespit ettiyse, gelen adamın katil olduğunu bilirdi. Katili niye içeri alsın?"

Yerden göğe kadar haklıydı, "Belki de Körebe'nin kimliği konusunda yanılmıştı," diye mantık yürütmeye çalıştım ama saçmaydı, kendi düşüncemi kendim tashih ettim. "O zaman da katilin onu öldürmesi için bir neden yoktu."

Başka bir ihtimale geçti Ali.

"Kendine çok güvenmiş olabilir mi? Belki de Körebe'den bir zarar gelmeyeceğini düşünüyordu."

Başımı salladım.

"Zannetmem, Zekai o kadar saf değildir."

Düşüncesinde diretti yardımcım.

"Saflıkla alakası yok Başkomserim. Zekai Amirim, bunu bir oyun gibi görüyordu. Kuralları olan bir oyun. Kuralları koyan da bizzat Körebe'nin kendisi. Seri katilin, kendi koyduğu kuralları ihlal etmeyeceğini zannediyorduysa... Gerçi siz rahmetliyi daha iyi tanırdınız."

Çok da yakın değildik aslında.

"O kadarını bilemiyorum Ali," dedim ayrıntıya girmeden. "Ama Zekai'nin, bir seri katile güvenmeyeceğinden eminim. Bu cinayet oyununa ne kadar kapılırsa kapılsın, asla bir seri katile teslim olmazdı." Duraksadım. "Benim aklıma başka bir ihtimal geliyor. Belki adamın onu tespit ettiğini bilmiyordu. Şunu demek istiyorum. Zekai, Körebe'nin gerçek kimliğini öğrenmişti, ama seri katilin bundan haberi yoktu. Başka bir amaçla gelmişti eve... Konuşmaya başladılar, Zekai açık verdi. Belki de kendini kaybedip adamın yüzüne söyledi. Körebe de onu öldürdü."

Ali'nin yüzü heyecanla kasıldı.

"O zaman Körebe, Zekai Amirim'in tanıdığı biriydi. Evine gelebilecek kadar yakın olan biri... Belki bizim de tanıdığımız biri."

Bu hiç şaşırtıcı olmazdı.

"O yüzden, Zekai'nin dünden beri kimlerle görüştüğünü, kimlerle konuştuğunu öğrenmemiz lazım. Eğer bunu tespit edebilirsek, katilini de buluruz."

32
"Öylece yatıyordu, o çok sevdiği güllerin altında."

❈

Komşunun bir çiçek bahçesini andıran salonunda, şampanya rengi bir divanın üzerinde, iki yaşlı kadının arasında oturuyordu Celile. Arkadaki masada üç genç kız fısıltıyla cinayet hakkında tahmin yürütüyorlardı. Celile Hanım siyah bir eşarp bağlamıştı, çakır gözleri ağlamaktan kan çanağına dönmüştü. Omuzları çökmüş, olduğu yere yığılacakmış gibi bitkin görünüyordu. Sakinleştirici almış olmalıydı, arada bir iç çekiyor ama artık ağlamıyordu. Açılır diye etrafındaki kadınlar sürekli kolonya döküyorlardı ellerine, yüzüne. Beni görür görmez, zavallı kadının gözleri yeniden nemlendi...

"Ah Nevzat Bey, ah!" diye kıpırdandı. "Bu nasıl iş? Emekli olmadan önce yüreğim ağzımda yaşadım hep. Her an kötü bir haber gelecek, her an Zekai vuruldu diyecekler diye. Emekli olunca rahatlamıştım. Artık bitti demiştim. Artık biz de normal aileler gibi olacağız. Kocam dizimin dibinde oturacak, huzur içinde yaşayacağız. Bak görüyor musunuz başımıza geleni? Emeklilikte bile kurtulamadık beladan."

Yıllar önce Güzide'nin dile getirdiği kaygıları tekrarlıyordu. "Korkuyorum Nevzat," demişti rahmetli karım. "Bir gün kapı çalınacak, senin ölüm haberini getirecekler diye korkuyorum." Öyle olmamıştı, aksine ben onun ve kızımın ölüm haberini almıştım. Başım döner gibi oldu. Allahtan genç kızlardan biri iskemle yetiştirdi de durumu kurtardım. Dul kadının karşısına oturdum.

"Çok üzüldüm Celile Hanım. Biliyorsunuz Zekai'yi severdim. Gerçekten çok üzüldüm. Ama elden ne gelir? Kader mi desek, talihsizlik mi? Ölüm karşısında çaresiz kalıyor insan."

Sözlerimi yanlış anlamıştı, kumral kaşları çatıldı.

"Kader de değil, talihsizlik de," diye adeta kükredi. "Zekai'yi öldürdüler Nevzat Bey. Göz göre göre canını aldılar kocamın." Sitemle baktı yüzüme. "Katilini bulacaksınız değil mi, kanı yerde kalmayacak..."

Aslında öfkelenmesine sevinmiştim, bir parça da olsa sıyrılmıştı o bitkin halinden.

"Elbette," dedim inanç yüklü bir sesle. "Elbette katili yakalayacağız. Size söz, bizzat ben alakadar olacağım bu davayla. En ağır cezaya çarptırılmasını sağlayacağım o alçağın." Anlayış bekleyen bir ifade takındım. "Aslında bu konuyu konuşacaktım sizinle. Yani birkaç soru soracaktım ama kendinizi iyi hissetmiyorsanız daha sonra da..."

Vakarla kesti sözümü.

"Hayır, şimdi konuşalım Nevzat Bey. Ben bir polis eşiyim, kocam şehit oldu, metin olmalıyım. Eminim Zekai de öyle olmamı isterdi."

Bu cesur çıkışa rağmen, yine de temkinli davrandım.

"Konuşsak iyi olur ama hazır değilseniz yarın da..."

Kötü talihini kabullenmiş birinin kalenderliği içindeydi.

"Yarın daha iyi olmayacağım Nevzat Bey, lütfen, neyi merak ediyorsanız sorun. Şimdi konuşalım."

Yanına oturmuş, merakla beni süzen kadınlara baktım, anında anladı Celile.

"Bizi yalnız bırakır mısınız Nuriye?" dedi sağ tarafındaki mor eşarplı kadına. "Başkomser yalnız konuşmak ister."

Nazik bir sesle yineledim.

"Evet, mümkünse Celile Hanım'la başbaşa konuşmak isteriz."

Anında toparlandı kadınlar, masanın başındaki kızlara da işaret ederek aceleyle çıktılar salondan.

"Bir bardak su ister miydiniz?" diye sordum. "Ya da başka bir şey."

Sinirlenmeye başlamıştı, biraz gergin bir sesle tekrarladı.

"Yok, istemem Nevzat Bey, buyurun sorularınıza geçelim."

Bir kez daha gözlerimle tarttım kadıncağızı. Tuhaf şekilde iyi görünüyordu. Kocasının katilinin bulunması için çabalamak, onu bir parça teselli ediyordu.

"Siz mi buldunuz? Yani Zekai Amirim'i?" Ölüsünü demek içimden gelmiyordu. "Yani bahçede..."

Anlamıştı kadıncağız, daha fazla çile çekmeme izin vermedi.

"Onu, ben buldum. Pazara inmiştim, Üsküdar'a... Eve dönünce kapıyı çaldım, açmadı. Anahtarla girdim içeri. Seslendim, cevap vermedi. Dışarı çıktı zannettim. Elimdekileri mutfağa yerleştirdim, sonra bahçeye geçtim, o zaman gördüm Zekai'yi." Sesi titremeye başlamıştı. "Öylece yatıyordu, o çok sevdiği güllerin altında."

Kendini kaybedip yeniden ağlamaya başlayacaktı, fırsat vermemek için hemen ikinci soruya geçtim.

"Bir düşmanı var mıydı? Birilerinden tehdit filan almış mıydı?"

Duygusallığı kayboldu, zihnini zorlamaya başladı.

"Bildiğim kadarıyla öyle bir olay olmadı. Gerçi olsa bana söyler miydi, ondan da emin değilim. İşinde çok ketumdu. Mesleğiyle ilgili hiçbir şey anlatmazdı. Bazen kafasında öyle meseleler olurdu ki yemek yemeyi bile unuturdu. Sorduğumda 'Önemli değil, yakında hallederim,' derdi. Ama biliyorsunuz Nevzat Bey, polisler beladan uzak duramazlar. Zekai de öyleydi, kim bilir kaç katilin, kaç caninin hapse atılmasını sağlamıştı. Eğer onlardan biri bu işi yaptıysa..."

Hapse atamadığı biri yaptı bu işi diye geçirdim içimden ama kadına söylemedim tabii.

"Son zamanlarda kavga ettiği, anlaşmazlığa düştüğü birileri var mıydı?"

Mavi gözleri anlamsızlaştı.

"Yoktu, melek gibi bir adamdı Zekai. Büyük, küçük, konu komşu herkes çok severdi onu. Bir tek kişinin bile kalbini kırmamıştır şu mahallede." Dayanamadı yine ağlamaya başladı. "Bilhassa çocuklar... Çocuklara bayılırdı." Sürdüremedi sustu, başörtüsünün ucuyla ağzını kapatarak sessizce ağladı. Sonra toparladı, yine başörtüsünün ucuyla gözyaşlarını kuruladı. "Yok, kimseyle bir davamız olmamıştı. En küçük bir tartışma bile yaşamadık mahalleliyle. Ne bir düşmanımız vardı, ne de bize kin duyan biri..."

Gözyaşları artmaya başlamıştı, içini çekerek ağlıyordu.

"İsterseniz daha sonra konuşalım," diye tekrarladım.

"Hayır," dedi öfkeyle. "Hayır," dedi toparlanarak. "Şimdi konuşalım. Bir an önce yakalansın o alçak."

Oturduğum iskemlede, rahmetli meslektaşımın dul eşine doğru eğildim.

"O zaman, lütfen beni dikkatle dinleyin Celile Hanım. Zekai Amirim, bir dava üzerinde çalışıyor muydu? Yani size çözülmemiş bir cinayet vakasından söz etti mi?"

Şaşırmıştı.

"Nasıl çalışabilir ki? Emekli olmuştu ya Zekai..." Kafası karışmıştı. "Ne yani, hâlâ polislik mi yapıyordu?"

Zavallı kadının olan bitenden haberi yoktu. Meslekteyken sürdürdüğü alışkanlığı emekliliğinde de sürdürmüştü Zekai.

Sorduğu sorunun cevabını alamayan Celile, "Aslında biraz şüphelenmiştim," diye itirafa başladı. "Yok, günahını almayayım hemen. Ama sanki benden bir şey saklıyordu. Bilhassa son zamanlarda daha sık gider olmuştu kayıkhaneye..."

"Ne kayıkhanesi?"

"Sizi götürmedi mi?"

"Nereye götürecekti?"

"Balık avlamaya," diye açıkladı buruk bir gülümsemeyle. "Küçük bir teknesi vardı Zekai'nin. Salacak'taki şu limanda demirli. Oraya giderdi boş zamanlarında. Haftada bir, bilemedin iki. Balığa çıkar, hiç yoksa şöyle bir açılırdı Kınalıada'ya doğru... Fakat bu hafta nerdeyse her gün gitti. Sizin geldiğiniz gün de gitmişti. Evet, hemen arkanızdan, üstelik evde kalacağını söylemesine rağmen. Demek ki gizli bir işi varmış... Yoksa eski bir davayı mı soruşturuyordu? O yüzden mi öldürdüler onu?"

Hakikati bilmesinin hiçbir yararı yoktu, kafası karışabilir, daha mutsuz olabilirdi.

"Bilmiyoruz," dedim inandırıcı görünmeye çalışarak. "Yani bir neden arıyorum cinayete. Çünkü bildiğim kadarıyla evde bir hırsızlık olmamış. Öyle değil mi çalınan değerli bir eşya yok."

"Yok, yok, hırsızlık değil... Evden hiçbir eşya alınmamıştı. Yatak odasındaki komodinin çekmecesinde, Zekai'nin emekli maaşı duruyordu, ona bile dokunulmamış..."

Kafamı asıl kurcalayan soruya gelmişti sıra.

"Eve sıkça gelip giden arkadaşları, dostları var mıydı?

"Öyle pek kimseyle görüşmezdi." Gözleri yeniden nemlendi, alt çenesi titremeye başladı. "Zekai mesleğine âşıktı. Polislik bir de bahçede kendi elleriyle yetiştirdiği o güller. Biliyorsunuz çocuğumuz da olmadı bizim. Bütün hayatını mesleğine adamıştı. Bir tek Alper uğrardı eve. O da oğlumuz gibiydi zaten."

Bu malumat önemli olabilirdi.

"Alper kim?"

Şaşırmış gibiydi.

"Tanımıyor musunuz? Zekai'nin eski yardımcısı. Komiser Alper Siper."

Kimden bahsediyordu?

"Cinayet bürodan mı?"

"Artık değil," dedi üzüntüyle başını sallayarak. "Dört yıl önce istifa etti. Şimdi bir güvenlik şirketi kurdu. Çok iyi çocuktur, haftada bir uğrar mutlaka. Bir ihtiyacımız var mı yok mu, sorar. Bizi ailesi yerine koyar. Bana anne der, Zekai'ye de baba. On beş gün sonra kız istemeye gidecektik, İzmir'e... Nasıl olacak şimdi bilmiyorum."

Yeniden ağlamaya başladı. Üzülme diyemedim, bütün bunlar geçer, bu acı biter de diyemedim, hiç teselli etmeye kalkışmadım. Yapamadım, içimden gelmedi, bu yası, hiç kapanmayacak bir yara gibi ömrünün sonuna kadar yüreğinde taşıyacak bu cesur kadına yalan söyleyemedim.

33
"Körebe zulayı patlatmış Başkomserim!"

İstanbul'a nereden bakmak istersin diye sorsalar, hiç duraksamadan Salacak'tan derim. Çünkü şehrin görkemli silüeti en iyi buradan görünür. Hele bir de geceyse, çöken karanlık, bu kadim şehrin kalbine çakılan o iğrenç binaların sert çizgilerini silikleştirmeye başlamışsa... Rahmetli Zekai'nin teknesinde arama yapmak için Salacak'a geldiğimde aklımdan bu düşünceler geçiyordu. Harem İskelesi'ne birkaç yüz metre kala yapılmış balıkçı barınağında demirli olması gerekiyordu "Kanun Benim" adlı teknenin. Zavallı Celile Hanım, teknenin adını söylediğinde başımı sallamış, "Ah be Zekai, keşke 'Kanun Benim' diyeceğine, bilgileri bizimle paylaşsaydın," diye geçirmiştim içimden. Eğer öyle yapsaydı, büyük ihtimalle o hayatta, Körebe de hapiste olurdu.

Balıkçı barınağına bakan, Şaban Reis'in küçük barakasına yaklaşınca kesif bir anason kokusu çarptı burnuma. Ters çevrilmiş portakal sandığının üzerinde, küçük bir tepsinin içinde soğanı bol bir domates salatası, yanında ağzına kadar rakıyla dolu iki çay bardağı ve kocaman bir ekmek göze çarpıyordu. Yan tarafta küçük bir mangal üzerinde henüz cızırdamaya başlayan istavritler. Ama ortalıkta canlı namına kimse görünmüyor derken, "Bitirmişsin lan şişeyi," diye höykürdü biri içeriden. "Utanmadan bir de karşıma geçmiş yalan söylüyorsun."

"Valla ben içmedim Şaban Abi..." Karşılık veren ses daha cılızdı ama isyan yüklüydü. "Akşam sen içtin ya... Evet, abi hepsini sen içtin. Hatırlamıyorsun... Hep böyle yapıyorsun abi. İçiyorsun sonra da bana kızıyorsun..."

"Yalan söyleme lan!"

"Anam avradım olsun ya... Niye inanmıyorsun?"

"Lan akıl var, mantık var pezevenk. Kiloluk rakıyı tek başıma ben mi içtim?"

Bu muhabbetin uzamasından değil, işin sille tokat kavgaya dönüşmesinden korktuğumdan daldım barakaya. Biri ufak tefek, öteki iri yarı iki kişi ayakta dikiliyordu. Beni fark edince, derme çatma kapıya döndüler...

"Sen de kimsin ya?" diye tersledi ufak tefek olan. "İnsan bir kapıya vurur."

Ses tonundan anladım ki bu çelimsiz olan Şaban Reis, paparayı yiyen de zebellah gibi olanmış. Benden bir açıklama çıkmayınca, üzerime yürüdü.

"Sana diyorum hemşerim. Dingonun ahırı mı burası, selamsız sabahsız dalıyorsun içeri..."

Benden önce Ali bir güzel boyadı herifi.

"Terbiyesizlik etme lan. Polisiz biz, polis..." Tepeden tırnağa süzdü Şaban'ı. "Ne yapıyorsunuz burada?"

Polis lafını duyan yarım porsiyon Reis yutkundu.

"Öyle desene Amirim... Ne bilelim emniyetten olduğunuzu... Piyade'yle muhabbet ediyorduk biz de ayaküstü..."

Koyun gözlerini yüzümüze dikerek sırıttı Piyade.

"He valla Amirim, sohbet ediyorduk öylesine..."

"Buraya sen mi bakıyorsun?" dedim ciddi bir tavırla. "Bütün bu balıkçı barınağına?"

Ali'den daha yüksek rütbeli olduğumu sezinlemeye başladığından, anında toparlandı Şaban Reis.

"Evet Amirim. Balıkçı arkadaşların tekneleri var burada. Meraklılar filan da bırakıyor teknelerini. Hepsine göz kulak oluyoruz elimizden geldiğince..."

"Rakıdan zaman bulup ayık kaldığınızda..." diye azarladı Ali. "Bu kadar içtikten sonra kendinize bile göz kulak olamazsınız..."

Pis pis sırıttı Reis.

"N'apalım be abicim?" diyecek oldu.

"Abi değil lan, komiserim diyeceksin," diye uyardı yardımcım. "Ali Komiserim."

Yine de toparlayamadı Şaban.

"Yani Ali Abicim, pardon yani Ali Komiserim... Yani yedi gün yirmi dört saat biz buradayız. Ayık kafayla vakit geçmiyor. Deniz bize bakıyor, biz denize. Arada bir değişiklik olsun diye Kız Kulesi'ne de bakıyoruz tabii. Ama hepsi o. Tamam güzel olmasına güzel de insan gene de bıkıyor be Komiserim... Hem hayal kurmak için birazcık da mazot lazım. E işte n'apalım, biz de tütsülüyoruz kafaları..."

O kadar içten konuşuyordu ki sessizce güldüm.

"Ama fazla tütsülemişsiniz anlaşılan Şaban Reis, bitirdiğin şişeyi bile hatırlamıyorsun..."

Mahmur gözlerini açtı kapadı, mahcup olmuş gibi boynunu büktü.

"Oluyor bazen Komiserim."

"Komiser değil lan," diye müdahale etti Ali. "Başkomser, Başkomser Nevzat diyeceksin..."

Saygıyla başını eğdi Reis.

"Kusuruma bakmayın Başkomserim. Biz cahil adamlarız, ne anlarız makamdan, rütbeden? Neyse, dün akşam fazla kaçırmışız mazotu yine." Şüpheyle iri yarı arkadaşını süzdü. "Gerçi hâlâ emin değilim ya, o şişeyi tek başıma bitirdiğime..." Bir dirsek attı Piyade'ye. "Sahi lan, ben mi içtim hepsini?"

Boş bulunmuştu Piyade, ters yerine geldi dirsek.

"Ah," diye iki büklüm oldu. "Valla sen içtin Şaban Abi..."

"Yeter, yeter lan, kesin artık!" diye araya girdi Ali. "'Kanun Benim' adında bir tekne arıyoruz."

Önce kafası basmadı...

"Ne benim Amirim?"

"Ayıl lan artık," diye yine bayramlık ağzını açtı yardımcım. "'Kanun Benim' diyoruz oğlum. Kulağın da mı duymuyor?"

Fırçayı yiyince iyice şapşallaştı Şaban Reis.

"Öyle bir tekne yok burada Komiserim." Öfkeyle, iriyarı arkadaşına döndü yeniden. "Var mı lan Piyade bizde öyle bir tekne?"

Piyade'nin de eveleyip gevelemesine fırsat vermedim.

"Zekai'nin teknesi evladım," diye uyardım. "Başkomiser Zekai'nin teknesi. Burada değil mi o?"

Şaşkın gözleri büyük bir rahatlamayla aydınlandı.

"Öyle desene Başkomserim... Siz Zekai Amirim'in teknesinden bahsediyorsunuz." Duraksadı. "'Kanun Benim'miş onun adı. Niye ezberlemiyorsun bunları?" diyerek bir dirsek daha attı Piyade'ye ama genç adam yana çekildiği için bu defa pek tesir etmedi iri gövdesine.

"Nasıl ezberleyeyim Şaban Reis, alfabenin harflerini bile aklımda tutamıyorum ben."

Piyade'yle uğraşmayı bırakıp yeniden bana döndü. Saçları seyrekleşmiş küçük başını sallayarak gülümsedi...

"Evet Başkomserim, tekne burada, ilerde, burunun sağında demirli."

Başımla dışarısını işaret ettim.

"İyi o zaman, hadi gidip bakalım."

Şimdi hatırlamış gibi endişeyle sordu.

"Zekai Amirim nerde?"

Bana kalsa söylemeyecektim ama bizim nobran Ali patlattı haberi.

"Öldü. Bu akşam evinde öldürülmüş..."

Böyle durumlara alışkın bir adam gibi duruyordu Şaban Reis ama haberi duyunca, yıkıldı.

"Nasıl ya! Yok, yanlışınız var. Daha dün buradaydı. Başka biridir ölen..." Sessiz kaldığımızı görünce, kendi kendine başını öne salladı. "Öyle mi? Gerçekten Zekai Amirim mi? Öldü mü yani adamcağız?"

Verdiği tepkiden çok, verdiği malumat önemliydi.

"Ne yapıyordu Zekai dün burada?" diye eşeledim. "Balığa mı çıkacaktı?"

Ardı ardına iki kere yutkunduktan sonra konuşabildi.

"Şey, yani her zamanki gibi... Teknesine gelmişti. Hatta kefal yakalamıştım oltayla. Ondan ikram ettim, ekmek arasında. Rakı da verdim ama içmedi..." Ağlıyormuş gibi burnunu çekti. "Vay be, demek öldü Zekai Amirim..." İri yarı arkadaşını dirseğiyle dürttü yine. "Duydun mu lan Piyade, gitmiş dağ gibi adam..." Sonra gözlerini bana dikti. "Kim? Hangi şerefsiz yapmış bu alçaklığı? Birkaç kişi olmalılar. Bir iki kişi olsalardı, ikisini de indirirdi Zekai Amirim. Ya da arkadan vurmuşlardır. Öyle değil mi Başkomserim? Kalleşlik yaptılar değil mi?"

Sorusuna soruyla karşılık verdim.

"Sık gelir miydi buraya?"

Hatırlamaya uğraştı.

"Gelirdi. Ne bileyim haftada en az üç gün uğrardı..."

"Denize mi açılırdı?"

Sağ elini boşlukta hafifçe salladı.

"Çok değil... Yani seyrek açılırdı... Gelir teknesine kapanırdı. Aşağıda bir odası var, girer çıkmazdı oradan."

"Nasıl bir oda? Hiç girdin mi?"

"Nerde Başkomserim, tövbe tövbe Kâbe gibi kutsaldı, kimseyi sokmazdı ki oraya. Bir keresinde, elinde poşetlerle gelmişti, yardım olsun diye tekneye kadar taşımıştım. Orada durdurdu beni. 'Sağ ol Reis, bundan sonrasını ben hallederim,' dedi."

"Hiç arkadaşı yok muydu? Yanında kimse olur muydu?"

"Hep yalnız gelirdi, arkadaşı filan yoktu. Bir kere yengeyle geldi. O kadar..."

"Bir de şu uzun boylu adam var Reis," diyerek Piyade girdi araya. "Hatırlasana, hani geçen hafta gelmişti."

Bir şaplak patlattı ensesine Reis.

"Aferin lan," dedi adeta neşeyle. "İyi hatırladın. Evet, geçen hafta üst üste iki gün geldi. Birinde balığa çıktılar. Alparslan mı, Eren mi ne?"

Sohbet iyi bir yerlere gidiyordu.

"Alper mi?" atıldım. "Eski polis?"

Sağ elinin işaret parmağını heyecanla kaldırdı.

"Evet, evet Başkomserim, Alper. Zekai Amirim'in yardımcısıymış. Ama onun dışında hep yalnızdı. Allah rahmet eylesin, bonkör adamdı. Öyle değil mi lan Piyade?"

Uykudan uyanmış gibi irkildi genç irisi.

"Öyle valla, Allah mekânını cennet eylesin. Kendine ne alırsa aynısından bize de alırdı. Rakı, nevale, çay, aklınıza ne gelirse." Gözleri nemlendi. "Hatırlıyor musun Şaban Reis, geçen kış helva getirmişti. Bir ay yemiştik rakının üstüne..."

İki kafadarın muhabbetini dinleyecek sıra değildi.

"Hadi gidelim artık," dedim. "Bakalım ne varmış şu kutsal odada."

Sıkış tepiş doluştuğumuz barakadan temiz havaya çıktık. Ortalığı kesif bir duman kaplamıştı.

"Yanıyor lan, yanıyor," diye bir kez daha payladı arkadaşını Reis. "Topla lan şunları çabuk."

Zavallı Piyade, parmakları yana yana ızgaranın üzerindeki istavritleri toplarken, küçük koyun ucuna yürüdük. Hava hâlâ çok sıcaktı, hâlâ çok boğucu. Denizin kıyısında bile en küçük bir esinti yoktu. Cayır cayır yanmakta olan betonu adımlarken anlatmayı sürdürdü Şaban Reis.

"Aslında bu hafta daha sık gelmeye başlamıştı Zekai Amirim." Hatırlamaya çalıştı. "Nerdeyse her gün buradaydı. Elinde siyah çantasıyla öğleye doğru gelip, akşama kadar kalırdı..."

Ali benden önce davrandı.

"Çantada ne olduğunu biliyor musun? İçindekilerini gördün mü?"

Çelimsiz bedeniyle kıyaslanmayacak kadar iri olan ellerini yana açtı.

"Yok Ali Komiserim, nerden göreyim. Allah rahmet eylesin Zekai Amirim ketum adamdı. Öyle yüz göz olmazdı. Hep bir seviye, hep bir mesafe vardı aramızda... Öyle de olması icap ederdi. İyi adamdı, kiminle ne konuşacağını bilirdi." Sustu, gözlerini kısarak karanlıkta arandı. Başıyla ilerideki beyaza boyalı tekneyi gösterdi. "Hah işte orada..."

Yaklaşınca, beyaz zemin üzerine yazılmış "Kanun Benim" yazısı belirdi gözlerimizin önünde. Önce Şaban bindi tekneye, biz de onu izledik. Merdivenlerden aşağıya birkaç adım atmıştı ki, "Ha siktir," diye bağırdı. "Hırsız girmiş ya buraya... Valla Başkomserim... Görüyor musun ya... Vay ibneler talan etmişler ortalığı..."

Ali, eliyle sağa çekti yarım porsiyon Reis'i, hızla indik merdivenlerden aşağıya. İlk gözüme çarpan, aşağıya açılan kapıdaki asma kilidin kırılmış olduğuydu. İçeri girince bizi daha büyük bir sürpriz bekliyordu. Küçük odanın duvarları fotoğraflar, gazete küpürleriyle kaplıydı. Tahmin edileceği gibi "Körebe"nin işlediği cinayetlerle ilgili materyaller. Yerde siyah bir çanta duruyordu, kapağı açılmış içi boşaltılmıştı. Ali'yle göz göze geldik.

"Körebe zulayı patlatmış Başkomserim," diye malumu ilam etti. "İşe yarar ne varsa alıp götürmüş."

34

"Bu saatte çalan telefon hiç de hayra alamet değildi."

✳

"Geldik Başkomserim!"

Ali'nin sözleriyle açtım gözlerimi. Salacak'taki balıkçı barınağından ayrılıp emektarın kapısına geldiğimde hafiften başımın döndüğünü hissetmiş, anahtarı yardımcıma uzatarak, "Arabayı sen kullan da ben biraz kestireyim," demiştim. Dün geceden beri uykusuzdum. Eskiden günlerce gözümü kırpmadan çalışırdım artık yaşlanıyordum. Doğru olan eve gidip dinlenmekti ama biz "Kanun Benim" teknesinde arama yaparken, Zekai'nin evini inceleyen Zeynep'le konuşmadan başımı yastığa koymak istemiyordum. Epi topu yarım saat kadar kestirmiş olmama rağmen arabadan indiğimde kendimi daha iyi hissettim. Emniyetin bahçesinde kollarımı açarak çocuklar gibi gerindim. Kollarımı indirirken, suratında muzip bir ifadeyle beni süzen Ali'yi fark ettim.

"Ne gülüyorsun öyle? Horladım mı yoksa?"

Sessizce sırıtmayı sürdürdü köftehor.

"Yapma ya! Çok mu horladım?"

"Yok be Başkomserim. Hem çok horlasanız ne olacak, dün gece benim için uykusuz kaldınız."

Mahcup olmuştum.

"Keşke uyandırsaydın be evladım."

"Hiç rahatsız olmadım ki," dedi samimi bir tavırla. "Valla Başkomserim."

Olan olmuştu, merdivenlere yürümeye başladım, yardımcım da bana eşlik etti. Yine o yasemin kokusu çökmüştü sıcak havaya. Bu defa daha yoğun, daha baygın, daha güzel. Sanki çiçeği görebilirmişim gibi etraftaki binalara bakındım. Elbette ışıkları söndürülmüş balkonların çirkin görüntülerinden başka bir manzaraya rastlamadım. O ara gözlerim, gökyüzünde görünmekten çekinircesine belli belirsiz parıldayan incecik aya takıldı. Etrafını saran yıldızlar o kadar ışıltılıydı ki zavallı ay bütün çekiciliğini yitirmiş gibiydi. Biraz da nemli havanın yaydığı buğu nedeniyle olduğundan daha solgun görünüyordu.

"Yıldızlara mı bakıyorsunuz Başkomserim?" diyen Ali'nin sesiyle dağıldı düşüncelerim. O da benim gibi bakışlarını gökyüzüne çevirmişti. "Ne kadar çoklar değil mi?"

Ne yalan söylemeli hoşuma gitti bizim haytanın duyarlılığı.

"Evet, ne kadar güzeller! Nasıl da parlaklar... Yıldızları bilir misin Ali? Hangisi hangisidir?"

Omuz silkti.

"Bilmem aslında," dedi ama birden durdu, işaret parmağıyla gökyüzünde bir yeri gösterdi. "Sadece şu en ışıltılı olanı biliyorum. Görüyor musunuz?"

Gösterdiği yerde çakıl taşı büyüklüğünde bir yıldız göz kırpıp duruyordu.

"Ne o, Kutup Yıldızı mı?"

"Yok, Venüs..."

Hayranlıkla süzdüm yardımcımı.

"Vay Ali, en güzel yıldızı biliyorsun demek. Aşk ve güzellik tanrıçası ha..."

Utangaç fısıldadı.

"Aynı zamanda Zeynep'in yıldızı..."

"Nasıl Zeynep'in yıldızı?"

Bunu nasıl bilmezsiniz, der gibiydi.

"Zeynep terazi burcu ya Başkomserim. Terazi burcunun yıldızı Venüs'tür."

"Aferin Ali, aferin," dedim takdirle. "Büyük gelişme var evladım sende..."

Etrafa bakındı, sanki birinin duymasından çekiniyormuş gibi fısıltıyla açıkladı.

"Aslında pek hazzetmem bu burç muhabbetinden Başkomserim. Ama Zeynep'in hatırına öğreniyorum..."

Elimle dostça vurdum omuzuna.

"İyi yapıyorsun Ali... O kız için değer. Zeynep gerçek bir hazine. Hem de parayla pulla ölçülemeyecek kadar kıymetli bir hazine."

O kıymetli hazineyi odasında çalışırken bulduk. Sanki dün geceden beri uykusuz olan o değilmiş gibi bilgisayarın başına geçmiş heyecanla klavyenin tuşlarına dokunuyordu. O kadar kaptırmıştı ki kendini işine, içeri girdiğimizi fark etmedi bile.

"İyi geceler Zeynepcim."

İrkilerek döndü. Anında tatlı bir gülümseme yürüdü dudaklarına. Benim için değil elbette, yanımdaki yakışıklı serseri için.

"İyi geceler Başkomserim," dedi ama gözleri Ali'deydi. "Ben de sizi bekliyordum."

Sesi heyecan yüklü, yüzü ışıklar içindeydi.

"Hayrola," dedim bilgisayarına yaklaşırken. "Zekai'nin evinde bir şey mi buldun?"

Bir an gölgelendi yüzü.

"Yok, evde değil ama şu Alper denen adam... Zekai Amirim'in evini ziyaret eden şahıs..."

Bunu bekliyordum, ama heyecanımı belli etmedim.

"Emekli Komiser Alper Siper," diye tekrarladım. "Ne olmuş ona?"

"Zekai Amirim'in yardımcısıymış. Beş yıl önce... Yani 2012 yılında Körebe cinayetlerini işlerken. O yıl soruşturmayı birlikte yapmışlar." Sustu, sanki sözlerinin üzerimdeki etkisini merak ediyormuş gibi beni süzmeye başladı. Benim yerime Ali tepki verdi.

"Yani?"

Oturduğu koltukta toparlandı Zeynep.

"Yanisi, bu Alper, seri katilimiz hakkındaki bütün ayrıntıları biliyor. Körebe konusunda, rahmetli başkomiserimiz kadar bilgi ve deneyim sahibi. Üstelik bir yıl sonra, yani 2013'te meslekten istifa ediyor. Ama hiçbir zaman Zekai Amirim'le irtibatı kesmiyor, aksine daha da yakınlaşıyor. Nerdeyse her hafta evini ziyaret ediyor."

Boş boş baktığımızı görünce biraz gerildi.

"Aradaki bağlantı açık değil mi? Körebe, bu Alper olabilir."

İhtimal dışı değildi, ama daha cevaplanması gereken çok soru vardı.

"Elimizdekiler sadece tahmin," dedim sakince. "Bu söyledikleriyle adamı zanlı bile sayamayız."

Anlıyordu, yine de fikrini söylemekten geri durmadı.

"Ama Körebe'nin bizden biri olabileceğini konuşmuyor muyduk? Polisin çalışma tarzını çok iyi bildiğini, o yüzden hiç açık vermediğini tartışmadık mı? Bu davaya hakim olan ikinci kişiden söz ediyoruz Başkomserim. Üstelik cinayetler bitince de polislikten istifa eden bir adamdan..."

Hâlâ ikna olmadığımızı görünce, bilgisayara döndü. Tuşlara bastı, ekranda kumral saçlı, kalın kaşlı, koyu renk gözlü bir adam belirdi. Sevimli bir görünümü vardı.

"Alper Siper bu," diye ekrana bakarak sürdürdü konuşmasını. "Adam, dövüş ustası. Söz gelimi değil, gerçekten dövüş ustası, Tekvando'da siyah kuşak, sekizinci dan, yakında dokuz olacak. Karizmatik, herkesi etkileyen, güven veren bir adam. Zaten istifa eder etmez de Siper Güvenlik adında bir şirket kurmuş. Bazı otellerin ve hastanelerin güvenlik işlerini organize ediyor. Oldukça da başarılı. Ve Zekai Amirim'in evine elini kolu sallaya sallaya girebilecek tek kişi o. Sizi bilmem ama bence adam Körebe profiline cuk oturuyor."

Fena akıl yürütmüyordu ama acele ediyordu, çok acele ediyordu. Aslında Zeynep'in tarzı değildi bu, çünkü yorgundu, belki de üst üste gelen cinayetler sinirlerini bozmuştu, olayları doğru değerlendiremiyordu. Karşısına çıkan ilk ipucuna sarılarak bir an önce seri katile ulaşmak, bu karmaşık bulmacayı hemen çözmek istiyordu.

"Adamın özel hayatını biliyor muyuz?" diye son derece makul bir soru sordu Ali. "Çocukluğu hakkında malumatımız var mı?"

Yardımcımın nereye varmak istediğini anlamıştı Zeynep.

"Çocuk yurdunda büyümemiş, eğer merak ettiğin oysa. Ailesiyle büyümüş, Yalova'da. Babası Raşit Bey, Yalova Devlet Hastanesi'nde cerrahmış."

Bir iskemle çekerek karşısına oturdum. Ali ise ayakta dikilmeyi sürdürüyordu.

"Tamam arkadaşlar, yarın ilk işimiz bu Alper'le konuşmak olsun. Bakalım ne çıkacak. Sahi, Zeynepcim, Arda'nın DNA örneklerini aldınız mı?"

Heyecanı diner gibi olmuştu kriminoloğumuzun.

"Evet, Başkomserim sonuçlar yarın gelir, ama bence Hicabi'yi öldürenler o ikisi. Muhtemelen de Arda bıçakladı. Zeytinburnu'ndaki dairede luminol testi yaptım, banyodaki lavabo olduğu gibi yeşil renge kesti. Zeminde de kan lekelerine rastladım. Belli ki orada yıkamışlar ellerini, belki giysilerini filan da orada temizlemişlerdir. O yüzden Sipsi İsmail'le iki adamını gözaltına tutuyoruz hâlâ. Belki Savcı Bey'e bilgi verirsiniz..."

Memnuniyetle ellerimi ovuşturdum.

"Hiç değilse bu olayı çözeceğiz. Böylece Körebe'ye dönebiliriz yeniden."

Oturduğu iskemlede sabırsız bir çocuk gibi kıpırdadı Zeynep.

"Ben de onu diyecektim, Akif Soykan ile Ferit Selcim'in otopsi raporları geldi. Körebe'nin iki kurbanından bahsediyorum." Bilgisayarına döndü, tuşlara dokundu. Ekranda bir rapor göründü. "İşte burada. Öldürülmeden önce ikisine de ilaç vermişler. Mivakuryum diye bir ilaç. Maddenin ismi nöromüsküler bloker. Yani periferik etkili kas gevşetici... Normalde anestezi sırasında kullanılıyor."

"Ya Zeynepcim," diye uyarmak zorunda kaldım. "Gözünü seveyim, şunu anlayacağımız şekilde anlatsana."

Yüzü pembeleşti.

"Özür dilerim Başkomserim. Yani bu Mivakuryum'u aşırı dozda verirseniz, o kişi felç oluyor. Dozu daha da artırırsanız ölüyor. Yani Körebe, kurbanlarını önce kaçırıyor, onlara bu ilaçtan içirerek uyuşturuyor, sonra da öldürüyor. Aslında korkunç bir durum. Kurban, neler olup bittiğinin farkında, sadece hareket edemiyor. Her şeyi hissediyor, başına gelebilecekleri kestirebiliyor."

Sanki canı yanan kendisiymiş gibi yüzünü buruşturdu Ali.

"Yani kulağı kesilirken acıyı olduğu gibi hissediyor..."

"Aynen öyle, ama asla karşı çıkamıyor. Bütün bunlardan sonra Körebe, kurbanını cinayet mahalline götürüyor, kırmızı kadife ile gözlerini bağlıyor, seçtiği oyuncağı oraya bırakıyor ve adamın ensesine bir kurşun sıkıyor."

Aklım başka bir ayrıntıya takılmıştı.

"Mivakuryum gibi ilaçları dozunu ayarlayacak kadar bildiğine göre, Körebe'nin tıp bilgisi de olmalı."

Yine bir yalım geçti Zeynep'in kestane rengi gözlerinden.

"İşte onu diyorum Başkomserim, babası Raşit Bey, Yalova Devlet Hastanesi'nde cerrahmış ya. Tıbba, üstelik anestezi ilaçlarına uzak biri değil. O yüzden Alper'e yoğunlaşmamız lazım. Bakın göreceksiniz, bu adamın cinayetlerle bir alakası var.."

Gecenin bu saatinde bu anlamsız tartışmayı sürdürmenin yararı yoktu.

"Anlayacağız Zeynepcim," dedim yine yatıştıran bir sesle. "Dediğim gibi yarın çalalım Alper'in kapısını. Bakalım neler anlatacak. İstersen sen de gel, düşüncelerini daha da netleştirirsin."

Sonunda orta yolu bulmuştuk.

"Çok memnun olurum Başkomserim. Ama soruları siz sorun, ben sadece adamı izlemek istiyorum. Nasıl tepki vereceğini merak ediyorum."

Eh, artık evlere gidip, biraz dinlenme zamanı gelmişti, iskemleden kalkarken, hiç istifini bozmadan ayakta dikilmeyi sürdüren Ali, "Farkında mısınız, saat bir buçuğa geliyor," dedi duvardaki saati göstererek. "Yani artık Haziran'ın 6'sı."

Zeynep'le ne olmuş gibilerden baktık.

"Unuttunuz galiba, eğer ritüele sadık kalacaksa, Körebe'nin üçüncü cinayetini bu gün işlemesi lazım."

Hatırlattığı konu çok önemliydi. Zavallı Zekai'nin şu sözleri çınladı kulaklarımda: "Körebe'nin birinin daha canını almasını, kurbanı bir mekâna bırakmasını, yani kendi rutinini uygulamasını beklemek gerekiyor. Belki o zaman bir açık verir." Ne yazık ki hakikat buydu. Belki de şu dakikalarda İstanbul'da çocuklara ait bir mekânda kurbanını öldüren Körebe'nin bir aptallık yapıp cinayet mahallinde bir ipucu bırakmasını, istemeden bize bir delil sunmasını beklemekten başka çaremiz yoktu.

"Bence yanılıyorsun Alicim, Körebe üçüncü cinayetini işledi zaten."

Zeynep'ti bu farklı görüşü dile getiren. "Zekai Amirim'i öldürdü ya..."

Cinayetler silsilesinin karmaşıklığını ortaya koyan bu çelişkiydi işte. Eğer Akif Soykan'la Ferit Selcim'i öldüren Körebe'yse, Zekai'yle birlikte üçüncü cinayetini tamamlamış olacaktı. Ama Ali itiraz etti.

"İyi de tarihler tutmuyor Zeynep. Eğer bir ritüel varsa, seri katilimizin ayın altısında öldürmesi lazım. Öyle değil mi? Akif Soykan'ı ikisinde öldürdü, Ferit Selcim'i ise dördünde, toplayınca altı ediyor, üçüncü kurbanını da altısında öldürmesi lazım ki 12 sayısını bulabilsin. Oysa Zekai Amirim'i beşinde katletti, yani ulaştığı sayı 11..."

Zeynep'in yanıtı hazırdı.

"Ama Alicim, 2012 yılında ilk cinayetini de Ocak ayının 1'inde işlemişti, oysa beş yıl sonra ilk olarak Haziran'ın 2'sinde öldürdü. Yani Körebe kendi ritüelini zaten bozdu. Belki yeni bir ritüel uygulayacaktır. Biraz beklersek görürüz ne olacağını."

Bu tartışma sabaha kadar uzar giderdi, oysa bizim çözmemiz gereken zorlu bir cinayet dosyamız vardı. Yeniden kalkmayı denedim iskemleden, "Hadi çocuklar gidip biraz uyuyalım," demeye kalmadan telefonum çalmaya başladı. İkisi de tedirgin gözlerle beni süzüyorlardı. Bu saatte çalan telefon asla güzel haber vermezdi. Ekranda bizim ekibin cevval çocuklarından Ekrem'in adı yazıyordu.

"Alo, hayırdır Ekrem?"

"Pek hayır değil Başkomserim, bir ceset daha bulundu..."

"Nerede?"

"Feriköy'de. Ceset küçük bir lunaparka bırakılmış."

35
"Bir seri katil, bizden daha mı iyi bilgi topluyor?"

❋

Ekrem'in lunapark dediği yer, millet uzun yaz akşamlarında vakit geçirsin, çoluğunu çocuğunu oyalasın diye kurulmuş dönme dolap, atlıkarınca, uçan salıncaklar, tüfekle atış yapılan bir stanttan oluşan mütevazı bir eğlence mekânıydı. Şehrin büyük çoğunluğunda olduğu gibi burada da ışıklar sönmüş, ilk akşamki hareketlilik sona ermişti, elbette uçan sandalyeleri saymazsak. Onlarca metal sandalye kocaman bir vantilatör gibi dönüp duruyordu gecenin karanlığında. Hepsi boştu, biri hariç. O sandalyede bir adam uzun saçları rüzgârda dalgalanarak dönüyordu. Ürkütücüydü. O anda hissettim serinliği. Dönen sandalyelerden tatlı bir rüzgâr geliyordu yüzüme, ancak o güçlü esintiyle birlikte pis bir koku çarptı burnuma.

"İyi geceler Başkomserim."

Bakışlarımı indirince, elinde cızırdayan telsiziyle karşımda dikilen Ekrem'in şaşkın suratıyla karşılaştım.

"Kolay gelsin Ekrem, nedir bu böyle?"

Telsiziyle uçan sandalyeleri gösterdi.

"Maktulü onlardan birine bağlamışlar."

"Görüyoruz," diye söylendi Zeynep. "Niye durdurmuyorsunuz bu aleti?"

Sanki cesedin orada olmasının sorumlusu kendisiymiş gibi ezik bir halde gülümsedi Ekrem.

"Şey Zeynep Komiserim, durduracağız da adamı bulamadık. Lunaparkın yetkilisi kapatıp gitmiş. Cihat'ı yolladım az önce, bulup getirir şimdi."

Ali gözlerini cesetten alamıyordu.

"Bu Körebe hakikaten enteresan bir herifmiş," diye fısıldadı. "İnce çalışıyor adam. Şu mizansene baksanıza, sanki film seti hazırlamış. Bir müzik eksik."

Zeynep de gözlerini kurbandan alamıyordu.

"Körebe olduğundan emin değilim," diye söylendi. "Kimse on saat içinde iki cinayet işleyemez Başkomserim. Bunu en iyi siz bilirsiniz. Üstelik böyle mizansenler kurulan, düzenekler hazırlanan cinayetler. Hayır, hiç kimse bu kadar kısa sürede iki cinayet işleyip tek bir delil bırakmadan ortadan kaybolamaz. Eğer Zekai Amirim'i öldüren kişi Körebe'yse bu cinayeti kesinlikle başkaları işlemiştir. Başka türlü olamaz."

Basit ama son derece gerçekçi bir değerlendirmeydi, ama Ali katılmadı bu fikre.

"Ya Körebe'nin adamları varsa? Öyle demedik mi, belki de ona özenen adamlar bulmuştur. Eğer kendisini taklit edenleri de işin içine katıyorsa, o, Zekai Amirim'i öldürürken, taklitçileri de yukarıdaki arkadaşı halletmişlerdir."

"Körebe yalnız çalışıyor Alicim."

"Çalışıyordu," diye düzeltti bizim inatçı keçi. "O, beş yıl önceydi Zeynepcim, ya fikrini değiştirdiyse?"

Mümkündü, amacı sadece bu uçan sandalyedeki adamı öldürmek de olabilirdi. Böylece haziran ayının cinayet döngüsünü kapatacaktı. Belki de birkaç gün önce öldürmüştü adamı. Bu gece de olay mahalline yerleştirecekti ki, Zekai'nin kendisini fark ettiğini öğrendi. Ve bizim emekli başkomiseri öldürmek zorunda kaldı. Ama neden bugün yaptı? Birkaç gün sonra da öldürebilirdi. Eğer telefonlarımızı dinlemiyorsa, Zekai'nin benimle konuşacağını bilmesine imkân yoktu. Tabii, bizimki katilin yüzüne, "Körebe sensin" demediyse. Hayır, Zekai bu kadarını yapmazdı. Ne kadar öfkelenirse öfkelensin, kendini kontrol ederdi. Dolayısıyla Ali'nin tahmini hiç de gerçekçi değildi. Öte yandan gerçeğin ne olduğuna karar verecek bilgi ve belgeye henüz ulaşamamıştık.

O yüzden iki yardımcımın hiçbir sonuca ulaşmayacak akıl yürütmelerinden uzaklaşmak istedim. Birkaç adım attım. Amacım kafamızın üzerinde dönüp duran maktulü görmekti. Ama hem alacakaranlık, hem dönüp duran alet buna izin vermedi. Bir adım geriden beni izleyen Ekrem'e döndüm.

"Şahit filan var mı? Ya da başka bir ipucu?"

Karanlıkta çaresizce söylendi.

"Yok Başkomserim, her zamanki gibi şahit filan yok. Aslında böyle yerlerin bekçisi olması lazım, onu da göremedik..." Bir ses duydu, lunaparkın demir kapısına döndü. "İşte Cihat da geliyor. Bulmuş galiba yetkiliyi."

Önce Cihat'ı gördüm, sonra yanında hafifçe topallayan orta boylu, kel adamı. Bulduğundan beri azarlıyor olmalıydı, sadece son sözlerini duydum.

"Nasıl gidersin kardeşim? Böyle sorumsuzluk mu olur? Adamı senin mekânında öldürmüşler, senin salıncağına bindirmiş döndürüyorlar. Senin dünyadan haberin yok. Horul horul uyuyorsun..."

Adamcağız suçüstü yakalanmış gibi mahcup bir sesle açıklamaya çalıştı.

"Haklısınız Amirim, ama benim bu olayla hiçbir alakam yok. Lunaparkı da boş bırakmam zaten. Bizim puşt Musa'yı bekçi diye bıraktım. Çekip gitmiş şerefsiz. Bana da yalan söylüyor sabaha kadar kalıyorum diye. Hepsi o Musa pezevenginin yüzünden..."

Beni fark eden Cihat müdahale etti.

"Terbiyeli konuş, ne o küfürler öyle! Resmi bir soruşturma yürütüyoruz burada."

Çıplak kafasına kadar kızaran adam ardı ardına iki kez yutkundu.

"Kusura bakmayın Amirim," diyecek oldu, Cihat sağ elinin işaret parmağını dudaklarına götürdü. "Sus artık. Sorulmayınca konuşma." Sonra bana döndü. "Hüssam'ı getirdim Başkomserim, kendisi bu mekânın sahibi..."

Anında hazır ol vaziyeti aldı Hüssam.

"Allah sizi inandırsın Başkomserim, benim bu işle bir alakam yok."

Elimle uçan iskemleleri gösterdim.

"Tamam, tamam Hüssam konuşacağız. Önce şu aleti durdur bakalım. Hemen, çabuk..."

Bir an gözlerini yukarı çevirdi lunaparkçı, "Ölü, ölü şu adam mı?" diye panik içinde söylenerek eliyle gözlerini kapattı. "Ben ceset görmeye dayanamam."

"Bakma o zaman," diye tersledi Cihat. "Hadi gel, düş önüme de durduralım şu mereti."

"Derhal Amirim! Hemen geliyorum." Sağ ayağının aksamasına aldırmadan uzaklaştı uçan sandalyelerden. Gerçekten de birkaç dakika içinde o uğursuz ses azaldı, rüzgâr kesildi, sandalyeler yavaşladı, az sonra da durdu.

Maktule yaklaşınca sıcak havanın içinde insanı öğürten o ceset kokusu çarptı burnuma. Hiç kuşku yok ki, adam birkaç gün önce öldürülmüş, pek de soğuk olmayan bir yerde saklanmıştı. Elimle burnumu kapatarak yaklaştım. Gözleri kırmızı kadife ile bağlanmıştı, sağ kulağının yarısı yoktu. Başını sarmalayan kırmızı kumaşa rağmen uzun saçları darmadağın olmuştu, ensesinden giren kurşun alt çenesini parçaladığı için yüzündeki ifadeyi kestirmek zordu. Evet, öteki üç kurban gibi bu da ensesinden tek kurşunla öldürülmüştü. Buz mavisi keten gömleğinin önü ve arkası kan içindeydi. Sağ eline bir silah tutuşturulmuştu. Alacakaranlıkta gerçek gibi duruyordu, ancak yaklaşınca oyuncak olduğunu anladım. Siyah bir iple siyah bir tabanca bağlanmıştı eline. Plastik bir su tabancası... Rutin yerine getirilmişti. Çocuklarla ilgili bir mekâna bırakılan ceset, kırmızı kadifeden bir göz bağı, kesilen sağ kulak, oyuncak bir tabanca, enseden tek kurşunla işlenen bir cinayet. Zekai'yi de sayarsak Körebe'nin 16. cinayeti diyebilirdik. Kâğıt üzerinde bütün ayrıntılar peşinde olduğumuz seri katili gösteriyordu.

Büyük bir titizlikle maktulü incelemeye başlayan Zeynep, adamın kot pantolonunun arka cebinden deri bir cüzdan çıkardı. Plastik eldivenlerinin sarmaladığı ince uzun parmaklarıyla cüzdanın içindeki kimliği aldı, gözlerine yaklaştırarak, yüksek sesle okumaya başladı.

"Kansu Sarmaşık... İstanbul, Çekmeköy, ..."

Telefonuna uzandı Ekrem.

"Derhal bakıyorum GBT'sine... Kansu Sarmaşık değil mi?"

"Evet, 29.11.1970 doğumlu, bekâr," diyerek cüzdanı karıştırmayı sürdüren Zeynep birden durdu, başını kaldırdı.

"Adam doktormuş, Başkomserim. Bir cerrah..." Tuhafına gitmişti. "Bir cerrah," diye yineledi. "Bir doktoru öldürmüşler..."

Niye şaşırdığını anlamamıştım.

"Çocuk tacizcilerinin özel bir mesleği olduğunu sanmıyorum Zeynepcim. Bu sapkınlık her meslekten insanı ele geçirebilir. Ekonomik durumu, eğitim seviyesi ne olursa olsun herkesi..."

Yeniden işine dönen kriminoloğumuz cüzdandan bir kartvizit çıkardı.

"Serap Hastanesi'nde çalışıyormuş. Şu Levent'teki hastane. Geçen ay babamı götürmüştüm. İyi bir hastane bildiğim kadarıyla."

Bu kez Ali karşı çıktı.

"Hastanenin iyi olmasıyla ne alakası var Zeynep, nereden bilecekler adamın çocuk tacizcisi olduğunu? Alnında mı yazıyor herifin?"

"Öyle tabii, öyle de..." Sanki cevap oradaymış gibi yeniden cesede döndü. "Ne bileyim biraz tuhaf geldi işte."

"Tacizden kaydı yok," dedi Ekrem sanki onu desteklemek istercesine. "İki kez haciz gelmiş. Ufak tefek suçlar, ama çocuk taciziyle suçlanmamış bile."

Emin olmak istedim.

"İstanbul, Çekmeköy, 1970 doğumlu Kansu Sarmaşık diye baksaydın..."

"Öyle baktım zaten Başkomserim, ama tekrar kontrol edeyim." Yeniden cep telefonuna döndü Ekrem. "Kansu Sarmaşık, baba adı Muhtar, anne adı Canan, öyle değil mi Zeynep Komiserim?"

Elindeki nüfus kâğıdına göz attı Zeynep...

"Doğrudur," diye onayladı. "Ta kendisi..."

Ekrem bulduğu sonucu bir kez daha yineledi.

"Hayır, tacizle alakalı bir kayıt yok."

Ekrem'in sözlerine hiç itibar etmedi Ali.

"Belki de herif yakalanmamıştır. Niye olmasın, bütün çocuk tacizcileri yakalanıyor mu? Belki de Körebe, biz polislerden önce davranmıştır."

Yadırgamıştı Zeynep.

"Ne diyorsun Ali? Bir seri katil, bizden daha mı iyi bilgi topluyor?"

O çok iyi bildiğim katı tavrıyla kestirip attı yardımcım.

"Son beş yıldır adamı yakalayamadığımıza göre, birçok konuda bizden iyi olduğu kesin. Bilgi toplama meselesinde niye olmasın? Adamın kendi av alanını bizden daha iyi tanımasından daha normal ne olabilir?"

36
"Her cinayet, her olay hakkında ayrıntılı bilgim var."

Neden sonra duydum zili. Ama uyku sersemliği içinde önce kapı çalınıyor zannettim, yataktan kalktım birkaç adım attım. Uzaklaştıkça ses azalıyordu, o zaman anladım zilin başucumdaki konsola bıraktığım cep telefonumdan geldiğini. Karımla kızımın duvardan bakan fotoğraflarına gülümseyerek, telefona yöneldim. Ekranda hiç tanımadığım bir numara yazıyordu. Açtım.

"Alo, buyurun."

İnce bir erkek sesi karşılık verdi.

"Başkomser Nevzat'la mı görüşüyorum?"

"Evet, siz kimsiniz?"

"Merhaba Başkomserim," dedi bu kez daha samimi bir sesle. "Ben Alper, Alper Siper. Celile Anne bahsetmiş size, Zekai Başkomiserim'in yardımcısıydım..."

Zeynep'in Körebe diye ısrar ettiği adam, beni arıyordu. Tam da kendinden emin suçluların yapacağı bir davranış.

"Buyurun Alper Bey, sizi dinliyorum."

"Başımız sağ olsun." Sesi acı yüklüydü. "Zekai Başkomiserim için çok üzgünüm, o benim amirim değil, aynı zamanda babam sayılırdı. Laf olsun diye söylemiyorum, hayatımdaki en yakın insandı. Birlikte çalışırdık."

"Eskiden birlikte çalışırmışsınız," diye düzelttim. "Sanırım meslekten istifa etmişsiniz. Zekai de emekli olmuştu zaten."

Bir an sustu, soğuk bir tonda konuşmam tereddüde düşürmüş olmalıydı. Sessizliği uzun sürmedi.

"Bilmeniz gereken konular var. Mutlaka konuşmamız gerek. Benden şüphelenmeyin lütfen. Telefonunuzu Celile Anne'den aldım. Zekai Amirimi öldüren kişi cezasız kalmamalı. Katili bulmanıza yardımcı olabilirim." Daha fazla sürdüremedi, duygusallaşmıştı, belki de ağlıyordu. Kendi haline bıraktım. "Onun, yani Zekai Baba'nın bitiremediği vazifeyi belki siz bitirirsiniz."

Muhabbet gitgide daha da ilginç bir hal alıyordu.

"Ne vazifesiymiş o?"

"Körebe'nin yakalanması, bütün o cinayetlerin açığa çıkarılması..."

Öfkeyle konuşuyordu, Körebe'ye hınç duyduğunu göstermek istiyordu.

"Bildiğiniz bir şey mi var?"

"Pek çok şey var, ama tek başıma bu işi çözemem. Bundan beş sene önce, Körebe'nin 12 kişiyi öldürdüğü sene Zekai Başkomiserim'le birlikte çalışmıştık. Her cinayet, her olay hakkında ayrıntılı bilgim var."

"Ama o yıl, yani 2013 senesinde istifa etmişsiniz."

Bu kez duraksamadı.

"Onu da anlatırım. Vakit kaybetmeyelim, bana gelir misiniz? Yerimiz Vatan Caddesi'nde, emniyetin hemen arkasında. Siper Güvenlik. Tabelamızı göreceksiniz zaten. Buyurun bir kahvemi için, hem bunları yüz yüze konuşuruz. Ama resmi olsun derseniz, derhal cinayet büroya da gelebilirim."

Alper'i kendi mekânında görmek istiyordum, kendini güvende hisseden zanlılar daha çok açık verirdi.

"Anlaştık Alper Bey, bir saat sonra oradayım."

Telefonu kapatırken gözlerim saate kaydı, 11'e geliyordu. Uyuyup kalmıştım demek. Bizim çocuklardan ses çıkmadığına göre onların da benden farkı yoktu anlaşılan. Banyoya gitmeden önce Ali'yi aradım. İkinci çalışta açtı.

"Günaydın Başkomserim," dedi dinamik bir sesle. "Emredin."

Aferin Ali diye geçirdim içimden, demek erkenden dikilmişti ayağa. Ee herkes benim gibi ihtiyar değildi. Kendime acımayı bir kenara bırakıp yardımcıma döndüm.

"Günaydın Alicim, ne yapıyorsun?"

"Salacak'tayım, Zekai Başkomiserimin teknesinin başında. Şefik Komiser'le adamlarını bekliyorum."

Bu da nereden çıkmıştı şimdi.

"Niye?"

"Dün gece ışık düzeneğini kuramadıkları için tekneyi inceleyememişler, birazdan gelecekler. Ben de onlara eşlik edeceğim. Ama başka bir emriniz varsa..."

"Yok Alicim sen orada kal. Zeynep nerede?"

"Sabah erken adli tıbba gitti. Arda'nın DNA'sıyla yurt müdürünün tırnaklarının arasından çıkan doku örneklerini inceleyen raporu alacakmış. Arayayım isterseniz."

"Teşekkür ederim ben ararım, sen Salacak'ta kal. Ayrıca teknenin başına iki de memur dik. Orayı gündüz gözüyle bizim de yeniden incelememiz lazım."

"Emredersiniz Başkomserim."

Sesi biraz alıngan çıkmıştı, mesleki bir önseziyle daha mühim bir işle uğraştığımı anlamıştı. Ama hepimiz her yerde olamazdık. Yeniden telefonun tuşlarına bastım. Ardı ardına çalmaya başladı kriminoloğumuzun telefonu ama açılmadı. Banyoya gittim, ikinci bir deri gibi vücudumu saran şu nemden bir an önce kurtulmalıydım. Kendimi suyun altına bıraktım. Ürpermedim bile, hava o kadar sıcaktı ki, musluk suyu bile kan gibi ılıktı. Yine de bedenimi saran o terden kurtulmak güzeldi. Tıraş oldum, giyindim. Kendime bir tost yaptım, sallama bir çay hazırladım, ayaküzeri karnımı doyurdum. Evden çıkarken çaldı telefonum. Güzel kriminoloğumuz arıyordu.

"Merhaba Zeynepcim, ne haber?"

"Haberler iyi Başkomserim." Sesi sevinç içindeydi. "Biliyorsunuz Hicabi'nin parmakları arasında deri parçacıkları olduğundan şüphelenmiştim. Haklıymışım, birileriyle kavga etmiş, DNA Sipsi'nin adamı Arda'yla eşleşti. Serkan da suç ortağı olmalı. Azmettiren de elbette Sipsi İsmail. Sebebi ise malum. Aslında haksız değil ama herkes kendi intikamını almaya kalkarsa... Neyse sonunda adalet yerini bulacak. İsmail de çekecek cezasını."

Canını sıkmak istemiyordum ama karşılaşacağımız sonucu söylemeden duramadım.

"Arda'yla Serkan ceza alır ama Sipsi yine yırtar. Adamları asla onu ele vermezler. Fakat dert değil, bu da bir sonuç."

İsmail'in kurtulacak olması onu hiç etkilememişti.

"Daha önemlisi Ali'nin masumiyeti... Size hiç itiraf etmedim ama bir ara yurt müdürünü Ali'nin öldürmüş olabileceğine inandım. Biliyorsunuz, Ali yapabilirdi. Şükür yapmamış, sonuçları alınca çok mutlu oldum."

"O zaman sana bir ödül, yarım saat sonra Aksaray'da ol. Alper'le konuşacağız. Siper Güvenlik'te, emniyetin arkasındaymış yerleri. Adam bizi bekliyor."

"Merak etmeyin internetten bulurum adresini," dedi coşkuyla. "Hemen oraya geçiyorum Başkomserim."

Telefonu kapattım, evden dışarı çıktım. O sert gün ışığı çarptı yüzüme, gözlerimi kısarak emektara yürüdüm. Kapıyı açarken, sağdaki yaşlı akasya ağacının gölgesine sığınmış Bahtiyar'a takıldı gözlerim. Zavallıcık, tüylü gövdesini sıcak betona sermiş, gözleri kapalı, dili dışarıda uyumaya çalışıyordu.

"Ne yapıyorsun Bahtiyar?" diye seslendim. "İyi misin evladım?"

Şöyle bir açtı gözlerini, bir an başını kaldırdı, havlamayla hırlama arası tuhaf bir ses çıkararak kendince selamladı beni, ardından çenesini yeniden kaldırıma yaslayarak uyuklamaya başladı. Ben de emektara bindim, motoru çalıştırdım, daha şimdiden kan ter içinde kalmıştım.

Caddenin hemen girişinde göze çarpıyordu "Siper Güvenlik" tabelası. İstanbul caddelerini kirleten o devasa, iğrenç tabelalardan biri. Logosunu bizim emniyetinkine benzetmişlerdi. Mavi zemin üzerine kırmızı, sarı yazılar. Devasa tabelanın önüne park ederken gördüm Zeynep'i. Giriş kapısının orada dikilmiş, sanki karşısında bir zanlı varmış gibi, soru dolu bakışlarla binayı inceliyordu.

"Merhaba Zeynepcim," deyince yüzünde yorgun bir gülümsemeyle bana döndü. "Neye bakıyorsun öyle?"

Eliyle girişteki çerçevelenmiş afişi gösterdi.

"Bu adamların böyle bir hakkı var mı?" Afişte Siper Güvenlik'in elemanı olduğu anlaşılan bir adam, küçük bir kız çocuğunu kurtarıyordu. Bizimkilerin teşkilatın kuruluş yıldönümlerinde kullandığı tanıtım afişlerinden aşırma bir kompozisyondu.

"Yapmaması lazım," diye onayladım kriminoloğumuzu. "Kimse de uyarmamış anlaşılan."

Güzel yüzü asıldı.

"Hem de emniyet binasının burnunun dibinde... Kim bilir yukarılarda hangi büyük başları tanıyor?"

Zeynep sözünü tamamlayamadan, açılan kapıdan dün gece bilgisayarda yüzünü gördüğümüz Alper beliriverdi. Fotoğrafından daha genç gösteriyordu, daha sevimli, daha enerjik. Hemen gerisinde, ondan en az iki baş daha uzun bir dev duruyordu. Alper güçlü ayaklarının üzerinde yaylanarak gülümsedi.

"Hoş geldiniz Başkomserim."

Elini uzattı, geri çevirmek olmazdı sıktım.

"Hoş bulduk Alper Bey..." Başımla afişi gösterdim. "Hoş bulduk da emniyetin afişini birebir taklit etmişsiniz."

Sanki ilk kez görüyormuşçasına afişi incelemeye başladı.

"Sahi mi? Hiç farkında değilim valla." Yüzünü ekşitti. "Zaten hiç hazzetmedim bu reklam şirketinden. İşleri güçleri yalan dolan. Oradan buradan çalıp çırpıp, yaratıcılık diye bize yutturuyorlar. Merak etmeyin, bugün ikaz ederim, değiştiririz hepsini." Konuyu kapatmış olmanın verdiği rahatlıkla yardımcıma döndü. "Siz de Komiser Zeynep olmalısınız?"

Alper'in uzattığı eli şöyle bir süzdü yardımcım, kabalaşmamak için zoraki sıkarken, "Evet, öyleyim," dedi buz gibi bir tavırla. "Öyleyim de emniyetin logosunu da yürütmüşsünüz."

Bir kez daha şaşkın gözlerini afişe dikti, yetmedi, yaklaştı bir daha baktı.

"Ah! Valla öyle, Allah Allah ne yapıyor bu adamlar yahu. Yok, kesin kovacağım o düşüncesiz reklamcıyı." Kibarca binayı gösterdi. "Buyurun, buyurun içeri geçelim, kapı önünde ayakta kaldınız."

Körebe'yi yakalamak, teşkilatın kimlik haklarını korumaktan daha önemliydi, Alper'in davet ettiği kapıya yöneldik. Arkasındaki dev de bizi takip etti.

"Ne tür koruma hizmetleri veriyorsunuz?" diye sordum yürürken. "Fabrikalar, işyerleri, eğlence merkezleriyle mi çalışıyorsunuz?"

Adımlarını yavaşlattı.

"Eğlence mekânlarıyla çalışıyorduk. Şimdi daha çok sağlık sektörüne hizmet veriyoruz. Özel hastanelere koruma sağlıyoruz. Moda ve eğlence sektörüyle de iş yapıyoruz. Defileler, konserler filan ama sürekli olmuyor."

O böyle anlatırken, köşeyi döndük ve geniş bir salona girdik. Kahverengi harflerle renksiz duvarı süsleyen "Her Temas Bir İz Bırakır!" yazısını okuyan Zeynep, "Yok artık!" diye söylendi. Haksız sayılmazdı aynı cümle, kriminoloji laboratuvarının duvarında da yazılıydı. Anlayış bekleyen bir ifade belirdi Alper'in yüzünde.

"Böylece kendimi evimde hissediyorum."

Hiç de öyle hissettiğini zannetmiyordum, emniyete yakınlığını göstermek istiyordu. Hem kendi çalışanlarına, hem müşterilerine. Ama sabretmek gerekiyordu. Kriminoloğumuza bakarak kaş göz işaretiyle sakin olmasını işaret ettim. Anladı kızımız, tamam dercesine bakışlarını kaçırdı. Duvarları koyu sarı kâğıtlarla kaplı, uzun koridordan ilerdeki kapıya yürüdük.

37
"Acımasız bir yalnız kurt."

※

Sabık komiserin odasına girince Zeynep'le şöyle bir durduk kapıda. Bir ofisten çok beş yıldızlı bir otelin kral dairesi gibiydi. Ne soğuk, ne sıcak, tam kıvamındaydı içerisi. Gözlerim klima benzeri bir alet aradı ama öyle ustalıkla gizlenmişti ki bulamadım. Kızıl kahverengi mobilyalar, yerde kırmızısı bol ipek bir İran halısı, duvarlarda derin çerçeveler içinde eski silahların sergilendiği bir koleksiyon. Emniyetin arka duvarına bakan dar ve uzun pencerenin yanında geniş, maun bir masa. Üzerinde kocaman bir bilgisayar, gerisinde kahverengi deriden bir koltuk. Arkasındaki duvarda ise devasa bir Osmanlı arması, onun yanında aynı boyutlarda, yaldızlı bir çerçeveyle kaplanmış bir Atatürk portresi... Her kesimden müşteriyi memnun etmeye yönelik bir duvar dekoru. Alper, masanın önündeki aynı kahverengi deriden döşenmiş iki koltuğu gösterdi.

"Lütfen buyurun Başkomserim... Zeynep Komiserim siz de şöyle geçin. Lütfen, kendinizi evinizde gibi hissedin. Ne içersiniz, ne ikram edeyim size?"

Koltuğa yerleşirken, "Sağ olun ben böyle iyiyim," dedim ama gözlerimi odadaki ayrıntılardan alamıyordum. Osmanlı döneminden kalma Mauser marka tabancayı gösterdim. "Silahlara meraklısınız galiba?"

Masanın arkasındaki bizimkilerden bir hayli geniş ve konforlu koltuğa yerleştikten sonra gösterdiğim tabancaya baktı.

"Kimseye söylemeyin ama aslında değilim Başkomserim. İç mimar bu dekorun daha iyi olacağını söyledi. Gerçi küçük bir servete mal oldu bu koleksiyon ama hakikaten müşterilerin üzerinde iyi bir etki bırakıyor." Seni de bu odayı da hiç sevmedim diyen gözlerle etrafı süzen yardımcıma döndü. "Siz, ne içersiniz Zeynep Komiserim söylemediniz?"

"Teşekkür ederim, bir şey almayayım."

Bozulmuştu Alper.

"Olmadı ama böyle, hiç değilse bir acı kahvemi içseydiniz. Meslekten insanları burada ağırlamak gerçekten çok hoşuma gidiyor, eski günlere dönmüş gibi hissediyorum kendimi. Lütfen, sıcak, soğuk bir şeyler ikram edeyim size."

Alper'in tavrını samimiyetsiz bulmuştu Zeynep.

"Teşekkür ederiz Alper Bey. Eski meslektaşlarınıza kahve ikram ederek, kendinizi yeniden polis gibi hissedemezsiniz."

Görmüş geçirmiş bir adamın kalenderliği belirdi Alper'in yüzünde.

"İğnelemekte haklısınız Zeynep Komiserim." Sesi o sahte neşesini yitirmişti. "Ama Körebe davası beni gerçekten çok etkiledi. Yakalayamadık herifi... İşin gerçeği adam düpedüz yendi bizi. Bu mesleğe inancımı yıktı benim. O yüzden Zekai Başkomiserim'i..." Gözleri nemlendi. "Kusura bakmayın rahmetli diyemiyorum, henüz alışamadım ölümüne. Evet, Zekai Baba'yı hep takdir etmişimdir. Hiçbir zaman vazgeçmedi, hiçbir zaman yılmadı. Emekli oldu, o kanlı katilin peşini yine bırakmadı. Hatta bu inatçılık hayatına mal olmasına rağmen sonuna kadar gitti."

"Zekai'yi Körebe'nin öldürdüğünü mü düşünüyorsunuz?"

Müstehzi bir gülümsemeyle baktı.

"Yapmayın Başkomserim, siz de ben de, onu Körebe'nin öldürdüğünü biliyoruz."

Güya konuşmayı izleyecek olan Zeynep dayanamadı, daha ilk soruda katıldı tartışmaya.

"Nereden biliyorsunuz? Elinizde belge, kanıt mı var?"

Konforlu koltuğunda güvenle geriye yaslandı.

"Bunun için kanıta ya da belgeye lüzum yok. Başka düşmanı yoktu ki Zekai Baba'nın. Uğraştığı tek kişi o seri katildi. Muhtemelen Körebe hakkında önemli bir bilgiye ulaştı, adam da bunu fark etti..."

Madem ki kartları açmaya başlamıştı, artık bizim de açık oynamamız gerekirdi.

"Neymiş o bilgi?" diye araya girdim. "Lütfen anlatır mısınız Alper Bey?"

Alınmış gibiydi.

"Şu bey lafını kaldırsak Başkomserim, eski polis de olsam sizden biriyim. Körebe denen o alçağın yakalanması için elimden geleni yapmaya hazırım. Sizli bizli konuşmaya gerek yok. Sorunuza gelince, sorun şu ki, Zekai Baba bir dosya tutuyordu. Biliyorum, yaptığı mevzuata aykırıydı ama meslekten ayrılsa da Körebe davasını kapatmamıştı. Daha doğrusu kapatamamıştı. Bu seri katil, onun en büyük saplantısıydı."

Lafı dolandırmaya başlamıştı.

"Kapatmadığını biliyoruz Alper, bunu bizzat kendisi söyledi bana ama şu dosya nerede, onu bilmiyoruz."

Şaşırmış gibiydi.

"Dosya teknedeki dolaptaydı. Zekai Baba'nın Salacak'taki teknesinden bahsediyorum. Dün akşam siz de oraya gitmişsiniz, bulamadınız mı?"

Arada kaynamasın diye sordum.

"Tekneye gittiğimizi nereden biliyorsun?"

Hiç tereddüt etmeden yanıtladı.

"Celile Anne anlattı. Dün gece yarısı beni aramış, uçaktaydım. İnince gördüm. Arayınca acı haberi verdi."

Ona güvenmediğimizi bilhassa belli etmek için sordu Zeynep.

"Şu uçak nereden geliyordu?"

Alper'in ne yüzünde ne davranışlarında kuşku uyandırıcı bir değişiklik olmuştu.

"İstanbul uçağıydı... Saat 20:20'de İzmir'den bindiğim uçak. Bir gün önce nişanlıma gitmiştim, bir gece orada kaldım, dün o uçakla döndüm." Buruk gülümsedi. "Evet, merak ediyorsanız daha açık söyleyeyim, cinayet saatinde nişanlım Şeniz'in arabasındaydım, beni Adnan Menderes Havalimanı'na bırakıyordu. İsterseniz telefonunu vereyim arayıp konuşun, ondan birkaç saat önce de annesi babası ve iki kız kardeşiyle birlikte Kordon'daki Deniz Restoran'da yemek yemiştik. Onlardan da öğrenebilirsiniz." İçtenlikle konuşuyordu. "Alındığımı zannetmeyin, ama bunlar zaman kaybı. Karşınızda gerçekten çok tehlikeli, bir o kadar da zeki ve becerikli bir katil var."

"Peki ne yapmamız lazım sence?"

Fikrini sormam onu rahatlatmıştı.

"Eğer dosyayı bulduysanız..." Yüzümden cevabın hayır olduğunu anlayınca sesini yükseltti. "Nasıl yani, Körebe tekneye de mi girmiş?"

Paniklemiş gibiydi.

"Körebe mi bilmiyoruz," dedim sakin bir sesle. "Ama teknede arama yapmışlar. Dosya filan da bulamadık."

Yenilmiş bir sesle mırıldandı.

"Hep böyle oldu, Körebe, bizden hep öndeydi. Alçak herif, Zekai Baba hakkında bir dosya hazırlamış demek ki. Teknesine kadar hayatının bütün detaylarını içeren bir dosya... Aslında çok mantıklı. Niye aklımıza gelmedi ki?"

Kısık çıkıyordu sesi. Ya çok iyi rol yapıyordu ya da söylediklerinde hakikaten içtendi.

"Belki sizin hakkınızda da hazırlamıştır," diye zarf attı Zeynep. "Zekai Başkomiserim'in yardımcısı olduğunuzu bilmemesi imkânsız."

Endişeye benzer bir gölge geçti yüzünden.

"Muhtemelen öyledir ama beni tehlike olarak gördüğünü zannetmiyorum. Mesleği bıraktığımı biliyordur. Aslında Zekai Baba'ya saldıracağını da zannetmezdim. Önemli bir bulguya ulaşmış olmalı. Asıl sorun, Körebe bunu nasıl anladı?"

Damarına basmayı sürdürdü Zeynep.

"Sizin haberiniz yok muydu Zekai Başkomiserim'in ulaştığı bilgiden? Onca yıl birlikte çalışmışsınız, hâlâ da çok yakınmışsınız."

"Yoktu Zeynep Hanım, Zekai Baba çok ketumdur. Öyle herkesle paylaşmaz sırlarını."

"Siz merak edip sormuyor muydunuz?" diye didiklemeyi sürdürdü bizimki. "Hâlâ Körebe'nin peşinde olduğunu biliyormuşsunuz."

Tatlı bir anıyı hatırlamış gibi mahzunlaştı.

"Biliyordum tabii ama sormak cesaret ister. İşine karışılmasından hiç hoşlanmazdı. Zaten istifa ettiğimde çok kızmıştı. Bir süre konuşmadı benimle. Celile Anne araya girmese belki hiç konuşmazdı. Aslında ben de çok merak etmiyordum bu Körebe olayını. Zaten katil de bir daha öldürmedi. Dava kapandı zannettim. Fakat yeniden öldürmeye başlamış..."

Anlamazlıktan geldim.

"Zekai'nin ölümünden mi bahsediyorsun?"

Sağ eliyle, kemerli burnunun kenarını kaşıdı.

"Hayır Başkomserim, iki kişiyi öldürmüş. Kırmızı göz bağları, cinayet mahalline bırakılan oyuncaklar, kesilen sağ kulaklar... Televizyonlar bangır bangır bağırıyor. *Vatan* gazetesinde Buket diye bir gazeteci var. Bizim zamanımızda da ilgileniyordu bu davayla, yazı dizisine başlayacakmış, bugün anonsu vardı gazetede." Sustu, anlamak istercesine süzdü beni. "Yoksa yanlış mı? Körebe değil mi cinayetleri işleyen?"

Bildiklerimi onunla paylaşmak için bir neden yoktu.

"Soruşturma sürüyor, kesin bir kanıya varmış değiliz."

Canı sıkılmıştı, kalın kaşları çatıldı.

"Bana güvenmiyorsunuz değil mi?" Üzülmüş gibi suratını astı. "Sizi suçlayamam, Körebe yüzünden polisliği bıraktım. Bu konuda pek güvenilecek bir adam değilim. Ama şu kadarını söyleyeyim, eğer o 12 kişiyi Körebe öldürdüyse, bugün üçüncüyü de öldürecektir. Evet, 2012 yılının haziranında da üç kişiyi öldürmüştü. Ayın ikisinde, dördünde ve altısında. İkisinde ve dördünde iki çocuk tacizcisini öldürdü zaten, bugün birini daha öldürmesi lazım, gece yarısından önce..."

Bu konudaki tezini bir kez daha tekrarladı kriminoloğumuz.

"Öldürdü zaten, üçüncü kurban Zekai Başkomiserimizdi."

Bakışları bulandı.

"Hayır Zeynep Komiserim, hiç zannetmiyorum."

"Nasıl yani, az önce kendiniz söylediniz, Zekai Başkomiseri, o seri katil öldürmüştür diye..."

Yanlış anlaşılmanın verdiği rahatsızlıkla koltuğunda kıpırdandı.

"Onu demek istemiyorum. Zekai Başkomiserim'i öldürmeyi düşünmüyordu aslında. Bu ay için üç kişiyi öldürmeyi planlamıştı, beş yıl önce olduğu gibi. Sonra Zekai Başkomiserim'in kendisi için tehlike olduğunu anladı ve ortadan kaldırdı."

Artık konuşmaya dahil olmanın zamanı gelmişti.

"Dün gece birini daha öldürdü. Körebe bu ayki kanlı hasadını sonlandırdı. Yani bizim Zekai'yle birlikte dört kişiyi öldürmüş oldu. İşin ilginci, emekli başkomiserimizin ölümüyle, öteki cinayet arasında on saat bile yok. Tek başına bir insan bunu nasıl yapabilir?"

Alper de afallamıştı.

"Demek birini daha öldürdü. Tam tahmin ettiğim gibi."

"Soruma karşılık vermediniz. Tek başına bir insan on saat içinde iki ayrı cinayet işleyip, nasıl hiçbir ipucu bırakmayabilir?"

Kendisini suçladığımı zannetmiş olacak ki, "Bilmiyorum Başkomserim," diye söylendi. "Eğer Körebe'nin tek başına çalışmadığını söylüyorsanız, bu fikre katılmam. 2012 yılındaki 12 cinayette de ikinci bir kişinin varlığını hissetmedik. O zamanlar bu konuyu çok tartıştık. Zekai Baba da Körebe'nin bir yalnız kurt olduğunu, tek başına hareket ettiğini düşünüyordu. Ama çok zeki, soğukkanlı ve acımasız bir yalnız kurt. Çok uyanık olmalısınız, yoksa yine kaçıp gider bu alçak..." Öne eğildi, ellerini masanın üzerinde birleştirdi. "Aslında polisliği bırakmak içimde bir ukdedir. Belki de Zekai Baba'ya yardım etseydim, çoktan yakalamıştık bu seri katili. Onun ölümünden kendimi sorumlu tutuyorum. O yüzden bu davada size yardım etmek istiyorum. O alçağın yakalanması için ne isterseniz yaparım. Her türlü riske girmeye hazırım."

Umursamaz göründüm.

"Bize ne yararın olabilir ki?"

Umut dolu bir ışıltı belirdi yüzünde.

"Körebe dosyasının kopyasını vermekle başlayabilirim."

İşte bu gerçek bir sürprizdi.

"Öyle bir kopya mı var?"

Zaferle aydınlandı koyu renk gözleri.

"Elbette var, Zekai Baba, işini asla şansa bırakmazdı. Körebe'yi çok iyi tanıyordu. Başı sıkışırsa kendisine zarar verebileceğinden emindi. 'Bana bir şey olursa bu yedek dosyayı emniyete verirsin,' diye tembihlemişti." Ayağa kalktı, arkasındaki Osmanlı arması çerçevesini kaldırdı. Duvarın içine yerleştirilmiş bir kasa belirdi karşımızda. Dönüp sevimli bir hareketle göz kırptı. "Yedek dosya işte burada." Kasayı açtı, içinden bir kucak dolusu klasör çıkardı. Masanın üzerine yığdı. "Davayla ilgili bütün ayrıntılar burada."

38
"Saçma sapan bir zengin eğlencesi..."

※

6 Haziran Körebe soruşturmasında bir kırılma noktası olabilirdi. İster zorunlu olarak açık vermiş olsun, isterse henüz bilmediğimiz bir nedenle, Körebe'nin ritüelinde bir sapma meydana gelmişti. Son beş yıldır arpa boyu ilerlemeyen bir cinayet soruşturması için bu ayrıntı çok önemli olabilirdi. Tam olarak neler olup bittiğini kavrayamasam da mesleki sezgilerim katil ya da katillerin bu defa baltayı taşa vurduklarını söylüyordu. Önemli olan o taşı kaldırıp altındaki hakikate bakmaktı. Alper'in verdiği dosyaları arabasının bagajına zulalayıp, Zeynep'i Salacak'a yolladım. Olay Yeri İnceleme'ye güvensem de bizim kızın onlardan çok daha titiz çalışacağını biliyordum. Kriminoloğumuzu yolcu ettikten sonra Ali'yi aradım, dün akşam öldürülen cerrah Kansu Sarmaşık'ın çalıştığı Levent'teki Serap Hastanesi'ne gelmesini söyledim. Neşesi yerine geldi haytanın.

"Derhal geliyorum Başkomserim."

Derhal gelememişti elbette, ben de bu fırsattan istifade hastanenin kafeteryasında oturmuş, kendime sade bir Türk kahvesi ısmarlamıştım. Ne yalan söylemeli, kafeteryanın kumral garsonu, elindeki tepside bol köpüklü kallavi bir kahveyle gelince şaşırdım. Yine de emin olamadım, tadı bozuktur diye çekine çekine aldım ilk yudumu. Hayret, tadı da yerindeydi kıvamı da. Şöyle höpürdete höpürdete kahvemi içmeye başladım, son yuduma gelmiştim ki, çaldı telefonum, arayan gazeteci Buket'ti.

"Başınız sağ olsun Nevzat Bey," dedi üzüntülü bir sesle. "Zekai Amirim'i kaybetmişiz."

"Dostlar sağ olsun Buket Hanım, ne yazık ki öyle..."

"Şile'ye gitmiştik, kuzenimin düğünü vardı. O telaşta haberim olmadı. Biraz önce öğrendim. Çok üzüldüm, çok iyi bir insandı..." Duraksadı. "Çok da iyi bir polisti. Artık pek sık karşılaşamayacağımız türden bir polis. Kim, kim yapmış olabilir Başkomserim? Var mı şüpheli birileri?"

"Ne yazık ki yok. Körebe'den şüpheleniyoruz. Siz ne dersiniz? O yapmış olabilir mi?"

"Niye yapsın ki? Bu onun tarzı değil. Tabii kendisine yönelik bir tehdit varsa onu bilemem." Sesi boğuklaşmaya başlamıştı. "Yoksa Zekai Başkomiserim önemli bir bilgiye mi ulaşmıştı? Körebe hakkında... Eğer adamın kimliğini öğrendiyse ya da Körebe böyle olduğunu düşünmüşse..."

Boş atıp dolu tutmak istiyordu. Hiç oralı olmadım.

"O kadarını bilmiyoruz. Ama dün gece Körebe bir cinayet daha işledi."

"Ne! Ciddi misiniz? Şu işe bak ya, bir düğüne gittik memlekette yer yerinden oynamış. Nerede işlendi bu cinayet? Durun, durun, ben öğrenirim. Peki, bir ipucu filan var mı?"

"Hayır, her zamanki gibi tek bir iz bile yok."

Yine bir sessizlik oldu, bu kez biraz uzun sürdü.

"Aslında mantıksız," dedi gergin bir sesle. "Ardı ardına iki cinayet. Yirmi dört saat içinde..."

"O kadar bile değil, on saat içinde diyelim..."

"On saat içinde mi?" diye söylendi hayretle. "Valla Başkomserim, bu iş Körebe'nin tarzına pek uymuyor, ama dediğim gibi başı sıkışmışsa... Hayır, başı sıkışsa da ikinci cinayeti işleyemezdi. O kadar kolay mı insan öldürmek? Hem de hiç ipucu bırakmadan! Yok, bu cinayetlere başkaları bulaşmış olabilir. Bence bu ihtimali hiç göz ardı etmemek gerek."

İyi akıl yürütüyordu, o an anladım, Buket de bildiklerinin hepsini anlatmamıştı.

"Etmiyoruz zaten Buket Hanım. Sizden ricam, davayla alakalı aklınıza takılan bir ayrıntı olursa, benimle paylaşmanız. Zekai hepimizin ortak dostuydu, katilini bulmak hepimizin boynunun borcudur."

İtiraf ediyorum, amacım onu etkileyerek sakladıklarını öğrenmekti, işe yarayacak mıydı, görecektik.

"Elbette Nevzat Başkomserim," demekle yetindi. "Elbette, en küçük bir bilgiye dahi ulaşsam, söz önce sizinle paylaşacağım."

Telefonu kapatırken göründü bizim serdengeçti. Serdengeçti diyorum, çünkü öyle bir yürüyüşü vardı ki, polisten çok eski kabadayıları andırıyordu. Ah Ali, ah, diye söylenip kahvemdeki son yudumu da alıp kalktım. Görür görmez yüzü ışıdı serserinin.

"Merhaba Başkomserim."

Dayanamayıp ben de gülümsedim.

"Ne haber Ali? Bir şey buldu mu Olay Yeri İnceleme?"

Anında silindi gülümsemesi, o vazife adamı kimliğine bürünüverdi.

"Kırmızı bir topraktan söz ediyordu Şefik. Teknenin zemininde bulmuşlar. Aynı toprak Zekai Amirimin cesedinin yanında da varmış. Katilin ayakkabısından dökülmüş olabileceğini söylüyordu..."

Çok önemsemedim, her yerde kırmızı toprak bulunabilirdi.

"Başka..."

Boynunu büktü.

"Parmak izi filan da aldılar, ama ne çıkar bilmiyoruz."

Kayda değer bir bulgu yoktu. Elimle yardımcımın omzuna dokundum.

"Hadi Alicim, gidip konuşalım şu hastanenin başhekimiyle."

Salih Bey'le konuşmak pek kolay olmadı. Yarım saat kadar bekledik odasında, sonunda oflaya puflaya girdi içeri. Saçları tümüyle dökülmüştü, ince burnunun üzerine yerleştirdiği siyah çerçeveli gözlükleri açık kahverengi gözlerini daha iri gösteriyordu. Kendimizi tanıttık, aceleyle sıktı ellerimizi.

"Ne olur kusura bakmayın," diyerek koltuğuna geçti. "Özel hastanelerin işi bitmez. Valla beş yıldızlı otellerden fazla angaryası var bu işin."

Oturur oturmaz, masanın üstündeki randevu defterinin arasında duran dolmakalemi aldı, kalemliğe koydu, mouse'u ileri itti. Ardından ellerini kavuşturarak, "Demek Kansu öldü ha..." diye söylendi. Ne söyleyeceğimizi merak bile etmiyordu. "Allah rahmet eylesin, çok da gençti." İç geçirdi. "Ama defalarca uyarmıştım. Oğlum bu işleri bırak diye. Fakat dinlemedi..."

Dilinin altındaki baklayı çıkarması için sordum.

"Hangi işleri bırak dediniz? Yasa dışı bir yola mı sapmıştı Kansu?"

Oturduğu koltukta toparlandı.

"Yasa dışı mı bilmiyorum? Bahis oynuyordu... Yok, bu bayilerde oynananlardan değil. Zengin bir grup var. Bunlar dünyada önemli olaylar üzerine iddiaya giriyorlar. Parasına elbette. Hem de çok parasına..."

"Futbol maçları mı?" diye eşeledi Ali. "Dünya kupası gibi olaylar mı?"

Ağarmış kaşları yukarı kalktı başhekimin.

"Onlar da var ama sadece spor değil, ekonomiden siyasete, sanattan sağlığa kadar her konuda iddiaya giriyorlar. Mesela Esad ne kadar dayanır, Almanya seçimlerini kim kazanır, Türkiye'de enflasyon rakamları ne olur? Mars'a gönderilen uydu görevini başarıyla tamamlayabilir mi? Elbette bu yıl şampiyon kim olacak konusunda da iddiaya giriyorlar. Yani aklınıza gelen her konuda... Az para da yatırmıyorlar... Alt limit on bin dolar..."

Sanki bütün bu olaylara tanık olmuş gibiydi, dayanamayıp sordum.

"Siz nereden biliyorsunuz?"

Utangaç bir gülüş döküldü dudaklarından.

"Hiç sormayın Nevzat Bey. Bir keresinde Kansu beni de götürmüştü. ABD seçimleri konusunda iddiaya girdim. Hillary Clinton kazanır dedim, Trump kazandı, bendeniz de on bin dolar kaybettim. Hanım başımın etini yedi günlerce, ondan sonra da tövbe ettim." İkimizin de gülümsediğini görünce daha hevesli anlatmaya başladı. "Ne yapalım ben onlar kadar zengin değilim. Kansu da değildi... O yüzden bırak bu işleri diyordum. Dinlemedi..."

Merakına yenilen Ali yine araya girdi.

"Kim organize ediyor bu işi?"

"Organize eden filan yok. İnternet aracılığıyla buluşuyorlar. İddiaya girenlerden birinin evinde toplanıyorlar ya da ofisinde. Adamların evleri de ofisleri de saray gibi. Yeniliyor, içiliyor, her türlü konu konuşuluyor. Hepsi erkek. İddiacıların kurallarından biri de oyunlara kadınların sokulmaması. İngilizlerin erkek kulüplerini örnek almışlar kendilerine."

"Kimler vardı orada?"

Kararlılıkla başını salladı Başhekim.

"Hiçbirini tanımıyorum Ali Bey. Dediğim gibi bir kez katıldım aralarına, ağzımın payını aldım, bir daha da gitmedim."

Yalan söylüyordu ama biraz daha zorlarsak hiç konuşmayacaktı.

"Herkes katılabiliyor mu?" diye daha genel bir soru sordum. "Yani ben istesem girebilir miyim aralarına?"

"Yok Nevzat Bey, ancak defalarca bahis oynamış birinin önerdiği kişi katılabiliyor. Amaç sadece para kazanmak değil, eğlence. Sonra muhabbetini yapıyorlar. Hatta kazanan, nasıl tahmin ettiğini açıklıyor. Bu adamların hepsi bilgili adamlar. Ama asıl amaçları sıkıntıdan kurtulmak. Toplanmak ama aynı zamanda bir araya geldiklerinde heyecan duymak. Fakat bizim gibi maaşıyla geçinenler için sonuçlar trajik olabiliyor... Evet, Kansu'yu kastediyorum. Bakın intihar etmiş işte..."

Şaşkınlıkla homurdandım.

"İntihar ettiğini kim söyledi?"

"Nurten Hanım, benim asistanım." Anlamak istercesine yüzümüze baktı. "İntihar etmedi mi? Yoksa, yoksa öldürüldü mü?" Anında anladı bakışlarımızdan. "Ama niye? Kim öldürmek ister ki Kansu'yu?" Bir an düşündü. "Borçlanmıştır. Tabii, tefecilere borçlanmıştır. Aldığı parayı ödeyemeyince de... Elde avuçta bir şey kalmadı. Babasından kalan koca apartmanı iddiada kaybetti. Hep borçluydu, hep içeride... Biz de o yüzden ayrılmasını istedik zaten..."

Eşeledikçe yeni bilgiler çıkıyordu ortaya.

"Yani artık sizinle çalışmıyor muydu?"

Vicdan azabı çekiyormuş gibi yüzünü buruşturdu.

"Bir yıl önce çıkarmak zorunda kaldık. Aslında hep savundum onu, ama beni de istismar etti. Bana bile borcu vardı. Yine de referans mektubu yazdım. Ama bir işe yaramadı. Adı çıkmıştı, hastaneler ona güvenmiyordu. Yazık, gerçekten çok yazık. Çok iyi bir cerrahtı."

Başhekim bambaşka bir hikâye anlatıyordu bize. Saçma sapan bir zengin eğlencesinin, çocuk taciziyle ne alakası olabilirdi?

"Çok önemli bir sorun var Salih Bey," dedim ciddi sesle. "Lütfen bu konuda bildiklerinizi bizden saklamayın..."

Başhekimin kırışıklıklarla kaplı yüzünü endişe kapladı.

"İpotekten mi bahsediyorsunuz? Yapmak istemezdik ama arabasına el koymaya mecburduk..."

"Hayır, hayır, daha mahrem bir konu var. Kansu'nun sapkın davranışları var mıydı?"

Tuhaf bir şey duymuş gibi irkildi.

"Nasıl yani?"

"Çocuk tacizi," diye bodoslamadan daldı Ali. "Küçük çocuklara sarkıntılıkta bulunmaktan söz ediyoruz."

"Asla, asla, hayır, hayır, Kansu sağlam iradeli biri olmayabilir, ama asla bir çocuk tacizcisi değildi... O dürüst bir insandı. Hele böyle bir konuda..."

"Nasıl bu kadar emin olabilirsiniz?" Adeta tersledi Ali. "Ya bu iğrenç huyunu sizden gizlemişse..."

Başhekim sükûnetini korudu, sabırla izah etmeye başladı. "Gizlemez Ali Bey, öyle biri değildi. Onun sapık olmadığına iddiaya girerim." Kurduğu cümlenin ironisini anladı. "Yani kefil olurum..." Konuşmasına devam edecekti ki, odanın kapısı açıldı. Başhekim konuşmayı kesip ayağa fırladı. "Ooo Hayati Bey, buyurun..."

Açık yeşil keten bir elbise, beyaz bir gömlek giymişti Hayati Bey. Orta boyluydu, kaslı bir vücudu vardı, ellilerinde olmalıydı. Aslan yelesini andıran gümüş rengi saçları, yanık teni, koyu mavi gözleriyle oldukça yakışıklı sayılırdı. Başhekim hızlı adımlarla Hayati'ye yaklaştı. Kendisinden nerdeyse on yaş küçük adamın önünde eğilerek elini sıktı. Onu pek umursamamıştı Hayati, soru dolu gözlerle bize bakıyordu. Hemen izah etti Başhekim.

"Başkomser Nevzat, cinayet masasından, bu genç arkadaşımız da Komiser Ali." Üzgün gözlerini adama dikti. "Acı haberi duymuşsunuzdur, bizim Kansu ölmüş. Cinayete kurban gitmiş. Kim öldürmek ister ki Kansu'yu?"

"Pek çok insan," diye söylendi adam. Genizden konuşur gibiydi adeta metalik çıkıyordu sesi. "O kadar tuhaf ilişkileri vardı ki." Konuşurken bize yaklaşmıştı. Hafifçe eğilerek selam verdi. "Hoş geldiniz Nevzat Bey, Ben Serap Hastaneleri'nin kurucusu Hayati... Hayati Darcan..." Ne Ali, ne de ben ayağa kalkmıştık, hiç rahatsızlık duymadı bundan, cebinden kartını çıkarıp uzattı. Kartı Ali aldı, şöyle bir bakıp özensizce cebine attı. Hayati yine aldırmadı, nazik bir üslupla konuşmasını sürdürdü.

"Kansu'yu çok iyi tanırdım. Size yardımcı olabilirim." Ne diyeceğimizi bile beklemeden başıyla kapıyı işaret etti. "İsterseniz odama geçelim, orada daha rahat konuşuruz."

39
"Serap'ın adını yaşatmamız lazım."

❊

"Hazin bir hikâyedir Kansu'nunki. Tam bir çöküş hikâyesi..."

Hayati arkasında Serap Hastanesi'nin devasa bir fotoğrafının olduğu, gül ağacından yapılma masasında ellerini bordo rengi koltuğun kenarına dayamış, üzüntüyle anlatıyordu. Bakışlarım, hastane sahibinin sol tarafındaki köşeye kaydı. Özenle düzenlenmiş panoda sekiz dokuz yaşlarında bir kızın fotoğrafları sergileniyordu. Doğumundan emeklemesine, yürümeye başlamasından salıncakta sallanmasına, sırtında çantası anaokuluna gidişinden defter başında kalem tutuşuna kadar bir düzineden fazla fotoğraf. Küçük kızın fotoğraflarına bakarken nedense kızım Aysun'u değil, Suriyeli Azez'i hatırladım. İçime bir acı çöreklendi, zihnimi karamsar düşüncelerden, kalbimi acılardan kurtarıp Hayati'ye yoğunlaştım.

"Çok iyi bir cerrahtı Kansu... Ben de cerrahım ama hiçbir zaman onun kadar becerikli olamadım. Gözleri öyle keskin, sinirleri öyle sağlamdı ki en kritik cerrahi operasyonlarda bile ellerinin titrediğini görmedim. Parmaklarını öyle iyi kullanırdı ki elindeki bistüri, makas, pens yani o sırada ne tutuyorsa sanki bedenin bir parçasına dönüşürdü. Abarttığımı zannetmeyin Başkomserim, çok da bilgiliydi. Hepimizden fazla okur, dünyada cerrahiyle ilgili bütün yayınları takip ederdi. Ama bakın sonunda berbat bir ölüm, bu şahane yeteneği aramızdan aldı."

Bir süre önce işten attığı adamı öve öve bitiremiyordu, doğrudan sormak yerine ayrıntılardan yola çıkarak hakikati öğrenmek istedim.

"Aynı okuldan mı mezun oldunuz?"

"Hayır, ben Çapa'yı bitirdim, o Cerrahpaşa'dan mezun oldu. Ama Serap Hastaneleri'ni birlikte kurduk. On sene önce... Apartmanını ipotek ettirmiştik o zamanlar. Dört ortaktan biri oydu. Sonra iki ortağımız ayrıldı, Kansu'yla ikimiz kaldık." Güzel bir anıyı hatırlamış gibi buruk gülümsedi. "O sıralar aklı başındaydı, sırt sırta vermiş hırsla çalışıyorduk. Çok da temiz kalpliydi." Bakışları bir an masanın sol tarafındaki gümüş çerçeveli fotoğrafa kaydı. Aynı kız gülümseyerek bize bakıyordu. "Serap, benim kızım. On beş yıl önce kaybettik onu. On yaşındaydı. İlk hastanemizi kızımın ölümünden beş yıl sonra açtık. Kansu, hastaneye kızımın adını vermekte tereddüt etmedi. Ki, ben bunu öneremezdim. 'Serap'ın adını yaşatmamız lazım Hayati,' dedi. 'Onu kurtaramadık, hiç değilse adını ölümsüz kılalım.' O kadar cömertti ki, ne söyleyeceğimi bilememiştim."

Hayati'nin gözleri nemlenmişti. Soruşturma için bir önemi olacağını zannetmiyordum ama bir adam çocuğunu yitirdiğini söylüyorsa buna kayıtsız kalamazdım.

"Üzüldüm. Nasıl kaybettiniz kızınızı?"

Bakışlarındaki ızdırap iyice koyulaştı.

"Kalp yetmezliği diyelim Nevzat Bey, uzun hikâye... Kansu'nun nasıl bir insan olduğunu anlayabilesiniz diye açtım konuyu. Tabii bu kumar illetine kapılmadan önce."

Konuyu açıklığa kavuşturmak istedi Ali.

"Kumar değil, iddiaymış. Sözüm ona sadece bir eğlenceymiş. Başhekiminiz öyle söyledi az önce."

Sinirli sinirli güldü.

"Salih Bey öyledir. İddia dediği bal gibi kumar. Çoğu eğlence olsun diye oynuyor bunu. Ama asıl sebebi kumarın yasak olması. Bahisçilerin nerdeyse hepsi saygın işadamları. Olay basına yansırsa itibar kaybına uğrarlar. İddia diye bir garabet icat ettiler. Güncel olayları kumar malzemesi haline getirdiler. Çoğu için önemsiz miktarlar dönüyor masada ama Kansu gibiler için büyük paralar bunlar..."

Duru bakışları, vakitsiz kırışıklarla dolu alnı, geniş çenesiyle irade timsali bir adam gibi duruyordu Hayati. Yine de sormadan edemedim.

"Siz de katıldınız mı bu oyunlara?"

Kaşları çatıldı, geniş burun kanatları açıldı kapandı.

"Bakın Nevzat Bey, ben on yaşındaki kızımı kaybettim. Şimdi altı yaşında ikizlerim var. İnsan sorumluluk sahibi olmalıdır. Böylesi abuk sabuk eğlencelere harcayacak vaktim yok benim. Kansu davet etti ama bir kez olsun gitmedim. Gitmemekle de ne kadar isabetli davrandığımı anlıyorum şimdi."

Nedense bizim Ali pek hoşlanmamıştı adamdan.

"Öyle diyorsunuz da Kansu'nun bu işlere merakı size yaramış. Bakın, tek başınıza sahip olmuşsunuz koca hastane zincirine. Öyle değil mi, galiba birkaç tane Serap Hastanesi var."

Hiç bozulmadı Hayati, hatta gözleri gururla ışıldadı.

"Dokuz hastanemiz var. Sadece büyük şehirlerde değil, Hatay, Şanlıurfa hatta Kilis'te bile hastane açtık. Kansu'ya gelince, onu kurtarmak için elimden gelenin fazlasını yaptım. Hakkı olandan çok daha fazlasını ödedim."

"İşten çıkararak mı?" diye açıkça iğneledi Ali. "Adamı sokağa atmışsınız."

Yakışıklı yüzü ilk kez asıldı, yardımcım sonunda adamı sinirlendirmeyi başarmıştı.

"Mecbur kaldım. O tefecinin avukatı, hastaneye hacze gelecekti. Kansu'yla ortaklıktan ayrıldığımıza bir türlü ikna edemiyordum. 'Yalan söylüyorsunuz, borçları ödememek için böyle yapıyorsunuz,' diyordu. Neyse ki mahkeme halletti bu sorunu."

Sonunda konuşabileceğimiz birinden söz ediyordu.

"Kimmiş o tefeci? Tanıyor musunuz adamı?"

Aslan yelesini andıran saçlarını, sıkıntıyla geriye attı.

"Elbette tanıyorum Nevzat Bey, üç defa buluştuk. Satılmış, Satılmış Gündoğdu... Lakabı da Kırmızı Surat. Gerçekten de yüzü al al yanıyor. Yüksek tansiyon hastası. Dağ gibi bir herif. Osmanbey'de bir masaj salonu işletiyor." Kinayeli bir tavırla göz kırptı. "Günahı söyleyenlerin boynuna, güya seks muhabbeti varmış. Bildiğiniz randevuevi yani..."

Ali tefecinin adını kaydederken, "Kansu'nun, bu Kırmızı Surat'a çok borcu var mıydı?" diye sordum. "Ne dersiniz, katil bu Kırmızı Surat olabilir mi?"

Yanıtlamadan önce eli çenesinde bir süre öylece kaldı.

"Borcu olduğu kesin ama miktarını bilmiyorum. Daha önce Satılmış, Kansu'yu birkaç kez tehdit etti. Hatta birinde ben de yanlarındaydım. İki milyon lira alacağı varmış. Aslında beş yüz bin lira borç almış ama gününde ödeyemeyince o miktara çıkmış. 'Yarına kadar getirmezsen, canını alırım,' dedi. Kansu'nun gözlerinin içine baka baka büyük bir sükûnetle böyle söyledi. İşin tuhafı Kansu'nun bu sözlerden hiç etkilenmemesiydi. Sonuçta o parayı hastane ödedi, yani benim cebimden çıktı."

Hemen itiraz etti yardımcım.

"Niye sizin cebinizden çıksın, Kansu ortağı değil miydi bu hastanenin?"

Tatsız bakışlarla süzdü Ali'yi.

"Hastanedeki hakkını çoktan kaybetmişti. Hisselerini bana devretti. Bunun karşılığında ben de ona yüklü miktarda para ödedim. Ne aldım ne verdim hepsi kayıt altında Ali Bey. Kansu'ya kuruş borcum yoktu, aksine ondan alacağım vardı."

Ali adamı iğnelemeyi sürdürdü.

"O yüzden mi işten attınız? Borcunu ödemediği için."

Yine sükûnetini bozmadı hastane sahibi.

"Hayır, borç yüzünden değil, hastaneye zarar veriyordu. Hayati'nin borçlu olduğu gazetelere kadar düşmüştü. Serap Hastaneleri'nin eski ortağı ve baş cerrahına haciz geliyor. Bildiğiniz rezillik."

Sanki bu sözleri duymamış gibi tekrarladı yardımcım.

"Çok borcu var mıydı size?"

Hayati'nin açık renk gözleri arsızca ışıdı. Sağ dirseğini masanın üzerine koyarak başını hafifçe geriye attı.

"Vardı, ama hepsini sildim. Eski günlerin anısına değil, ödeyecek hali yoktu o yüzden. Ne yapalım, başımızın gözümüzün sadakası olsun dedik."

Bir insanı tanımak istiyorsan onu öfkelendir, anında düşerdi takındığı kibarlık maskesi. Hayati'de de öyle olmuştu, Ali azıcık kışkırtınca, su katılmamış bir sonradan görme olduğu çıkmıştı ortaya. Hedefe doğru emin adımlarla ilerlediğini anlayan yardımcım hiç sinirlenmeden yeni bir soruya geçti.

"Ne kadarlık bir sadakaymış bu?"

Kibirli bir gülümseme belirdi Hayati'nin dudaklarında.

"Sizin ömür boyu bir arada göremeyeceğiniz kadar büyük bir meblağ."

Ali şerbetliydi böyle nobranlıklara.

"Yani birinin öldürülmesini isteyecek kadar çok. Öyle ya, eğer alacağı olduğu için şu kırmızı suratlı tefeciyi zanlılar listesine yazacaksak, sizin de onun yanında yer almanız gerekir."

Hayati ne diyeceğini bilemedi. Yardımcım da tıpkı onun gibi sağ dirseğini masaya dayayarak açıkça suçladı.

"Sahi, Kansu'yu siz öldürmüş yahut öldürtmüş olabilir misiniz?"

Sinirleneceğini, iyice zıvanadan çıkacağını sandım, yapmadı. Galiba, yardımcımın küçük oyununu anlamıştı, gırtlağının son boğumuna kadar yükselen öfkesini yuttu.

"Ah Ali Beyciğim," dedi sözüm ona samimi bir sesle. "Kaybettiğimiz her para için birini öldürseydik, bir mezarlık şenlendirmemiz gerekirdi." Yalandan bir kahkaha koyverdi. "Şaka bir yana, ben bir sağlıkçıyım, ne kadar olursa olsun hiçbir meblağ bir insanın hayatından daha kıymetli değildir. Üstelik bu adam bir zamanlar gönül borcum olan biriyse." Rahat bir ifade takındı. "Ama isterseniz dün bütün gün nerelerde olduğumu size ispatlayabilirim."

"Cinayetin dün işlendiğinden emin değiliz," diyerek Ali'nin yanında olduğumu hissettirdim. "Takdir edersiniz ki, sizi de araştırmak zorundayız. Eminim masumsunuz ama bu rutini uygulamak zorundayız. Aynı zamanda yardımınıza ihtiyacımız var. Şüphelendiğiniz kimseler varsa lütfen bize söyleyin. Yani şu Kırmızı Surat dışında?"

Çok zor bir soru sormuşum gibi alnını kırıştırdı.

"Ölmüş birinin arkasından konuşmak istemem ama..." Sustu, bakışlarını kaçırdı. "Yok, yok emin olmadığım bir konudan bahsetmek istemiyorum."

"Bahsetmelisiniz," dedim buz gibi bir sesle. "Aksi takdirde vicdanen sorumlu olursunuz..."

Gerginleşmişti.

"Emin değilim, artık kendini savunamayacak biri hakkında konuşmam doğru değil."

"Tuhaf davranışları mı vardı?" diye cesaretlendirmek istedim. "Hiç onaylamayacağımız davranışlar."

Gözlerini kıstı.

"Nasıl onaylamayacağımız davranışlar?"

Pat diye söylemek istemedim.

"Mesela çocukları sever miydi, onlarla vakit geçirir miydi?"

Hülyalandı Hayati'nin gözleri.

"Severdi, tanıdığı çocukları daha çok severdi. Evet, herkes çocukları sever ama Kansu, onların hayatını kurtarırdı. Mecazi anlamda söylemiyorum, gerçek anlamda onların hayatını kurtarırdı. Organ naklinden söz ediyorum. İnsanlara ikinci bir hayat vermekten. Evet, hepimiz çocukları severiz, ama Kansu onların yeniden yaşamasını sağladı..."

Masanın üzerindeki gümüş çerçevenin içindeki kıza baktı yine.

"Serap'ı hiç çekinmeden onun becerikli ellerine bırakırdım. Hayır beyler, Kansu kötü biri değildi." Durdu, soruyu hatırlamıştı. "Neden, Kansu'nun çocuklarla ilişkisini merak ediyorsunuz?"

Lafı uzatmadı yardımcım.

"Çünkü Kansu'nun, çocuk tacizcisi olmasından şüpheleniyoruz."

İrkilerek, başını geri attı Hayati.

"Çocuk tacizcisi mi?"

Ortamı yumuşatmak istedim.

"Kansu'nun öldürülme nedeninin bu olduğunu düşünüyoruz."

"Çocuk tacizcisi..." diye tekrarladı Hayati. "Biraz abartılı oldu. Ben böyle tanımlamazdım Nevzat Bey..."

"Nasıl tanımlardınız?"

"Kart zampara derdim mesela... Tamam, genç kızlardan hoşlanırdı. Ama işi çocuk tacizine kadar götürür müydü, hiç zannetmiyorum. 20 yaşın üzerindeki kadınlarla dostluk kurmazdı. Bununla da övündüğünü çok duydum. Kansu'nun 18 yaşındaki kızlarla çıktığını da gördüm ama çocuk tacizcisi olduğunu hiç zannetmiyorum." Durdu. "Tabii bu iğrenç huyunu benden sakladıysa o başka..."

40

"Çok paran varsa, çok da korkun olur Alicim..."

Serap Hastanesi'nden ayrılırken kafamız iyice karışmıştı. Zekai Başkomiser'in özel durumunu saymazsak, Kansu Sarmaşık, şu ana kadar Körebe'nin katlettiği kişilerin profiline uymayan tek kurbandı. Bu yıl işlenen üç cinayetin tarihlerinin tutmamasını da hesaba katarsak seri katilimiz kendi ritüelini bozmaya başlamıştı. Ama Ali'nin başka bir fikri vardı.

"Bence Kansu Sarmaşık kendini iyi gizlemiş."

Henüz emektarın kontak anahtarını çevirmemiştim. İkimizin de kapısı ardına kadar açıktı, arabanın biraz havalanmasını umuyorduk ama dışarıdaki sıcağın içeridekinden hiçbir farkı yoktu. "Öyle değil mi Başkomserim?" diye sürdürdü sözlerini. "Hangi çocuk tacizcisi açıkça yapabilir ki sapıklığını? Adam zaten doktor. Saygın bir mesleğe sahip. Herkesin gözünü boyamış anlaşılan. Hayati'nin söylediklerini de yabana atmamak lazım. Genç kızlara düşkün dedi ya. On sekiz yaşındakilerle ilişkisi varmış, üç beş yaş aşağıya çeksek..."

Kontak anahtarını çevirdim, gaz pedalına bastım, bizim emektar öne doğru atılırken, "Olabilir Alicim," diye söylendim. "Ama öyleyse, yani Kansu kendini bu kadar iyi gizlediyse, Körebe nasıl fark etti tacizci olduğunu? Aynı hastanede filan mı çalışıyorlardı?"

Kafa yorma gereği bile duymadı.

"Niye olmasın Başkomserim? Son iki kurbanın kanında şu anestezi ilacından bulunmuş. Mivakuryum muydu neydi?

Zeynep anlatıyordu ya..." Telefonu çalmaya başladı. "Pardon Başkomserim." Telefonuna göz atınca, gülümsedi. "İşe bak, Zeynep dedim, bizi aradı." Tuşa dokundu. "Alo Zeynep? Ne? Öyle mi? Bomonti'de misin? Ne var orada? Bir dakika, bir dakika!" Bana döndü. "Maktulün evine gidiyormuş... Kansu'nun yani..."

Mükemmel zamanlamaydı.

"Güzeeel, biz de geliyoruz. Evin konumunu atsın. Orada buluşuruz."

Bomonti'ye gidinceye kadar maktulle, Körebe'nin nerede karşılaşmış olabileceği üzerine ihtimaller sıralamayı sürdürdü yardımcım. Hiçbirine itiraz etmedim çünkü hepsinin gerçek olma ihtimali vardı, hiçbirini kabul etmedim, çünkü hepsinin de kanıtlanmaya ihtiyacı vardı.

Bomonti'de birbiri ardına dikilen çirkin gökdelenlerden birinin tepesindeydi Kansu Sarmaşık'ın dairesi. Bir zamanlar bahçelerinde ceviz ağaçlarının boy verdiği köşklerin bulunduğu bu canım semt, artık bir gökdelen tarlasına dönüşmüştü. İşin enteresanı beton, çelik ve plastik yığınından oluşan bu ucube binalara tonlarca para ödenmesiydi. Sadece bu davranış bile, aslında insan denen canlının o kadar da zeki bir mahluk olmadığını gösteriyordu. Emektardan inerken rüzgârı hissettim. Hâlâ sıcak üflüyordu ama belki yağmuru getirir, belki biraz serinlik çökerdi şehre.

"Yağmur havası," diye umutla söylendi Ali. "Sonunda kurtulacağız şu sıcaklardan."

İyi olur, diyecektim ki, bu iğrenç bina yapılırken ağaç kıyımından rastlantıyla kurtulmuş uzun boylu iki manolyanın altındaki bir Ford minibüs gözüme çarptı. Öteki arabalardan uzakta, sanki gizlenmek ister gibi park edilmişti ağaçların altına. Adımlarım kendiliğinden minibüse yöneldi. Yaklaştıkça aracın yan tarafındaki yazı belirginleşmeye başladı. Önce "Siper" yazısını okudum, sonra yanındaki kelimeyi seçtim, "Güvenlik". Minibüsün koyu renk kaportasının üzerinde açık renk harflerle "Siper Güvenlik" yazıyordu. Ve teşkilatın armasından araklanmış logosu da oradaydı.

"Ne oldu Başkomserim?" diye Ali'nin sözleriyle duraksadım. "Nedir o?"

"Şu minibüse yakından bakmakta yarar var."

Yardımcım da adımlarını açarak yaklaşmıştı.

"Katilin minibüsü mü diyorsunuz?"

Sağ elinin belindeki silaha kaydığını fark ettim.

"Zannetmem. Rahmetli Zekai'nin eski yardımcısı Alper'in şirketinin adı var üzerinde. Onlar sağlıyor olabilir binanın güvenliğini..."

Kuşkuyla söylendi.

"Ya bu aracı kullanıyorlarsa?"

"Yapma Ali, hangi katil üzerinde at nalı gibi şirket ismi olan bu minibüsü kullanır?"

Böyle söylememe rağmen araca yaklaşmaktan kendimi alamadım. Siyah değil koyu gri bir minibüstü bu. Sessiz adımlarla kapısına yaklaştık. Ali şoförün kapısını açmayı denedi ama kilitliydi. Öteki kapıları da kontrol ettik, hiçbir sonuç alamadık. Bir tur attık minibüsün etrafında. Plaka numarasını aldık, fakat gizemli bir kutuyu andıran bu gri aracın sırrına eremedik. Çaresiz binanın girişine yöneldik. Kapıda tuhaf kesimli saçlarını jöleyle parlatmış iki güvenlik görevlisinden, çarpık suratlı olanın burnuna polis kimliğini uzattıktan sonra, "Dışarıdaki minibüs sizin mi?" diye sordu yardımcım. "Şu ağaçların altındaki Ford..."

Ali'nin gösterdiği yöne bakmaya bile gerek görmedi çarpık surat.

"Doğrudur komiserim, bizim aracımız. Bir sıkıntı mı var?"

Güvenlikçinin merakını gidermek yerine başka bir soru yapıştırdı bizimki.

"Hep burada mı durur?"

"Bazen burada durur, bazen başka yerlere gider. Bazı hastanelerin güvenlik işlerine de biz bakıyoruz. Böyle iki minibüsümüz daha var. Yoksa araç kaza filan mı yapmış?"

Daha fazla kurcalamanın bir manası yoktu.

"Yok, yok," diye muhabbete son verdim. "Hadi Alicim, şu asansörü kaçırmayalım."

Yukarıdan çağrılan asansörün kapısı kapanmadan yakaladık. Bizden başka kimse yoktu içeride. Uçarcasına 18. kata ulaşan bu modern teneke kutunun açılan kapısında, uzun boylu, alımlı iki esmer kadın belirdi. Kısa saçlısı ağzını açmasa travesti olduğunu anlamayacaktık. Alıcı gözle yardımcımı tepeden tırnağa süzerek söylendi.

"Ay yukarı mı çıkıyorsunuz? Dakikalardır asansör bekliyorduk burada."

"Bu asansör bize zimmetlendi," diye tersledi Ali. "Acilen yukarı çıkmamız gerekiyor, polis işi..."

"Niyeymiş ayol, dakikalardır dikiliyoruz burada," diye homurdanacak oldu kısa saçlısı ama takma kirpikleri kaşlarına değen mavi lensli, kolundan çekiştirerek susturdu arkadaşını.

"Tabii Amirim," dedi terbiyeli bir sesle. "Madem ki resmi vazife, buyurun lütfen..."

Yeniden yükselmeye başladık. 32'nci katta kül rengi mermerlerle kaplanmış, duvarlarında zevksiz eskizlerin asıldığı koridorun sonundaydı Kansu'nun dairesi. Karşı karşıya sıralanan sekiz kapıyı geçerek yaklaştık dokuzuncuya.

"Başkomserim," diye fısıldadı Ali. "Başkomserim kapı aralık."

Gerçekten de kayısı rengine boyanmış ahşap kapı yarı yarıya aralıktı. "Zeynep," diye kaygıyla söylendi yardımcım. "Zeynep içerideydi."

Ellerimiz silahlarımıza uzandı. Ben kapının sağına geçtim, yardımcım soluna, bir süre içerisini dinledik. Ama ne çıtırtı, ne de bir ses, hiç hayat belirtisi yoktu dairede. Yine de bir süre öylece kaldık. Onca yıllık tecrübeme rağmen heyecanlanmaktan kendimi alamıyordum, bakışlarım Ali'ye kaydı. Her zamankinden daha gergin, daha tedirgindi. Koluna dokundum. Sakin olmasını işaret ettim, sessizce girecektik içeri. Önde ben olacaktım, geride o. İtiraz etmeye kalktı, kararlı bir tavırla başımı sallayınca çaresiz razı oldu. Kapıyı ittim, ağır ağır açıldı. Aralıktan içerisini görmeye çalıştım fakat mümkün değildi. Çünkü baktığım yerden hem çok küçük bir alanı görebiliyordum, hem de daire karanlıktı.

Silahımı iki elimle sıkıca kavrayarak, sessizce içeriye süzüldüm. Gözlerim karanlığa alışırken, kulağımı ardına kadar açmış, içeriden gelebilecek her sesi duymaya çalışıyordum, ama hayır, daire bir mezar kadar sessizdi. Öyle ki hemen arkamdan gelen yardımcımın soluk alıp verişini bile işitebiliyordum. Sofadan salona uzanan kısa koridordan geçerken de hiçbir ses duymadık. Salonun girişine ulaştığımızda Ali de yanıma gelmişti. İkimiz aynı anda girdik içeri. O anda gördüm Zeynep'i, bilgisayar masasının ayakları dibinde boylu boyunca uzanmıştı. Ali de görmüştü sevgilisini, bir an panikledi ama kendini tuttu, sesini çıkarmadı. Saldırgan içerdeki odalardan birinde olabilirdi. Sessiz ama hızlı adımlarla

Zeynep'e yaklaştım. Yardımcım geride kalmış beni koruyordu. Eğilip boynuna dokundum, bayılmıştı ama kötü görünmüyordu. Doğruldum, kaygıyla bakan Ali'ye içeriyi kontrol etmemiz gerektiğini işaret ettim. Hiç duraksamadan uydu emrime, sessizce yatak odasına süzüldük, kimsecikler yoktu, ıvır zıvırla dolu küçük odayı, mutfağı, banyoyu kontrol ettik, daire boştu. Aceleyle Zeynep'in yanına döndük; Ali, başını kucağına aldı.

"Zeynep, Zeynepcim," diye seslenerek sağ eliyle yüzüne dokundu. "Zeynep, Zeynep..."

Önce uzun siyah kirpikleri kıpırdadı, sonra gözlerini açtı. Ali'yi görünce gülümsedi, sonra beni gördü, yüzü karıştı.

"Ne oldu?" diye sordu. "Ne oldu bana?" Bir yandan da aceleyle doğrulmaya çalışıyordu.

"Yavaş, yavaş Zeynepcim. Eve geldiğimizde seni böyle bulduk. Biri mi saldırdı?"

Hatırlamaya çalışırken yavaşça doğrularak yere oturdu, sağ eli Ali'nin avucundaydı.

"Evet, evet Başkomserim... İçeri girmiştim." Bakışları bilgisayar masasına kaydı. "Çekmecede fotoğraflar bulmuştum..." Kaşları çatıldı. "İğrenç, pornografik fotoğraflar, küçücük çocuklarla çekilmiş mide bulandırıcı fotoğraflar... Onlara bakıyordum, bir ses duyar gibi oldum, başımı çevirirken biri arkadan yaklaşıp ağzımı tuttu. Plastik eldiven giyinmişti, elleri iriydi, nefes almamı engelliyordu, direnmeye çalıştım ama çok güçlüydü. Bayılmışım...."

"Suratını gördün mü?" diye hırsla atıldı Ali. "Kim olduğunu anlayabildin mi?"

"Hayır, hiçbir şey görmedim. Dediğim gibi güçlü biriydi, ellerinde de eldiven vardı. Bizim kullandığımız türden ince, plastik eldivenler." Gözleri salonun girişine kaydı. "Çok sessizdi, içeri nasıl girdi bilemiyorum. Belki anahtarları vardı, belki kapıyı kurcalamıştı..." Derin derin soluk aldı. Bize bakarak gülümsedi. "Ama merak etmeyin, ben iyiyim." Ellerini yere koyarak kalkmaya çalıştı.

"Biraz daha otur istersen Zeynepcim," diye uyardım. "Hatta şu divana uzan. Ambulans çağırıp hastaneye götürelim. Allah göstermesin, kafa travması filan varsa..."

Eliyle dağınık saçlarını topladı.

"Teşekkür ederim Başkomserim ama ben iyiyim. Gerçekten iyiyim. Saldıran her kimse, pek zarar vermek istemedi bana. İstese öldürebilirdi. Hazırlıksız yakalanmıştım." Yüzüne rahat bir gülümseme yerleştirerek, Ali'ye uzandı. Bizim şefkat yüklü Romeo anında yakaladı elini. Zeynep ona tutunarak ayağa kalktı. Üstünü başını düzeltti. Sanki az önce saldırıya uğrayan o değilmiş gibi bilgisayar masasının başına geçti. "İşte o pornografik fotoğraflar burada."

Bizim hayta anında verdi hükmünü.

"Söylemiştim Başkomserim, bakın bu herif de çocuk tacizcisi çıktı."

Onunla tartışmak istemiyordum, bakışlarım salonu taradı. Temiz ve düzenliydi. Abartısızca döşenmişti, açık sarı koltuk takımları, aynı renkte genişçe bir divan, üzerinde bilgisayar bulunan şu masa, bal rengi duvarlarda kahverenginin hakim olduğu tablolar. Resimlere şöyle bir göz atan Zeynep, "Adam gezme meraklısıymış," diye yorumladı. "Evin her yanını yol resimleriyle doldurmuş."

İşte o zaman fark ettim tablolardaki yolları. Mavinin değişik tonlarıyla boyanmış resimlerin hepsinde farklı yollar çizilmişti. Dağların arasından geçen bir patika, genişçe bir nehrin üzerine kurulu bir asma köprü, evlerin arasından büyük bir meydana uzanan Arnavut kaldırımları, ziftî bir yılan gibi ormanın içine kıvrılan kara taştan bir yol, sonuncusunda ise uçsuz bucaksız çöllerde güneşe kadar uzanan gümüşten bir asfalt.

"Belki de kaçmak istiyordu," diyen Ali'nin sesiyle toparlandım. "Baksana resimlerin hepsinde acı var Zeynep, aynı zamanda saklı bir umut. Belli ki maktul yaşadığı hayattan hiç memnun değilmiş. Uzaklaşmak, kurtulmak istiyormuş, o yüzden bu yol resimlerini seçmiş."

Hemen itiraz ettim.

"Resimleri Kansu mu çizmiş?"

"Sanırım öyle," diye onayladı kriminoloğumuz. Başıyla soldaki kapıyı gösterdi. "Şu küçük odayı resim atölyesi yapmış. Şövalesi, kâğıtları, boyaları hepsi orada. Bir tane de tamamlanmamış yol resmi var. Bir uçağın gökyüzünde izlediği belli belirsiz bir yol..."

Olabilirdi ama belki de sadece yolları sevdiği için çizmişti. Maktulün profilini sonra da konuşabilirdik, somut delilleri görmek istiyordum. Masanın üzerindeki fotoğraflara yönelirken ikaz etti Zeynep.

"Gerçekten iğrenç Başkomserim... Küçük çocuklar var, küçücük çocuklar... İnsan, insan olduğundan utanıyor..."

Buruk gülümsedim.

"O iğrenç fotoğraflar olmasa da insanlığımızdan utanmamız için çok neden var kızım..."

Yüzünde daha önce hiç görmediğim bir ifade belirmişti.

"Bunlar katlanılır gibi değil..."

Sert görüntülerle karşılaşacağımı tahmin etmiştim, ama bu kadarını beklemiyordum. İlk fotoğrafı görmek bile beni derinden sarsmaya yetmişti. İnsan, hakikaten iğrenç bir mahluktu. Küçücük çocuklara bunları yapanlarla aynı türden olmak, hakikaten utanç vericiydi. Üçüncüden sonra bakamadım...

"Olay Yeri İnceleme bunlara bakıp bize rapor versin. Fotolarda Kansu Sarmaşık var mı onu öğrenmek istiyorum."

"Yok Başkomserim," dedi yılgın bir sesle. "Ben hepsini gördüm." Yutkundu, gözleri nemlendi. "Birinin bakması gerekiyordu... Bakmak zorundaydım." Derin bir soluk aldı, sanki bir kâbustan kurtulmak istermişçesine gözlerini açtı kapadı. "Fotoğraflarda maktul yok." Bakışları bilgisayara kaydı. "Belki filmlerde vardır..."

"Ben demiştim Başkomserim," diye tekrarladı Ali. "Herif kendini iyi gizlemiş... Tıpkı Akif Soykan'ın boş defterleri gibi, bu da yol resimleri çizmiş işte. Kendinden kaçmak için..."

Hiç beklemediğim bir müdahalede bulundu Zeynep.

"O kadar emin olma Alicim. Bu fotoğrafları kimin koyduğunu bilmiyoruz ki. Belki de şu bana saldıran adam bırakmıştır. Olamaz mı? Bilgisayarı incelersek belki daha kesin bilgilere ulaşabiliriz. Hard diskin imajını adli tıbba yollayıp inceletmemiz lazım."

Neden bahsettiğinden tam emin değildim ama işimize yarayacağı kesindi.

"İyi o zaman derhal yollayalım şu zımbırtıyı adli tıpçılara..."

Sözlerimi bitirmiştim ki, bilgisayar klavyesinin yanında duran küçük yeşil bir kutu gördüm. Bir kartvizit kutusuydu. Aldım, içindekileri masaya döktüm. Üstteki kartvizit kayınca, beyaz bir kartın üzerinde yaldızlı yazıya basılmış Satılmış Gündoğdu ismini okudum. Altta adamın telefonuyla adresi yazıyordu. Arkasını çevirdim, kötü bir el yazısıyla, "Eve geldim bulamadım, ne olacak bizim ameliyat işi?" yazıyordu. Omuz başımda dikilen Ali de görmüştü kartviziti.

"Şu tefeci herif değil mi Başkomserim?" diye girdi konuya. "Ne bekliyoruz çekelim merkeze."

Daha iyi bir fikrim vardı, ağırdan aldım.

"O iş kolay Alicim. Sen önce aşağıdaki güvenlikçilerden kamera görüntülerini al. Zeynep'e saldıran adamı tespit edelim."

Her zamanki gibi ikiletmedi.

"Emredersiniz Başkomserim."

Ali kapıya yönelirken ben de öteki odaya geçerek cep telefonumu çıkardım. Janti Cemal'i aradım.

Bilen bilir, eski kulağı kesiklerdendi Janti. Güya yeraltı dünyasıyla alakasını koparttığını söylüyordu ama bana sorarsanız hâlâ borusunu öttürüyordu, elbette onu önemseyenler için. Ki, bunların çoğu eski tip kabadayılardı. Bizimkinin onlar için racon kestiği bile oluyordu. Yeni tip babalar ise Janti'yi pek takmıyorlardı. Onun devrinin bittiğine, modasının geçtiğine inanıyorlardı. Bence fena halde yanılıyorlardı. Nitekim bu gençlerden bazıları onunla dalaşmaya kalkışmış, burunlarını sürterek gerisin geri tüymüşlerdi. Janti'nin suç âleminde hükmünü sürdürüyor olması benim de işime geliyordu. Polis dosyalarından, emniyet muhbirlerinden edinemeyeceğim malumatı ondan alıyordum. Şimdi yine işim düşmüştü ona. İkinci çalışında, yorgun ama samimi sesi duyuldu Janti Cemal'in.

"Merhaba Nevzat... Nasılsın?"

"Merhaba Cemal kardeş, teşekkür ederim iyiyim, sen nasılsın?"

"Sağlığına duacıyız, biraz rahatsızlandım..."

"Geçmiş olsun, önemli değildir inşallah..."

Sessizce güldü.

"Prostat be Nevzat. Affedersin, küçük su dökerken filan biraz sıkıntı oluyor. İhtiyarlık kötü be..."

"Dur be Cemal, ne ihtiyarlığı, nice gençlere taş çıkartırsın."

"Sağ ol ama lafta öyle." Derinden bir iç geçirdi. "İhanetlerin en kötüsü, bedenimizin bizi satmasıdır. Ama ne yaparsan yap, eninde sonunda yapar bu alçaklığı. Allah'ın emri, bu ihanetten kaçış yok. En güzeli vakitlice ölümdür. Muhannete muhtaç olmadan. Öyle dünyaya kazık dikmeye çalışmanın manası yok..." Sustu. "Dur yahu, kendi dertlerimle başını ağrıttım. Buyur Nevzatcım, emrini söyle."

"Yok estağfurullah emir değil, bir ricamız var. Satılmış Gündoğdu diye birini soracaktım. Tefeciymiş..."

"Kırmızı Surat," diye homurdandı. "Hayrola ne yapmış Satılmış?"

"Bir cinayet vakası var. Adı geçiyor. Konuşmam lazım. Ama sorguda kasar. Sen çağırsan da bir sohbet etsek..."

Hiç uzatmadı.

"Anlaşıldı, akşamüzeri bizim kahveye gel. Satılmış da orada olacak."

Bu kadar emin konuşmasına şaşırmıştım.

"Bir sorsaydın, belki adamı bulamazsın."

Kendinden emin bir kahkaha koyuverdi.

"Bulurum, bulurum, sen orasını merak etme. Sen Hazzopulo'ya gel yeter. Hadi eyvallah..."

"Buraya gelmelisiniz Başkomserim." Zeynep çağırıyordu salondan. "O topraktan burada da var."

Sesi heyecan içindeydi, hızla çıktım deminden beri araştırdığım yatak odasından. Salonda dizlerinin üzerine çökmüş, zemine bakıyordu. Beni fark edince, "O topraktan burada var Başkomserim..." diye yineledi ince uzun parmaklarıyla yerdeki bir noktayı göstererek. "Bugün Zekai Amirim'in teknesinde bulduğumuz kırmızı topraktan..."

Bu konudan haberim yoktu.

"Hangi toprak Zeynepcim?"

Usulca doğruldu.

"Sahi sizinle bu konuyu konuşmamıştık. Olay Yeri İnceleme, Zekai Başkomiserim'in bahçesinde kırmızı toprak parçaları buldu. Cesedin hemen yanı başında... Aynı toprağı teknesinde de bulduk bu sabah..."

Hatırladım, Ali anlatmıştı da önemsememiştim.

"Üç olay yerinde de aynı türden toprak..." diye sürdürdü. "Az önce bana saldıran kişi, muhtemelen Zekai Başkomiserim'in katiliydi."

Sırtımdan bir ürperti geçti.

"Körebe mi diyorsun? Yani aradığımız seri katil burda mıydı?"

Sanki adamı görecekmiş gibi salonu taradı gözleri.

"Sanırım öyle... Eğer Zekai Başkomiserim'in katili oysa, bana saldıran kişi Körebe'ydi."

"Bu kadar tedbirsiz davranır mı? Adam, her adımını planlayarak atıyor. Gece öldürülen maktulün evine bugün gelir mi?"

Kaşları yay gibi gerildi.

"Belki paniklemiştir, belki olay yeri temizlenmeden görmek istemiştir. Sonuçta o da insan Başkomserim. Zayıf davranmış olabilir."

Mümkündü ama Zeynep'in sözleri beni tatmin etmemişti. Toprak parçacıklarını görmek için diz çöktüm. Oradaydılar; kahverengi zeminin üzerinde parlak kırmızı renkte toprak parçacıkları, toz zerrecikleri vardı.

"Boyanmış değil mi?" diye tahminde bulundum. "Kırmızıları fazla parlak."

"Öyle gibi Başkomserim, incelememiz lazım. Evinin ya da işyerinin etrafında olmalı. Belki de yürüyüş yaptığı parktadır..."

"Elbette," diye onayladım. "Hemen numune alıp inceleyelim bu toprağı. Nasıl yapılmış, nerede satılıyor? Şanslıysak pahalı bir topraktır. Müşterisi azdır. Kontrol etme fırsatı buluruz." Salonun çıkışına yöneliyordum ki, "Bir de şu gazete var Başkomserim," diyerek masanın sağ tarafındaki *Hürriyet*'i gösterdi. "Üç gün öncesinin gazetesi. Ondan sonra eve gazete girmemiş, oysa önceki beş günün gazetesi bakın kitaplığın orada duruyor. Muhtemelen maktul en son üç gün önce gelmiş eve."

İlgiyle baktım yüzüne.

"Yani cerrah dışarıda mı kaçırıldı diyorsun?"

"Öyle görünüyor, mutfakta yeni yapılmış yemek filan da yok."

"Mantıklı," diye onayladım. "Çünkü ceset kokmaya başlamıştı. Otopsiden sonra anlarız ama sanırım Kansu Sarmaşık'ı olay yerinde öldürmediler."

Bu ayrıntı üzerine pek çok yorum yapabilirdik ama şu anda hiçbir yararı yoktu.

"Sen incelemeye devam et Zeynepcim." Başımla salonun çıkışını işaret ettim. "Ben de dış kapıyı bir kontrol edeyim. Bakalım, adam nasıl girmiş içeriye?"

Sofadan geçerken bütün görkemiyle karşıma dikildi çelik kapı. Kimse bu kadar sağlam bir kapıyı geçemezdi, ama yaklaşınca kilitle oynandığını fark ettim.

"Evet, adam kilidi patlatmış Başkomserim."

Başımı çevirince bizim haytayı gördüm. Elinde sarı bir DVD ile karşımda dikiliyordu.

"Çıkarken kontrol etmiştim, belli ki herif kapı açmakta da bayağı becerikliymiş..." Bakışlarımın elindeki diske kaydığını görünce gülümsemesi bütün yüzüne yayıldı. DVD'yi zafer kazanmış gibi havada salladı.

"Adamın görüntüsü burada. Onu yakalayacağız."

İşte bu şahane haberdi ama sormadan edemedim.

"Ya Kansu, onun kaçırıldığını gösteren bir kayıt yok mu?"

Neşesi soldu Ali'nin.

"Yok, en son üç gün önce evden ayrılırken tespit edilmiş, bir daha da binaya gelmemiş."

O zaman elimizdeki bilgilerle yetinecektik.

"Hadi içeri geçelim," dedim aceleyle. "Görelim bakalım kimmiş bu adam?"

Salona heyecanla döndüğümüzü gören Zeynep yüzünde şaşkınlıkla bakakalmıştı. Yine elindeki DVD'yi salladı yardımcım.

"Sana saldıran herif bunun içinde."

Anında Zeynep'e de geçti heyecanımız, hemen bilgisayarın açılış tuşuna basıp masanın önündeki iskemleye çöktü. Ali'nin uzattığı DVD'yi alıp yerine koydu, bilgisayarın tuşlarına dokundu. Ekranda karmaşık görüntüler belirdi, sonra netlik kazandı.

"Bu bahçe kamerasından," diye açıkladı yardımcım. "Bakın şimdi adam gelecek."

Kameranın görüş alanının içinde bir taksi durdu, içinden temizlikçiler için hazırlanmış şu üniformalardan giymiş bir adam indi. Uzun boyluydu, biçimli bir vücudu vardı ama başındaki şapka nedeniyle yüzünü göremiyorduk.

"Şimdi yakına gelecek Başkomserim. Daha net göreceğiz, biraz bekleyelim."

Şüpheli şahıs binaya yürürken elindeki küçük çantayı fark ettim. Evet, tam bir temizlik elemanı gibiydi. Hiç yabancılık çekmeden, gökdelenin servis kapısına yöneldi.

"Adam, temizlik şirketinden geldiğini söylemiş," diye açıkladı Ali. "Temizlikçileri denetleyeceğim diye girmiş içeri. Görevliler hiç şüphelenmemişler, çünkü her ay biri gelip kontrol edermiş..."

Aklımdakini Zeynep dile getirdi.

"Daha önce de aynı şahıs mı gelmiş?"

Omuz silkti Ali.

"Bilmiyorlar ki, güya güvenlikçi olacaklar, hepsinin aklı bir karış havada."

Umutla sordum.

"Hiçbir şey dikkatlerini çekmemiş mi?"

"Çekmemiş. Dedim ya Başkomserim adamlar mal. Affedersiniz, kıçlarından donlarını çalsan haberleri olmaz. Daha da beteri, şüpheli şahısı yalnız bırakmışlar. İşte o arada gelmiş olmalı buraya..." Birden öne eğildi, parmağıyla ekranda bir yeri gösterdi. "Bakın, bakın Başkomserim, adamın yüzü burada belirginleşiyor."

Sahiden de zanlı, servis kapısının merdivenlerine yönelirken, kameraya iyice yaklaşıyordu.

"Durdur," diye uyardım. "Durdur şu mereti."

Anında yerine getirdi direktifimi Zeynep. Adamın yüzü karşımızdaydı nihayet. Alnında "Turkuaz Temizlik" yazan şapkanın altından, kalın siyah çerçeveli gözlüklerden, iri mavi gözler zekice etrafı süzüyordu, geniş çenesini olduğu gibi kaplayan kızıl bir sakal, tıpkı başındaki şapka gibi yüzünün ayrıntılarını gizliyordu. Ekrana yaklaştım. Görüntü kalitesizdi ama o donuk bakışlar, gözlerindeki renkli lensi ele veriyordu. Elbette, ressamlarımız bu görüntünün üzerine çalışacaklardı ama bugüne kadarki tecrübelerime dayanarak rahatlıkla söyleyebilirdim ki, bu görüntüden adamın yüzünü ortaya çıkarmak deveye hendek atlatmak kadar zor olacaktı. O anda bir kez daha emin oldum, bu şahıs bizim çalışma tarzımızı çok iyi biliyordu. Adam hakkında daha fazla ayrıntıya ihtiyacımız vardı.

"Peki Alicim, bina görevlileri adamın boyunu, posunu tarif ettiler mi?"

"Ettiler Başkomserim, görüntüden de anlaşılacağı gibi 1.80 boylarında, atletik yapılı bir adammış. Oldukça da espriliymiş, şakalar yapıp durmuş. Yalnız, 'Sesinde bir tuhaflık vardı,' dediler. Sanki ağzında lokma varmış gibi güçlükle konuşuyormuş. Ama son derece kendine güvenen bir adammış. Hiç de öyle suçlu birine benzemiyormuş."

"Yani çok da işe yarar bir malumat vermediler."

Yüzümün gölgelendiğini fark eden Ali, "Görüntüler işe yaramaz mı?" diye söylendi. "Yani buradan bir sonuç çıkmaz mı?"

Zeynep benim kadar umutsuz değildi.

"Öteki bulgularla birleştirdiğimizde bir sonuca varırız. Önemli olan daha fazla bilgi ve bulguya ulaşmak." Kestane rengi gözleri, sanki niye bu kadar umutsuzsunuz, der gibi bakıyordu. "Körebe'nin riski göze alarak buraya kadar gelmesi sıkıştığını gösteriyor. Korkuyor, henüz bilmediğimiz bir nedenle korkuyor. Korktukça da hata yapıyor. Artık elimizde iki somut delil var, gizlenmiş de olsa görüntüsü ve şu kırmızı toprak..."

Yerden göğe kadar haklıydı. İyi de, ben neden bu kadar karamsardım? Zekai'nin ölümünden sandığımdan daha fazla etkilenmiş olmalıydım. İşin kötüsü bu çocukları da olumsuz etkileyebilirdim, kendimi toparlamalıydım.

"Sence neden telaşa kapılmış olabilir?" diye konuyu eşeledim. "Körebe, neden daha önce hiç yapmadığı davranışlar sergiliyor?"

Çaresiz kaldığı zamanlarda hep yaptığı gibi hafifçe somurttu.

"Emin olmak çok zor Başkomserim. Elimizdeki verilerle sağlıklı bir açıklama yapamam. Ama adam buraya kadar gelmeyi göze aldıysa..."

"Sadece buraya gelmek değil," diyerek Ali de katıldı konuşmaya. "Çok daha büyük bir risk aldı, Zekai Amirim'i öldürdü. Bence asıl kırılma noktası bu. Körebe neden kendi ritüelini bozarak bir polisi öldürdü. Önce bu sorunun cevabını bulmalıyız."

Aferin çocuklar diye geçirdim içimden, ikisi de doğru akıl yürütüyordu. Emekli olursam gözüm arkada kalmayacaktı demek.

"Sorunun cevabı basit," diye sürdürdü Zeynep. "Zekai Amirim, Körebe'yle ilgili önemli bir bilgiye ulaşmıştı. Belki de kimliğini bile öğrenmişti."

Siper Güvenlik'ten Alper'in verdiği dosyayı hatırladım.

"Muhtemelen öyle oldu, Alper'den aldığımız şu dosyaları incelemen lazım. Zekai'nin Körebe hakkında tuttuğu dosyadan söz ediyorum. Ama öyle böyle değil, didik didik etmelisin. Açıkça belirtmemiş olabilir Zekai. Çünkü kendisi de emin değildi. Fakat kuşkuları ya da onu Körebe'ye götüren bilgiler o dosyanın içinde olmalı. Kırmızı toprağın araştırılmasını ve sana saldıran adamın robot resiminin çizilmesini hallettikten sonra bütün zamanını bu konuya ayırmalısın Zeynep. Çok sürmez değil mi bu işler?"

O şahane gülümsemelerinden birini takındı kriminoloğumuz.

"Sürmez Başkomserim, en geç yarın akşamüstüne kadar sonuç alırız..."

"Güzel," dedim ellerimi ovuşturarak. "O zaman bu işleri halledip şu dosyaya yoğunlaş. Gerekirse ben de katılırım çalışmaya..."

"Biz hallederiz Başkomserim," dedi Ali durumdan vazife çıkartarak. "Hiç merak etmeyin en küçük bir ayrıntıyı bile atlamayacağız."

Eğer onları tanımasam, bu iki sevgilinin gece boyunca, birbirlerine dokunmadan kanlı cinayetlerden oluşan bir dosyayı inceleyeceğine inanmazdım ama onlar Zeynep ile Ali'ydi. Nerede duracaklarını, kendilerine nasıl hakim olacaklarını gayet iyi bilirlerdi. Ayrıca araştırmadan sonra ya da arada bir kaçak dokunuşlar, küçük öpüşmelerden ne zarar gelirdi ki?

"Tamam Ali akşam birlikte çalışırsınız, ama bu arada adamın geldiği şu taksiyi bul. Şahsı nereden almış, arabadayken ne konuşmuşlar, hepsini bir güzel öğren. Belki şoför önemli bir ayrıntı verebilir bize. Lütfen güzel haberlerle gelin. Ben de şu Kırmızı Surat lakaplı herifle konuşayım, bakalım ne anlatacak maktul hakkında?"

42
"Niye Türkiye'de değil de Kosova'da?"

※

İstiklal Caddesi'ne geldiğimde hava kararmak üzereydi. Emektarı Tepebaşı'ndaki otoparka bırakıp İngiliz Konsolosluğu tarafından Hazzopulo Pasajı'na girdim. Sıcak havadan bunalan insanlar, pasajın açık hava kahvehanesine dönüşen meydanında masalara yayılmış, soğuk içeceklerle serinlemeye çalışıyorlardı. Aslında biraz esinti olsa bu amaçlarına kolayca ulaşmış olacaklardı, çünkü bu iki kapılı pasajda her zaman güçlü bir kurander olurdu. Ama yaprak kımıldamadığı için müşteriler, kahvehane sahiplerinin dükkânlarının önüne koydukları devasa vantilatörlerin üflediği ılık havanın verdiği yalancı ferahlamayla yetiniyorlardı.

Janti Cemal, nemli sıcağa aldırmadan giydiği gece mavisi takım elbisesiyle her zamanki yerine oturmuş nargilesini fokurdatıyordu. Karşısında iri yarı biri vardı. Kırmızı suratını görür görmez anladım, bu Satılmış Gündoğdu'ydu. Janti her zamanki gibi sözünü tutmuş adamı getirmişti ayağına. Henüz beni görmemişlerdi, kırmızı suratlı tefeci ellerini oynatarak telaşla konuşuyordu. Janti her zamanki çelebiliğiyle sessizce dinliyor, arada bir savurduğu dumanın üstünden konuşan adama kaçak bakışlar atıyordu. Marpucu ağzından çıkarıp, birkaç cümle söyledi. Sözlerini duyamadım, ama sakince, ağır ağır konuştuğunu görebiliyordum. İşte o anda göz göze geldik. Seyrek dişlerini olduğu gibi açığa çıkaran bir gü-

272

lümseme belirdi dudaklarında. Marpucu bırakıp doğruldu. Geldiğimi gören Satılmış da onunla birlikte kalkmıştı ayağa.

"Hoş geldin Nevzat," diyerek elini uzattı Janti. "Çok zaman oldu yahu!"

Elini sertçe sıktım.

"Öyle oldu Cemal ama biz aramasak aklına geleceğimiz yok."

Kırışıklarla kaplı yüzüne bir pembelik yayıldı.

"Olur mu Nevzat, sen yoğun adamsın rahatsız etmekten çekiniyoruz. Yoksa her gün aklımızdasın..." Bakışları Kırmızı Surat'a kaydı. "Bu da bizim..."

"Satılmış Gündoğdu olmalı," diye tamamladım. "Merhaba Satılmış, nasılsın bakalım?"

Sağ elini, saygıyla göğsüne koydu, başını hafifçe öne eğdi.

"Sağlığınıza duacıyız Amirim. Cemal Abi çağırdı geldik. Buyurun emrinize amadeyim."

Janti münasebetsizlik yapma dercesine baktı.

"Bir dur Satılmış, misafirimiz soluk alsın, otursun kendine gelsin."

Tefecinin suratı iyice ciğer kırmızısına döndü.

"Kusura bakma Cemal Abi, ben kendimi şey etmek istedim..."

Sıkılmıştı Janti.

"Tamam, tamam sonra şey edersin Satılmış." Dost bakışlarını bana çevirdi. "Şöyle otur istersen Nevzat. Serin bir yer de yok ki oraya geç diyeceğim... Neyse şurası iyi, esmese de çok sıcak vurmuyor." Güldü. "Ya da bana öyle geliyor. Bu havalar hepimizi sersem etti."

Daha fazla konuşturmadan çöktüm iskemleye.

"Böyle iyi galiba..."

Yerleşmemi bekledi, sonra memnuniyetle açıkladı.

"Kahveni söyleyeyim, tömbeki de bastırdım. Ama gençlerin içtiği gibi öyle elmalı filan değil, harbi Hasankeyf tütününden."

Evet, nargileye hâlâ tömbeki demeyi sürdüren o eski zaman adamlarındandı bizim Janti.

"Eyvallah Cemal, o aromalı nargilelere ben de alışamadım bir türlü. Ama bugün beni bağışla, hakikaten çok sıcak."

Usulünce ağırlayamayacak olmak canını sıkmıştı.

"Kahvemi içersin ama..."

Minettarlığımı, samimi bir gülümsemeyle gösterdim.

"Tabii içerim, başka nerde bulacağım böyle okkalı kahveyi? Ama önce Allah rızası için şöyle soğuğundan bir bardak su..."

İçerdeki garsona eliyle işaret etti. Nasıl oldu bilmiyorum ama garson anında anladı, soğuk suyla sade kahve siparişini. Kırmızı suratlı tefeci ellerini dizlerinin üzerine koymuş dünyanın en masum adamı pozunda oturuyordu.

"Belki duymuşsundur Satılmış," diye girdim konuya. "Kansu, Kansu Sarmaşık öldü..."

Bitişik kaşları geniş alnına yayıldı, çenesi sarktı.

"Ne! Bizim Kansu mu? Bizim cerrah öldü mü?"

"Öldürüldü," dedim seyrek kirpiklerinin arkasındaki kara gözlerine bakarak. "Cesedini dün bulduk. Bir lunaparkta."

Kırmızı suratı çarpıldı.

"Ki... Kim? Kim öldürmüş?"

"Biz de onu öğrenmeye çalışıyoruz Satılmış. Son zamanlarda nasıldı aranız?"

Anında savunmaya geçti.

"İyiydi, çok iyiydi. Çok severdim Kansu Bey'i, o da beni severdi. Hatta benim küçük yeğen Oğuzcan'ın böbrek naklini yapacaktı. Böbreğini verecek kimseyi bulamamıştık. O ayarlamıştı birini. Üç gün sonra ameliyat yapacaktı." Sustu, olayı şimdi anlamış gibi, sağ elini ağzına götürdü. "Vay be! Demek Kansu öldü ha..." Kara gözbebekleri telaşla kıpırdandı. "O zaman bizim Oğuzcan'a böbreği kim takacak?"

Demek ki kartvizitte yazan ameliyat işi buymuş diye geçirdim aklımdan, deşmekte fayda vardı ama şimdi değil.

"Ona faizle para veriyormuşsun. Sana çok borcu varmış."

Meymenetsiz suratı muşmulaya döndü.

"Ne parası, ne faizi Başkomserim, ben o işleri bırakalı çok oluyor."

Sessizce güldü Janti Cemal.

"Satılmıış! Boş yere inkâr etme. Nevzat ne iş yaptığınla alakadar değil, bir cinayeti çözmeye çalışıyor. Hakikati anlat yeter. Senin için en iyisi bu. Hadi, hadi, dökül bakalım."

Özür diler gibiydi.

"Hayat zor Başkomserim, biz de böyle geçiniyoruz."

"Nasıl geçindiğinle ilgilenmiyorum," diye cesaretlendirdim. "Ne mali işler, ne de fuhuş benim konum. Cemal'in de söylediği gibi hakikati anlat yeter. Eğer Kansu cinayetine bulaşmadıysan, ben de sana bulaşmam... Ama bulaştıysan..."

Adeta oturduğu iskemlede zıpladı.

"Yok, yok Allah, Kur'an çarpsın bulaşmadım. Niye bulaşayım, abimin tek oğlunu ameliyat edecekti... Öldürür müyüm adamı?"

Sıkıntıyla oflayan Janti, kesti sözünü.

"Uzatma Satılmış, sadede gel... Borcu var mıydı adamın sana?"

Alınmıştı tefeci, ama soruyu cevaplamaktan geri durmadı.

"Vardı, ama ödedi. Son üç yıldır böyle, para alır benden, ama sonra kuruşuna kadar öderdi..."

"Kuruşuna kadar mı?" diye üsteledim. "Emin misin hiç borcu yok muydu sana?"

Sıkıntıyla omuzlarını oynattı.

"Yani çok az bir alacağım kalmıştı bu sefer. Elli bin lira kadar... Onu da ameliyat yaparak ödeyecekti. Dedim ya bizim Oğuzcan'a böbrek nakledecekti..."

Bir kez daha böbrek konusundan bahsedince Fahhar'ı hatırladım. Boğularak ölen Suriyeli çocuğu. Onun da böbreği alınmıştı... Kafam karışmaya başladı, yeniden muhtemel cinayet nedenine yoğunlaştım.

"Anladığım kadarıyla Kansu çok para almış senden..."

"Aldı ama dediğim gibi hepsini ödedi... Sadece şu elli..."

Papağan gibi tekrarlamasından sıkılmıştım.

"Onu anladım. Toplamda ne kadar borç almıştı senden? Son üç yıldır..."

Gözleri kısıldı, alnı kırıştı.

"Valla herhalde dört beş milyon almıştır." Emin olamadı, aklından topladı çıkardı. "Altı yedi de olabilir..."

"Çok paraymış! Ne yapıyordu o kadar parayla?"

Bakışları yine Janti'ye kaydı, ama eski kabadayıdan yardım gelmeyeceğini anlayınca, "Ne yapacak bahis oynuyordu," diye söylendi. Sanki onaylamıyormuş gibi tatsız çıkmıştı sesi. "Bir tür kumar. Zenginlerin fantezisi işte. Büyük para dönüyor ortalıkta. Güya kumar değil, olabilecek olaylar üzerine bahse giriyorlar. Filan ülkede seçimi kim kazanır, fezaya giden astronotlar sağ dönebilir mi, milli takımın teknik direktörü kim olur? Aklınıza ne geliyorsa hepsi üstüne oynuyorlardı."

Öfkeyle söylendi Janti.

"Manyak mı bunlar ya?"

"Manyak değil kumarbaz," diye açıkladı Satılmış. "Kumar yasak ya böyle bir şeyler uydurmuşlar. Esasında alayı müptela. Zaten yurtdışına çıkınca yeşil masalarda alıyorlarmış soluğu. Bizim cerrahta ne gezer o kadar para. Şu işadamı var ya. Hani reklamlara filan da çıkıyor. Kansu, onun vasıtasıyla katılmış bunların arasına. Herkesi almıyorlar. Güvenilir olacak, çok parası olacak, onların camiasından olacak. Bizim cerrah, işte o adamın kızına böbrek nakli yapmış. Adam da Kansu'yu o kulübe sokmuş. Bana sorarsanız kötülük etmiş, ama Kansu hiç şikâyetçi değildi." Sinsi bir ışık geçti gözlerinden. "Gerçi ben de şikâyetçi değildim, dünyanın parasını kazandım sayelerinde..." Ölçüyü aştığını düşünmüş olacak ki hemen toparladı. "İnşallah bu iddia yüzünden öldürülmemiştir." Durdu. "Yok, o zenginlerin içinde kimse adam öldürmez. Niye kendilerini tehlikeye atsınlar ki? Hem Kansu çok uyumlu bir adamdı. Onca yıldır tanırım, hiç kimseyle kavga ettiğini görmedim..."

"Hiç kimseyle mi?" diye kurcaladım. "Hiç kimse hakkında kötü konuşmaz mıydı? Ne bileyim şikâyet etmez miydi?"

"Cık," dedi dişlerinin arasından. "Hiç kimse hakkında konuşmazdı. Onun tanıdığı insanları da ben tanımazdım. Bir kere bile çalıştığı hastaneye gitmedim. Oğuzcan'ın ameliyatı için bile dışarıda görüştük. Çalıştığı hastanede değil, başka bir yerde muayene etti yeğenimi..."

Bu ilginçti işte.

"Niye? Ameliyatı kendi hastanesinde yapmayacak mıydı?"

"Hayır, Kosova'da yapalım demişti. Oradaki hastane çok daha iyiymiş... Ama sonra olmadı."

Kosova'da daha iyi bir hastane bulunması biraz tuhaftı ama olabilirdi, organ nakli konusunda en küçük bir fikrim yoktu. Bilmediğim konularda gevezelik etmektense cerrahın ilişkilerine yoğunlaşmakta yarar vardı.

"Kansu'nun kız arkadaşı filan yok muydu?"

Erkeklerde görmeye alışık olduğum o yılışık mana belirdi Satılmış'ın geniş suratında.

"Arkadaş mı? Arkadaşları, arkadaşları deyin Amirim, bir sürü kız vardı çevresinde. Acayip çapkındı Kansu, evli barklı kadınlar, gencecik kızlar, hepsi dört dönerdi etrafında..."

İlk aklıma geleni sordum.

"Evli kadınlar diyorsun, onlardan birinin kocası olabilir mi? Katil diyorum. Böyle bir olaydan söz etti mi sana?"

Kara gözleri yüzümde durdu bir an.

"Yok, bahsetmedi. Zaten hepsi sosyetik karılardı. Bence kocalarının da haberleri vardır, karılarının ne bok yediğinden. Yok Başkomserim, o gavatlarda namus için adam öldürecek cesaret yoktur."

"Bence bu işin altında para vardır." Janti yeniden dahil olmuştu konuşmaya. "Hep rahmetlinin borcu olduğundan dem vurduk, ya tersi olduysa?" İkimizin de ilgiyle dinlediğini görünce marpucunu sağ elinde yavaşça salladı. "Ya bir akşam çok büyük miktarda para kazandıysa. Mesela bir servet." Gözlerini kısmıştı. "Ya, kazandığı serveti ödememek için öldürdülerse senin cerrahı?"

Bir an aklına yatar gibi oldu kırmızı suratın, ama derhal uzaklaştırdı bu ihtimali kafasından.

"Olmaz Cemal Abi, onunla iddia oynayanlar, para için de cinayet işlemezler. Kaybettikleri paralar bizim için servet olsa da onlar için çerez parası."

"İşleri dara düşmüşse, onlar da iflasın eşiğine gelmişlerse," diye ısrar etti Janti. "Köşeye sıkışmış adamın ne yapacağı belli olmaz."

Başını geriye attı.

"Yok, bu adamlar çok zengin. Öyle böyle değil. O kadar para için başlarını belaya sokmazlar."

Kafamı kurcalayan başka bir konuydu.

"Kansu bütün borcunu ödedi diyorsun, nereden buldu milyonlarca lirayı?"

Boynunu içine çekti, ellerini yana açtı.

"Ne bileyim Başkomserim, iddiada kazanmıştır belki. Önemli olan borcunu ödemesiydi, adam da ödedi. Ne demişler üzümünü ye bağını sorma..."

"Hiç merak etmedin mi? Bu adam parayı veriyor ama ya kanunsuz işlerden kazanıyorsa diye korkmadın mı?"

Hınzırca gülümsedi.

"Şimdi Başkomserim şöyle bir hikâye var. Adamın biri arkadaşına, 'Lan Rıfkı, senin anan orospu mu?' demiş. Rıfkı hiç bozulmamış sadece 'Nereden çıktı Selami, bu laf?' diye sormuş. Selami pişkin sırıtarak, 'Benim anam, senin ananı dün kerhanede görmüş,' demiş. Rıfkı yine istifini bozmamış ama şöyle demiş: 'Oğlum, hadi benim anam orospu, ya seninkine ne demeli. Namuslu kadının kerhanede ne işi var?' Bizimki de o hesap Başkomserim. Parayı namuslu yoldan kazanmıyoruz ki, cerraha sen bu parayı nereden buldun diye soralım..." Omzunu silkti. "Valla parayı nerden bulduğunu bilmiyorum. Belki bahiste kazanmıştır..."

Konuşma düğümlenmeye başlamıştı, açıkça sordum.

"Sence kim öldürmüş olabilir Kansu'yu? Kavga ettiği, husumeti olan birileri mutlaka vardır. Evliya değildi ya bu adam!"

"Haşa, değildi tabii..." Çirkin yüzü aydınlanır gibi oldu. "Dur, dur hatırladım... Şöyle bir olay oldu. Birkaç hafta önce... Kansu bizim masaj salonuna gelmişti. Arada gelirdi. İçeri girmişti ki kapı çalındı. Açtık, siyahlar içinde bir kadın. Daha dur demeye kalmadan, kadın apar topar daldı içeri. Doğrudan bizim cerrahın karşısına dikildi? 'Oğlum nerede?' diye bağırdı. 'Ne yaptın oğluma? Oğlumun böbreğini aldın yetmedi mi? Katil, açgözlü katil.' Dışarı çıkarıncaya kadar, yağdı gürledi kadın... Doktorun yüzü kireç gibi olmuştu. Sordum tabii. 'Ne oldu doktorcum, kim bu kadın?' diye. 'Dilenci,' diye açıkladı. 'Deli bir dilenci. Yolda para istedi, vermedim. Takmış kafayı beni buraya kadar takip etti.' İnandım elbette. Koca doktor niye yalan söylesin? Şimdi siz sorunca aklıma geldi, anlatayım dedim."

Galiba sonunda önemli bir ipucu yakalamıştım.

"Tacizden de bahsetti mi kadın? Çocuğunun tacize uğramasından..."

Gözleri şaşkınlıkla açıldı tefecinin.

"Ne alakası var Başkomserim, ne tacizi? Hayır, öyle bir şeyden bahsetmedi." Bakışları ağırlaştı. "Yok, Kansu asla öyle bir insan değildi, bir sürü çocuğun hayatını kurtarmış... Yok, öyle bir şey yok. Kim söylüyor bunu? İftira ediyorlar adama... Kadınlar dört dönüyordu etrafında. Böyle bir adam sapık olur mu?"

Satılmış'ın karşı çıkmasına rağmen ısrarımı sürdürdüm.

"Senden saklamış olamaz mı? Her an yanında değildin ya Kansu'nun?"

"Değildim elbette ama biz de adam sarrafı sayılırız. Bakmayın böyle durduğumuza Cemal Abi bilir, hayat üniversitesinden mezun olduk biz. Bunun hapishanesini de gördük, hastanesini de... Affedersiniz, pezevengi, puştu, sapığı, psikopatı, insan evladının her çeşidini görür görmez tanırız. Yok Başkomserim, bizim cerrahtan sapık çıkmaz. Kumar manyağı deyin kabul iradesiz deyin kabul ama Kansu'nun tacizci olduğuna kimse inandıramaz beni. Öz yeğenimi yanına verip yurtdışına gönderdik... Kosova'ya... Kendi oğlu gibi sahip çıktı orada Oğuzcan'a..."

Artık organ naklini konuşmanın vakti gelmişti.

"Böbrek transferi için mi? Şu ameliyattan mı bahsediyorsun?"

Olanca saflığıyla onayladı.

"Evet Başkomserim, ameliyat için. Ama olmadı, son anda bir terslik çıktı, bir hafta sonra geri döndüler."

"Niye Türkiye değil de Kosova?"

Suratını ekşitti.

"Türkiye'de mevzuat uygun değilmiş. Aylarca böbrek bekliyorsun, Sağlık Bakanlığı engel oluyormuş... Kansu çok iyi biliyordu bu işleri. 'Canınızı sıkmayın ben hallederim,' diyordu." Derin derin soludu. "Kansu öldüğüne göre nasıl yapacağız artık bu işi?"

43
"Kimlerin yaptığını bulduk, önemli olan kimin yaptırdığı."

✄

Odamın kapısında karşıladı Ekrem. Her zamanki gibi pürtelaş. Elleri, kolları yeni uçmayı öğrenen bir martı yavrusu gibi kıpır kıpır. Hamarattır, dürüsttür, gözü pektir, Ali'den sonra en güvendiğim polistir ama, bir de şu lüzumsuz heyecanı olmasa...

"Hayrola Ekrem, ne oldu evladım?"

"Sizi bekliyordum Başkomserim," dedi nefes nefese. Yerinde duramayan gözleriyle binanın alt katında bir yerleri işaret etti. "Zanlı sizinle konuşmak istiyor."

Ne demek istediğini anlamadım.

"Sipsi İsmail, hani şu mafya reisi..."

Ne konuşacaktı acaba? Adamı Arda'nın DNA'sı öldürülen yurt müdürü Hicabi'nin tırnaklarının arasındaki dokuyla uyuştuğunu söylemişti Zeynep. Soru dolu gözlerimi görünce yine açıklamaya çalıştı Ekrem.

"Galiba suçunu itiraf edecek Başkomserim."

Hiç sanmıyordum, bu işten de tereyağından kıl çeker gibi sıyrılacaktı. Zaten onu tutuklayacak delillere de sahip değildik. Sipsi de bunu çok iyi biliyordu, o yüzden benimle konuşmak istemesi enteresandı.

"Tamam, getir bakalım, ne anlatmak istiyormuş öğrenelim."

Sanki bu mafya bozuntusu yeraltı âleminin en büyük sırrını ifşa edecekmiş gibi Ekrem etekleri zil çalarak uzaklaştı yanımdan. Kapıdan içeri girdim, masama doğru birkaç adım attım, başım döner gibi oldu. Derisi yıpranmış koltuğuma çöktüm, dirseklerimi masaya dayadım, ince bir sızı geçti dizlerimden. Yorulmuştum, gözlerimi kapatıp öylece kaldım. Sonra o yapış yapış sıcak hissettirdi kendini, sırtımdan ter boşalıyordu. O anda bir çocuğun yüzü belirdi karanlığın içinde. Hayır, Aysun değildi, Azez de değildi. Hiç tanımadığım bir kız. Kız değil, bir oğlan çocuğu; gözleri kırmızı kadifeden bir bantla kapatılmış, el yordamıyla odanın ortasında gezinen bir çocuk. Ama o kadar canlı, o kadar yakın ki, nefesini yüzümde hisseder gibi oldum. Kendiliğinden mırıldandı dudaklarım: "Körebe!" Panik içinde açtım gözlerimi, elbette benden başka kimse yoktu odada. Gündüz gözüne kâbus görmeye başlamıştım sonunda. O anda çalmaya başladı telefon. Evgenia'ydı. Açtım.

"İyi akşamlar canım."

"İyi akşamlar Nevzatcım. Ne yapıyorsun?"

Sesini duyunca canlanıverdim.

"İyiyim Evgeniacım, iyiyim, sen ne yapıyorsun?"

"Ben de iyiyim," dedi güya sesine neşeli bir ton vererek, ama iyi değildi. Daha iyi akşamlar dediğinde anlamıştım sıkıntıda olduğunu. Ama eşelemedim. "Medeni'yi çağırdım," diye sürdürdü konuşmasını. "Bu akşam Azez konusunu açacağım." Duraksadı. "Ne dersin, acele mi ediyorum yoksa? Fahhar'ın ölümünden sonra belki daha iyi olur diye düşündüm. Hiç değilse bir çocuğu kurtarmış oluruz. Medeni'ye böyle demeyi düşünüyorum. Öyle değil mi hiç değilse Azez'in hayatı kurtulmuş olur. Hem isterlerse maddi yardım da yaparım onlara... Medeni ile karısına... Ama sen de yanımda ol lütfen... Bu akşam işin yok değil mi? Hadi atla gel, konuşurken masada olman bana güç verir."

Bitkindim, aklım Körebe'deydi, az sonra kendini mafya lideri zanneden bir zibidiyle didişecektim ama böyle bir anda Evgenia'yı yalnız bırakamazdım.

"Oldu geliyorum, küçük bir işim var, bitirir bitirmez sendeyim."

"Bak gecikme," diye tembihledi sesine tatlı bir tını yükleyerek. "Saganaki yapacağım sana. Çok seversin. İhsan Usta midye almış Sarıyer'den."

Kaygısı birazcık dağılmış gibiydi. Sevindim, ben de kurtulmak istedim bu berbat ruh halinden.

"Gecikmem Evgeniacım, merak etme, sen saganaki yaparsın da ben gecikir miyim?"

Telefonu kapatırken açıldı kapı. Önde Sipsi İsmail, arkada Ekrem sırayla teşrif ettiler odama. Sırıttı Sipsi ama gizlemeye çalıştığı bir utanç dalgası gölgeliyordu suratındaki yalancı ışıltıyı. Farkında değilmiş gibi masanın önündeki koltuğu gösterdim.

"Gel bakalım İsmail, gel, geç karşıma şöyle."

Gösterdiğim yere çökmeden önce, sağ elini göğsüne koydu.

"Eyvallah Başkomserim, sağ olun."

Usulca oturdu koltuğa, saygıdan çok ezik bir ifade vardı ablak suratında. Çipil gözleri sanki saklanacak yer arıyordu.

"Ee anlat bakalım İsmail, derdin ne?"

Güvensiz bakışları Ekrem'e kaydı. Başka birinin yanında konuşmak istemiyordu. Aslında isteğini yerine getirmemeliydim ama içimden bir ses bunu yap diyordu. O sese uydum.

"Teşekkür ederim evladım," dedim merakla Sipsi'nin ne söyleyeceğini bekleyen Ekrem'e. "İşimiz bitince seni çağırırım."

Yüzündeki hayal kırıklığı sezilmeyecek gibi değildi ama elbette anında uydu talimatıma.

"Emredersiniz Başkomserim."

Ekrem çıkar çıkmaz, bakışlarımı Sipsi'nin terli suratına diktim. Hemen başlayamadı söze.

"Evet İsmail, anlat bakalım nedir meramın?"

Sanki bana yakın olmak istiyormuş gibi masanın üzerine sağ dirseğini koydu.

"Şimdi Başkomserim, yanlış anlamayın ama sizden bir şey rica etmeye geldim..." Sıkıntıyla terli ensesini kaşıdı. "Rica dediysem esasında sizin de işinize gelen bir şey."

Hiç sesimi çıkarmadan alaycı bakışlarla, karşımdaki koca oğlanı incelemeyi sürdürdüm.

"Yani diyorum ki, bizim çocuklar, Arda'yla Serkan suçlarını itiraf etseler. Yani size zorluk çıkarmasalar, siz de şu sapık herifle benim münasebetimi ifşa etmeseniz. Gazetelere filan..."

Durum anlaşılmıştı, küçükken tacize uğradığının bilinmesini istemiyordu. Bu olay duyulursa yeraltı âleminde işi bitmiş demekti. Ali'nin takıldığı gibi, herkes ona Sipsi değil,

Süslü İsmail diyecekti. Resmen yerle yeksan olacaktı. Sakince arkama yaslanarak sordum.

"Kendilerini kimin azmettirdiğini de söyleyecekler mi? Hicabi'yi lime lime edin diyen kişinin adını da verecekler mi?"

Buz gibi bir hava esti cehennem gibi sıcak odamın içinde. Çipil gözleri keskin bir bıçağa dönüştü ama çok sürmedi yumuşadı.

"Yapmayın Başkomserim, ikisi de cinayeti itiraf edecekler, hem de hiçbir teferruatı atlamadan, ne yaptılarsa anlatacaklar. Yetmiyor mu bu size?"

Sesi biraz yüksek çıkmıştı.

"Yetmiyor," diye kestim. "Asıl suçlu sensin, o iki delikanlı, tıpkı öldürdükleri Hicabi gibi birer kurban."

Sinirlenerek iri başını geriye attı.

"Hicabi mi kurban? O herif ırz düşmanıydı, şerefsizin tekiydi. Kaç çocuğun hayatını kararttı biliyor musunuz? Tövbe tövbe... Ne derseniz deyin Başkomserim, biz o herifi öldürerek insanlığa iyilik yaptık... Kim bilir kaç çocuğun ırzını, namusunu kurtardık. En basitinden bizim Akif. Dünyanın en temiz insanlarından biriydi. Bu sapık yüzünden tacizci oldu. Sonra da öldü gitti. Hicabi gibi bir alçağı öldürdüm diye bana madalya vermeniz lazım, siz hapse atmaya çalışıyorsunuz..."

Aklıma Körebe geldi. Bu kaba saba mafya bozuntusunun yaptığının çok daha akıllıcasını yapıyordu. Daha karmaşık olanını... Hem de hayran olunası bir ustalıkla, çocuk tacizcilerini avlıyordu. Böyle bakıldığında insanlığa hizmet olarak da değerlendirilebilirdi bu vahşi eylem ama sorunu çözmüyordu. Sessiz kaldığımı gören Sipsi cesaretlenmiş olmalı ki, "Öyle değil mi Başkomserim?" diye üsteledi. "Bir tür kamu hizmeti bizimkisi. Sizin yapamadığınızı yaptık, dünyanın en iğrenç heriflerinden birini cezalandırdık."

Söylediklerinde haklı olabilirdi ama konu bu değildi.

"Bir cinayet işlendi Sipsi," diye girdim araya. "Benim vazifem kimler yaptı, kim yaptırdı bunu bulmak. Kimlerin yaptığını bulduk, önemli olan kimin yaptırdığı." Gözlerimi bir an bile yüzünden almadan başımı salladım. "Kimin yaptırdığını da biliyoruz, ama yapanlar itiraf etmediği için kanıtlamıyoruz. Evet, kuvvetli şüpheyle seni savcılığa çıkartırım ama muhtemelen serbest kalırsın. Yani hep yaptığın gibi suçunu başkalarının üzerine yıkıp yakanı sıyırırsın bu işten. Fakat

Ali'nin elindeki defter mahkemede delil olarak kullanılacak. Yurt müdürünüz Hicabi'nin anılarını yazdığı şu defter. Evet, Ali'nin söylediğine göre, o sapık herif, hangi çocuğa ne yaptıysa hepsini tek tek anlatmış." Derinden bir iç geçirdim. "Ve evet İsmail, ne yazık ki seninle yaptıklarını da yazmış."

Terli suratı kıpkırmızı oldu, bakışlarını kaçırdı.

"Hepsi defterde mevcut," diye sürdürdüm. "Defter de bu davanın delilleri arasında. Yani istesem de bu hakikati saklayamam. Kanunsuzluk olur, delil karartma olur. Yok, bunu yapamam..."

Başını kaldırdı, öyle yıkılmış bir hali vardı ki, nerdeyse acıyacaktım, kim bilir kaç kişinin canını almış olan bu eli kanlı katile. Ama içimde uyanan merhameti bastırarak tekrarladım.

"Bu işten kurtuluş yok İsmail. Geçmişinle yüzleşmeye hazırlan."

Ardı ardına yutkundu.

"Ben hiçbir şeyden korkmam Başkomserim..." Yüzüme bakamadı, başı önüne eğildi. "Ölümden, sakat kalmadan, hapisten... Ben hiçbir şeyden korkmam. Ama çok pis iş bu. Yağlı, isli, kara bir leke. Bununla baş edemem." Seyrek kirpiklerinin arasından birkaç damla yaş, killi yanaklarına süzüldü. "Üstelik hiçbir suçum yok. Ben sapık değilim, küçücük çocuktum. Ana yok, baba yok, devlet bizi bu sapığa teslim etmiş. Güvenmeyip ne yapalım? Neyin ne olduğundan bile haberdar değiliz. Irz düşmanı, kullandı hepimizi.." Ayı pençesini andıran elinin tersiyle yanaklarından süzülen gözyaşlarını kuruladı. "Öyle bir kötülük yaptı ki, yıllar geçse de kurtulamıyorsun bu pislikten."

Hiç sevmemiştim Sipsi İsmail'i, hiç hazzetmezdim böyle adamlardan, ama bir kez daha merhamete benzer bir duygu uyandı içimde. Yine de bastırdım bu duyguyu, bir polis olarak ne yapmam gerekiyorsa onu yaptım.

"Sana bir teklifim var İsmail," dedim duygusuz, renksiz bir sesle. "Belki bir anlaşma yapmanı sağlayabilirim."

Umutla ışıldadı nemli gözleri.

"Nasıl bir anlaşma?"

En sakin tavrımı takındım.

"Eğer cinayeti azmettirdiğini kabul edersen, ben de savcıyla konuşurum. Hapiste yatar cezanı çekersin ama namını kurtarırsın."

Rahatlamış gibiydi, ama emin olmak istiyordu.

"Hapiste yatmak dert değil ama kimse başıma gelenleri öğrenmeyecek değil mi?"

"Savcı kabul ederse, defterdeki seninle ilgili olan bölümleri saklarız. İş basına yansımaz."

Endişeyle gözlerini kırptı.

"Savcı kabul eder mi?"

Ellerimi yana açtım.

"Bilmiyorum, ama savcı beyi tanırım. Makul adamdır, beni dinleyeceğini umuyorum. Yine de hiçbir söz veremem. Tabii mevzuatın da uygun olması gerek. Ama şu kadarını bil, savcıyı ikna etmek için elimden geleni yaparım."

"Anlaştık," dedi burnunu çekerek. "Anlaştık, size güveniyorum Başkomserim."

Ellerimi masanın üzerinde kavuşturdum.

"Ama önce Hicabi İnce'yi öldürmeleri için Arda ile Serkan'ı azmettirdiğini itiraf etmen gerek."

"Ederim," dedi kendinden emin bir sesle. "Hemen edeyim isterseniz."

"Hem burada, hem de savcının huzurunda..."

Hiç tereddüt etmedi.

"Tamam yaparım, ne isterseniz yaparım. Yeter ki beni âleme rezil etmeyin."

44
"Sevinç çığlıkları değil bunlar, acı dolu haykırışlar..."

✳

"Batan gün kana benziyor / Yaralı cana benziyor / Esmerim vay vay / Ah ediyor bir gül için / Şu bülbül bana benziyor / Vay benim garip gönlüm..." Safiye Ayla'nın söylediği bu muhayyer şarkı karşıladı Tatavla'nın ahşap kapısında beni. Gecikmiştim; Sipsi İsmail'in ifadesini yazdırmak vakit almıştı. Bu işi Ekrem'e bırakmak istememiştim. İyi de yapmışım, belki de İsmail ömründe ilk kez polise bu kadar samimi bir itirafta bulunmuştu. Sadece Hicabi İnce'yi öldürtme nedenini eksik anlattı. Kendisine yönelik tacizden hiç bahsetmedi. Arkadaşı Akif'in ve tacize uğrayan öteki yetim çocukların intikamını almak için yurt müdürünü öldürttüğünü söyledi. Ben de ısrar etmedim. Bu konuda kararı Savcı Nadir verecekti. Meyhanenin dar koridorunu geçerken Safiye Ayla'nın sesi giderek daha çok duyuluyordu. "Gece kapladı her yeri / Keder sardı dereleri / Esmerim vay vay / Düşman değil sevda açtı sinemdeki yareleri / Vah benim garip gönlüm." Beyaz floresanlarla aydınlanan bahçeye çıktığımda masaların hepsinin dolu olduğunu gördüm, ilk kadehler çoktan tüketilmiş, kafalar güzelce tütsülenmiş, meyhanede muhabbet kıvamını bulmuştu. Bakışlarım, neşeli insanlar arasında Evgenia'yı aradı. Bütün masaları, tek tek iskemleleri taradım ama nafile, benim güzel sevgilim ortalıkta görünmüyordu. Mutfakta olmalı diyerek içeriye yürüyecektim ki, başgarson gülümseyen gözleriyle dikildi karşıma.

"Merhaba Başkomserim, hoş geldiniz..."

"Hoş bulduk İhsan..."

Daha ağzımı bile açmadan anladı kimi aradığımı.

"Evgenia Hanım, Feriköy'e gitti... Şu Suriyelilerin olduğu yere. Azez'i görmeye. Kız merdivenlerden düşmüş galiba."

İçim cız etti.

"Nasıl düşmüş, kötü bir şey yok değil mi?"

Verdiğim tepkiyi abartılı bulmuştu İhsan.

"Yok, yok Başkomserim, çocuk, ayağı kaymış düşmüş. Merdiven pek yüksek değilmiş zaten. Ama Evgenia Hanım'ı bilirsiniz, sağlık konusunda pimpiriklidir. Malum, kızı da çok seviyor. Duyar duymaz, doktor Sotiri'yi de alıp koştu Feriköy'e."

İhsan'ın sözleri beni rahatlatmıştı.

"Emin misin kızın iyi olduğuna? Evgenia öyle kolay kolay telaşlanmaz."

İnsanı çileden çıkartacak kadar sakindi başgarson.

"Valla Başkomserim, ben duyduklarımı söylüyorum. Anladığım kadarıyla mühim bir durum yok."

"Ben de gitsem mi acaba?"

Niye bu kadar ısrar ediyorsunuz, diye bakıyordu.

"Evgenia Hanım beklemenizi söyledi ama siz bilirsiniz. Belki de siz giderken o gelir, oraya gidip eliniz boş dönersiniz. Yeriniz hazır, isterseniz orada bekleyin Evgenia Hanım'ı."

Havuzun başında her zamanki masamızı gösteriyordu. Başgarsonun böyle akıl verir gibi konuşması canımı sıkmıştı, nerdeyse azarlayacaktım adamcağızı ama daha iki gün önce bu mekânda, hatta şu anda bulunduğumuz yerde dikilirken çok farklı düşünceler içinde olduğumu hatırladım. Evgenia'nın Suriyeli kızı evlat edinmek istemesini yadırgamıştım. Dile getiremesem de o gün tuhaf duygular geçmişti içimden. Şimdi ise Azez için kaygılanıyordum. Garip gelecek ama bu endişeyi duyduğum için kendimi iyi hissediyordum. Tıpkı Evgenia gibi Azez'i benimsemeye başlamıştım, Suriyeli kızı, Aysun'un yerine koymuştum. Daha da önemlisi artık bundan rahatsızlık duymuyordum. Üstelik farkına varmadan yapmıştım bunu. Burada eli kolu bağlı bekleyemezdim, Azez'e yardım etmeliydim.

"Ne zaman gitti Evgenia?" diye sordum.

"Valla iki saati geçti, gelmek üzeredir..."

Bir an ne yapacağımı şaşırdım, öylece kalakaldım meyhanenin orta yerinde. Durumun tuhaflığını fark eden İhsan kibarca uyardı.

"Ayakta kaldınız, şöyle alayım sizi isterseniz, masanız boş zaten... Dediğim gibi önemli bir şeyi yokmuş kızın..."

Bakışlarım İhsan'ın gösterdiği yöne kaydı. Çınar ağacının altında hep oturduğum iki kişilik masa, iskemleler, kar beyazı peçeteler, boş tabaklar, cam sürahi, hepsi birden, "Hadi nazlanma Nevzat," dercesine bana bakıyordu. Ama aldırmadım onların çağrısına.

"Olsun İhsan," diye başgarsona döndüm. "Ben de bir göreyim Azez'i, belki bir yardımım olur."

Adamın karşı çıkmasına fırsat vermeden, az önce geldiğim kapıya yürüdüm. Birkaç adım atmıştım ki, Evgenia'nın üzgün yüzüyle karşılaştım. Beni yaralı bir sesle selamladı.

"Ah Nevzatcım... Geldin mi?"

Sevgilimin solgun bakışları tedirgin etti beni.

"Nasıl oldu Azez, kız iyi mi?"

Garip bir ifade belirdi yüzünde.

"Onu merak ediyorsun ha..."

Suçlar gibi konuşmamıştı ama üzerime alındım.

"Elbette merak ediyorum, ben de seviyorum o kızı..."

Bakışlarındaki burukluk kaybolmasa da gülümsemesi genişledi, bütün yüzüne yayıldı.

"Sevindim, iyi olmuş fikrini değiştirdiğin."

İnkâra kalkıştım.

"Fikrimi değiştirdiğim filan yok, hep böyle düşünüyordum zaten."

Sevgiyle yanağıma dokundu.

"Sonunda böyle düşüneceğini biliyordum Nevzatcım. Başta tereddüde düşmen normaldi. Ama artık sen de onu sevdiğini anladın. Güzel olan bu. Merak etme Azez iyi." Biçimli parmaklarıyla istavroz çıkardı. "Şükür, hiçbir şeyciği yok. Çocuklar işte, merdivende birbirlerini itmişler, Azez de basamaklardan yuvarlanmış yere. Bizim Sotiri iyice muayene etti. Birkaç sıyrık, biraz ezik var, hepsi o."

O zaman sorun neydi? Bakışlarımdan anladı aklımdan geçenleri ama açıklamak yerine koluma girip beni masaya sürükledi.

"Gel Nevzatcım, gel oturalım şöyle." Ama dayanamadı birkaç adım atmıştık ki, "Medeni razı olmadı," diye açıkladı üzgün bir sesle. "Azez'i vermek istemiyor."

Durdum, kolundan çıkmadan ona döndüm.

"Vermek istemiyor mu? Nasıl bakacakmış kıza?"

Yenilmiş bir halde fısıldadı.

"Bilmiyorum, ama bakarım diyor. Hayattaki tek dayanağımız bu kız, diyor. Fahhar'ı kaybettik, Azez de giderse karım ölür, diyor." Kolumdan çıktı, çaresizce ellerini yana açtı. "Adam da haklı. Biz, nasıl Azez'e bağlandıysak, demek ki onlar da bağlandılar. Ne diyebiliriz ki?"

Medeni'nin morgdaki yüzü geldi gözlerimin önüne. Çaresizliği, ezikliği, hüzünlü yüzü...

"İstersen bir de ben konuşayım Medeni'yle, belki razı ederim..."

Umutlanmıştı, ama çok sürmedi, ölgünleşti gözlerindeki ışık.

"Sanmam Nevzat, çok kararlıydı, onu ilk defa bu kadar katı gördüm."

Bu kez ben girdim koluna, yavaşça masaya sürükledim.

"Gel oturalım şöyle. Bana izin ver, bir de ben konuşayım şu adamla..."

Masaya ulaşıncaya kadar hiçbir şey söylemedi. Derin bir sessizlik oluşmuştu aramızda. O anda duydum sesleri. Başımızın üstünde hızla uçan kırlangıçlar kül rengi gökyüzünü parçalara ayırıyorlardı.

"Ne kadar da neşeliler," diye mırıldandım biraz da şu kasvetten kurtulalım diye. "Ne güzel şarkı söylüyorlar."

Başını yukarıya çevirdi Evgenia.

"Şarkı söylemiyorlar Nevzat." Gözleri uçan o güzelim kuşlara takılmıştı. "Ölen arkadaşlarının yasını tutuyorlar." Başını indirdi, kederle gözlerimde durdu. "Sevinç çığlıkları değil bunlar, acı dolu haykırışlar. Biliyorsun kırlangıçlar göçmen kuşlardır. Çok hızlı uçarlar. İşte o göç sırasında yüzlerce kırlangıç fırtınaya yakalanıp ölürmüş. Göçü başarıyla tamamlayan kırlangıçlar, geldikleri ülkenin sıcak gökyüzünde uçarken, yollarda kaybettikleri arkadaşlarını anımsar acıyla, öfkeyle böyle çığlıklar atarlarmış."

Gülümseyerek sordum.

"Güzel hikâye, nerede okudun?"

Yüzündeki keder zerre eksilmedi.

"Okumadım, Medeni anlattı. Kendilerini kırlangıçlara benzetiyordu. 'Biz de göç sırasında yakınlarımızı kaybettik, ama şu kuşlar kadar bile olamıyoruz. İnsanları rahatsız etmemek için yasımızı bile tutamıyoruz,' dedi."

Yüzümdeki iyimserlik silindi gitti, masaya gelinceye kadar bir daha ağzımı açamadım. İskemlelerimize oturmadan önce Evgenia bozdu sessizliği.

"İkna olur mu sence?"

Dalmıştım, boş bulundum.

"Kim?"

"Medeni? Azez'i verir mi bize?"

Emin değildim, hem de hiç emin değildim ama sevdiğim kadının moralini daha da bozmak istemiyordum.

"Bilmiyorum, ama denemekten bir zarar gelmez. Medeni, bana güveniyor, belki de kabul eder."

O umut yeniden ışığa boğdu yeşil gözlerini. Biraz da bundan cesaret alarak konuyu değiştirdim.

"Neyse, bu meseleyi hallederiz, sen asıl Azez'i anlat."

"Azez iyi de başka bir çocuk ölmüş..." İç geçirdi. "Feriköy'deki sığınmacılardan birinin çocuğu. Bir aydır kayıpmış, cesedini Sarıyer'de bulmuşlar..."

"Fahhar gibi..."

"Ama bu çocuk boğulmamış, ormanlık arazide köpekler çıkarmış topraktan... Gizlice gömmüşler çocuğu." İlgiyle dinlediğimi görünce açıklamasını sürdürdü. "Galiba organlarını çalmışlar..."

Evgenia konuşurken Münir'in morgda söylediği sözler çınladı kulaklarımda. "Şimdi Başkomserim şöyle bir durum var. Suriyeli göçmenler üzerinden organ kaçakçılığı yapılıyor. Uluslararası bir şebeke, bu insanları kandırıyor, her organ için ayrı bir piyasa kurmuşlar. İşin boyutları da epeyce büyük." Kafam karışmaya başlamıştı. Ya Münir, Medeni'den kuşkulanmakta haklıysa? Ya gerçekten de Fahhar'ın böbreklerini bizzat bu yaşlı adam satışa çıkardıysa? O zaman Azez'in hayatı da tehlike altında demekti.

"Ne oldu Nevzat, ne geldi aklına?"

İlgimin dağıldığını fark etmişti.

"Yok, yok bir şey yok. Sadece bu insanların haline üzülüyorum."

İnandı sözlerime.

"Gerçekten büyük trajedi... Çok savunmasız bu insanlar Nevzat, aç kurtların arasında kalan ceylan sürüsü gibiler..."

Çaresizce başımı salladım.

"Keşke kurtların arasında kalsalar. Daha beter Evgeniacım, daha beter, kendilerine insan diyen canavar sürüsünün ortasında kaldılar..." Aklım, ölen çocuktaydı. "Organlarının çalındığından eminler mi? Şu cesedi bulunan çocuğun diyorum."

Merakıma anlam veremeyen Evgenia tatsız bir sesle onayladı.

"Evet, çocuğun babası öyle demiş Medeni'ye. Oğlanın iç organları yokmuş... Ne oldu Nevzat, niye öyle bakıyorsun?"

"Hiç, hiç, üzüldüm sadece..." diyerek konuyu geçiştirmek istedim. "Eee hadi oturalım, artık şu masaya, bütün gece böyle ayakta mı bekleteceksin beni?"

Yüzü kıpkırmızı oldu.

"Olur mu, hadi, hadi geç sen masaya, ben de mutfağa koşturayım, yiyecek bir şeyler yetiştireyim sana..."

Evgenia uzaklaşır uzaklaşmaz cep telefonumu çıkardım, Münir'i aradım.

"İyi akşamlar Başkomserim," diye ikinci çalışında açtı. "Buyrun sizi dinliyorum."

"İyi akşamlar Münir, bir duyum aldım doğru mudur? Feriköy'deki şu Suriyeli sığınmacılardan birinin oğlu ölü bulunmuş."

Bir an bile duraksamadı Münir.

"Doğrudur Başkomserim."

"Cinayet mi diyorsun?"

"Öyle de denebilir, ölmeden önce ameliyat edilmiş. Muhtemelen de ameliyat sırasında hayatını kaybetmiş. Otopsi raporunda bütün ayrıntılar var. Çocuğun iç organları kayıp..."

Kendimi tutamayıp söylendim.

"Alçaklar, çocuk katili alçaklar..."

"Evet, çok acımasız insanlar ama bir gariplik var. Ameliyat bir ay kadar önce yapılmış, dolayısıyla çocuk en az otuz gündür kayıp fakat bu süre boyunca ailesi hiçbir başvuruda bulunmamış. Daha ilginci, şimdi de davacı olmak istemiyorlarmış..."

"Peki ne diyorlar, sen konuştun mu aileyle?"

"Birazdan oraya gidiyorum..." Sesi kuşku yüklüydü. "Sahi, şu morga gelen adam da Feriköy'deki sığınmacıların arasındaydı değil mi?"

Nihayet anlamıştı bu olayla neden alakadar olduğumu.

"Öyle Medeni de aynı yerde kalıyor. Bir bağlantısı olabilir mi?"

Sıkıntıyla iç geçirmesini telefonun bu ucundan duydum.

"Olsa da kabul etmezler Başkomserim, rezil bir iş. İnsanlar yaşamak için parça parça çocuklarını satıyorlar..."

O kadar kendinden emin konuşuyordu ki canım sıkılmıştı.

"Yapma Münir, kimse bu kadar acımasız olamaz?"

Sinirli sinirli güldü.

"İsterseniz atlayıp gelin Feriköy'e, gözlerinizle görün neler olup bittiğini."

Saatim 21:47'yi gösteriyordu.

"Tamam, orada buluşalım..."

Telefonu kapatırken bakışlarım kurşuni gökyüzünde ölen arkadaşlarının isimlerini çığlık çığlığa haykıran kırlangıçlara takılmıştı yine.

45
"Ölümü çoktan göze aldık, lakin iki yavru daha var geride...."

※

Feriköy'deki sığınma evinin önündeki boş arsaya emektarımı park ederken saat 23:42'yi bulmuştu. Tüm ısrarlarıma rağmen, Evgenia erken kalkmama izin vermemişti.

"Daha yeni geldin, nereye Nevzat?"

Gitmem lazım desem de razı olmuyordu, mümkün olduğu kadar ayrıntıya girmeden vaziyeti anlatmıştım. Yeşil gözlerini iri iri açarak sormuştu.

"Nasıl yani, kendi çocuklarının organlarını mı satıyorlar?"

"Henüz belli değil, sadece tahmin," diye geçiştirmeye çalışmıştım.

Elbette işin peşini bırakmamıştı zeki sevgilim.

"Öyle olsaydı beni bırakıp gitmezdin." Ne diyeceğimi bilemeden öyle kalınca, anlamıştı olayın ciddiyetini, güzel yüzü dehşetle çarpılarak sormuştu: "Azez? Azez'e de bu kötülüğü yaparlar mı?"

Korktuğum başıma gelmişti.

"Dur, dur, telaşlanma hemen. Daha ne olup bittiğini bile bilmiyoruz. Ben de o sebepten gidiyorum Feriköy'e. Neler olduğunu öğrenir öğrenmez anlatacağım sana."

Yüzündeki kaygı hiç azalmamıştı. Adeta yalvarırcasına söylenmişti.

"Azez'i korumalıyız Nevzat, hiç değilse o kızı kurtarmalıyız."

Uzanıp elini avucumun içine almıştım, dayanılmaz sıcağa rağmen buz gibiydi.

"Merak etme canım, Azez'e kimse zarar vermeyecek. Sana söz, onu koruyacağız."

Biraz da bu cümlenin yarattığı iyimserlikle razı olmuştu erkenden kalkmama. Ama lavanta kokulu hoş bedenine sarılırken, olan bitenden kendisini haberdar etmem için söz almıştı benden.

"Lütfen Nevzat, ne öğrenirsen bana da söyle, yoksa ölürüm meraktan."

Öğrendiklerimi onunla paylaşacağımı sanmıyordum, çünkü duyacaklarımın onu daha mutsuz edeceğinden adım gibi emindim. Ama elbette söz verdim, bir an önce Feriköy'e gidip, neler olup bittiğini anlamak zorundaydım.

Biraz geç de olsa geldiğim Sığınma Evi'nin önündeki boş arsaya park ettiğim emektardan inerken boğucu sıcağın da etkisiyle iyice dayanılmaz olan idrar kokusundan kurtulmak için hızlı adımlarla karşıya geçtim. Sığınma Evi'nin girişindeki bekçi kulübesinin önüne attığı sandalyede uyuklamakta olan görevliye kimliğimi gösterdim. Anında ayıldı tombul görevli.

"Buyurun, buyurun Amirim, Münir Komiser de sizi bekliyor içeride."

Karanlık bir koridordan geçerek küçük bir bahçeye çıktım. Münir yanında iki üniformalı memur ve sığınma evindeki görevlilerden biri olduğunu tahmin ettiğim başı tümüyle saçsız bir adamla kırmızı ışıklarla aydınlanan çardağın altındaki divana kurulmuş, ağır ağır çay içiyordu. Beni görür görmez, çay bardağını tahta masanın üzerine bırakarak doğruldu, onunla birlikte ötekiler de ayağa kalktılar.

"Merhaba Başkomserim."

Elini sıktım.

"Kusura bakma Münir geç kaldım."

Gölgeli gözlerinden utangaç bir ışık yandı, söndü.

"Yok, Başkomserim biz de yeni geldik. Zamanında çıkamadık, biliyorsunuz, şu bürokratik işler..." Bakışları ışıkları yanan binaya kaydı. "Cabir'le karısı da inmedi henüz. Çocuğun annesiyle babası... Ama eli kulağındadır, gelirler şimdi. Buyurun, şöyle geçin." Hemen yanına çökerken kel adamı gösterdi. "Maksut Bey, buranın yöneticisi."

Bakışlarımla selamladım Maksut'u. Terbiyeli bir tavırla gülümsedi.

"Hoş geldiniz Başkomserim..."

Adamın daha fazla konuşmasına izin vermedi Münir.

"Şahane çay var Başkomserim. En son Şırnak'ta görev yaparken rahmetli Ruhi yapardı böyle demlisini."

Aslında uzunca zamandır öyle tavşan kanı çaylar filan içemiyordum, üç bardaktan fazlası çarpıntı yapıyor, gece uyku tutmuyordu. Yine de memnuniyetle fısıldadım.

"Olur, içeriz bir bardak."

Maksut tahta masanın yanındaki küçük tüpte kaynayan çaydanlığa eğilirken bakışlarım göçmenlerin oturduğu binaya kaydı. Hüzünlü bir hali vardı pencerelerinin çoğunda ışık yanmayan bu çirkin binanın.

"Nasıl anlaşacağız aileyle?" diye Münir'e döndüm. "Tercüman var mı?"

Elinde çaydanlığın demliğiyle doğrulan Maksut yumuşak bir sesle açıkladı.

"Cabir'in eşi Ayber Hanım Türkmen'dir, Suriye'de öğretmenmiş, dilimizi gayet güzel konuşuyor."

"Bu iyi," diye sevindi Münir. "Yoksa zor olurdu meramımızı anlatmak. Nelerle uğraşıyoruz karakolda. Suriyelilerin çoğu Türkçe bilmiyor, işin yoksa Arapça bilen birini ara. Biliyorsunuz Başkomserim, devletin böyle bir bütçesi de yok. Rica minnet tercüman buluyoruz valla. Hele bir de işin içinde cinayet olunca. Malum, adam suçunu gizlemek için Türkçe bilmiyorum numarasına da yatıyor..."

Tepsideki bardağın üçte birini koyu kırmızı sıvıyla dolduran Maksut, boşta kalan eliyle kaynayan çaydanlığa uzanmadan önce sordu.

"Bercis de öldürülmüş mü?" Yüzünde aptal bir gülümsemeyle izah etmeye çalıştı. "Çocuğun kaybolduğunu hepimiz biliyoruz. Günlerdir haber alınamıyordu..."

"Nasıl biriydi Bercis?" diye atıldı Münir. "Tanır mıydın çocuğu?"

Aptal gülümseme anında merhamete dönüştü.

"Çok tanımazdım ama bilirdim. Bercis'i herkes bilirdi. Melek gibi bir çocuktu. Down sendromluydu. Hep güler yüzlü, hep uysal." Bir an bakışları göçmenlerin kaldığı binaya kaydı. "Günahı anne babasının boynuna ama bu işte onların da parmağı var bence..."

Bu ihtimali bilmesine rağmen şaşırmış gibiydi Münir.

"Nasıl yani? Daha açık konuşsana..."

İstemeden da olsa sesi sert çıkmıştı ama pek umursamadı Maksut, çaydanlıktaki kaynar suyu sakince bardağıma boşalttı. Hiç acele etmeden çaydanlığı ocağın üstüne koyup demliği de yerleştirdirdikten sonra yanıtladı.

"Valla burada acayip işler dönüyor Amirim. Bizim üstümüze vazife olmadığı için karışmıyoruz ama, bu insanların işi çok zor. Olup bitenleri bir duysanız. İnsanlar ayakta kalmaya çalışıyor. Kimi dilencilik yapıyor, kimi namusunu satıyor, kimisi de çocuğunun böbreğini..."

İmada bulunuyordu, daha açık konuşması için sordum.

"Nasıl yani, Bercis'in böbreğini ailesi mi sattı? Nerden biliyorsunuz bunu?"

Duraksadı Maksut.

"Gözlerimle görmedim, konuşmalarına da şahit olmadım, ama birkaç kez siyah bir BMW geldi buraya. Bercis'i ve babası Cabir'i alıp götürdüler, alıp getirdiler. Sonra bunların eline biraz para geçti. 'Gerisi gelecek,' demişler öteki Suriyelilere, 'Ev alacağız, yakında buradan kurtulacağız,' demişler. Tabii ben, sadece duyduklarımı söylüyorum..."

O sırada ayak sesleri geldi alacakaranlıktan. Başımı çevirince, iki kişinin yaklaştığını gördüm. Az sonra silüetleri belirginleşti, ışığın altında gelince yüzleri seçilir oldu. Bir kadınla bir erkekti gelenler. Uzun boyluydu erkek, beyaz tenli, koyu renk gözlüydü, kırklı yaşlarını sürüyor olmalıydı; kadın inadına esmerdi, ama güzeldi, hem de çok güzel... Bütün bedenine sinen o ağır hüzün bile bozamamıştı güzelliğini. İkisinin de bakışlarında derin bir endişe okunuyordu. Gecenin bu vaktinde neydi onları böyle ayaklandıran? Adam koyu renk, iri gözlerini önce Münir'e sonra bana çevirdi, sağ elini göğsüne bastırdı.

"Selamün aleyküm."

"Aleyküm selam," diyerek plastik sandalyeleri gösterdi Münir. "Gelin, gelin şöyle oturun."

Adam çekingendi, sanki birinden onay bekler gibiydi, kadın sandalyeye oturunca, yanına çöktü. Gözlerini adama diken Münir, uzatmadan sordu.

"Cabir... Sen Cabir misin?"

"Evet," dedi adam belli belirsiz gülümseyerek. "Ben Cabir..."

Ona sormamış olmasına rağmen kadın da katıldı konuşmaya.

"Ben Ayber... Cabir'in zevcesiyim..."

Aksanlı ama düzgün bir Türkçeyle konuşuyordu. Kadının sesindeki cesareti o zaman fark ettim, cesaret değil de öfke.

"İyi," dedi Münir pek de umursamayarak, sonra Cabir'e döndü. "Türkçe anlıyor musun?"

Mahcup gülümsedi adam.

"Yok, çok az bilirim Türkçe..."

"Ben bilirim," dedi Ayber. "Siz sorun, ben tercüme ederim."

Sesinin tonu hiç de nazik değildi, meydan okur gibiydi. Münir'in öfkelenmesinden, konuşmanın seyrinin değişmesinden korktum.

"Ben cinayet masasındanım," diyerek öne çıktım. "Oğlunuz için geldik, Bercis için... Çok üzgünüm, başınız sağ olsun."

İri siyah gözleri buğulandı kadının, ama kendini tuttu. Karşılık vermek yerine sözlerimi kocasına tercüme etti. Cabir ilgiyle dinledi, başını öne salladı, Arapça bir şeyler söyledi.

"Kocam teşekkür ediyor," diye bize döndü Ayber. "Ne yapalım kader."

"Pek kadere benzemiyor." Suçlayıcı bir tonda konuşuyordu Münir. "Oğlunuz ameliyat edilmiş, iç organları çalınmış. Cinayet olmasından şüpheleniyoruz."

Kadın hiç şaşırmadı ama gözlerinden yaşlar süzüldü, kocasına döndü, söylenenleri tercüme etti. Cabir de şaşırmadı, sadece bakışlarını kaçırdı, adamın yüzünü utanç kaplamıştı. Meslektaşım sözlerini sürdürdü.

"Bercis bir aydır kayıpmış, neden polise bildirmediniz?"

Kadın uzun kirpiklerini tedirginlikle kırpıştırdı.

"Bildirsek ne olacaktı ki?" diye söylendi. "Bizi insan yerine koyan mı var? Kim alakadar olacaktı kayıp çocuğumuzla."

Münir zıvanadan çıkmak üzereydi.

"Ne demek kim alakadar olacak? Biz alakadar olacağız. Suriye'yi bilmem ama burada bir devlet var, hukuk var, polis var."

"Böyle konuşmak kolay," dedi kadın sesindeki isyanı saklamadan. "Bizim başımıza neler geldiğini biliyor musunuz? Hayatta kalmak için ne fedakârlıklar yaptığımızı biliyor musunuz?"

"Nankörlük etmeyelim ama," diyerek Maksut da katıldı tartışmaya. "Bakın bu ülke size kucak açtı... Burada kalıyorsunuz, yatacak yeriniz, yemeğiniz var..."

Gözleri çakmak çakmak olmuştu kadının, Maksut'a döndü, söyleyecekleri boğazına kadar geldi, ama yutkundu, sanki söylemek istediklerini karnının derinliklerine gömdü. Derinden bir iç geçirdi.

"Haklısınız," dedi teslim olmuş bir sesle. "Sağ olun, bu ülke bize kucak açtı. Evet, kalacak yerimiz, yiyecek yemeğimiz var, Allah sizden razı olsun. Size minnettarız."

Ne yaparsa yapsın işe yaramayacağını bilen birinin çaresizliği içinde sustu.

"Kaç çocuğunuz var?" diye sordum kibarca. "Bercis'in kardeşleri de var değil mi?"

Cevaplasam mı, cevaplamasam mı diye tereddüt etti.

"Üç..." dedi sonunda. "Üç çocuğumuz var." Birden ağlamaya başladı, sessizce gözyaşı döktü bir süre. Sonra siyah başörtüsüyle gözlerini kuruladı. "Kusura bakmayın," dedi burnunu çekerek. "Yani üç çocuğumuz vardı, şimdi iki kaldı. Biri oğlan, biri kız, artık iki çocuğumuz var."

Sessizlik çöktü masaya.

"Sizi üzmek istemiyorum, kusura bakmayın ama ne yazık ki bunları konuşmak zorundayız. Bercis en büyükleri miydi?"

"Evet," dedi burnunu çekerek. "En büyükleriydi, en sessizi, en masumu... Hastaydı Bercis, çok yaşamaz diyordu doktorlar..."

"O yüzden mi organ mafyasına sattınız oğlunuzu?"

Münir'in sözleri sessizliğin ortasına yıldırım gibi düşmüştü. Artık dayanamadı kadın, "Efendi, efendi," diye bağırdı. "Sen ne bilirsin bizim halimizi? Sen ne bilirsin üç çocukla, yabancı bir memlekette yaşamayı. Belinde silah, elinde hükmünle dikilmişsin karşıma. Hadi mahkûm et bizi, hadi hapise yolla. Zaten ne farkı var burada yaşamanın hapisten." Öfkeyle Maksut'a çevirdi gözlerini. "Evet, teşekkür ederiz bizi misafir ediyorsunuz. Ama her gece buradan fuhuşa giden kızları görmüyor musunuz? Her sabah dilenmeye giden çocukları görmüyor musunuz?"

"Lütfen," diyecek oldu Maksut.

"Siz karışmayın lütfen," diye susturdum adamı.

"Ama Başkomserim," diyecek oldu, buz gibi bir bakış attım, geri çekildi. Sinirlendiğimi anlayan Münir de kendini tutuyordu.

"Şartlarınız çok zor anladığım kadarıyla Ayber Hanım."

"Zor mu? Burası bir cehennem efendi, biz cehennemin içinde yaşıyoruz..."

"Bu kadarı fazla ama," diyecek oldu yine Maksut.

"Hiç de fazla değil, insanlar o delik botlarla niye denize açılıyor zannediyorsunuz. Niye çoluk çocuk ailece ölümü göze alıyorlar. Burada mutlu olsalar, o ölüm yolculuğuna çıkarlar mı? Yanlış anlamayın sizi suçlamıyorum, Allah kimseyi vatansız, yurtsuz bırakmasın, ondan bahsediyorum." Suçlu suçlu baktı. "Bercis'i biz sattık, evet, kendi elimizle. Bir böbreğini alacaklardı, bize para vereceklerdi, çok para. O parayla yeni bir hayat kuracaktık kendimize. Ama olmadı, dayanamamış kuzum, ameliyat masasında kalmış. Bize de söyleyemediler, sonra öğrendik. Evet, onu biz öldürdük ama korktuk polise anlatmaya, çünkü iki çocuğumuz daha var geride. Yalan yok, biz ölümü çoktan göze aldık, lakin o iki yavru ne olacak?" Gözyaşlarına boğulmuştu ama inatla sürdürdü. "Bercis'i biz ölüme gönderdik... İnsan, evladının ölümünü ister mi, ama ne yapalım, Allah belamızı versin, başka çaremiz yoktu..."

Ayber Hanım öz oğlunu nasıl bıçağın altına yolladığını anlatırken, bakışlarım Münir'e kaymıştı. Derin bir nefret vardı yüzünde; kadının çaresizliği, Cabir'in ölüm sessizliği, zerrece etkilememişti onu. Kendi çocuğunu sakat bırakmanın, ölüme yollamanın hiçbir gerekçesi olamazdı. Bir an onun yerinde olmayı istedim. Hayata siyah ve beyaz olarak bakabilmeyi. Suçluları sadece suçlu, kötüleri sadece kötü olarak görmeyi. Neden böylesi bir fenalığa yöneldiklerini düşünmeden yargılamayı, hatta acımasızca mahkûm etmeyi. Eminim, hayat daha sorunsuz olurdu. Ama yapamadım; yaşadıklarım, bildiklerim, vicdanım daha farklı düşünmeye alıştırmıştı beni. Bu trajedide sadece Bercis için değil, bütün aile için üzülüyordum. Öte yandan yapmamız gereken bir iş vardı. Ve bu çocuğun ölümü, elimizdeki dosyayla bağlantılı olabilirdi. Aklıma gelen ihtimal gerçekse bu soruşturmada bizi çözüme götürecek bir kapı açılacaktı. O ihtimal, öldürülen cerrahla, yani Kansu Sarmaşık'la, ameliyat masasından kalkamayan Bercis adındaki Suriyeli çocuk arasında bir bağ olmasıydı. Ayber Hanım'la konuşunca çok daha fazla inandım bu ihtimale. Ama daha önce bir sorunun cevabını öğrenmem gerekiyordu.

"Çok iyi anlıyorum," dedim adeta şefkat yüklü bir sesle. "Çaresizliğinizin farkındayım. İnanın oğlunuza bu kötülüğü yapanı bulacağız. Size de elimizden gelen yardımı yapacağız. Peki, sizden başka çocuklarının organlarını satanlar da var mı burada?"

Onulmaz bir acıyla ağırlaştı bakışları ama suskunluğunu korudu. Kimseyi ispiyonlamak istemiyordu.

"Mutlaka duymuşsunuzdur, geçen gün bir çocuğun ölüsü daha bulunmuştu. Fahhar, Medeni'nin yeğeni Fahhar... İki çocuğun da ölmesi kafamızı karıştırdı. Dahası Medeni, yeğeninin öldürülmüş olabileceğini söylüyor. Güya organ mafyası işlemiş bu cinayeti." Kadının erken yaşlanmaya başlamış yüzünde korku dolu bir ifade belirdi. "Bu konu hakkında bir bilginiz var mı?"

Ayber adeta panikledi.

"Nasıl, nasıl bir bilgi?"

"Medeni de sizin gibi yapmış olabilir mi? Çaresizlikten Fahhar'ın organlarını satmaya kalkmış olabilir mi? Belki karısı bir şey anlatmıştır size."

Duraksadı, bir an konuşacak sandım, o anda Cabir öksürmeye başladı. Evet, karısına yapma diye işaret veriyordu. Ayber de hemen bakışlarını kaçırdı.

"Bilmiyorum, Medeni'yle karısını fazla tanımam."

Yalan söylüyordu. Benim yerime Münir sinirlendi.

"Bilmezsiniz tabii, ama başınız sıkışınca da polisi suçlarsınız." İşaret parmağıyla hem kadını hem Cabir'i gösterdi. "Hadi bakalım toparlanın, karakola gidiyoruz. Resmi soruşturma yapmamız lazım."

46
"Bir, iki, üç, karanlığı seç!"

"Bir, iki, üç ebelik pek güç.
Bir, iki, üç, aydınlığı geç,
Bir, iki, üç, karanlığı seç!"
Odanın ortasında duruyordu çocuk. Karşı pencereden süzülen ışık huzmesi, gözlerindeki kırmızı kadifeden bandı aydınlatıyordu. Kollarını yana açmış, kendinden geçmiş gibi usulca dönüyordu ahşap zeminin üzerinde. Minicik ayakları altındaki ahşap zemin dudaklarından dökülen sözcüklere destek olmak istercesine uyumla gıcırdıyordu.

"Bir, iki, üç ebelik pek güç.
Bir, iki, üç, aydınlığı geç,
Bir, iki, üç, karanlığı seç!
Bir iki, üç, sağım solum sobe...
Bir, iki, üç, saklanmayan körebe."

Tekerlemesi bitince durdu, odanın içini dinlemeye başladı. Birden bir kalp atışı duyar gibi oldum, odanın içinde biri hızlı hızlı soluyordu. İrkilmiştim, endişeyle içeriyi taradı gözlerim. İçeride çocukla benden başka kimse yoktu. Ama kalp atışı giderek artıyordu. Ben böyle telaşla bakınırken, oğlan olduğu yerde dikilmiş, sakince etrafı dinliyordu. Dinlemek değil de sanki vahşi bir hayvan gibi etrafı kokluyordu. Birden başını çevirdi, kırmızı kadife bandın altındaki gözlerini yüzüme dikti. Görmüyordum ama bana baktığını hissediyordum. Tuhaf bir heyecana kapıldım. Yıllar öncesinde kalmış bir heyecan. O anda anladım çocuğun sobelemeye çalıştığı kişi olduğumu. Heyecanım korkuya dönüştü, bir an önce buradan kaçmalı, bu odadan çıkmalıydım. Ama sanki ayaklarıma zamk yapıştırılmış gibi olduğum yerden kıpırdayamıyordum. Oysa tam karşısında duruyordum, eğer bir yerlere saklanmazsam yakalanmam işten bile değildi. Sonunda sağ ayağımı oynatabildim, güçlükle de olsa kaldırdım, bir adım geriye doğru attım. İşte tam o anda bastığım zemin gürültüyle gıcırdadı. Çocuğun dudakları aralandı, bakışları bir bıçak gibi keskinleşti. Ani bir hareketle gözündeki bandı çıkartarak üzerime atladı.

"Sobe, saklanmayan Körebe..."

Sanki küçük bir oğlan değil de karşımda yırtıcı bir hayvan varmış gibi çığlık atarak uyandım. Ama korkudan çok, o tanıdık heyecan duygusuyla sarsılıyordu bedenim. Yıllar öncesine gitmiş, ilk körebe oyununda yakalandığım o ânı hatırlamıştım. Böyle bir ânı yaşadım mı diye düşünüyordum. Gerçekten de ilk körebe oyunumda ebelenmiş miydim? Yoksa sadece bir rüya mıydı? Emin olamıyordum, sanırım her çocuk gibi ben de o yakalanma duygusunu yaşamış, bu rüya da bana o kötü ruh halini yeniden anımsatmıştı. Susadığımı hissettim, hem de çok susadığımı. Komodinin üzerindeki sürahiye uzanırken, yine kızımın bakışlarıyla karşılaştım. Bu defa suçlamıyordu Aysun, hatta seven bir ifadeyle bakıyordu. "Demek bir zamanlar sen de çocuktun baba!" Dudaklarımda acı bir gülümsemeyle, sürahideki ılık suyu bardağıma döktüm, kana kana içtim, elbette geçmedi susuzluğum. Elimde boş bardakla bir süre kaldım yatakta. Omuzlarımda ağır bir yük var gibiydi, kollarıma prangalar, ayaklarıma demir külçeler geçirmişlerdi sanki. Bırakın yataktan çıkmayı kıpırdamayı bile istemiyordum. Bir türlü bitmek bilmeyen o cehennemî sıcağa rağmen yatağa girer girmez kapanmıştı gözlerim, gördüğüm rüya da –kâbus mu demeli yoksa– olmasa kesintisiz uyumuştum. Pencereden ışık sızıyordu, güneş epeyce yükselmiş olmalıydı. Sürahinin yanında duran cep telefonuma uzandım. Saat 10'a geliyordu. Panikledim, bir yerlere gidecektim, birileriyle buluşacaktım. Silkindim, toparlandım, yataktan indim, ayağa kalktım, ama nereye gideceğimi hatırlamıyordum. Ali'yle mi buluşacaktım, Zeynep'le mi? Yok, böyle bir konuşma geçmemişti aramızda. Birden hatırladım, Zekai'nin evine gidecektim bugün. Kastamonu'daki köy mezarlığına defnedilmek istermiş. Annesiyle babasının yanına. Bu öğlen evinden Kastamonu'ya uğurlayacaktık onu. Başka bir konu daha vardı, birini arayacaktım. Kimdi? Tamam, hatırladım, Janti Cemal'i arayacaktım. Dün gece Feriköy'deki sığınma evinden dönerken düşünmüştüm. Ayber Hanım'la kırmızı suratlı tefeciyi yüzleştirecektim. Telefonumda Janti Cemal'i buldum, bastım tuşa. Eski kabadayı çoktan uyanmıştı.

"Hayırdır Nevzat?" diye sordu kaygıyla. "Böyle erkenden, kötü bir şey yoktur inşallah."

"Yok, yok Cemal, Satılmış'ı merkeze getirir misin? Ama hemen lazım..."

"Şu cerrah cinayetiyle mi alakalı?"

Arkadaşı için endişeleniyordu.

"Evet, ama senin kırmızı surat için bir tehlike yok. Birini teşhis etmesini istiyorum."

"Anladım, hemen bulurum Satılmış'ı."

Rahatlamıştı; öyle ya, beni memnun ederken bir başka arkadaşının başını yakmak racona uygun düşmezdi. Telefonu kapattım, banyoya gittim. Aynadaki yüzüm hiç hoşuma gitmedi. Gözlerimin önünde mor halkalar oluşmuştu, yanaklarım çökmüş, alt dudağım memnuniyetsizce sarkmıştı. Sanki görüntümü değiştirebilirmiş gibi, musluğu açtım, ılık suyu ardı ardına yüzüme çarptım. Hiçbir işe yaramadı, tüyleri dökülmüş havluyla yüzümü sildikten sonra aynadaki görüntüme tekrar bakarken anladım bunu. Boş vermedim, yüzümü gölgeleyen sakaldan kurtulmak için yanaklarımı sabunlamaya başladım. İtiraf etmeliyim ki, tıraştan sonra da vaziyet pek değişmemişti. Ama Evgenia'nın hediye ettiği tıraş losyonundan sürünce kendimi daha iyi hissettim. Bu duyguyu yitirmemek için aceleyle giyindim, çıktım. Trabzonlu Saim'in pideci dükkânında doyurdum karnımı. Daha ilk lokmadan itibaren o tatlı Karadeniz şivesiyle damadını çekiştirdi durdu Saim.

"Heruf hayta çiktu Başkomserum. Ne iş vardur, ne güç. Her ay gelup maaşini alup gidiyor. Gel burada çalış diyorum. Benum üniversite diplomam vardur, pidecilik yapamam diyor. Bildiğun kenedur, dişlerunu geçirmiş boğazuma, kanumu emmektedur. Ne yapacağumu şaşirdum Başkomserum... Elumu kana bulayacağım sonunda..."

"Kızın ne diyor bu işe?"

"Ne diyecek, heruf kari gibi güzel. Valla öyle, aynanun karşisunda bizim kizdan daha fazla vakit geçiriyor. Bizum kizun aklinu almuş. Seviyorum baba diyor. Mutluyum baba diyor. Diyor da anlamıyor ki, o heruftan koca olmaz. Tembel adamın işi zordur Başkomserum, istese de dürüst kalamaz... Ahlaksizun biru olarak kalacak mecbur..."

İkinci çayımı bitirince zavallı Saim'i çözümsüz derdiyle başbaşa bırakıp emektara atladım. Telaşlı Janti benden önce gelmiş olabilirdi merkeze. Ama odama girdiğimde Janti'yi değil, Zeynep'i beklerken buldum. Yüzü biraz solgundu, dünkü saldırının etkisi mi diye kaygılandım.

"Nasılsın Zeynepcim, iyi misin?"

Anında güller açıldı yüzünde.

"İyiyim Başkomserim, çok iyiyim. Biraz geç uyudum hepsi o."

Sesi heyecan yüklüydü. Dün, benden sonra bazı bilgilere ulaşmış olmalıydı. Sabah kahvelerimizi yudumlarken anlatmaya başladı.

"Açıklığa kavuşturmamız gereken üç konu vardı Başkomserim. Bunlardan ilki, şu kırmızı toprak parçası..."

"Zekai'nin evinde, teknesinde ve dün cerrahın evinde bulduğumuz toprak..."

Hatırlıyor olmamdan memnun gülümsedi.

"Aynen öyle, daha önce de bu malzemenin muhtemelen dekorasyon için kullanılan bir toprak, belki de taş parçası olduğunu söylemiştim. Öyleymiş, özel bir taş türünü kırmızıya boyamışlar. Oldukça yaygın bir kullanım ağı var. Bahçe dekorasyonunda, sitelerde yürüyüş yollarının sınırlarını çizmede kullanılıyormuş..."

"Sarı Çizmeli Mehmet Ağa," dedim kahve fincanıma uzanırken. "Bu ipucundan yola çıkarak bir sonuca ulaşmamız mümkün görünmüyor..."

Aynı fikirde olmamaktan kaynaklanan mahcup bir bakış attı.

"Aslında bir konuyu netleştirmemize yarayabilir." Masumca gülümsedi. "Eğer bu kırmızı toprak parçalarını öteki cinayet mahallerinde bulamazsak, Zekai Amirim'le Kansu Sarmaşık'ın katilinin farklı biri olduğu kesinleşir."

Çok önemli bir konudan söz ediyordu.

"Ve sana saldıran adamın Zekai'nin faili olduğu..." diye ekledim. "O zaman iki farklı katilden, iki farklı amaçtan mı söz ediyoruz? Körebe ve ötekiler..." Zeynep ne diyeceğini bilemeden öylece bakıyordu. Aslında ben de ne diyeceğimi bilemiyordum. Kahvemden bir yudum daha aldım, fincan elimdeyken aklımdan geçeni dile getirdim. "O zaman, öteki cinayet mahallerini de araştırmaya başlamak lazım."

Güven içinde geriye yaslandı Zeynep.

"Şefik ve ekibi bu sabahtan itibaren o işle ilgileniyor. Akşama kalmaz raporlarını alırız."

Fincanı tabağına bırakırken sordum.

"Ali de mi onlarla?"

"Yok, Ali, şu taksicinin peşinde. Dün bana saldıran adamı binaya getiren taksiyi arıyor..."

İşini bilen insanlarla çalışmanın verdiği memnuniyetle ellerimi masanın üzerinde kavuşturdum.

"Adamın eşkâli çıktı mı ortaya?"

İlk kez yüzü gölgelenir gibi oldu.

"Biliyorsunuz, başında şapka vardı, lens takmış, suratına kırmızı bir sakal geçirmişti. Yine de ressamlar çalışıyor, öyle ya da böyle bir eşkâl çıkaracaklar..." Kahvesinden bir yudum aldı... "Ama asıl tuhaflık son kurbanda. Tuhaf bir durum var Başkomserim. Kansu Sarmaşık'ın bilgisayarında bulduğumuz çocuk pornoları virüs olarak gönderilmiş."

"Nasıl yani? Adam izlememiş mi o iğrenç filmleri?"

"Öyle görünüyor. Adli tıbbın verdiği rapora göre, o filmler iki gün önce gönderilmiş. Oysa maktul son üç gündür evine gelmiyormuş..."

"Ya porno fotoğrafları?"

"Muhtemelen onlar da sonradan konuldu Başkomserim."

Bir terslik vardı.

"Eğer öyle olsaydı kameralara yansırdı. Kameralar dün sana saldıran adamı nasıl tespit ettiyse, Kansu'nun evine giren kişiyi de görüntülerdi..."

Zeynep de akıl sır erdirememişti bu işe.

"Haklısınız, orada bir saçmalık var. Ya da birileri kamera kayıtlarını sildi..."

"Ancak güvenlikçiler yapabilir bunu!" diye söylendim. "Şu Alper'in şirketi bakıyor binanın güvenliğine. Adamı çağırıp bir konuşayım. Yardıma hazır görünüyordu...."

Zeynep'in aklı başka yerdeydi.

"Benim anlamadığım, neden bunları yapıyorlar Başkomserim? O iğrenç fotoğrafları, o sapık filmleri neden kurbana aitmiş gibi göstermek istiyorlar?"

Aklıma gelen ilk ihtimali söyledim.

"Elbette, maktulü, çocuk tacizcisi olarak göstermek için... Kansu Sarmaşık, öteki kurbanlardan farklı görünüyor. İlk kurban Akif Soykan'ın da ikinci kurban Ferit Selcim'in de sayfalarca dosyası varken, Kansu hakkında bir tek ifade bile yok. Eski ortağı Hayati de, Kansu'nun genç kadınlara hatta genç kızlara düşkün olduğunu söyledi ama çocuklara yönelik böyle bir sapıklığını görmemiş."

Zeynep de aklına gelen ilk ihtimali söyledi.

"Adam kendini gizlemiş olamaz mı?"

"Hayati de aynen bu cümleyi kurmuştu... Olabilir Zeynepcim, ama elimizdeki bilgiler, şimdilik Kansu'yu öteki kurbanlardan ayırmamız gerektiğini söylüyor."

Yeniden fincanıma uzanmadan önce sordum.

"Şu virüslü pornoları gönderenleri tespit edebildik mi?"

Yüzü gölgelendi.

"Edemedik Başkomserim, sahte adresler üzerinden yapılmış, bir internet kafeden. Ama araştırmayı sürdürüyorlar, biliyorsunuz dün apar topar adli tıbba koştum. Sağ olsun çocuklar kırmadı, gece mesaisi yaptılar... Ne yazık ki elde ettiğimiz sonuç bu."

Kahvemi yudumlarken, doğru iz üzerinde olduğumuzu düşünüyordum. İçimden bir ses, son kurbanın çocuk taciziyle bir alakası olmadığını söylüyordu. Ama karanlık bir işe bulaştığı kesindi. Şu bahis partileriyle ilgili bir mesele olabilirdi. Belki de şu organ nakli... Suskunluğumu yanlış yorumladı Zeynep.

"Kusura bakmayın, işler biraz ağır ilerliyor..."

Anlayışla gülümsedim.

"Biliyorum Zeynepcim, böyle olur zaten." Kahve fincanımı tabağa koydum. "Can sıkacak bir durum yok. Yakında bazı ipuçlarına ulaşacağımızı düşünüyorum. Sonunda bir koridor açılıyor önümüzde."

Anlamak istercesine bakıyordu.

"Sadece tahmin Zeynepcim. Ama yanılmıyorsam, yakında resmin tümünü görürüz."

Kestane rengi gözleri sevinçle ışıdı. Hemen uyarma gereği hissettim.

"Yok, yok hemen sevinme, olayı çözsek bile katillerin kimliği konusunda hâlâ hiçbir fikrim yok. Ama amaçlarını öğrenebilirsek, kim olduklarını bulmamız daha kolay olur. Kansu Sarmaşık cinayeti bizi, katillerin amacına götürebilir. Bak, şöyle açıklayayım..."

Masamın üzerinde çalmaya başlayan ofis telefonum kesti sözümü. Uzanıp almacı kaldırdım. Kapıdaki görevli memur, Cemal'le Satılmış'ın geldiğini bildiriyordu. "Gönderin," dedikten sonra telefonu kapatıp Zeynep'e döndüm. "Neyse, dün akşam ilginç gelişmeler oldu Zeynepcim. Ali de gelsin oturup konuşuruz. Sen, dün akşam söylediğim gibi artık, şu Alper'den aldığımız Körebe dosyasını incele. Rica ediyorum elinde ne iş varsa bırak, odana kapan ve bu dosyayı incele. Aman gözünü seveyim tek bir satırını bile atlama. Zekai önemli bir bilgiye ulaşmış olmalı, yoksa onu öldürmezlerdi. O bilgi her neyse, Alper'den aldığımız dosyada olabilir."

"Emredersiniz Başkomserim," diyerek fincanındaki son yudumu da içti. Ayağa kalktı, ışıltılı bir gülümsemeyle kapıya yöneldi. "Derhal başlıyorum dosyayı incelemeye."

"Tamam Zeynepcim, hadi göreyim seni."

Kriminoloğumuz ayrıldıktan birkaç dakika sonra, önde Janti Cemal, ardında Kırmızı Surat girdiler kapıdan içeri. Janti sanki kendi evindeymiş gibi rahattı ama Satılmış, "Allah'ım benim burada ne işim var" dercesine kaygılı gözlerle süzüyordu etrafı. Olabildiğince dostça karşıladım, hatta rahatlaması için, "Sizler benim misafirlerimsiniz," bile dedim ama Satılmış'ın kırmızı suratındaki endişeyi söküp atamadım. Yine de rahatlamış gibi göründü.

"Keşke biz, sizi misafir etseydik Başkomserim," diye vaziyeti kurtarmaya çalıştı. "Şöyle güzel bir kahvaltı hazırlardım size..."

Bıraksam sofraya koyacağı yiyecekleri sıralamaya başlayacaktı.

"O zaman teşhis edeceğin şahsı oraya getiremezdim."

Duraksadı, yüzü karıştı. Yanlış anlamıştı.

"Yoksa Kansu'nun cesedini mi göstereceksiniz bana? Ya, ben korkarım, öyle morga filan gidemem, ölüye filan bakamam."

Kendimi tutamayarak bastım kahkahayı.

"Yok be Satılmış ceset değil, bir kadını göstereceğim sana. Hem de çok güzel bir kadını..."

İyice şaşırmıştı.

"Hani sizin kulübe gelen bir kadından söz etmiştin ya..."

Hatırlamaya çalıştı.

"Rahmetli Kansu'nun peşi sıra gelen, beddualar yağdıran kadın mı?"

"Emin değiliz ama, öyle biri var elimizde, onu göstereceğim sana... Kansu'yu takip eden kadınla aynı kişi mi diye?"

Derin bir nefes aldı.

"Oh be Başkomserim, şunu baştan söylesenize..."

Bıyık altından gülmeyi bırakan Janti Cemal, alaycı bir sesle sordu.

"Tanıyabilecek misin bari kadını?"

Oturduğu iskemlede toparlandı.

"Ayıp ettin Cemal Abi, eğer oysa, şıp diye tanırım. O kadar yaşlanmadık daha!"

47
"Fahhar'ın böbreğini de satmışlar değil mi?"

⁂

Ayber, kendisi gibi koyu elbiseler giyinmiş, siyah eşarp takınmış dört kadın sivil polisin ortasında ayakta duruyordu. Elbiseleri gösterişten uzaktı, dün geceyi nezarethanede geçirmişti, dahası yüzünde derin bir endişe vardı ama buna rağmen dört kadının arasında güzelliğiyle hemen seçiliyordu. Kırmızı Surat'ın yanılma ihtimalini de düşünerek, Suriyeli kadını tek başına göstermek istememiştim. İyi de yapmışım, benimle Münir'in arasında, camın arkasından aynalı odadaki şüphelileri izleyen Satılmış önce emin olamadı. İlk kadını görünce, "Buydu galiba," diye atıldı. "Yok, yok bu değil." İkinci şüpheliye geçti. "Hayır, bu da değil." Üçüncü Ayber'di, şöyle bir baktı kadına, açıklama yapmaya bile gerek duymadan dudak bükerek dördüncüye çevirdi gözlerini. "Bu kadın çok uzun, bizim mekâna gelen orta boyluydu." Beşinci şüpheliye bakacakken durdu, yeniden Ayber'e döndü. "Yoksa bu kadın mıydı ya?" diye söylendi.

"Biraz daha yakınaç çağırayım mı?"

Düşünceli bir tavırla gülümsedi.

"İyi olur Başkomserim."

Mikrofondan içeriye seslendim.

"Ayber Hanım, iki adım öne çıkar mısınız?"

Kadının yüzündeki endişe arttı ama söylediğimi yapmaktan geri durmadı. İki adım öne geldi, ışık şimdi, tümüyle yüzünü aydınlatıyordu. Satılmış, kuyumcunun elması kontrol etmesi gibi büyük bir titizlikle kadını inceliyordu. Emin olamadı burnunu cama kadar dayadı. Yine karar veremedi, biraz geriye çekildi.

"Bu kadın olabilir..." Ama emin değildi. "Çok fazla göremedim, Kansu'nun peşinden içeri girdi, bağrış çağrış sonra da yolladık gitti." Bir kez daha gözlerini kısarak kadını inceledi. "Valla Başkomserim, bunların arasında benim mekâna gelen o meçhul kadına benzeyen tek kişi bu. Yani öyle zannediyorum. Fakat emin misin dersen, değilim. Yani kimsenin günahını almayalım durduk yere..."

Bir kez daha üsteledim.

"İyi göremediysen, biraz daha yakına gelsin."

Manasızca baktı.

"Gördüm Başkomserim, göreceğimi gördüm. O kadın olabilir de olmayabilir de. Ne diyeyim şimdi size."

Bu kadarı yeterliydi, demek Ayber'in küçük oğlu Bercis'i ameliyat eden doktor Kansu değildi. İtiraf etmeliyim ki canım sıkılmıştı. Çünkü sadece Bercis'in ölümüne neden olanları değil, elimizdeki karmaşık cinayetler dosyasının çözümünde bu ihtimalin gerçek çıkması işimize yarayabilirdi. Suratımın asıldığını fark eden Münir araya girdi.

"Ayber'i buraya alalım, Satılmış tanımadı ama belki kadın onu tanır."

Aslında sesi umuttan yoksundu, o da bu yüzleşmeden bir sonuç alınacağını düşünmüyordu. Ama ne kaybederdik ki? Yeniden mikrofona uzandım.

"Ayber Hanım'ı buraya getirin lütfen."

Birkaç dakika sonra Suriyeli kadın yanında iki siville birlikte bulunduğumuz odaya girdi. Ürkek bir tavrı vardı, şöyle bir süzdü odayı; geniş camdan az önce bulunduğu yeri görünce, deminden beri kendisini buradan izlediğimizi keşfetti. Ürkekliği açık bir paniğe dönüştü. Bu ânı kaçıramazdım.

"Satılmış Bey, sizi teşhis etti," diyerek blöfümü yaptım. "Birkaç hafta önce masaj salonuna girmişsiniz. Kansu Sarmaşık adındaki cerrahı tehdit etmişsiniz..."

Kadının korku dolu gözleri, Satılmış'ın kırmızı suratına çevrildi. Eyvah, şimdi bu tefeci bir çuval inciri berbat edecek diye geçirdim içimden, ama hiç beklediğim gibi olmadı.

"Evet, o gün benim mekânıma zorla girdin," diye açıkça suçladı Satılmış. "Bizim doktoru tehdit ettin."

Kadın ne diyeceğini bilemeden öylece kalakalmıştı.

"Bakın Ayber Hanım, tehdit ettiğiniz adam, birkaç gün önce öldürüldü. Katilin kim olduğunu bilmiyoruz. Eğer bize hakikatleri anlatmazsanız başınız büyük belaya girer..."

Omuzları çöktü, güzel yüzü bir anda yaşlandı. Son darbeyi Münir vurdu.

"Zaten oğlunuz yüzünden şüphelisiniz, eğer bizimle işbirliği yapmazsa..."

Zavallı kadın daha fazla dayanamadı, olduğu yere yığıldı. Ayber'i kaldırmak için üzerine eğilirken nihayet bir sonuca ulaştık diye seviniyordum, ama öte yandan artık hem bedensel, hem de ruhsal olarak tükenmiş bir insanı bu hallere düşürdüğümüz için kendimi suçluyordum. Bir polis için bu kadar empati fazlaydı. "İşini yap Nevzat," diye kendime telkinde bulunarak, kadını omuzlarından yakaladım.

"Su, bir bardak su," diye Münir'e döndüm. "Su yok mu burada?"

Münir arkadaki masanın üzerindeki pet şişeye yönelirken, kadını yavaşça sarstım.

"Ayber Hanım, Ayber Hanım, iyi misiniz?"

İyi değildi, Münir'in getirdiği bardaktan elime döktüğüm suyu yanaklarına, ensesine sürdüm. İnleyerek gözlerini açtı.

"Uzanın, uzanın, yere uzanın..."

Söylediğimi yapmadı, ani bir güçle doğruldu, beni iterek ayağa kalktı. Az önce onu izlediğimiz camın önünde meydan okurcasına dikilmeye başladı.

"Evet, evet," dedi gözlerini iri iri açarak. "O alçağı tanıyordum. Adını bilmiyordum ama Bercis'imi ameliyat eden o alçaktı."

Ayağa kalkmıştı ama hiç iyi görünmüyordu.

"Tamam, tamam Ayber Hanım," diye yatıştırmaya çalıştım. "Hepsini konuşacağız. Gelin şöyle oturun..."

"Hayır, oturmayacağım... O alçağı ben öldürmedim. Ne ben, ne de kocam... Biz çaresiz insanlarız..."

"Biliyorum, Kansu'yu siz öldürmediniz. Ama bize bilgi verirseniz, onu öldürenleri bulabiliriz. Böylece oğlunuzun ölümüne neden olan çeteyi de yakalamış oluruz. Bize hakikati anlatın, biz de size yardım edelim..."

Sanki korkunç bir teklifte bulunmuşum gibi kadının yüzü çarpıldı.

"Kimse bana yardım edemez. Kendi evladını ölüme yollayan bir anneye sadece şeytan uzatır elini."

Yeniden ağlamaya başladı. Yanaklarından yaşlar süzülürken, dizleri çözüldü, boş bir çuval gibi olduğu yere çöküverdi. Bu defa ayılması, ilkindeki kadar kolay olmadı. Koltukları yan yana getirip üzerine yatırdık. Dakikalarca öyle kaldı. Sonra gözlerini açtı, bir an nerede olduğunu kestiremedi. Yeniden yaşlar süzüldü yanaklarından. Sanki sancısı varmış gibi yan döndü, dizlerini karnına çekerek hıçkıra hıçkıra ağladı. Hiç karışmadım, içindeki acıyı, öfkeyi, umutsuzluğu boşaltsın diye öylece bıraktım. Önce gözyaşları kesildi, ardından kasılmalar duruldu, başından kayan siyah örtüsünün ucuyla yanaklarını kurulayarak doğruldu.

"Anlatacağım, her şeyi anlatacağım."

"Önce biraz su için..."

Elinin tersiyle itti bardağı.

"Hayır, istemiyorum, böyle iyiyim." Kara gözleri odada gezindi. "Nerede konuşmamı istersiniz? Kayıt mı edeceksiniz? Yazacak mısınız?"

Derin bir kayıtsızlık içindeydi.

"Şöyle buyurun," dedim masanın arkasındaki iskemleyi göstererek. "Konuşmanız yeterli, yukarıdaki iki kamera sizi kaydediyor..."

Omuzları çökmüş bir halde, ayaklarını sürükleyerek gösterdiğim iskemleye geçti, ben de karşısına oturdum. Konuşmaya başlamadan önce Münir'in gelmesini bekledim. Ayber Hanım ikinci kez kendinden geçtiğinde Satılmış'ı dışarı çıkarmıştı.

"Nereden başlayayım anlatmaya?"

"Bir şey istemediğinizden emin misiniz? Belki bir çay yahut meyve suyu..."

Ne yapmak istiyorsun dercesine çatıldı kaşları.

"Hayır, hiçbir şey istemiyorum..."

Neyse ki daha fazla oyalamama gerek kalmadı, Münir kapıyı aralayıp girdi içeri.

"Evet, buyurun Ayber Hanım, sizi dinliyoruz..."

Nemli gözlerini masanın üzerindeki bir noktaya dikerek ruhsuz, cansız bir sesle anlatmaya başladı.

"O alçağı ilk kez hastanede gördüm..." Emin olamadı. "Hastane dediğim, bir bina..."

"Hangi semtte olduğunu biliyor musun?"

İskemlemin arkasında ayakta dikilmekte olan Münir'den gelmişti soru.

"Bilmiyorum ama arabayla yarım saat kadar sürmüştü. Duvarları mavi çinilerle kaplı bir binaydı. Galiba bütün binayı bu iş için kullanıyorlardı. Bizim girdiğimiz çok büyük bir daireydi. İçeride ameliyat için gereken her şey vardı, ama dışarıdan hastane olduğunu anlamak imkânsızdı."

"Kim götürdü sizi oraya?"

Bakışlarını masanın üzerindeki noktadan aldı, boşluğa bakarken açıkladı.

"Güzel gözlü bir adam... Çekik yeşil gözleri vardı. Çok gür bir sesi vardı. Sesini çok iyi kullanıyordu. Aktör gibiydi... O size bakarken, sizinle konuşurken hiçbir kötü ihtimal gelmiyordu aklınıza... 'Para kazanacaksınız,' dedi. 'Çok para kazanacaksınız. Öteki iki çocuğunuzun hayatı kurtulacak..." Gözleri doldu ama tuttu kendini. "Cabir, yani kocam da ben de öğretmendik Halep'te. Türkiye'ye geldiğimizde mesleğimizi yaparız diye hayal kuruyorduk. Ama olmadı, o kadar çok öğretmen vardı ki gelenler arasında..." Yorgun bir bakış attı Münir'e. "Bildiğiniz hikâyeler... Sizin için artık bıkkınlık veren, ama bizim kaderimiz olan hikâyeler..."

"Şu adam," diye kestim sözünü. "Güzel gözlü dediğiniz şahıs, adını söyledi mi?"

"Mirza, adı buydu. Daha doğrusu bize öyle söyledi. Muhtemelen yalandır, güvenimizi kazanmak için uydurmuştur. Şeyden sonra ortalıktan kayboldu zaten..."

Oğlunun ölümüne neden olan ameliyatı dile getiremiyordu. Ama bizim nobran Münir onun yerine söyledi.

"Ameliyat sırasında mı gittiniz o daireye?"

Ağlamamasına rağmen burnunu çekti Ayber.

"Hayır, tahliller için gittik. 'Hiç merak etmeyin,' demişti Mirza. 'Son teknoloji uyguluyoruz. Doktorumuz Türkiye'nin ve Ortadoğu'nun en iyi cerrahı.'"

"Kansu'dan mı bahsediyordu?"

"Evet," diye onayladı beni. "Zaten ilk o zaman gördüm." Derinden bir iç geçirdi. "Nasıl da umutlanmıştım onu gördüğümde. Düzgün bir insana benziyordu. Ellerine baktım, ince uzun parmakları vardı. Çok maharetli olmalı diye düşündüm. Düşünmek değil de kendimi buna inandırmak istedim. Çok da iyi davrandı bize. Cabir'le beni karşısına oturttu. 'Bercis'i muayene ettim,' dedi. Oğlumuzdan ismiyle bahsediyordu. Ona inandım, güvendim. Bercis'e kötü bir şey olmasına izin vermeyecek zannettim. Ama sonra kayıplara karıştı, hem o, hem de o Mirza denen sahtekâr..."

Münir tam yerinde girdi araya.

"Mirza'yla nasıl tanıştınız?"

Meslektaşıma değil de bana dönerek cevapladı Ayber.

"Medeni'yi sordunuz ya dün gece bana, o tanıştırdı bizi Mirza'yla. Dün gece size yalan söyledim. Aramız çok iyidir Medeni'yle, Kilis'ten birlikte geldik İstanbul'a."

İçimde büyüyen heyecanı bastırarak bir blöf daha yaptım.

"Yeğeni Fahhar'ın böbreğini de satmışlar değil mi?"

Yadırgayan bir mana belirdi yüzünde.

"Yeğeni mi? Fahhar, onların akrabası değildi. Gaziantep'teki göçmen kampında karşılaşmışlar. Tıpkı Azez gibi..."

Şaşkınlıkla homurdandım.

"Azez, onların yeğeni değil mi?"

"Hayır, söylediğim gibi göçmen kampında karşılaşmışlar. Her iki çocuğun da yakınları Suriye'de ölmüş. Medeni'yle karısı Zennup çocukları yanlarına almışlar..."

İçimi bir sevinç dalgası kapladı, artık Azez'i daha kolay alabilirdim Medeni'nin elinden. Ama birden böyle düşünmenin ne kadar rezilce olduğunu anladım. İnsanların çaresizliğinden yararlanan bir fırsatçı gibi hissettim kendimi. Bir utanç duygusu kapladı içimi.

"Onu anladık," diye yeniden sorumu hatırlattı Münir. "Fahhar'ın da böbreğini satmışlar doğru mu?"

"Doğru, altı ay önce ameliyat olmuştu Fahhar... Onun da böbreğini aynı cerrah almış. Hiç sorun yaşamamışlardı..."

Artık soruşturmaya dönebilirdim.

"Şu ameliyat yapılan binayı bulabilir misiniz?"

"Yok," dedi umutsuz bir sesle. "Bulamam, sadece bir kez gittim. O kadar ısrar etmeme rağmen ameliyata götürmediler beni. Belki de başından beri biliyorlardı yavrumun o masadan kalkamayacağını."

Ayber'in suskunlaşmasından çok içine düştüğüm vicdan kuyusundan kurtulmak için üsteledim.

"Ya eşiniz, Cabir Bey o da bulamaz mı binayı?"

"Bulamaz," diye toparlandı kadıncağız. "Mümkün değil, ama Medeni'ye bir sorun belki o bilir. Çünkü Fahhar'ın ameliyatından sonra gitmişti oraya. Karısı Zennup söylemişti."

Çok kıymetli bilgiler veriyordu Ayber ama Münir için daha fazlası lazımdı.

"Şu Mirza denen herifin telefonu yok muydu? Nasıl bağlantı kuruyordu sizinle?"

Adeta üzgün bir sesle fısıldadı kadın.

"Yoktu, Feriköy'deki göçmen evinde buluyordu bizi..."

"Ya görevliler, onların haberi yok muydu bu işten?"

Omuz silkti Ayber.

"Bilmiyorum, biz anlatmadık onlara. Ama Mirza'yı görmemeleri imkânsız. Sadece bizimle değil, birkaç aileyle daha görüşüyordu adam."

Münir'in kaşları çatıldı.

"Nasıl yani, olan bitenden onların da mı haberi vardı?"

Acı bir ifade belirdi Ayber'in kanı çekilmiş dudaklarında.

"Polis olan sizsiniz efendi," diye söylendi. "Onu da siz bulun."

48
"Güven, insanı zayıf kılar."

Benim emektar, Zekai'nin Üsküdar'daki sokağına girerken karşılaştım cenaze aracıyla. Geç kalmıştım, arkadaşım ben uğurlayamadan ayrılıyordu evinden. Ayber'in sorgusu beklediğimden daha uzun sürmüştü. Münir'i Feriköy'deki Göçmen Sığınma Evi'ne yolladıktan sonra ben de çıkmıştım yola. Aslında benim de Münir ile birlikte gitmem gerekirdi, Medeni'yi kendi mekânında sorgulamak daha etkili olurdu ama Zekai'ye son görevimi yapmalıydım. İşe bakın ki İstanbul trafiği izin vermemişti arkadaşımla vedalaşmamıza. Yanımdan geçen cenaze aracının arkasındaki tabutu saygıyla selamlamakla yetindim. Sokak o kadar dardı ki, geri dönmek için mecburen rahmetli meslektaşımın evinin önüne kadar gitmek zorunda kaldım. O anda gördüm Savcı Nadir'i. Kapının önünde durmuş zile basıyordu. O da benim gibi geç kalmıştı. Kapının açıldığını, bizim yakışıklı savcının içeri girdiğini görünce, emektarımı küçük meydandaki tek ağaç olan yaşlı cevizin altına park edip Zekai'nin evine yöneldim.

Geçen geldiğimde karşılaştığım komşunun kızı açtı kapıyı.

"Buyurun Nevzat Bey... Ama Celile Hanım sakinleştirici aldı, içerde dinleniyor..."

Bir an öylece kaldım kapının önünde.

"Başka kimse yok mu aileden?"

Başıyla içerisini işaret etti.

"Küçük kardeşi Şinasi Amca'yla çocukları cenazeyi götürdüler... Hulusi Amca var içerde, o kabul ediyor taziyeleri."

Hatırlamıyordum Hulusi'yi, ne önemi vardı ki zaten; açılan kapıdan içeri geçtim. Erkekler salona toplanmışlardı, kadınlar ise yandaki odaya sığışmışlardı. Salona girerken adeta buharlaşmış halde kesif bir limon kolonyası kokusu çarptı burnuma. Pencereler ardına kadar açılmıştı, ama insafsız sıcağa zerrece etkisi olmuyordu. Güya insanları ferahlatsın diye verdikleri kolonya terle karışıp dayanılmaz bir ağırlık oluşturuyordu salonda. Önce savcı Nadir'i seçtim, Siper Güvenlik'in sahibi Alper'le kır saçlı, kır sakallı bir adamın yanında oturuyordu. Yaşlı adam beni görür görmez ayaklandı. O zaman tanıdım, Zekai'nin ağabeyiydi. Merkeze kardeşini ziyarete gelmişti birkaç kez. Saygıyla yaklaştım.

"Başınız sağ olsun Hulusi Bey," dedim elimi uzatarak. "Allah sabır versin. Hepimiz için büyük kayıp."

Metin görünüyordu adam.

"Başımız sağ olsun Nevzat Bey. Dostlar sağ olsun..." Zekai'ninkileri andıran ela gözleri buğulandı. "Biliyorsunuz, sizi çok severdi..."

"Ben de onu çok severdim. Çok iyi bir arkadaştı, çok da iyi bir polis..."

Soran bakışları yüzümde durdu.

"Nasıl oldu bu iş Nevzat Bey? O kadar katille, caniyle uğraşırken bir kez bile burnu kanamayan adam, emekliliğinde nasıl böyle..."

Öldürüldü diyemedi, eliyle ağzını kapayarak ağlamaya başladı.

"Lütfen, lütfen oturun Hulusi Bey," diye benden en az on yaş büyük adamı koltuğuna oturttum. O anda bir mendil gördüm.

"Buyurun, buyurun şunu alın."

Savcı Nadir'di, çağla yeşili yazlık ceketinin cebinden çıkardığı gece mavisi mendili uzatıyordu Hulusi'ye. Almadı yaşlı adam, sadece burnunu çekmekle yetindi.

"Teşekkür ederim Savcı Bey, lüzum yok, teşekkür ederim." Duraksadı, önce Nadir'e, ardından bana baktı. "Onun katilini bulun yeter. O namussuzun elini kolunu sallaya sallaya gezmesine müsade etmeyin. Vazifenizi yerine getirin."

Sesi yükselmeye başlamıştı.

"Sakin ol Hulusi Abi," diyerek Alper yatıştırmaya çalıştı adamı. "Eminim polis arkadaşlar ellerinden geleni yapıyorlardır. Bu işler biraz zaman alır."

Dinlemedi bile Hulusi.

"Nasıl olur anlamıyorum! Üsküdar'ın göbeğinde, hem de kendi evinde, emekli bir polis öldürülüyor, kimse ne bir şey görüyor, ne duyuyor, ne de kimse bir şey yapıyor!"

Belki de bizi suçlamıyordu, ama devleti biz temsil ettiğimize göre, bu lafları üzerine alması gereken bizlerdik. Nadir de öyle yaptı.

"Sizi ne kadar teselli eder bilmem ama, emin olun katilini ya da katillerini mutlaka bulacağız..."

İnançlı bir sesle konuşmuştu, fakat hiçbir işe yaramadı.

"Ama şu ana kadar kimseyi bulamadınız."

Genç bir adamdı itiraz eden, Hulusi'yi andırıyordu, oğlu olmalıydı.

"Amcamı öldüren kişi, belli ki yakaladığı katillerden biri... Onları araştırmak çok mu zor?"

Kalabalıktan birkaç kişi de homurdanarak hak verdi acılı gence.

"Sizi anlıyorum, cinayet masası olarak işin üzerindeyiz, önemli bulgulara ulaştık. Merak etmeyin, yakında yakalayacağız o alçağı."

Ama sözlerim yatıştırmadı öfkeli akrabayı.

"Hayır," diye söylendi delikanlı. "Adalete teslim etmeyin. Hapishanelerde boşuna ekmeğini yemesin devletin, sıkın bir kurşun geberip gitsin..."

Son zamanlarda bütün milleti saran linç hezeyanının amcasını yitiren bu genç adamı da etkilemesine şaşırmamak gerekti, ama Nadir kendini tutamadı.

"Yapmayın arkadaşım! Bu işler öyle yürümez. Katili mahkeme önüne çıkarmamız lazım. Zekai Başkomiserim de katilinin öldürülmesini değil, yargılanmasını isterdi. En iyi adalet, hukukla sağlanır."

"Hukuk mu kaldı ya?" diye gürledi delikanlı. "Eli kanlı katilin biri gelecek, amcamı evinde öldürecek, ben de hukuk mukuk diyeceğim öyle mi?"

"Neler söylüyorsun Cenk!" diye araya girdi yine Alper. "Nadir Bey de, Nevzat Başkomserim de katili yakalamak için uğraşıyor. Böyle konuşman doğru değil."

Ne Nadir Bey ne de Başkomser Nevzat umrundaydı Cenk'in.

"Valla doğrusunu eğrisini bilmem Alper Abi. Bak, söylüyorum, eğer polisler ellerini çabuk tutup katilini yakalamazsa, ben bulup sıkacağım kafasına."

Adeta tehdit ediyordu bizi. Nadir'in yüzünün kızardığını, alnında bir damarın atmaya başladığını gördüm.

"Yanlış konuşuyorsun arkadaşım," diye uyardı zor kontrol ettiği bir sesle. "İnsanları öldürerek adalet sağlanmaz..."

"Onlar öldürüyor ama. Siz de seyrediyorsunuz. Şimdi de karşıma geçmiş hukuk dersi veriyorsunuz..."

Savcı zıvanadan çıkmak üzereydi, omzuna dokundum.

"Gelin Nadir Bey," dedim sakince. "Gelin, Zekai'nin odasına geçelim. Size göstermek istediğim bazı evraklar var."

Bir an yüzü karıştı Nadir'in sonra anladı ne demek istediğimi.

"Tamam Başkomserim, tamam, hadi gidelim."

"Ben de geleyim mi?" diye Alper de kalkmaya çalıştı. "Belki ihtiyacınız olur."

"Yok, yok Alper, teşekkür ederiz, vazifeyle alakalı konuşacağız."

Ben önde, savcı arkada çıktık salondan. Boş odaya geçtik. Duvarda Zekai ile Celile Hanım'ın evlilik fotoğrafı vardı. Rahmetli meslektaşımız siyah beyaz fotoğrafın içinden büyük bir ciddiyetle bizi süzüyordu. Daha fazla bakamadım.

"Ben de size gelecektim Nadir Bey, bazı bilgilere ulaştık."

Kaşları hafifçe çatıldı.

"Körebe hakkında mı?"

O da sabırsızlanıyordu, bir an önce bu cinayetler zincirini aydınlatmak, kamuoyuna bir açıklama yapmak istiyordu ama acele edemezdim. O nedenle kesinleşmemiş bilgileri paylaşmamayı tercih ettim.

"Aslında durum biraz karmaşık."

Anlamamıştı, açık kahverengi gözleri yüzümde kaldı.

"Şöyle ki," diye sürdürdüm. "Son maktulün profili Körebe'nin daha önce öldürdüğü kurbanlara pek uymuyor. Kansu Sarmaşık adındaki cerrahtan söz ediyorum. Adamın tacizci olduğuna dair tek bir kanıt yok. Bu yüz kızartıcı suçtan hiç ceza almamış. Bırakın cezayı bir tek suçlama bile yok. Onu tanıyanlar da tacizci olamayacağını söylüyorlar. Ama pis işlere bulaştığını düşünüyoruz..."

İlgisi giderek artıyordu.

"Ne tür pis işler?"

"Organ kaçakçılığı... Suriyeli göçmenlerden alınan organların başka hastalara nakledilmesi... Gerçi henüz durum tam açıklığa kavuşmadı ama bugünkü soruşturmadan çıkan netice bu. Yakında detaylı bilgi veririm size..."

Sağ eliyle, düz saçlarını geriye doğru taradı.

"Nasıl yorumluyorsunuz bu tuhaflığı? Yani son kurbanın tacizci olmamasını neye bağlıyorsunuz?"

Pencerenin önünde, çilek desenli kumaşla kaplanmış iki koltuğu gösterdim.

"Şöyle oturalım isterseniz." Söylediğimi yaptı, ben de karşısındaki koltuğa çöktüm. "Belki de Kansu kendisini çok iyi gizlemişti. Pek çok masum çocuğu taciz ettiği halde hiç yakalanmamıştı..."

Biçimli ellerini koltuğun kolçaklarının üzerine koydu.

"Körebe nereden biliyor o zaman adamın tacizci olduğunu?"

Mantıklı soruyordu.

"Haklısınız, zaten Kansu'nun tacizci olma ihtimali çok zayıf. Körebe'nin onu öldürmüş olması manasız."

Gözlerini bir an bile yüzümden ayırmıyordu.

"Ya Zekai'nin ölümü? Rahmetli meslektaşınız da seri katilin öldürdüğü kurbanların profiline hiç uymuyor. Körebe neden öldürdü onu?" Duraksadı. "Tabii, katili Körebe'yse."

"Kesinlikle Körebe..."

Şaşırmış gibiydi.

"Nasıl emin olabiliyorsunuz?"

"Zekai çok önemli bir bilgiye ulaşmıştı. Bizzat söyledi bana. Telefonda konuşuyorduk, buluşmak istedi, öğrendiklerini anlatacaktı. Ama öldürüldü... Doğru, Zekai seri katilin öldürdüğü kurbanlara benzemiyordu. Zaten Körebe de onu tacizci olduğu için katletmedi, kendini korumak için öldürdü..."

Kafası iyice karışmıştı.

"İyi de katil, Zekai'nin onu tespit ettiğini nereden biliyordu?"

Ellerimi yana açtım.

"Orası belli değil. Belki Zekai, onu aramıştır. Belki farkına varmadan Körebe'ye bu bilgileri aktarmıştır... Belki de özellikle anlatmıştır ki, katil tepki versin, kendini belli etsin... Adamı eve almasının nedeni de bu olabilir."

"Yani katil, tanıdığı biriydi."

"Galiba öyleydi. Bana anlatacağı bilgileri onunla paylaştı, Körebe de kendini kurtarmak için Zekai'yi öldürdü."

Emin olamadı.

"Zekai yılların polisi, öldürüleceğini tahmin edemez miydi? Önlem almaz mıydı?"

Düşünceli bir tavırla başımı salladım.

"Alırdı, dahası kendini korumayı da bilirdi. Neden yapmadı bilmiyorum. Belki adamın Körebe olduğundan hâlâ emin değildi. Bir an adamın masum olduğuna inandı, Körebe de atik davrandı, Zekai'yi gafil avladı."

Bakışları, sanki katil orada bir yerdeymiş gibi odayı taradı, bulamayınca kapıya, evin içine doğru baktı, elbette kimseyi göremedi.

"Kim olabilir bu tanıdık kişi? Aileden biri mi?"

Aklımdaki ismi onunla paylaşmak konusunda tereddüdüm vardı ama görevi gereği bunu bilmesinde yarar olduğuna karar verdim.

"Birinden şüpheleniyorum. Kendisiyle az önce karşılaştınız. Öfkeli genci yatıştırmaya çalışan Alper, Alper Siper... Eski komiser... Dahası Körebe dosyasında 2012 yılında Zekai'yle birlikte çalışmışlar. Körebe'nin 12 tacizciyi katlettiği yıldan bahsediyorum. Seri katil hakkında her türlü malumata sahip. Belki de Zekai kadar tanıyor onu. Alper sonra polisliği bırakıp Siper Güvenlik adında bir şirket açmış. Ama Zekai'yle bağını hiç koparmamış. Hatta daha da sık görüşür olmuş. 'Oğlumuz gibidir,' diyor Zekai'nin karısı Celile. Eve rahatlıkla girer çıkarmış..."

Bakışları yine kapıya kaydı, sonra heyecanla söylendi.

"Körebe, şu içerdeki adam mı diyorsunuz?"

Sakince geri çekildim.

"Bunu söylemek için çok erken. Ama Zekai'nin bu adama güvendiği kesin. Biliyorsunuz, güven, insanı zayıf kılar. Zekai'yi gafil avlanmasının sebebi de bu güven olabilir."

"Çok doğru," diye fısıldadı. "Nasıl ilerlemeyi düşünüyorsunuz, bu Alper konusunda? Sorguya almayacak mısınız?"

"Gerek yok Nadir Bey, ondan şüphelendiğimizi bilmemeli. Yüz yüze konuştum zaten. Son derece tutarlı şeyler söyledi, belki de gerçekten masumdur. Merak etmeyin soruşturma iyi ilerliyor. Ama bu dosyada tek mesele Körebe'nin kim olduğu değil. Kansu Sarmaşık gibi birinin neden öldürüldüğü. Bu cinayeti Körebe gibi ritüllerine bağlı bir seri katilin işlemesi manasız."

Derin bir soluk alan Nadir de arkasına yaslandı.

"O zaman, elimizde Körebe'nin kurban profiliyle uyuşmayan iki cinayet olduğunu söyleyebiliriz." Başımla onaylayınca akıl yürütmeyi sürdürdü. "Ama iki cinayetin işlenme sebebi farklı olabilir diyorsunuz."

Ellerimi göğsümde kavuşturdum.

"Olabilir demiyorum, kesinlikle farklı diyorum."

Anlamaya çalışıyordu.

"Yani Körebe dışında birileri daha var."

Ona doğru eğildim.

"Evet, eğer Kansu tacizci değilse, kesinlikle cinayet işleyen başka birileri var."

Zihni sorularla çalkalanıyordu.

"Körebe'yi taklit eden birileri mi?"

Öteki ihtimali hatırlattım.

"Yahut kullanan birileri..."

Anlamaya çalışıyordu.

"Evet, kullanan birileri olabilir," diye sürdürdüm. "Kendi işlediği cinayetleri seri katilin üzerine yıkmak isteyen birileri... Burnuna kadar pisliğe bulaşmış, bu işten kurtulmak için de beş yıl önce işlenmiş cinayetlerden medet uman birileri..." Kısa bir suskunluk oldu. "Elbette bunların hepsi birer ihtimal. Elimizdeki eksik bilgilerle, yarım yamalak kanıtlarla senaryolar oluşturuyoruz... O nedenle sizi sık sık rahatsız etmek istemiyorum. Daha kesin bilgi ve bulgulara ulaşınca sizinle paylaşacağım... Ama önemli bir damar yakalamış olabiliriz. O araştırmanın sonucunda daha kesin konuşabilirim..."

Sözlerim canını sıkmıştı, az önce Hulusi'ye uzattığı mendili cebinden çıkarıp alnındaki ter damlalarını sildi.

"Bence ulaştığınız bilgi ve bulguları hiç beklemeden benimle paylaşırsanız daha iyi olur. Elbette kafanızdaki ihtimalleri ve senaryoları da... Birlikte daha kolay çözüm buluruz."

Sesi sitemkâr çıkmıştı. Vazifesine aşkla bağlı bu kanun adamını kırmak istemezdim.

"Yanlış anlamayın Nadir Bey, sizden bilgi saklıyor değilim, sadece gereksiz ayrıntılarla kafanızı karıştırmak istemiyorum."

Samimi bir ifade belirdi kalın dudaklarında.

"Anlıyorum, yine de aklınızdakileri öğrenmek hoşuma gider. Her zaman Başkomser Nevzat'la çalışmak nasip olmuyor bize..."

Bu açık övgü karşısında mahcup oldum ama ketumluğumu yitirmedim. Nadir istese bile emin olmadığım konularda ona ne yazılı ne de sözlü rapor verecektim.

"Anlaşıldı, öğrendiklerimi paylaşacağım sizinle." Gerektiği gibi bir gülümseme kondurdum dudaklarıma. "Bunu yapmak zorunda değilsiniz ama siz de aklınızdakileri benimle paylaşırsanız memnun olurum."

Neşesi yerine gelmişti, gözleri minnetle ışıldıyordu.

"Ne demek, elbette paylaşırım. Sonuçta biz bir ekibiz Başkomserim, her fikir kıymetlidir." Duraksadı. "Zekai'nin evinde Körebe'yle ilgili malumat çıkmadı mı? Ne de olsa hayatını bu katili yakalamaya adamıştı. Belki özel bir dosya tutmuştur."

Açıkça sorduğu için bu bilgiyi ondan gizleyemezdim.

"Tutmuş, hatta usulsüzlük yaparak emniyet arşivindeki bazı evrakların fotokopisini almış. Fakat katil bu dosyayı ele geçirmiş olmalı ki, ne evinde, ne de teknesinde bulabildik..."

"Elbette," dedi sağ elini koltuğun kolçağına vurarak. "Zekai'yi öldürme nedeni olan dosyayı ortalıkta bırakır mı adam?"

Daha fazla üzülmesin diye müjdeyi verdim.

"Ama dosyanın bir kopyası elimizde..."

Yüzü karıştı, sonra sevinçle söylendi.

"Nasıl, yoksa katil bir yerde mi bırakmış? Kaçarken filan..."

"Körebe öyle bir hata yapmaz. Alper'de varmış bir kopyası, o verdi."

Gözlerini açtı kapadı.

"Bir dakika, bir dakika... Alper bunu niye yapsın? Yani Körebe oysa... Saçma değil mi? Dosyayı niye bize versin?"

Sandığımdan daha zekiydi bizim savcı.

"Belki de verdiği dosyadaki bilgilerin en önemlilerini almıştır," diye yanıtladım. "Yani onun Körebe olduğunu kanıtlayan belgeleri... Öteki bilgiler onu riske atmıyorsa, bizimle paylaşmasında ne sakınca olabilir."

Hızlı hızlı başını salladı.

"Hiçbir sakınca olmaz elbette. Peki incelediniz mi belgeleri? Alper hakkında şüphe uyandıracak bir kanıt var mı? Yahut bir bilgi..."

"Şu anda Zeynep dosyayla ilgileniyor. Bu akşama bilemediniz yarın sabaha kadar bu konuda malumat sahibi oluruz..."

İyimser bir telaşla söylenerek ayağa kalktı..

"Hadi, hadi Başkomserim, ne olur çözelim artık şu işi..."

49
"Kendi mesleğime ihanet etmekten çekinmezdim."

✄

Zekai'nin evinden çıkarken duydum sesini.

"Başkomserim, Nevzat Başkomserim."

Döndüm, Alper'di, beklememi işaret ediyordu. Yanında geçen gün Siper Güvenlik'te gördüğümüz o iri yarı adam vardı. Memnuniyetle durdum, belki de en önemli şüphelimiz olan bu eski polisle muhabbet etmek ilginç olacaktı.

"Yemeğe kalmıyor musunuz?" diyerek yaklaştı. "Savcı Bey gitti mi yoksa?"

"Ne yazık ki kalamıyorum, yoğun bir gün... Evet, Nadir Bey de az önce gitti."

Sert güneş ışığı gözlerini alıyordu, eliyle yüzüne gölge yaptı.

"Ayıp olmuş, uğurlayamadım adamı. Malum cenaze evi, yemek meselesiyle uğraşıyordum. Yapacak çok iş var. Celile Anne'yle öteki akrabalar bu akşam uçakla gidecek, Zekai Başkomiserim'in defni için.... Ben gidemiyorum, son anda önemli bir toplantı çıktı, İstanbul'da kalmak zorundayım. Allahtan rahmetlinin kardeşleri, yeğenleri var..." Bakışlarındaki anlam değişti. "Nasıl Başkomserim bir sonuca ulaşabildiniz mi?"

"Henüz değil," diyerek yanında şıpır şıpır terleyen, iri yarı adama çevirdim gözlerimi. Adam pek iplemedi bakışlarımı ama Alper hemen açıklama gereği hissetti.

"Merdan'la daha önce karşılaştınız, benimle birlikte çalışıyor. Zekai Başkomiserim'den sonra tek dolaşmamaya çalışıyorum."

Endişesinde samimiydi.

"Doğru yapıyorsunuz, eğer Zekai Başkomiserim'i Körebe öldürdüyse, sırada siz de olabilirsiniz."

Kalender bir tavır takındı.

"Ne yapalım, kaderde ölmek varsa... Ama..." Bakışları değişti. "Ama Zekai Baba'nın katilinin cezalandırıldığını görmeden ölürsem gözlerim açık gider." Kendini toparladı. "Sahi Başkomserim verdiğim dosyada ilginç bilgiler var mı? Körebe hakkında size ipucu verecek mi?"

Tedirginliğini anlıyordum, ancak neden bu duyguya kapıldığını bilmek isterdim. Bir seri katilin kurbanı olmaktan korktuğu için mi, yoksa gerçek Körebe kendisi olduğundan ona ne kadar yaklaştığımızı öğrenmek için mi?

"Üzerinde çalışıyoruz, rahmetli biraz üstü kapalı yazmış. Cümlelerinin ne anlama geldiğini çözmek zaman alacak."

İlgiden çok kuşkuyla dinliyordu sözlerimi.

"Bazı konuları gizlemiş mi diyorsunuz?"

"Öyle de denebilir," diye geçiştirdim. "Çok sürmez, bugün yarın anlarız ne anlatmak istediğini."

Yeniden sabık polisin yanındaki iri yarı adama baktım. Çıkık bir alın, göz çukurlarının derinliklerinde gizlenen koyu renk gözler, ezik bir patlıcanı andıran iri bir burun, derin bir bıçak kesiğini andıran ağız, toplarsanız manasız bir surat. Eğer Körebe gerçekten de Alper ise cinayetleri işlerken, kurbanları bir yerden bir yere taşırken Merdan denen bu çam yarmasından daha ideal bir yardımcı bulamazdı.

"Siz de meslekten misiniz?"

"Efendim?" dedi benden en az iki baş daha uzun olan adam. "Ne dediniz Başkomserim?"

"Polis miydiniz?"

Çocuk gibi kızardı.

"Yok, ben sporcuydum, eski boksör. Sağ olsun Alper Bey yanına aldı, ona hizmet etmeye çalışıyorum."

Nedense Alper de izah etme gereği duydu.

"Merdan memleketlimdir, babası da babamın arkadaşıymış. Güvenlik şirketini açınca yanıma aldım."

İnanmış gibi göründüm.

"Güvenilir insan her yerde kıymetlidir. Hele sizinki gibi bir işte çok daha kıymetli." Bir an sustum, sonra önemsiz bir konudan bahseder gibi sordum. "Şu Bomonti'deki gökdelenlerin güvenliğini de siz sağlıyormuşsunuz öyle mi?"

Gurura benzer bir gülümsemeyle karşılık verdi.

"Evet, en yüksek iki binanın güvenliğini biz alıyoruz. Ne oldu ki?"

"Körebe'nin öldürdüğü son kurban Kansu Sarmaşık adında bir cerrahtı... Sizin güvenliğini aldığınız o gökdelenlerdeki dairelerden birinde yaşıyordu."

"Ne? Ne diyorsunuz Başkomserim? Adamı dairesinde mi öldürmüş?" Merdan'a doğru sertçe döndü. "Niye bundan haberim yok benim?"

Öfkeyle ardı ardına sıralamıştı cümleleri, zebellah yerine ben cevap verdim.

"Dairesinde öldürdüğünü zannetmiyorum. Sokaktan kaçırmış olmalı. Size şunu soracaktım, binadaki kameralar 24 saat kayıt yapıyor, değil mi?"

Yatışmış gibiydi.

"Elbette Başkomserim, istediğiniz an inceleyebilirsiniz yahut ben kayıtları size yollarım..." Duraksadı, yeniden endişeyle karardı suratı. "Yoksa bu bir mesaj mı? Körebe sıra sende mi demek istiyor bana?"

Biraz abartıyordu, sandığımdan daha korkak biriydi galiba bu Alper. Ama bıraktım korksun.

"O kadarını bilmem, uyanık olmak iyidir." Sokağa bakındım, benim emektar bıraktığım yerden, artık gidelim dercesine bana bakıyordu. "Neyse Alper, ben gideyim artık. İstanbul'dasınız değil mi?"

Yüzü gerildi.

"Evet, buradayım, niçin sordunuz?"

Duygusuz bir bakış attım.

"Bir cinayet soruşturması içindeyiz, kime ne zaman ihtiyaç duyacağımız belli olmaz. Hadi, tekrar başınız sağ olsun. Görüşmek üzere..."

"Görüşmek üzere," dedi arkamdan ama sesi hayal kırıklığı içinde yüzüyordu. Neden ona güvenmiyordum, neden hâlâ dostça davranmıyordum? Aldırmadan yürüdüm, birkaç adım atmıştım ki, aynı sözcükler çalındı kulağıma.

"Başkomserim, Nevzat Başkomserim."

Hayır, Alper değildi, bir kadındı seslenen. Döndüm, gazeteci Buket'ti. Tıpkı Alper gibi beklememi işaret ediyordu. Kocaman yeşil çantasını omuzuna asmış, ayaklarında o yüksek topuklu ayakkabılarıyla telaş içinde yaklaşıyordu. Sevindim bu acar gazeteciyi gördüğüme.

"Merhaba Buket Hanım, içerde sizi görmemiştim."

"Ben de sizi, ama komşunun kızı söyledi geldiğinizi. Deminden beri kapının aralığından çıkmanızı gözlüyordum... Sonra Alper Siper'le konuştuğunuzu gördüm, biraz ağırdan aldım." Yaklaşmıştı, elini uzattı. "Beni Zincirlikuyu'ya bırakırsanız, aklıma gelen bir ayrıntıyı anlatırım."

Uzattığı eli sıktım, avucu ter içindeydi.

"Elbette bırakırım," dedim dostça. "Anlatmasanız da bırakırdım ama şimdiden merak etmeye başladım o ayrıntıyı." Emektarın kapısını açtım. "Ama sizi uyarmam lazım, arabada klima çalışmıyor."

"Hiç önemli değil, yürümeye kalksam da fark etmeyecek, her adımda ter fışkırıyor vücudumdan..."

Yanıma oturmasını bekledim, emektarın kontak anahtarını çevirdim. Homurdandı, ama arkası gelmedi. Yapma be oğlum diye geçirdim içimden, yeniden denedim, bu sefer daha güçlü homurdandı, ama bir iki öksürdü yine sustu. Galiba burada bırakacaktı beni, derin bir nefes aldım yeniden çevirdim anahtarı. Yavaşça titredi, motordan bir ses yükseldi, o ses bütün arabayı sardı, alışık olduğum o düzenli tıkırtıya ulaştı. Oh, nihayet çalışmıştı. Rahatlayarak başımı kaldırdım, o anda Alper'i gördüm evin kapısının önünde dikilmiş bizi süzüyordu. Buket'e bakarak, başımla eski polisi işaret ettim.

"Onu nereden tanıyorsunuz?"

"Eskiden tanırım, Zekai Başkomiserim'in yardımcısıydı. Cinayetlerin işlendiği sene karşılaşmıştık."

Ayağımı gaz pedalına dokundururken mırıldandım.

"2012'de..."

Camı sonuna kadar indirdi.

"Evet, Körebe'nin 12 cinayeti işlediği sene... İyi bir polisti aslında, mesleği neden bıraktı bilmiyorum. Gerçi onun açısından iyi oldu. Biliyorsunuz bir güvenlik şirketi kurdu. Önemli firmalar onunla çalışıyor."

Evin önünden geçerken Alper de bizi görmüştü, başıyla selamladı.

"Sadece firmaların değil, gökdelenlerin bile güvenliğini alıyor..."

Gökdelen deyince Kansu'yu hatırladım, Buket'e sormakta yarar vardı.

"Biliyor musunuz, son kurban da onun güvenliğini aldığı gökdelenlerden birinde kalıyordu. Kansu Sarmaşık... Bu isim tanıdık geliyor mu size?"

Dalgın dalgın tekrarladı.

"Kansu... Kansu... Kansu Sarmaşık... Ben, bu ismi daha önce nereden duydum? Tamam hatırladım, Hayati Bey'in ortaklarındandı..."

Demek tanıyordu, konuyu eşelemeye başladım.

"Serap Hastanesi'nin sahibinden bahsediyoruz değil mi?"

Buket'in bakışları hâlâ eski polisteydi, ama onaylamaktan geri durmadı.

"Evet, Hayati Darcan... Hikâyesini biliyorsunuzdur... Kızını kaybetmiş... Organ bulunamayınca ölmüş yavrucak..."

Merakım giderek artıyordu.

"Bunu nereden biliyorsunuz?"

Sıcak rüzgârda uçuşan saçlarını topladı.

"Söyleşi yaptım çünkü. Organ bulunamadığı için kızı ölen cerrah, çocuklar yaşasın diye organ nakli yapan hastaneler açıyor. Üstelik hastanelere de kendi kızının adını veriyor. Bundan daha güzel haber olabilir mi?" Sustu, gözlerini düşünceli bir halde önümüzden akan dar sokağa çevirdi, sonra aniden döndü. "Yok Nevzat Bey, bu cinayetlerin Hayati Bey'le alakası olamaz. O adamın kötülük yapabileceğine inanmam. Kendisiyle de, karısıyla da, Serap'tan sonra doğan iki kızıyla da konuştum. İyi bir aile babası, şahane bir insan..." Duraksadı, aklı bir konuya takılmıştı. "Gerçi eskiden organ kaçakçılığına adı karışmış... Ama sonra bir yanlış anlaşılma olduğu ortaya çıkmış."

Organ kaçakçılığını duyunca kulak kesildim.

"Nasıl organ kaçakçılığı?"

Pek de önemsemeden açıklamaya çalıştı.

"Tam hatırlamıyorum aslında, söyleşi öncesi küçük bir araştırma yapmıştım, o zaman çarpmıştı gözüme. Hatta konuşurken sormuştum da. 'Çalıştığım hastanenin kusuru,' demişti. 'Mevzuata uymamışlar, yanlış anlaşılma sonucu, üç geceyi gözaltında geçirdik. Hepsi bu.' Başka hiçbir şaibeli konuya bulaşmamıştı. Tertemiz bir adam. Bana inanmıyorsanız, küçük bir araştırma yapın öğrenirsiniz... Kansu Sarmaşık'ın durumunu bilmiyorum. Ama gazeteye döner dönmez adamı araştıracağım..."

Döndüm, Buket'e minnettar bir bakış attım.

"Bulduklarınızı bizimle de paylaşırsanız sevinirim. Sahi neymiş şu aklınıza gelen ayrıntı..."

Üzüntüyle buğulanmıştı ışıltılı gözleri.

"Aslında bu bilgiyi paylaşmamak için söz vermiştim..." Sesi boğuklaşmıştı, göremiyordum ama muhtemelen gözleri de nemlenmişti. "Zekai Başkomiserim'e... Beş yıl önce... Körebe'nin 12. cinayetiydi. Olay yerine bırakılan oyuncağın barkod numarasına bakarken yakalamıştım rahmetli Başkomiseri. Beni fark edince incelemeyi bırakmıştı. Ama ben, onun peşini bırakmadım. Cinayet mahallinde bulunan bütün oyuncakların barkod numaralarına baktım, katil gerçek barkodları değiştirmiş, hepsine kendisi sayılar vermişti. Elbette sayıların toplamı 12 yapıyordu. Bunu keşfedince Zekai Başkomiserim'i aradım. 'Bunu yazarsan, seri katile yardım etmiş olursun, lütfen bu bilgi ikimizin arasında kalsın,' dedi. Neden böyle söylediğini anlamamıştım. 'Niye bu kadar önemli barkod numaraları?' diye sordum. 'Bu barkod numaraları tek başına o kadar önemli olmayabilir, ama cinayetle ilgili ne kadar az bilgi ortalığa saçılırsa o kadar iyi. Gün gelir bu bilgileri kimlerin bildiği bile soruşturmada önem kazanır,' diye açıkladı. Ne yalan söyleyeyim, şu an bile ne demek istediğini tam olarak anlayabilmiş değilim. Ama madem ki Zekai Başkomiserim öldü. Madem ki bu soruşturmayı siz yürütüyorsunuz, belki de hiçbir önemi olmayan bu ayrıntıyı bilmeniz gerekir diye düşündüm." Islak gözleri yine yüzüme takılmıştı. "Yoksa bahsetmiş miydi size bu bilgiden?"

Bahsetmişti ama ayrıntıya girmemişti. Muhtemelen daha birçok bilgiyi gizlemişti bizden. Körebe'yi yakalamayı kişisel bir sorun haline getirmişti. Başka birine bırakmak istemiyordu bu zor vazifeyi. Ama bunları anlatırsam, arkadaşımın adını gölgelemiş olurdum.

"Elbette anlatmıştı," diye yalan söyledim. "İyi bir polisti Zekai..."

Sözlerim ikna etmedi Buket'i.

"İyi bir polis olduğundan şüphem yok. Çok zekiydi, çok çalışkan, çok da ketum. Biliyor musunuz büyük hayranlık duyardım bu mütevazı adama. Bazen onun kafasının nasıl çalıştığını merak ederdim. Evet, konuşurken öyle laflar ederdi ki, ben neden bunu akıl edemedim diye kendimi suçlardım. Ne yazık ki artık konuşma imkânım yok. Mesela, Zekai Başkomiserim neden o barkoddaki sayıları yazma demişti bana? Mutlaka çok önemli bir nedeni olmalı. Durduk yere bunu istemezdi benden. Çünkü Körebe'yle ilgili birçok ayrıntıyı gazetede zaten ballandıra ballandıra yazıyorduk."

Gülümseyerek yandan bir bakış attım..

"Elimizden gelse o ballandıra ballandıra anlattığınız bilgileri de sizinle paylaşmazdık Buket Hanım. Karşımızda acımasız bir seri katil var. Onun hakkında ne kadar çok bilgiye sahip olursak o kadar iyi. Aynı zamanda onun elimizdeki bilgilerin ne olduğunu bilmemesi de bir o kadar önemli. Yanlış anlamayın, görevinizi yapmayın demiyorum. Siz kamuoyunu aydınlatmaya çalışıyorsunuz ama bazen yazdıklarınız, bizim elimizi kolumuzu bağlıyor."

"Anlıyorum," dedi mahcup bir sesle. "Çıkarlarımız her zaman ortak olamıyor."

"Ne yazık ki öyle..."

İtiraf tonunda samimi bir sesle konuşmaya başladı.

"Eğer o katilin yakalanacağını bilsem, kendi mesleğime ihanet etmekten çekinmezdim. İnanın Başkomserim, Körebe'yi yakalayacağız, hakkında tek kelime daha yazmayacaksın deseler, koşulsuz şartsız kabul ederdim."

"Oysa bazıları Körebe'ye hayranlık duyuyor Buket Hanım. Halktan söz etmiyorum, bizim meslektaşlar içinde bile adamın yaptıklarını onaylayanlar var..."

Pişmanlıkla söylendi.

"Ben de hayranlık duyardım... Onaylamasam bile tacizcileri öldürmesine içten içe sevinirdim ama Zekai Başkomiserim..." Arkasını getiremedi. "O ölmeyi hak etmemişti... O iyi bir insandı, henüz çok erkendi..."

Yanaklarından süzülen gözyaşlarını gördüm, ama sesimi çıkarmadım. Aklım, az önceki sözlerine takılmıştı.

"Zekai Başkomiserim neden o barkoddaki sayıları yazma demişti bana?"

50
"Cehennem boşalmış, şeytanlar aramızda."

Emniyetin beyaz floresanlarla aydınlanan uzun koridorunda önce o tanıdık zambak kokusu geldi burnuma, ardından sağ elinde yarı yarıya su dolu kırmızı kova, sol elinde bir sopanın ucuna takılmış kalınca bir temizlik fırçasıyla Yeter Hanım çıktı karşıma. Beni görünce kovayı yere bıraktı, kolunun tersiyle alnındaki terleri sildi.

"Bu ne sıcak Başkomserim, böylesini ne gördüm, ne duydum! Deprem mi olacak ne?"

Deprem filan olmayacaktı ama bu havalar biraz daha böyle devam ederse millet cinnet geçirmeye başlayacaktı.

"Yok, yok Yeter Hanım, korkmayın hiçbir şey olmayacak. Birkaç güne kalmaz normal sıcaklığına döner."

Güçlükle nefes alıyordu.

"Kaç gün oldu, bir türlü geçmek bilmiyor. Eskiden de böyle sıcak olurdu ama bir gün bilemedin iki gün sonra geçer giderdi, bu bitmek bilmiyor. Sanki altımızda fırın yakmışlar. Gece, gündüz gram eksilmedi sıcak. Bir de şu nem..."

İyi görünmüyordu, artık pek de genç sayılmazdı.

"Biraz dinlenin, bu sıcakta fazla çalışmak iyi değil."

Kara gözlerinin aklarını göstererek, üst katı işaret etti.

"Herkes sizin gibi anlayışlı değil ki Başkomserim, yukarıdaki küçük bir toz görse, kıyameti koparıyor."

Emniyet Müdürünü kastediyordu; hakikaten de hastalık derecesinde titizdi İsmet Bey.

"Yine de kendinizi fazla yormayın. İsmet Bey bile bu havada fazla çalışmanızı istemez."

"Ah, ah, keşke öyle olsa." diye söylendi. "Sizi müdür yapacaklardı ki şuraya, zavallı Yeter biraz gün görsün."

Küçük bir kahkaha attım.

"İşte o mümkün değil, hadi size kolay gelsin."

"Niye mümkün değilmiş," diye seslendi arkamdan. "Çok da güzel olurdu..."

Aldırmayıp Zeynep'in odasına yöneldim. Daha koridorda ilerlerken duydum Ali'nin sesini, yine kime sinirlendiyse o dizginlenemez heyecanıyla konuşuyordu.

"O kadar ince düşünmeye gerek yok Zeynepcim. Adamlar sapık, boşuna zaman harcamayacaksın. Hiçbir işe yaramaz. İnsan içine çıkarmayacaksın bunları. Körebe gibi öldürelim demiyorum ama artık hastane mi olur, hapishane mi bilmiyorum, bir yerlere kapatacaksın bu herifleri..."

Anında geldi karşılığı.

"Onu zaten yapıyoruz, önemli olan hastalığı teşhis etmek." İnançla anlatıyordu Zeynep. "Bir insan, nasıl olur da küçük bir çocuğu taciz eder? Neden bu iğrenç fiili işler? Önemli olan bu sorunun yanıtı bulmak. Belki o zaman bu hastalıkla daha kolay başa çıkabiliriz."

"Bana ne hastalıktan Zeynep!" diye karşı çıktı bizim aceleci komiser. "O konuyla sosyologlar, psikologlar uğraşsın, benim vazifem bu alçakları bulup çocuklardan uzak bir yere kapatmak."

"Öyle değil işte." Yükselmeye başlamıştı Zeynep'in sesi. "İster çocuk tacizi de adına, ister pedofili, bütün toplumu saran bir hastalıktan bahsediyoruz. Bir insanlık sorunundan, daha doğrusu insanın ne olduğu sorunundan. Daha geçenlerde İstanbul'da bir hastane, sadece beş ayda 115 kız çocuğunun hamile olarak kendilerine başvurduğunu açıkladı... Evet, Alicim, kızlar kendi kardeşlerini doğuruyor, abilerinden, amcalarından hamile kalıyor. Yani bu, öyle sadece ceza verilerek çözülecek bir mesele değil. Önemli olan toplumu iyileştirmek, insanın ruhunu yüceltmek, sapıklığı, suçu ortadan kaldırmak. Bunun için de, gerekirse psikolog gibi düşünmek, sosyolog gibi davranmak lazım..."

Sinirli sinirli güldü yardımcım.

"Ya bunlar romanlarda, filmlerde olur Zeynep, gerçek hayat çok daha basit. Bu şerefsizler düzelmez, adamların kendileri diyor ya, beni kısırlaştırın diye. Şu Hicabi denen herifi ele al. Herif sapık, ruhu da bedeni de sapık. Olabilir, belki o da küçükken tacize uğradı. Ne bileyim annesiyle garip bir ilişkisi vardı. Belki babasına âşıktı... Ben bunları anlayacağım diye uğraşırken herif üç çocuğun daha ırzına geçer... Geberdi gitti. Zerre üzülüyorsam, şerefsizim. Bir pislik eksildi dünyadan..."

"Öfkeyle konuşuyorsun, seni anlıyorum, haklısın, ama bu kafayla bu işler çözülmez. Meseleyi kişiselleştirmemek lazım."

Artık ikisini de görebiliyordum, Zeynep bilgisayarının başında oturuyordu, Ali ayakta durmuş sevgilisine laf yetiştiriyordu.

"Kişiselleştirdiğim filan yok. Başıma o işler gelmese bile böyle düşünürdüm. Hayat, bu kadar inceliği kaldırmıyor Zeynepcim. Kötü, kötüdür, onu düzeltemezsin, hele bir tacizciyi, sübyancıyı asla tedavi edemezsin. Onlara merhamet gösterir, serbest bırakırsan, masum çocukların hayatının kararmasına sebep olursun."

Zeynep'in sinirlendiğini gördüm.

"Ali, beni dinlemiyor musun?" diye çıkıştı. "Adamları serbest bırakalım diyen oldu mu? Her iki mücadele yöntemini de en iyi şekilde yapalım. Bunda hemfikiriz. Söylemek istediğim, bu tacizci denen sapıklar, Mars'tan gelmediler, senin benim gibi onlar da insan. Hepsinin aileleri var, hatta bazılarının taciz ettiği çocukların yaşında evlatları var. Onların hiçbirini şeytan kandırmadı. Neden yapıyorlar bunu diyorum. Bir insan, neden tacizde bulunur, bunu anlamak lazım diyorum. O zaman belki suçla da suçluyla da daha başarılı mücadele ederiz."

"Buna bir şey demiyorum, ama bu söylediğin zaman alır. Aylar, yıllar sürer, önemli olan şimdi ne yapacağız?"

O kadar yaklaşmıştım ki mecburen konuşmaya dahil oldum.

"Suçla mücadele uzun sürer Ali. Bu iş, sadece polislerin meselesi değil."

Beni fark edince ikisi de toparlandı.

"Kusura bakmayın arkadaşlar, istemeden tanık oldum konuşmanıza." Ali'ye baktım. "Ama Zeynep haklı, tacizcileri tek tek kapatarak bu meseleyi çözemeyiz, tıpkı katilleri tek tek yakalayıp hapse atarak cinayeti engelleyemeyeceğimiz gibi.

Öyle olsaydı, Körebe'nin yöntemi işe yarardı. İbret olsun diye bir yılda 12 tacizciyi öldürdü. Ne oldu? Taciz vakaları mı azaldı, sapıklar bu iğrenç saldırılarından vaz mı geçtiler? Hiç zannetmiyorum, işin köküne inmek lazım. Evet Alicim bu iş topyekûn mücadele gerektiriyor. Gerektiğinde biz de sosyologlar, psikologlar gibi düşünebilmeliyiz. Başka türlü kazanmamız mümkün değil."

Elbette katılmıyordu yardımcım sözlerime, ama bir yanda sevdiği kadın, bir yanda amiri olunca şimdilik karşı çıkmaktan vazgeçti. Sessiz kalarak geri çekildi. Zeynep de oturduğu masadan kalkmıştı.

"Otur, otur Zeynepcim..." Bakışlarım masanın üzerindeki kâğıtlara kaydı. Alper'den aldığım dosyadaki belgelerdi bunlar. "Nasıl gidiyor, bir şeyler bulabildin mi?"

İskemlesine çökerken umutsuzca söylendi.

"Henüz önemli bir bilgiye rastlamadım Başkomserim. Bildiklerimiz dışında bir malumat yok. Ama hepsine bakamadım daha..."

Masaya yaklaştım, kâğıtları karıştırdım.

"Barkodlarla ilgili bir not gözüne çarptı mı? Körebe'nin cinayet mahalline bıraktığı oyuncakların barkodlarından bahsediyorum. 2012 yılındaki cinayetlerde oyuncaklara kendi düzenlediği barkodları yapıştırıyormuş. Elbette barkodların üzerindeki sayıların toplamı 12 çıkıyormuş... Okuduğun kâğıtlarda Zekai böyle bir bilgi notu düşmüş mü?"

Zeynep de Ali de sanki o notu göreceklermiş gibi kâğıtlara baktılar.

"Yok Başkomserim," dedi kriminoloğumuz. "Böyle bir not görmedim. Henüz bakmadığım sayfalarda varsa bilmem..."

Elimdeki kâğıtları masanın üzerine bıraktım.

"Aklında olsun, böyle bir nota rastlarsan haber ver. Ama şu son üç cinayetteki oyuncakların barkodlarını da kontrol etmek lazım. Bakalım, beş yıl önceki cinayet mahalline bırakılan oyuncaklardaki gibi mi?"

"Emredersiniz, bugün kontrol ederim."

Ayakta dikilen yardımcıma döndüm.

"Sen ne yaptın Alicim, konuştun mu şu taksiciyle?"

Hemen toparlandı.

"Konuştum Başkomserim, Cihan Bozacı diye bir adam. Hemen hatırladı şüpheli şahısı. Kocamustafapaşa'dan almış. 'Çok kibar adamdı,' dedi. 'İyi günler,' diyerek binmiş, 'hayırlı işler,' diyerek inmiş. Böyle müşteri yokmuş artık. Ama yol boyunca hiç konuşmamış. Bir derdi mi var diye düşünmüş taksici. 'Şüpheli şahıs taksideyken telefon filan gelmedi mi?' diye sordum. 'Yok,' dedi. Bomonti'ye gidene kadar arka koltuktaki köşesine büzülüp öylece oturmuş adam."

"Körebe'nin profiline uyuyor," diye söylendi Zeynep. "Son derece titiz davranıyor. Muhtemelen bu taksiye binmeden önce birkaç araç değiştirmiştir. Evinin Kocamustafapaşa'da olduğunu hiç zannetmiyorum. Belki profil resmi ortaya çıkarsa..."

Öylece kaldı, bakışları başımın arkasında bir yere takılmıştı, döndüm. Münir karşımda dikiliyordu.

"Merhaba Başkomserim." Şehla gözlerinde mahcup bir ifade vardı. Sanırım birkaç gün önce, gözlerini Zeynep'ten alamadığını hatırlamıştı. Ali'yle ikisini yan yana görünce utanmıştı. Çok sürmedi, ciddileşerek yaklaştı. "Odanızda yoktunuz. Şu temizlikçi kadın, sizi burada bulacağımı söyledi. Medeni'yi getirdim, sorgu için hazır."

Günün en iyi haberi buydu.

"Hadi gidelim o zaman." Birkaç adım attım, döndüm. "Ali sen de bizimle gel. Zeynepcim sen şu işi tamamla lütfen, barkod konusu önemli, lütfen atlama..."

"Tamamdır Başkomserim, merak etmeyin."

Koridora çıkınca Münir ikinci haberi verdi.

"Fahhar'ın otopsi sonuçları da geldi, çocuk denizde boğulmuş. Ciğerleri tuzlu suyla doluymuş. Çocuk denize düştüğünde sağmış. Cinayet değil kazaymış yani. Ve yanılmamışım çocuğun tek böbreği alınmış ama Medeni'nin söylediği gibi bir yıl önce değil, altı ay önce... Onlar Kilis'ten geldikten sonra. Ameliyat İstanbul'da yapılmış olmalı. Yani Medeni, çocuğun böbreğini satmış. Ayber Hanım'ın söyledikleri doğruya benziyor. Ama bu olayı Medeni'yle konuşmadım, birlikte sorgulayalım istedim..."

Minnetle omzuna dokundum.

"Teşekkür ederim Münir, çok iyi yaptın, bu olay Körebe dosyası için de anahtar olabilir."

Tatsız tatsız sırıttı.

"Valla işinizi yapıyorsunuz Başkomserim ama bu Körebe'yi yakalamak iyi fikir mi ondan hiç emin değilim."

Ali'nin de belli belirsiz gülümsediğini fark ettim, kendisi gibi düşünen birini görmekten mutlu olmuştu. Usulca başını sallayarak meslektaşına onay verdiğini görünce dayanamadım.

"Yahu Münir sen ne diyorsun!" diye parladım. "Adam Zekai'yi öldürdü. Önüne biz çıksak, bir an tereddüt etmeden seni de, beni de öldürür. Adam cani, cani.... Bu kadar mı çaresiziz, artık bir caniden mi medet umar hale geldik?"

Bütün neşesi kaçtı Münir'in ama geri adım atmadı.

"Zekai Amirim'i öldürmesini onaylayacak değilim. En ağır şekilde cezalandırılmalı. Fakat şunu söyleyebilirim, bu sapıklar karşısında kesinlikle çaresiziz. Yıllardır bu heriflerle uğraşan biri olarak, evet itiraf ediyorum. Ne yaparsak yapalım, bu sorunu çözemiyoruz. Hapishaneye tıkıyoruz, hastaneye yolluyoruz, ama çıktıktan bir süre sonra yine aynı boku yiyorlar. İster kızın, ister azarlayın Başkomserim, bu herifleri hapiste şişliyorlar, gırtlaklarını kesiyorlar ya, acayip mutlu oluyorum."

"Bir polis için felaket bir durum Münir," diyecek oldum, "Kabul ediyorum," diyerek lafı ağzımda koydu. "Kabul ediyorum fakat mutluluğuma engel olmuyor. Bizim yapamadığımızı, mahkûmlar yaptı diye acayip seviniyorum."

Ne diyeceğimi bilemedim. Suskunluğumu, sözlerini kabul ettiğime yormuştu Münir.

"Geçen gün benim hanım, bir tiyatroya bilet almış Başkomserim. Şu Shakespeare'in oyunlarından biri. Biraz sıkıldım ama bir laf vardı, çok etkilendim. Oyuncu şöyle diyordu bir sahnede: 'Cehennem boşalmış, şeytanlar aramızda.' Aynen öyle Başkomserim, bunların hepsi şeytan, cehennemden kaçıp aramıza sızmış iblisler. O yüzden bunlara acımayacaksınız..."

Bıkkınlık ve umutsuzlukla konuşuyordu, tartışmayı sürdürmenin manası yoktu. Zaten anlatsam da asla anlamayacaktı, cehennemden kaçtı dediği o şeytanların da aslında birer kurban olduğunu.

51
"Çaresizliğin gözü kör olsun, bizi birer zalime çevirdi."

❈

Toprak rengi gözlerini masanın üzerindeki bir noktaya umutsuzca dikmiş, öylece bekliyordu Medeni. Beni görünce bir an yüzü ışıdı ama çok sürmedi, aynı gülümsemeyi dudaklarımda göremeyince endişeyle kıpırdandı oturduğu iskemlede. Neler oluyordu?

"Merhaba Medeni Bey."

Sesim alabildiğine soğuk, alabildiğine otoriterdi.

"Mer... Merhaba Nevzat Bey."

İskemleyi çektim, karşısına oturdum. Ali, masanın sağ yanında ayakta durdu, Münir ise adamın arkasına geçerek sinir bozucu bir sessizlikle dikilmeye başladı.

Aynı duyarsız, aynı itici sesle sordum.

"Eee, anlatın bakalım."

Bocalamaya başladı.

"Ne, neyi anlatayım Nevzat Bey?"

İmalı, nerdeyse alaycı bir ifade takındım.

"Buraya niye getirildiğinizi biliyor musunuz?"

Boynunu içeri çekerek kollarını yana açtı.

"Bil... Bilmiyorum Başkomserim, bilmiyoruz.... Benim hanım, Zennup da şaşırdı kaldı. Hiç beklemediğimiz bir anda... Öyle apar topar soktular arabaya beni. Çok korktu kadıncağız. Kim bilir nasıl merak ediyordur şimdi." Ürkek gözlerle arkasındaki Münir'e bakmaya çalıştı ama göremedi. "Komiser Bey de açıklama yapmayınca..."

Söylediklerini hiç duymamış gibi derinden bir iç geçirdim.

"Bakın Medeni Bey, sizi sevmiştim. Sizi dürüst bir insan olarak görmüştüm. Çünkü, Evgenia tanıştırmıştı sizi. Çaresizdiniz, umutsuzdunuz, yardıma ihtiyacınız vardı. O yüzden elimden gelen her türlü yardımı yapmaya çalıştım. Ama, siz umduğum gibi çıkmadınız. Evgenia Hanım'ı aldattınız, beni, büyük hayal kırıklığına uğrattınız."

Anında savunmaya geçti.

"Ben, kimseyi aldatmadım, inanın ben dürüstüm Nevzat Bey. Bir hata olmalı, ben yanlış bir şey...."

O sert üslubuyla kestirip attı yardımcım.

"Sorulmadan konuşma! Başkomserimin ağzının içine bakacaksın, o soracak sen cevaplayacaksın. Başka laf yok anladın mı?"

Ali'nin sert çıkışı Medeni'nin endişesini iyice artırdı, ne diyeceğini bilemedi.

"Sana söylüyorum, sorulmadan konuşmak yok," diye azarladı yardımcım. "Anlaşıldı mı?"

"An... Anlaşıldı Komiser Bey..."

Sustu, ardı ardına yutkundu.

"Ciddi bir durum var Medeni Bey. Bir çocuğun ölümü söz konusu. Sizin gibi Suriye'den gelmiş, Arap bir çocuğun öldürülmesinden bahsediyorum..."

Acıyla kasıldı yüzü.

"Fahhar, Fahhar öldürülmüş mü?"

Münir eğildi arkadan Medeni'nin omuzlarını tuttu.

"Hayır, Fahhar denizde boğulmuş."

İrkildi yaşlı adam, hiç aldırmadan konuşmasını sürdürdü Münir.

"Bahsettiğimiz çocuk, Ayber Hanım'la Cabir'in oğlu... Şu melek bakışlı, Down sendromlu çocuk..."

Bakışlarını kaçırdı Medeni.

"Bercis," dedi gizli bir utançla. "Zavallı çocuk bir aydır kayıptı, öldürülmüş demek."

Medeni'nin omuzlarını sertçe sarstı Münir.

"Bilmiyormuş gibi yapma! Bercis'i sen götürmedin mi o sahte hastaneye?"

Suçüstü yakalanmış birinin telaşıyla, omuzlarını Münir'in pençelerinden kurtarmaya çalıştı, başaramadı.

"Yalan, vallahi yalan, iftira atıyorlar bana."

"İnkâr etmenin manası yok Medeni Bey," diyerek ellerimi masanın üzerinde birleştirdim. "Bizzat Ayber Hanım anlattı onları hastaneye götürdüğünüzü. Dahası organ kaçakçılarıyla da siz bağlantı kurmuşsunuz."

Hemen teslim olmadı.

"Yok, benim bu işle bir alakam yok. Kur'an, musaf çarpsın ki..."

"Yalan söylemeyi sürdürürsen, Kur'an yerine ben çarpacağım sana," diye bağırdı Ali. "Utanmadan hâlâ Kur'an'dan bahsediyor ya..."

Yaşlı bir adama böyle kötü muamele edilmesi içimi acıtıyordu ama onun yaptıkları aklıma gelince bunu fazlasıyla hak ettiğini düşünüyordum. Yine de bir an önce konuşsa da, şu berbat durumdan kurtulsak diye dua ediyordum içimden.

"Sahi kim şu Mirza?" diye sordum tansiyonu düşürmek için. "Evet, adamın lakabını da biliyoruz. Bakın Medeni Bey, bu alçakları yakalamamız an meselesi. Ya bizimle işbirliği yapar, yakalanmalarına yardımcı olursunuz ya da onlarla birlikte sizi de içeri tıkarız."

Nerdeyse oturduğu yerde zıplayacaktı havaya.

"Büyük yanlış yapıyorsunuz Başkomserim, ben dürüst bir insan..."

Sözlerini bitirmesine izin vermedi Münir, işaret parmağını sırtına dayayarak öfkeyle itti.

"Yalan söyleme artık. Üç kuruş için küçücük çocukların böbreklerini satmaktan bile çekinmeyen aşağılık bir adamsın sen. Ne maval okuyorsun bize!"

Medeni'nin korkuyla büyüyen gözleri yardım dilercesine bakıyordu. Bu odada onu benden başka kimsenin anlamayacağını biliyordu. Umutsuzca başımı salladım.

"İnkâr etmen nafile çaba Medeni. Her şeyi biliyoruz seni hiç kimse kurtaramaz, itiraf edersen belki...."

"Ama..."

"Aması maması yok," diye adama doğru eğildi Ali. "Anlatacaksın, ne bok yediyseniz hepsini tek tek anlatacaksın."

Çok ileri gidiyordu, az önceki tartışmanın acısını Medeni'den çıkartmak ister gibiydi. Sağ elimle Ali'yi durdurdum, sonra yaşlı adama döndüm.

"Ne kadar güç koşullarda yaşadığınızın farkındayız. Sizi böylesi rezilce bir davranışa iten nedenleri de biliyoruz... Eğer bu halde olmasaydınız, böyle zalimce bir işe kalkışmazdınız..."

Yaşlı adamın bedeninin titrediğini gördüm, daha fazla dayanamayarak ağlamaya başladı. Önce sessizce, sonra ince uzun yüzünü, esmer ellerinin arasına alarak katıla katıla ağladı. Medeni'nin gözyaşları, ne Münir'in ne de Ali'nin bakışlarında bir değişikliğe yol açtı. Birkaç dakika sonra Medeni de sakinleşti, sağ elinin tersiyle gözyaşlarını kuruladı.

"Bilemezsiniz Başkomserim," dedi yenilmiş bir sesle. "Sizin gibi merhametli biri bile anlayamaz neler yaşadığımızı. Çaresizliğin gözü kör olsun, bizi birer zalime çevirdi. Acımasız insanlar yaptı bizi." Meydan okurcasına Ali'ye baktı. "Doğrudur, yaptım, kendi öz yeğenimin böbreğini sattım, çünkü karımın ilaçlarını alamıyorduk, çünkü o barınma evlerinde insan gibi yaşayamıyorduk. 'Belki kurtuluruz,' dedik. 'Belki Fahhar'la Azez'i de kurtarırız,' dedik..."

Azez konusuna girmek için henüz erkendi.

"Mirza'yı mı buldunuz? Fahhar'ın böbreğini satmak için diyorum..."

"Yok," dedi burnunu çekerek. "Mirza bizi buldu. Adamın kaldığımız yerdeki görevlilerle bağlantısı vardı. Barınma evinin karşısındaki kahveye geldi, benimle konuştu. Çok para vereceğini söyledi. Çocuğun tek böbreğini alırlarsa bir sorun olmayacağını, Fahhar'ın hayatını sürdüreceğini söyledi. Allah belamı versin, şeytan aklımı karıştırdı, inandım sözlerine..."

Medeni yeniden ağlamaya başlayacaktı ki, "Şeytan sensin be," diye çıkıştı Ali. "Bir de pişmanlık numarasına yatıyor."

Gözlerimi yardımcıma diktim ama aldırmadı.

"Ulan para geleceğini bilsen, aynısını yarın yine yaparsın. Bir de günah çıkartıyor pezevenk."

İyice yaklaşmıştı Medeni'ye, müdahale etmezsem tokadı yapıştıracağından korktum.

"Dur Ali," diye bağırdım. "Tamam, sen dışarıda bekle!"

Yardımcım afallamıştı.

"Ne, ne dediniz Başkomserim?"

Sertçe yineledim.

"Dışarıda bekle diyorum, hadi, dışarıda görüşürüz."

Acayip bozuldu ama karşı çıkmadı.

"Emredersiniz."

Ali sorgu odasından çıkarken Medeni'ye döndüm.

"Ne zaman ameliyat ettiler Fahhar'ı?"

Emin olamadı, parmaklarıyla hesap etti.

"Altı ay önce... Yok altı aydan biraz daha fazla..."

Cebimden Kansu Sarmaşık'ın vesikalık fotoğrafını çıkardım, uzattım.

"Bu doktor muydu, ameliyata giren?"

Fotoğrafı aldı, bakar bakmaz tanıdı.

"Evet buydu, Hayati Bey, doktor Hayati..."

Elbette sahte isim kullanmıştı Kansu, ama eski ortağının adını seçmesi tuhaftı. Emin olmak için sordum.

"Adının Hayati olduğundan emin misiniz?"

Kendinden emin bir tavırla onayladı.

"Evet, ameliyattan önce karşılaştığında söylemişti adının Hayati olduğunu. Çok kibar bir adamdı. 'Yeğeninize bir şey olmayacak, kısa sürede sağlığına kavuşacak,' dedi. Öyle de oldu. Fahhar öncekinden daha sağlıklı oldu." Gözlerimdeki kuşku bulutlarını görünce düzeltti. "Yani sonradan bir sıkıntı yaşamadı."

"Bir daha gördünüz mü bu Hayati denen doktoru?"

Hiç duraksamadan yanıtladı.

"Bercis'i götürdüğümüzde gördüm, yine ameliyat öncesi..."

Deminden beri sessiz kalan Münir'den geldi soru.

"Bercis'in böbreğini satmak için sen mi razı ettin Cabir'i?"

Anında inkâr etti.

"Hayır, Fahhar'ın ameliyatını öğrenmişler. Ayber Hanım, karımla konuşmuş. 'Üç çocuğumuz var, durumumuz kötü, para lazım,' demiş. 'Bize yardım edin, Bercis'in böbreğini satmak istiyoruz,' demiş. Biz de onlara yardım ettik."

Münir iğneleyici bir sesle üsteledi.

"Yani Mirza denen o heriften para almadınız bu iş için..."

"Almadık. Arkadaşlarımıza yardım etmek istedik sadece. Başkasının çocuğunun sorumluluğunu alamam..."

Lafı gediğine koydu meslektaşım.

"Ama Fahhar hakkında sorumluluğu üzerine almakta hiçbir sakınca görmedin."

Bir an yüzü karardı, ama hemen toparladı.

"Fahhar, yeğenimdi..."

İnanmayan gözlerle baktığımı görünce, "Evet," diye yine-ledi. "Anlattım ya, Edhem Abim'in oğlu..."

Küçümseyen bir bakış fırlattım.

"Azez de abinizin kızı öyle mi?"

Pişkin pişkin söylendi.

"Evet, Azez de Fahhar'ın küçük kardeşi..."

Münir adamın önüne geçti.

"Utanmadan hâlâ yalan söylüyorsun be. Ne Fahhar ne de o küçük kız senin akraban. Onların sırtından para kazanmak için yanına aldın. Zavallı Fahhar ölmeseydi, kim bilir bu defa hangi organını satacaktın. Azez'in böbreğini satmak için de büyümesini bekliyordun."

Ürkerek yana çekildi yaşlı adam, o kadar hızlı hareket et-mişti ki nerdeyse iskemlesinden düşecekti.

"O çocuklar yeğenin değil Medeni," diyerek üçümüzün de bildiği hakikati tekrarladım, "Fahhar'ın ölümünden sorum-lu değilsin ama yasadışı olarak böbreğinin alınmasına sebep oldun. Azez'e gelince, onu kesinlikle alacağız elinizden."

Derin bir hüzün dalgası geçti yüzünden.

"Yapmayın, o kızı almayın bizden. Kabul, çok kötü şeyler yaptım ama lütfen Başkomserim. Ne benden ne de karımdan zarar gelir ona. Azez olmazsa yaşamak için bir gayemiz kal-maz. Fahhar'ın böbreğini de onun için sattık. Azez'e iyi bir hayat verebilmek için. İnanmıyorsanız bankaya sorun, aldı-ğımız 25 bin lira olduğu gibi orada duruyor..."

Samimi görünüyordu Medeni. Söyledikleri doğru olabilir miydi? Münir'e sorsan, asla inanmazdı, Ali ise duyar duymaz basardı kalayı ama olmayacak iş değildi. Her insanın içinde iyi bir yer vardır, bozulmamış bir saflık, her şeye rağmen bir parça masumiyet. Bilmiyorum, belki yine aptalca bir iyim-serliğe kapılmıştım.

"Bunu mahkemede anlatırsın," dedim öfkeden arınmış bir sesle. "Ama mahkemede iyi niyetli olduğunu göstermen için bize yardım ettiğini de kanıtlaman lazım..."

Pis, korkakça bir ifade kapladı yüzünü.

"Ne isterseniz yaparım, yeter ki bizi hapse atmayın."

"Bakacağız," dedi Münir doğrularak. "Önce şu Mirza de-nen şerefsizi teslim et bize..."

Yeniden bir bozgun dalgası kapladı kansız suratını.

"Adamın nerede olduğunu bilmiyorum ki..."

"Telefonu yok mu?" diye araya girdim. "Nasıl temas kuruyordu sizinle?"

"Bizim binanın karşısındaki kahveye geliyordu. Ama ne zaman geleceğini Allah bilir."

Münir yeniden adamın arkasına geçmişti, yeniden omuzlarından yakaladı onu.

"Mirza'nın gelmesine gerek yok, biz ona gideceğiz. Daha doğrusu sen götüreceksin bizi..."

Omuzlarını kurtarmaya çalıştı başaramadı.

"Evini bilmiyorum ki..."

"Zaten evi işimize yaramaz," dedim iskemleden kalkarken. "Şu hastaneye götüreceksin bizi. Fahhar'ın böbreğini sattığın o meşum binaya."

52
"Çünkü kötüler gider ama kötülük kalır."
꙱

Bu defa "Fikrimin İnce Gülü" karşıladı beni. Evgenia'dan söz etmiyorum, gerçekten de bu şarkı çalıyordu Tatavla'nın kapısından içeri girdiğimde. "Fikrimin ince gülü, kalbimin şen bülbülü / O gün ki gördüm seni, yaktın ah yaktın beni." Müzeyyen Abla'nın sesi bahçeye kadar eşlik etti bana. Evgenia beyaz duvarın önünde başgarsonla konuşuyordu.

"Çivit mavisi İhsancım, buz mavisi değil, çivit mavisi, buraya çok güzel gider. Bu duvar hep rahatsız etti beni. Aslında şu gençleri çağırsak, Mimar Sinan'da okuyanları... Gönüllerince boyasalar diyeceğim, ama bizim müşteriler nasıl karşılar bilemiyorum..."

O anda başgarson fark etti beni.

"Ooo Nevzat Bey hoş geldiniz."

Adımı duyar duymaz sevinçle döndü Evgeniam.

"Nevzat, Nevzatakimu, bu ne güzel sürpriz..." Kollarını açıp sarıldı boynuma. Teninin kokusunu doya doya içime çektim. Sanki mor renkli bir lavanta tarlasında kayboldum. Bir süre öylece kaldı. Hiç kıpırdamadan, hiç konuşmadan. Şu vicdanını, merhametini, insafını yitirmiş dünyada benim tek dayanağım sensin, dercesine. Sonra yavaşça koptu bedenimden. "İyi ki geldin," dedi yüzümü avuçlarının içine alarak. "İyi ki geldin, çok ihtiyacım varmış sana."

Biliyordum çok ihtiyacı olduğunu, Azez'i vermek istemediklerini söylediğinden beri hayal kırıklığı içindeydi. Muhtemelen kendini küçük kızın yokluğuna hazırlıyordu. Ama yanılıyordu, Azez'i alacaktık, o rüzgâr saçlı kızı kurtaracaktık. Münir ile Ali'yi Mirza'nın bulunduğu binaya operasyonun hazırlanması için emniyette bırakmış, arada kalan boş zamanı sevgilimle geçirmeye karar vermiştim.

"Benim de sana ihtiyacım var," dedim nazikçe saçlarına dokunarak.

Kendi derdini unuttu, su yeşili gözlerini şefkat bürüdü.

"Ne oldu Nevzat, yoksa kötü bir şey mi var?"

"Bildiklerimizden daha kötüsü yok Evgenia." Etrafa bakındım. "Beni böyle ayakta mı tutacaksın?"

"Olur mu, gel, gel şöyle otur."

Çınar ağacının altında, çinili havuzun yanındaki masaya sürükledi beni. Deminden beri hayranlıkla bizi izleyen başgarsona döndü. "Eee İhsan, ne duruyorsun be kuzum, donatsana şu masayı..."

İhsan içeri koştururken, başımla duvarı işaret ettim.

"Hayrola duvarı mı boyatıyorsun?"

Yeşil gözleri beyaz duvarı okşadı.

"Çoktandır boşladım meyhaneyi, biraz değişiklik iyi gelir dedim."

Hâlâ gerçek nedeni gizliyordu.

"Boş ver şimdi duvarı, ne oldu Nevzat? Neyin var?"

Ayakta dikilmeyi sürdürüyorduk.

"Anlatacağım, ama önce şöyle karşıma geç, otur."

Bakışları mutfağa gitti, geldi.

"Şu yiyecek meselesi..."

Ellerinden tutup oturttum iskemleye.

"Yiyecek meselesi hallolur, hiç açlıktan ölmedim burada..."

Oturdu, ama soru dolu bakışlarını yüzümden alamıyordu, aldırmadan karşısındaki iskemleye yerleştim. Gözlerimi yüzüne dikerek sordum.

"Sence ben hayalci biri miyim?" Anlamadı. "Yani gerçekler yerine kendi kafamdaki romantik düşüncelerle mi yaşıyorum?"

Tatlı bir gülümseme yayıldı güzel dudaklarına.

"Bunda ne sakınca var ki?"

"Gereksiz iyimserlik, herkesi anlamaya çalışmak, anlamsız yere herkesle empati kurmak."

Masanın üzerinden uzanıp ellerimi tuttu.

"Sen iyi bir insansın, o yüzden herkesi anlamaya çalışıyorsun. İyi bir şey bu."

Ellerini şefkatle okşadım.

"Zannetmiyorum..."

Yine kaygıyla kaplandı yüzü.

"Ne oldu, biri canını sıkmış senin?"

Onu üzmek gibi bir niyetim yoktu, ama güzel haberi de hemen vermek istemiyordum.

"Ali'yle tartıştık," dedim kaşlarımı çatarak.

Çok sevdiği haylaz bir çocuğun ismini duymuş gibi neşeyle söylendi.

"Bizim Ali mi? O, canını sıkmaz ki senin..."

İkinci kozumu oynadım.

"Sadece o değil, Münir'le de atıştık biraz... Hani şu kayıp çocuğun davasına bakan komiser..."

Duruldu Evgenia, sanki resmin tümünü görmek istermişçesine geriye çekildi.

"Nevzat başından anlatsana kuzum şunu. Niye tartışıyorsun bu çocuklarla? Sen kimseye karışmazsın ki... Kafam allak bullak oldu valla."

Haklıydı, artık sadede gelmekte yarar vardı.

"Bugün Medeni'yi gözaltına aldık..."

Gözleri iri iri açıldı.

"Suriyeli Medeni'yi? Azez'in amcasını?"

Başımı sallayarak onayladım.

"O yaşlı adam, Azez'in amcası filan değil. Ne Azez'in ne de ölen Fahhar'ın. Medeni bir sahtekâr. Fahhar'ın böbreğini satmış daha önce..."

Bütün kanı çekilmiş gibi oldu.

"Ne? Ne diyorsun Nevzat?"

"Söylediklerimin hepsi doğru. Zaten adam da suçunu itiraf etti..."

Hayretler içindeydi.

"Ya öteki çocuk, şu cesedi bulunan... Onu da mı öldürmüşler?"

Dehşete kapıldı. Bakışlarımı kaçırdım ama gözleri üzerimdeydi hakikati açıklamadan kurtuluş yoktu.

"Ameliyat sırasında ölmüş... Yakında öğreneceğiz işin aslını."

Lafı dolandırmam hiçbir işe yaramamıştı.

"Öğrenecek ne var ki Nevzat? Böbreklerini çalarken öldürmüşler çocuğu"

Kararlı bir sesle söylendim.

"Merak etme Evgenia, o çocuğun katillerini bulacağım."

Çaresizce baktı yüzüme.

"Eminim bulursun. Fakat öteki çocuklara bunun hiçbir faydası olmayacak..."

Boş bulundum..

"Öteki çocuklar... Hangi çocuklardan bahsediyorsun?"

Eliyle dışarıda, karanlıkta bir yerleri gösterdi.

"Öteki çocuklar işte. Her gün anne babalarının kucaklarında derme çatma botlarla, fırtınalı denizleri aşarak, yaşayabilecekleri bir ülkeye gitmeye çalışan çocuklar. Gitmeye çalışırken, o denizlerde boğularak ölen çocuklar. Ölüm haberlerini her gece televizyonlardan izlediğimiz çocuklar. Bu bedeni parçalanmış zavallının, katillerini bulmak onları boğulmaktan kurtaracak mı? Para için organları haraç mezat satılan bu çocuğun katillerini hapse atınca, insanlık uyanacak mı?"

Bugün aklımdan geçenleri dile getiriyordu, cevabını bilmediğim soruları yanıtlayamazdım ki. Birden sustu, sonra etine ateş bastırılmış gibi, "Azez," diye haykırdı. "Azez, o zaman Azez de tehlikede." Ayağa kalkmaya çalışıyordu. Ellerini sımsıkı tutarak iskemlesine oturttum.

"Sakin ol Evgenia, sakin ol. Azez güvende. Şu anda Çocuk Şube'de. Kendi ellerimle götürdüm, başında da bizim Şükriye var. Dünyanın en şefkatli kadınıdır... Senin kadar güvenirim ona..."

Yatışıncaya kadar gözlerini alamadı yüzümden, nihayet kaygısı dağıldı, artık müjdeyi verebilirdim...

"Evet Evgeniacım, aslında sana bu güzel haberi vermeye gelmiştim, Azez'i almamızın önünde bir engel kalmadı..."

Küçük bir sevinç çığlığı attı.

"Nevzat, ne diyorsun sen!"

Yüzüme kocaman bir zafer gülümsemesi yerleştirdim.

"Söyledim ya, Azez, Medenilerin akrabası filan değilmiş. Üstelik Fahhar'a yaptıklarından sonra hiçbir mahkeme kızı vermez onlara... Ancak, hemen evlatlık alamıyoruz. Önce Azez'in Türkiye vatandaşı olması lazım. Koruyucu aile olarak alacağız onu yanımıza. Gerekli şartları yerine getirdikten sonra da evlat edineceğiz. Bugün yarın işlemleri başlatmamız lazım... Tabii Azez'i hâlâ istiyorsan."

Gözleri nemlendi.

"Elbette isterim Nevzat, o kız, tanrının bana bir armağanı."

Ne yalan söylemeli "Tanrının bana bir armağanı," lafına takıldım. Neden hâlâ sadece bana diyordu, neden bize demiyordu? Yeterince güven verememiş miydim ona? Oysa Azez'i birlikte büyütmek istediğimi açıkça söylemiştim geçen görüşmemizde. Belki bana güveniyordu da mesleğim korkutuyordu onu. Her an başıma bir iş gelebileceğinden endişe ediyordu. Ama artık bu duruma alışması gerekiyordu. Bir an karımı hatırladım, Güzide'yi. Sahi Güzide alışmış mıydı bu duruma? Gece yarıları gelen telefonlara, hiçbir açıklama yapmadan evden ayrılışlarıma. Gerektiğinde günlerce ortalıkta görünmeyişlerime. Hayır, o da alışamamıştı, ama kabul etmişti. Başka türlü, bir polisle nasıl yaşayabilirdi ki? Evgenia da kabul etmeliydi. Aslına bakılırsa kabul etmiş görünüyordu ama ortak bir gelecek kurabileceğimize inanamıyordu hâlâ. Kapıldığım bu hayal kırıklığından habersiz olan Evgenia anlatmayı sürdürüyordu.

"Şimdi yasal mevzuata kaldı iş. Bir avukat bulmam lazım Nevzat, bu işlerden anlayan bir avukat."

Yanıt vermek yerine öylece süzdüm, şaşırmıştı.

"Niye öyle bakıyorsun?"

"Avukat bulman değil, bulmamız lazım. Azez sadece senin değil benim de kızım olacak."

Mahcup oldu, açıklamaya kalkışacaktı ki, "Bu konuyu konuşmuştuk," diye izin vermedim. "Tamam Azez'in velayetini sen üzerine al, ama sakın unutma onu birlikte büyüteceğiz." Gülümsedim. "İyi bir avukat bulacağız. Orasını hiç merak etme, bu işin uzmanı olan bir arkadaşım var. Tereyağından kıl çeker gibi çözer bu olayı."

Daha ne olduğunu anlayamadan uzanıp ellerimi öpmeye başladı.

"Çok teşekkür ederim Nevzat, çok teşekkür ederim aşkım..."

Ellerini kendime doğru çektim, ben de onun parmaklarına dokundurdum dudaklarımı...

"Ben teşekkür ederim Evgeniacım, bana yeniden insan olmayı öğrettiğin için..."

Hayranlıkla bakıyordu.

"Sen zaten iyi bir insansın Nevzat, kime sorsak söyler bunu. Hatta yakaladığın o eli kanlı katiller bile itiraf etmekten çekinmezler bu hakikati..." Duraksadı, yeşil gözleri kuşkuyla gölgelendi. "Ama bir sıkıntın var, gerçekten canını sıkmışlar senin... Ali'yle mi tartıştın gerçekten?"

Hâlâ avuçlarımda kıpırdanan ellerini usulca sıktım.

"Tartışmadan biraz ötesi... Sanırım Ali'yi kırdım. Resmen sorgu odasından kovdum. Gerçi çocuk saygısızlık etmedi ama dışarıda karşılaştığımızda söyledikleri kafamı karıştırmaya yetti. 'Çok empati kuruyorsunuz Başkomserim,' dedi samimi bir tavırla. 'Ne dünya bu kadar hassasiyeti kaldırır, ne insanlar bu kadar inceliği... Hakikat çok daha basittir, çok daha acımasız. Siz yaşça da başça da büyüksünüz benden. Söyledikleriniz benim için hem emirdir, hem de onları yerine getirmekten şeref duyarım. Ama bir an, sadece bir an bu genç arkadaşınıza kulak verirseniz kendinizi kandırmayın derim... Kötü, kötüdür Başkomserim. Suçluları anlamaya çalışmak tamam da merhamet göstermeyin lütfen. Çünkü kurbanlara haksızlık oluyor...' Evet, alıngan bir sesle böyle söyledi. Münir de yanımızdaydı. O tek lakırdı etmedi ama bakışlarından genç meslektaşına hak verdiği belliydi..."

Düşünceli bir hal almıştı Evgenia'nın yüzü.

"Sen ne dedin Nevzat?"

"Önce sinirlendim, çünkü sorgu odasında çok kötü davranmıştı Medeni'ye. Nerdeyse vuracaktı yaşlı adama. Şimdi de bana akıl vermeye kalkıyor diye düşündüm ama sonra, 'Kurbanlara haksızlık oluyor,' cümlesi takıldı aklıma. Fahhar'ın cesedi geldi gözlerimin önüne, Azez'in aynı akıbeti paylaşabilecek olması. İşte o zaman Ali'nin sözleri anlam kazandı. Gerçekten yanlış mı yapıyordum? Suçlularla bu kadar empati kurmak sakıncalı mıydı? Bizim onlara gösterdiğimiz anlayışı, onlar kurbanlarına gösteriyorlar mıydı? Gerekçeleri ne olursa olsun, son derece kararlı ve acımasızca davranan bu insanları tanımaya, anlamaya çalışmak, gereksiz bir merhamet gösterisi miydi? Bir acizlik miydi?"

"Kendine haksızlık ediyorsun," diyerek kesti sözlerimi. "Sen aciz bir insan değilsin, ama merhametlisin, belki fazla merhametli... Anlamaya çalışman da yanlış değil bence. Anlamak, onaylamak değil ki. Bir katili de anlamak gerekir, hatta bir çocuk tacizcisini de..." Sustu, başını geriye attı, yine o mahcubiyet geldi yerleşti güzel yüzüne. "Hay Allah, ne yapıyorum ben! Yıllarını bu işe adamış bir adama akıl veriyorum... Kusura bakma Nevzat, haddimi aştım galiba..."

"Hayır, hayır," diyerek sarıldım ellerine. "Akıl vermiyorsun, versen de iyi geliyor. Lütfen devam et..."

İnanmamış gibi bakıyordu.

"Gerçekten Evgenia, bazen kaybolduğumu hissediyorum. İnancım sarsılıyor. Doğruluğundan emin olduğum düşüncelerin hayat karşısında paramparça olduğunu görmek çok yıpratıcı. Karanlığın ortasında buluyorum kendimi. Doğru neydi, yanlış neredeydi, hakikat hangisiydi, bilemiyorum. Ne var bunda diyeceksin, her insan yanılır. Öyle olmuyor, bizim yaptığımız yanlışların bedeli çok ağır. Bak Zekai bir hata yaptı, bunu canıyla ödedi. Evet, bizim yanlışlarımız, insanların hayatına mal oluyor. O yüzden Ali'nin söyledikleri hiç de yabana atılacak laflar değildi."

Durgunlaşmıştı Evgenia.

"Anlıyorum, işin tuhafı Ali'yi de anlıyorum. Belki ben de polis olsaydım, bu vakalarla karşılaşsaydım Ali gibi düşünürdüm. O çocukların halini görmek, her gün suçsuz günahsız kurbanlarla karşılaşmak herkesi katılaştırabilir. İnce düşünmekten vazgeçersin, anlamak yerine yargılamayı tercih edersin, mahkûm etmeyi, hatta yok etmeyi... Bu, en kolayıdır. Zor olan, senin yaptığın, suçlu da olsa, kötü de olsa insanı anlamaya çalışmak. Asıl önemli olan bu. Çünkü kötüler gider ama kötülük kalır. Eğer insanların neden kötülük yaptığını anlayamazsak, nasıl önlenir ki bu musibet?" Şefkatle bakıyordu. "Sen doğru olanı yapıyorsun Nevzat, karşındaki cani de olsa insanı anlamaya çalışıyorsun. Bunda hiçbir yanlış yok, çünkü suçluları hoşgörüyle karşılamıyorsun, hiçbir zaman onları affetmiyorsun, hiç öyle görmedim seni. O yüzden kendini yeme boşuna." Sevgiyle vurdu elime. "Ama suçlulara gösterdiğin anlayışın bir parçasını Ali'ye de gösterebilirsin. Buna hiç itirazım olmaz..."

Yanımızda bitiveren İhsan'ın masaya düşen gölgesiyle kesildi sevgilimin sözleri.

"Eveet rakılarınız geldi, beyaz peynir, kavun, kızarmış ekmek..."

Her zamanki alışkanlığıyla İhsan, kadehleri, rakı dolu karafakiyi, tabakları bir çırpıda yerleştiriverdi masanın üzerine.

Can simidi gibi sarıldım şişeye, bir çırpıda boşalttım kadehlere, üzerlerine de birer parça su, kar gibi aklandı rakılarımız.

"Sana içiyorum Evgenia," diye kaldırdım kadehimi. "Unuttuklarımı bana hatırlatmana..."

Başını hafifçe sallayarak kibarca itiraz etti, ardından kadehini benimkine dokundurdu.

"Bize içelim Nevzatcım, her şeye rağmen hayatı güzelleştiren aşkımıza."

53
"İnsanın en büyük kepazeliği işte bu bağışlama duygusuydu..."

※

Kapının önündeydim, benim yaşlı emektarın yanında gökyüzüne bakıyordum. Yıldızlarla kaplıydı her yer, o kadar çoklardı ki, sabaha saatler olmasına rağmen kül rengi bir aydınlığa dönüşmek üzereydi gece. Şu boğucu sıcak olmasa ne kadar güzel bir gece bile diyebilirdim. Hayır, çok içmemiştim, sadece bir kadehçik, o da ağır ağır, tadını çıkarta çıkarta. Bırakalım kafayı bulmayı çakırkeyif bile değildim. Hayır, aşk sarhoşu olduğum filan da yoktu, o kadar acı olaydan bahsetmiştik ki, mutlu olmaktan suçluluk duyardı insan. İşte o anda gelmişti beklediğim telefon. Emektarın kapısını açmadan hemen önce.

"İyi geceler Başkomserim," demişti Ali bir solukta. Ne bir alınganlık vardı sesinde ne de sitem. "Hazırlıklar bitti, operasyona başlayabiliriz."

Derin bir nefes almış, nemli, sıcak hava ciğerlerime dolarken dizginleyemediğim bir heyecanla sormuştum.

"Anladım Alicim, mevkiniz neresi?"

Aynı heyecanla açıklamıştı yardımcım.

"Küçükköy'deyiz, Medeni'nin gösterdiği malum binanın yakınlarında..."

Yarım saat sonra Ali'nin belirttiği adresteydim. Ekip iki sokak aşağıdaki arsadaydı, baskın yapacak tim kendi arasında konuşuyordu, ben yaşlı emektarın yanında gökyüzüne bakıyordum yine... Bir yerlerde köpekler havlıyordu. Biraz daha aydınlanmıştı gece, sabah olduğundan değil her an her dakika yeni yıldızlar katıldığı için gökyüzüne...

"Şunu giyin Başkomserim."

Elindeki çelik yeleği uzatıyordu yardımcım.

"Birazdan giriyoruz içeri."

Yeleği aldım, sırtıma geçirirken yardım eden Ali'ye bakarak homurdandım.

"Bu çok terletir be evladım!"

Biçimli dişlerini göstererek sırıttı kerata.

"Terinizin dökülmesi, kanınız dökülmesinden iyidir."

Doğru söze ne denir, geçirdik yeleği sırtımıza. On dakika sonra sahte hastane olarak kullanılan üçgen şeklindeki apartmanın önündeydik. Dar bir sokağın köşesinde yer alan binanın önü arkası boşluktu. Özel timin 12 kişilik ekibi, giysileri, teçhizatları ve ellerinde silahlarıyla giriş kapısının iki yanına sıralanmışlardı. Ekip amiri Tayfun'la göz göze geldik. Başımla operasyonu onayladım. Adamlarına döndü, parmaklarıyla ona kadar saymaya başladı. Yardımcımı kolundan tutarak, "Biz arkaya geçelim Ali," diye fısıldadım. "Pencerelerden kaçanlar olabilir."

Ardı ardına üç kez kapıya çarpan koçbaşının sesi gecenin karanlığında yankılanırken binanın arkasındaki gölgelere sığınmıştık bile. Çelik yelek gerçekten de korkunçtu, bütün bedenim ter içinde kalmıştı. Sağ avucumdaki tabancamın kabzası bile ıslanmıştı. Bizim genç cengâverin de benden pek farkı yoktu. Ama umrunda bile değildi, avının peşindeki bir kedi gibi gözlerini pencerelere dikmiş, sessizce bekliyordu. Birden içeride gürültüler duyuldu, bağrış çağrış derken pencerelerin ışıkları ardı ardına yandı.

"Hadi, başlıyoruz Alicim, dikkatli ol!"

Merak etmeyin anlamında, silahsız elini kaldırdı. Binadaki gürültüler artmaya başlamıştı, bir kadın çığlık attı, çocuk bağırışları duyuldu ve ikinci katta ortadaki pencere açıldı, adamın biri kendini can havliyle aşağıya bıraktı, ardından biri daha... İlk düşenin ensesinde bitti Ali.

"Kıpırdama lan, yat yat, kalkma sakın..."

Adam pestil gibi serildi yere. İkinci atlayan daha çevikti, daha hazırlıklıydı, nitekim ayaklarının üzerine düştü.

"Sakın kıpırdama," diye bağırdım gölgeden çıkarak. "Olduğun yerde kal…"

Umursamadı, koşmaya başladı, ben de peşinden. Alacakaranlıkta tam seçemiyordum ama benden daha uzundu, daha atak, daha hızlı… Üzerimdeki çelik yelek de batmaya başlamıştı, adamı kaçırmak üzereydim.

"Dur!" diye bağırdım. "Dur polis, yoksa ateş ederim."

Dinleyen kim, adımlarını daha da açtı, tam köşeyi dönüp karanlığa karışacaktı ki nerden çıktığı belli olmayan bir araba belirdi önünde. Araba yavaştı ama şüpheli şahıs o kadar hızlı koşuyordu ki çarpmanın etkisiyle takla atarak yüzükoyun yere kapandı. Ben adamın yanına yaklaşırken kapı açıldı, içinden bizim Zeynep'le Ekrem çıktı. Onlar da neler olup bittiğini anlamamışlardı.

"Şüpheli şahıs," diye bağırdım. "Şüpheli, yakalayın…"

İkisi birden silahlarını çekip yerdeki adama doğrulttular.

"Kıpırdama, kıpırdama…"

Adam yine de doğrulmaya çalıştı, Ekrem sağ ayağıyla şüphelinin sırtına bastırarak yere itti. Tabancasının namlusunu adamın başına dayadı.

"Duymadın mı lan, kıpırdama dedik."

"Benim bir suçum yok," diye söylendi şahıs. "Binayı teröristler bastı, ben de kendimi pencereden attım."

Bariton bir opera sanatçısı gibi gür çıkıyordu sesi. Ayber Hanım'ın sözlerini hatırladım. Bercis'in ameliyatı için onları ikna etmeye çalışan Mirza'yı tarif ederken, "Çok gür bir sesi vardı. Sesini çok iyi kullanıyordu," demişti.

"Tamam," dedim sakin bir sesle yerdeki adama. "Suçsuzsan sorun yok, ayağa kalkabilirsin." Şahıs toparlanırken Ekrem'e döndüm. "Şu arkadaşın üzerini arar mısın?"

Ekrem silahını beline yerleştirdi, ayağa kalkan adamın üzerindeki tozları eliyle silkelemesini bekledikten sonra aramaya başladı. Adam temizdi.

"Kimliğini görebilir miyim?" dedim duygusuz bir sesle. "GBT'ne bakmamız lazım."

Hevesle çıkardı yazlık ceketinin iç cebinden bana uzattı. Derhal ismine baktım. Dinç Açıkgöz yazıyordu. Yoksa Mirza denilen adam bu değil miydi? Ayber, adamın çok güzel gözleri olduğunu söylemişti.

"Şöyle ışığın altına geçelim," diyerek sokak lambasını gösterdim. "Orada daha rahat konuşuruz."

"Olur, geçelim," dedi o etkileyici sesiyle. "İnanın benim bir suçum yok..."

"O zaman mesele yok."

Bakışlarım az ilerdeki Ali'ye kaydı bir an. Öteki şüpheliyi ayağa kaldırmış üzerini arıyordu. Baktığımı görünce, açıklama yapma gereği hissetti.

"Silahı yok Başkomserim."

Cesaretlenen şahıs da anında savunmaya geçti.

"Ben de suçsuzum, teröristler apartmanı basıyor diye bağırdı biri, biz de kendimizi attık pencereden..."

Elbette kimse böyle bağırmamıştı, elbette yalan söylüyordu.

"Tamam, tamam anlaşıldı, gelin, siz de gelin böyle," dedim bariton sesli adamla ışığa yürürken. "Beyefendinin de GBT'sine bakalım Ali."

Sokak lambasının altına gelince, yanımdaki şahsın yüzünü incelemeye başladım, sol yanağı olduğu gibi toza bulanmıştı ama sarı ışık iri yeşil gözlerinin bütün güzelliğini ortaya çıkartmıştı. Hiç şüphesiz karşımda dikilen şahıs aradığımız adamdı.

"Mirza dışında başka sahte ismin var mı?" diye sordum sakin bir sesle. Önce anlamadı ne demek istediğimi.

"Ne! Ne dediniz?"

"Oyun bitti Dinç." Hınzırca bir bakış attım. "Yoksa Mirza mı demeliyim?"

Telaşla kıpırdandı.

"Yanılıyorsunuz..."

"Hiç inkâr etme Dinç, Ayber de, Medeni de seni teşhis ettiler." Başımla binayı gösterdim. "Sahte hastanen de basıldı.... Kim bilir ne deliller, ne şahitler buldu bizimkiler içeride... Yarın sabah böbreğini, karaciğerini alacağın zavallılar bile vardır eminim. Artık bu işten yırtman mümkün değil..."

Paniklemişti, bakışları bir an umutla sokağın öteki ucuna kaydı. Ekrem anında dayadı silahı sırtına.

"Sakın ha, aklından bile geçirme!"

Önüne kattığı öteki zanlıyla yanımıza gelen Ali de duymuştu konuştuklarımızı. Yakaladığı şahsı itekleyerek söylendi.

"Bu şerefsizlermiş değil mi Kansu'yu öldürenler?"

"Ne, ne adam öldürmesi ben doktorum," dedi yardımcımın itekledği adam. "Ben doktor Ruhi, büyük bir hata yapıyorsunuz?"

Bu kez eskisinden daha sert itekledi yardımcım.

"Doktormuş, ne doktoru be! Sen kasapsın lan, kasap! Bir de bakıyor dik dik. Geç lan, çabuk geç şu lavuğun yanına. Dizilin duvarın dibine..."

Dinç ve kendini doktor diye tanıtan suç ortağı yan yana durdular. Ürkütücü bir görüntüydü, gecenin içinde iki adamın karşısında elleri silahlı dört polis. Sanki birazdan ikisini kurşuna dizecekmişiz gibi...

"Bu yaptığınız kanunsuzluk," diye öne çıkacak oldu Dinç, ama anında patladı yardımcımın tokadı, suratında...

"Sensin lan kanunsuz!"

Dinç sola savrulurken, suç ortağı korkuyla yana çekildi.

"Hanginiz çekti tetiği? Sen mi?" Silahının namlusuyla Dinç'in göğsünü didikliyordu Ali. "Yoksa sen mi doktor bozuntusu?" Yeniden ötekine döndü. "Yok, bu şerefsiz yapmıştır o işi. Bir de takma ismi var. Mirzaymış... Söyle lan, sen mi öldürdün Kansu'yu?"

Korkuyla söylendi Dinç.

"Ben, ben, ben kimseyi öldürmedim... Niye öldüreyim ki Kansu'yu?"

Aslında Ali'yi çoktan durdurmalıydım, etraftaki evlerin ışıkları yanmaya başlamıştı, az sonra ahali toplanırdı başımıza. Zeynep de neden müdahale etmiyorsunuz dercesine bakıyordu ama içimden gelmiyordu yardımcımı durdurmak. Çaresizlikten öz çocuklarının organlarını satan Suriyeli ailelerden çok daha aşağılık mahluklardı bunlar. Mahluk diyorum ama gerçekte bizim gibi insandılar. Çıkar için her türlü kötülüğü yapmaya yatkın bir ruha sahiptiler, sonra da kendilerini bağışlarlardı. İnsanın en büyük kepazeliği işte bu bağışlama duygusuydu. Kötülüklerin sürekli tekrar etmesinin nedeni de bu olabilirdi. Kendimizi hoş görmemiz, eninde sonunda inandırıcı bir gerekçe bulmamız. Olmadı, ben aciz bir kulum, her türlü kötülüğü yapabilir, suçu işleyebilirim, ama yaradanıma sığınır, kendimi bağışlatırım ucuzluğu. O yüzden Ali'nin bu aşağılık heriflere kötü muamele etmesine karşı çıkmadım. Madem ki başlamıştık, sonuna kadar gidecektik. Hatta daha çabuk sonuç almak için ben de müdahil oldum. Geçtim Dinç'in karşısına.

"Bercis adlı çocuğun ölümünün açığa çıkmaması için... Evet, bir ay önce ameliyat masasında öldürdüğünüz çocuktan bahsediyorum. Ayber'le Cabir'in Down sendromlu oğlundan..."

Telaşla savunmaya çalıştı.

"Yok, yok benim suçum yok ki olayda... Kimsenin suçu yok. Anne babasının rızası vardı. Paralarını da ödedim. Çocuk dayanamadı ameliyata... Tamam Kansu'nun hatası olabilir, zaten o olaydan sonra ayrıldım onunla... Ben hastalara hizmet veriyorum. Yasal mevzuat uygun olmadığı için bu yollara başvuruyoruz. Bir sürü insanın hayatını kurtardık..."

Daha fazla yalan söylemesine dayanamadım.

"Zenginlerin hayatını kurtardınız... Parası olanların... Kimsesiz, garibanların organlarını yok pahasına alıp, varlıklı müşterilerinin ömrünü uzattınız... Kim bilir kaç çocuk öldü sizin yüzünüzden? Utanmadan bir de yalan söylüyorsunuz..."

Birden ağlamaya başladı Dinç. Kaybettiğini, artık onu kimsenin kurtaramayacağını anlamış olmalıydı.

"Sadece biz mi yapıyoruz bu işi?" dedi burnunu çekerek. "Güçsüzüz diye geliyorsunuz üzerimize. Büyüklere diş geçiremiyorsunuz tabii..."

Ali öfkeyle öne çıktı, adamı yakasından tutacaktı ki, durdurdum.

"Bırak, bırak anlatsın..." Dinç'e döndüm. "Kimden bahsediyorsun? Kimmiş büyükler?"

İçini çekerek mızırdandı.

"Sanki bilmiyorsunuz..."

"Bilmece gibi konuşma," diye azarladım. Sinirlerim gerilmeye başlamıştı. Muhtemelen Zeynep şaşkınlıkla izliyordu beni ama umrumda değildi. "Kimden bahsediyorsun, açık konuş..."

Ceketinin koluyla gözyaşlarını kuruladı.

"Kansu'nun eski ortağından... Hayati'den bahsediyorum. Serap Hastaneleri'nin sahibinden... Bütün servetini bu işten yaptı. Biz neden Kansu'yla çalıştık zannediyorsunuz? Hayati ve Kansu organ nakli ticaretinin ustalarıdır... Birkaç kez basına da çıktılar ama her seferinde kurtardılar yakalarını. Bana bu işi yapmamı öneren de Kansu'ydu. 'Organ naklinde çok para var. Bak, Hayati zengin oldu. Ben de elimi taşın altına koyarım, kısa sürede köşeyi dönersin," dedi. Açıkçası beni zorladı... Bana kalsa..."

Yine palavralara başlamıştı ama anlattıkları inanılmazdı. Elbette doğruluğunu teyit etmemiz gerekiyordu ama Hayati'nin sıradan bir hekimden, on yılda hastane zincirlerinin sahibi olmasını açıklıyordu.

"Hayati'yle Kansu'nun arası bozukmuş öyle mi?" diye eşelemeye çalıştım. "Herkes öyle söylüyor."

Lafın nereye gideceğini kestiremediğinden önce duraksadı, sonra kendisi için bir sakınca olmadığını anlamış olacak ki, "Kansu, nefret ediyordu eski ortağından..." diye döküldü. "Hakkını yediğini düşünüyordu. 'Bütün sermayenin üzerine oturdu, beni de kapıya koydu,' diyordu..."

"Öyle miydi gerçekten?"

Düşünmeye ihtiyaç duymadan yanıtladı.

"O kadarını bilmiyorum ama Kansu da temiz bir adam değildi... Ahlaki açıdan yani..."

Yine sustu, söylesem mi söylemesem mi karar veremiyordu. Dayanamayıp sordum.

"Çocuk tacizcisi miydi?"

Başını geri attı Dinç.

"Yok, yok, nereden çıkardınız onu... Sadece çok para kaybediyordu... Kumar meraklısıydı. Kumar değil de, bahis diye bir oyuna bağımlı olmuştu. Zenginlerin kendi aralarında oynadığı bir oyun... Sürekli borç istiyordu. Birkaç kez Hayati'yle telefonda tartıştıklarına şahit oldum... Adam bıkmıştı bundan."

Hayati'nin bize anlattıklarını doğruluyordu... Bir çırpıda iki milyon lirasını ödedim demişti. Üstelik para isteğinin ardı arkası kesilmemiş.

"Sana da borçlanmış mıydı?" diyen Ali'nin sesiyle dağıldı düşüncelerim. "O yüzden mi öldürdün Kansu'yu?"

Yeniden bir titreme aldı Dinç'i.

"Hayır, Kansu'yu ben öldürmedim. Hiç borç para da vermedim. Ameliyat başına para alıyordu hep. Hemen operasyondan sonra... Sadece o çocuk öldüğünde vermedim... İnanmayacaksınız ama çok üzüldüm o Suriyeli çocuğu kaybettiğimizde..."

Doğru mu söylüyordu yoksa hâlâ kendini kurtarmaya mı çalışıyordu bilmiyordum. Zaten hiçbir önemi yoktu, ama Dinç anlatırken zihnimde taşlar birer ikişer yerine oturuyordu. O anda fark ettim, az önce duyduğumuz köpek havlamaları tümüyle kesilmişti, sadece pencerelerinden sarkan insanların merak dolu fısıltıları duyuluyordu alacakaranlıkta...

54
"Zenginsen yaşıyorsun, yoksulsan parça parça bedeni satıyorsun!"

᳇

"Nasıl atladık biz bu ayrıntıyı?" Sesi bozgun içindeydi Zeynep'in. Sıcaktan kurtulmak gayesiyle saçlarını başının arkasında topuz yaptığı için yüzü iyice gerilmiş, hafif çekik gözlerinin tüm güzelliği ortaya çıkmıştı. "En başından tespit etmemiz gerekirdi Başkomserim. Neden düşünemedik ki? Çok geç kalmışız..."

Operasyon sabaha kadar sürmüş, Dinç ve doktor Ruhi'nin sorgularını tamamladıktan sonra evlere gidebilmiştik. Yeniden Zeynep'in odasında buluştuğumuzda vakit akşam olmuştu. Üçümüz de ayaktaydık, bilgisayara bağlı projeksiyondan duvardaki perdeye yansıyan görüntüye bakıyorduk. Bir gazete sayfası belirmişti gözlerimizin önünde. "Organ Kaçakçılarına Baskın!" manşetinin altında, iki üniformalı polisin arasında başını hafifçe öne eğmiş, kirli sakallı, aslan yelesini andıran gür, siyah saçlı, orta boylu bir adamın fotoğrafı görünüyordu.

"Tanıdınız mı Başkomserim?"

Tanıyamamıştım, bakışlarım resmin altındaki yazıya takılmıştı: "Vicdansız doktor suçüstü yakalandı." Yeniden fotoğraftaki adama yoğunlaşırken, "Şu hastanenin sahibi olan herif değil mi bu ya?" diye teşhis etti Ali. "Hani geçen gün konuştuk ya Başkomserim. Hani Kansu'nun ortağı... Kızının adını vermiş hastaneye..."

Hayati Darcan'dan bahsediyordu. Perdeye biraz yaklaştım, ta kendisiydi, Kansu'nun eski ortağı. Buket'in sözlerini hatırladım. Eskiden organ kaçakçılığına adı karışmış deyip ardından hemen düzeltmişti. "Sonra bir yanlış anlaşılma olduğu ortaya çıkmış." Ne yani, yanlış anlaşılma denilen o habere mi bakıyorduk yoksa biz? Bu sabaha karşı yakaladığımız Dinç denen o vicdansız herifin sözleri olmasa, ben de Buket gibi düşünebilirdim.

"Sekiz yıl önceki haber bu," diyen Zeynep'in sözleriyle dağıldı düşüncelerim. "Sekiz yıl önce Hayati Darcan hakkında çıkan son kötü haber diyelim." Bilgisayarın tuşlarına dokundu kriminoloğumuz. "Bakın bu da altı yıl önceki haber." Ekranda başka bir gazete kupürü göründü. "Serap Hastaneleri Artık İzmir'de." Bir önceki fotoğraftaki zayıf Hayati, şimdi epeyce semirmiş, sinekkaydı tıraş olmuş, pahalı lacivert elbisesinin içinde sırıtıyordu. Sadece saçları biraz kırçıllaşmıştı, yanında dönemin sağlık bakanı gururla poz veriyordu. "Serap Hastaneleri'nin Üçüncü Şubesi İzmir'de Hizmete Başlıyor."

"Elbette üç şubeyle yetinmedi," diye görüntünün üzerine konuşmayı sürdürdü Zeynep. "On yılda tam dokuz hastane açtı. Ama hâlâ yeterince büyümediğini düşünüyor." Eliyle bilgisayar ekranındaki haberi gösterdi. "Amacının sadece Türkiye'de değil bütün dünyada hastaneler açmak olduğunu beyan etmiş. Önceliği de Balkanlar'a vereceklermiş. Zaten ikinci hastanesini Kosova'da açmış. Bakın yine dönemin gazetelerinde yer alan bir fotoğraf daha..."

Ekrandaki solgun fotoğrafta, kocaman harflerle "Hospital of Serap" yazan bir binanın önünde Hayati Darcan ile son maktul Kansu Sarmaşık birlikte gülümsüyorlardı kameraya. İkisinin de üzerinde bembeyaz doktor önlükleri. Haberin başlığında ise "Türk Hekimleri Balkanlara Sağlık Götürecek" yazıyordu.

Kırmızı suratlı tefecinin, "Kansu yeğenimi Kosova'da ameliyat edecek," dediğini hatırladım bu defa. Belki de fotoğraftaki hastaneden bahsediyordu. Arkadaşlarımın kafasını karıştırmamak için bu konuya hiç girmedim, Zeynep de anlatmayı sürdürüyordu zaten.

"Düşünün ilk hastane İstanbul'da ikincisi Priştine'de... Bunda ne var, adam para kazanmak istiyor, gücünün yettiği her ülkede hastane açabilir diyebiliriz. Ama Kosova, bir zamanlar kaçak organ naklinin en yaygın yapıldığı ülke olarak anılıyordu."

"Yani Dinç'in haklı olduğunu mu söylüyorsun?" diye araya girdi Ali. "Serap Hastaneleri'nin temelinde organ kaçakçılığı mı var?"

Zeynep bu fikri çoktan satın almıştı.

"Başka nereden bulacak parayı Alicim? On yıl gibi kısa sürede dokuz tane devasa hastane nasıl açacak?"

Oysa karar vermek için daha fazla bilgiye ihtiyacımız vardı.

"Başka hangi şehirlerde var bu hastanenin şubeleri? Son yıllarda nerelerde açmış?"

Aklımdan geçeni sezinlemişti Zeynep.

"Pek çok şehir ama altı çizilmesi gereken yerler Şanlıurfa, Gaziantep, Hatay. Suriye'deki iç savaşın çıkmasından üç yıl sonra hizmete girmiş hepsi. Savaş nedeniyle ülkemize gelen insanların sığındığı iller..."

Nefretle söylendi Ali.

"Yani çaresiz insanlardan ucuza organ alabilecekleri yerlerde... Düşünecek ne var, belli ki adam, sermayesini organ kaçakçılığından yapmış... Göçmenlerin yaşadığı bölgeler organ deposu... Adam doğrudan oralara yoğunlaşmış..."

"Öyle görünüyor," dedim ketumluğumu koruyarak. "Ama hâlâ tahminden ötesine geçemedik arkadaşlar. Bir de organ kaçakçılığı yapan zanlının sözleri var elimizde." Perdedeki hastane sahibini işaret ettim. "Hayati Darcan'ın gözaltına alındığı dava nasıl sonuçlanmış Zeynep?"

Umutsuzlukla asıldı yüzü.

"Serbest kalmış, delil yetersizliğinden ama siz de biliyorsunuz ki..."

Güya beni inandırmaya çalışıyordu.

"Benim bilmemin hiçbir önemi yok. Savcı Nadir Bey, bizden delil, şahit isteyecek... Peki, daha sonra hiç dava açılmamış mı?"

"Açılmaz mı? Tam beş dava açılmış..."

Alaycı bir tavırla tamamladı Ali.

"Ama hiçbirinden ceza almamış değil mi?"

İsyan eder gibi konuştu Zeynep.

"Her seferinde bir punduna getirip kurtulmuş... Bırakın cezayı, mahkemeye bile intikal etmemiş olay..."

Kafamı toparlamaya çalıştım.

"Nasıl punduna getirmiş Zeynepcim? Yasada bir açık mı var? Nedir bu adamı kurtaran?"

Konuya çalıştığı belliydi, güvenle anlatmaya başladı.

"Biraz karışık bir mesele Başkomserim. Aslında ortalıkta suç olacak bir fiil yok gibi gözüküyor. Yani adamın biri organını bağışlıyor, o organ hasta olana nakil yapılıyor. Ama organ nakli için sırada bekleyenler var. Yani sen böbreğini ya da başka bir organını bağışladığında, en çok ihtiyacı olana yahut sırada bekleyene nakil yapılması lazım. Oysa Hayati Darcan gibi ya da bugün yakaladığımız Dinç Açıkgöz gibi adamlar dünyanın değişik ülkelerinden hasta ama zengin olan insanları buluyorlar, büyük paralar karşılığı sıra beklemeden onlara organ nakli yapıyorlar. Geçenlerde bu işin yapıldığı bir hastaneyi basmışlar. Zengin bir Alman hastaya, Nijeryalı bir garibanın böbreğini naklederken yakalamışlar. Böyle az buz vaka yok. On yılda dört yüze yakın kişi organ ve doku ticareti yapmak suçundan tutuklanmış. İki yüze yakın insan ise kendi organını usulsüz olarak satarken yakalanmış. Evet, bir zamanlar Kosova'da yapılıyormuş bu işler. Şimdi yasadışı organ naklinin en çok yapıldığı ülke olmuşuz... Kaçak organ pazarı epeyce hareketlenmiş görünüyor."

"Vay anasını," diye kükredi Ali. "Zenginsen yaşıyorsun, yoksulsan parça parça bedenini satıyorsun!"

Acı bir sesle onayladı Zeynep.

"Aynen öyle Alicim, kendi yoksullarımızın yaşadığı bu rezillik yetmezmiş gibi, şimdi de zavallı Suriyeliler yaşıyorlar aynı trajediyi."

Sanki karşısında bütün bunlara sebep olmuş birileri varmış da onların ağzını burnunu kıracakmış gibi yumruklarını sıktı Ali.

"Tıpkı Down sendromlu oğulları Bercis'i satan Ayber ve Cabir gibi... İnsanlık bitmiş be..."

Belki de insanlık tam olarak buydu. Daha korkuncu kendi kızı bu yüzden, yani organ bulamadığı için ölen Hayati'nin sadece zengin hastalara yaşam hakkı tanıyan bu alçakça yolu seçmesiydi. Ama şimdi insan doğası üzerine felsefe yapacak zaman değildi. Asıl konuyu gözden kaçırmamak gerekiyordu.

"Peki arkadaşlar," dedim, iskemlelerden birine çökerken. "Diyelim ki Hayati Darcan'ın organ kaçakçısı olduğunu ispat ettik. Diyelim ki Serap Hastaneleri'nin sermayesinin temelinde bu kanlı para var. Konunun cinayetlerle bağlantısı nedir? Öyle ya, bizim işimiz yasadışı sağlık ticareti değil, dört cinayetin faillerini bulmak. Eğer..."

Sözlerimi tamamlamama fırsat vermedi kriminoloğumuz. "Hayati Darcan'ın yanına bir ismi daha eklememiz gerekiyor Başkomserim." Adeta neşeli çıkmıştı sesi. "Bu gece Ekrem'le birlikte sahte hastanenin önüne gelme amacım da buydu, ama olaylar çığırından çıkınca anlatamadım..."

Zeynep boşa konuşmazdı, önemli bir bulguya ulaşmış olmalıydı. Sükûnetimi korumaya çalışarak sordum.

"Cinayet mahallerine bırakılan barkodlardan bir şey mi çıktı?"

Gülümsemesi genişledi tüm yüzüne yayıldı.

"O da var; evet, son üç cinayetteki oyuncakların barkodlarındaki sayıların toplamı 12'yi bulmuyor. Savcı Nadir doğru söylemiş, bu sayılar, beş yıl önce işlenen cinayetlerde olay yerine bırakılan oyuncakların barkodları gibi Körebe tarafından oluşturulmuş değil. Bunu da göz önünde bulundurmamız lazım. Ama son öğrendiklerimizin ışığında çok daha önem kazanan bir bilgiye ulaştım. Sabık polis, Zekai Başkomiserim'in manevi oğlu Alper Siper hakkında... Son üç yıldır Serap Hastaneleri'nin güvenlik işini Alper'in şirketi yürütüyormuş..."

Bir gazete kupürü daha belirdi perdede. Bu kez Zekai, Kansu ve Alper birlikteydiler. Bir basın toplantısının haberiydi. Serap Hastaneleri'nde çalışan bir kadın doktora saldırıyla ilgili konuşuyorlardı.

"Yani Alper, son kurbanı tanıyormuş." Adeta kendiliğinden dökülmüştü bu sözcükler dilimden. "Oysa dün, Kansu Sarmaşık'tan bahsedince hiç oralı olmamıştı."

Mantık zincirini bıraktığım yerden devam ettirdi Zeynep.

"İşte tam da bundan bahsediyorum Başkomserim. Öteki cinayetleri bilmem ama Kansu Sarmaşık cinayetinde Alper şüpheli görünüyor... Böylece Hayati Darcan da zanlılar listesinde ilk sıraya yükseliyor."

Yanımdaki iskemleye çöken Ali, "Çok mantıklı," diye onayladı. "Kansu, adamdan sürekli para istiyormuş. Ben de neden bu kadar parayı eski ortağına veriyor diyordum. Belli ki şantaj yapıyordu. 'Parayı vermezsen, organ kaçakçılığı yaptığını herkese anlatırım,' diyordu."

Dinç'in Serap Hastaneleri hakkında söylediklerini duyduktan sonra kafamda oluşan senaryoyu anlatıyordu yardımcım. Zeynep de aynı fikirdeydi, ayrıntıları tamamlamak amirleri olarak bana kalıyordu.

"Sadece söylerim demiyordu Alicim, elimdeki belgeleri gösteririm diyordu. Ve para isteği hiç bitmiyordu. Çünkü o zengin oyununa öyle bir kaptırmıştı ki kendini, fırsatı olsa, Serap Hastaneleri'nin bütün sermayesini bahise yatırabilirdi. Hayati'nin bu rezilliğe bir son vermesi gerekiyordu. Alper'e derdini söyledi yahut eski polis şantaj olayına tanık oldu. Belki de bizzat Alper getirmiştir öneriyi. Kansu'yu ortadan kaldıralım diye... Muhtemelen korktu Hayati; parasını kaybetmek neyse de cinayetten hapse girmek planları arasında yoktu. İkizlerinin babasız büyümesini istemezdi. Ama bizim paragöz Alper, reddedemeyeceği bir cinayet planı sundu ona. Bu senaryoya göre asla yakalanmayacaklardı... Çünkü Kansu Sarmaşık'ı bir seri katil tarafından öldürülmüş gibi göstereceklerdi. Cinayeti Körebe'nin üzerine yıkacaklardı. Ama inandırıcı olması için, iki kişiyi daha öldürmeleri gerekiyordu. Topluma zararlı, öldürülmelerini polislerin bile onaylayacağı iki çocuk tacizcisini..."

Hayranlığa benzer bir ifafe belirdi Zeynep'in yüzünde.

"Oldukça zekice Başkomserim. Alper, Körebe hakkındaki bütün bilgilere sahipti. Dahası Zekai Başkomiserim'in seri katil hakkında topladığı bütün bilgiler elinin altındaydı. Kurbanları Mivakuryum'la uyuşturdu, çocuklarla ilgili mekânlara götürerek öldürdü ya da daha önce katletti. Gözlerine kırmızı kadifeden göz bağları taktı, sağ kulaklarını kesti, yanlarına birer oyuncak bıraktı."

Gerçekten şeytanice düşünmüştü Alper.

"Çok daha ince çalıştı Zeynepcim," dedim hatırlayarak. "Davaya benim bakacağımı biliyordu. Benim hakkımda etraflıca bir araştırma yapmıştı. Kızımı taciz eden Akif Soykan'ı da öyle öğrenmiş olmalı. O yüzden ilk kurban olarak Akif'i seçti. Kızımın bebeğine benzeyen bir oyuncağı yanına bıraktı. Duygusallaşmamı, tümüyle Körebe'ye yoğunlaşmamı istiyordu."

Gözlerini kısmış, deminden beri bizi dinleyen Ali sessizce söylendi.

"Ama bir yanlış yaptı, Körebe'nin hesabını tutturamadı. 12 yerine sadece üç kişiyi öldürdü." Sustu, adeta kendi kendine sordu:. "Acaba devam edecek miydi?"

"Hayır Alicim," dedim güven dolu sesle. "Öyle olsaydı tam 12 kişiyi öldürmesi gerekirdi. O kadarını göze alamazdı.

Bizim de bu ayrıntıya takılacağımızı düşünmedi. Haksız da sayılmazdı, bu delillere ulaşmasaydık, çok da önemsemeyebilirdik bu tutarsızlığı."

Dalgın bir tavırla doğruladı Zeynep.

"Haklısınız, önemsemeyebilirdik. Ne de olsa karşımızda bir seri katil vardı. Hakkında çok da fazla bilgiye sahip olmadığımız bir seri katil... Onun ilk cinayetlerindeki rutine sadık kalmasını beklemeyebilirdik." Duraksadı. "Muhtemelen Siper Güvenlik'in minibüslerinden birini kullandılar. Şu senin bulduğun tanık Alicim, hatırlıyor musun, koyu renk bir minibüs gördüğünü söylemişti."

"Elbette hatırlıyorum, ama üzerinde Siper Güvenlik yazmayan bir minibüsü kullanmışlardır."

"Ya da yazının üzerine kapattılar. Evet, Alper'in bir de suç ortağı vardı. Yanındaki o iri yarı adam..."

"Merdan," diye fısıldadım. "Suç ortağı Merdan'dı. Adam, Alper'in memleketlisiymiş, belki başka pis işleri de vardır..."

"İyi de emekli de olsa bir kanun adamı bunu nasıl yapar?" Bizim temiz kalpli Ali'ydi bunu söyleyen. "Adam resmen bir seri katili taklit ediyor. Tamam, öldürdükleri insanlar pek namuslu olmayabilir ama onları bir ideal için, doğru bir amaç için de öldürmüyor. Tek derdi patronunu mutlu etmek. Yani para..."

İşte bu yüzden seviyordum bu çocuğu, kötülük karşısında şaşkınlığını hâlâ koruyabildiği için. Kötülüğe hiçbir zaman alışamadığı için.

"Daha ne olsun Alicim, biliyorsun ki, cinayet nedenlerinin en esaslısı paradır." Vaazımı sürdürecektim ki çalan telefonum izin vermedi. Baktım, bizim Ekrem arıyordu.

"İyi akşamlar Başkomserim," dedi o bildik sesle. "İki ceset bulduk. İki erkek cesedi..."

Aklıma gelen başıma mı gelmişti?

"Kimlikleri belli mi?" diye sordum korkuyla. "Kimmiş maktuller?"

"Biri eski polis, emekli komiser Alper Siper, öteki ise eski boksör, Merdan Kaymaz..."

55
"Artık bitirelim şu Körebe efsanesini!"

※

Oturma odasının önündeydi Merdan; sağ omuzunu kapının kanadına dayayarak, yere diz çökmüştü. Alnının ortasındaki küçük kara delik olmasa tetiğini çekmeye fırsat bulamadığı şu gümüş kabzalı Baretta hâlâ parmaklarının arasında durmasa, merakla içeriyi gözetliyor zannedebilirdiniz. Ölümü ani olmuştu, öyle ki hareket etmeye bile fırsat bulamamıştı. Kurşunu yiyince usulca yığılmıştı dizlerinin üzerine.

Alper koltukta oturuyordu, sağ eli kucağında, gözlerinde bir şaşkınlık, başı geriye kaykılıp öylece kalmıştı. Tıpkı iri yarı adamı gibi onun da alnının ortasında küçük, kara bir delik vardı. Tek fark Alper'in kafatasına giren kurşunun arkadan çıkmış olmasıydı. O yüzden eski polisin açık yeşil gömleğinin omuzları olduğu gibi kana boyanmıştı. Kuruyan kan, kırmızıdan siyaha doğru koyulaşmayı sürdürüyordu. Cesetler henüz kokmasa da odanın havası iyice ağırlaşmıştı.

"En az 12 saat önce vurulmuş olmalılar," diyerek plastik eldivenli eliyle kurumuş kana dokundu Zeynep. "Belki biraz daha önce."

Her durumda Körebe bizden hızlı davranmıştı. Aklımın almadığı buydu. Nasıl oluyor da sahte katillerin kim olduğunu bizden erken anlayabiliyordu? Bunu yapabilmesi için sadece müthiş bir zekâya değil, elimizdeki bilgilere de sahip olması gerekirdi. Başka deyişle soruşturmanın içinde olması gerekirdi. Bakışlarım, ilgiyle Merdan'ı inceleyen yardımcıma kaydı. Yok artık, diye kendi kendimi azarladım içimden. Ali'den mi şüpheleniyorsun? Elbette benim öfkeli ama dürüst, genç arkadaşım böyle bir barbarlığa kalkışmazdı. Öte yandan, yardımcım, Körebe olmak için ideal adaydı. Çocukken tacize uğramıştı, öfke doluydu, cinayet konusunda uzmandı, hepsinden önemlisi soruşturmanın içindeydi. Hayır, hayır diyerek uzaklaştırdım bu düşünceyi kafamdan.

"Misafir gibi elini kolunu sallayarak girmiş olmalı içeri." Zeynep tahminlerini sürdürüyordu. Sehpanın üzerinde, Alper'in önünde duran fincanı gösterdi. "Tıpkı kahve içmeye gelen bir dost gibi." Bakışları sehpanın öteki ucuna kaydı, fincan yoktu. "Elbette kendininkini yıkadı, temizledi." Karşıdaki koltuğa yürüdü. Diz çöktü. "Tam buraya oturmuş." Sağ elini silah haline getirerek eski polise çevirdi. "Kendini en güvende hissettiği anda vurmuş adamı." Hayalî tabancasını kapıdaki cesede doğrulttu. "Merdan yetişmeye çalışmış, ama onu da gafil avlamış."

Ali'nin aklı başka bir noktaya takılmıştı.

"Anlayamıyorum ya, sihirbaz mı bu adam? Nasıl oluyor da biri eski polis, biri koruma iki adamı birden öldürebiliyor?"

Körebe'ye beslediği hayranlık, yerini zorlu bir rakibe duyulan kıskançlık dolu öfkeye bırakmıştı.

"Öyle değil mi Başkomserim, nasıl böyle gafil avlayabiliyor insanları?"

Cevap çok basitti, beş yıl önce 12 kurbanı nasıl avladıysa, birkaç gün önce Zekai'yi nasıl öldürdüyse öyle. Zekâ, tecrübe, cesaret ve öldürme yeteneğiyle. Ama bunları söyleyemedim, çünkü küçük kitaplığın bittiği yerde, kolonun hemen arkasında duran kahverengi sehpanın üzerindekileri fark ettim. İlk gözüme çarpan kırmızı kadife kumaş oldu, üzerinde 38'lik bir Smith Wesson duruyordu. Birkaç adım atınca büyükçe ilaç kutusunu da gördüm. Tam anlayamadım ama muhtemelen kurbanlarını kaçırırken kullandıkları Mivakuryum içeren iğnelerden olmalıydı.

"Körebe, sahte katilleri ortadan kaldırmakla kalmamış, kanıtları da sergilemiş." Hiç hissetmemiştim yardımcımın peşimden geldiğini. Bir adım geride durmuş sehpanın üzerindekileri süzüyordu. "Ne kadar soğukkanlı bir adam bu ya?" Yeniden o övgü dolu tını belirmişti sesinde.

Zeynep de katılmıştı aramıza. Sergilenenlere şöyle bir göz attıktan sonra başını salladı.

"Bugün konuştuklarımız ihtimal olmaktan çıktı. Demek ki kurduğumuz senaryo gerçekmiş Başkomserim..."

Zeynep'in sözleri aklımı başıma getirdi, aceleyle Ali'ye döndüm.

"Şu hastane sahibinin telefonu var mıydı bizde? Hayati Darcan'ın..." Hâlâ anlamamışlardı neden bahsettiğimi. "Bu ikisini öldürdüğüne göre sıra hastane sahibinde. Sahte cinayetlerin işlenme sebebi Hayati Darcan!"

Telaşım Ali'ye geçti.

"Kartını vermişti," diyerek ince montunun ceplerini didiklemeye başladı. "Evet, buldum." Emrimi beklemeden cep telefonunu çıkardı, tuşlara bastı. Telefon kulağında, heyecanlı bakışları yüzümdeydi. Uzaktan uzağa çalan bir zil sesi duydum, ama kimse cevap vermedi. Bir süre daha ısrar etti yardımcım. Kimse açmıyordu.

"Hastaneyi arayalım," dedi Zeynep. O da akıllı telefonunu çıkarmış, hızla tuşlara basıyordu. "Tamam, işte bu numara... Merkez hastaneyi arıyorum..." Yine uzaktan uzağa çalan telefon zili. Ama bu kez beklemeden açıldı. Çıkan sekretere, kendini tanıttı, lisanı münasiple meramını anlattı Zeynep.

"Anladım efendim," dedi telefondaki kız tedirgin olmuş bir sesle. "Hayati Bey'in geldiğini görmedim, asistanı Pınar Hanım'a bağlayayım sizi..."

Pınar Hanım'a bağlanmak biraz uzun sürdü. İki kez telefon kesildi, Zeynep yeniden aradı. Sonunda kadına ulaştı.

"Hayati Bey'le konuşacaktık. Cinayet masasından arıyoruz..."

Kadının söylediklerini dinleyen Zeynep'in yüzü asıldı.

"Siz de mi ulaşamıyorsunuz? Evde yok mu? Karısı, çocukları... Marmaris'te yazlıktalar... Onların yanına gitmiş olamaz mı? Öyle mi? Ailesi ne diyor? Dün akşam mı konuşmuşlar? Tamam, anladım... Ama bir haber alırsanız mutlaka bildirin."

Telefonu kapatırken bana döndü.

"Körebe, Hayati'yi kaçırmış olmalı. Şoförü onu almak için sabah eve gitmiş, bulamamış... Adamı ne gören varmış, ne duyan..."

"Zamparalık yapıyor olmasın?"

Bu parlak fikrin sahibi Ali'ydi, yadırgayan gözlerle baktığımızı görünce daha cılız bir sesle açıkladı.

"Olamaz mı? Hazır karısı çocukları tatildeyken..."

Zayıf ihtimaldi, zaten yardımcım da ısrar etmedi. Kuvvetli ihtimal ise Hayati'nin seri katilin elinde olmasıydı. Belki adamı çoktan öldürmüştü bile, birbirimize söylemesek de böyle düşünüyorduk. Ama düşünmekle olacak iş değildi, bütün İstanbul Emniyeti'ni ayağa kaldırmak gerekiyordu. Bunu tek başıma yapamazdım.

"Ben, Savcı Nadir'e gidiyorum," diyerek hareketlendim. "Zeynep, sen burada kal, incelemeyi sürdür. Ali, sen de Hayati'nin evine uğra, bak bakalım, bir ipucu bulabilecek misin? İrtibatı kaybetmeyelim, en geç iki saat sonra telefonlaşalım..."

Dışarı çıkınca alev gibi bir rüzgâr yaladı yüzümü. Güneş çoktan batmış olsa da o Allah'ın belası sıcak hiç eksilmiyordu. Villadan çıkıp emektara yürürken saçlarımın dibine kadar terlemiştim. Araba fırın gibiydi, sanki günün bütün sıcaklığı çökmüştü koltukların üstüne. Yine güç bela çalıştırabilmiştim zaten. Motorun sesini duyuncaya kadar ağır bir benzin kokusu sarmıştı içerisini. Adalet Sarayı'na varıncaya kadar da hiç eksilmedi bu koku.

Resmi görevlilerin kullandığı otoparka girerken gördüm savcıyı. Arabayı yanına yaklaştırarak, camdan seslendim...

"Nadir Bey! Nadir Bey!" Çok dalgındı. "Savcı Bey, sayın savcım..."

Döndü, sonunda işitmişti, ben de emektarı durdurdum. Camdan başımı dışarı çıkardım, görünce adeta irkildi.

"Kusura bakmayın, ardınızdan bağırdım böyle..."

Anlamak istercesine beni süzüyordu hâlâ.

"Yok, yok önemi yok..." Yaklaştı, gülümseyerek elini camdan içeri uzattı. "Hayrola Başkomserim, ne işiniz var burada?"

Uzattığı eli sıktım.

"Pek hayır değil... Size gelmiştim, bazı gelişmeler var, konuşmamız lazım..."

Yüzü karıştı.

"Önemli herhalde..." Sıkıntıyla konuşuyordu. "Ben de bir yere yetişmeye çalışıyordum." Bakışları az ilerdeki gri Megane'a kaydı. "Benimle gelin, arabada konuşuruz... Sizi uygun bir yerde bırakırım, taksiyle dönersiniz sonra..."

"Tabii... Şu emektarı köşeye park edip geliyorum."

"Emektarı ha," diye tekrarladı. "Güzel deyim." Bizim ihtiyarı alıcı gözüyle şöyle bir süzdü. "İyi bakmışsınız, hiç fena görünmüyor."

"Teşekkür ederim..." Hafifçe gaza dokundum. "Hemen geliyorum..."

Arabamı az ilerdeki kırmızı Peugeot ile krem rengi Ford'un arasına park ederken çaldı telefonum. Kriminoloğumuzdu arayan.

"Merhaba Zeynepcim, önemli bir kanıt buldum de lütfen..."

Neşesizce güldü.

"Önemli ama yeni değil, şu kırmızı toprak parçacıklarından vardı yerde. Yanılmamışız, bütün oklar olağan şüpheliyi gösteriyor..."

"Körebe'yi," diye tamamladım. "Anlaşıldı Zeynepcim, haber verdiğin için çok teşekkür ederim, ama artık kapatmalıyım. Savcı Nadir arabasında beni bekliyor."

"Arabasında mı? Siz neredesiniz Başkomserim?"

Güldüm.

"Uzun hikâye, adam bir yere yetişecekmiş, arabada anlatacağım derdimi. Hadi kolay gelsin, bir saate kalmaz yanındayım..."

Megane'a binerken, içerde savcıdan başka kimse olmadığını görünce şaşırdım. Yanındaki koltuğa yerleşirken savcı da yadırgadığımı fark etti.

"Cavit'i, yani benim şoförü erken yolladım, karısı hastaymış." Araba hareket etti§, otoparktan çıkarken sordu. "Ee anlatın bakalım, neymiş şu önemli gelişmeler?"

Merak mı etmiyordu, yoksa aldırmazmış gibi mi görünmek istiyordu, anlayamadım. İnadına, bodoslama girdim konuya.

"Öldürülen üç maktulün katillerini bulduk..."

Araba asfaltın üzerinde akarken, bana döndü.

"Öyle mi? Yakaladınız mı adamları?"

Şimdi heyecanlanmıştı.

"Hayır, ikisini de öldürmüşler."

Bu önemli haber karşısında ne arabayı durdurdu, ne de hızını azalttı.

"Kim öldürmüş?"

Ben olsam, kurbanlar kim diye sorardım, önce onları öğrenmek isterdim. Ama savcılar, polis gibi düşünmek zorunda değildi.

"Muhtemelen Körebe lakaplı şu seri katil..."

Şöyle bir baktı, sonra yeniden yola çevirdi gözlerini.

"Yine aynı ritüeli mi uygulamış? Cesetler, çocuklarla ilgili mekânlara bırakılmış?"

Sorular doğruydu ama ses tonu meraktan yoksundu. Ne bileyim, bizim savcıda bugün bir tuhaflık vardı.

"Hayır, adamları evlerinde öldürmüş... Katil tıpkı Zekai Başkomiserim'in evine girdiği gibi kurbanların yanına da rahatça girmiş. Tanışıyor olmalılar, belli ki maktuller, ona güveniyordu. İkisini de gafil avlamış..."

Hâlâ kim bu ikisi demiyordu.

"Peki, cinayet mahallinde ipucu filan bırakmış mı? İşe yarar bir şeyler bulabildiniz mi?"

"Her zamanki gibi hiçbir ipucu bulamadık, sadece şu kırmızı toprak parçacıkları..."

Gözlerini bana çevirdi.

"Hangi toprak parçacıkları?"

Nadir'e bundan bahsetmemiştim.

"Kırmızı toprak parçacıkları. Zekai Başkomiserim'in teknesinde, evinde bulmuştuk, Kansu'nun apartmanında da vardı, son olarak da öldürülen iki kişinin villasında gördük."

Vites değiştirirken belli belirsiz söylendi.

"İlginç..."

"Öyle," diye anlatmayı sürdürdüm. "Başka da bir ipucu yok. Gerçi arkadaşlar olay mahallini araştırmayı sürdürüyorlar hâlâ. Ama daha önemli bir gelişme var. Körebe, tacizci cinayetlerinin azmettiricisi olan şahsı kaçırmış olabilir."

Yine bir bakış attı.

"Kimmiş o şahıs?"

Yanıtı beklemeden yola bakmaya başladı.

"Hayati Darcan, şu Serap Hastaneleri'nin sahibi. Öldürülen üç maktulün azmettiricisi. Siz sormadınız ama Körebe'nin öldürdüğü iki kişi dün Zekai Başkomiserim'in evinde karşılaştığınız Alper ile koruması Merdan..."

Sözlerimdeki imayı anlamıştı.

"Evet sormadım, çünkü aklım katildeydi. Körebe'de... Adamı hâlâ yakalayamadık. Basın peşimizde, yukarıdan her gün telefon geliyor. Korkarım yakında bakandan da fırça yiyeceğiz."

Hiç üzerime alınmadım.

"Buna gerek kalmayabilir. Bana yetkiyi verin. Özel bir ekip kurayım. Hayati gece evden kaçırılmış olmalı. Mobese kameralarını kontrol edelim. Mutlaka bir iz buluruz. Hissediyorum, Körebe paniklemiş durumda. Zamana karşı yarışıyor. Dün gece iki kişiyi öldürdü, bir kişiyi kaçırdı. Kim olsa açık verir..."

"Tamam, tamam," dedi hevesle. "Ne gerekiyorsa yapalım. Artık bitirelim şu Körebe efsanesini!" Yine bana çevirdi bakışlarını. "Sizden başkası yapamaz bunu zaten. Derhal harekete geçelim..."

O böyle konuşurken, sağ taraftan çıkan siyah bir Passat önümüze kırdı.

"Dikkat!" dememe gerek kalmadan Nadir ustalıkla direksiyonu çevirdi, çarpmaktan son anda kurtulduk, ama ikimiz de arabada savrulmuştuk.

"Önüne baksana be!" diye bağırdı savcı, ama Passat'ın sürücüsü gaza basıp çoktan uzaklaşmıştı.

Nadir, yüzünü buruşturarak ayaklarına doğru baktı.

"Yaralandınız mı?" diye sordum. "Bir şeyiniz yok ya?"

"Yok, yok ben iyiyim," dedi ama eliyle sağ ayağını yokluyordu. O anda gördüm paspasın üzerindeki kırmızı toprak parçalarını. Zekai'nin teknesinde, Kansu'nun evinde ve bu akşamüstü cinayet mahallinde bulduğumuz kırmızı toprak parçacıklarıyla aynıydı bunlar... Nasıl yani? Yıllardır peşinde olduğumuz o acımasız katil, bizim Savcı Nadir miydi? Niye olmasın? Savcılardan seri katil çıkmaz diye bir kural mı vardı?

"Ne? Neye bakıyorsunuz?" diye soran Nadir'in sözleriyle dağıldı zihnimi yakan sorular.

"Hiç... Hiç öylesine bakıyorum işte."

Rahat bir gülümseme yayıldı yüzüne.

"Merak etmeyin gerçekten iyiyim. Siz de iyisiniz değil mi?"

"İyiyim, iyiyim," dedim ama bakışlarım kendiliğinden paspasın üzerindeki kırmızı zerreciklere kaymıştı yine.

"Sahi neye bakıyorsunuz Başkomserim?"

Bu defa sert çıkmıştı sesi.

"Emin olmak istedim."

Kuşkuyla süzdü beni.

"Neden emin olmak istediniz?"

Gülümsedim.

"Dedim ya iyi olduğunuzdan."

Hata yapmıştım, işkillenmeye başlamıştı. Daha fazla kuşku uyandırmanın manası yoktu, derin bir nefes alarak bakışlarımı yola diktim. Belki de yanılıyordum, sadece şu kırmızı toprak parçacıklarına dayanarak bir kanun adamını suçlamak ne kadar doğruydu? Ama öte yandan Nadir, Körebe'nin öteki niteliklerini de taşıyordu. Polisin çalışma tarzını çok iyi biliyordu. Zekiydi, cesurdu, güçlü bir adamdı. Kansu'nun oturduğu gökdelenlerin güvenlik kamerasındaki şapkalı, sakallı adamın cüssesi geldi gözlerimin önüne. Bizim savcıyla uyuşuyordu. O anda başka bir ayrıntıyı hatırladım. Barkodlar, cinayet mahalline bırakılan oyuncakların üzerindeki barkodlar... Zekai'nin ondan şüphelenmesine yol açan barkodların üzerindeki sayılardı. Zekai bu konuyu sadece Buket'le konuşmuştu. Oysa emniyetin karşısındaki kafede otururken, Nadir barkodları kastederek, "Yok, Kasımpaşa'da bulunan Barbie'nin üzerinde o numaralardan yoktu," demişti. Bunu sadece Körebe bilebilirdi, çünkü her barkodun üzerine toplamı 12 olacak sayıyı kendi elleriyle yazmıştı. Zekai o gün beni aramış, Körebe'yi bulmuş olabileceğini söylemişti. Ardından da öldürülmüştü. Bu kadar rastlantı fazlaydı. Yeniden savcıya baktım. Gergindi, aklında çözülmemiş bir mesele vardı. Çünkü Hayati'yi kaçırmış ama henüz öldürmemişti, onun tedirginliği içindeydi. Aslında ben de tedirgindim. İlk kez başıma geliyordu böyle bir vaka. Sadece 12 çocuk tacizcisini değil, sevdiğim bir meslektaşımı da öldüren bir seri katille yan yana oturuyordum. Üstelik adam benim amirim sayılırdı. İlk aklıma gelen silahımı çekip, onu tutuklamak oldu. Ama hâlâ yeterli kanıt yoktu. Kolayca yakayı sıyırabilirdi. En iyisi sabırla beklemekti, arabadan indikten sonra Ali'yi arar peşine düşerdik. Bu arada onu işkillendirmemeliydim. O zaman fark ettim epeydir konuşmadığımızı.

"Evet, konuya dönecek olursak sayın Savcım," dedim arabadaki sessizliği bozarak. "Bir an önce harekete geçmemiz lazım. Talimat verirseniz, biz de operasyonlara başlarız. Böylece belki Hayati Darcan'ı Körebe'nin elinden kurtarabiliriz. Geçen her saniye aleyhimize işliyor."

Hiç bozuntuya vermedi. Kuşkulanmamış mıydı yoksa? Ne olursa olsun uyanık olmakta fayda vardı.

"Haklısınız, hemen talimat vereceğim." Cep telefonunu çıkardı, bir yandan da arabayı kullanıyordu. Bunu fırsat bilip ben de telefonuma uzandım. Nadir, yetkili birini bulmaya çalışırken, ben de yardımcıma mesaj yazacaktım. Telefonumu elime almıştım ki, acı bir fren sesiyle, öne savruldum, başım bir yere çarptı, sersemlemiştim. Kendime gelmeye çalışırken, suratıma sert bir yumruk indi, ardından bir tane daha... Sonrası karanlık, sadece karanlık...

56
"Bilge, mavi balık..."

❋

Hayat iyice yavaşlamıştı, rüzgâr usulca esiyordu, nefti köknar ağaçları ağır ağır dalgalanıyordu suda, uçları şeker sarısına çalan yeşil otlar ibadet edercesine bir öne bir arkaya eğiliyorlardı, sadece o tarçın rengi kayalar sapasağlam duruyorlardı oldukları yerde. Dünya camdan bir yere dönüşmüş gibiydi, rengârenk bir rüya âlemine. O anda gördüm ölüm meleğini. Kanatları omuzlarından ayaklarına kadar uzanan koyu mavi bir güzellik, kendinden geçmişçesine dans ediyordu duru suyun içinde. Kıpırdandıkça kanatlarındaki parlak tüyler iri pullara dönüşüyordu, ışığın altında gökkuşağı gibi yanan mavi pullara. Bütün bu görkeme, bütün bu ihtişama rağmen nedense tarifsiz bir hüzün duyuyordum meleğe bakarken, derin bir acı, onulmaz bir keder.

"Kavgacı siyam balığı," dedi tanıdık ses. "Bence yeryüzünün en muhteşem yaratığı."

Adamın sırtı dönüktü, akvaryuma yaklaşmış, işaret parmağıyla cama dokunuyordu. Tuhaftır balık da sanki onu tanıyormuş gibi ağzını cama yapıştırmıştı. Adam döndü ve Savcı Nadir'in yüzüyle karşılaştım. Kendinden emin, vahşi bir gülümsemeyle bakıyordu bana. O büyülü evren dağılıvermişti, tavandan sarkan bir avizenin kırmızı ışıklarıyla aydınlanan uzunca bir salonun ortasındaki eski mobilya takımının belki de en yıpranmış kotuğunda otururken buldum kendimi. Cehennem gibi sıcak olan salona iki kapıdan giriliyordu, ayrıca sol taraftan ahşap bir merdivenle yukarı çıkılıyordu. Belli ki en az iki katlı bir evdi burası. Salonun iki kapısı da açık olmasına rağmen en küçük bir esinti yoktu. İçerdeki nemden mi yoksa sıkıntıdan mı bütün bedenim ter içinde kalmıştı. Ama çok daha önemli dertlerim vardı. Hem şu başımda zonklayan ağrıdan, hem sıcağın verdiği rehavetten kurtulmalıydım. İlgiyle etrafı incelemeye başladım. Kehribar rengi ahşap duvar sararmış fotoğraflarla doluydu. Genç, güzel bir kadınla, yüzbaşı üniforması giymiş bir adam, ortalarına aldıkları sevimli bir çocukla bakmışlardı kameraya. Öteki fotoğraflarda da büyümeyi sürdürüyordu çocuk. Ta ki bizim savcı oluncaya kadar. Ama duvardaki en büyük fotoğraf, Nadir'in askerdeyken çekilmiş, komando kıyafetli fotoğrafıydı. En fazla bununla gurur duyuyordu. Kayalıkların üzerinde, elinde kocaman piyade tüfeğiyle adeta bir kartal gibi poz vermişti. Fotoğrafa bakarken görüntü silikleşmeye başladı. Fenalaşıyordum yine. Gözlerimi kapadım, bir süre öyle kaldım.

"İyi misiniz? Başkomserim iyi misiniz?"

İyi değildim. Kafamda bir ağırlık vardı, yüzümün sol tarafı zonkluyordu, kollarımı oynatmak istedim başaramadım. Bileklerim iki ayrı kelepçeyle oturduğum koltuğun ahşap kolçaklarına bağlanmıştı. Gözlerimi yeniden açtım. İnadına baktım suratına.

"İyiyim, çok iyiyim."

Anlamıştı, ama yüzüme vurmadı.

"Sevindim," dedi arsızca sırıtarak. "Sevindim iyi olduğunuza. Size vurmak zorunda kaldığım için özür dilerim."

Umrumda bile değildi yalancı nezaketi, bakışlarım yine akvaryuma kaymıştı. Bu kez balık değil, akvaryumun içi ilgimi çekti. Evet, her santimi düşünülerek, özene bezene dizayn edilmiş, o yeşilliklerle, küçük korular, kayalıklar, kumsallarla dolu akvaryum gerçek bir sanat eseriydi. Laciverdî balıksa o sanat eserinin mucizesi gibiydi.

"Güzel değil mi Başkomserim?" Akvaryumdaki balıkla ilgilendiğime memnun olmuştu. Benim gibi o da gözlerini, yüzgeçlerini maharetle açarak ilgimizi çekmeye çalışan renkli hayvana dikmişti. "Ama sadece güzel değil aynı zamanda bilge bir balık." Tiz sesle bir kahkaha attı. "Bilge, mavi balık... Bakmayın güldüğüme, gerçekten kendi yaşam felsefesi var. Başka kimseyi istemez dünyasında. Hiçbir erkek balığı yaşatmaz yanında. Dişilerle de sadece döllenme için buluşur. Ama sorumluluk sahibidir de. Yumurtadan çıkan yavrularını korur, büyütür, sonra yalnızlığına geri döner. O kutsal yalnızlığına..."

Kafamdaki ağırlıktan kurtulmak için gözlerimi kıstım fayda etmedi.

"Sizin gibi mi?" diye homurdandım. "Kendinizi mi anlatıyorsunuz?"

Parlak dişlerini göstererek güldü.

"Benim gibi, aynı zamanda sizin gibi, herkes gibi, bütün insanlar gibi. Kendimi değil insanlığı anlatıyorum."

Savcı Nadir konuşurken, bana da öteki kurbanlarına verdiği şu ilaçtan zerk etmiş olabileceğini düşündüm. Öyle olsa konuşamazdım. Yine de ellerimi hareket ettirmeye çalıştım. Kelepçeler bileğimi fena halde sıksa da parmaklarımı oynatabiliyordum.

"Merak etmeyin size ilaç vermedim," dedi üzgün bir sesle. "Bunlar olsun istemezdim. Sahiden büyük saygım var size. İşini iyi yapan herkese saygı duyarım. Beni bulmasaydınız, başınıza bunlar gelmezdi. Tamam, evin girişine döşettiğim o kırmızı toprak parçacıkları konusunda özensiz davrandığımı kabul ediyorum. Bağışlanmayacak bir hataydı. Ama sizin arabama bineceğinizi nereden bilebilirdim? Kötü bir rastlantı." Kollarını göğsünde kavuşturarak ciddileşti. "Aslına bakarsanız bu dava rastlantılar üzerinde yükseliyor. Şu Alper'in de hakkını yemeyelim, birkaç hata dışında iyi plan yapmıştı. Ama taklit ettikleri katilin, bu davanın savcısı olabileceği nereden akıllarına gelirdi? O yüzden evlerine gittiğimde benden kuşkulanmadılar. Kolayca öldürdüm ikisini de..."

Gerçekten tuhaftı, kader bu kez suçlular için adil bir senaryo yazmıştı.

"Zekai Başkomiser için de üzgünüm," diye pişmanlığını dile getirmeyi unutmadı katil savcı. "Ona da saygı duyardım, öldürmeyi istemezdim. Evine gitme nedenim de buydu. Emin olmak... Eğer, Körebe olduğumu fark etmeseydi hiçbir zarar vermeyecektim. Ama daha kapıyı açtığında emin oldum, benim Körebe olduğumu bildiğinden. Elbette belli etmemeye çalıştı, misafirperver bir ev sahibi gibi içeri aldı. Kendi aklınca oyalayacak, şüphelenmediğini kanıtlamaya çalışacak, en savunmasız anımda yakalayacaktı beni. Belki o muhteşem ânı sizinle bile paylaşmayacaktı. Biliyorsunuz, hayatının avıydım. Ama beni yeterince tanımamıştı. Deyim yerindeyse hafife almıştı. Kibir diyelim, elbette büyük hata... Hatasını canıyla ödedi. Ödemek zorundaydı, başka çarem yoktu."

Onun timsah gözyaşlarıyla ilgilenmiyordum, aklım başka bir ayrıntıya takılmıştı. Neden beni arabada vurmamıştı? Arkasında kanıt bırakmamak için olmalıydı, ne de olsa arabası kan içinde kalacaktı. Yolda, kuytu bir yere çekip arabadan indirdikten sonra da öldürebilirdi.

"Konuşmak istedim," dedi bir kez daha aklımdan geçenleri okumuş gibi. "Kendimi anlatmak istedim." İçtendi. "İlk kez birine hakikati anlatmak istedim. Yaşadıklarımı, yaptıklarımı, düşündüklerimi, hissettiklerimi." Gözleri birkaç metre ötedeki başka bir koltuğa kaydı. Başımı o yöne çevirince Hayati Darcan'ı gördüm. Serap Hastaneleri'nin sahibi bakışları bir noktaya sabitlenmiş, öylece donup kalmıştı. Sağ şakağında taze bir yara vardı. Yaradan sızan kan çenesinin altına kadar uzanıyordu. Önce öldüğünü zannettim, ama sonra göğsünün inip kalktığını fark ettim.

"Aslına bakarsanız, sizi kaçıracağımı bilseydim, bu sabah evinde öldürürdüm onu. Bilirsiniz, marifet iltifata tâbidir. Yaptıklarınızın etkisini başkalarının gözünde görmedikten sonra ne anlamı var... Ona anlatacaktım kendimi. Elbette beni anlamayacaktı. Nerde onda, sizdeki anlayış, sizdeki izan..." Utançla kızardı yüzü. "Hay Allah! Özür dilerim, sormayı unuttum, su ya da çay ister miydiniz? Hatta kahve de yapabilirim, makinası var."

Dilim damağım kurumuştu, boş yere kahramanlık yapmanın manası yoktu.

"Bir bardak su iyi olurdu."

İvecen adımlarla, akvaryumun yanındaki masaya yöneldi. Pet şişedeki yarılanmış suyu, bardağa döktü. Aynı çevik adımlarla yaklaştı, büyük bir özenle elindeki bardağı ağzıma yaklaştırdı. Nazikçe, usul usul içirdi.

"Teşekkür ederim," dedim dudaklarımı yalarken. "Zahmet oldu."

"Rica ederim, afiyet olsun Başkomserim." Hayranlıkla bakıyordu. "Sizin gibi insanlar kalmadı artık. En zor anlarda bile zarafetinizi kaybetmiyorsunuz. Dünya bu yüzden yıkılacak biliyorsunuz değil mi? İnsanlığın sorunu kötülük değil Nevzat Bey, bayağılık. Yeryüzü iğrenç bir gezegene dönüştü. Biliyorum, bu fikrime katılmıyorsunuz. Sizin için en önemli sorun kötülük, benim içinse nobranlık, cehalet, sıradanlık... Çünkü zaten kötüyüz, çünkü zaten kötülükten kurtulmamız mümkün değil, doğamızda var bu." Yine duraksadı... "Neyse felsefe yapmayayım şimdi. Bir dakika şu bardağı bırakıp geliyorum." Göz açıp kapayıncaya kadar bardağı masaya bıraktı, sonra duvarın dibindeki iskemleyi çekerek karşıma oturdu. "Eminim merak içindesiniz Başkomserim. Eminim, benim gibi birinin bu kadar acımasız bir katile nasıl dönüştüğünü anlamaya çalışıyorsunuz?"

Ne söyleyeceğimi duymak için adeta heyecanla beklemeye başladı.

"Hayır, nasıl dönüştüğünüzü merak etmiyorum," dedim duyarsız bir sesle. "Belki de hiç dönüşmediniz, belki hep böyleydiniz. Belki berbat bir çocukluğunuz oldu. Belki de çok sevildiniz. Ama doğuştan kötüydünüz. İyi bir insan bunları yapamaz çünkü."

Takdir eden bakışları yüzümde gezindi.

"İyi tahmin yürütüyorsunuz ama hiçbirini tutturamadınız. Gerçek kitaplarda yazılanlardan, bütün o karmaşık teorilerden çok daha basittir Başkomserim. Kötülük zaten içimde vardı, evet, sizde olduğu gibi. Bir olay bunun kafama dank etmesini sağladı diyelim. Yani bir başka deyişle kendimin farkına vardım."

Açık yürekli davranması hoşuma gitmişti, onu cesaretlendirmek istedim.

"Haklısınız, kötülüğe gerekçe uydurmanın manası yok. Uzun yıllar süren meslek hayatımda çok acı tecrübelerle öğrendim bunu. Ama sahiden merak ediyorum, eli kanlı bir katil olmadan önce, nasıl biriydiniz Savcı Bey?"

Ne yapmaya çalışıyordum, bakışlarıyla şöyle bir tarttı. Kendine duyduğu o sonsuz güvenin verdiği neşe bir anlığına yok oldu ama sadece bir an sonra gümrah bir kahkaha patlattı.

"Sorgu teknikleri ha..." Samimiyetle başını salladı. "Yapmayın Nevzat Başkomserim, buna gerek yok. Zaten her şeyi anlatacağım. Merak etmeyin kendimi rahatlatmak gibi bir amacım da yok. Haklı olduğumu biliyorum. O yüzden asla yalan söylemeyeceğim. Sizinle dertleşmek istiyorum. İki dost gibi değil, hayatı tanıyan iki insan gibi... İnanın bana, bu çok kıymetli bir şey..." Bakışları yine Hayati'ye kaydı. "Bizi işitiyor, biliyorsunuz değil mi? Ama bu güzel sohbeti dinlemeyi hak etmiyor..." Yüzünü buruşturarak yavaşça kalktı iskemleden. "Özür dilerim, o bizi dinlerken konuşamam..."

Masaya yürüdü yeniden, o anda fark ettim masanın üzerinde kara iki leke gibi duran iki tabancayı. İlki benim silahımdı, ikincisi onun. Kendi tabancasını aldı, en küçük bir heyecan belirtisi göstermeden Hayati'ye yöneldi. Silahı adamın başına doğrulttu. Daha ben, "Durun, yapmayın!" diyemeden tetiğe bastı. Hayati'nin alnından giren kurşun, başının arkasından bir avuç kan, et ve kemiği de yanına alarak dışarı fırladı. Adam anında öldü. Nadir'in yüzünde tek bir mimik bile kımıldamadı, elindeki tabancayla bana yöneldi. O kadar rahat davranıyordu ki, sanki bu benim doğal halim der gibiydi. Ama bu kocaman bir yalandı. Tıpkı şu kavgacı siyam balığı gibi o da ilgimi çekmek istiyordu. Beni fark et, beni umursa, ne kadar özel biri olduğumu anla demek istiyordu. Elbette onu fark etmiştim, elbette umursuyordum, elbette özel bir manyak olduğunu anlamıştım ama bunu asla belli etmeyecektim. Fakat tümüyle umursamaz davranırsam, gerçek haletiruhiyem açığa çıkardı.

"İki çocuğu vardı," diye söylendim yaklaşınca. "İki kız çocuğu."

Omuz silkerek karşımda durdu.

"O kadar çok çocuk babasız kalıyor ki dünyada." Az önce öldürdüğü adama tiksintiyle baktı. "Üstelik bunun gibi adi bir organ kaçakçısı da değil, ölmeyi hiç hak etmeyen babalar." Bir atmacanınkini andıran açık kahverengi gözlerini yüzüme dikti. "Her insan kıymetli değildir Başkomserim. Böylesi safsatadan artık kurtulmak gerek. Bu dünyada bir yararlılar vardır, bir de zararlılar. Zararlıları öldürmek asla yanlış değil. Hatta insanlık değerlerine filan inanıyorsanız, bu tür adamları ortadan kaldırmak çok da faydalıdır. Güzel bir bahçedeki ayrık otlarını temizlemek gibi..." Elindeki tabancanın ucuyla kurbanını işaret etti. "Mesela bu herif geberince, insanlık ne kaybetti, hiçbir şey, ne kazandı, yaşaması için bir kişiye daha yer açıldı. Toprak da su da oksijen de sonsuz değil, her insan kirlilik demektir. Doğaya ağırlık demektir. Bakın, böylece doğanın yükü biraz hafifledi."

Bakışlarımın silahına kaydığını görünce, utanır gibi oldu. "Özür dilerim, elimde tabancayla böyle sizi tehdit ettiğimi filan zannetmeyin lütfen. O kadar kaba değilim." İskemleye oturdu, silahı aceleyle ceketinin cebine koydu. Ama ceketinde bir ağırlık oluştu. Rahatsız oldu, aynı cebinden bir cep telefonu çıkardı. Gözlerimi ellerine diktiğimi görünce açıkladı. "Kusura bakmayın sizinkini atmak zorunda kaldım. Zeynep'le Ali hiç durmadan arıyorlardı. Ali'ye değil de Zeynep Hanım'a cevap vermek isterdim doğrusu, ama takdir edersiniz ki, benim açımdan aptallık olurdu. Ayrıca cep telefonunuzdan yerimizi de tespit edebilirlerdi. O yüzden yolda attım gitti."

Telefonunu öteki cebine koyarken, bizimkilerin araması iyiye işaret diye düşündüm, demek beni merak etmeye başlamışlardı. Bakışlarım karşıdaki ahşap saate kaydı, 22:32'yi gösteriyordu. Savcıyla 20:00 gibi karşılaşmış olsak, yaklaşık iki buçuk saat geçmişti. Beni bulmaları için zamana ihtiyaçları olacaktı, bu sohbeti mümkün olduğunca uzatmakta yarar vardı. Başımla cebini işaret ettim.

"12 tacizciyi bu tabancayla mı öldürmüştünüz?"

Elini sokup tabancayı yeniden çıkardı.

"Evet, bununla... Babamın beylik silahı. Yüzbaşıydı rahmetli. Ben iki yaşındayken şehit olmuş. Şırnak'ta teröristlerin kurduğu bir pusuda." Gözleri hayranlıkla tabancaya takılmıştı. "Daha önce kimseyi öldürdü mü bilmiyorum, ama Zekai Başkomiseri, üç sahtekârı ve 13 tacizciyi ortadan kaldırdı bu silah."

13 tacizci mi? Bilmediğimiz bir kurban daha mı vardı?

"İlk tacizciyi ben öldürmedim. Keşke yapabilseydim ama yapamadım." Başını çevirdi akvaryumun hemen sol tarafındaki bir fotoğrafa baktı. Bakışlarım onu izledi. "İlk tacizciyi annem öldürdü. Doktor Mukaddes Hanım. Çok iyi bir anneydi, çok iyi bir doktor ve çok iyi bir insan. Dünyanın en karakterli kadını. Kendisine ve oğluna zarar verenleri asla bağışlamayacak sağlam bir insan. Keşke onun gibi olabilseydim..." Sesi hüzünlenmiş, gözleri buğulanmıştı. "Babamdan, çok cesur bir adamdı diye bahsederler, ama benim gerçek kahramanım annemdi. Ne aşk, ne aile, ne gelecek onu engelleyebildi. Hiçbir zaman zayıf davranmadı, hep güçlüydü, öyle de kaldı. Hayatım boyunca onun gibi olmaya çalıştım." Gerçekten gurur duyuyordu annesiyle ama kendisi hakkında kuşkuları vardı ki onaylatmak istedi. "Ne dersiniz galiba başardım..."

Bu kez ben omuz silktim.

"Daha önce de söylediğim gibi geçmişte nasıl biri olduğunuz hakkında hiçbir fikrim yok ki, neyi başardığınızı bileyim." Yeniden fotoğraftaki doktor Mukkades Hanım'a döndüm. "Anladığım kadarıyla annenizden bir şikâyetiniz yok, belli ki sevgiyle büyütülmüşsünüz..."

Şefkatle yumuşadı yüzü.

"Çok büyük sevgiyle, annem tapardı bana. Küçük yaştayken babamın ölümünü saymazsak, aslında büyük bir mutsuzluk yaşamadım. Onun yerini de üvey babam Müşfik Bey doldurdu zaten." Alaycı bir gülümseyişle gerildi yüzü. "Müşfik Bey de o kadar çok sevdi ki beni sonunda annemle karıştırır oldu..."

Tahmin ettiğimiz gibi Körebe küçükken tacize uğramıştı ama ne kadar da rahat anlatıyor diye düşünürken çalmaya başladı telefonu. Sıkıntıyla söylenerek telefonunu çıkardı.

"Kim bu münasebetsiz?" Yüzü karıştı. "Zeynep, sizin kriminolog arıyor. Niye ki?"

Bu benim son şansım olabilirdi. Nadir'i yönlendirmek istedim.

"En son sizinle görüşeceğimi söylemiştim."

Tedirginlik içinde kıpırdandı.

"Öyle mi söylediniz? Olsun, ama bana ulaştığınızı bilmiyorlar değil mi? Siz geldiğinizde ben çoktan çıkmıştım Adalet Sarayı'ndan. Sonuçta odamda buluşmadık. Kim kanıtlayabilir ki?"

Böyle düşünmesi işime gelirdi, o nedenle biraz daha kışkırttım.

"Ama, arabamı adliyenin oto parkında bulacaklar..."

Umursamaz bir bakış attı.

"Bu gece yerini değiştiririm olur biter."

Zeynep telefonu çaldırmayı bırakmıştı.

"Yapmayın," dedim sahte bir üzüntüyle. "Eninde sonunda yakayı ele vereceksiniz."

Kendinden emin, neredeyse sevinç dolu bir sesle karşılık verdi.

"Yanılıyorsunuz Başkomserim, bugüne kadar yakalanmadım, bundan sonra hiç yakalanmam." Cep telefonunu salladı elinde. "Şimdi Zeynep Hanım'la konuşmam gerek. Yoksa benden şüphelenecekler." Hınzırca gülümsedi. "Ama izin verirseniz dışarıda konuşacağım. Sizin de konuşmaya dahil olmanızı istemem."

57
"İnkâra gerek yok Başkomserim, hepimiz rezil hayvanlarız!"

✻

"Adam ölüyken bile çirkinleştiriyor dünyayı."

Telefon konuşmasını tamamlayıp içeri giren Nadir, suratını buruşturarak, az önce canını aldığı Hayati Darcan'ın cesedine bakıyordu.

"Böyle olmayacak Başkomserim. Sizi biraz daha yalnız bırakacağım."

Yeniden dışarı çıktı, bir süre ortalıkta görünmedi. Ne kadar gecikirse o kadar iyiydi ama çok sürmedi, tekerlekli bir el arabasıyla yeniden göründü kapıda. Sanki bana ayıp olmuş gibi mahcup bir sesle açıkladı.

"Geliyorum, şimdi bitiyor."

Güçlü kollarıyla, cesedi kolayca sürükleyerek arabanın üzerine koydu. Öteki kurbanlarını nasıl taşımış olabileceğini gözlerimle görüyordum. Arabayı itekleyerek yeniden dışarı çıktı. Umarım cesedi gömmeye kalkışır diye geçirdim içimden. Dakikalar geçiyor Körebe kapıda görünmüyordu. Gözlerimi kapıya dikip ne kadar oyalanırsa o kadar iyi diyerek bekledim. Ama onun çıktığı kapıya bakarken, Nadir'in sesi arka taraftan geldi.

"Kusura bakmayın biraz uzun sürdü." Salonun öteki kapısından girmiş olmalıydı. Alaycı bir gülümsemeyle yaklaşıyordu. "Minibüse yüklemek biraz sorun oldu. Eşek ölüsü gibi ağırdı herif. Ama artık o pis varlığıyla gecemizi kirletemeyecek."

Ağır ağır çıldırıyordu ya da zaten baştan beri deliydi.

"Evet, nerede kalmıştık Başkomserim," diye söylendi kan ter içinde. "Ha evet... Zeynep'i aradım... Şu herifin leşini minibüse koymadan önce merakını giderdim. Sizi görüp görmediğimi sordu. 'Akşam erken çıktım, Nevzat Bey geldiyse de beni bulamamıştır,' dedim. Kafasına yatmadı tabii. 'Telefonla aramadı mı?' diye üsteledi. 'Aramadı, bir yerlere takılmış olmalı,' dedim. 'Ekiplere bildirsek mi?' diye telaşlandı. 'Hemen paniklemeyin, Başkomser Nevzat'tan bahsediyoruz, ona bir şey olmaz, biraz daha bekleyelim,' dedim. İkna oldu. 'Belki de Tatavla'ya gitmiştir, Evgenia Hanım'ın yanına,' diye tahminde bulundu. 'Orayı arayalım,' diye umutlandı. Ben de arayın dedim. Konu kapandı."

Biraz olsun rahatlamıştım, bizimkiler savcının yalan söylediğini anlamış olmalılardı, artık beni bulmaları an meselesiydi. Onu oyalamalıydım. Nadir yanıma gelirken, başımla masanın üzerindeki sürahiyi gösterdim.

"Biraz daha su alabilir miyim?"

Hiç şüphelenmedi, hiç üşenmedi.

"Derhal getiriyorum."

Aynı bardağı dayadı ağzıma. Ağır ağır, kana kana içtim ılık suyu. Bir yandan da anlatıyordu.

"Nasıl bu evi beğendiniz mi? Sizden saklayacak değilim. Kâğıthane'nin arka taraflarındayız. En yakın ev, birkaç kilometre uzakta. Sessiz, huzur dolu bir yer." Bardaktaki su bitince kibarca sordu. "Biraz daha ister misiniz?" Abartmaya gerek yoktu, niyetimi anlamasını istemiyordum.

"Hayır, teşekkür ederim."

"Rica ederim," diyerek boş bardağı masanın üzerine bıraktı. Islanan elini pantolonuna silerek geri döndü. "Eskiden iyice ıssızdı buralar. Her hafta sonu gelirdik, yaz kış fark etmezdi." Annesinin fotoğrafına baktı. "Rahmetli annem çok severdi bu evi, ama Müşfik Bey daha çok severdi." Duraksadı. "Müşfik, az önce bahsetmiştim üvey babam..."

Ayrıntılara girmesi için eşeledim.

"Sizi taciz eden adam değil mi?"

"Evet, ta kendisi," diye umursamadan onayladı iskemlesine otururken. "Çok yakışıklı bir adamdı. Uzun boyluydu, şahane bir vücudu vardı. Esmer yüzüne çok yakışan, üzüm karası gözler... Annem deli gibi âşıktı Müşfik'e. Sanırım babamdan daha çok sevmişti adamı. Bilirsiniz, kadınlar kötüleri daha çok severler. Kimya okumuştu, ama o işte parayı bulamayınca müteahhitliğe yönelmişti. Günümüz Türkiye'sinin en revaçta mesleği. Gelişmiş bir zekâya ihtiyaç yok, bilgiye ihtiyaç yok, emeğe ihtiyaç yok, tüccar kurnazlığı yeter. Biraz para lazım, biraz siyasilerle yakınlık, biraz da belediyelerle iyi ilişkiler. Bunların hepsine sahipti Müşfik. Aileden parası vardı, insanlarla çok iyi ilişkiler kurardı. En büyük hobisi de yelkenli teknelerdi. Yatları da severdi ama yelkenli tekneler onun vazgeçilmeziydi. Annem de meraklıydı teknelere. İyi anlardı o işlerden. Zaten öyle tanıştılar bir yaz Çeşme'de. Her fırsatta tekneyle denize açılırdı Müşfik. Sağ kulağının yarısını da öyle kaybetmişti. Fırtınalı bir denizde, ıslak halat, kulağını koparıp atmıştı sulara. Annemden önce çok çapkınlık yapmış. Gazetelerde filan fotoğrafları çıkmış. O yolun yolcusu, para avcısı kadınların gözdesiymiş. Annemle tanışınca durulmuş."

Küçük bir çocuk gibi hayranlıkla ışıdı gözleri.

"Fark ettiniz mi bilmem annem güzel bir kadındı. Müşfik Bey çok etkilenmiş ondan. Yeni bir hayata başlamış ya da öyle görünmüş. Her neyse, bana da çok iyi davranırdı, öz oğluymuşum gibi." Sesine ironik bir tını verdi. "Daha doğrusu öyle zannederdim. Annem, adama tapıyordu ya, ben de büyük hayranlık duyardım. O yüzden bana da anneme dokunur gibi dokunduğunda rahatsız olmadım. Aklıma kötü şeyler geldi elbette, bir parça utandım ama itiraz etmedim." Şimdi derin bir nefretle ışıldıyordu elaya yakın kahverengi gözleri. "Ama hakkını yemeyelim, annemin yatağında yapmazdı bu işi... Şu arka bahçedeki kulübede gösterirdi sevgisini... Öyle bakmayın Başkomserim. Önce anlamadım, baba sevgisiyle erkek şehvetinin arasındaki ayrımı. Hoşuna gidiyor insanın, demek ki bir baba, oğluna böyle dokunur diyor. Oyun zannediyorsun olan biteni. Zekai Başkomiserim'in büyük bir isabetle bana taktığı o lakapla anılan oyun: Körebe. Müşfik Bey, alakalı, anlayışlı, sevgi dolu bir üvey baba olarak hafta sonları körebe oynardı benimle bu arka bahçede. Her oyunun sonunda da bir oyuncak hediye ederdi."

Sanki bütün bunları aşmış gibi rahatlıkla konuşuyordu ama değildi. Ruhunun derinliklerinde, çok derinlerde bir yara durmaksınız kanıyordu. Ne yaparsa yapsın, ne kadar saklamaya çalışırsa çalışsın, gizleyemiyordu. Yüzü gerilmiş, sesi boğuk çıkmaya başlamıştı, yine de gülümsemesini kaybetmedi.

"Dokuz yaşında başlayan bu oyun faslı tam üç yıl boyunca ben on iki yaşına gelinceye kadar sürdü. Yaş günümden iki gün sonra yine o şahane körebe oyunlarından birini oynarken, kendini kaybeden Müşfik Babam, fazlaca abandı üzerime. Canım yandı, altından kaçmak, kurtulmak istedim ama kendini kaybetmişti, omuzlarımdan yakalayarak, sonuna kadar gitti. Çok canım yanmıştı, Müşfik Bey saçımı okşadı, özürler diledi. 'Annene söylemezsen sana yeni bir bisiklet alacağım,' dedi. Aslında buna gerek yoktu çünkü kimseye söylemeyi düşünmüyordum. Fakat o gece makatımdan kan geldi, elbette doktor annem bunu fark etti. Telaşlanarak beni incelemeye başladı, omuzlarımda morluklara dönüşen parmak izlerini gördü.

'Bunlar ne?' diye sordu.

'Okulda çocuklarla boğuşurken oldu,' dedim. İnanmadı, bu işte bir terslik olduğunu anlamıştı. Belki çok daha önceden şüphelenmiş, fakat böyle bir ihtimali deli gibi âşık olduğu kocasına konduramamıştı. Ama artık iğrenç hakikat, görmezden gelinemeyecek haldeydi. Aile içindeki birçok taciz vakalarında kimi zayıf kadınların davrandığı gibi de davranmadı annem. Biliyorsunuz birçok kadın, 'Aman kocamı kaybetmeyeyim, yeter ki yuvam dağılmasın,' diye bu rezilliğe göz yumar. Annem yummadı. Dedim ya, şahsiyetli kadındı. Ama aynı zamanda zekiydi. Ben inkâr edince üzerime gelmedi, hazırlıklarını yapıp sabırla bekledi. O cumartesi hastanede nöbetim var diyerek çıktı. Biz üvey babacığımla bu evdeydik yine. Elbette Müşfik Bey, bu fırsatı kaçırmayacaktı. Körebe oynama bahanesiyle beni arka bahçedeki kulübeye çekti. Güya sobeleme maksadıyla, arkadan sarıldı, yanaklarımdan öpmeye başlamıştı ki, annemin sesi duyuldu.

'Bırak, bırak oğlumu, sapık herif!'

Dönünce onu gördüm, kıpkırmızı olmuş bir yüzle, elinde babamın beylik tabancası, bir zamanlar deli gibi âşık olduğu adama nefretle bakıyordu.

'Sana diyorum aşağılık adam, bırak oğlumu!'

Müşfik donup kalmıştı, 'Yanlış anladın Mukaddes, yanlış anladın hayatım,' diye geveledi. Ama annemin ne gözlerindeki nefret azaldı, ne de elinde tuttuğu babamın beylik tabancasını indirdi.

'Bırak oğlumu ahlaksız herif,' diye bağırdı. 'Bırak çabuk.'

Olanı biteni utanma, şaşkınlık karışımı duygularla izliyordum. Müşfik benden uzaklaşarak, anneme yaklaşmaya başladı.

'Anlatabilirim Mukaddes, gerçekten yanlış anladın. İnanmıyorsan Nadir'e sor.'

Bu sözler bardağı taşıran son damla olmuştu.

'Sus alçak, onu mahvettin,' diyerek tetiğe bastı annem. Müşfik karnını tutup sendeledi, dizlerinin üzerine çöktü. Her yeri kan içinde kalmıştı. Mavi gömleğindeki kırmızılık her an, her saniye büyüyor, bütün bedenine yayılıyordu.

'Yapma Mukaddes,' dedi yalvarırcasına. 'Ben masumum, lütfen beni dinle. Lütfen, bir kez olsun dinle...'

Ben de kurşun sesiyle paniklemiş, kendimi kaybederek, ellerimi başımın arasına alıp ağlamaya başlamıştım. Çok korkunç görünüyor olmalıydım ki, annem, Müşfik'i unutup, bana yöneldi.

'Senin suçun yok oğlum,' dedi yaralı bir sesle. 'Sen masumsun evladım.'

Ama içine düştüğüm dehşetten bir türlü kurtulamıyordum. Zavallı kadın, silahını indirip yanıma geldi.

'Senin suçun yok yavrum,' diye çaresizce yineledi. 'Bu alçak istismar etmiş seni.' Annemin zayıf anını gören Müşfik, fırsatı kaçırmak istemedi, hızla üzerine atladı. İkisi birden yere yığılırken, annemin elindeki silah önüme düştü. Yaralı olmasına rağmen Müşfik, iri cüssesiyle annemi altına almış, vurmaya çalışıyordu. Zavallı kadın bir yandan kendini savunuyor, bir yandan da bana sesleniyordu.

'Yardım et Nadir, o silahı al, bu alçağı öldür.'

Ne öldürmesi yerimden bile kıpırdayamıyordum.

'Nadir evladım, lütfen! Lütfen al o silahı...'

Öylece kalmıştım, duyduğum utanç ve korku felç etmişti beni. Ama bir mucize oldu, çok kan kaybeden Müşfik bir anlığına kendinden geçti. Annem de bu fırsatı kaçırmadı, dişi bir kaplan gibi sıyrıldı adamın altından, silahın üzerine atladı. Müşfik gözlerini açıp kapayarak kendine gelmeye çalışırken, annem arkasına geçti, silahı ensesine dayayarak ateş etti. Kurşun Müşfik'in az önce yanaklarımı öpmeye çalışan dudaklarını parçalayarak dışarı çıktı. Adam, taş gibi yüzükoyun düştü yere. Annem bir an eski kocasına baktı, sonra tabancayı atıp bana sarıldı.

'Geçti oğlum,' dedi gözyaşları içinde. 'Geçti evladım, bu olay hiç yaşanmadı. Geçti. Sen masumsun.' İşte o an anladım ne kadar büyük bir yanlış yaptığımı. Annem ne söylerse söylesin, işte o an anladım aslında hiç de masum olmadığımı."

Sustu Nadir, az önceki o umursamaz hali tümüyle kaybolmuş, sesi titremeye başlamış, gözleri çakmak çakmak olmuştu. Açıkça kendisini suçluyordu, bu sağlıklı bir davranıştı, ama onu normalleştirmeye yetmemişti anlaşılan.

"Evet, Başkomserim, ben de masum değildim," dedi üstüne basa basa. "O ırz düşmanına izin vermemeliydim..."

Nasıl oldu bilmem, onu teselli etme ihtiyacı duydum.

"Çocuktunuz, çok küçüktünüz, adam sizi istismar etmiş. Anneniz haklı, bu olayda en son suçlanacak kişi sizsiniz."

"Yanlış," dedi güçlü bir sesle. "Annem de yanılmıştı siz de yanılıyorsunuz. O adama rıza gösterdiğim için asıl suçlu bendim. Sadece tacizden bahsetmiyorum ki, o da öyle kolayca geçiştirilecek bir konu değil. Yine de çocuktum, anlamadım diyebilir, bu yüzden bağışlanabilirim. Kendimi asla affetmeyeceğim mesele, o kulübede anneme yardım etmemiş olmam. Müşfik denen alçak annemi öldürecekken, öylece durmam. Kılımı bile kıpırdatmamam, rezilce, korkakça bir davranıştı. Eğer şansı yaver gitseydi Müşfik, annemden sonra beni de öldürecekti. Öyle ya cinayeti görmüş olacaktım. Adam hem annemi, hem beni gönlünce kullandıktan sonra zavallı iki hayvan gibi katletmiş olacaktı. İşte bu yüzden kendimi hiç bağışlayamadım. Bağışlarsam, zayıf biri olarak kalacaktım. Evet, Başkomserim, bu dünyada haklı olmak, adil olmak, ahlaklı olmak hiçbir işe yaramaz. Güçlü, cesur ve acımasız olacaksın. Başka türlü ayakta kalamazsın. Başaramazsın..."

Sonsuz bir pişmanlık duyuyordu, hiçbir zaman geçmeyecek kadim bir pişmanlık, bu duygudan asla kurtulamayacaktı, yıllar önceki o meşum olayda takılıp kalmıştı. Sustu, ruhu gibi bakışları da karanlıkta bir yerlerde kayboldu.

"Başardınız mı?"

Sıcak havayla kokusu iyice ağırlaşan büyük odada yankılandı sesim.

"Hı!"

Derin bir uykudan uyanmış gibi irkildi.

"Güçlü, cesur ve acımasız biri oldunuz mu diyorum?"

Artık gülümsemiyordu, sadece derin derin nefes alıyordu. "Uzun sürdü," diye fısıldadı. "Çok uzun. Annem psikoloğa götürmedi beni, cinayeti anlatmamdan çekiniyordu. Bizzat kendisi ilgilendi. Çok çabaladı. Daha çok sevmeye başladı beni, daha çok şefkat gösterdi. Böylece beni iyileştireceğini, travmayı ortadan kaldıracağını zannetti. Ama tümüyle yanlıştı. Oysa eleştirseydi, suçlasaydı hatta cezalandırsaydı daha iyi olurdu."

İsteksizce güldüm.

"Dediğiniz gibi olsaydı, kutsal kitaplar bir işe yarardı. İnsanları kötülükten vazgeçirirdi. Ama cehennem korkusu bile düzeltemiyor insanı. Daha çok sevgi lazım, daha çok sevgi, daha çok hakikat..."

İlk kez bakışları yumuşadı.

"Bunlardan sadece hakikat kısmına katılırım. Evet, bize gereken hakikattir, ama insanın hakikati. Kaç yaşında olursa olsun, herkes kendi yanlışıyla yüzleşmeli. Kendi zayıflığını, kendi alçaklığını, kendi rezilliğini bilmeli. İnsan bundan anlar. Çünkü doğası böyle. Annem de bunu yapmalıydı, sonra anlayışla gözlerimin içine bakarak, sevgiyle ellerimi tutarak 'Hiç geç değil, normal biri olabilirsin,' diyebilirdi. Ama o, insan doğasını anlamamıştı. Herkes gibi, bizi matah bir şey sanıyordu. Oysa insan, acımasız, yıkıcı, bencil, zevk düşkünü, çıkarcı, fırsatçı, zayıf ve aptal bir mahluktur. Kimseyi suçlamıyorum, bunların hepsini kendimde gördüm, hissettim, bizzat yaşadım. Evet, inkâra gerek yok Başkomserim, hepimiz rezil hayvanlarız. Muhtemelen hayvanların en reziliyiz. Zaten benim kendimi toparlamamda, annemin şefkatinden çok o meşum günde duyduğum utanç işe yaradı. Hiçbir zaman yitirmedim o utanç duygusunu. O duygu beni güçlü kıldı, o duygu sayesinde yeniden hayata başlayabildim, onun sayesinde iyileştim. Yıllar sürdü, çok uzun yıllar. Ama sonunda başardım...."

Tam yerine gelmişti, lafı gediğine koydum.

"Başkalarını öldürerek mi? Bu kadar basit mi?"

Haklılığından emin birinin güveni içinde onayladı.

"Aynen öyle, bu kadar basit. Evet, başkalarını öldürerek…"

Kısa cümleler kurması iyi değildi, konuşmayı derinleştirmek lazımdı.

"Çocuk tacizcilerini mi? Hak edenleri mi?"

Gurur dolu bir bakış belirdi gözlerinde.

"Ölmesi gerekenleri diyelim. Mesela 2012 yılında öldürdüğüm 12 tacizciyi tanımıyordum, bana doğrudan bir kötülükleri de olmamıştı. Ama onları öldürmek zorundaydım. Çünkü yıllar önceki o travmadan kurtulmamın bu cinayetlerle mümkün olacağına inanmaya başlamıştım. Bu fikri kafama sokan da seri katillerle ilgili bir filmdi. Öyle bildik, şahane filan bir film de değil. Vasat bir Amerikan filmi. Bilirsiniz işte, adam küçükken cinsel bir saldırıya uğrar, ruhsal bir travma geçirir, ardından ona bu saldırıyı hatırlatan kişileri ortadan kaldırmaya başlar. Böylece o travmadan kurtulur. Ben de öyle yaptım. Yıllar önceki korkaklığımı 12 farklı cinayetle telafi etmeye çalıştım. Tacizcileri kaçırdım, bu evin arka bahçesine getirdim. İlaç zerk edip uyuşturdum. Üvey babamla oynarken kullandığımız kırmızı kadife gibi bir kumaşla kurbanlarımın gözünü bağladım. Babamın beylik silahıyla, annemin Müşfik'i öldürdüğü gibi enselerinden vurarak öldürdüm. Onları çocukların bulunduğu mekânlara bıraktım. Her körebe oyunundan sonra tacizcimin bana verdiği hediyeleri hatırlatması için cinayet mahallerine birer oyuncak bıraktım. Ve öldürdüğüm kişileri Müşfik'e çevirmek için, sağ kulaklarının yarısını kestim. Bütün bunları yaparken 12 sayısına vurgu yaptım. Çünkü tacizcim ben 12 yaşındayken öldürülmüştü. Bildiğiniz gibi 2012 senesinde 12 cinayet işledim. Cinayet işlediğim günlerin sayısı da 12'ydi. Cinayet işlediğim ayların sıralaması da 12 sayısını veriyordu. Zekai Başkomiser'in tespit ettiği gibi oyuncakların barkodlarına da toplamları 12 sayısına ulaşacak rakamlar yazdım."

Bir an, kendi canımı kurtarmak için zaman kazanmayı filan unutmuş, hayatını yeniden normalleştirmek isteyen bir insanın akıl dışı hikâyesinin cazibesine kapılmıştım.

"Bir işe yaradı mı bari?" diye mırıldandım. "Mutlu olabildiniz mi?"

Hiç duraksamadan yanıtladı.

"Elbette, eğer onları öldürmeseydim, utanç içinde, ezik, kendisine saygısını yitirmiş biri olarak kalacaktım..." Durdu, yüzüme baktı. "Ben hiç kadınlarla birlikte olmadım Başkomserim. Denedim, ama olamadım. Annem o ırz düşmanına 'Çocuğu mahvettin!' derken bunu söylüyormuş, yıllar sonra anladım. O yüzden öldürmek beni kurtarabilirdi. Kurtarabilirdi diyorum çünkü emin değildim. Ama denemeye değerdi. Denedim ve haklı olduğumu gördüm. İşin tuhafı, bu süreçte kendimde başka bir duyguyu keşfettim. Evet, 12 kişiyi öldürürken yaşadıklarımdan bahsediyorum.

İnkâr edecek değilim, ilk iki cinayette bazı sıkıntılar yaşadım. Kurbanları kaçırırken karşılaştığım teknik zorluklardan bahsetmiyorum. Öldürmekten bahsediyorum, birinin canını almaktan. Hem de hiç öfkelenmemişken, hem de adam sana hiçbir zarar vermemişken. Bilhassa ilkinde çok zorlandım, tam üç kere silahı kaldırdım, indirdim ama sonra bastım tetiğe. İkincisinde de tereddüdüm sürdü. Fakat üçüncüsünde öldürmekten zevk almaya başladım. Kaçırdığım kurbanlarımın gözlerindeki korku, bana yalvarmaları, yüzüme sıçrayan kanın sıcaklığı. Tuhaf duygulardı, hoşuma gidiyordu. Önce ürktüm böyle bir duyguya kapıldığım için ama sonra bıraktım kendimi. Atalarımızın o en ilkel, o en sahici haline dönmüştüm." Sustu, tereddütle baktı. "Ne demek istediğimi anlatabildim mi? Basit heyecanlardan bahsetmiyorum. Mesela Kansu Sarmaşık'ın evine gidişim o türden basit bir heyecandı. İnkâr etmiyorum, elbette Kansu'yu kimin öldürdüğünü öğrenmek istiyordum. Çünkü cerrah tacizci değildi. Ama eve girmem çok tehlikeliydi. Nitekim, hiç istemememe rağmen Zeynep Hanım'ı bayıltmak zorunda kaldım. Nerdeyse sizinle burun buruna gelecektim. Buna rağmen o riskli anları yaşamak güzeldi. Fakat bundan bahsetmiyorum. Öldürmenin insana verdiği o muhteşem hazdan bahsediyorum." Vahşi bir ışıkla aydınlandı gözleri. "Sahi Başkomserim siz de öldürmüş olmalısınız. Siz yaşamadınız mı o görkemli duyguyu?"

Oyun mu oynuyordu yoksa sözlerinde samimi miydi anlayamıyordum, ama ben gerçeği söyledim.

"Birini öldürmek bizi insan değil, katil yapar. Bu duygudan haz almak ilkelliktir."

Kocaman bir kahkaha patlattı.

"Ben de onu diyorum Başkomserim. İlkel olan saftır, masumdur. Öldürmek bizi o masumiyete, en saf, en temiz halimize geri götürür. Ama beş yıl önce benim de aklım sizinki gibi kirlenmişti. Medeniyet saçmalıkları ağır basmıştı. 12 kişiyi öldürdükten sonra durdum. Tamam, bu kadar yeter dedim. Tam beş yıl boyunca kimseyi öldürmedim. Ama biliyorsunuz, benim yerime onlar öldürmeye başladılar. Üstelik hiç haz almadan, üstelik o benzersiz güzelliğin hakkını vermeden, o müthiş doyumu hissetmeden, karanlığın sırrına ermeden. İşte bu kabalığa, bu hoyratlığa, bu israfa daha fazla dayanamadım. Eserimi mahvedeceklerdi, evet, Başkomserim bu yüzden geri döndüm..."

Nadir bunları anlatırken, fark ettim ki, Körebe olarak dönüşümünü henüz tamamlayamamıştı. Beş yıl önce 12 kişiyi katlederek bir tür intikam almış, öldürmeyi öğrenmiş, yitirdiği güven yerine gelmişti ama cinayetleri sürdürmeyi düşünmüyordu. Belki de kendisiyle mücadele ediyordu. Ama onu taklit edenler, içindeki kan dökücüyü yeniden uyandırmışlardı. Artık zevk için can alacaktı. Belki beni de öldürdükten sonra gerçek bir canavara dönüşecekti. Zihnim bu tahminleri yaparken, zaman daralıyordu, uzatmak için sordum.

"Müşfik'in cesedi ne oldu? Adamı kimse arayıp sormadı mı?"

Hevesle izah etti.

"Annemi hafife almayın Nevzat Bey. Müşfik'in tekne tutkusundan bahsetmiştim. Öldüğü günlerde İstanbul'un meşhur lodoslarından biri patlamıştı. Annem tekneyi denize sürüklemiş. Ertesi gün, karakola gidip, 'Kocam denize açılmıştı dönmedi,' dedi. Aramalar, taramalar, soruşturmalar. Tekne Kalamış açıklarında karaya vurmuş olarak bulundu, ama Müşfik'in cesedine hiçbir zaman ulaşılamadı." Pencereye baktı. "Ama size söylememde bir sakınca yok, şu kapının yanındaki nar ağacının altında yatıyor." Gerçekten üzülmüş gibi iç geçirdi. "Ne yazık ki, bu gecenin sonunda sizin yatacağınız yerin çok yakınında. Sizi öldürmeyi hiç istemezdim ama buna mecburum biliyorsunuz değil mi?"

"Değilsin," dedim onu vazgeçiremeyeceğimi bile bile. "Aksine öldürürsen ruhundaki parçalanma derinleşecek. İnsan kendiyle yüzleşmeli dedin, haklısın. Ama önce kendin yüzleşmelisin. Sen normal değilsin Nadir, travman geçmiş değil.

Ama iyileşebilirsin. Başkalarını öldürerek değil, hayata başka bir gözle bakarak, yeniden başlayarak."

Kocaman bir kahkahayla kesti sözümü, sonra akvaryuma döndü, o güzelim mavi balığa seslendi.

"Duydun mu? Yeniden başlayarakmış. Duydun mu, Nevzat Bey yeniden zayıflığı öneriyor. Bırak ötekiler seni ezsinler, diyor bedenini tepe tepe kullansınlar, aklını, ruhunu talan etsinler diyor."

Mavi balık, adamı onaylar gibi o renkli bedeniyle bir aşağı bir yukarı indi çıktı, Nadir heyecanla bana döndü.

"Gördünüz mü, balık bile sizden daha doğru düşünüyor." Kederlenmiş gibiydi. "Bu kadar muhabbet yeter Başkomserim. Vakit tamam." Sesi hüzünlü çıkıyordu. Beni vuracağı için gerçekten de üzülüyor gibiydi. İlk kez o anda idrak ettim ölebileceğimi. Ne yani yolun sonuna mı gelmiştik? Nadir için öyle olduğu kesindi, bakışlarını kaçırdı, sağ elini cebine soktu, silahı çıkardı. Arkaya yürürken, "Bekle," diye bağırdım. "Bir isteğim var. Madem ki öldürmek sana zevk veriyor, gözlerime bakarak çek tetiği."

Duraksadı, ama çok sürmedi.

"Tamam, nasıl isterseniz."

Karşıma geçti, silahın namlusunu alnıma doğrulttu. Gözlerimi yüzüne diktim, bakışlarını kaçırır gibi oldu, sonra cesareti yerine geldi.

"Size yalan söylemiyorum Başkomserim, ben öldürmenin zevkine vardım. Ben kendimi, derinlerdeki kendimi tanıdım." Bir an öylece bakıştık. Yok, tetiği çekecekti, buna hiç şüphe yoktu. Galiba buraya kadardı, galiba her şey bitiyordu. Evgenia'yı düşündüm sadece. Azez'i yanına alacak olmasına sevindim. İyi bir teselli olurdu ona. Aklımdan bunlar geçerken Ali'nin sesi gürledi salonun içinde.

"At, at o silahı elinden."

Sevinçle titredim oturduğum koltukta. Yetişmişti bizimkiler. Öylece kaldı Savcı, sonra istifini hiç bozmadan yardımcıma döndü.

"Ali Komiserim, sizsiniz ha..." Yüzünde alaycı bir gülümseme belirmişti. "Elbette siz olacaktınız. Kim bilir Başkomseriniz, çaktırmadan ne numara çevirdi de yanımda olduğunu bildirdi size"

"Silahını at!" diye uyardı Ali bir kez daha. Nadir'in lafı uzatmasından tedirgin olmuştu. "Sana söylüyorum silahını at, yoksa ateş ederim."

Ne alaycı gülümsemesini yitirdi Nadir, ne de sıkıca kavradığı silahı indirdi, sadece beni önüne alarak yanıma geçti.

"Hiç zannetmiyorum," diye söylendi namluyu şakağıma dayayarak. "Tetiği çektiğiniz anda Başkomserinizi vururum." Sustu, ciddi bir sesle yineledi. "Hadi, buyurun önce siz ateş edin."

Ali tereddüt ediyordu.

"Siz silahınızı indireceksiniz Komiserim," diye emretti Savcı. "Yoksa Nevzat Başkomser ölür."

Yardımcım bir an silahını indirecek gibi oldu, işte bu fırsatı kaçırmadı Nadir, çevik bir hareketle tabancasını yardımcıma çevirerek ateş etti. Ali de tetiğe basmıştı, iki el silah patladı. Nefesimi tutarak izlerken, yardımcımın "Ah!" diyerek omuzunu tutup yere düştüğünü gördüm. Sanki benim de ağzımdan küçük bir ah çıktı, sanki ben de onunla birlikte omuzumu tutarak yere yığıldım.

"Alçak," diye bağırdım. "Alçak!" diye bağırarak Nadir'in üzerine atlamak istedim, elbette yapamadım. Oturduğum koltuk o kadar ağırdı ki yerinden kıpırdatamadım bile.

Yine insanı çileden çıkaran o alaycı ifadeyi takınmıştı Savcı.

"Sinirlenmeyin Başkomserim, adamınız kendi kaşındı."

Kaygıyla yeniden yardımcıma döndüm. Yerde kıvranıyordu, silahı bir metre kadar uzağa düşmüştü. Ölmeye hazırlanan bendim, Ali'nin vurulacağı aklımın ucundan bile geçmezdi. Bana ağır gelen buydu. Savcı da bunu anlamış olmalı ki, işin tadını çıkarmak istercesine ağır adımlarla yardımcıma yürüdü. Sanki ölüm anını bildiren bir saatin tik takları gibi, topuklarının ahşap zeminde çıkardığı sesler yankılanıyordu kulaklarımda. Belki de bilhassa ayaklarını yere vurarak yürüyordu Nadir. Gösterisi daha etkili olsun diye. Silahı sağ elinde her an biraz daha yaklaşıyordu Ali'ye.

"Dur!" diye seslendim. "Dur, onu bırak beni vur."

Dönüp bakmadı bile. Ali de onu görmüştü, son bir gayret yerdeki silahına ulaşmaya çalışıyordu. Elbette Nadir ondan önce ulaştı yerdeki tabancaya. Ayağıyla zemindeki silahı duvarın dibine itti, kendi tabancasını Ali'nin başına doğrulttu.

"Savcı olarak benden hiç hoşlanmadınız Komiserim, belki Körebe olarak severdiniz. Ne de olsa kanunun yapamadığını yapıyordum. Çocuk tacizcilerini ortadan kaldırıyordum. Ama itiraf etmek gerekirse, ben hem Savcı Nadir olarak, hem de Körebe olarak sizden hiç hoşlanmamıştım. O yüzden büyük bir zevkle çekeceğim tetiği."

İşaret parmağı tetiğe uzandı, o korkunç manzarayı görmek istemedim, gözlerimi kapadım, işte o anda ardı ardına iki patlama duyuldu. Ama silah sesi arkamdan geliyordu. Gözlerimi açtım ve Savcı Nadir'in bedeninin iki kere sarsıldığını gördüm. Evet, Körebe vurulmuştu, güçlükle geriye döndü. Pişmanlık dolu bir gülümseme belirdi yüzünde.

"Zeynep," diye söylendi. "Kriminolog Zeynep. Bu ekipte en çok korktuğum kişi..."

Sürdüremedi, önce silahı düştü elinden, ardından olduğu yere yıkıldı. Başımı çevirince kurtarıcı bir melek gibi elinde tabancasıyla öteki kapının önünde dikilen Zeynep'i gördüm. Bakışları kurbanın üzerindeydi. Savcı hareketsiz kalınca, koşarak yanıma geldi.

"Beni boş ver," dedim telaşla. "Ali için yardım iste, ambulans göndersinler."

Aceleyle Ali'nin başına koştu Zeynep. Sevgilisini görünce canlanır gibi oldu bizim hayta.

"Bir şeyim yok," dedi. Sesi iyi çıkıyordu. "Bir şey yok Zeynep, kurşun deldi geçti."

Ambulansı aradıktan sonra, bulduğu bez parçasıyla yaranın üzerine tampon yaptı, ardından anahtarı bulup kelepçelerimi çıkardı. Ben de Ali'nin yanında aldım soluğu.

"İyiyim," diye yineledi. "Merak etmeyin ben iyiyim Başkomserim."

İşin tuhafı gerçekten iyi görünüyordu kerata.

"Tamam," dedim sevinçle. "Tamam ama fazla hareket etme."

Bakışlarım Körebe'ye kaydı. Hâlâ ölmemişti, nefes alıyordu. Yanına yaklaştım, diz çöktüm. Beni görünce dudaklarında acı bir gülümseme belirdi, buz gibi ama insanın içine dokunan bir gülümseme.

"Doğrusu buydu," dedi ta ciğerlerinden gelen bir sesle. "Güçlü olan kazandı... Zeki olan, cesur olan..." Sürdüremedi. Derin derin nefes aldı. "Doğrusu buydu Başkomserim," diye yineledi. "Zeynep'in geleceğini hesap etmeliydim. Edemedim, hak ettiğimi buldum." Öksürmeye başladı, ağzından kan geliyordu. "Doğrusu buydu... Doğanın kanunu... Ama artık vazife sizin. Bu oyunun bir kuralı var. Sobelenen Körebe olur... Siz, beni değil, ben sizi sobeledim Başkomserim, artık Körebe sizsiniz. Çocukların intikamını siz alacaksınız... Tacizcilerle siz başa çıkacaksınız." Bir kez daha öksürük dalgasına tutuldu, bir şeyler söylemek istedi, ama açılan ağzı bir daha kapanmadı. Sesi hırıltıya dönüştü, soluğu tükendi, yüzündeki bütün kıpırtılar durdu. Açık kahverengi gözleri, sanki huzur oradan gelecekmiş gibi pencereye takılmıştı. O zaman fark ettim dışarıdaki mavi ışığı. Gök gürlemesiyle birlikte karanlık parça parça aydınlanıyordu. Birden kapı ardına kadar açıldı nemli, serin bir rüzgâr içeri doldu.

"Oh be," diye söylendi Ali yattığı yerden. "Oh be, sonunda yağmur geliyor işte."